HEYNE <

KATIE AGNEW

DIE PERLENFRAUEN

Roman

Aus dem Englischen
von Jens Plassmann

WILHELM HEYNE VERLAG
MÜNCHEN

Die Originalausgabe erschien 2016
unter dem Titel *The Inheritance* bei Orion.

MIX
Papier aus verantwortungsvollen Quellen
FSC® C014496

Verlagsgruppe Random House FSC® N001967

2. Auflage
Taschenbucherstausgabe 03/2017

Printed in Germany
Redaktion: Dr. Katja Bendels
Umschlaggestaltung: Eisele Grafik Design, München
unter Verwendung von Dr. PAS/depositphotos und
UrchenkoJulia/depositphotos
Satz: KompetenzCenter, Mönchengladbach
Druck und Bindung: GGP Media GmbH, Pößneck
ISBN 978-3-453-42029-8

www.heyne.de

Teil I

Eintauchen

»Ich muss eine Meerjungfrau sein …
Ich habe keine Angst vor Tiefe,
aber große Angst vor einem
oberflächlichen Leben.«

– Anaïs Nin

1. Kapitel

Hackney, East London 2012

Liebste Sophia,
ich hoffe sehr, dass du mich bald einmal besuchen kommst. Ich vermisse dich fürchterlich, und es ist recht einsam hier im Krankenhaus. Natürlich sind da die Besuche deiner Eltern, dienstags und freitags, pünktlich wie die Kirchenuhr, aber ihre Gesellschaft ist nicht annähernd so unterhaltsam wie deine. Hast du meine Briefe erhalten? Mir ist bewusst, dass bei euch jungen Leuten immer viel los ist. Ich hoffe nur, die Adresse, die deine Mutter mir gegeben hat, ist korrekt. In Hackney bin ich noch nie gewesen, ist es hübsch?

Wie du weißt, bin ich eine sehr kranke alte Frau, und es würde mir gefallen, wenn irgendjemand irgendwo mit meinen Aufzeichnungen eine wahrheitsgetreue Chronik meiner Lebensgeschichte besitzt. Ich möchte, dass jemand mehr weiß, als all die Kameras aufgezeichnet oder die Reporter geschrieben haben. Hier bleibt mir nicht viel anderes übrig, als die Vergangenheit Revue passieren zu lassen und all die Dinge zu Papier zu bringen, die ansonsten mit mir begraben würden. Es gibt noch so viel zu erzählen aus der Zeit, bevor ich überhaupt im Rampenlicht stand. Und so viel Ungesagtes aus der Zeit danach. Als du noch ein kleines Mädchen warst, hast du immer mit großem Vergnügen meinen Geschichten gelauscht, daher habe ich beschlossen, dir meine Aufzeichnungen zukommen zu lassen. Du kannst damit machen, was du willst, aber sei dir bitte bewusst, dass diese Notizen alles sind, was ich hinterlassen werde über ein Leben, das alles in allem wunderschön gewesen ist.

Ich hoffe, du bist gesund und glücklich, mein Liebes.

Wie immer in aller Liebe

Deine Großmutter

»Und, wirst du die alte Dame jetzt endlich von ihrem Elend erlösen und sie besuchen?«, fragte Hugo und lehnte sich auf dem zerwühlten, mit Kaffeeflecken übersäten Bett so majestätisch zurück, als wäre es das Prunkbett in einer Suite im Savoy.

In der einen Hand hielt er den Brief von Sophias Großmutter, in der anderen eine französische Zigarette. Eigentlich ähnelte das Schreiben – das dritte dieser Art, das in den vergangenen beiden Wochen eingetroffen war – eher einer kleinen Erzählung als einem Brief. Ein richtiges Bündel handbeschriebener Seiten hielt Hugo zwischen seinen schlanken Fingern, und gab dabei selbst das perfekte Bild halbseidener Dekadenz ab. Von Natur aus eigen war ihm diese Ausstrahlung allerdings nicht, er hatte sie über Jahre hinweg sorgsam studiert und eingeübt. Lässig schnippte er die Asche seiner Zigarette in einen behelfsmäßigen Aschenbecher, der mitten in all dem Dreck und Chaos lag, und warf einen kontrollierenden Seitenblick in den Spiegel. Hätte Hugo nur einen Funken Ehrgeiz, er wäre ein ausgezeichneter Schauspieler geworden.

»Sie ist schließlich deine Großmutter«, erklärte er theatralisch. »Sie liegt quasi im Sterben und verfügt, wenn ich dich daran erinnern dürfte, über ein verdammtes Vermögen. Wie kannst du sie so einfach ignorieren?«

Er rümpfte missbilligend die Nase, was ein wenig anmaßend wirkte bei einem Typen, der keinen Job, keine Arbeitsmoral, keine Qualifikationen und keine Perspektiven besaß.

Sophia schenkte ihm keine große Beachtung, sondern suchte weiter auf dem Boden nach ihrem schwarzen BH. Zumindest tat sie so, als würde sie ihn nicht beachten. Ihre Großmutter war ihr ganz sicher nicht gleichgültig. Früher hatte sie ihr sogar sehr nahe gestanden, aber was sollte sie denn tun? Wenn sie im Krankenhaus auftauchte, würde sie damit die Büchse der Pandora öffnen.

»Hugo«, sagte Sophia schließlich. »Meine Granny war Schauspielerin. Sie hat einen Oscar gewonnen, weil sie das so gut kann. Anderen etwas vorspielen, meine ich. Kapiert? Sie ist immer noch Schauspielerin. Sie hat bloß seit Jahrzehnten nicht mehr gearbeitet. Aber so ist sie nun mal. Und darin ist sie wirklich gut. Jetzt spielt sie die Rolle der liebevollen Großmutter, weil sie mich an ihr Krankenbett locken will, um mich zu überreden, mich mit meinen Eltern zu versöhnen.«

Hatte ihre Mutter Granny vielleicht sogar darum gebeten, ihr zu schreiben? Sophia wollte und durfte nicht auf die List ihrer Großmutter hereinfallen. Also konzentrierte sie sich lieber auf ihre gegenwärtige Lage und wühlte weiter nach dem richtigen Outfit. »Ich habe für das alles jetzt gerade keinen Kopf«, ergänzte sie mit einer wegwerfenden Handbewegung in Richtung ihres Freundes und hoffte, unbeteiligter zu klingen, als sie sich fühlte. »Ich kann diesen scheiß BH nicht finden!«

»Meinst du den hier?« Hugo hob mit gespreizten Fingern

etwas aus schwarzer Spitze vom Bett auf und schleuderte es Sophia vor die Füße, als wäre es eine giftige Schlange, die im nächsten Moment beißen könnte.

»Genau den.« Sophia nahm den BH und legte ihn sich um. »Danke.«

»Wie dem auch sei.« Hugo zog eine gequälte Grimasse, wandte den Blick von der halbbekleideten Sophia ab und fuhr fort: »Deine Großmutter. Sie liegt bloß einen Katzensprung von hier in Saint John's Wood. Hier, diesmal hat sie sogar eine Karte mit ihrer Station, Zimmernummer und Direktdurchwahl beigelegt.« Er warf die Karte in Sophias Richtung. Sie schenkte ihr keine Beachtung. »Ein kurzer Abstecher nach North London, und schon kannst du dir ein hübsches kleines Vermögen sichern. Wir beide könnten hier abhauen und schön in Urlaub fahren. East London ist doch ausgelutscht. Wir brauchen endlich was Neues. Komm schon, gehen wir morgen deine Großmutter besuchen. Wir lassen uns in alle Familienskandale einweihen, und nebenbei krallen wir uns eine unverschämt fette Erbschaft. Na los, Sophe! Was hast du schon groß zu verlieren?«

In Wahrheit hatte Sophia Angst. Sie hatte Angst vor dem Sterbebett ihrer Großmutter, Angst vor einer Begegnung mit ihren Eltern, Angst vor ihrer Vergangenheit und Angst vor der Zukunft. Und ihre Großmutter wusste das. Warum sonst sollte sie versuchen, Sophia mit mysteriösen Andeutungen über Familiengeheimnisse an ihr Krankenhausbett zu locken?

»Im Moment will ich mich nur fertig machen und mich dann ein wenig amüsieren gehen.«

So ganz stimmte das nicht. Sophia schwankte heftig zwischen dem Wunsch, die Geschichten ihrer Granny zu hören, und dem Bedürfnis, sich einzubilden, ihre gesamte Familie würde überhaupt nicht existieren. Alle drei Briefe hatte sie zuerst ungeöffnet beiseitegelegt. Ein kurzer Blick auf den Poststempel und die elegante Handschrift hatte ihr bereits verraten, dass sie ihr nur Kummer bereiten würden. Und Briefe unbeachtet zu lassen, fiel nicht schwer in einer Wohnung, in der die Post allein aus Werbung, Mahnungen und Schreiben an Vormieter bestand, die längst über alle Berge waren.

Hugo war es gewesen, der sie schließlich geöffnet hatte. Vorgestern, nach dem Eingang des dritten Briefs, hatte er seine Neugier nicht länger bezwingen können. Als Sophia ins Zimmer gekommen war, hatte er sich auf dem Bett geräkelt und die Schilderungen ihrer Granny gierig verschlungen. Bei Sophias Eintreten war er aufgesprungen wie eine Katze, die beim Naschen aus dem Kochtopf erwischt worden war.

»Sind das nicht meine Briefe?«, hatte sie gefragt, obwohl sie die Antwort bereits wusste.

Hugo hatte genickt, und seine Wangen waren vor Scham rot angelaufen. Gleich darauf hatte er jedoch in den Verteidigungsmodus umgeschaltet: »Aber du hattest ja ganz offensichtlich keine Lust, sie zu öffnen, und es schien mir unhöflich, sie einfach zu ignorieren, also …«

»Also hast du dir gedacht, du könntest ja mal fremde Post öffnen und heimlich den Inhalt lesen, richtig?«, war sie ihm ins Wort gefallen. »Und das hältst du etwa nicht für unhöflich?« Es hatte eher verletzt als wütend geklungen.

»Sie sind von deiner Großmutter«, hatte er erklärt und ihr den Stapel Seiten zurückgegeben. »Ich finde, du solltest sie lesen. Sie hören sich wichtig an. Es scheint ihr nicht gut zu gehen.«

Sie hatte die Briefe entgegengenommen und gespürt, wie sich ein Kloß in ihrem Hals bildete. Natürlich war ihre Großmutter krank. Warum sonst sollte sie sich jetzt mit ihr in Verbindung setzen? Nach allem, was geschehen war?

»Willst du sie denn gar nicht lesen?« Hugos ungewöhnlich ernster Gesichtsausdruck hatte ihr bereits verraten, dass die Nachrichten schlecht sein mussten.

»Später«, hatte sie kurz angebunden erwidert.

Den ersten Brief und den ersten Teil der Memoiren ihrer Großmutter hatte Sophia an diesem Abend im Bett gelesen. Bei der Lektüre waren ihr die Tränen gekommen, woraufhin sie die Seiten schnell in die Nachttischschublade gestopft hatte. Als sie nun vergangene Nacht nicht schlafen konnte, schienen die Briefe aus der Schublade nach ihr zu rufen. Sie hatte den zweiten gelesen, Wort für Wort, bis sie sich in einen Tunnel hinabgezogen fühlte wie Alice im Wunderland, hinab in eine Parallelwelt, wo alles anders war und die Personen dennoch vertraut wirkten. Und jetzt beharrte Hugo darauf, ihr den dritten Brief aufzudrängen. Sie bemühte sich zwar verzweifelt wegzuhören, als Hugo zu lesen begann, aber irgendwie schien plötzlich alles andere in den Hintergrund zu treten.

»Mir gefallen die Sprüche von deinem Urgroßvater …« Er prustete amüsiert und hielt sich den Brief vor die Nase. »Hat er vielleicht auf Männlein wie Weiblein gestanden?«

»Schon möglich. Er ist auch in Eton zur Schule gegangen.« Sophia sah eine Chance, das Gespräch von ihrer Familie fort und auf Hugos Lieblingsthema zu lenken: ihn selbst. »Fahrt ihr ehemaligen Eton-Jungs in dieser Hinsicht nicht alle mehrgleisig?«, fügte sie mit einem wissenden Nicken in Hugos Richtung hinzu.

»Meine sexuelle Orientierung ist unerschütterlich!«, sprang Hugo sofort auf den Köder an. »Ich bin zu einhundert Prozent schwul. Das mit der Kleinen neulich war ein Fehler. Ein bescheuerter im Suff. Außerdem weißt du ja bestimmt auch noch, dass sie eher aussah wie ein Kerl. Ich schwöre!«

Sophia grinste. Volltreffer! Thema gewechselt. Und zudem genießt sie es immer, Hugo aufzuziehen. Schon seit frühesten Kindertagen zählte es zu ihren bevorzugten Freizeitvergnügen. Hugo war der Sohn der damaligen besten Freundin ihrer Mutter, und sie kannten sich bereits seit einer Ewigkeit. Zuerst hatte er sie noch genervt, dieser kleine blonde Junge, der zwei Jahre jünger war als sie und ihr ständig wie ein herrenloses Hündchen hinterherlief. Überallhin war er ihr im Garten nachgetrottet und hatte erklärt, ihr bei der Suche nach Elfen und Feen zu helfen, wenn Sophia nichts anderes gewollt hatte, als vor ihrem zornigen Vater und ihrer melancholischen Mutter zu flüchten und sich irgendwo oben in einem Baum zu verstecken. Oder er hatte sich in ihr Zimmer geschlichen, um dort ihre Puppen schick anzuziehen, ihnen die Haare zu frisieren und die Gesichter zu waschen. Konnte er nicht begreifen, dass Sophia ihre Tiny-Tears-Puppen am liebsten nackt und wild verwegen aussehend mochte?

Sie erinnerte sich, dass sie damals manchmal ziemlich ungerecht zu ihm gewesen war. Aber wie oft sie ihn auch verhöhnte, Hugo war in seiner Freundschaft zu Sophia unerschütterlich geblieben. Wenn ihr Vater sie ausschimpfte (und er schimpfte sie ständig aus), hatte Hugo sie unter seinem tief ins Gesicht fallenden Pony hervor angesehen und ihr ermutigend zugelächelt. Wenn ihre Mutter sie auf ihr Zimmer schickte, war er auf Zehenspitzen die Treppe hochgeschlichen und hatte ihr Gesellschaft geleistet. Und wenn sie auf der Straße mit einem der Nachbarkinder in Streit geriet, war er ihr sofort zu Hilfe geeilt, und das, obwohl er schmächtig und immer piekfein angezogen war und nicht die geringste Ahnung hatte, wie man die Sprüche der coolen Kids konterte.

Mit seiner hartnäckigen Verehrung gelang es Hugo nach und nach, Sophia für sich zu gewinnen. An irgendeinem Punkt ihrer Kindheit wurde aus Missfallen Toleranz, dann verwandelte sich Toleranz in wechselseitige Zuneigung, und als sie ins Teenageralter kamen, nannten ihre Familienangehörigen sie bereits *The Terrible Twins*. Und heute? Nun, heute war es Sophia, die Hugo anhimmelte. Ein Leben ohne ihn an ihrer Seite konnte sie sich nicht vorstellen. Sophia hatte keine Geschwister, und Hugo war für sie wie ein kleiner Bruder.

Während die Mütter von Sophia und Hugo sich schon vor langer Zeit zerstritten hatten, weil sie sich nicht einigen konnten, wem in jenem Jahr die Endspieltickets für Wimbledon zustanden, hielten Hugo und Sophia weiter zusammen wie Pech und Schwefel. Und wenn ihnen beiden zur selben Zeit der elterliche Zuschuss gestrichen wurde, dann drehten sie auch schon mal krumme Dinger. Glücklicherweise war derzeit nur Sophia in Ungnade gefallen, und so lebten sie beide von dem Geld, das Hugos Familie schickte. Keiner von ihnen fand an diesem Arrangement etwas auszusetzen. Allerdings hatte auch noch keiner von ihnen jemals für seinen Lebensunterhalt arbeiten müssen. Zumindest nicht auf anständige Weise.

»Ah, hab ich dich!« Sophia fischte triumphierend einen einzelnen schwarzen Schuh aus dem Hosenbein einer Jeans. »Das muss gefeiert werden. Was gibt's zu trinken?«

Hugo reichte ihr eine offene Flasche mit warmem Prosecco.

»Und?«, fragte er unvermittelt. Er entknotete seine langen, spindeldürren Beine und kniete sich auf das Bett.

»Und was?«, fragte Sophia zurück und zog sich den zweiten Strumpf an.

»Gehen wir nun morgen deine Großmutter besuchen?«

O Gott, sie hatte wirklich geglaubt, ihn von dem Thema abgelenkt zu haben.

»Natürlich nicht.« Sie lachte spöttisch. »Sei doch nicht albern. Wir ziehen jetzt los und gehen feiern. Und wie wir beide genau wissen, wird es ziemlich heftig werden, und die Aussichten, dass einer von uns heute Nacht zum Schlafen kommt, sind gleich null. Es gibt also gar kein Morgen, Hugo. Warum dann Pläne machen?«

Sie schlängelte sich in ihr engstes kleines Schwarzes, streifte einen riesigen rubinroten Klunker über den Finger und zog ihre Killer-Stilettos an. Ihre wirre Mähne türmte sich auf dem Kopf zu einer vagen Mischung aus Beehive und Dutt. Sophia steckte sie fest und besprühte das Resultat großzügig mit Haarspray. Zu guter Letzt trug sie noch etwas zusätzlichen schwarzen Eyeliner auf.

»Fertig«, sagte sie. »Kann losgehen.«

»Wie zum Teufel kriegst du das nur hin, Sophe?«, fragte Hugo verwundert.

»Was?«, erwiderte sie mit Unschuldsmiene.

»Na, aus einem so gewaltigen Chaos etwas so Perfektes zu kreieren.«

Sophia strahlte ihn an. Trotz aller Neckereien blieb er ja doch ihre Ein-Mann-Cheerleader-Gruppe. Sie nahm sich eine von seinen Zigaretten.

»Kommen die anderen auch mit?«, erkundigte sie sich und verwies mit einem Nicken zur Tür auf ihre Mitbewohner Ben und Amelia.

Hugo schüttelte den Kopf. »Die haben keine Lust. Sie holen

sich lieber was vom Inder und sehen sich *Let's Dance* an. Anscheinend werden wir alle langsam zu alt, um ständig um die Häuser zu ziehen.«

Sophia lachte, aber ein Teil von ihr stimmte dem durchaus zu. Wenn sie etwas Besseres zu tun hätte, und einen Freund, mit dem sie dieses Bessere hätte tun können, würde sie wahrscheinlich auch nicht mehr die Clubs unsicher machen.

»Ich finde, wenn du das Geld von deiner Großmutter bekommst, sollten wir uns überlegen, wieder eine Wohnung im Westen zu nehmen«, verkündete Hugo plötzlich. »Vielleicht Notting Hill. Ich meine, ist mir schon klar, dass alle das East End für die angesagteste Gegend halten, aber ich habe mich hier nie so richtig zu Hause gefühlt. Versteh mich nicht falsch. Während der Olympischen Spiele fand ich es im East End echt klasse. All die knackigen jungen Athleten, die in ihren engen Strechteilen rumlaufen. Wem würde das nicht gefallen? Aber das ist längst vorbei, alle sind wieder nach Hause, und es ist langweilig geworden, fast öde. Ich denke, hier ist Schluss mit Party, Sophes. Mir gefällt's jedenfalls nicht mehr. Ich möchte heim. Zurück in den Westen. Bitte, lass uns doch gehen. Offen gesagt, komme ich mir hier immer vor wie ein Tourist, der aus Versehen mitten in ein Bürgerkriegsgebiet geraten ist. Es ist wie Mexiko. Sobald du die Grenzen deines Luxusresorts verlässt, läufst du Gefahr, erschossen zu werden.«

Sophia zog die mottenzerfressenen Samtvorhänge zur Seite und betrachtete den sattgrünen Victoria Park, der unter ihr im Laternenlicht schimmerte. Der Ausblick vom zweiten Stock ihres georgianischen Altbaus war herrlich. Sie befanden sich hier mitten im todschicken Hackney. Sophia war das sehr wohl bewusst. Hugo jedoch tat so, als würde er unter primitivsten Umständen im Bezirk E9 hausen.

»Ich werde von meiner Großmutter kein Geld bekommen, Hugo«, stellte sie klar, um ihn sanft in die Realität zurückzuholen. »Umziehen können wir uns nicht leisten. Wann hat Ben denn das letzte Mal daran gedacht, Miete von uns zu verlangen? Nirgendwo sonst in London werden wir so ein altes Stadthaus finden, für das wir keinen Penny zahlen müssen. Das ist ein echter Glückstreffer hier. Hat mich schon gewundert, dass Bens Eltern uns zu Olympia nicht rausgeschmissen haben. Überleg doch nur, was sie an Miete für den Laden hätten bekommen können! Da sollten wir uns glücklich schätzen, Hugo. Es mag nicht perfekt sein, aber immerhin haben wir ein Dach über dem Kopf.«

Das Haus gehörte Hugos Schulfreund Ben, einem liebenswerten Kiffer mit goldenem Herzen und dem Ehrgeiz eines Dreifinger-Faultiers. Besser gesagt, das Haus gehörte Bens Familie. Hinterlassen hatte es ihnen eine exzentrische Großtante, die aus Protest gegen den blasierten Lebensstil ihrer Verwandtschaft aus dem noblen Belgravia hierher übergesiedelt war, wo sie mit ihrer Geliebten sowie zahllosen Hunden und Katzen der verschiedensten Rassen zusammengewohnt und Gedichte geschrieben hatte, die nie gedruckt worden waren. Als sie starb, wusste die Familie nicht recht, was sie mit dem Haus anfangen sollte. Wer aus ihrem Kreis wollte schon nach Hackney ziehen? Aber da sie nicht jeden Penny zweimal umdrehen mussten, hatten sie es auch nicht eilig, das Haus zu verkaufen. Und als Ben einige Jahre später ein gewisses Interesse zeigte, überließen sie es ihm nur allzu bereitwillig, denn damit sparten sie nicht nur die Miete für seine Penthouse-Wohnung in Kensington, ihr Sohn lebte von nun an auch gut verborgen auf der anderen Seite der Stadt, sodass sie nicht mehr tagtäglich an sein Versagen erinnert wurden. Ben hatte seiner Familie versprochen, das alte Haus gemeinsam mit seinen Freunden während ihres Aufenthalts dort zu renovieren. Inzwischen jedoch waren zahlreiche Mitbewohner und durchreisende Couchsurfer gekommen und gegangen, und noch immer hatte niemand die Zeit gefunden, Wände zu streichen oder auch nur Fenster zu putzen.

Das dreigeschossige Haus war eines der wenigen in der Straße, das noch nicht in mehrere Wohneinheiten umgewandelt worden war. Und es war in der Straße ganz sicher das einzige Haus ohne Zentralheizung und mit nur einem Badezimmer, das sich alle Bewohner teilten. Mit seiner maroden Fassade bildete es einen Schandfleck für das gesamte Viertel. Die Wände im Innern waren seit fünfzig Jahren nicht mehr gestrichen worden und trugen noch immer die psychedelisch gemusterten Tapeten aus den 60er Jahren. In der schäbigen Küche gab es keine Schranktüren mehr, und in dem verdreckten Badezimmer keine Dusche, dafür wiesen beide großflächige feuchte Stellen und Schimmel auf. Sophia, Hugo, Ben und seine Freundin Amelia teilten das Haus mit Mäusen, Ameisen und gelegentlich auch mal mit einer Ratte.

Keiner von ihnen hatte einen Plan für die Zukunft. Jeder von ihnen war früher einmal von seinen Lehrern als »vielversprechend« bezeichnet worden. Aber das war schon lange her. Inzwischen strebte keiner von ihnen mehr irgendetwas an. Zum Glück verfügten sie alle über Treuhandfonds – oder hatten zumindest darüber verfügt, wie in Sophias Fall. Ihre tief enttäuschten Familien warfen ihnen von den üppig gedeckten Familientafeln genügend Brotkrumen zu, dass sie sich durchschlagen konnten, ohne arbeiten gehen zu müssen. Doch eigentlich war das nur ein Manöver, das sie davon abhalten sollte, bettelnd an den Türschwellen ihrer Elternhäuser aufzutauchen und sie vor den Augen der gut situierten Nachbarschaft zu blamieren. Manchmal schien dieses Haus in der Victoria Park Road wie ein Ort, an dem Chancen zu Grabe getragen wurden.

Abgesehen von Kindheitserinnerungen an teure Schulen, Ponys, Urlaubsreisen, große Häuser und Autos verband die Hausbewohner nur wenig. Sie waren noch jung und voller Träume gewesen, als sie sich kennengelernt hatten, doch irgendwie waren sie schließlich alle hier gelandet, tief versackt in ihrem großbürgerlichen Slum.

Sophia war der Dreh- und Angelpunkt der Gruppe. Oder war es zumindest gewesen. Sie verband alle miteinander. Amelia kannte sie aus ihrer gemeinsamen Schulzeit in Westonbirt. Mit Hugo war sie zusammen aufgewachsen. Hugo hatte Ben in Eton kennengelernt, und auf irgendeinem Festival hatte Sophia dann Ben mit Amelia bekannt gemacht. In dieser Nacht war Amelia lieber zu Ben ins Zelt gekrochen als zu Sophia, und der Rest war, wie es so schön heißt, Geschichte. Sie gaben ein tolles Paar ab, waren schwer verliebt und passten in jeder Hinsicht gut zusammen, bis hin zu ihren identischen Piercings. Dennoch hatten beide etwas Melancholisches an sich. *Verlebt* war das Wort, das Sophia bei ihrem Anblick häufig in den Sinn kam. Und das nicht nur wegen des Zeugs, mit dem sie sich ständig zudröhnten. In einer anderen Welt wären Ben und Amelia sich an der Uni begegnet, hätten sich ineinander verliebt, erfolgreiche Karrieren im Londoner Finanzdistrikt gestartet und wären inzwischen verheiratet, mit einem hübschen Eigenheim in Surrey und dem ersten Kind auf dem Weg. So etwas hätte Sophia sich für die beiden gewünscht. Und womöglich steckte dieser Wunsch auch noch irgendwo in ihr selbst.

Sie schluckte den Kloß hinunter, der sich in ihrem Hals gebildet hatte. Die Bilder waren völlig überraschend gekommen. In der Regel achtete sie strikt darauf, nicht daran zu denken, was geschehen wäre, wenn sie sich in ihrem Leben für andere Möglichkeiten entschieden hätte. Es kostete sie viel Energie, immer unbekümmert und gut gelaunt zu wirken, und sie hasste es, wenn Risse in der Fassade sichtbar wurden. Gewöhnlich sparte sie sich nagende Selbstzweifel für die tiefste Nacht auf, wenn sie allein war.

Sie zwang sich zu einem breiten Grinsen und sagte: »Sehe ich okay aus?«

»Du siehst umwerfend aus«, schwärmte Hugo erwartungsgemäß. »Ich würde sagen, Holly Golightly trifft Amy Whinehouse auf einer Playboy-Party.«

»Das genügt mir schon. Aber vielleicht brauche ich noch eine Halskette, falls es auf *Frühstück bei Tiffany* hinausläuft.«

Sophia wühlte in dem Schuhkarton, der ihr als Schmuckkasten diente. Sie besaß eine bunte Mischung aus Familienerbstücken, die sie bei diversen Gelegenheiten hatte mitgehen lassen, Flohmarktkäufen, Ramsch aus Camden-Market-Läden und Modeschmuckabklatsch teurer Designerware. Sie entschied sich für ein Perlenhalsband, das ein wenig an Audrey Hepburn erinnerte.

»Wow, sind die echt?«, fragte Hugo. »Sieht toll aus.«

»Bist du irre?«, gab Sophia zurück. »Das ist original Plastik Marke Topshop anno 2003. Wenn das Teil echt wäre, würden wir mit meinem Ferrari ins West End fahren, nicht mit der scheiß U-Bahn. Also gut, meinetwegen kann's losgehen.«

Hugo musterte sich noch einmal im Spiegel und runzelte die Stirn. »Mit dem Hemd bin ich nicht so richtig glücklich«, erklärte er plötzlich. »Es passt nur auf gebräunte Haut.«

»Hugo!«, rief Sophia wütend und ließ sich zurück aufs Bett

fallen. »Du brauchst doch ewig, bis du ein anderes Hemd gefunden hast.«

»Zwei Minuten, ich schwöre«, sagte er. »Ist doch nicht schwer, so eine Entscheidung.«

»Immerhin hast du achtundzwanzig Jahre gebraucht, um dich zu entscheiden, was du einmal werden willst, wenn du erwachsen bist«, erinnerte Sophia ihn, aber Hugo war bereits durch die Tür verschwunden.

2. Kapitel

Lower East Side, New York 2012

Dominic legte die Stirn an die kühle Scheibe des Seitenfensters, während das Taxi im Schneckentempo durch Brooklyn kroch. Zu Fuß wäre er wahrscheinlich schneller vom JFK nach Hause gekommen. Hätte er doch bloß nicht eine Kofferraum-Ladung voll schwerer Taschen und Ausrüstungsteile mitzuschleppen. Vor fast einer Stunde hatten sie den Flughafen verlassen. Eigentlich brauchte man für die Strecke etwa eine halbe Stunde, aber es herrschte abendlicher Berufsverkehr, und die Straßen von New York City waren dicht. Während das Taxi sich auf der Williamsburg Bridge Zentimeter für Zentimeter über den East River schob, spürte Dom, wie sich sein Magen in einer unangenehmen Mischung aus Erwartung und Furcht zusammenzog. Endlich war er wieder zu Hause in Manhattan. Wie sehr er diesen Ort vermisst hatte! Aber wie konnte er sich einerseits so darüber freuen, wieder zu Hause zu sein, und andererseits solch entsetzliche Angst vor dem haben, was ihn bei seiner Ankunft erwartete?

Aus dem Radio drang ein eingängiger R&B-Song, den Dominic noch nie gehört hatte. Vermutlich war es der große Sommerhit in diesem Jahr gewesen. Mitbekommen hatte er davon jedenfalls nichts. Er fragte sich, was er sonst noch alles während seiner Abwesenheit verpasst hatte. Im Grunde sah alles noch genauso aus wie bei seiner Abreise, außer dass ein bleifarbener Oktoberdunst den strahlend blauen Julihimmel abgelöst hatte. Es war schon ein sonderbar zwiespältiges Gefühl, nach so langer Zeit in seine Heimatstadt zurückzukommen, vor allem weil der Aufbruch so traumatisch gewesen war.

Dom hatte den Lärm vermisst, die vertrauten Gerüche, die stolzen Häuserreihen aus braunem Sandstein, die weit in den Himmel ragenden Hochhäuser, das Gewimmel auf den Bürgersteigen, die interessanten Leute und den permanenten Adrenalinrausch. Er hatte seinen Hund vermisst, die Kumpels, den Breitbildfernseher, seine Stammkneipe, das eiskalte Bier und das eigene Bett. Aber hatte er sein Leben als Ehemann vermisst oder seine Frau Calgary? Während der vergangenen drei Monate hatte er über kaum etwas anderes nachgedacht. Und am Ende hatte er sich in den entlegensten Tiefen des Amazonas-Regenwalds eingebildet, dass er die ganze scheiß Angelegenheit verarbeitet hatte und mit der Situation im Reinen war. Teilweise hatte er sogar so etwas wie Erleichterung und Befreiung empfunden. Ja, all die schönen Dinge mochten damit verloren sein, aber war er dafür nicht auch all die unschönen los? Und durch den großen räumlichen Abstand war ihm endlich bewusst geworden, dass seine Freunde recht gehabt hatten: Calgary hatte ein Menge Unschönes mit sich gebracht. Im Herzen des Amazonasbeckens war es ihm wie Schuppen von den Augen gefallen, und er hatte erkannt, dass seine Ehe alles andere als perfekt gewesen war.

Aber das war vor Tagen und Wochen gewesen, an einem Ort dreitausend Meilen entfernt von der Lower East Side und der Wohnung, die er drei Jahre lang mit Calgary geteilt hatte. Jetzt, da das gelbe Taxi die Delancey Street entlangkroch und ihrer – seiner – Wohnung in der Orchard Street immer näher kam, verwandelten sich die sanften Schmetterlinge in seinem Bauch zu wütenden Raubvögeln, deren Flügel wild gegen seine Eingeweide schlugen.

»Wo in der Orchard?«, erkundigte sich der Fahrer freundlich.

»Direkt hinter der Rivington«, antwortete Dominic.

»Klar doch«, erwiderte der Fahrer und grinste Dom im Rückspiegel an. »Hab ich mir schon gedacht, dass Sie das sagen. Einer von den neuen Luxusblöcken mit Eigentumswohnungen, stimmt's?«

Dom wand sich unbehaglich in seinem Sitz.

»Wie kommen Sie darauf?«, fragte er.

Der Fahrer lachte. »Na ja, mit diesen Stiefeln an den Füßen und dem Dreitagebart machen Sie doch keinem was vor. Sie wohnen in der Lower East Side, und da versuchen Sie natürlich, viel cooler und ganz anders zu sein als all die schnöseligen Upper East Sider. Also laufen Sie rum wie ein Penner und reden betont lässig, aber man durchschaut Sie sofort, Mann. Sie tragen nämlich eine Ray Ban, Ihre Uhr ist von Tag Heuer, Ihr Rucksack ist irgend so ein angesagtes europäisches Teil und solche Filmkameras wie die da hinten schleift man nicht aus Spaß an der Freud rund um den Globus. Daher denke ich mal, Ihre Wohnung liegt eingezwängt zwischen einem Boutique-Hotel und einem Designerladen in einem dieser abgedrehten neuen Gebäude, die aussehen wie ein Jengaturm, und vermutlich kommen Sie für die Miete mit schlappen 5000 Dollar im Monat gerade mal so hin, hab ich recht?«

»Sie haben mich komplett durchschaut, mein Freund«, antwortete Dom, ohne sich seine Verlegenheit anmerken zu lassen. »Einen Häuserblock weiter. Auf der rechten Seite, direkt hinter dem Hotel.«

Der Fahrer nickte wissend und tippte sich an die Stirn, als

wollte er sagen: ›Ich sehe alles von meinem Taxi aus. Keiner versteht New York City besser. Ich durchschaue sie alle, Mann.‹ Und vielleicht tat er das ja tatsächlich. Aber Dom hätte am liebsten erklärt, dass er *in diesem Fall* völlig danebenlag. Am liebsten hätte er gesagt: ›Hör mal zu, mein Freund. Ich stamme aus Southeast Yonkers, bin halb irisch-amerikanisch, halb italo-amerikanisch, und kein Mitglied meiner Familie hatte jemals auch nur einen Dollar auf der hohen Kante, seit die ersten den scheiß Kahn verlassen und ihren Fuß hier an Land gesetzt haben. Bei uns sind alle Malocher gewesen, die sich die Hände dreckig gemacht haben, auf der einen Familienseite bis zurück nach Cork, auf der anderen nach Neapel. Mein Vater war Mechaniker, und meine Mutter hat vierzig Jahre lang als Näherin geschuftet. Ich habe eine öffentliche Schule besucht und mich wie verrückt reingehängt, um aufs College zu kommen, das ich übrigens mit drei Jobs gleichzeitig komplett selbst bezahlt habe. Außerdem bin ich stolz auf meine Wurzeln. Aber dann bin ich eines Tages diesem Mädchen begegnet, das mehr Stil hatte als ich, cooler war als ich und hübscher war als alle Mädchen, die ich je gesehen hatte. Sie war intelligent und erfolgreich und, dreimal dürfen Sie raten, ich verliebte mich in sie. Nach unserer Heirat wollte sie hier hinziehen, und ich wollte sie glücklich machen. Daher leben wir hier. Und jetzt ist sie weg, und ich bin noch immer hier. Also finden Sie sich damit ab, weil ich es nämlich auch tun muss!‹ Doch Dominic war zu gut erzogen, um so etwas zu sagen, also hielt er den Mund, lächelte freundlich und gab dem Fahrer ein großzügiges Trinkgeld.

Dom stand vor seinem Haus auf dem Bürgersteig, neben ihm sein Gepäck und seine Ausrüstung. Es war ein kalter Herbstabend in New York. Nach dem langen Flug, dem Schlafmangel und dem starken Temperaturwechsel fror er zwar erbärmlich, dennoch konnte er sich nicht überwinden hineinzugehen. Noch nicht. Sobald er einen Fuß in das Gebäude setzte, würde dieser ganze Albtraum, der in Ecuador so weit weg gewesen war, plötzlich wieder sehr, sehr real werden. Er stampfte mit den Stiefeln auf den Boden, um wieder Gefühl in seine Zehen zu bekommen, zog seine Wollmütze tiefer über die Ohren, schloss den Reißverschluss seiner Thermojacke bis zu seinem Stoppelkinn und zündete sich eine Zigarette an. Es war eine schlechte Angewohnheit von früher, die er kürzlich wieder aufgegriffen hatte. Nein, das stimmte nicht ganz. Es war eher eine schlechte Angewohnheit von früher, die er sich seit Kurzem eingestand, nie ganz aufgegeben zu haben. In Wahrheit hatte er jahrelang bei seinen Freunden Zigaretten geschnorrt, wenn Calgary nicht dabei gewesen war, und danach hektisch Kaugummi gekaut, um den Geruch zu überdecken, bevor er nach Hause kam.

Er hatte seine Marlboro halb aufgeraucht, als ihm klar wurde, dass er auch auf der Dachterrasse hätte rauchen können, ja sogar – was für eine Todsünde – in der Wohnung selbst. Und er hätte nicht einmal die Fenster öffnen müssen. Jetzt, da Calgary weg war, konnte ihm keiner mehr Vorwürfe wegen seiner schlechten Angewohnheiten machen. Er konnte tun und lassen, was er wollte. Er konnte noch bis weit nach Mitternacht das Licht anlassen und im Bett lesen. Er konnte den Hund auf das Sofa lassen. Er konnte Fisch kochen, ohne die gesamte Wohnung anschließend deodorieren zu müssen, bevor Calgary von der Arbeit nach Hause kam. Er musste sich nicht länger jeden Tag rasieren (daher auch sein Stoppelbart). Er musste sich nicht mehr bei jedem Ausziehen für das Tattoo auf seinem rechten Arm entschuldigen. Dominic McGuire war jetzt Herrscher in seiner eigenen Burg. Warum also graute ihm so sehr davor, nach oben zu gehen? Dom holte tief Luft, sammelte seine Sachen ein und betrat mit müden Beinen und schwerem Herzen das Gebäude.

»Dominic! Dominic!«, rief Guido, der Pförtner, stürmte hinter seinem Tresen hervor und umarmte Dom herzlich. »Ich habe Sie ja so vermisst. Wie schön, dass Sie wieder zu Hause sind. Sie sehen ein wenig schmal aus. Und schrecklich müde. Sie haben wieder zu viel gearbeitet. Kommen Sie, kommen Sie, ich nehme Ihnen das ab.«

Dominic überließ Guido die leichteste der Kamerataschen. Für ihn war es weniger eine notwendige Entlastung als eine Geste der Freundlichkeit gegenüber dem Pförtner, der gerne das Gefühl hatte, gebraucht zu werden. Guido war mindestens doppelt so alt wie Dom und halb so groß. Zudem hatte Dominic sein gesamtes Gepäck ganz allein aus dem tiefsten ecuadorianischen Regenwald zurückgeschleppt, da würde es für die wenigen Schritte bis zum Aufzug auch noch reichen. Trotzdem war es schön, das vertraute Gesicht des sympathischen Pförtners wiederzusehen. Guido erinnerte Dom immer an seine italienischen Onkel daheim in Yonkers.

»Und, wie war's in Peru?«, erkundigte sich Guido aufgeregt.

»Super, großartig, sehr interessant«, sagte Dom, obwohl er eigentlich gerade aus Ecuador zurückgekommen war. Aber er brachte es nicht übers Herz, den Alten zu korrigieren. »Allerdings kein Vergleich mit dem Trubel hier auf der Bowery.«

»Ja, ja, sicher«, sagte Guido, während er die kleine Tasche mit Mühe in den Aufzug bugsierte. »Ist auf jeden Fall schön, dass Sie wieder da sind.«

Guido lächelte Dominic freundlich zu. Das ›große Thema‹ hing über ihnen, aber keiner wollte es als Erster ansprechen.

»Tja, und … haben Sie, äh, Calgary häufig getroffen?«, fragte Dom endlich und starrte dabei auf seine Füße. »Ist sie während meiner Abwesenheit hier gewesen?«

»Nicht so oft«, erklärte Guido bedauernd. »Ich glaube nicht, dass sie noch einmal kommt. Die ist jetzt fort. Ein- oder zweimal ist sie nach Ihrer Abreise noch da gewesen. Aber seitdem nicht mehr. Sie hat mir eine Adresse in Uptown gegeben, an die ich ihr die Post nachsenden soll, falls Sie wissen wollen, wo sie wohnt.«

Dom schüttelte den Kopf und zuckte dann mit den Schultern, als wollte er sagen, dass es nicht von Bedeutung sei. Aber damit konnte er keinem etwas vormachen. Sie war also in ihr altes Revier zurückgekehrt. Keine große Überraschung. Die beiden Männer verharrten in unbehaglicher Stille, bis der Aufzug das Penthouse erreichte.

»Es tut mir ja so leid, Dominic«, sagte Guido leise. »Ich weiß, es geht mich nichts an, aber Sie sind so ein netter Mensch, und ich begreife nicht, wie Ihre Frau Ihnen so etwas antun kann. Sie schienen so ein perfektes junges Paar zu sein. Was ist da nur passiert?«

»Eigentlich ist die Sache ziemlich banal«, erklärte Dominic traurig. »Ich wollte Kinder, sie nicht. Mein Fehler, schätze ich. Sie war schon ganz auf ihre Karriere fixiert, als wir uns kennenlernten. Es war dämlich zu glauben, das könnte sich ändern.«

Guido schüttelte betrübt den Kopf.

»So eine Tragödie«, sagte er bekümmert. »Meine älteste Tochter, Isabella, sie ist Rechtsanwältin, wissen Sie?«

Dominic wusste es. Guido konnte endlos von seinen phantastischen Kindern schwärmen oder den Bewohnern des Hauses Fotos von seinem Nachwuchs zeigen. Es zählte zu den Dingen, die Dom an Guido am meisten beeindruckten – sein enormer Stolz auf die Familie.

»Inzwischen hat sie drei Kinder! Sie kommt nicht mehr zum Schlafen und ist völlig erschöpft, das arme Mädchen. Aber sie hat drei Bambinos *und* einen guten Job. Und sie ist glücklich. Warum macht es Calgary nicht auch so?«

Dominic wusste darauf keine Antwort. Er war sich nicht wirklich sicher, ob er selbst Calgarys Gründe verstanden hatte. Wie sollte er es einem anderen erklären, ohne sofort wie der verbitterte sitzengelassene Ex zu klingen? Und Verbitterung war nicht Doms Art.

»Mir tut es leid, Dominic«, sagte Guido. »Mehr wollte ich gar nicht sagen.«

»Danke, Guido«, antwortete Dominic, als die Türen sich im obersten Stockwerk öffneten. Und meinte das auch so.

Guido trottete hinter Dom den Flur entlang, bis sie die Wohnungstür erreichten. Während Dominic in der Hosentasche nach seinem Schlüssel suchte, räusperte Guido sich.

»Ähm, da ist noch eine Sache«, begann er zaghaft. »Als Calgary zurückgekommen ist, da hat sie … äh … eine ganze Menge Sachen mitgenommen. Sie hatte einen Transporter und ein paar Männer bei sich. Sie hat Möbel mitgenommen, Fernseher, den Kühlschrank … Es könnte sein, dass die Wohnung vielleicht …«

Dominic fand den Schlüssel und drehte ihn im Schloss.

»Vollkommen leer ist?«, beendete er den Satz für Guido.

Wo zuvor ihr geschmackvoll eingerichtetes Zuhause gewesen war, klaffte jetzt gähnende Leere. Übrig geblieben waren nur noch unzählige Quadratmeter massiver Eichendielen, weiß getünchte Wände und ein einsamer zerschlissener Ledersessel. Den hatte Dominic einst auf dem Flohmarkt ergattert, er stammte noch aus seinen Studentenzeiten. Calgary hatte ihn immer gehasst. Das Ding würde sie anwidern, und sich zudem mit den Designerstücken von Wenger, Jacobsen und Paton beißen, die sie ›gemeinsam‹ ausgesucht hätten (obwohl Dominic sich nicht daran erinnern konnte, bei der Möbelauswahl für die Wohnung jemals um seine Meinung gefragt worden zu sein). Dom hatte Calgary damit aufgezogen, dass es doch gerade total cool sei, ausgewählte »Vintage«-Stücke in die Wohnung zu integrieren, denen man ansähe, was sie mitgemacht hätten. Worauf Calgary erwidert hatte, dass in diesem Fall sie am meisten mitmachen müsse, nämlich immer dann, wenn ihre Freundinnen zu Besuch kämen und dieses verfluchte Stück Gerümpel alles verschandelte. Jetzt allerdings war Dom umso glücklicher darüber, stets darauf bestanden zu haben, seinen geliebten Ledersessel zu behalten. So hatte er heute Abend zumindest eine Sitzgelegenheit.

Und als er vorsichtig durch seine Wohnung lief und die Schritte von den nackten Wänden widerhallten, sah er, dass ihm auch seine Bücher geblieben waren. Zwar standen sie nicht länger streng nach Einbandfarbe geordnet auf einem skandinavischen Designerregal, aber sie waren alle noch da, türmten sich in einem Dutzend hoher, windschiefer Stapel auf dem Boden – die Fotografie- und Kunstbände, die naturgeschichtlichen Fachbücher, die schwedischen Thriller, seine gesammelten Werke von Hemingway, Fitzgerald und Capote. Tja, eine leidenschaftliche Leserin war Calgary noch nie gewesen. Es sei denn, es war etwas, das sie geschrieben hatte, oder natürlich eine Ausgabe von Vogue oder Wallpaper. Am liebsten betrachtete Calgary die Fotostrecken in Zeitschriften, ganz besonders, wenn sie selbst darauf zu sehen war. Dass seine Bücher auch ihr einen intellektuellen Touch verliehen, wenn

Freunde zum Abendessen vorbeikamen, gefiel ihr zwar, aber sie selbst besaß kein einziges, und Dom hatte sie nie eins von seinen lesen sehen. Im Gegenteil: sie schnaufte sogar missbilligend, wenn Dom sich ein Buch zum Lesen herauszog, weil dies ihrer Meinung nach das ästhetische Gesamtbild zerstörte. Aber wozu ein Buch haben, wenn man es nicht lesen durfte?

Dominic stellte seine Taschen neben den Büchertürmen ab. Guido war ihm unaufgefordert in die Wohnung gefolgt. Für einen Pförtner mochte dieses Verhalten nicht unbedingt professionell sein, Dom aber machte es nichts aus. Der kleine Italiener setzte die Tasche ab, die er getragen hatte, und verfolgte mit offenem Mund, aber ohne einen Ton herauszubringen, wie Dominic einen Blick in die Küche warf (kein Kühlschrank, keine Waschmaschine, keine Spülmaschine), dann ins Arbeitszimmer (kein Schreibtisch, kein Stuhl, kein Computer) und schließlich ins Schlafzimmer. Es überraschte Dominic nicht, dass das Bett verschwunden war, schließlich hatte es ein Vermögen gekostet und war extra aus Deutschland importiert worden, aber immerhin war Calgary so großzügig gewesen, ihm die Matratze dazulassen, wenn auch ohne Laken oder Bettdecke. Die Kleiderschränke waren ebenfalls fort, und Doms Kleidung und Schuhe lagen in unordentlichen Stapeln auf den Dielen. Er beugte sich hinunter, hob einen alten Tennisball auf und schlenderte zurück ins Wohnzimmer.

Guido sah auf den Ball, und einen Moment lang dachte Dom schon, der alte Mann würde anfangen zu weinen.

»Nein …«, murmelte er. »Nein, nein, nein. So grausam kann sie doch nicht sein …«

Dominic sah auf den schmutzigen, angekauten Ball in seiner Hand an und lachte.

»Nein, Guido«, sagte er und klopfte ihm liebevoll auf den

Rücken. »Blondie hat sie nicht mitgenommen. Das würde sie nicht wagen. Calgary weiß genau, dass ich ohne Sofa, Bett oder Plasmafernseher leben kann, aber sie wäre nie so grausam, mir meine Kleine wegzunehmen. Abgesehen davon mag sie Blondie nicht besonders. Selbst wenn die Wohnung in Flammen stünde, ich glaube nicht, dass Calgary den Hund mitnehmen würde.«

»Aber wo ist Blondie?«, fragte Guido und sah sich in der Wohnung um, als könnte sich die Hündin in irgendeiner Ecke versteckt haben. Als ob Blondie klein genug wäre, sich irgendwo zu verstecken!

»Ich habe sie bei meinem Freund Dave untergebracht. Erinnern Sie sich an Dave? Groß, rotbraune Haare, klopft ständig dumme Sprüche.«

Guido nickte. »Ich erinnere mich«, sagte er. »Lacht viel und erzählt einen Witz nach dem anderen. Ziemlich schmutzige Witze!«

»Genau, das ist er«, sagte Dom. »Mein bester Freund seit der Grundschule. Blondie ist drüben in Brooklyn bei ihm, seiner Frau und seinen beiden Kindern. Tolle Familie. Bei ihnen zu Hause ist es laut und ein wenig chaotisch, aber Blondie hat sich dort köstlich amüsiert. Den Fotos nach, die sie mir geschickt haben, scheint sie mir höchstens ein wenig fett geworden zu sein. Ellen kann prima kochen, und die Kids verwöhnen Blondie natürlich maßlos. Aber es geht ihr gut. Ich werde sie morgen früh abholen. Ich kann es kaum erwarten!«

»Sie werden also zurechtkommen?«, fragte Guido. »Hier so ganz allein heute Nacht?«

Dom nickte. »Klar doch. Ich habe einen Platz zum Sitzen und einen Platz zum Schlafen. Fernsehen kann ich auf meinem Laptop, und ich kann mir Pizza bestellen. Nach drei Monaten ohne Pizza habe ich einen Mordshunger auf eine Peperoni. Vielleicht hole ich mir noch ein paar Budweiser aus dem Laden gegenüber. Was kann sich ein alleinstehender Mann mehr wünschen?«

»Eine Frau«, sagte Guido ohne Umschweife. »Meine Alessia ist noch zu haben. Soll ich sie anrufen?«

Dominic schüttelte lächelnd den Kopf. Alessia war die jüngste von Guidos vier Kindern. Sie war zwar fraglos hübsch, aber sie ging noch aufs College und war kaum älter als Zwanzig. Dominic hatte kürzlich die Fünfunddreißig überschritten und war an minderjährigen Studentinnen nicht interessiert. Ehrlich gesagt, war er derzeit überhaupt nicht an Frauen interessiert – davon hatte Calgary ihn fürs Erste geheilt.

»Ihre Tochter ist hübsch«, sagte Dom zu Guido. »Aber sie ist viel zu jung und unschuldig für einen zynischen alten Typen wie mich. Sie sucht sich besser einen netten Collegeboy, meinen Sie nicht?«

Guido seufzte und schien enttäuscht. »Aber Sie sind doch ein so netter Mensch, Dominic. Sie sollten glücklich sein. Ein Mann braucht mehr als einen Hund.«

Dom musste über die Ermahnung lächeln und schüttelte den Kopf. Er war sich wirklich nicht sicher, ob er diesem Punkt noch zustimmen würde.

Guido verließ die Wohnung, um seinen Posten in der Eingangshalle wieder einzunehmen. Sobald die Tür hinter ihm ins Schloss gefallen war, fühlte sich die Wohnung gespenstisch still und leer an. Dominic hatte sie gar nicht so riesig in Erinnerung. Mit Möbeln, einer Frau und einem Hund hatte alles viel beschaulicher und intimer gewirkt. Jetzt dürfte die Wohnung viel zu groß für ihn sein. Zu groß (und zu teuer sowieso) war ihm das Penthouse schon vorgekommen, als Calgary es ihm unmittelbar nach der Fertigstellung des Gebäudes zum ersten Mal gezeigt hatte. Seiner Ansicht nach benötigten sie für sich nicht so viele Quadratmeter. Aber im Stillen hatte er damit gerechnet, dass es nicht lange bei einem Zweipersonenhaushalt bleiben würde, weshalb die Größe kein Problem darstellte. Sie waren frisch verheiratet, also würde die Familie den Platz bald brauchen. Da er fälschlicherweise davon ausgegangen war, dass Calgary die Sache genauso sah, hatte er glücklich den Mietvertrag unterzeichnet.

Vielleicht sollte er die Wohnung jetzt besser kündigen. Es gefiel ihm zwar hier in der Bowery, und er lebte mittlerweile schon so lange in Manhattan, dass er es als sein Zuhause betrachtete, aber der Rest von New York City gefiel ihm auch. Er konnte nach Brooklyn ziehen, wo all seine Freunde wohnten, oder womöglich zurück nach Yonkers, um in der Nähe seiner Familie zu sein. Verdammt, in jedem anderen Viertel als Manhattan könnte er sich ein Haus mit Garten leisten. Blondie wäre von so etwas begeistert. Aber würde Dom es wirklich aushalten, in Brooklyn zu leben, inmitten all dieser vor Selbstzufriedenheit strotzenden Ehepaare? Oder daheim in Yonkers, wo ihm seine Mutter ständig im Nacken sitzen und versuchen würde, ihn mit sämtlichen Töchtern ihrer Freundinnen zu verkuppeln, genau wie damals, als er noch in der High-School gewesen war? Er mochte seine Freunde und er liebte seine Mutter, aber als Single hatte es seine Vorteile, in Manhattan zu bleiben. Wie eine Fernstraße in der Wüste dehnte sich die Zukunft vor Dominic aus. Es gab keine Hinweisschilder, keine Abfahrten, nur eine lange, einsame Straße, die weiß Gott wohin führte.

3. Kapitel

Hackney, London, 2012

Sophia trank noch einen Schluck von dem billigen Schampus, zündete sich eine Zigarette an und versuchte, nicht auf die Zeilen des ellenlangen Briefes zu sehen, dessen Seiten ausgebreitet neben ihr auf dem Kissen lagen. Zögernd, fast gegen ihren Willen, nahm Sophia die Seiten in die Hand und ließ es zu, dass ihre Augen die Worte verschlangen, die sie mit aller Macht hatte ignorieren wollen.

Mayfair, London, 1938

Nie werde ich den Tag vergessen, an dem mein Vater mit mir in die Bond Street ging. Ich weiß noch, wie die Wege im Hyde Park voller Blätter lagen und Nanny mich auf unserem eiligen Gang von der U-Bahn-Station zu Papas Hotel schalt, weil ich mit meinen funkelnagelneuen Lackledersschuhen gegen die matschigen Blätterhaufen trat. Nanny sagte, ich würde mir die Schuhe ruinieren und dass dies eine Riesenschande sei, weil es sie doch so viel Arbeit gekostet hatte, mich für das Treffen mit meinem Vater herzurichten. Die Schuhe waren rot mit silbernen Schnallen. Acht Jahre alt dürfte ich damals gewesen sein.
Es war ein höchst ungewöhnlicher Tag, nicht zuletzt, weil es das erste und einzige Mal sein sollte, dass ich mit meinem Papa ein-

kaufen ging. Die Welt stand am Rande gewaltiger Veränderungen, doch ich befand mich natürlich in glückseliger Ahnungslosigkeit der Dinge, die unmittelbar bevorstanden. Wäre mir bewusst gewesen, wie einzigartig und herrlich dieser eine kleine Tag sein würde, vielleicht hätte ich damals alles noch intensiver ausgekostet. Und dennoch muss ich irgendwie seine Bedeutung verstanden haben. Warum sonst hätte ich die Erinnerung daran so mit Zuckerguss überzogen und in Goldfolie gewickelt über all die Jahre? Die Erinnerung an diesen Tag gehört zu den köstlichsten, die ich besitze.

Ich habe meinen Papa in jener Zeit nur selten getroffen. Er war eine Randfigur in meiner Kindheit, allerdings eine überaus fesche und romantische. Auch Mama war für mich weit fort, aber auf andere Weise. Wenn ich nicht im Internat in Westonbirt war, wohnten wir im selben Haus. Beaumont House war ein weitläufiges Anwesen in Wiltshire, das seit seiner Erbauung im Jahre 1705 im Besitz von Papas Familie war. (Heute befindet sich dort meines Wissens ein Hotel.) Aber Mama war immer sehr beschäftigt. Mama – oder Lady Charlotte Beaumont, wie der Rest der Welt sie nannte – führte den Haushalt, besuchte in Bath das Theater, speiste mittags mit Freunden und spielte sehr viel Tennis. Sie war Mäzenatin der kleinen Landklinik im Ort und tat viele »gute Werke«. Zumindest erzählten mir das die Hausangestellten, wenn ich fragte, wo sie war. Wir hatten ein festangestelltes Kindermädchen, obwohl ich während der Schulzeit wochentags in meiner Privatschule untergebracht war und es keine anderen Kinder im Haus gab. Erst als ich selbst Mutter wurde, begriff ich, mit wie viel Bedacht Mama sich von mir ferngehalten hat. Aber zu diesem Zeitpunkt wusste ich bereits, dass sie dafür ihre guten Gründe gehabt hatte.

An den Wochenenden, während der Saison, ging Mama auf die

Jagd. Und wenn keine Saison war, ritt sie mit Bekannten aus. Ich habe noch immer ein klares Bild von ihr vor Augen: Sie, mit einer Zigarette in der Hand gegen die Stallwand gelehnt, und irgendein Kerl daneben, der sie anhimmelte und fasziniert ihren bissigen Bemerkungen lauschte. Sie war eine wirklich atemberaubende Frau, stets würdevoll, souverän und perfekt gestylt bis zu ihrem Tod. Ja, ich sehe sie heute noch vor mir, das glänzende schwarze Haar unter ihrer Reitkappe, die langen Beine in enganliegenden weißen Jodhpurs, dazu schwarze Reitstiefel, die so auf Hochglanz poliert waren, dass sie darin ihr Spiegelbild bewundern konnte. Ein fast schon süffisantes Lächeln umspielte stets ihre tiefroten Lippen. Vielleicht habe ich ihr auch hinterherspioniert. Manchmal habe ich so etwas getan. Ich war immer darum bemüht, den Abstand zwischen uns zu schließen. Einmal habe ich sie im Sommerhaus dabei beobachtet, wie sie Aubrey küsste, einen Cousin zweiten Grades von Papa. Rückblickend muss ich sagen, dass sie schon reichlich viele Männerbekanntschaften pflegte. Andererseits war Papa natürlich auch ständig fort.

Ich war ein einsames Kind. Ein Einzelkind. Mit einer emotional distanzierten Mutter und einem räumlich distanzierten Vater. Inzwischen verstehe ich, dass ihre Ehe mehr einem geschäftlichen Arrangement glich als einer romantischen Beziehung, aber das waren auch andere Zeiten und eine andere Welt damals, daher maße ich mir kein Urteil an. Ich denke, für die beiden dürfte diese Ehe weit besser funktioniert haben, als für mich. Ich entwickelte mich zu einer entsetzlich aufgeblasenen kleinen Diva, führte andauernd irgendwelche Theaterstücke auf oder gab Gesangsvorstellungen in dem hilflosen Bemühen, damit die Aufmerksamkeit meiner Eltern zu erregen. In jenen Tagen hatte ich mit dieser Haltung keinen großen Erfolg, aller-

dings hat sie mir später im Leben gute Dienste erwiesen, da ich mich häufig im Zentrum der öffentlichen Aufmerksamkeit befand.

Auch wenn mich mit meiner Nanny, meinen Hunden und meinen Ponys eine weit engere Beziehung verband, als ich sie je zu einem meiner Elternteile gehabt hatte, so bewunderte ich sie als junges Mädchen aus der Ferne doch sehr, insbesondere Papa. Ich war absolut vernarrt in meine Vorstellung von ihm, obwohl ich mir nicht sicher bin, ihn jemals gut genug gekannt zu haben, um ihn als den Mann zu lieben, der er tatsächlich gewesen war. Ich wünschte, ich hätte ihn besser gekannt. An jenem Tag in London kamen wir wohl einem freundschaftlichen Verhältnis näher als irgendwann sonst.

Papa verbrachte viel Zeit in Übersee, war immerzu »geschäftlich unterwegs«. Unserer Familie gehörten diverse Dinge – Kautschukfabriken in Indien, Teeplantagen auf Ceylon, eine Rinderfarm in Argentinien, eine Brennerei in Schottland. Keine Ahnung, wie wir zu diesen Unternehmen gekommen waren oder warum sie uns gehörten. Es war einfach so. Seit Jahrhunderten gehörten Familien wie der unseren große Landstriche des Commonwealth. Und dann verloren wir sie sehr schnell wieder. Aber das ist eine andere Geschichte.

Papa war wieder eine ganze Weile in Übersee gewesen, aber nun hatte er eine Stippvisite in London eingelegt und mich dorthin beordert, um ihn zu besuchen. Wenn Papa jemanden zu sich beorderte, dann kam derjenige sofort. Papa war schließlich ein Marquess, und als solcher war er es gewohnt, seinen Willen zu bekommen. Meine Privatschule muss klug genug gewesen sein, dies zu verstehen, denn Nanny durfte mich mitten aus dem Vormittagsunterricht herausholen, mitten in der Woche, mitten im Schuljahr, und in einen Wagen mit Chauffeur verfrachten.

Überraschende Besuche meiner Nanny waren stets ein freudiges Ereignis. Vermutlich empfand ich für sie, was die meisten jungen Mädchen für ihre Mutter empfanden. Sie war etwa im gleichen Alter wie Mama, und obwohl sie nicht annähernd so kultiviert, glamourös und elegant war wie meine Mutter, fand ich sie doch ebenso schön. Nanny Miller war klein, kurvenreich, mit einer Wespentaille und einem kurzgeschnittenen blonden Lockenkopf. Ihre Wangen waren immer ein wenig gerötet, als würde sie jeden Moment vor Verlegenheit puterrot anlaufen, und die Knöpfe ihrer Bluse schienen einen ewigen aussichtslosen Kampf gegen ihre ausladenden Brüste zu führen. Einmal hörte ich, wie Mama meine Nanny als »billiges Pin-up-Girl« bezeichnete (was ich mir dann von Tony, dem Sohn des Gärtners, erklären ließ), aber ich habe sie eher als das Ebenbild von Betty Grable in Erinnerung.
Ich muss gestehen, dass ich mir manchmal vorstellte, Nanny wäre meine eigentliche Mutter. In ihrer Gegenwart fühlte ich mich beschützt, geliebt und wie etwas ganz Besonderes. Sie schimpfte zwar regelmäßig mit mir, viel häufiger aber schloss sie mich in die Arme. Und ebenso großzügig wie mit ihren Umarmungen war sie mit freundlichen Worten. Sie nannte mich immer »mein kleiner Liebling«, selbst als ich schon erwachsen war und einen guten Kopf größer als sie. Nanny war ein typisches Landmädchen aus dem Südwesten Englands, besonnen und geradlinig. Allerdings wurde sie leicht nervös, wenn sie unter Zeitdruck geriet. Ich weiß noch, wie ich mich im Bahnhof Bath Spa in der Ecke eines zugigen Warteraums auf dem Bahnsteig umziehen musste, um noch vor der Ankunft des Zugs nach Paddington von meiner Schuluniform in meine besten Sachen zu wechseln. Nanny meinte, wir hätten keine Zeit mehr, dafür auf die Damentoilette zu gehen. Dabei schien es anschließend

noch eine Ewigkeit zu dauern, bis der Zug aus Bristol mit seiner dunkelgrünen Dampflok in den Bahnhof einfuhr.

Als Kind liebte ich es, mit dem Zug zu fahren. Ich war schon mit dem Flying Scotsman und mit dem Cornish Riviera Express unterwegs. Erster Klasse, versteht sich. Aber an diesem Tag konnte mir die Fahrt gar nicht schnell genug gehen. Ich drückte die Stirn gegen die kalte Fensterscheibe und starrte auf die Gleise, bis mir schwindlig wurde und ich nicht mehr wusste, ob wir uns nun vorwärts bewegten oder rückwärts. Anhand des Plans, der auf der Rückseite der Abteiltür hing, prägte ich mir unsere Fahrtroute ein und beschwor jede Haltestelle, rasch vorüberzugehen – Chippenham, Swindon, Reading. Endlich wurden die Felder, Hecken, Seen und Wälder des ländlichen Englands von endlosen Zeilen schmuddeliger Reihenhäuser aus rotem Backstein abgelöst, und der hellblaue Himmel wurde immer trüber und grauer. Ich sah riesige Fabriken, aus deren Schloten schwarzer Rauch quoll, und Straßen, auf denen ein solcher Verkehr herrschte, dass ich mich fragte, wie die Menschen es vermieden, ineinanderzukrachen.

Wir legten einen unplanmäßigen Halt in Ealing Broadway ein. Während ich ungeduldig aus dem Fenster starrte, begegnete ich dem Blick eines Mädchens etwa in meinem Alter, das mit ihrer Mutter auf dem Bahnsteig saß. Sie saßen direkt auf dem schmutzigen Boden, lehnten mit den Rücken gegen die Bahnhofsmauer und hatten einen umgestülpten Hut vor sich abgestellt. Das Mädchen war bleich und dünn, ihr Kleid und ihre Strickjacke abgetragen und zerschlissen; am meisten jedoch schockierte es mich, dass sie überhaupt keine Schuhe trug. Nicht einmal Strümpfe! Ihre Füße waren splitternackt und fast schwarz vor Dreck. Ich lächelte sie an und begriff nicht, warum sie so finster zurückstarrte.

»Was sitzen die da einfach so rum?«, fragte ich Nanny verdutzt.
»Sie betteln, mein kleiner Liebling«, erwiderte sie betrübt. »Manche Menschen haben so wenig, dass sie betteln müssen, nur um sich etwas zu essen kaufen zu können.«
»Sie haben nicht einmal etwas zu essen?«, rief ich aus. »Das arme Mädchen. Kein Wunder, dass sie so traurig ist. Sie hat noch nicht einmal Strümpfe an, und dabei ist es entsetzlich kalt heute. Ich wünschte, ich könnte ihr aus dem Fenster meine neuen Schuhe zuwerfen. Daddy hätte bestimmt nichts dagegen. Er hat die Armen schrecklich gern.«
Ich sah zu Nanny auf und konnte sehen, wie sie mich kopfschüttelnd musterte, als hätte ich den Verstand verloren. Ich behielt meine Schuhe also schön an den Füßen und schmollte, bis der Zug sich wieder in Bewegung setzte und langsam aus dem Bahnhof rollte. Ich drehte mich noch einmal rasch zu dem bettelnden Mädchen um und warf ihr ein letztes Lächeln zu, um sie aufzuheitern. Doch zu meinem Entsetzen streckte sie mir die Zunge raus. Fassungslos starrte ich sie an, bis sie außer Sichtweite war, während sie weiter mit der Zunge in meine Richtung wackelte. Ich weiß noch, dass ich dachte, wenn sie so unmögliche Manieren besaß, dann hatte sie es verdient, arm und hungrig zu sein!
Endlich erreichten wir Paddington. Von dort aus nahmen wir die U-Bahn. Nanny sagte, bei all den umherrasenden Autos in den Londoner Straßen sei es zu gefährlich, ein Taxi zu nehmen. Allerdings wirkte der Stadtplan furchtbar kompliziert, und Nanny, die nur selten in London war, verlor ein wenig die Orientierung. Am Ende nahmen wir einfach den erstbesten Zug, der auf dem erstbesten Bahnsteig einfuhr.
»Ich glaube nicht, dass das die Bakerloo Line ist«, flüsterte sie,

als wir im Tunnel verschwanden. »Hoffentlich kommen wir nicht zu spät.«
Wie sich herausstellte, befanden wir uns auf der Circle Line. Nanny geriet allmählich in Panik, während sie versuchte, den Plan in dem Waggon zu entschlüsseln. Ihre Wangen liefen rosarot an, und ihre vorstehende Unterlippe begann zu zittern. Zum Glück bekam ein freundlicher junger Mann in einem eleganten Anzug Mitleid mit uns und bewahrte uns davor, den Rest des Tages im Kreis zu fahren. Mir war schon früher aufgefallen, dass freundliche Männer – junge wie alte – Nanny regelmäßig zur Hilfe eilten. Nach einer Weile stiegen wir am Sloane Square aus der Bahn, und Nanny fragte einen anderen Gentleman nach dem Weg. Dann liefen wir durch den Hyde Park, wo ich mir die Schuhe dreckig machte, überquerten die Park Lane und erreichten das Zentrum von Mayfair. Nanny murmelte unablässig vor sich hin: »Wir kommen zu spät, wir kommen zu spät …« Und ich machte die Sache nur noch schlimmer, indem ich jedes Mal sang: »O seht, o seht, ich komme viel zu spät …« Schließlich war ich erst acht Jahre alt, und Alice im Wunderland war meine absolute Lieblings-Gutenachtgeschichte. In gewisser Weise ist sie es noch heute.
Endlich trafen wir am Claridge's in der Brook Street ein, Papas bevorzugtem Hotel in London, und ich konnte spüren, wie der letzte Rest von Nannys angeschlagenem Selbstbewusstsein verpuffte, als wir die imposante Eingangshalle mit dem glänzenden schwarz-weißen Marmorboden betraten. Das Claridge's war seinerzeit der angesagteste Ort, wenn es darum ging, zu sehen und gesehen zu werden, und es drängte sich darin die feine Londoner Gesellschaft. Mit jedem Schritt, den die arme Nanny auf den Empfangstresen zu machte, schien sie ein Stück zu schrumpfen, und ich verstand sogar schon mit acht, dass dies hier meine Welt

war, nicht ihre. Daher drückte ich ihre Hand fester, um ihr Sicherheit zu geben und ihr klarzumachen, dass sie wunderhübsch aussah. Was auch der Wahrheit entsprach. Ich erinnere mich noch genau, dass sie ihren besten Kamelhaarmantel über der Uniform trug und ein blauer Glockenhut ihre blonden Locken bedeckte. Selbst in diesen jungen Jahren war ich bereits daran gewöhnt, in vornehme Hotels mitgenommen zu werden, und so fühlte ich mich völlig vertraut mit ihren herausgeputzten Gästen, funkelnden Kronleuchtern und spiegelnden Marmorböden.

Es tat mir weh zu sehen, wie unterwürfig Nanny dem Mann an der Rezeption erklärte, dass wir mit Lord Beaumont verabredet seien. Der Mann war doch bloß ein Angestellter des Hotels und, wie ich an seinem Ansteckschildchen ablesen konnte, nicht einmal der verantwortliche Portier. Warum war sie so eingeschüchtert? Und es ärgerte mich noch mehr, als der Page nicht Nanny, sondern mir Auskunft gab, obwohl sie doch diejenige gewesen war, die ihn angesprochen hatte, und ich noch so klein war, dass ich kaum über den Tresen sehen konnte. An diesem Tag wurde mir zum ersten Mal bewusst, wie ungeheuer jung Nanny noch war. Als dieser Hoteldiener sie einfach ignorierte, wirkte sie beinahe kindlicher als ich.

»Ah, Sie müssen Lady Matilda sein«, sagte der Hoteldiener lächelnd und zog seinen Hut. »Wir haben Sie bereits erwartet. Ihre Lordschaft befindet sich im Lesesaal. Bitte, warten Sie doch hier. Der Hoteldirektor wird jeden Augenblick kommen und Sie zum Tisch Ihres Vaters führen.«

Ich entdeckte Papa, bevor er mich bemerkte. Es war schon einige Monate her, seit ich ihn zuletzt gesehen hatte, aber das war eindeutig er, der dort weit zurückgelehnt auf dem Sofa saß und mit lässig übereinandergeschlagenen Beinen die Times stu-

dierte, während neben ihm im Aschenbecher auf dem Beistelltischchen eine vergessene Zigarre glimmte. Er war ein großer Mann, über einen Meter achtzig, mit breiten Schultern.

In Cambridge hatte er Rugby in der ersten Mannschaft gespielt und sich dabei – wie Mama immer betonte – »Gott sei Dank nicht die Nase ruiniert«. Sein dichtes schwarzes Haar trug er im Nacken und an den Seiten kurz und insgesamt straff nach hinten gekämmt wie Clark Gable. Durch all seine Überseereisen war er stets sonnengebräunt. Wenn es um die neuesten Modetrends ging, war er immer auf dem Laufenden, ansonsten jedoch ließ er es in allen Dingen eher ruhig angehen. Er war wirklich ein ausgesprochen gelassener Mensch, liebenswürdig, sanft und unkompliziert.

Mein Vater war zwölf Jahre älter als meine Mutter, aber stets der verspieltere der beiden. Das Kind im Manne war bei ihm unübersehbar, und selbst wenn er sich über schrecklich erwachsene Dinge unterhielt wie Politik, Geschichte oder welcher Wein zum Essen passte, hatte ich immer den Eindruck, er könnte jeden Moment aufspringen und vorschlagen, zur Abwechslung eine Runde Verstecken zu spielen.

»Papa!«, rief ich quer durch den ganzen Raum.

Er legte die Zeitung aus der Hand, und sein schönes Gesicht verzog sich zu einem herzlichen, asymmetrischen Lächeln. Nachdem er seine Beine entknotet hatte, stand er auf und breitete die Arme aus, um mich zu begrüßen.

»Tilly!«, rief er, als ich mich in seine Arme warf. »Meine süße kleine Tilly!«

Er hob mich hoch und drückte mich so fest, dass der Tweedstoff seines Sakkos an meiner Wange kratzte und mir der Geruch nach Zigarre und französischem Eau de Cologne in der Nase kitzelte.

»Es tut mir so schrecklich leid, Mylord«, sagte Nanny schon wieder in diesem unterwürfigen Ton. »Ich kenne mich in London leider gar nicht aus, weshalb wir uns auf dem Weg hierher ziemlich verlaufen haben.«

»Ihr seid zu spät?«, fragte Papa entspannt zurück. »Habe ich gar nicht bemerkt. Zur Eile besteht wirklich kein Grund. Wir haben den ganzen Nachmittag und Abend Zeit.«

»Aber wir müssen doch mit dem Fünf-Uhr-Zug zurück!«, erwiderte Nanny mit rosarot angelaufenen Wangen. »Ich muss Matilda vor der allgemeinen Nachtruhe in die Schule zurückbringen.«

»Unsinn.« Papa wirkte amüsiert und setzte mich auf dem Sofa ab. »Wir werden heute alle hier übernachten. Ich habe bereits für Zimmer gesorgt. Morgen früh könnt ihr dann den Zug zurück nehmen.«

Diese unvermittelte Planänderung verwirrte Nanny.

»Aber die Schule rechnet doch mit ihr, und wir haben gar keine Sachen zum Übernachten dabei, und Mylady wird sich wundern, wo ich bleibe«, sagte sie und wurde ganz rot im Gesicht.

»Ich werde telefonisch in der Schule und zu Hause Bescheid geben, obwohl ich stark bezweifle, dass Mylady nach der Cocktailstunde noch etwas bemerken wird«, antwortete Papa lachend. »Und was die Übernachtungssachen betrifft, hier …«

Papa zog die Brieftasche heraus und reichte Nanny ein paar Geldscheine. »Kaufen Sie alles, was Sie und Matilda brauchen. Fahren Sie mit dem Taxi zu Selfridges und verwöhnen Sie sich ein wenig. Ich glaube, dort findet eine Dame alles, was das Herz begehrt. Und wenn Sie Hunger bekommen oder vom vielen Einkaufen erschöpft sind, gibt es im Dachgarten ein Café zum Entspannen. Viel Vergnügen mit Ihrem freien Nachmittag. Sie haben ihn sich verdient.«

Nanny stand nur mit offenem Mund da und starrte ungläubig auf das Geld in ihrer Hand, während ihre prallen Wangen ins Scharlachrote übergingen.
»Das kann ich nicht annehmen, Mylord«, sagte sie und versuchte, ihm die Scheine mit zitternden Händen zurückzugeben. »Das ist wirklich zu viel.«
»Ach was«, entschied Papa gut gelaunt und steckte die Hände in seine Hosentaschen.
»Und ich kann unmöglich in solch einem Haus absteigen«, fuhr Nanny, inzwischen puterrot, fort. »Es ist viel zu teuer, und ich habe doch meine Uniform an. Man wird mich für ein Zimmermädchen halten!«
»Unfug«, erklärte Papa, der noch immer grinste. »Für ein hübsches Kleid wird das Geld auch noch reichen, und für das Abendessen nachher brauchen Sie sowieso etwas Passendes. Sie speisen heute Abend hier im Hotel mit Matilda und mir. Es ist alles bereits reserviert. Außerdem möchte Tilly bestimmt gerne hier übernachten, habe ich recht, mein Goldstück?«
»O ja, bitte, Papa!«, antwortete ich.
»Na also«, sagte Papa und nahm neben mir Platz. »Damit ist die Sache entschieden. Gehen Sie auf Ihr Zimmer, machen Sie sich frisch, und dann nehmen Sie ein Taxi zu Selfridges. Dort kaufen Sie alles ein, und dann ziehen Sie Ihr bezauberndes neues Kleid an und treffen sich mit uns im Speisesaal, pünktlich um halb acht. Und niemand wird sie für eine Hotelangestellte halten, Nanny Miller.«
»Sehr wohl, Mylord«, sagte Nanny und knickste ergeben. »Wenn das Ihr Wunsch ist.«
»So ist es. Und jetzt ab mit Ihnen. Matilda und ich haben so viel nachzuholen.«
Selbstverständlich tat Nanny genau, was ihr aufgetragen worden

war. Wie gesagt, Papa war gewohnt, seinen Willen zu bekommen.

Papa und ich nahmen unseren Nachmittagstee im Lesesaal ein. Es gab Sandwiches mit Schinken, Ei, Gurke und Kresse, dazu Viktoria-Biskuitkuchen, Schokoladenéclairs und Scones bestrichen mit dickem Rahm und Konfitüre. Anschließend verkündete Papa, dass auch wir ein wenig in die Stadt gehen würden. Beim Einkaufen hatte ich meinen Vater noch nie erlebt. Von seinen Reisen brachte er zwar immer fantastische Geschenke mit, und ich hatte mir oft vorgestellt, wie er auf den Bazars von Marrakesch feilschte oder in Konstantinopel (oder Istanbul oder wie auch immer es inzwischen heißt) über Teppiche verhandelte, aber ich hatte noch nie mit eigenen Augen gesehen, wie er so etwas tat. Dafür hatten wir hier unser Personal.
Wie stolz war ich, als ich an diesem Tag Hand in Hand mit meinem Vater durch die Straßen Londons schlenderte. Mir fiel auf, wie neugierig die Leute ihn musterten. Papa erregte unweigerlich Aufmerksamkeit, da er so groß und elegant gekleidet war und jeder ihn dank seiner Ausstrahlung sofort für einen bedeutenden Mann hielt. Der ein oder andere Passant mag ihn sogar tatsächlich erkannt haben. Er und meine Mutter wurden häufig auf Partys fotografiert, und die Bilder erschienen dann im Tatler oder in der Tagespresse. Ich hatte mal gehört, wie Mama sagte, Papa sei »in London mittlerweile als Salonlöwe überall bekannt«. Sie hatte das eher naserümpfend geäußert, da sie sein Verhalten offenkundig missbilligte, und vor sich hingemurmelt, dass er sich noch immer wie ein unverheirateter Mann aufführe, was mir selbst als Achtjährige ein wenig heuchlerisch erschien, angesichts der zahllosen Herrenbekanntschaften, mit denen Mama ausritt. Wie auch immer, ich war jedenfalls stolz wie

Oskar, als ich an diesem frischen Herbstnachmittag mit ihm die Regent Street hinabflanierte.
Zuerst ging er mit mir zu Hamleys und kaufte mir dort nach mindestens einer Stunde gründlicher Prüfung und Überlegung einen kleinen braunen Teddy, der eine Nickelbrille und eine rote Fliege trug.
»Pass gut auf ihn auf, vielleicht kannst du ihn ja eines Tages deinem eigenen Töchterchen weitervererben. Wie willst du ihn denn nennen?«
»Freddie der Teddy natürlich!«, antwortete ich, und wir lachten beide, weil Papa mit Vornamen Frederick hieß.
Wir bummelten gemächlich die Old Bond Street hinab und blieben hier und da stehen, um die Schaufenster der Geschäfte und Galerien zu bewundern. Als wir in die New Bond Street kamen, erklärte Papa, dass er noch ein kleines Geschenk für jemand ganz besonderen zu kaufen habe. Während der Portier bei Asprey uns die große, schwere Eingangstür öffnete und meinen Vater mit einem Nicken begrüßte, welches eindeutig zeigte, dass er Papa kannte, dachte ich noch, es müsse sich um ein Geschenk für Mama handeln. Wie naiv ich doch war!
Ich war noch nie bei Asprey gewesen, hatte jedoch bereits von dem Geschäft gehört. Ich liebte es, mir all den Schmuck meiner Mutter anzusehen, was sie mir aber nur sehr selten erlaubte, wenn sie sich zum Ausgehen fertig machte. Dann bombardierte ich sie mit Fragen, während sie ihr Make-up auftrug und ihre Abendgarderobe zusammenstellte. Woher kommt dieser Ring hier, Mama? Was für ein Stein ist denn der rote da? Wer hat dir diesen goldenen Armreif geschenkt, Mama? Stammt diese Brosche von Großmutter? Sie antwortete mir eine Weile unaufmerksam und kurz angebunden, bis ich ihr zu lästig wurde und sie mich mit einen Handbewegung von ihrem Frisiertisch

scheuchte, als wäre ich eine Wespe, die um ihren Martini summte. Dann klingelte sie nach Nanny, damit sie kam und mich abholte.

Dennoch eignete ich mir mit der Zeit einiges Wissen über edlen Schmuck an. So wusste ich, welche Ringe, Diademe und Halsbänder woher kamen, und wie viel Karat an Diamanten, Rubinen und Smaragden sie jeweils besaßen. Mir war zudem sehr bewusst, dass ich eines Tages, wenn ich brav war, vielleicht ein paar von Mamas kostbaren Juwelen würde tragen dürfen. Zwei ihrer Lieblingsstücke stammten von Asprey, und ich wusste, dass von dort auch einige der Kronjuwelen kamen, daher war ich sehr aufgeregt, solch ein berühmtes Geschäft zu betreten.

»O, sieh nur, Papa, die sieht genauso aus wie die, die du hast!«, rief ich und rannte zu einer großen Teakholztruhe, die mit blauem Samt ausgelegt war. »Deine ist bloß ein wenig verschrammt und innen rot.«

Tatsächlich liebte ich Papas Reisetruhe ganz besonders. Wenn sie von den Dienstboten ins Haus getragen wurde, bedeutete dies nämlich immer zweierlei: Erstens, Papa würde eine Weile zu Hause sein, und zweitens, in ihrem Innern lägen Geschenke für mich.

»So eine solltest du dir noch kaufen«, fügte ich hinzu und nahm eine silberne Zigarrendose in die Hand. »Du hast doch nur eine goldene, oder?«

»Ach, ich glaube, irgendwo habe ich auch noch so eine«, erwiderte Papa beiläufig. »Außerdem macht es doch viel mehr Spaß, Geschenke für andere zu kaufen, meinst du nicht auch, Tilly? Vor allem, wenn man selbst in der glücklichen Lage ist, schon so viele wunderschöne Sachen zu besitzen.«

Für einen Moment kam mir wieder das zerlumpte Mädchen am

Bahnhof Ealing Broadway in den Sinn, aber dann fiel mir ein, wie sie mir die Zunge herausgestreckt hatte, und ich verdrängte das Bild von ihrer zerschlissenen Kleidung und den nackten Füßen sofort wieder. Ich hatte Mama einmal davon sprechen hören, dass die Armen im Dorf »Zuwendung verdienten«, und ordnete nun diese Göre in Ealing jenen anderen Armen zu, die keine Zuwendung verdienten. Inzwischen war ich froh darüber, ihr nicht meine neuen roten Schuhe zugeworfen zu haben.

»Darf ich Ihnen weiterhelfen, Lord Beaumont?«, erkundigte sich ein Herr mittleren Alters in einem Nadelstreifenanzug bei meinem Vater. Er hinkte leicht und bewegte sich dennoch elegant wie ein Tänzer.

»Mr. Fitzroy, freut mich sehr, Sie wiederzusehen«, antwortete mein Vater herzlich und schüttelte überschwänglich die Hand des älteren Mannes. »Ich würde mir gerne Ihre Damenarmbanduhren ansehen, wenn Sie erlauben.«

»Aber selbstverständlich, Mylord«, erklärte der Gentleman mit einer leichten Verbeugung und führte meinen Vater zu einer Treppe. »Carter ist unser Experte für Uhren. Er wird Ihnen in allen Fragen weiterhelfen. Wenn Sie mir bitte folgen würden, Mylord.«

Papa zögerte einen Moment und blickte zu mir zurück.

»Das ist meine Tochter, Lady Matilda«, stellte er mich Mr. Fitzroy vor.

»Es ist mir ein Vergnügen, Sie kennenzulernen, Lady Matilda«, sagte dieser und verbeugte sich mit theatralischem Schwung.

Ich kicherte und beschloss augenblicklich, dass ich Mr. Fitzroy mochte. Einem Mann wie ihm war ich noch nie begegnet.

Er wirkte ungeheuer elegant, mit einem akkurat gewichsten Schnurrbart, und er duftete nach Orchideen. Seine Finger waren ungewöhnlich lang und schlank, und er trug einen großen Rubin

am kleinen Finger der linken Hand. Natürlich hatte ich vorher bereits Männer mit Siegel- oder Eheringen gesehen, aber ganz sicher keinen mit etwas so Extravagantem wie einem Rubin.
»Matilda liebt es sehr, in den Schmuckkästen ihrer Mutter herumzuwühlen«, erklärte Papa Mr. Fitzroy augenzwinkernd. »Und ich denke, es würde ihr große Freude bereiten, sich einige Ihrer schönen Stücke anzusehen, während ich oben meine Auswahl treffe. Wären Sie vielleicht so nett, sich ein wenig um sie zu kümmern, Fitzroy? Vielleicht kann sie das ein oder andere Teil auch mal anprobieren. Sie ist zwar noch ein wenig jung, um eine Halskette von Asprey zu bekommen, aber man kann ja nie früh genug damit beginnen, für die Zukunft zu planen.«
»Mit dem größten Vergnügen. Wie ich sehe, hat Lady Matilda den schwanengleichen Hals ihrer Mutter geerbt. Da werden ihr unsere Colliers gewiss ganz ausgezeichnet stehen.«
Mr. Fitzroy geleitete mich einen dunklen Flur entlang und durch eine schwere Mahagonitür. Sobald wir im Hinterzimmer waren, neigte er den Kopf zur Seite und betrachtete mich genau. Er sah sehr konzentriert aus.
»Also gut, Lady Matilda. Wie alt sind Sie denn, junge Lady? Lassen Sie mich raten. Mmh … zehn?«
Da errötete ich genau wie Nanny, weil mich noch nie jemand für älter eingeschätzt hatte, als ich tatsächlich war (allerdings hatte ich kurz zuvor einen Wachstumsschub gehabt).
»Ich bin erst acht dreiviertel«, erklärte ich Mr. Fitzroy ein wenig verlegen. »Am ersten Januar werde ich neun. Mama sagt, ich hätte ihr die Silvesterfeier für das Jahr 1930 komplett ruiniert.«
»Das hat sie gewiss nur im Scherz gemeint.« Mr. Fitzroy lächelte liebenswürdig. »Ich bin davon überzeugt, Ihre Geburt war für Mylady der Höhepunkt des Jahres.«
Ich lächelte über die charmante Bemerkung, kannte meine

Mutter und deren Schwäche für eine gelungene Party aber natürlich besser als Mr. Fitzroy.
»Nennen Sie mich doch bitte Tilly«, sagte ich zu ihm.
»Wie Sie wünschen, Tilly.« Er verbeugte sich erneut. »Sie sind also eine Liebhaberin schöner Juwelen?«
Ich nickte begeistert.
»Sehr gut, dann dürften wir hier so allerlei für Sie haben«, sagte Mr. Fitzroy lächelnd.
Und nun wurde mein nahezu perfekter Tag sogar noch besser. Die nächste Stunde verbrachte ich damit, in dem kleinen, vertraulichen Salon auf einer Chaiselongue zu sitzen und an einem Kristallglas mit frischer Limonade zu nippen, während der liebenswürdige Mr. Fitzroy unzählige Kostbarkeiten auf der Couch vor mir ausbreitete. Seine Kenntnisse über seltene Juwelen und Edelsteine waren erstaunlich. Er zeigte mir Rubine aus Burma, Saphire aus Ceylon und Smaragde aus Ägypten. Ich durfte Kronen und Diademe in die Hand nehmen, die von europäischen Königshäusern in Auftrag gegeben worden waren, und ihre Schönheit verzauberte mich. Aber eine Halskette verschlug mir den Atem. Es handelte sich um ein langes siebenreihiges Collier aus edelsten persischen Naturperlen mit einem kunstvoll verzierten goldenen Verschluss. Ein indischer Maharadscha hatte es für seine Maharani anfertigen lassen (so erzählte es mir zumindest Mr. Fitzroy, und ich hatte keinen Anlass, daran zu zweifeln). Die Kette war fertig, befand sich einstweilen aber weiter im Besitz von Asprey in London, da, wie Mr. Fitzroy mir mit einem verschmitzten Augenzwinkern erklärte, bislang noch nicht für sie bezahlt worden war.
»Ich denke, Sie sollten sie einmal anprobieren, Tilly«, schlug er vor und hob das unvergleichliche Perlencollier an, damit ich es besser bewundern konnte. »Sie sind ein so hübsches junges

Mädchen. Wenn Sie einmal älter sind, sollten diesen Hals stets die schönsten Juwelen der Welt zieren. Und hoffentlich bin ich dann noch da, um Ihnen bei der Auswahl behilflich zu sein.«
Ich erinnere mich noch immer daran, wie kalt die Perlen sich auf meiner nackten Haut anfühlten, als Mr. Fitzroy sie mir umlegte, und wie unerwartet schwer die Kette war. Und ich weiß auch noch, dass sie viel zu lang für mich war. Zwar soll ein Collier in Opera-Länge bis auf das Brustbein der Trägerin fallen, doch bei mir baumelte es bis zur Taille hinab. Aber wie sehr mich diese Perlen in ihren Bann zogen! In meinen Augen waren sie tausendmal schöner als alle Rubine, Diamanten oder Smaragde, die ich an diesem Nachmittag gesehen hatte. Eine Ewigkeit lang starrte ich auf mein Spiegelbild, drehte mich so herum und so und bewunderte mich aus jedem Winkel. Ich hob die Kette an und strich über die unfassbar weichen, runden Perlen, verblüfft darüber, wie kühl sie sich weiter anfühlten.
»Sehen Sie, wie vollkommen gleich sie alle in ihrer Größe sind und wie sich trotzdem jede einzelne in feinen Nuancen von den anderen unterscheidet?«, fragte Mr. Fitzroy. »Es braucht Jahre, ein Collier wie dieses herzustellen. All diese Perlen sind absolut identisch in Größe, Symmetrie, Farbe und Glanz. Schon eine Einzige dieser perfekt runden, wundervoll schimmernden, champagnerfarbenen Perlen in einer Auster auf dem Boden des Meeres zu finden, gleicht einem Wunder. 389 davon zu sammeln …«
»Die Kette besteht aus 389 Perlen?«, fragte ich mit vor Staunen weit aufgerissenen Augen. »Und jede Einzelne wurde in einer Auster gefunden? Diese grauen, knubbeligen Dinger, die Erwachsene manchmal essen?«
Mr. Fitzroy nickte ernst. Seine Liebe zu Perlen war ebenso augenscheinlich wie der einzigartige Glanz der Perlen selbst.
»Jede Einzelne dieser 389 Perlen ist ein kleines Wunder der

Natur. Ein makelloses Juwel, erschaffen in einer Molluske. Der neumodischen Industrie der Perlenzucht kann ich dagegen nichts abgewinnen. Sie ist völlig unnatürlich und zerstört den Wert echter Kunstwerke wie diesem hier.« Er rümpfte die Nase und schüttelte angewidert den Kopf.

Selbstverständlich hatte ich mit acht dreiviertel keine Ahnung, was Zuchtperlen waren, aber Mr. Fitzroy schien ein solcher Experte auf dem Gebiet zu sein, dass ich mich schämte, mein Unwissen einzugestehen. Stattdessen stellte ich ihm lieber eine weit näherliegendere Frage.

»Wie kann denn eine Auster eine Perle wachsen lassen?«, wollte ich wissen. »Austern sind doch eklig. Sie sehen hässlich aus und schmecken nach Meer. Papa hat mich einmal gedrängt, eine zu probieren, als wir in diesem Sommer in Cornwall waren, und ich hätte mich beinahe über Mamas cremefarbenes Kleid erbrochen.«

Da musste Mr. Fitzroy lachen.

»Eine Perle ist ein bezaubernder Makel. Sie wird gebildet, wenn ein Eindringling in die Austernschale gelangt, ein winziges Sandkorn etwa oder ein kleiner Parasit. Die Auster wehrt sich gegen den Eindringling und bildet um den entsprechenden Bereich eine Art Blase, aus der mit der Zeit eine Perle wird. Nur in ganz seltenen Fällen wird diese Perle allerdings so rund und perfekt sein wie diese hier.«

Er betastete die Kette liebevoll, und obwohl ich seine Ausführungen nicht wirklich verstanden hatte, faszinierte mich doch die Vorstellung, dass diese Kleinode im Grunde »bezaubernde Makel« waren.

»Und wie kommen die Perlen nach draußen?«, fragte ich mit großen Augen. »Ich meine, wie gelangen sie hier zu Asprey, wo eine Kette aus ihnen gefertigt wird?«

Die Augen von Mr. Fitzroy leuchteten schwärmerisch.
»Das, meine Liebe, ist überhaupt das Erstaunlichste von allem. Jede Einzelne dieser Perlen wurde von einem Taucher mit der Hand vom Boden des Meeres gefischt. Und jeder Taucher muss über eine Tonne Austern sammeln, um wenigstens eine Perle zu finden. Und unter allen Perlen, die er in seinem ganzen Leben findet, gibt es vielleicht eine oder zwei, die halb so perfekt sind wie diese. Und trotz allem halten wir hier 389 vollkommene Perlen in Händen, die nahezu identisch sind in Größe, Farbe und Glanz. Kann es da noch verwundern, dass dieses Collier praktisch unbezahlbar ist?«
Aber der Preis der Kette interessierte mich überhaupt nicht. Ich war ein Kind, verwöhnt und verzogen und hatte keinen Begriff davon, was Geld bedeutete. Was mich fesselte, war die Vorstellung, dass diese durchscheinend wirkenden Perlenwunder in weit entfernten, exotischen Gegenden von Hand aus den Tiefen des Meers gefischt wurden.
»Wer sind diese Taucher?«, fragte ich gebannt. »Wo leben sie?«
»Sie sind aber wirklich äußerst wissbegierig, Tilly, wie?«, erwiderte Mr. Fitzroy lachend.
Ich entschuldigte mich sofort überschwänglich. Mama rügte mich ständig dafür, dass ich zu viele Frage stellte.
»Nein, nein, das ist nicht als Kritik gemeint«, sagte er und machte eine abwehrende Handbewegung.
»Ich werde Ihnen jetzt etwas erzählen, dass Sie bestimmt verwundern wird. Perlentaucher gibt es überall auf der Welt – im Indischen Ozean, im Südchinesischen Meer, dem Persischen Golf, wo diese Perlen herstammen, oder vor den Küsten Venezuelas, Koreas, Australiens und Japans. Aber das Erstaunlichste daran ist: Viele dieser Taucher sind Frauen. Ohne moderne Ge-

räte tauchen sie mit einem einzigen Atemzug fünfzehn, zwanzig, ja manchmal mehr als dreißig Meter tief, und manche dieser Taucherinnen sind nicht viel älter als Sie.«

Ich starrte ungläubig auf die Perlen, deren Schönheit sich noch zu vervielfachen schien. Noch nie hatte ich eine solch faszinierende Geschichte gehört. Ich war völlig verzaubert.

»Wie echte Meerjungfrauen?«, fragte ich fassungslos.

»Ja«, antwortete Mr. Fitzroy und lächelte. »Genau wie echte Meerjungfrauen.«

In diesem Moment wurden wir von einem Klopfen an der Tür unterbrochen, und Papa trat ein, eine kleine, hübsch eingepackte Schachtel in der Hand, die – wie ich annahm – das Geschenk für Mama enthielt.

»Na, so was!«, rief er mit einem breiten Lächeln. »Sehe sich einer unsere Tilly an! Das ist aber ein herrliches Collier, das du da trägst.«

»Das ist ein siebenreihiges Collier in Opera-Länge aus persischen Perlen«, erklärte ich ihm stolz. »Und jede dieser Perlen wurde von einer echten Meerjungfrau vom Boden des Ozeans aufgesammelt.«

»Ist das so?« Papa lachte. »Nun ja, mein Liebling, so gern ich dich auch habe, aber ich denke nicht, dass ich dir das heute kaufen kann. Ich fürchte, da wirst du dich mit dem Teddy begnügen müssen.«

»Ach, ich könnte es sowieso nicht haben«, beruhigte ich ihn. Ich war noch immer unglaublich naiv, was den astronomischen Preis der Kette betraf. »Eine indische Prinzessin hat sich die Kette schon gesichert. Ihr Mann kauft sie ihr als Hochzeitsgeschenk. Außerdem ist sie auch ein wenig zu lang für mich. Aber ein Perlencollier hätte ich schon gerne irgendwann, Papa. Ein Halsband vielleicht …«

Papa lachte schallend und erklärte: »Also manchmal, Lady Matilda, ähnelst du auf beängstigende Weise deiner Mutter.«
Er wandte sich an Mr. Fitzroy und sagte in freundschaftlichem Ton: »Herzlichen Dank, dass Sie sich so nett um Matilda gekümmert haben, Fitzroy. Und zumindest weiß ich jetzt, was ich ihr schenken kann, wenn sie einmal erwachsen ist.«
Und zu mir gewandt: »Zeit, das Collier abzulegen, mein Schatz. Wir müssen ins Hotel zurück. Nanny wird dich vor dem Abendessen noch baden und umziehen wollen, und du weißt, wie ungern sie unter Zeitdruck gerät.«
Schweren Herzens erlaubte ich Mr. Fitzroy, den Verschluss der Kette zu öffnen, und sah dabei ein letztes Mal in den Spiegel. Insgeheim wünschte ich mir, dass ich eines Tages eine eigene Perlenkette besitzen würde.
Auf dem Rückweg zum Hotel nahm mich Papa huckepack, weil ich mir in meinen neuen Schuhen Blasen gelaufen hatte. Ich schlang meine Arme um seinen Hals, schmiegte meinen Kopf an seine Haare und atmete den vertrauten Duft von Brylcreem-Pomade und Eau de Cologne ein. Ich nahm mir vor, diesen Geruch in meinem Gehirn zu speichern und an irgendeiner sicheren Stelle zusammen mit meinen schönsten Erinnerungen abzulegen, damit ich ihn hervorholen und erneut genießen konnte, wenn Papa fort war. Wegen meiner eigenen Fußbeschwerden musste ich plötzlich an das Hinken von Mr. Fitzroy denken, und ich fragte Papa nach dessen Ursache.
»Fitzroy hat im Krieg als Captain in der Navy gedient«, erklärte Papa. »Sein Schlachtschiff wurde von einem deutschen Torpedo getroffen und er schwer verwundet.«
»O, der arme Mr. Fitzroy!«, rief ich aus und umschlang meinen Vater noch fester. »Das kling schrecklich.«
Papa schwieg eine ganze Weile, bevor er antwortete. »Manche

glauben, dass es bald wieder Krieg geben wird, wenn Hitler weiter Ärger macht.«

Von Hitler hatte ich bereits gehört. Papa und sein Cousin Aubrey, die in allen Fragen – mit offensichtlicher Ausnahme von Mamas Reizen – gegenteiliger Meinung waren, hatten sich im Frühjahr bei einer »lustigen« Partie Krocket im Garten ein lautstarkes Wortgefecht geliefert. Ich hatte noch nie erlebt, dass mein Vater vor Zorn laut geworden war, und war von dem Vorfall entsprechend schockiert gewesen. Worum es bei dem Streit im Einzelnen ging, konnte ich damals natürlich nicht nachvollziehen, aber ich verstand immerhin so viel, dass mein Vater diesen Hitler nicht ausstehen konnte, während Cousin Aubrey ihn glühend verehrte. Mir selbst war es völlig unverständlich, warum irgend so ein kleines Männchen im fernen Deutschland auf unserem Krocketrasen in Wiltshire für eine derartige Aufregung sorgte. Papa jedoch brachte das Thema richtiggehend in Rage. An einem Punkt dachte ich tatsächlich, er würde Aubrey gleich seinen Schläger auf den Kopf donnern. Insgeheim hoffte ich es sogar, denn ich fand Aubrey schon immer abstoßend.

Mama hatte das Ganze dann noch verschlimmert, indem sie Aubreys Seite ergriffen und erklärt hatte: »Diana und Unity Mitford sagen, Hitler sei unglaublich charismatisch.«

Papa war aus dem Garten gestürmt. Ich war ihm hinterhergerannt, da ich genau wusste, dass er nur über das Wochenende zu Hause sein würde. Aber er war so wütend, dass er mich bat, ihn eine Weile allein zu lassen, damit er sich beruhigen konnte.

»Meinst du, wir sollten gegen Hitler in den Krieg ziehen?«, fragte ich Papa jetzt nervös, während wir durch die Straßen Londons liefen.

»Krieg muss immer die allerletzte Option bleiben«, antwortete

Papa ruhig. »Lass uns hoffen, dass es nicht so weit kommt. Sieh mal, da ist unser Hotel.«

Er hob mich von seinem Rücken und stellte mich auf den Bürgersteig.

»Wer als Letzter durch die Drehtür kommt, hat verloren!«, rief er. Ich warf den Kopf in den Nacken und rannte lachend hinter ihm her die Brook Street entlang zum Eingang des Claridge's. Natürlich ließ er mich gewinnen, und spätestens als wir ins Foyer gestürmt kamen und uns kichernd in die Arme fielen, waren alle Gedanken an Krieg verflogen. Einstweilen.

Wir verbrachten einen wundervollen Abend. Nanny hatte mir bei Selfridges ein entzückendes kanariengelbes Trägerkleid gekauft und für sich selbst ein umwerfendes hellblaues Seidenkleid, das ihre Kurven betonte. Mir war aufgefallen, dass Papa irgendwann begonnen hatte, sie Polly zu nennen statt Nanny Miller, und ich ertappte mich dabei, wie ich hoffte, die anderen Gäste im Speisesaal würden uns fälschlicherweise für eine richtige Familie halten. Und was für eine hübsche Familie wir abgaben! Bei diesem Gedanken kam mir zwar ein schlechtes Gewissen Mama gegenüber, aber ich suchte den Saal trotzdem weiter gespannt nach bewundernden Blicken ab.

Ich überredete Papa, sich Austern zu bestellen, nur um zu sehen, ob eine Perle im Innern war, aber da gab es nur diese graue schleimige Masse. Ich hielt mir die Nase zu und aß eine, da Papa so tat, als würde ich mich nicht trauen, und ich noch nie vor einer Herausforderung gekniffen habe. Sie schmeckte genauso eklig wie die, die ich im Sommer in Fowey gegessen hatte, und ich erklärte, nie wieder eine Auster probieren zu wollen.

»Austern«, verkündete ich, »taugen nicht zum Essen, nur zum Perlenfinden!«

Papa verwöhnte mich schrecklich und ließ mich bestellen, was ich wollte. Während er und Nanny Champagner tranken, gönnte ich mir eine heiße Schokolade mit Schlagsahne. Nach dem Abendessen erlaubte Papa mir noch, ein wenig aufzubleiben und für ein Glas Coca Cola mit in den Privatclub des Hotels zu gehen. Als er mein Getränk und einen Martini für Nanny bestellen ging, trat ein elegant gekleideter Amerikaner an unseren Tisch. Er nannte Nanny eine »echte Zuckerpuppe« und wollte wissen, ob sie in Begleitung sei. (Was ich ziemlich unverschämt fand, da sie ja ganz offensichtlich in meiner Begleitung war!) Papa kam zurück und hätte den armen Yankee fast einen Kopf kürzer gemacht! Nanny wurde so rot wie der Samtbezug der Barsessel.

Während Papa und Nanny sich unterhielten, rollte ich mich auf Papas Schoß zusammen und war schon bald überglücklich eingeschlafen. Einer der beiden muss mich irgendwann ins Bett getragen haben, weil ich mich nur noch daran erinnere, wie ich im Morgengrauen aufwachte und Nanny sah, die sich im Halbdunkel in unser Zimmer schlich. Ich weiß noch, dass sie ihre Schuhe in der Hand hielt und auf Zehenspitzen lief, um mich nicht zu wecken. Ich tat, als würde ich schlafen, doch mir entging nichts, weder ihre zerzauste Frisur, noch ihr verschmierter Lippenstift oder wie zerknittert ihr hübsches neues Kleid war. Ich sah den Ausdruck auf ihrem Gesicht, in dem sich eine sonderbare Mischung aus Freude und Schmerz spiegelte, und ich sah, wie sie eine vornehme Armbanduhr vom Handgelenk nahm, sie kurz küsste und dann verschämt in einer Schachtel von Asprey verbarg.

Auch wenn ich in vielerlei Hinsicht furchtbar naiv gewesen sein mochte, so konnten mich manche Dinge doch bereits als Kind kaum noch schockieren. In all den Jahren, in denen ich meiner Mutter und ihren Bekannten nachspioniert hatte, waren mir zahllose Beispiele von Vergnügungssucht und Ausschweifung begegnet. Daher hinterfragte ich viele Dinge nicht, die andere, behüteter aufgewachsene Kinder womöglich verstört hätten. Natürlich verstehe ich heute genau, was sich damals im Nebenzimmer zugetragen hat, aber seinerzeit trübte es meinen perfekten Tag mit Papa in keinster Weise. Um ehrlich zu sein, erschien es mir sogar ganz selbstverständlich. Eine Weile noch beobachtete ich Nanny, die auf ihrem Bett saß. Das Licht, das durch die Spalten im Vorhang einfiel, umrahmte ihr schönes Gesicht, und ich konnte nicht begreifen, warum eine einzelne Träne ihre Wange hinablief, wo wir doch alle eine so herrliche Zeit in London verbracht hatten.

Sophia hatte sich vollkommen in der Kindheit ihrer Großmutter verloren. Sie wusste noch, wie oft Granny von ihrem Vater erzählt hatte, als Sophia noch klein gewesen war, und nun glaubte sie auch den Grund dafür zu verstehen. Die beiden hatten sich wahnsinnig geliebt. Sophia beneidete ihre Großmutter für dieses Verhältnis zu ihrem Vater. Sie selbst konnte sich nicht vorstellen, von ihrem Dad in die Bond Street zum Einkaufen ausgeführt zu werden oder – Gott behüte! – gar zum Abendessen ins Claridge's. Vielleicht hatte Granny deshalb Sophias Dad immer ein wenig verächtlich behandelt. Vermutlich hielt sie ihn im Vergleich zu ihrem Vater für einen grauenhaften Versager. Und dann fiel Sophia wieder ein, was ihr über das spätere Schicksal von Sir Freddie berichtet worden war, und plötzlich tat ihre Großmutter ihr unendlich leid. O Gott, wie hatte sie all diese Briefe nur einfach ignorieren können? Vielleicht, ganz vielleicht, wurde es ja Zeit für einen mutigen Schritt. Sie begann, die Briefe noch einmal zu lesen, ihrer Großmutter von Anfang an, Wort für Wort, zu folgen.

Als Hugo schließlich eine halbe Stunde später hektisch ins Zimmer platzte, wäre Sophia vor Schreck fast an die Decke gesprungen.

»Entschuldige, entschuldige«, sagte er atemlos und stolperte über das Chaos auf dem Boden.

Sie sah auf und fand sich überraschend in der Gegenwart wieder. Sofort ließ sie fast schuldbewusst den Brief fallen und hoffte, dass Hugo nicht bemerkt hatte, wie sie ihn gelesen hatte. Aber Hugo war weiter selbstvergessen damit beschäftigt, sich im Spiegel zu begutachten und Entschuldigungen vorzubringen.

»Ich wollte wirklich schneller wieder zurück sein. Was meinst du?«

»Sieht gut aus«, antwortete Sophia, holte tief Luft und versuchte sich ganz auf das Jetzt zu konzentrieren. »Na, dann wollen wir mal los.« Beim Hinausgehen hob sie die Karte vom Boden auf und steckte sie in die Manteltasche. Nur für alle Fälle …

4. Kapitel

Lower East Side, New York, 2012

Dominic zündete sich eine weitere Zigarette an und trat auf die Dachterrasse hinaus. Eine Wand aus Lärm schlug ihm entgegen. Das Getöse von Manhattan an einem Freitagabend dröhnte in seinen Ohren, und er konnte kaum fassen, dass er gerade einmal achtundvierzig Stunden zuvor noch in einem Zelt in einer der entlegensten und menschenärmsten Gegenden der Welt gehockt hatte. Der Yasuní-Nationalpark und die Lower East Side lagen nicht nur in verschiedenen Ländern, sie schienen unterschiedlichen Welten anzugehören.

Da die Gartenmöbel ebenfalls verschwunden waren und es auf der Terrasse keine Sitzgelegenheiten mehr gab, lehnte sich Dom an die gläserne Balustrade und sah auf die Straße tief unter ihm hinab. Gelbe Taxis fuhren Stoßstange an Stoßstange, hupten sich ohne sichtbaren Grund gegenseitig an, Fahrer brüllten Flüche und Beleidigungen, die sich im allgemeinen Krach auflösten, bevor sie Dominics Ohr erreichten. Auf den Bürgersteigen drängten sich Paare, Arm in Arm auf dem Weg zu einem romantischen Essen im Restaurant. Angestellte, die endlich Wochenende hatten, lockerten ihre Krawatten und Zungen und gingen mit ihren Arbeitskollegen noch rasch auf ein Bier in eine der angrenzenden Bars, bevor sie mit der U-Bahn zu ihren Frauen nach Hause fuhren. Hippe Touristen aus Europa versuchten mit dem Reiseführer in der Hand herauszufinden, wie sie zu ihren Hotels zurückkamen.

Dom saugte alles in sich auf. Dieses Leben war ihm seit frühester Kindheit vertraut. Das hier waren seine Straßen, war seine Stadt, sein Zuhause. Warum also fühlte er sich jetzt so fremd? Die Dinge in dieser Stadt änderten sich schnell. Dom hatte keine Ahnung, zu welchen Restaurants die Pärchen unterwegs waren oder wo gerade der angesagteste Treff war. Die Bar gegenüber war schon wieder »Unter neuer Bewirtschaftung«, und das Gebäude selbst wurde bereits zum dritten Mal in ebenso vielen Jahren umgebaut. Dom seufzte und fühlte sich plötzlich sehr einsam. Einsam in einer Stadt mit über acht Millionen Einwohnern. Irgendwie war der New Yorker Lebensstil ihm entglitten.

Konnten drei Monate in Ecuador tatsächlich so eine einschneidende Wirkung haben? Er hatte in seinem Job als Dokumentarfilmer die ganze Welt bereist, hatte atemberaubende Orte gesehen und Hunderte faszinierender Menschen kennengelernt, aber bislang hatte er sich noch immer gefreut, wieder nach Hause zu kommen. Er war in Kriegsgebieten unter feindlichen Beschuss geraten, war durch Wüsten und über die schmelzenden Polarkappen gewandert und hatte sogar sechs Wochen lang völlig abgeschottet in einem U-Boot der Marine gelebt. Und er war in diesen Zeiten Menschen aus allen sozialen Schichten begegnet, vom armen Schlucker bis zum Prinzen. Dom war ein Weltenbummler, aber wohin auch immer es ihn verschlagen hatte, mit Herz und Seele war er stets New Yorker geblieben. So wie jetzt hatte er sich noch nie gefühlt.

Doch die Zeit in Ecuador war selbst für Dominics Verhältnis außergewöhnlich gewesen. Die letzten zwölf Wochen hatte er gemeinsam mit einem lokalen Führer, einem Fährtenleser und einem Übersetzer im tiefsten Dschungel auf der Suche nach den Taromenane verbracht, einem der letzten beiden völlig isoliert lebenden Stämme im Amazonasbecken. Er hatte gesehen, wie andere Stämme sich allmählich an das moderne Leben anpassten und sich nicht nur mit den Ölfirmen und der Regierung arrangierten, um zu überleben, sondern auch mit der ecuadorianischen Mafia.

Die Vorstellung, dass hier, tief im Regenwald des Yasuní, noch Menschen unberührt von der modernen Zivilisation lebten, fesselte Dominic ungeheuer. Und er war fest davon überzeugt, dass sein Chef beim Fernsehsender und die Zuschauer davon ebenso gefesselt sein würden. Diese Menschen lebten noch ungezähmt, waren wild, unberechenbar und folgten ihren ganz eigenen Überlebenstechniken. Die damit verbundenen Gefahren reizten ihn. Wie sein Führer ihn beständig warnte, würden die Taromenane keine Sekunde zögern, jeden Fremden anzugreifen, den sie als Bedrohung empfanden. Angst bereitete Dom der Aspekt des heimlichen Ausspionierens dennoch nicht, wohl aber belastete er sein Gewissen. Wenn er den Stamm bekannt machte, diese Menschen filmte, sodass die ganze Welt sie sehen konnte, zerstörte er damit nicht unwiderruflich ihre Lebensweise? Trotz dieser Bedenken hatte er die Taromenane – oder Rotfüße, wie sie auch genannt wurden – unbedingt mit eigenen Augen sehen müssen. Ob er sie filmen würde oder nicht, sofern er überhaupt nah genug an sie herankam, darüber war er sich noch nicht schlüssig gewesen. Wie Augenzeugen ihm berichtet hatten, führten sie noch immer ein Nomadenleben, ernährten sich fast ausschließlich von Fleisch und liefen zudem splitternackt herum. Geld, Mafia, Gewalt und nackte Haut – war das nicht das, was das amerikanische Publikum sich wünschte? Am Ende wurde ihm die Entscheidung, ob er filmen sollte oder nicht, abgenommen. Wie es das Schicksal so wollte, erhaschte Dom nur einen kurzen Blick auf die Rotfüße und hatte nicht die geringste Chance, seine Kamera hervorzuholen, bevor er und sein Führer sich eilig durch das Dickicht zurück in Sicherheit bringen mussten. Und so blieben die Rotfüße rätselhaft wie eh und je.

Stattdessen hatte Dominic Umweltaktivisten und Zoologen interviewt. Er hatte mit älteren Angehörigen der benachbarten Huaorani und Kichwa darüber gesprochen, wie ihr Leben sich nach dem Einfall der Außenwelt verändert hatte. Aber selbst die Kichwa bezeichneten die Taromenane als »Wilde« und warnten Dominic, sie würden ihn umbringen, wenn er ihnen zu nahe käme. »Sie haben doch Ihre Story«, erklärte ihm sein weiser Kichwa-Führer nach elf Wochen des Suchens und Filmens. »Lassen Sie diese Menschen in Ruhe. So machen wir das auch. Sie wollen nicht zivilisiert werden. Wir haben versucht, mit ihnen Kontakt aufzunehmen, aber sie haben uns nur bedroht. So ist es am besten.« Am Ende musste sogar der beharrliche Dokumentarfilmer Dominic einsehen, dass man die Taromenane am besten unbehelligt ließ. Wer gab ihm das Recht, eine Lebensweise zu gefährden, die für die Menschen Hunderttausende von Jahren funktioniert hatte?

Und so hatte Dom vor zwei Tagen die furchtlosen Verteidiger des Regenwalds verlassen, sich in die Hauptstadt Quito durchgeschlagen und den ersten Rückflug zum heimischen JFK genommen. Aber warum wäre er jetzt am liebsten sofort zum Flughafen zurückgefahren, um in den erstbesten Flieger zu steigen, der ihn bloß wieder weg von hier brachte? Die Antwort war einfach: Calgary. Es lag keineswegs an seiner Reise, dass er sich in New York wie ein Fremder vorkam. Es lag an dem, was in den Tagen vor seiner Abreise geschehen war. Die Welt, die sein Zuhause gewesen war, existierte nicht länger.

Calgary hatte nie zu den besonders nahbaren Menschen gezählt, womit Dominic, der selbst aus einer debattierfreudigen, geselligen und stark gefühlsbetonten Familie stammte, nicht immer gut zurechtkommen war. Calgary besaß keinen dieser Charakterzüge. Sie war in Verhältnissen aufgewachsen, die ihr beibrachten, möglichst kühl zu sein wie die nach New England hineinwehende Meeresbrise. Sie beobachtete sich selbst sehr genau und behielt ihre Emotionen stets eisern unter Kontrolle, bevor sie auch mal nur einen Hauch ihrer wahren Gefühle preisgab. Sie verlor niemals die Fassung. Sie wurde niemals laut. Sie setzte ihren Willen nicht durch, indem sie wie Doms kleine Schwester wütend mit den Füßen stampfte, sondern durch passive Aggression. Sie grollte, schmollte, ging einfach fort oder legte mitten im Gespräch den Hörer auf. Ihre stärkste Waffe jedoch war, alle Zeichen von Zuneigung einzustellen, sobald die Dinge nicht nach ihrem Willen liefen.

Zu Anfang hatte Dominic keine Ahnung gehabt, wie er mit so einem Menschen umgehen sollte. Seine Mutter, seine Schwestern und seine ehemaligen Freundinnen waren ausnahmslos leidenschaftliche, hitzköpfige Frauen. Er war daran gewöhnt, gleichermaßen angeschrien und mit Küssen überhäuft zu werden. Bis er Calgary begegnet war, hatte Dom immer Erfolg bei Frauen gehabt. Aber die gespielte Gleichgültigkeit dieser Angebeteten hatte ihm größere Anstrengungen abverlangt als jemals zuvor. Er war Wachs in ihren perfekt manikürten Händen. Je cooler sie sich gab, desto verzweifelter versuchte er, sie zu beeindrucken. Vielleicht lag ja vor allem darin der Grund, warum der anschließende Fall so tief gewesen war.

Genau wie er war sie aus New York, aber sie war so anders, so exotisch, so exklusiv, und Dom konnte es kaum fassen, dass diese perfekte Park-Avenue-Prinzessin am Ende tatsächlich ihm gehörte. Wenn sie Hand in Hand den Broadway hinunterliefen und er ihr gemeinsames Spiegelbild in einer Scheibe sah, musste er bisweilen ein zweites Mal hinsehen, um es zu glauben. Klar, sie gaben ein hübsches Paar ab, aber sie waren eindeutig nicht vom selben Schlag. Er erfand Ausreden für ihre kühle Art, sie für seinen Mangel an Stil. Bestimmt war sie nur verklemmt, weil ihre Eltern ihr nie besonders viel Zuneigung gezeigt hatten, dachte Dom. Doch unter diesem Panzer hatte sie sicherlich ein großes Herz. Sie musste nur lernen, es herauszulassen. Und er würde ihr dabei helfen. Er würde ihr beibringen, ihre Gefühle offener zum Ausdruck zu bringen. Genau wie sie ihm beigebracht hatte, welches Besteck in edlen Restaurants wofür gedacht war.

Manchmal hatte er geglaubt, ihren Schutzmauern erste Risse zugefügt zu haben, und es hatte ihn glücklich gemacht, sie lächeln zu sehen. Und in diesen seltenen Momenten, wenn Calgary sich wahre Emotionen erlaubt und gelacht, gegrinst, geweint oder ihn voll auf die Lippen geküsst hatte, da hatte es sich angefühlt wie das kostbarste und seltenste Geschenk auf Erden. Er hatte immer geglaubt, dass diese wenigen flüchtigen Momente des Glücks jede Anstrengung wert seien – zumindest bis vor ein paar Wochen.

Seinem besten Freund Dave war die ganze Sache nie geheuer gewesen. Er hatte einmal gesagt, Calgary würde Dom bloß ein paar Brotkrumen zuwerfen, die Dom aufschnappte wie ein dankbares, ausgehungertes Hündchen, das über jeden Happen froh war. Doch verliebte Männer hören nun einmal nicht auf ihre Freunde, und es hatte eine Zeit gegeben, in der ein

Lächeln von Calgary genügte, und für Dom war die Welt in Ordnung, ganz egal was Dave sagte.

»Selbst dein Hund traut ihr nicht, Alter«, hatte Dave ihn gleich zu Beginn der Beziehung gewarnt. »Ich mein' ja nur, vielleicht durchschaut so ein Biest ein anderes Biest einfach schneller.«

Es stimmte. Blondie und Calgary waren nie miteinander warm geworden. Dabei war Blondie ironischerweise für Dominics erste Begegnung mit seiner späteren Frau verantwortlich. Es war ein heißer Julitag im Sommer 2007 gewesen. Sein geliebter Golden Retriever war damals gerade ein Jahr alt und somit körperlich zwar fast ausgewachsen, vom Wesen her aber noch ein verspielter Welpe. Daher hatte sich Doms schöner, großer blonder Liebling an diesem sonnigen Sommernachmittag im Central Park auch noch ein wenig übermütig benommen. Dom war mit ihr in ein ruhiges Eckchen gegangen, wo er glaubte, die Hündin von der Leine lassen zu können, um mit ihr einigermaßen ungefährdet ein wenig zu trainieren. Mit einer Tüte Leckerlis begann er, grundlegende Befehle wie *Platz*, *bei Fuß*, *sitz* oder *komm* zu üben. Alles lief auch ziemlich gut, bis Blondie eine Möwe bemerkte, die in der Nähe gelandet war, und beschloss, den Vogel zu jagen. Natürlich flog die Möwe aufgeregt davon, und Blondie raste ihr mit Dominic im Schlepptau quer durch den Central Park hinterher.

»Blondie!«, brüllte er immer wieder, während er Jogger, Bänke, Rad fahrende Kinder, knutschende Teenager und Tagesmütter mit Kinderwagen umkurvte. »Halt an! Stopp!«

Die Hündin jedoch rannte immer weiter, und Domschreiend hinterher. Endlich blieb Blondie weit vor ihm an einer Bank stehen. Im Näherkommen bemerkte Dominic, dass einem Kind hier sein Eis heruntergefallen war, dessen Reste Blondie nun aufschleckte. Aber da er dem Frieden nicht traute, sprintete er weiter in Höchstgeschwindigkeit auf die Bank zu.

»Blondie!«, brüllte er. »Stopp!«

Blondie sah auf, erkannte ihr Herrchen, und Dom hätte schwören können, dass sie grinste. Dann drehte sie sich nach einem Rudel Hunde um, das etwas weiter entfernt spielte, und einen Moment lang glaubte Dom, sie würde wieder losprechen. Er schwitzte, glühte vor Hitze, war stinksauer und vollkommen außer Atem.

»Warte Blondie!«, schrie er, während er sich der Bank näherte. »Noch einen Schritt, und ich schwöre, ich garantiere für nichts. Blondie! Blondie! Beweg dich ja nicht von der Stelle, du blödes Biest!«

»Ist das Ihre Vorstellung von einer guten Anmache?«, sagte in diesem Moment eine eisige Frauenstimme, und erst jetzt bemerkte Dom, dass jemand auf der Bank saß. »Halt, Blondie. Schön dableiben, Blondie. Glauben Sie im Ernst, damit landen zu können?«, fuhr die Stimme in spitzem Upper-East-Side-Ton fort. »Sie sind widerlich. Absolut widerlich. Guten Tag.«

Schnaufend und vor Schweiß triefend schaute Dominic auf und sah, wie sich eine außergewöhnlich attraktive Blondine von der Bank erhob, an der Blondie angehalten hatte. Dom starrte verständnislos in dieses bezaubernd schöne und zugleich so angeekelte Gesicht.

»Hä?«, war alles, was er herausbrachte.

Die junge Frau machte mit einem verächtlichen Schnauben auf ihren High Heels kehrt und steuerte zielstrebig den nächsten Ausgang zur Fifth Avenue an. Es dauerte ein paar Sekunden, bis Doms Gehirn die Situation begriffen hatte. Sie hatte lange, bleistiftgerade hellblonde Haare. Und sie war eine dieser absoluten Wahnsinnsfrauen, die sich auf der Straße ständig die

Pfiffe und Anmachsprüche der Männer anhören mussten. Und Dom war gerade schreiend und schwitzend auf sie zugelaufen. O nein!

»Blondie«, sagte er zu seiner Hündin. »Begreifst du jetzt, was du für Ärger machst? Die Frau war der Hammer! Komm, wir müssen das klarstellen.«

Dom und Blondie folgten also ihr zum Ausgang und die Fifth Avenue hinab. Zum Glück war sie in ihrem knallroten Etuikleid und mit den langen weißblonden Haaren in der Menge leicht auszumachen. Schon nach kurzer Zeit hatte er sie eingeholt.

»Hey«, sagte er und tippte ihr auf die Schulter. »Ich muss da etwas klarstellen.«

Die Frau wirbelte herum und starrte ihn entsetzt an.

»Sind Sie verrückt?«, rief sie, wich einen Schritt zurück und hielt die Handtasche schützend vor sich. »Was erlauben Sie sich? Lassen Sie mich in Ruhe!«

»Nicht doch, nicht doch«, sagte Dom erschrocken und hob beschwichtigend die Hände. »Lassen Sie mich das doch nur kurz erklären. Das hier ist Blondie.«

Er deutete auf die Hündin. Blondie bellte wie zur Bestätigung.

»Blondie«, wiederholte die Blondine eisig. »Ich soll Ihnen abnehmen, dass Ihr Hund Blondie heißt? Wer ist so bescheuert, seinen Hund Blondie zu nennen?«

»Ich«, gab Dom zu.

»Wie kommen Sie denn auf so etwas? Es gibt doch nun wirklich genug unverfängliche Hundenamen, da muss man doch keinen nehmen, der die Hälfte der weiblichen Bevölkerung Manhattans beleidigt.«

Sie besaß eine direkte, fast unverschämte Art, die Dominic zugleich verstörte und faszinierte.

»Das ist doch keine Beleidigung«, erklärte Dominic. »Es ist ein Kompliment. Sie heißt Blondie, wie die Band von Debbie Harry. Mein Dad war ein Riesenfan. Ich bin mit Platten wie *Parallel Lines* aufgewachsen.«

»Die Musik mag ja ganz cool sein«, räumte die junge Frau widerwillig ein, »aber es bleibt dennoch ein dämlicher Name für einen Hund.«

»Ich fand, es machte Sinn«, sagte Dominic und sah auf seinen Hund hinab. »Als ich diesen kleinen Welpen bekam, habe ich gedacht, Mensch, das ist die schönste Blondine, die ich jemals gesehen habe …«

Er schaute zu der jungen Frau hoch, und sein Magen machte einen Satz. Sie war einfach atemberaubend. Dom hörte sich weitersprechen: »… zumindest bis heute.«

Die Frau schnalzte abfällig, so als habe sie diesen Spruch oder einen ähnlichen schon tausendmal gehört, was womöglich sogar der Wahrheit entsprach. Dabei war Dominic eigentlich gar nicht der Typ, der abgedroschene Anmachsprüche von sich gab oder unbekannten Schönheiten hinterherlief, die er im Park versehentlich beleidigt hatte. Diese Frau aber hatte etwas ganz Besonderes an sich. Sie war faszinierend.

»Verzeihung«, sagte er. »Sie müssen mich für einen vollkommenen Trottel halten. Wie auch immer, ich wollte die Verwechslung einfach nur klarstellen.«

Er streckte die Hand aus, um sich zu entschuldigen. Sie schlug zögernd ein und drückte dann seine Hand erheblich kräftiger, als er erwartet hatte.

»Calgary«, erklärte sie brüsk. »Calgary Woods.«

»Dominic McGuire«, sagte er grinsend und konnte sich nicht verkneifen hinzuzufügen: »Calgary Woods? Und da halten Sie den Namen meines Hundes für dämlich!«

Sie entriss ihm ihre Hand.

»Ich wollte Ihnen schon vorschlagen, mich zur Wiedergutmachung auf einen Kaffee einzuladen, aber Sie sind ganz offensichtlich viel zu infantil, um noch mehr Zeit in Ihrer Gegenwart zu verschwenden. Guten Tag, Mr. McGuire.«

Mit diesen Worten wandte Calgary Woods ihm zum zweiten Mal an diesem Nachmittag den Rücken zu und stöckelte davon.

»Ach, kommen Sie, Calgary«, sagte Dom und lief ihr hinterher. »Das war doch nur ein Witz. Mögen Sie keine Witze?«

»Witzige schon«, antwortete sie, ohne anzuhalten oder sich umzudrehen, aber er konnte am Zucken ihrer Wangen erkennen, dass sie ein Lächeln unterdrücken musste.

Er und Blondie folgten ihr fünf Blocks lang die Fifth Avenue hinunter und dann die 75th Street in östlicher Richtung bis zur Madison, wo sie vor einem imposanten Bürokomplex anhielt.

»Ich habe jetzt einen Termin«, sagte sie schneidend. »Aber Sie dürfen mich für morgen Abend zum Essen einladen. Als Minimalentschädigung. Und suchen Sie etwas Anständiges aus. Ich hasse schlechtes Essen. Ich treffe Sie um acht. Schicken Sie mir eine SMS. Für Anrufe habe ich keine Zeit.«

Sie reichte ihm eine Visitenkarte und verschwand ohne Abschiedsworte oder einen zweiten Blick in dem Bürogebäude. Dominik las ihre Karte.

Calgary Woods
Senior Fashion Assistant
Lush

Das passte. *Lush* war der erfolgreichste Senkrechtstarter unter den Modezeitschriften in diesem Jahr. Calgary Woods machte auch ganz den Eindruck, als würde sie in der Modebranche arbeiten. Dominic hatte nie wirklich auf Blondinen gestanden. Zickige Park-Avenue-Prinzessinnen waren ihm ein Gräuel. Und mit affektierten Modeleuten hatte er nie etwas am Hut gehabt. Aber Calgary hatte etwas, das ihn wie eine Motte ins Licht zog. Dabei spürte er von Anfang an, dass sie gefährlich war. Er ahnte, dass dort, wo ihr Herz sein sollte, lediglich ein Eisblock zu finden war. Das hinderte ihn jedoch nicht daran, ständig an sie zu denken. Dominic hatte angebissen. Und er hing die nächsten fünf Jahre an ihrer Angel.

Das Leben mit Calgary erwies sich als kompliziert. Ihre Familie war ein Albtraum. Calgary wiederum fühlte sich unwohl in Gegenwart seiner lauten, lebhaften Freunde, und sie lehnte es rundweg ab, seine Familie in Yonkers zu besuchen. Und auch wenn er in seinem Beruf einen Erfolg nach dem nächsten verbuchen konnte und mehr Geld nach Hause brachte als sie, herrschte unterschwellig doch stets die Einstellung, Calgarys Karriere sei die wichtigere.

Rückblickend erkannte Dominic, dass sie in ihrer Beziehung immer die Hosen angehabt hatte, auch wenn sie als Kleidungsstücke Röcke bevorzugte. (Schließlich war es Unsinn, sieben Stunden die Woche ins Fitnesscenter zu gehen, um dann seine Beine zu verstecken.)

Selbst als sie noch nicht lange zusammen waren, hatte Calgary ihre Zeit vorwiegend im Büro, auf Shootings an exotischen Orten oder auf Modenschauen in Mailand, Paris oder London verbracht. Dom war schnell klar geworden, dass Calgary ein absoluter Workaholic war. Aber auch in diesem Punkt suchte er sie zu entschuldigen: War es nicht toll, eine so unabhängige und ehrgeizige Freundin zu haben? Immerhin erwartete sie nicht von ihm, für ihren Bedarf an Jimmy-Choos aufzukommen. Die konnte sie sich bequem selbst leisten, denn sie stieg rasch zur Fachredakteurin auf, dann zur Ressortleiterin Fashion und schließlich zum Creative Director von *Lush*. Es dauerte nicht lange, und sie verdiente mehr als Dom.

Sie waren gerade ein Jahr zusammen, da hatte sie es bereits zum Liebling der New Yorker Modeszene gebracht. Bei den großen Modenschauen saß sie nun in der ersten Reihe, sie beriet Stars von Rihanna bis Madonna in Stilfragen, und sie konnte nirgendwo hingehen, ohne von einem Rudel sie anhimmelnder Modeblogger verfolgt zu werden, die mit ihren iPhones unablässig Fotos schossen, um auf ihren Seiten genau zu dokumentieren, welche Handtasche sie trug, welchen Farbton ihr Lippenstift hatte oder welche Jeansmarke sie heute bevorzugte (vorausgesetzt es war Wochenende). Je erfolgreicher Calgary wurde, desto stärker wuchs bei Dom der Eindruck, nur in ihrem Schatten mitzulaufen. Sie lud ihn zwar zu Partys und Veranstaltungen ein, aber immer häufiger hatte Dominic das Gefühl, seine einzige Rolle dort bestand darin, ihr Sektglas zu halten, während sie wichtige Kunden umgarnte.

Nach zwei Jahren begann er sich zu fragen, was sie überhaupt an ihm fand. Und er überlegte sogar, welchen Gewinn er selbst eigentlich aus der Beziehung zog – mal abgesehen von den kostenlosen Designerklamotten und den neidischen Blicken anderer Männer. Manchmal hätte er schwören können, dass sie zusammenzuckte, wenn er sie berührte. Bei anderen Gelegenheiten ertappte er sie dabei, wie sie ihn mit so viel Enttäuschung im Blick betrachtete, dass er sie am liebsten geschüttelt hätte. Was stimmte denn nicht an ihm? Warum war sie mit ihm zusammen, wenn sie ihn für einen solchen Versager hielt? Aber natürlich würde Dominic Calgary niemals schütteln. Er würde nie seine Hand gegen eine Frau erheben. Er mochte nicht von der Upper East Side stammen, doch dafür war er zu gut erzogen.

Calgarys Maske verrutscht nur sehr, sehr selten einmal, und in diesen Momenten liebte Dominic sie am meisten. Ab und zu fand er Calgary zusammengerollt in ihrem Bett oder eingeschlossen im Badezimmer, wo ihr die Tränen das bezaubernde Gesicht hinabliefen. Zwar vertraute sie ihm niemals an, was die Eisprinzessin so zum Weinen gebracht hatte, aber sie erlaubte ihm, sie in die Arme zu nehmen, bis ihre Schultern zu beben aufhörten und die Tränen versiegten. Anschließend dankte sie ihm jedes Mal, aber sobald er es wagte, sie nach dem Grund ihrer Traurigkeit zu fragen, zog sie sich nur noch tiefer in ihre schöne Schale zurück.

Er gewöhnte sich an die Zurechtweisungen, die Calgary gerne in den ihr eigenen ätzenden »Humor« verpackte. (Ach, nun schau doch nicht so betroffen aus der Wäsche, Liebling, war doch nur ein Witz, hieß es dann häufig.) Woran er sich aber nie gewöhnte, war der Mangel an körperlicher Nähe. Sie hatten zwar regelmäßig Sex, aber immer nur, wenn ihr danach war. Dabei küsste sie ihn kaum und schob ihn sofort von sich herunter, wenn sie fertig waren. Anschließend drehte sie sich um und schlief ein. Manchmal hatte er das Gefühl, als hasste sie ihn dafür, dass er sie liebte.

Daher wäre er auch fast vor Schreck vom Stuhl gekippt, als sie ihm erklärte, es würde nun aber langsam Zeit, ihr einen Antrag zu machen. Sie wollte ihn heiraten? Musste sie ihn dann nicht lieben? Auf ihre eigene, schräge, verklemmte Reiche-Mädchen-Art? Der Gedanke, ihr *keinen* Antrag zu machen, kam ihm nicht einmal in den Sinn. Also absolvierte er die grauenerregende Prüfung, ihren Vater um seinen Segen zu bitten, den Mr. Woods eher widerwillig erteilte. Von diesem Punkt an allerdings spielte Dom bei den Hochzeitsvorbereitungen nur noch eine untergeordnete Rolle. Calgary stellte recht schnell klar, dass es zum Vorrecht der Braut gehörte, sich um alle Fragen der Hochzeit zu kümmern – vor allem, wenn diese zufälligerweise in der Modebranche arbeitete. Dementsprechend traf sie alle Entscheidungen, was den Ort der Feier betraf, die Gästeliste, die Ringe, die Garderobe, die Blumen, das Catering, die Torte, die Brautjungfern, die Brautführer, ja sogar die Trauzeugen. Schweren Herzens willigte sie darin ein, dass er seine engsten Angehörigen einlud und Dave zu seinem Trauzeugen bestimmte, aber damit hatte es sich dann auch. Dom hatte also nichts weiter zu tun, als seinen Junggesellenabschied zu feiern (nein, auf keinen Fall Las Vegas, nur über ihre Leiche) und pünktlich in der Kirche ihrer Familie in East Hampton zu erscheinen. Was er natürlich tat. Und als Calgary »Ich will« sagte, wäre Dom vor Glück fast geplatzt. Jetzt, im Rückblick, war es nur schwer zu begreifen, warum er an seinem Hochzeitstag so euphorisch in die Zukunft geblickt hatte. Vermutlich lag es einfach in der menschlichen Natur, nach dem zu streben, wofür man am härtesten arbeiten musste. Und er hatte für nichts so geschuftet wie für Calgary.

Dass sie Kinder haben wollte, hatte Calgary nie gesagt. Aber sie hatte auch nie gesagt, dass sie keine wollte. Und Dominic war katholisch. Er war eins von fünf Kindern, seine italienische Mutter eins von sieben und sein irischer Vater eins von zehn. Bei den McGuires hatten alle in der Familie Kinder. Einen Haufen Kinder! Dominic war einfach davon ausgegangen, dass jeder Kinder haben wollte. Er war zweiunddreißig, als sie heirateten, Calgary neunundzwanzig. Sie besaßen eine gute Ausbildung, waren jung, finanziell abgesichert und gesund, mit anderen Worten: prädestiniert dafür, Nachkommen in die Welt zu setzen. Zumindest dachte Dom das. Von dem Tag an, als er sie fragte, ob sie nicht versuchen sollten, ein Baby zu bekommen, war Schluss mit ihrem Sexleben. Damals waren sie noch kein Jahr verheiratet.

Calgary stürzte sich noch heftiger in die Arbeit, ging mit ihren Bekannten aus, wann immer sie konnte, und gab sich alle Mühe, seine Gesellschaft zu meiden. Da sie beruflich beide immer wieder ins Ausland reisen mussten und lange Arbeitstage hatten, wenn sie in New York waren, fiel es nicht schwer, eine Wohnung zu teilen, ohne zusammenzuleben. Drei- oder viermal die Woche schliefen sie zwar noch im selben Bett, aber Calgary zog sich immer früher ins Schlafzimmer zurück als Dominic, und er konnte ihr so schnell folgen, wie er wollte, wenn er neben ihr unter die Decke schlüpfte, hatte sie sich bereits abgewendet und war eingeschlafen. Oder sie stellte sich schlafend. Versuchte er sie zu berühren, rutschte sie in dem riesigen Bett nur noch weiter von ihm fort und verharrte in ihrem vermeintlichen Tiefschlaf.

Dominic sehnte sich danach, seine Frau in die Arme zu schließen, seine Frau zu küssen, seine Frau zu lieben, wie sie es früher getan hatten. Und vor allem sehnte er sich danach, Vater zu werden. Er träumte davon, in ein Stadtviertel mit alten Reihenhäusern zu ziehen und in einem dieser Brownstones eine ganze Rasselbande wilder Kids aufzuziehen. Mitunter versuchte er das Thema Calgary gegenüber anzuschneiden, aber sie strafte ihn nur mit eisigem Schweigen, und er hatte solche Angst, ein definitives »Nein« zu hören, dass er sie nicht weiter bedrängte. Bis zu diesem Sommer. An ihrem dritten Hochzeitstag reichte es ihm. Er war gerade fünfunddreißig geworden, und er hatte es satt, seine Mom darüber lamentieren zu hören, wann er ihr denn nun endlich ein Enkelkind schenken würde. Und er hatte es ebenso satt, immer bloß zu den Taufen der Kinder seiner Freunde zu gehen. Er wollte selbst zu einer Taufe einladen! Also begann er, den Druck zu erhöhen.

»Ich möchte gern Vater sein, Calgary«, eröffnete er ihr heldenhaft. »Du hast kein Recht, mir diesen Traum zu rauben. Dafür ist er zu wichtig.«

»Und du hast kein Recht, mich dazu zu zwingen, Mutter zu werden«, erwiderte sie kalt und verließ den Raum.

Ein paar Tage später versuchte er es erneut, diesmal etwas vorsichtiger.

»Wir könnten uns eine Tagesmutter nehmen, oder ich könnte zu Hause bleiben und mich um die Kids kümmern«, schlug er hoffnungsvoll vor.

»Und wärst du auch derjenige, der dick und fett wird, Schwangerschaftsstreifen bekommt und sich einen Dammriss holt?«, gab sie sarkastisch zurück.

»Nein, das nicht, aber wenn du keine natürliche Geburt möchtest, bleibt ja immer noch ein Kaiserschnitt«, beeilte er sich zu sagen. »Ich habe mich darüber informiert und …«

»WOW«, unterbrach Calgary ihn barsch. Sie beide wussten genau, was das zu bedeuten hatte. WOW war Calgarys Abkürzung für *Waste of Words*. Sie benutzte das Kürzel andauernd. Sie besaß sogar einen Pulli von Markus Lupfer, auf dem die Buchstaben WOW prangten. Nie hatte ein Kleidungsstück besser zu seiner Trägerin gepasst.

»Ich möchte wirklich ein Kind«, wagte er einen letzten Versuch.

Calgary blickte ihn lange an. Ihre Züge verloren ein wenig an Härte. Was war das in ihren Augen? Mitleid? Bedauern? Dominic saß im Schneidersitz auf dem Teppich und hielt Blondie in den Armen.

»Du brauchst kein Baby, Dom«, sagte sie. »Du hast doch

bereits eins.« Sie nickte in Richtung der Hündin und bemühte sich, so etwas wie ein Lächeln hinzubekommen. »Du sprichst zu ihr in dieser albernen Babystimme, du bürstest ihr Haar und gehst mit ihr in den Park. Du bereitest ihr eigene Mahlzeiten zu, und als Bildschirmschoner verwendest du ein Foto von ihr. Was willst du denn noch?«

»Ich möchte Vater sein«, erklärte Dom ein letztes Mal.

Calgary schüttelte ihr blondes Haar. »Tut mir leid, Liebling, aber daraus wird nichts. Mir fällt es schon schwer genug, mich mit Blondie abzufinden. Und für die bist allein du verantwortlich, und sie ist wenigstens stubenrein! Aber Kinder will ich keine. Ende der Debatte. Ich dachte, das hättest du verstanden. Lass uns keine weitere Zeit mit Diskussionen darüber vergeuden, ja? Gut. Marion und ich haben Karten fürs Theater. Es wird spät werden. Warte nicht auf mich.«

Dominic wartete dennoch auf dem Sofa, schlief aber gegen drei Uhr in der Nacht ein, und als er aufwachte, war es Morgen, er lag noch immer auf dem Sofa und Calgary sicher zugedeckt in ihrem Bett.

»War es gut, das Stück?«, erkundigte er sich, als sie endlich zum Frühstück erschien.

»Was für ein Stück?«, fragte sie zurück. So mitgenommen und verkatert hatte er sie noch nie gesehen.

»Du hast doch gesagt, du würdest mit Marion ins Theater gehen.«

»Ach ja, das haben wir gestrichen. Es waren sowieso Freikarten. Ich wurde in letzter Minute auf eine Party in Tribeca eingeladen, und da sind wir dann hin. Es war lustig.«

»Schön«, sagte Dom, ohne es zu meinen. »Sehr schön. Freut mich, dass du dich amüsiert hast.«

In der folgenden Woche wechselte er die Taktik. Vielleicht

würde es ja besser zwischen ihnen laufen, wenn sie mehr gemeinsam unternahmen, als Paar. Also lud er sie in ihr Lieblingsrestaurant ein, zog den Prada-Anzug an, den sie so mochte und den sie ihm letztes Jahr für eine Preisverleihungsgala gekauft hatte, und ging extra zum Friseur, um für sie perfekt rasiert zu sein.

»Sieh mal, mein Schatz«, hob er an, als sie auf die Vorspeise warteten. »Ich weiß, dass ein Baby für eine Frau eine beängstigende Vorstellung sein kann, vor allem für eine Frau, die so erfolgreich in ihrem Beruf ist wie du, aber ich würde dich unterstützen, wo ich nur kann. Ich wäre gern ein richtig aktiver Dad und habe auch gar nichts dagegen, einen Großteil der Kinderbetreuung zu übernehmen. Ich würde mitten in der Nacht aufstehen, und meinen Job würde ich erst einmal zurückstellen. Finanziell können wir uns das leisten. Oder, wenn dir dieser Vorschlag nicht gefällt, dann nehmen wir eben eine Tagesmutter. Bitte, Calgary, lass es dir doch wenigstens durch den Kopf gehen.«

»Oder was?«, fragte sie und beobachtete ihn dabei argwöhnisch wie ein in die Ecke getriebenes Reh, auf das der Jäger gerade die Flinte anlegt.

»Oder … keine Ahnung, Liebling«, sagte er verunsichert. Er wollte sie nicht erpressen, aber er wollte auch nicht seine eigenen Träume opfern. »Ich kann doch nicht meinen sehnlichsten Wunsch, ein Kind zu haben, einfach aufgeben? Das geht nicht so leicht. Herrgott, hätte ich gewusst, dass du keine Kinder willst …«

»Dann was?«, forschte sie mit scharfer Stimme, aber ohne lauter zu werden. »Hättest du mich nicht geheiratet?«

»Das habe ich nicht gesagt.« Tränen stiegen Dominic in die Augen. »Ich weiß nicht, was ich getan hätte. Wie sollte ich auch? Du hast es ja nie erwähnt. Du hast nie gesagt, dass du keine Mutter sein willst.«

»Du hast nie danach gefragt«, entgegnete Calgary. Sie kaute mit finsterer Miene auf ihrer Unterlippe und achtete mit großer Sorgfalt darauf, ihrem Ehemann nicht direkt in die Augen zu sehen.

»Ach, nun hör aber auf, Cal. Die meisten Menschen wollen Kinder haben, wenn sie heiraten. Das ist der logische nächste Schritt. Jeder macht das so.«

»Ich bin aber nicht jeder«, murmelte Calgary.

Tiefer Schmerz trat einen Wimpernschlag lang in ihr Gesicht, war aber genauso schnell auch wieder verschwunden. Sie gewann ihre perfekt geformten Züge zurück und blickte erneut starr über Dominics Kopf hinweg. Je emotionsloser sie sich gab, desto erregter und wütender wurde er.

Er holte tief Luft und sagte in möglichst ruhigem Ton: »Cal, du bist meine Frau, und ich liebe dich, aber ich möchte Kinder haben. Kannst du das nicht nachvollziehen? Was wäre denn so schlimm daran, wenn wir eine Familie hätten? Warum willst du nicht mit mir ein Kind? Bitte, Liebling, sag wenigstens, dass du darüber nachdenkst. Mir eine Zukunft ohne Kinder vorzustellen, finde ich einfach unerträglich.«

Dom legte seine Hand auf ihre und versuchte, Blickkontakt herzustellen, um sie zu beschwören, die Sache einmal aus seinem Blickwinkel zu betrachten. Calgary seufzte tief und starrte eine ganze Weile aus dem Fenster. Dann zog sie ihre Hand unter seiner hervor und zwang sich endlich, ihm in die Augen zu sehen. Sobald sie dies tat, begannen auch schon die Tränen zu laufen. Sie öffnete den Mund, als ob sie etwas sehr Wichtiges sagen wollte, aber die Worte schienen sie zu ersticken. Dominic konnte in ihren eisblauen Augen ablesen, dass irgendetwas sie innerlich zerriss. Aber was? Und obwohl sie sichtlich bemüht war, ihren Gefühlen irgendwie Ausdruck zu verleihen, war Calgary Woods doch zu gehemmt – oder zu ängstlich – die Schleusen zu öffnen. Stattdessen unterdrückte sie, was sie hatte sagen wollen, tupfte die Tränen mit der Serviette ab und atmete tief durch.

»Es tut mir so leid, Dominic«, war alles, was sie herausbrachte, während sie ihren Ehering abnahm, ihn vorsichtig auf die weiße Serviette legte und aufstand. »Ich hatte nie die Absicht, dir wehzutun«, sagte sie leise und gefasst. Ihre Gesichtszüge saßen wieder fest an ihrem Platz, und ein ungutes Gefühl in der Magengrube sagte Dom, dass sie ihr nicht noch einmal entgleiten würden.

»Wir sind offenbar beide von falschen Annahmen ausgegangen«, fuhr sie fort und schob den Stuhl zurück. Das in die Enge getriebene Reh bereitete seinen Ausbruch vor. »Es hätte nie funktionieren können, so viel ist klar. Wir streben nicht die gleichen Dinge an und wir machen uns gegenseitig offenkundig auch nicht mehr glücklich. Also, jetzt bist du frei. Frei loszuziehen und dich mit der nächsten Tussi, die dir über den Weg läuft, fortzupflanzen. Ich denke, so ist es am besten. Du wirst ohne mich glücklicher sein. Ich bin nicht die Frau, die du brauchst.«

Und mit diesen Worten schritt sie ruhig aus dem Restaurant, die Tränen getrocknet, den Kopf hoch erhoben, als würde sie nur kurz die Toiletten aufsuchen. Sie kehrte nie zurück. Calgary hatte es zwar immer verstanden, Dominic zu schockieren, aber mit dieser Reaktion hatte er nun überhaupt nicht gerechnet. Der Raum drehte sich, sein Herz hämmerte panisch, und er hatte das Gefühl, sich gleich übergeben zu müssen. Dominic musste die Vorspeisen zurückgehen lassen, mit vor Scham und Verzweiflung glühenden Wangen erklären, dass seiner Frau plötzlich unwohl geworden sei, die Rechnung zahlen und das Lokal verlassen, ohne vor denAugen all dieser Leute zusammenzubrechen. Als er nach Hause kam, war sie nicht in der Wohnung. Sie nahm seine Anrufe nicht an, antwortete nicht auf SMS, E-Mails oder FaceTime-Anfragen. Endlich, zwei Tage und zwei schlaflose Nächte später, schickte sie ihm eine Nachricht.

Es tut mir leid, wenn ich dich vor den Kopf gestoßen habe, Dominic. Doch ich bereue meine Entscheidung nicht. Es ist die richtige für uns beide. Soweit ich weiß, wirst du morgen nach Südamerika reisen. Während deiner Abwesenheit werde ich meine Sachen aus der Wohnung holen. Mein Anwalt wird die Streichung meines Namens aus dem Mietvertrag veranlassen. Ich schlage eine rasche Scheidung vor. Es gibt nichts, über das gestritten werden müsste. Unterhaltszahlungen werde ich keine beantragen und gemeinsame finanzielle Verträge bestehen nicht. Ich habe ja gleich gesagt, dass es besser ist, getrennte Bankkonten zu haben. Den Hund kannst du natürlich liebend gern behalten. Leb wohl, Dominic. Ich wünsche dir alles Gute. Bitte antworte nicht auf diese Zeilen und ruf nicht an. Ich würde sowieso nicht darauf reagieren.

Am nächsten Morgen flog Dominic nach Ecuador. Die gesamte Strecke von JFK nach Quito saß er zusammengekauert unter einer Decke auf seinem Fensterplatz, das Gesicht von seinen Mitreisenden abgewandt.

5. Kapitel

Mayfair, West London, 2012

Arm in Arm mit Hugo war Sophia um die Ecke in die Berkeley Street gebogen und dem Unheil direkt in die Arme gelaufen. Und eine gemeingefährlichere Form als Hannah Louise Lovell konnte Unheil gar nicht annehmen. Dabei sah das Mädchen auf den ersten Blick eher harmlos aus, was aber gerade ihre gefährlichste Waffe darstellte. Sie war ein nicht einmal eins sechzig großes blondgelocktes Schnuckelchen mit riesigen blauen Kulleraugen, einem strahlenden Lächeln und Sommersprossen. Sie sprach mit leichtem Lispeln, machte gern auf schwach und unschuldig (obwohl sie einen Abschluss in Betriebswirtschaft von Cambridge besaß und dort am Steuer des Herren-Achters gesessen hatte), und konnte bei Bedarf jederzeit in Tränen ausbrechen. Letztere Fähigkeit hatte sie Sophia gegenüber schon bei ihrer ersten Begegnung unter Beweis gestellt, als sie beide im Alter von acht Jahren in den Internatsbetrieb der Privatschule aufgenommen wurden, und es blieb eine Fähigkeit, mit der es ihr in der Folgezeit immer wieder gelang, sich selbst Ärger mit Lehrern, Hausleiterinnen, Freundinnen, Jungs und einmal sogar mit der Polizei zu ersparen und Sophia dafür welchen einzubrocken.

Die beiden hatten schon als Kinder in den gleichen gesellschaftlichen Kreisen verkehrt, und durch die gemeinsamen Bekannten und familiären Verbindungen kreuzten sich ihre

Wege über weite Teile der Kindheit und des Erwachsenenlebens immer wieder.

»Freundlich sein«, flüsterte Hugo. »Entwaffne verhasste Freundinnen mit einem Lächeln.«

»So-phi-ah!«, flötete Hannah sofort. »Wie *geht* es dir?«

»Danke, gut«, murmelte sie, bedacht darauf, das Gespräch kurz zu halten. Sie war inzwischen eine erwachsene Frau, dies hier war nicht die Umkleide der Achtklässlerinnen, sie musste sich von Hannah also nichts gefallen lassen.

»Wenn ihr in den Funky Buddha wollt, ich würde es an eurer Stelle lieber lassen«, erklärte Hannah mit unverändert strahlendem Lächeln und einer vor geheuchelter Freundlichkeit triefenden Stimme. »Da ist heute Abend ein extrem junges Publikum, das richtig Gas gibt. Ein Haufen Überflieger unter fünfundzwanzig. Die Paparazzi laufen schon Amok bei so vielen Jungpromis. Du würdest dich da eher fehl am Platz fühlen, Sophia.«

Sophia wollte schon weitergehen, ohne darauf zu reagieren, aber als die beiden Frauen Schulter an Schulter standen, raunte Hannah ihr zu: »Früher bin ich mal neidisch auf dich gewesen, hast du das gewusst?«

Sophia verzog ungläubig das Gesicht, aber Hannah kam plötzlich richtig in Fahrt.

»Du hast dich immer für etwas ganz Besonderes gehalten«, fuhr sie fort. Es klang wie eine einstudierte Rede, die Hannah schon seit Jahren loswerden wollte. »Mit deinen ellenlangen Beinen und den langen Haaren, die dir bis auf die Hüfte fallen. Und dann deine ach-so-berühmte Granny, die dir immer Pakete mit Leckereien von Fortnum & Mason schickte. Das war übrigens auch der einzige Grund, warum du in der Schule immer die Hauptrollen in den Theateraufführungen bekommen hast – deine berühmte Großmutter. Mit Talent hatte das nichts zu tun. Schuld waren allein die filmstargeilen Lehrer, die sich bei der großen Diva einschmeicheln wollten. Und wie du immer auf den Rest von uns herabgesehen hast, wenn die Jungs von anderen Schulen dich alle zu ihrem Ball einladen wollten … ›Ach, du hast noch gar kein Date? Ich habe schon sieben. Ich kann mich bloß nicht entscheiden.‹ Dabei wussten doch alle, dass du nur so gefragt warst, weil dir jeder für eine Runde im Cabrio und einen Wodka-Cola schon an die Wäsche gehen durfte.«

Der Hass in Hannahs Stimme ließ Sophia erschaudern.

»Aber es ist schon komisch, wie das Leben am Ende doch für einen gerechten Ausgleich sorgt, nicht?«, fuhr sie eisig fort. »Du wirst nicht jünger, und du wirst ganz sicher nicht hübscher. Schon bald wirst du für Miniröcke zu alt sein, und was nützen dir diese Beine dann groß? Und die grauen Zellen, mit denen du geboren wurdest, hast du noch nie benutzt. Du warst doch immer zufrieden damit, das heiße Dummchen zu spielen. Hauptsache, du konntest Aufmerksamkeit erregen, Kerle ins Bett kriegen und ab und zu in den Nachrichten auftauchen. Aber dich hat doch schon seit Jahren keiner mehr ins Fernsehen eingeladen. Wann hat denn ein Klatschreporter das letzte Mal ein Foto von dir haben wollen, hm? 2005?! Heute bist du ein Nobody, *Lady* Sophia. Und eine Lady bist du schon gar nicht!«

Hannah trat noch einen Schritt auf Sophia zu. Sie roch nach Orchideen und Vanille. Der liebliche Duft stand in krassem Gegensatz zu ihren galligen Worten. »Und trotzdem gehst du zu den Kids in den Funky Buddha und tust so, als hätte sich nichts geändert. Aber wie ich gehört habe, werden deine Eltern dich diesmal nicht wieder zurücknehmen. Und bei Ben kannst du nicht mehr lange bleiben. Soweit ich weiß, hat sein Vater das Haus in Hackney zum Verkauf angeboten ...«

Hugo und Sophia tauschten bei diesen Worten entsetzte Blicke aus, aber Hannah redete weiter, ohne Luft zu holen. »Einen reichen Mann, der für dich sorgt, wirst du auch nicht finden. Jetzt nicht mehr. Nach allem, was man so hört, hängst du ja jede Woche mit einem anderen Typen ab. Ganz London weiß, was für ein Flittchen du bist. Will auch nur einer von denen am nächsten Tag noch etwas von dir wissen? Den Teufel werden die tun! Aber zieh ruhig weiter durch die Clubs und amüsier dich, weil die Party nämlich bald zu Ende ist, Sophia, das sage ich dir. Und wenn du demnächst aus deinem Elfenbeinturm fliegst, wird keiner da sein, um dich aufzufangen.«

Sophia öffnete den Mund, um sich zu verteidigen (sie lebte keineswegs von ihrem Familienamen und benutzte schon eine Weile sogar ihren Titel nicht mehr), aber bevor sie noch die richtigen Worte finden konnte, hatte Hannah Louise Lovell auf ihren silbernen Absätzen kehrt gemacht und schwebte in einer Vanillewolke die Straße hinab. Schweigend liefen Hugo und Sophia weiter zum Club. Kein einziger der wartenden Paparazzi hob die Kamera, als Sophia vorbeikam.

»Soll sie doch denken, was sie will«, erklärte Sophia achselzuckend. »Mich kümmert schon lange nicht mehr, was die Leute von mir halten.«

Das war natürlich eine Lüge. Hannahs Worte hatten Sophia verunsichert. Und dann konnte sie mit der überdrehten Partystimmung im VIP-Bereich des Funky Buddha tatsächlich nichts mehr anfangen, was die Sache nur noch verschlimmerte. Auch diverse Ortswechsel ins KOKO, Mahiki und den Notting Hill Arts Club änderten an diesem Gefühl nicht wirklich etwas. Ungeachtet dessen, was Hannah gesagt hatte, marschierte Sophia zwar noch immer geradewegs an den Warteschlangen der ›gewöhnlichen Leute‹ vorbei. Sie wurde noch immer von den Türstehern mit Küsschen begrüßt, und die Clubbesitzer und Veranstalter kannten alle noch immer ihren Namen und ließen stets eine Runde aufs Haus vorbeibringen. Aber Sophia zählte mittlerweile seit über einem Jahrzehnt zum festen Inventar der Londoner Clubszene, und in Wahrheit begann es sie nicht nur zu langweilen, sondern richtiggehend zu deprimieren. Heute Abend kam die Heuchelei ihr grauenhafter vor denn je. Ständig musste sie an den Brief ihrer Großmutter denken, und sie fragte sich, was Tilly wohl von ihrer Enkelin halten würde, wenn sie sie so sehen könnte. Nicht viel vermutlich.

»So wird nichts aus dir werden, junges Fräulein«, hatte ihr Vater immer gesagt, wenn sie ein schlechtes Zeugnis nach Hause brachte.

Vielleicht hatte er damit ja recht behalten. Sie hatte ganz sicher nicht viel erreicht, worauf sie stolz sein konnte. Früher einmal hatte sie für Nächte wie diese gelebt, aber in letzter Zeit schloss sie sich immer häufiger irgendwann im Laufe des Abends auf der Toilette ein, und das nicht, um sich wie vor Jahren eine Linie zu ziehen, sondern um mit den Tränen der Enttäuschung über ihr Versteckspiel zu kämpfen.

Der schlimmste Moment jedoch folgte später, oft erst wenn es schon hell war. Dann lag Sophia allein in ihrem Bett, und der Schlaf wollte einfach nicht kommen, entzog sich ihr wie eine verlorene Erinnerung. Dabei sehnte sie sich so sehr nach dem reinen, arglosen Zustand eines besinnungslosen Schlummers, aber jedes Mal, wenn sie ihn zu greifen und festzuhalten versuchte, entwischte er ihr wieder, und irgendeine neue Sorge oder ein wohlbekannter Zweifel machten sich in ihrem Kopf breit, sodass sie sich unruhig herumwarf und erneut hellwach war. Vom Bett aus beobachtete sie dann, wie das Licht durch die Spalten im Vorhang sickerte und ihre trostlose Welt beleuchtete. Leere Weinflaschen, die umgekippt auf dem Nachttisch lagen, überquellende Aschenbecher, deren Inhalt sich auf Berge schmutziger Designerklamotten ergoss. Das Trümmerfeld eines hirnlosen Partygirls.

In diesen Momenten wurde Sophia bewusst, was aus ihr geworden war, und ihre Haut fing vor lauter Selbstekel unerträglich zu jucken an. Das Gefühl hatte nichts von Selbstmitleid. Es war Selbsthass. Sie war diejenige, die sich in diese Lage gebracht hatte. Aber wie befreite man sich wieder daraus? Eigentlich wäre Sophia am liebsten aufgestanden, hätte ihre derzeitige Haut abgestreift und ihr altes Leben hinter sich gelassen.

Hin und wieder nahm sie Männer mit nach Hause und schlief mit ihnen, nur um diese einsamen frühen Morgenstunden zu vermeiden. Wie eine Droge verschafften ihr diese flüchtigen sexuellen Abenteuer für einen kurzen Augenblick Linderung. Das Gefühl von nackter Haut auf nackter Haut und die süßen, wohltuenden Lügen, die in ihr Ohr geflüstert wurden, taten ihr gut. Sobald diese Momente jedoch vorbei waren, hatte sich die Fallhöhe für Sophia nur vergrößert, und am nächsten Tag fühlte sie sich noch schäbiger und wertloser denn je.

An welcher Stelle hatte sie die falsche Abzweigung genommen? Sie wusste, es war ihr Leben, ihre Verantwortung, aber wie hätte sie verhindern können, dass es einmal so endete? Wo war der entscheidende Punkt gewesen? War sie wirklich zu eingebildet? Zu geblendet von oberflächlichen, banalen Dingen? So verdammt darum bemüht, cool und trendy zu sein, dass ein ›unverwechselbarer Look‹ schon das Gehaltvollste war, was sie in ihrem Leben zustande gebracht hatte? Dieser Meinung waren zumindest ihre Eltern.

Aber hatte sie nicht geglaubt, es besser zu wissen? Sie erinnerte sich noch mit Grauen daran, wie arrogant sie aufgetreten war, als sie ihren ersten Job als Moderatorin im Fernsehen bekommen hatte. Sie hatte geglaubt, damit so viel cleverer zu sein als all die ›braven Mädchen‹, die weiter in der Schule über ihren Büchern hockten und ein angepasstes Leben führten. Es hatte sich bloß um einen albernen, platten, geistlosen Auftritt auf einem reichlich obskuren Satellitenkanal gehandelt, aber, Leute, war das nicht allemal besser, als fürs Abi zu büffeln? Eine Zeit lang hatte Sophia kurz vor dem Sprung ins große Rampenlicht gestanden und dabei von ihrem Familiennamen und dem verblassenden Ruhm ihrer Großmutter profitiert. Sie war oft fotografiert worden, etwa wenn sie in Clubs auf Tischen tanzte, Rockstars abknutschte, mit entfernten Verwandten des Königshauses Selbstgedrehte rauchte oder am Arm eines Fußballprofis von einer Party gestolpert kam.

Jetzt war Sophia dreißig. Sie hatte keinen Job und lebte streng genommen als Hausbesetzerin in einer baufälligen Ruine. Hannah hatte recht, niemand wollte mehr ein Foto von ihr. Und während Sophia Nacht für Nacht allein in ihrem Bett lag, schmiegten sich die Schulfreundinnen, die sie früher als ›Nerds‹ abgestempelt hatte, irgendwo in einem hübschen viktorianischen Reihenhäuschen in Clapham, Chiswick oder Blackheath in ihren warmen, kuscheligen Betten an ihre treusorgenden Ehemänner. Und am Morgen standen sie auf und gingen arbeiten. Oder sie kümmerten sich um ihre Babys. Sie taten jedenfalls etwas Sinnvolles und Produktives. Welchen Grund hatte Sophia aufzustehen?

Irgendeine ihrer zahllosen vagen Bekanntschaften riss sie aus den trübsinnigen Grübeleien und reichte ihr einen Mojito.

»O, danke«, sagte sie teilnahmslos und nahm den Cocktail von dem jungen Mann, dessen Name ihr nicht mehr einfiel. Vielleicht hatte sie ihn sowieso nie gewusst.

»Wie machst du das nur?«, fragte Hugo mit einem Kopfnicken zu ihrem Tisch. »Du hast schon fünf Drinks vor dir stehen. Für keinen hast du bezahlt. Mit keinem der Männer, die sie dir ausgegeben haben, hast du dich auch nur unterhalten. Du sitzt hier bloß rum und bläst Trübsal, und trotzdem rauscht ein Freigetränk nach dem anderen an. Ich schenke jeder Tunte hier drin mein verführerischstes Lächeln, und keiner hat mir auch nur ein Mineralwasser ausgegeben. Was hast du, was ich nicht habe?«

»Man nennt es Brüste«, erklärte Sophia knapp. »Hier, nimm dir einen. Allein schaffe ich die sowieso nicht alle.«

Hugo akzeptierte dankbar einen der Cocktails.

»Tja, sollte Hannah recht behalten, dass wir demnächst in Hackney rausfliegen, dann bleibt uns wohl keine andere Wahl mehr, wie?«, sagte er mit leuchtenden Augen.

»Wovon sprichst du?«, fragte Sophia, nachdem sie ihren zweiten JägerBull hinuntergestürzt hatte. Eigentlich wusste sie genau, worauf er hinauswollte. Hugo war nicht sonderlich schwer zu durchschauen.

»Großmama ist unsere einzige Wahl.« Er nickte bestimmt. »Morgen gehen wir ins St John's Wood, du söhnst dich mit Granny aus, lässt dich wieder in den Schoß der Familie und in ihr Testament aufnehmen, und Weihnachten sind wir zurück in West London, wo wir hingehören.«

Sophia sah sich noch einmal im Raum um und wusste plötzlich sehr genau, dass sie mit West London inzwischen ebenso viel verband wie mit Timbuktu. Mit Nachdruck schüttelte sie den Kopf.

»Nein, Hugo. Wir werden Granny nicht in unsere beschissene Situation mit reinziehen. Ich will nichts mit meiner Familie zu tun haben, und ganz bestimmt werde ich nicht bei meiner Großmutter auf die Tränendrüse drücken, um sie zu nötigen, mir ihr Geld zu vermachen. Das bringe ich nicht übers Herz. Sie ist die Einzige, die ich wirklich mag.«

»Sie kann es nicht mit ins Grab nehmen, Sophe«, beschwor er sie. »Und du bist immer ihr erklärter Liebling gewesen. Sie würde wollen, dass du es bekommst. Immerhin hast du sogar ihren Namen angenommen.«

Das stimmte. Sehr zum Entsetzen ihres Vaters hatte Sophia als Teenager ihrem Nachnamen das »Beaumont« ihrer Großmutter zugefügt, da sie der Ansicht gewesen war, Lady Sophia »Beaumont« Brown klänge sehr viel gehobener als nur Sophia Brown. Sie hatte nie verstanden, wie ihre Mutter bei ihrer Heirat so bereitwillig auf ihren Nachnamen und ihren Titel hatte verzichten können.

»Ich war Grannys Liebling, als ich acht war«, rief Sophia ihrem Freund in Erinnerung. »Da war ich noch ein süßes kleines Mädchen. Ich habe sie seit zwei Jahren nicht mehr gesehen. Meine Eltern und ich reden kein Wort miteinander. Ich bin nicht vertrauenswürdig. Ich bin der große Schandfleck der Familie. Wie zum Teufel kommst du auf die Idee, meine Großmutter würde mir auch nur einen Penny vererben, selbst wenn ich sie besuchen ginge?«

»Sie schreibt dir diese Briefe. Sie liebt dich noch immer, auch wenn du …«

Hugo brach ab, als ihm klar wurde, dass er unbeabsichtigt vermintes Gelände betreten hatte.

»Auch wenn ich was?«, hakte Sophia nach.

Sie kippte einen Tequila Slammer auf ex, knallte das leere Glas auf die Theke und blickte Hugo direkt in die Augen, um ihn zu zwingen, die Wahrheit zu sagen.

»Auch wenn du ein paar unbedeutende Meinungsverschiedenheiten mit deiner Familie hattest.«

»Ein paar unbedeutende Meinungsverschiedenheiten?«, wiederholte Sophia spöttisch. »So kann man es natürlich auch nennen. Wie hat es Daddy noch bei unserem letzten Gespräch formuliert? Ach ja, jetzt weiß ich wieder: ›Du bist jetzt auf dich allein gestellt, Sophia. Für die missliche Lage, in der du steckst, kannst du nur dich selbst verantwortlich machen. Ich schäme mich, dein Vater zu sein.‹ Und er hatte recht, Hugo! Du weißt, dass er recht hatte! So gefühlskalt und herablassend der Mann auch sein mag, in diesem Punkt hatte er einfach recht.«

»So schlimm war es nun auch wieder nicht …«, hob Hugo halbherzig an.

Ein warnender Blick von Sophia genügte, um ihn zum Schweigen zu bringen. Sie wussten beide, dass es tatsächlich »so schlimm« gewesen war. Und egal wie beschissen es Sophia damals auch gegangen sein mochte, es entschuldigte nicht, was sie ihrer Familie alles zugemutet hatte. Wie konnte sie ihrer Großmutter jetzt noch gegenübertreten? Wie konnte sie irgendeinem von ihnen gegenübertreten? Wenn sie an die Ereignisse von vor zwei Jahren zurückdachte, schämte sie sich so sehr, dass Alkohol zur Betäubung nicht reichte.

»Sex- und Drogenskandal um Enkelin von Tilly Beaumont«, wie es eine der wohlwollenderen Zeitungen formulierte. »Verzogener Aristokratenspross feiert Drogenorgie in elterlichem Luxusanwesen!«, zeterte weniger freundlich ein anderes Klatschblatt. Natürlich waren die Fakten auf absurde Weise verdreht und überzogen worden, aber auch die nackten Tatsachen waren schon schlimm genug. Sophia hatte eine Party, eine *riesige* Party, im Landhaus ihrer Eltern gefeiert, während die im Urlaub waren. Die Sache lief aus dem Ruder. Dank ihrer großmäuligen Ankündigung und Facebook war die halbe Londoner Partyszene (inklusiver ihrer Dealer) aufgelaufen, und Sophia war viel zu betrunken und viel zu sehr mit Feiern beschäftigt gewesen, um sich darum zu kümmern. Sie hatte es einfach geschehen lassen. Sie hatte die Augen davor verschlossen, dass von der Granitarbeitsplatte ihrer Mutter Koks geschnupft wurde, hatte über das nackte Topmodel gelacht, das im Teich planschte, und einfach nur die Tür wieder zugemacht, als sie versehentlich auf den Dreier gestoßen war, der eben im Bett ihrer Eltern stattfand.

Okay, am nächsten Tag hatte sie angesichts des entstandenen Fiaskos eine gewaltige Panik erfasst. Zwei Tage hatten sie und ihre Freunde mit Aufräumen und Putzen verbracht, und Sophia hatte einen lokalen Handwerker bestochen, Schweigen über die Notfallreparaturen zu bewahren, die er in Haus und Garten durchgeführt hatte. Dann war sie rasch nach London zurückgekehrt in der Hoffnung, alles noch einmal glücklich vertuscht zu haben. Doch vertuschen lässt sich so etwas heutzutage nicht mehr. Nicht wenn jeder ein Smartphone hat. Ein ›Freund‹ genügte, der ein paar Fotos an eine Nachrichtenagentur schickte, und schon lag Sophias Welt in Scherben. Als ihre Eltern an einem Samstagabend aus Südfrankreich zurückkamen, fanden sie noch alles vor wie bei ihrer Abreise … Bis am folgenden Morgen die Sonntagsblätter auf ihrer Fußmatte landeten und nichts jemals wieder so sein würde wie zuvor. Sophia hatte sie seitdem nicht mehr gesehen. Mit Ausnahme des einen furchtbaren Telefonats an jenem Sonntag hatte sie seit zwei Jahren keinen Kontakt mehr mit ihren Eltern gehabt. Sie war verstoßen worden, und wenn sie ehrlich war, konnte sie es ihren Eltern nicht verdenken. Ungeachtet all ihrer Fehler waren es nun einmal ihre Eltern, und sie war ihr einziges Kind. Die Blamage, die sie ihnen bereitet hatte, hätte nicht größer sein können.

»Früher oder später werden sie schon darüber hinwegkommen«, sagte Hugo und tätschelte ihren Arm. »Dein Dad hat dir doch schon oft den Geldhahn zugedreht und seine Meinung dann wieder geändert.«

»Aber nur, weil Mum ihn dazu gedrängt hat. Und diesmal sind es schon zwei Jahre. Nein, ich glaube, mein Vater war ganz froh, endlich einen Anlass gefunden zu haben, die Verantwortung für mich loszuwerden. Und Papas geliebtes Töchterlein war ich sowieso nie, stimmt's?«

Hugo schüttelte traurig den Kopf. Dass ihr Vater Sophia herzlich liebte, vermochte nicht einmal Hugo ihr einzureden. Wenn er seiner Tochter einen Kuss gab, tat er dies hölzern und ungeschickt. Ja, er war für ihre Schulausbildung aufgekommen (die sie ungenutzt ließ), hatte ihr Autos gekauft (die sie zu Schrott fuhr) und Wohnungen bezahlt (die sie leer stehen ließ, um auf Ibiza Partys zu feiern) und bis zu dieser ominösen Party hatte er stets mehrere tausend Pfund im Monat auf ihr Konto überwiesen. Aber sie konnte sich nicht daran erinnern, ihn jemals sagen gehört zu haben, dass er sie liebte oder dass er stolz auf sie sei.

»Er entstammt halt einer anderen Generation, das ist alles«, sagte Hugo aufmunternd. »Dein Dad ist alte Schule. Er hat's nicht so mit Geschmuse und Gesäusel. Nimm's nicht persönlich.«

Sophia nickte, aber sie wusste, dass Hugo in diesem Punkt

falsch lag. Ihr Vater meinte es persönlich. Er mochte sie einfach nicht. Er hatte sich einen Jungen gewünscht. Das wusste sie. Vom Tag ihrer Geburt an war sie für ihn eine Enttäuschung gewesen. Ein lange vergessener Vorfall kam ihr plötzlich wieder in den Sinn. Sophia im Alter von etwa sieben, wie sie in ihrem Ballettkostüm um den Sessel ihres Vaters tanzte und sich alle Mühe gab, die schönste und perfekteste Ballerina der Welt zu sein. »Schau mal her, Daddy, bitte.« »Sieh mal, was ich kann.« »Und jetzt meine Pirouette.« »Schau nur, mein Jeté.« Ihr Vater saß nur da, mit seiner aufgeschlagenen Zeitung, und vermied es hartnäckig, seine Tochter zu beachten. Sophia ärgerte sich. Verzweifelt versuchte sie mit immer gewagteren Sprüngen und Drehungen seine Aufmerksamkeit zu erregen, bis sie schließlich stürzte, gegen den Tisch fiel und sein Glas Scotch umwarf, das auf dem Boden zerbrach. Böse Sophia. Ungezogene Sophia.

Vielleicht wäre alles anders gelaufen, hätten ihre Eltern nur ein zweites Kind bekommen. Hätte ihr Vater den ersehnten Sohn gehabt, wäre er glücklich gewesen, hätte sich weniger über Sophia geärgert und nicht ständig an ihrer Mutter herumgemäkelt. Ihre Mutter wiederum wäre dann nicht so abweisend und schwermütig gewesen, und Sophia hätte sich nicht so einsam gefühlt und … Aber was nutzte schon all dieses *hätte* und *wäre*?

»Ich möchte nicht mehr über meine Familie sprechen«, erklärte sie Hugo abschließend. »Ich will mich einfach nur amüsieren.«

Hugo nickte, aber sie wussten beide, dass es gelogen war.

Eine vertraute, aber vage Erinnerung schwirrte in ihrem Schädel herum wie eine wütende Wespe. Sie schüttelte den Kopf, um das Gefühl zu vertreiben, aber ohne Erfolg. Vielleicht hatte sie es sich nur eingebildet. Es lag inzwischen alles schon so lange zurück. Vielleicht hatte sie es Jahre später bloß erfunden, hatte es sich ausgemalt, als sie wieder einmal besonders stark mit ihren Eltern haderte. Eine Erinnerungsfälschung.

Sie wusste noch, dass sie die Handtasche ihrer Mutter durchwühlt hatte. Daran bestand kein Zweifel. Mit dreizehn oder vierzehn war sie damals nach einem heftigen Streit mit ihrem Vater so verzweifelt gewesen, dass sie sich Fahrgeld für den Zug nach London stehlen wollte. Es war ein schwüler Sommertag gewesen. Juli oder August. Sophia war über die Ferien zu Hause, wo sie bei dieser unerträglichen Hitze herumhockte und sich zu Tode langweilte. Sie wurde wahnsinnig, musste da raus. Sie hasste dieses Haus, ihr Gefängnis. Hasste ihre Eltern, ihre Gefängniswärter.

Tief unten in der geräumigen Handtasche ihrer Mutter, eingeklemmt zwischen Kundenkarten und Briefmarkenheftchen, stieß sie darauf. Die Erinnerung daran war verblüffend klar. Sie spürte noch, wie das Plastik unter ihren Fingerspitzen knisterte, als sie die Packung verständnislos hin und her drehte … Winzig kleine Pillen. Die Wochentage genau vermerkt. Jede gewissenhaft genommen, bis zum aktuellen Tag. Nicht irgendwelche Pillen. *Die* Pille. Sophia hatte Sexualkunde in der Schule. Sie las die *Cosmopolitan* unter der Bettdecke in ihrem Schlafsaal. Sie war kein Kind mehr. Aber was hatten die Dinger tief verborgen in der Handtasche ihrer Mutter verloren? Ihre Mutter konnte keine Kinder mehr bekommen. Das war kein Geheimnis in der Familie. Schließlich wurde ihr Vater nicht müde, es immer wieder vorwurfsvoll zu betonen. Alice war nicht fähig gewesen, ihm den Sohn zu schenken, den er sich so gewünscht hatte. Also warum um alles in der Welt musste ihre Mutter dann noch die Pille nehmen?

Sophia hatte ihre Entdeckung nie erwähnt – weder ihrer

Mutter noch sonst jemandem gegenüber. Sie hatte die Packung damals wieder an ihrem Platz verstaut und das benötigte Fahrgeld geklaut, wie geplant. Dann war sie aus dem Haus gerannt, die ganze Strecke bis zum Bahnhof. Sie war diesem grauenvollen Haus und seinen stummen Geheimnissen entkommen und hatte nach Kräften zu vergessen versucht, dass sie diese Pillen jemals gesehen hatte. Selbst heute noch versuchte sie, es zu vergessen. Sophia kippte einen weiteren Tequila Slammer. Eine wohltuende Betäubung. Daran würde sie heute Abend arbeiten. Weiter reichte ihr Ehrgeiz nicht mehr.

6. Kapitel

Virginia Water, Surrey, 2012

Alice Brown blieb ruhig und still liegen, während sie dem Knarren der Flurdielen draußen vor ihrem Schlafzimmer lauschte. Irgendwo im Haus ging Licht an und drang durch den Spalt unter der Tür, bis sie deutlich die gespenstischen Umrisse ihres Kleiderschranks und ihres Frisiertischs ausmachen konnte, dann die pinkfarbenen Rosen in der Vase, das Porträt ihrer Mutter als junge Frau, das sie von der gegenüberliegenden Wand höhnisch ansah, und die in einen Silberrahmen gefasste Aufnahme einer engelsgleichen Sophia, die sie im Alter von etwa drei Jahren in einem weißen Spitzenkleidchen und mit leicht missmutigem Blick zeigte. Alles im Raum und letztlich sogar im ganzen Haus war Alice so vertraut wie ihr eigenes Spiegelbild. Dies war ihr Zuhause. Warum also war sie so angespannt? In Gefahr schwebte sie nicht. Es war kein Fremder im Haus. Alice wusste nur zu genau, dass es ihr Ehemann war, der hier mitten in der Nacht durch die Zimmer schlich. Dennoch war die Vorstellung nicht sonderlich beruhigend.

Die Matratze neben ihr war leer, aber noch warm. Sie hörte, wie eine Tür am anderen Ende des Flurs ins Schloss fiel, woraufhin sich der Lichtschein abschwächte. Philip war ins Arbeitszimmer gegangen. Sie wusste, was er dort tat. Deshalb war sie auch immer so vorsichtig. Außerdem war dies der

Grund, weshalb sie beim Zubettgehen auf ihre gewohnte Schlaftablette verzichtet hatte.

Im Haus war es so schrecklich still, dass sie die Melodie des startenden Computers deutlich hören konnte. Alice ging alles noch einmal in ihrem Kopf durch. Ja, sie hatte die Chronik gelöscht. Nicht die gesamte Chronik natürlich, das hätte verdächtig gewirkt. Philip hatte keine Ahnung, wie geschickt Alice im Umgang mit dem Computer geworden war.

Dass er sie irgendwann einmal am Computer erwischen würde, war unvermeidlich. Sie hatte schon viele Male durchgespielt, wie sie reagieren würde, wenn er sie in ›seinem‹ Arbeitszimmer am Mahagonischreibtisch sitzend antreffen würde. Sie musste gewappnet sein, darauf kam es an. Dennoch hatte sie gestern Nachmittag einen gehörigen Schreck bekommen, als sie plötzlich seine Schritte auf der Treppe gehört hatte. Statt Radio Four zu lauschen, hätte sie besser aufpassen sollen. Sie hatte weder den Wagen in die Einfahrt rollen noch die Haustür ins Schloss fallen hören. Aber die Zeit hatte noch gereicht, um die aktuelle Registerkarte zu schließen, und als er ins Zimmer trat, hatte sie mit Unschuldsmiene die Seite von Marks & Spencer studiert, die sie für alle Fälle stets geöffnet ließ.

»Was machst du denn hier?«, hatte er misstrauisch gefragt.

Alice hatte sich um einen unverfänglichen Ton bemüht. »Ach, auf der Post bin ich Margot begegnet, und die hat mir erzählt, dass M & S heute zwanzig Prozent Rabatt bieten, aber nur bei Online-Käufen. Also habe ich es mal ausprobiert. Eigentlich ist es erstaunlich einfach. Das bekommt selbst jemand hin, der wie ich mit Technik auf Kriegsfuß steht.«

Sie rang sich ein Lächeln ab. Philip nickte knapp, aber in seinem Blick lag weiterhin Zweifel.

»Ich hoffe nur, du lässt dich von so etwas nicht mitreißen, Alice«, hatte er geknurrt. »Ein Angebot ist nur dann ein Schnäppchen, wenn man die betreffende Sache auch tatsächlich braucht.«

»Ich dachte, meine Mutter könnte im Krankenhaus bestimmt noch ein paar Nachthemden brauchen«, hatte sie wahrheitsgemäß erwidert. »Und einen warmen Morgenmantel. Vielleicht auch noch ein Paar vernünftige Pantoffel. Als ich bei ihr zu Hause ihre Sachen zusammengepackt habe, war alles nur aus Seide oder Spitze. Und die einzigen Hausschuhe, die ich finden konnte, hatten hohe Absätze. Einen Morgenmantel scheint sie überhaupt nicht zu besitzen, einmal abgesehen von ihrer Sammlung an Kimonos. Aber wir können sie doch nicht in hauchdünnen Negligés durch die Station flattern lassen, oder? Das wäre doch unpassend.«

»Schon richtig, schon richtig«, hatte Philip gebrummt und erneut genickt, diesmal ein wenig entschiedener. »Also schön, wenn du weißt, was du da tust und uns nicht in den Ruin treibst, dann werde ich vor dem Abendessen noch duschen. Das Essen ist doch um acht fertig, oder Alice? Ich habe einen Riesenhunger.«

»Natürlich, Philip«, hatte sie nüchtern geantwortet. »Das Essen ist immer um acht fertig.«

Sobald er gegangen war, hatte sie den Suchverlauf gelöscht, rasch noch die Bestellung für ihre Mutter abgeschlossen und den Computer heruntergefahren. Jetzt aber war das Gerät wieder aus dem Schlaf erwacht, und Alice gleich mit. Leise huschte sie aus dem Bett zur Tür, drückte vorsichtig die Klinke hinunter, und lief auf Zehenspitzen den Flur entlang, wobei sie genau wusste, welchen knarrenden Dielen sie ausweichen musste. Dreißig Ehejahre mit einem Mann wie Philip lehrten eine

Frau, sich unsichtbar zu machen. Sie stand schon fast neben ihm, bevor er ihre Anwesenheit bemerkte und vor Schreck und Schuldbewusstsein zusammenfuhr. Kaltes blaues Computerlicht beleuchtete seine abgespannten Gesichtszüge. Sie konnte sehen, dass er nur gefunden hatte, was sie ihn hatte finden lassen wollen. Eine Google-Suche nach »Knochenkrebs«, mehr hatte er nicht entdeckt.

»Ach, Phil, du alter Brummbär mit dem großen Herzen, machst du dir also auch um meine Mutter Sorgen«, sagte sie und war selbst überrascht, wie leicht es ihr fiel, diese Farce zu spielen.

Alice wusste, dass Philip sich nicht im Geringsten um ihre Mutter sorgte. Er hatte lediglich seiner Frau hinterherspioniert.

»Äh, ja, ja, natürlich, ich dachte bloß, dem Facharzt könnte etwas entgangen sein«, antwortete er erheblich verwirrter, als sie es von ihm kannte. »Solche Dinge liest man doch ständig, oder? Wundermittel in den Vereinigten Staaten. Neue Behandlungsmethoden, die hier noch nicht zugelassen sind …« Seine Ausreden schienen ihn nicht einmal selbst zu überzeugen.

»Sie ist in den besten Händen«, erwiderte Alice. Ausnahmsweise wurde heute einmal ihr die Rolle der Belehrenden zugestanden, stellte sie fest. »Ich glaube nicht, dass sie sich bei ihrer Prognose geirrt haben. Auf ein Wunder zu hoffen, ist normal – das habe ich auch getan. Aber sie ist eine alte Frau, und ihr Krebs ist besonders aggressiv.«

Dankbar, dass Alice mitspielte und ihm so Gelegenheit gab, sich zu sammeln, nickte er. Es dauerte nicht lange, und er hatte seine gewohnte Überlegenheitspose wiedergewonnen – und jeden Anschein abgelegt, er könnte um ihre Mutter besorgt sein.

»Sie schreibt Sophia, musst du wissen«, sagte er mit herausfordernd gerecktem Kinn und versetzte seiner Frau mit dieser Neuigkeit einen Schlag. »Steckt ihre Nase in fremde Dinge, wie immer. Tilly mag krank sein, aber ihre alten Tricks beherrscht sie noch immer. Warum kann die Frau nicht endlich damit aufhören, Gott zu spielen und sich in das Leben anderer Menschen zu mischen?«

Alice schauderte. Dass ihre Mutter ihrer Tochter schrieb, hatte sie nicht gewusst. Davon hatte ihr bislang keiner etwas verraten. Wie so oft, fühlte sich ihr Leben nicht mehr so an, als würde es ihr gehören. Philip – und ihre Mutter – hatten wieder die Kontrolle übernommen. Es überraschte sie zwar nicht, dass ihre Mutter versucht hatte, mit Sophia Kontakt aufzunehmen, und auch nicht, dass ihr Mann dies gewusst und lieber vor ihr verheimlicht hatte, aber es beunruhigte sie doch ungeheuer.

»Woher weißt du das?«, fragte sie und versuchte, weniger hilflos klingen, als sie sich fühlte. »Wann …?

»Ich habe den Brief gesehen«, schnaubte Philip. »Letzte Woche. Die Schmerzmittel hatten sie außer Gefecht gesetzt, weißt du nicht mehr? Keine Ahnung, wie dir das entgehen konnte. Sie hatte ihn doch halb fertig auf dem Nachttisch liegen. ›Sophia, Schatz, ich liebe dich ja so sehr. Ich muss dich sehen. Ich weiß, deine Eltern verstehen dich nicht, aber ich verstehe dich. Es gibt da ein paar Dinge, die ich dir erzählen muss, bevor ich sterbe …‹ Derartigen Unsinn. Du kannst dir die Übertreibungen, das theatralische Getue und die emotionalen Erpressungen ja vorstellen.«

Alice nickte und schluckte den Kloß hinunter, der sich in ihrem Hals gebildet hatte. Warum war ihr der Brief nicht aufgefallen? Offenbar hatte der Anblick ihrer gebrechlichen

Mutter und die Frage, wie jemand, der eben noch so viel Kraft verkörpert hatte, plötzlich so schwach sein konnte, sie einfach zu sehr abgelenkt. Und damit verflog auch das letzte noch übrige Gefühl von eigener Kraft im Dunkel der Nacht.

»Glaubst du, sie geht sie besuchen?«, fragte Alice, ohne das Zittern in ihrer Stimme ganz unterdrücken zu können. »Ich meine Sophia.«

Philip schüttelte ungehalten den Kopf. »Selbstverständlich! Sobald Sophia irgendwo etwas zu erben riecht, kommt sie notfalls barfuß quer durch London angerannt.«

Alice nickte und versuchte, sich nicht anmerken zu lassen, wie sehr sie die Aussicht freute, ihre Tochter wiederzusehen, auch wenn sie Angst davor hatte, was Tilly ihr erzählen könnte.

»Tilly und Sophia, die gemeinsame Sache machen, das ist wirklich das Letzte, was wir jetzt brauchen können«, polterte Philip weiter.

»Mutter wird keinen Ärger machen«, erklärte Alice leise und ohne selbst davon überzeugt zu sein. »Sie weiß, was auf dem Spiel steht.«

»Bist du dir da sicher? Sie liegt im Sterben. Was hat sie groß zu verlieren?«

Alice schluckte schwer. Sie fragte sich, was überhaupt noch irgendjemand von ihnen zu verlieren hatte.

»Deine Mutter ist kein Unschuldslamm, Alice«, warnte Philip sie kühl.

»Ich weiß«, antwortete sie.

Herrgott, wenn einer das wusste, dann sie! Trotzdem blieb sie ihre Mutter, und Alice liebte sie von Herzen.

»Sollte Sophia im Krankenhaus auftauchen, müssen wir beide zusammenhalten, Alice«, beschwor Philip sie. »Verstehst du? Dieses Mädchen hat alles zerstört, was sie mit uns verbunden hat. Sie wird niemals lernen, auf eigenen Beinen zu stehen, wenn wir sie nicht dazu zwingen.«

Alice starrte auf den Teppich und spürte einmal mehr, wie es ihr das Herz zerriss.

»Verstehst du das?«, drängte er noch lauter.

Plötzlich fühlte sie sich überfordert. Sie nickte.

»Ich habe vergessen, vor dem Schlafen meine Tabletten zu nehmen«, sagte sie leise.

Philip stieß einen verärgerten Seufzer aus und verdrehte die Augen.

»Kein Wunder, dass du wie eine Geistererscheinung durchs Haus wandelst. Na, dann geh und nimm sie jetzt. Schlaf dich in Ruhe aus. So ist's brav. Wir sehen uns morgen früh.«

Er tätschelte ihr linkisch den Arm und schob sie mit einem sanften Schubs Richtung Tür. Alice ließ ihren Ehemann allein im Arbeitszimmer zurück, wo er seine Recherchen nach den von ihr besuchten Homepages nun ungestört fortsetzen konnte. Auf einmal schien es ihr völlig naiv, dass sie geglaubt hatte, ihrem Leben in der virtuellen Welt des Internets entfliehen zu können, und sei es auch nur für ein oder zwei Stunden. Das hier war ihre Wirklichkeit. In guten wie in schlechten Tagen.

Schön ›brav‹ nahm sie ihre Tabletten. Nicht weil Philip sie dazu aufgefordert hatte, sondern weil sie wusste, dass sie so innerhalb weniger Minuten in einen traumlosen Schlaf fallen und nicht das Geringste mehr fühlen würde.

»One pill makes you larger, and one pill makes you small«, zitierte sie ihrem Spiegelbild murmelnd die Worte aus dem Song von Jefferson Airplane.

7. Kapitel

Mayfair, West London, 2012

Die Stunden vergingen, die Cocktails flossen und die Musik dröhnte in Sophias Ohren und brummte in ihrem Schädel. Sie riss Witze, sie flirtete, sie erhob sich von ihrem Stuhl und zeigte ihre coolen Klamotten. Irgendwann stolperten sie aus dem Club heraus und nahmen ein Taxi irgendwo anders hin. Sophia war sich nicht einmal sicher, in welchem Club sie jetzt gelandet waren. Über die Jahre hinweg verschwammen all die Orte zu einer einzigen lauten, berauschenden Masse. An einem Punkt nahm Hugo sie in den Arm und sagte ihr, wie froh er sei, dass ihre Laune sich gebessert habe und sie wieder ganz die alte Sophia sei, die sie alle kannten und liebten. In diesem Moment begann sich nagender Selbsthass in ihrem Innern zu regen, aber nach ein paar weiteren Cocktails legte sich das Gefühl wieder, und dumpfe Taubheit setzte ein.

Inzwischen drehte Sophia sich auf der Tanzfläche, warf den Kopf in den Nacken, streckte die Brüste heraus und zeigte ihre langen, auf extrem hohen Absätzen stolzierenden Beine. Die Haare waren ihr längst aus dem Knoten gerutscht und flogen ihr um den Kopf, sodass sie nur noch vage wahrnehmen konnte, was um sie herum geschah. Sie fühlte sich berauscht, ungehemmt, wild und frei. Und dann sah sie ihn. Nathan. *Ihren* Nathan. Sophia hörte abrupt zu tanzen auf und blieb wie erstarrt stehen.

Das war er doch, da drüben im hellblauen Hemd, wie er dort mit seinen gewohnt schlaff herabhängenden dunklen Haaren und dem schiefen Grinsen an der Theke lehnte? Vielleicht war er etwas fülliger geworden in all den Jahren, und um seine wunderschönen braunen Augen zogen sich nun feine Lachfältchen, aber kein Zweifel: Er war es. Und wenn überhaupt, dann sah er jetzt nur noch besser aus als je zuvor. Sophias Herz machte einen Satz und ihr Magen einen unfreiwilligen Salto. Sie packte Hugos Arm.

»Nicht hinsehen!«, schrie sie ihm aufgeregt ins Ohr. »Du errätst nie, wer gerade an der Bar steht!«

»Wer?«, fragte Hugo und schnellte sofort herum, um nachzusehen.

»Nicht!«, kreischte Sophia, ergriff sein Kinn und drehte ihn wieder zu sich. »Nicht hinschauen. Dann sieht er doch, dass wir ihn anstarren.«

»Wer?«, wiederholte Hugo und versuchte, an ihr vorbei zur Bar zu schielen.

»Nein!«, schrie Sophia erneut in höchster Erregung. »Er ist es. *Er*. Er ist hier.«

Sophia sah, wie bei Hugo der Groschen fiel. Sein Gesichtsausdruck wechselte von gespannter Erwartung in ernste Besorgnis.

»Bist du sicher?«, fragte er. »Es ist eindeutig Nathan?«

Sophia schluckte schwer, warf noch einmal einen kurzen Blick über Hugos Schulter und nickte entschieden.

»Ganz bestimmt. Was soll ich tun, Hugo? Sehe ich okay aus? Soll ich rübergehen?«

»Du siehst umwerfend aus«, antwortete Hugo nachdenklich. »Aber sollten wir nicht vielleicht besser verschwinden? Du weißt doch, was er aus dir macht. Ich dachte, er würde jetzt sonst wo leben. Ich dachte, er arbeitet in Singapur. Scheiße! Ich dachte, du wärst darüber hinweg. Es ist schon Jahre her.«

»Ich weiß«, sagte Sophia, die vor Aufregung kaum atmen konnte. »Ich fass es nicht. Ich habe ihn seit über vier Jahren nicht gesehen. Das ist Schicksal, Hugo! Siehst du das nicht? All die vielen Clubs in London, und er ist ausgerechnet hier.«

»Wir sollten besser gehen«, riet Hugo erneut.

»Bist du verrückt!«, schrie Sophia ihm ins Ohr. »Das ist meine Chance. Wir haben uns nach unserer Trennung nie richtig ausgesprochen. Ich begreife das Ganze bis heute nicht. Jetzt sind wir älter. Die Dinge haben sich geändert. Könnte doch sein …«

»Was könnte sein?« Hugos Augen wurden schmal. »Dass ihm ein Herz gewachsen ist, seit er damals eure Verlobung einfach aufgelöst hat?«

Nathan Roberts war die eine große Liebe in Sophias Leben. Mit Mitte zwanzig war sie zwei Jahre lang mit ihm zusammen gewesen. In diesen beiden Jahren hatte Sophia sich geborgen und geliebt gefühlt, hatte ihr Leben Sinn gemacht. Nathan war damals ein aufstrebender Nachwuchsanwalt gewesen, umgeben von einer liebevollen Familie und netten Freunden, ein junger Mann, vor dem eine glänzende Zukunft lag. In ihrer Zeit mit Nathan war selbst Sophia halbwegs solide geworden. Sie hatte ihre gemeinsame Wohnung in Ladbroke Grove hübsch eingerichtet, sich von ihrem alten Leben als Partygirl verabschiedet und die Freitagabende liebend gerne allein mit ihm auf dem heimischen Sofa verbracht. Sophia hatte kochen gelernt und Dinner Partys für Nathans netten, wohlanständigen Bekanntenkreis veranstaltet. Sie hatte fast keine Drogen mehr genommen, ihren Alkoholkonsum zurückgefahren und sogar begonnen, sich konservativer zu kleiden. Na ja, einen Hauch konservativer. Und an den Wochenenden hatten sie beide sich in Devon oder Cornwall ein Häuschen am Meer gemietet oder Freunde auf dem Land besucht. Sophia war noch nie so glücklich gewesen.

Ihre Familie hatte überrascht, aber durchaus erfreut auf ihren guten Fang reagiert. Selbst ihr Dad war mit Nathan einverstanden gewesen. Mehr noch: Er war nicht nur einverstanden, er hatte ihn regelrecht angehimmelt, hatte Nathan sogar erlaubt, ihn Phil zu nennen und zu duzen. Sophia erinnerte sich noch voll Bitterkeit daran, wie glücklich sie gewesen war, ihren Vater endlich mit etwas stolz gemacht zu haben. Ihr Dad hatte jedem Wort von Nathan gebannt gelauscht, hatte ihm Ratschläge für seine Karriere gegeben und an seinen profunden Weinkenntnissen teilhaben lassen. Zum Geburtstag hatte er ihm einen Satz Golfschläger geschenkt und zu Weihnachten eine Mitgliedschaft in seinem Golfclub, woraufhin die beiden Männer die Sonntage häufig zusammen auf dem Platz verbracht hatten.

Im zweiten Jahr ihrer Beziehung hatte Nathan an Weihnachten um Sophias Hand angehalten. Sie freute sich wie eine Schneekönigin, nicht nur für sich, sondern für die ganze Familie. Sie freute sich sogar für ihren Dad. Der sehnlichst erwünschte Sohn war ihm verwehrt geblieben, doch dank ihr würde er nun etwas beinahe ebenso Gutes bekommen, nämlich einen Schwiegersohn, den er stattdessen lieben konnte. Eine überglückliche Sophia begann damit, Hochzeitskleider anzuprobieren, Kirchen und Veranstaltungsorte für die Feier in Augenschein zu nehmen und, ja, das örtliche Angebot an Torten zu testen. Sie googelte die zehn besten Ziele für eine Hochzeitsreise und dachte sich Jungs- und Mädchennamen für Babys aus. Sie und ihre Mutter kamen sich bei den gemeinsamen Hochzeitsüberlegungen auf ganz neue Weise nahe, während ›ihre Männer‹ zusammen Golf spielten und edle Weine auswählten. Drei Monate lang empfand Sophia damals eine ihr bis dahin unbekannte Zufriedenheit.

Und dann, an einem regnerischen Donnerstag im März, hatte Nathan vollkommen aus dem Nichts heraus verkündet, dass er es sich anders überlegt habe, und Sophias Zukunft lag in Scherben. Seinen knappen Erklärungen zufolge, war er einfach noch nicht so weit, sich ernsthaft zu binden. Es gebe für ihn doch noch so viele Orte, die er sehen, und Menschen, die er kennenlernen wollte. Man habe ihm einen Job in Singapur angeboten, und den würde er annehmen. Und er wollte nicht, dass Sophia dorthin mitkam.

Sophia war viel zu fassungslos und erschüttert gewesen, um die richtigen Fragen zu stellen. Erst als Nathan schon fort war und die Schockstarre sich langsam löste, hatte das endlose Grübeln nach dem Warum begonnen, sie zu qüalen. Sie hatte ihm den wertvollen Diamantring zurückgegeben, war aus seiner Wohnung ausgezogen (war es jemals ihre gemeinsame Wohnung gewesen?), und als sie später versuchte, Nathan anzurufen, blieb er unerreichbar. Er beantwortete keine einzige ihrer unzähligen E-Mails. All seine wohlanständigen Freunde reagierten auf ihre Anrufe unverbindlich und wenig hilfsbereit. Und als sie sich bei seiner Familie erkundigte, wünschte die ihr nur viel Glück und verabschiedeten sich rasch.

Monatelang weinte Sophia. Sie aß nicht. Sie schlief nicht. Sie machte sich nicht die Mühe, sich zu waschen oder anzuziehen oder auch nur aus dem Bett zu steigen. Erst nach und nach gelang es ihr mit der Hilfe ihrer Freunde – insbesondere Hugos –, ihr Leben wieder zusammenzustückeln. Aber es war nun alles nicht mehr so schön und geordnet, wie es mit Nathan gewesen war, sondern ähnelte eher einer zerbrochenen Vase, deren Teile ein wenig chaotisch zusammengeklebt worden waren. Wie die Vase, so hatte auch ihr Leben damit seinen Wert eingebüßt, war aber immerhin intakt. Gerade so. Sophia hatte die Trennung von Nathan überlebt. Wirklich darüber hinweggekommen war sie jedoch nie. Sie blieb beschädigt, und die Risse waren für alle Augen sichtbar. Und jetzt war er hier, lehnte an der Theke und sah genauso atemberaubend gut aus wie an dem Tag, als er ins Taxi nach Heathrow stieg, aus ihrem Leben verschwand und sie schluchzend auf dem kalten Küchenboden ihrer leeren Wohnung zurückließ.

»Ich werde mit ihm reden«, erklärte Sophia entschlossen.

»Sei bitte vorsichtig«, war alles, was Hugo sagen konnte.

Sophia versuchte, möglichst selbstbewusst auf ihren Ex-Verlobten zuzugehen, aber ihr zitterten die Knie. Als sie in seine Richtung lächelte, war ihr Mund plötzlich so trocken, dass die Lippen an den Zähnen klebten. Und das Herz hämmerte so hart in ihrer Brust, dass die anderen Gäste im Club es eigentlich über die laute Musik hinweg hätten hören müssen. Nathan unterhielt sich mit einem Typen rechts von ihm und hatte sie noch nicht bemerkt. Erst als sie nur noch ein paar Schritte entfernt war, wandte er den Kopf und sah ihr direkt in die Augen. »Cool bleiben, cool bleiben«, ermahnte sie sich selbst, aber kaum hatte sie sich der großen Liebe ihres Lebens auf Armlänge genähert, da stolperte sie über ihre High Heels und stürzte auf die Bar zu. Entsetzt verfolgte sie, wie ihr Cosmopolitan aus der Cocktailschale schwappte und sich über Nathans hellblaues Hemd verteilte. Im nächsten Moment lag sie selbst in seinen Armen.

»Ach du Scheiße.« Mehr brachte Sophia als Entschuldigung nicht zustande.

Nathan grinste – sexy, amüsiert, selbstsicher. Sophia schmiegte sich in seine Arme und verharrte dort einen Moment, um den herrlichen Duft des Mannes einzuatmen, nach dem sie sich vier Jahre lang gesehnt hatte.

»Tja, schätze, das hatte ich verdient«, sagte Nathan mit einem lässigen Lachen.

Er half Sophia wieder auf die Beine und wischte sich mit einer Serviette von der Theke das Hemd ab.

»Du hast dich überhaupt nicht verändert, Soph«, fuhr er noch immer grinsend fort. »Du siehst noch genauso heiß aus wie früher und leerst die Gläser genauso schnell!«

Er zwinkerte ihr zu, und ihre Beine drohten nachzugeben.

»Ich bin nicht betrunken«, verteidigte sie sich wenig überzeugend. »Ich bin gestolpert. Das ist alles. Ich war überrascht, dich hier zu treffen.«

»Mich überrascht es nicht, dich hier zu treffen«, erwiderte Nathan. »Du bist ja schon immer ein fester Bestandteil der Clubszene gewesen. Eigentlich hatte ich schon vor Wochen damit gerechnet, dir hier über den Weg zu laufen. Ich dachte, du bist bestimmt die Erste, der ich nach meiner Rückkehr begegne.«

»Seit wann bist du denn wieder zurück?«, fragte Sophia, bemüht, mehr interessiert als verzweifelt zu klingen.

Nathan zuckte mit den Achseln. »Seit ein paar Wochen«, erklärte er beiläufig. »Ich mache mich gerade mit dem alten Revier wieder ein wenig vertraut.«

Warum bist du zurück? Wo wohnst du? Hast du mit dem Gedanken gespielt, mich anzurufen? Hast du gehofft, mir durch Zufall zu begegnen? Hast du mich vermisst? Hast du an mich gedacht? Liebst du mich noch? All diese Fragen rasten Sophia im Kopf herum, aber sie hielt ihren Mund. Im Moment hatte sie zu große Angst, das Falsche zu sagen.

»Wer ist denn das diese Schönheit?«, wollte der Typ neben Nathan wissen. »Willst du uns nicht bekannt machen?«

»Das ist Sophia«, sagte Nathan. »Wir sind gemeinsam rumgezogen, als wir noch jünger waren. Lang, lang ist es her. Sophia, das ist mein Freund Jez. Wir arbeiten zusammen.«

Sophia grüßte Jez nur mit einer flüchtigen Handbewegung, da ihr Kopf mit etwas anderem beschäftigt war. Sind gemeinsam rumgezogen? Sie waren verlobt gewesen und hatten heiraten wollen!

»Ist mir ein Vergnügen, eine solche Augenweide kennenzulernen«, sagte Jez, der selbst nicht besonders ansehnlich war und einen schmierigen Eindruck machte. Er stierte unverwandt auf Sophias Ausschnitt.

»Sie ist verdammt hübsch, nicht?«, erklärte Nathan weiter und betrachtete Sophia mit leicht zur Seite geneigten Kopf. »Hübsch, aber gefährlich.«

»Ich bin nicht gefährlich!«, widersprach Sophia und versuchte, aus Nathans Bemerkung schlau zu werden. »Ich habe nie etwas getan, das dich verletzt hätte.«

Nathan runzelte leicht die Stirn.

»Das habe ich auch gar nicht gesagt, Soph«, antwortete er. »Von mir habe ich nicht gesprochen. Ich wollte nur den guten Jez hier ganz allgemein darüber informieren, dass du zu der wilden Sorte gehörst. Nur für den Fall, dass er mit dem Gedanken spielt, selbst einmal sein Glück zu versuchen.«

Nathan lachte und versetzte seinem Freund einen leichten Stoß. Jez lachte mit. Sophias Magen verkrampfte sich. Sie hatte nicht die geringste Ahnung, was hier vor sich ging. Wollte Nathan sie wirklich mit diesem schmierigen Kerl verkuppeln? War sie ihm so gleichgültig geworden, dass er sie wie eine Ware weiterreichte? Machte er Witze? Was hielt er inzwischen von ihr? Warum sagte er, sie sei gefährlich? Was war hier los? Der Kopf schwirrte ihr vor lauter unbeantworteten Fragen. Seit vier Jahren wartete sie nun darauf, sich mit Nathan zusammensetzen zu können und ihn zu fragen, warum er sie so unvermittelt verlassen hatte, aber jetzt, da er direkt vor ihr stand, wusste sie nicht, was sie sagen sollte.

»Wollen wir tanzen?«, fragte Nathan plötzlich. »Um der alten Zeiten willen? Du warst immer eine gute Tänzerin. Aber ich muss dich warnen. Ich bin ein wenig eingerostet. Ich glaube, ich war seit meiner verrückten Zeit mit dir nicht mehr auf der Tanzfläche.«

Sophia nickte. Er wollte mit ihr tanzen. Das war doch ein gutes Zeichen, oder? Nathan legte seine Hände auf ihre Hüfte und schob sie in Richtung Tanzfläche. Seine Hände auf ihrem Körper weckten in Sophia wieder ein solch mächtiges Verlangen, dass sie für einen Moment die Augen schließen musste, um das Schwindelgefühl zu vertreiben. Sie hatten immer wahnsinnig guten Sex gehabt, in diesem einen Punkt ihrer Beziehung war sie sich rückblickend absolut sicher. Sie hatte nie befürchtet, Nathan könnte sie nicht attraktiv genug finden. Und garantiert spürte auch er diesen Kitzel, als er seine Hand um ihre Taille legte. Aber was meinte er bloß mit »verrückter Zeit«? Die beiden Jahre mit Nathan waren die ruhigsten und gefestigtsten in ihrem ganzen Leben gewesen, ihre »normalste« Zeit. Sie hatten extrem bodenständig gelebt und waren höchstens ein- oder zweimal die Woche ausgegangen.

Sophia fühlte sich weiter völlig verwirrt. All diese ungeklärten Fragen, die ihr im Kopf herumschwirrten! Aber wie sollte sie ihn hier danach fragen? Hier, vom Alkohol benebelt und mit der stampfenden Musik in den Ohren? So viele Jahre hatte sie von diesem Wiedersehen geträumt, hatte diesen Moment in Gedanken durchgespielt, und doch fehlten ihr jetzt, da Nathan endlich mit ihr im selben Raum war und die gleiche Luft atmete wie sie, die Worte. Wie viel Zeit blieb ihr? Eine Stunde? Vielleicht zwei? In einem lauten, stickigen Nachtclub? So hatte sie sich ihr Wiedersehen nicht vorgestellt. Wie sollte sie ihm das Ausmaß ihrer Qual deutlich machen? Mit welchen Worten konnte sie die Jahre der Sehnsucht beschreiben? Wie brachte sie ihn dazu, sie wieder zu lieben?

Inzwischen hatte Nathan die Arme um sie gelegt und sie zu sich gedreht. Seine Hüften wiegten gegen ihre im Rhythmus der Musik. Er lächelte sie an, und seine braunen Augen glitzerten schelmisch und voller Begehren. Während die Musik an Tempo zulegte, entspannte sich Sophias grüblerisches Hirn mehr und mehr. Womöglich brauchten sie überhaupt keine Worte. Vielleicht genügte ja die animalische Anziehungskraft, die stets zwischen ihnen geherrscht hatte, um alle Fragen zu beantworten. Nathans Hände wanderten ihr Rückgrat hinab und zogen ihren bebenden Körper zu sich heran, bis ihre Brüste fest gegen seinen Oberkörper gepresst wurden. Sie konnte seinen Atem in ihrem Ohr spüren und musste alle Kraft zusammennehmen, um nicht vor Freude, Hoffnung und Angst ohnmächtig zu werden. Er begann, ihren Nacken zu küssen. Nicht zärtlich, sondern gierig und lüstern. Und dann küssten sie sich auf der Tanzfläche, ohne der brodelnden Menge um sie herum Beachtung zu schenken. Sophia ließ sich in Nathans Arme sinken.

»Gott, was habe ich dich vermisst, sexy Sophia«, hauchte er in ihr Ohr. »Lass uns von hier verschwinden.«

Während sie noch zustimmend nickte, hatte er sie schon an der Hand gepackt und führte sie Richtung Ausgang.

»Ich brauche noch meinen Mantel«, fiel ihr plötzlich ein, als sie an der Tür waren. »Warte hier. Ich bin sofort zurück.«

Nathan nickte, aber Sophia machte es nervös, ihn auch nur eine Minute aus den Augen zu verlieren. Was, wenn er verschwand? Was, wenn all das gar nicht real war? Sie suchte den Club verzweifelt nach Hugo ab und entdeckte ihn endlich, wie er sich mit einem hübschen asiatischen Jungen in einem pinkfarbenen Anzug unterhielt.

»Entschuldigt die Störung, Jungs«, sagte sie hektisch. »Aber ich bräuchte meinen Mantel, Hugo.«

Hugo verzog missbilligend den Mund.

»Wohin musst du denn so eilig?«

»Ich geh mit Nathan«, antwortete sie lächelnd. »Hab ich's dir nicht gesagt? Es ist nicht vorbei. Ich bin nicht verrückt. Er kann die Finger nicht von mir lassen.«

»Und wie wir alle nur zu genau wissen, besteht nicht der geringste Unterschied zwischen Sex und Liebe, richtig, Sophe?«, erwiderte er kopfschüttelnd.

»Meinen Mantel, bitte«, wiederholte Sophia ungeduldig. »Beeil dich, Hugo. Bitte!«

»Du hast Jahre auf ihn gewartet, und jetzt hast du Angst, er könnte nicht die fünf Minuten auf dich warten?«, bohrte er nach.

»Hugo!«, fauchte Sophia außer sich. »Gib mir jetzt bitte einfach den scheiß Mantel.«

»Na gut.« Endlich stand Hugo auf. Er langte über die Rückenlehne seines Stuhls und brachte ihren Mantel zum Vorschein. »Aber sag nicht, ich hätte dich nicht gewarnt.«

Sie beugte sich vor und gab ihrem besten Freund einen Kuss auf die Wange.

»Alles okay, Hugo«, versicherte sie ihm. »Nathan ist ein

guter Kerl. Mit ihm war ich jahrelang glücklich, vergiss das nicht. Und wir sind inzwischen beide älter geworden. Er ist aus Singapur zurück und hat sein Fernweh offenbar gestillt.«

Hugo erwiderte ihr Lächeln nicht, als er sie sanft auf die Stirn küsste. »Pass auf dich auf. Wir sehen uns morgen.«

Sophia drängelte sich durch die Menge zum Ausgang zurück. All ihre Gedanken kreisten darum, dass Nathan an der Tür auf sie wartete. Sie hielt angestrengt Ausschau nach ihm, konnte ihn aber nirgends entdecken. Vergebens sah sie an der Garderobe nach und spürte, wie ihr vor Wut und Panik die Tränen in die Augen schossen. Hatte er seine Meinung geändert und war abgehauen? War das alles gewesen? Diese kurze Begegnung? Was, wenn sie ihn wieder vier Jahre lang nicht sehen würde? Sie lief aufgeregt im Foyer herum, aber er kam nicht zurück. Schließlich rannte sie vor Verzweiflung die Treppe zur Straße hinauf. Lässig an eine Mauer gelehnt, stand Nathan dort und rauchte. Sophias Panik legte sich. Natürlich, er hatte nur draußen gewartet. Nichts passiert.

»Du rauchst also immer noch«, sagte sie und ärgerte sich sofort über eine so dämliche Bemerkung.

Er lachte. »Und du trinkst und tourst noch immer durch die Clubs bis um vier Uhr morgens. Du wirst dich nie ändern, Soph. So bist du nun einmal.«

Sophia spürte, wie sich ihre Wangen vor Scham röteten. Wie konnte Nathan bloß so etwas von ihr denken? Ausgerechnet er wusste doch genau, dass dies alles nur Fassade war. In Wahrheit war sie ganz anders. Sie hatte es bewiesen.

»Das ist nicht wahr«, sagte sie und versuchte, nicht verletzt zu klingen. »Ich bin nicht bloß so.«

»Ach, Sophe, nun sei doch nicht so empfindlich.« Er lachte und boxte ihr spielerisch auf den Arm. »Ist doch nicht böse gemeint. Es gibt Schlimmeres, als eine Partymaus zu sein. Komm her.«

Er trat seinen Zigarettenstummel auf dem Pflaster aus, zog sie an ihrem Mantelrevers zu sich und küsste sie hart auf den Mund.

»Also gut«, sagte er, als er eine ganze Weile später nach Luft schnappte. »Los, wir nehmen uns ein Taxi. Ich habe das Gefühl, wir sind da mit irgendetwas noch nicht fertig, junge Dame.«

8. Kapitel

Hackney, London 2012

Sie fuhren zu Sophia. Sie hatte gehofft, Nathan würde vorschlagen, zu seiner Wohnung zu fahren, wo es keine Mitbewohner gab, mit denen man sich auseinandersetzen musste, und keinen schmollenden Hugo, der einem am nächsten Morgen begegnete. Aber als er ein Taxi anhielt, fragte er nur: »Wo wohnst du jetzt, Soph?« Und damit war die Sache entschieden.

»Hackney?«, wiederholte er lachend. »Was zum Teufel treibst du in Hackney? Ich dachte immer, deine Nabelschnur würde dich dauerhaft an die Portobello Road binden.«

»Die hab ich gekappt.« Sophia kicherte. »Siehst du, ich habe mich doch geändert! All die coolen Kids sind in den Osten gezogen, also bin ich da auch hin.«

»Hast du nicht früher zu denen gehört, die die Trends setzen, statt ihnen hinterherzulaufen?«, zog er sie auf. »Außerdem bist du inzwischen dreißig. Wie lange willst du dich denn noch zu den Kids zählen?«

»Jugend ist eine reine Frage der Einstellung«, erinnerte sie ihn.

»Tja, aussehen tust du tatsächlich so heiß wie immer«, erwiderte er und ließ die Hand unter ihren Mantel schlüpfen.

Sanft massierte seine rechte Hand ihre Brüste, ertastete durch den dünnen Stoff ihres Kleids die aufgerichteten Brustwarzen und drückte gerade so fest zu, dass Sophia zusammenzuckte und unwillkürlich ein wohliges Stöhnen ausstieß. Nathan hatte immer schon verstanden, wie ihr Körper behandelt werden wollte. Es war, als hätte er die Bedienungsanleitung studiert.

»Scheiße, bist du sexy«, flüsterte er in ihr Ohr. Er küsste sie in den Nacken, vergrub seine linke Hand in ihrem dichten Haar, bog ihren Kopf nach hinten und bedeckte Hals, Brustbein und Dekolleté mit Küssen. Mit der rechten Hand hob er ihre Brust an, bis sie aus BH und Ausschnitt hervorquoll, und fahndete mit der Zungenspitze nach ihrer entblößten Warze. Seine linke Hand hatte sich zwischen ihre Schenkel geschoben. Gott, wie sie ihn wollte. Sie seufzte laut. Der Taxifahrer drehte das Radio auf. Jahre des Begehrens hatten sich in ihr aufgestaut. Sie berührte seine Brust, ihre Hände wanderten zu der Beule in seiner Jeans hinab, und als er vor Verlangen aufstöhnte, wusste sie, dass er heute Nacht ihr gehörte.

Sophia schlief in dieser Nacht so gut wie seit Jahren nicht mehr. Irgendwann zwischendurch weckte Nathan sie, und sie liebten sich noch einmal, ohne jede Eile, wie in einem traumgleichen Zustand, bevor sie Arm in Arm erneut einschliefen. Als sie schließlich erwachte und Nathans Arme noch immer um ihren nackten Körper geschlungen waren, hätte sie vor Glück schreien können. Sie schmiegte sich an seine makellos weiche Haut, küsste seine Brust und strich mit den Fingern durch sein dunkles Haar. Endlich war er da, ihr Wendepunkt.

»Ich liebe dich«, murmelte sie verträumt.

»Sei nicht albern, Soph«, brummte er verschlafen zurück. »Du liebst mich nicht. Du bist nur auf einem Nostalgietrip.«

Aber sie liebte ihn wirklich. Sie hatte nie aufgehört, ihn zu lieben, und jetzt, da er wieder in ihren Armen lag, würde sie ihn nicht noch einmal entwischen lassen. Sie drückte ihn fester an sich. Nathan schob sie sanft zur Seite, setzte sich auf und dehnte sich.

»Wie spät ist es?«, fragte er und wühlte auf dem überladenen Nachttisch nach seiner Armbanduhr.

»So gegen elf, würde ich sagen«, antwortete Sophia, die schon eine Weile wach gelegen und glücklich den Geruch des neben ihr liegenden Nathans eingeatmet hatte. »Noch reichlich früh.«

»Schon nach elf!«, schrie Nathan auf und saß jetzt kerzengerade im Bett. »Scheiße! Ich muss nach Hause.«

»Warum?«, fragte Sophia verwirrt.

Es war Sonntag. Warum sollte Nathan es eilig haben, nach Hause zu kommen?

»Wollen wir nicht irgendwohin zum Brunch gehen?«, schlug sie vor. »Es gibt so viele Dinge, die wir bereden müssten.«

Nathan sah sie an, als hätte er in seinem Leben noch nie etwas so Bescheuertes gehört.

»Sophia, hast du jetzt endgültig den Verstand verloren?«

Sophia begriff zwar nicht, warum er plötzlich so mit ihr sprach, doch das prickelnde Glücksgefühl wich rasch einer schrecklichen Unruhe. Sie wusste nicht, was sie antworten sollte, und schüttelte nur verständnislos den Kopf.

»Du weißt doch wohl, dass ich verheiratet bin, oder?«, fragte er, den Kopf zur Seite gelegt und die Stirn in Falten gezogen.

Ein merkwürdiger Ausdruck stand ihm im Gesicht. Es dauerte eine ganze Weile, bis Sophias Gehirn seine Worte verarbeitet hatte. Verheiratet. Nathan war verheiratet. Ihr Nathan. Der Nathan, der sie sitzengelassen hatte, weil er für eine Bindung noch nicht bereit war. Der Nathan, der mit ihr in den vergangenen sechs Stunden nicht nur einmal, sondern zweimal geschlafen hatte, war verheiratet. Ihr Körper begann unkontrolliert zu zittern. Der Traum verwandelte sich in einen Albtraum. Und diesmal war es schlimmer als je zuvor.

»Ich trage doch einen Ehering«, sagte er und hob seine linke Hand. »Den habe ich doch wirklich nicht vor dir verborgen.«

»Ist mir nicht aufgefallen«, brachte sie flüsternd zustande. »Ich dachte …«

Aber Sophia konnte nicht aussprechen, was sie gedacht hatte. Der riesige Kloß in ihrem Hals stieg höher und höher und entfuhr ihrem Mund in einem gequälten Schluchzen.

»Ach du Scheiße«, sagte Nathan beinahe mitfühlend. »Scheiße, Scheiße, Scheiße. Ich habe angenommen, du wüsstest Bescheid, Soph. Ich habe eine Frau und einen Sohn. Und ein zweites Kind ist unterwegs. Wir sind vor ein paar Wochen gemeinsam nach Großbritannien zurückgezogen und haben uns eben erst ein Haus in Wimbledon gekauft. Sie ist Amerikanerin. Ich habe sie in Singapur kennengelernt. Wir sind seit über zwei Jahren verheiratet. Ich habe gedacht, jemand hätte es dir erzählt, schließlich haben wir doch einige gemeinsame Bekannte, oder wenn nicht, dann wäre dir doch zumindest mein Ring aufgefallen. Wie um alles in der Welt kann man denn einen Ehering übersehen?«

»Auf einen Ring habe ich gar nicht geachtet, weil ich davon ausgegangen bin, dass du noch Single bist«, wimmerte Sophia. »Immerhin hast du mir kaum zwei Minuten nach unserem ersten Wiedersehen schon die Zunge in den Hals geschoben. So abwegig war die Annahme also nicht.«

Sie zog die Knie an ihre nackte Brust, während sie versuchte, das gerade Gehörte zu begreifen. Er war schon über seit zwei Jahren verheiratet? Aber …?

»Du hast schon ein Jahr nach unserer Trennung geheiratet?«, fragte sie bestürzt und fassungslos. »Nachdem du mir gesagt hast, du wärst für eine Ehe noch nicht bereit?«

Nathan stieß einen heftigen Seufzer aus und rieb sich mit den Händen über sein markantes Gesicht.

»Ich war nicht bereit für eine Ehe mit dir«, antwortete er. »Nein, das ist nicht die ganze Wahrheit. Du warst nicht bereit für eine Ehe mit mir. Das war das Problem. Du warst einfach zu wild für mich. Die Sache ist, du hast mir Angst eingejagt, Sophia. Ich konnte mir dich einfach nicht vorstellen mit Kindern und Hypothekenvertrag, oder wie du Hemden bügelst und an Familiengeburtstage denkst. Du bist nicht der Typ, der Ehefrau und Mutter wird. Überleg doch mal, du in einem Geburtsvorbereitungskurs oder als Elternbeirat in der Schule! Nun komm, das muss dir doch einleuchten!«

Er lachte nervös auf, aber Sophia wusste nicht, was an diesem Witz so lustig war. Wie sollte sie auch? Sie selbst war ja der Witz darin. Während er sprach, spürte sie, wie ihr Herz gefror und in eine Million winziger Teilchen zersprang.

»Was ist so falsch an mir?«, fragte sie mit zitternder Stimme.

»Nichts ist falsch an dir, Soph«, sagte Nathan und schüttelte den Kopf. »Ehrlich. Du siehst umwerfend aus, du bist eine absolut geile Frau, bist lustig und machst Spaß. Aber du bist halt der Typ Frau, mit dem Männer schlafen wollen, nicht der, den man heiraten möchte. Ich meine, sieh dich doch nur mal hier um …«

Er deutete auf das Chaos in ihrem Schlafzimmer und rümpfte angewidert die Nase.

»Du bist jetzt dreißig und haust noch immer wie zu Studentenzeiten. Was für ein Durcheinander. Du wirst wohl niemals erwachsen, was? Wenn ich dich hier so wohnen sehe, dann zeigt mir das nur, dass es richtig war, dich zu verlassen. Wir passen einfach nicht zusammen. Wir sind nicht füreinander geschaffen.«

Seine Worte trafen sie wie Keulenhiebe. Wenn sie verheiratet wären, würde sie ja auch nicht so wohnen. Das war seine Schuld. Er hatte sie hier in diesem Irrsinn zurückgelassen.

»Und warum bist du dann gestern Nacht mit zu mir nach Hause gekommen?«, fragte sie unter Tränen. »Wenn ich doch so schrecklich bin.«

Nathan zuckte mit den Achseln. »Kannst du mir das verdenken?«, fragte er. »Ich kenne nach wie vor keine Frau, die so sexy ist wie du. Sex war nie ein Problem zwischen uns, das weißt du doch, Soph. Daran wird sich auch niemals etwas ändern, an diesem körperlichen Verlangen. Ich konnte einfach nicht widerstehen, ich war dir hilflos ausgeliefert. Und erzähl mir nicht, es hätte dir nicht auch gefallen …«

Sophia schüttelte ungläubig den Kopf. Mit zitternden Händen zündete sie sich eine Zigarette an. Er war ihr hilflos ausgeliefert? Was für ein selbstsüchtiges Arschloch! Was sollte sie denn erst sagen? Herrgott, was sollte seine arme schwangere Frau erst sagen? Sophia fragte sich, ob in diesem Moment drüben in Wimbledon noch eine Frau wegen Nathan weinte. Was sie wohl gedacht hatte, als er nachts nicht nach Hause gekommen war? Mit einem Mal fror Sophia erbärmlich. Es schüttelte sie heftig, und sie versuchte, das Bild von Nathans Frau aus ihrem Kopf zu verbannen. Es wollte ihr nicht gelingen.

»Wie ist sie so?«, fragte sie gedankenlos. »Deine Frau?«

Nathan seufzte.

»Helen? Nett. Eine gute Ehefrau und fantastische Mutter. Sie ist intelligent. Sie hat in Harvard studiert, und ihre Familie ist in Washington sehr angesehen.«

»Ich wette, sie raucht nicht«, sagte Sophia und versuchte,

über ihre Tränen hinwegzulächeln, obwohl sie keine Ahnung hatte, worüber sie da lächelte. Etwa darüber, wie unfassbar traurig die ganze Situation war? Ganz sicher lächelte sie nicht Nathan an. Ihm hätte sie am liebsten ihre Zigarette direkt zwischen den Augen ausgedrückt.

Erneut schüttelte Nathan den Kopf. »Nein«, antwortete er. »Sie raucht nicht. Sie trinkt nur wenig und hat noch nie in ihrem Leben Drogen genommen. Aber so vernünftig und verlässlich sie auch sein mag, sie bringt mich nie so zum Lachen, wie du das immer getan hast. Genügt das als Erklärung, warum ich heute Nacht mit zu dir kommen wollte? Ich vermisse dich noch immer, Sophia. Und auch ich habe dich immer geliebt, früher jedenfalls. Aber mit uns, das hätte auf Dauer nie funktioniert. Das musst du doch einsehen.«

»Du hast mich nie wirklich geliebt.« Sie blies Rauchringe nach oben und verfolgte, wie sie sich ganz ähnlich ihrer Träume in Luft auflösten. »Hättest du mich wirklich geliebt, hättest du hinter die Fassade gesehen. Ich habe mich für dich geändert. Und das war kein bloßes Getue. Ich war wirklich glücklich während unserer gemeinsamen Zeit. Und es hat funktioniert, Nathan. Ich habe kochen gelernt, deine Freunde freundlich empfangen und deinem Vater zum Geburtstag selbst gemachte Marmelade geschenkt, weißt du noch? Sogar deine scheiß Hemden habe ich gebügelt, also …?«

Nathan hatte begonnen, sich anzuziehen. Er hielt inne und wandte sich ihr mit nacktem Oberkörper zu. Sie konnte ihm ansehen, dass sie ihm leidtat. Aber sein Mitleid konnte ihr gestohlen bleiben.

»Wie lange wäre das denn gut gegangen?«, fragte er. »Du hast dich aufgeführt wie ein kleines Mädchen, das Familie spielt, Soph. Es war nichts Echtes daran. Und wenn wir ausgegangen sind, hast du dich noch immer jedes Mal volllaufen lassen. Ständig musste ich dich vor irgendwelchen notgeilen Kerlen in Sicherheit bringen, mit denen du nach all den Schnapsrunden angefangen hast zu flirten, und dann durfte ich dich halb bewusstlos in ein Taxi verfrachten. Es war einfach peinlich!«

»Ich war fünfundzwanzig«, brachte Sophia zu ihrer Verteidigung vor. »Ich wäre erwachsener geworden, wenn du mir eine Chance dazu gegeben hättest.«

Nathan hob kopfschüttelnd sein zerknittertes Hemd vom Boden auf und streifte es über. Der Fleck von Sophias Cosmopolitan war unübersehbar und der Kragen mit Lippenstiftabdrücken übersät. Sie fragte sich, wie er all das seiner Frau erklären würde.

»Das ist doch alles Schnee von gestern, Soph«, sagte er. »Wir haben uns einmal geliebt. Aber wir waren noch sehr jung. Wir sind erwachsen geworden – na ja, zumindest gilt das für *mich* –, haben uns auseinandergelebt, und es hat halt nicht funktioniert. Das mag schade sein, passiert aber ständig irgendwo.«

»Schwachsinn«, erwiderte Sophia. »Du warst auch glücklich. Das weiß ich genau. Seit Jahren zermartere ich mir das Hirn, weil ich nicht begreifen kann, wie du einfach so deine Sachen packen und verschwinden konntest. Was ist damals geschehen, Nathan?«

Inzwischen war er dabei, sich die Socken anzuziehen. Sophia spürte, dass ihr die Zeit davonlief. In ein paar Minuten würde er verschwunden sein, und mit ihm all seine Erklärungen.

»Nichts ist geschehen«, brummte er und band sich die Schnürsenkel.

Aber sie sah ihm an, dass er log. Er wich ihren Blicken aus.

»Nathan«, sagte Sophia mit einer Stimme, deren Ruhe und eisige Kälte im krassen Gegensatz zu dem stechenden Schmerz in ihrer Brust standen. »Du sagst mir jetzt, warum du damals gegangen bist, oder ich werde deine Frau ausfindig machen und ihr erzählen, was du heute Nacht getan hast.«

Das war natürlich eine Lüge. Sophia würde es niemals in den Sinn kommen, Nathans armer Frau zu erzählen, was passiert war. Schließlich konnte Helen ja nichts dafür, dass ihr mieser Ehemann durch fremde Betten zog. Außerdem hatte Sophia bis vor zehn Minuten noch gar nichts von Helens Existenz gewusst. Nein, für die Sache mit seiner Frau war allein Nathan verantwortlich, nicht Sophia, das war sein Problem. Warum sollte sie die heile Welt von Helen zerstören wollen? Sie wollte nicht, dass sich andere auch so beschissen fühlten wie sie jetzt. Aber mit einer Kontaktaufnahme zu drohen, war das einzige Druckmittel, das Sophia blieb. Sie musste die Wahrheit erfahren.

Nathan war jetzt fertig angezogen. Er stand auf und lächelte sie nachsichtig an, als wäre sie ein süßes, aber albernes Kleinkind.

»Nein, das wirst du nicht«, sagte er gelassen. »Du baust zwar ziemlich viel Mist, Sophia, aber du warst immer ein grundanständiger Mensch. So viel weiß ich über dich.«

»Vielleicht bin ich ja inzwischen nicht mehr so«, warnte Sophia ihn. »Es sind vier Jahre vergangen. Ist eine Menge passiert in dieser Zeit, zum Beispiel hat mein Verlobter mir den Laufpass gegeben. Vielleicht habe ich mich geändert.«

»Wie gesagt«, antwortete Nathan nur, »du änderst dich nie, Sophia. Du bist nicht so fies. Du wirst Helen nichts erzählen.«

Sophia spürte, wie ihre letzte Trumpfkarte aus den Händen glitt. Ihre Schultern sackten nach unten. »Bitte, Nathan. Du hast dein Leben weiterleben können, aber ich bin nie darüber hinweggekommen, weil ich bis heute den Grund nicht verstehe. Warum musstest du die Sache auf diese Weise beenden? So kurz vor unserer Hochzeit? Was hat dich deine Meinung so plötzlich ändern lassen?«

Sie wusste, wie jämmerlich sie klang, aber was blieb ihr anderes übrig? Nathan seufzte tief und setzte sich neben sie aufs Bett. Er nahm ihre Hand in seine und drückte sie leicht. Die zärtliche Geste ließ Sophia nur noch mehr weinen.

»Die Wahrheit zu erfahren, bedeutet dir wirklich enorm viel, wie?«, fragte er.

Sophia rutschte das Herz in die Kniekehlen. Sie brachte keinen Ton heraus und nickte nur.

»Die Leute haben ständig Bemerkungen gemacht«, erklärte Nathan. »Deine Freunde, meine Freunde, völlig Unbekannte. Sie haben alle nur davon geredet, was für ein wildes Ding du bist und was für verrückte Sachen du gemacht hast. Aber sie meinten es in der Regel ganz freundlich und wollten mich gar nicht abschrecken. Und dann gab es da diese Zeitungsberichte über die Kerle, mit denen du ausgegangen bist, und was ihr alles zusammen getrieben habt. Das hat mir schon zu schaffen gemacht. Aber auch damit kam ich zurecht. So gerade noch.«

»Mit solchen Auftritten hatte ich aufgehört«, wandte Sophia leise ein.

Nathan nickte, fuhr jedoch fort: »Meine Eltern fanden dich zwar toll, hatten aber ihre Bedenken«, gestand er. »Genauer gesagt, war Dad völlig auf deiner Seite – er hat dich richtig vergöttert –, während Mum etwas mulmiger zumute war. Sie war diejenige, die sagte, ich solle mir dich einmal auf einem Elternabend in der Schule vorstellen. Das hat mir zu denken gegeben, mich aber noch nicht umgestimmt.«

»Was war es dann?«, fragte Sophia ihn flehentlich. »Sag es mir, damit ich es begreifen kann.«

Nathan schluckte schwer und sah sie unsicher an.

»Es war dein Dad«, antwortete er schließlich.

»Mein Dad?« Jetzt war Sophia vollkommen irritiert. »Was hatte unsere Beziehung mit meinem Dad zu tun? Ich weiß, er ist ein schwieriger Dickschädel, aber er hat dich doch immer gemocht. Was heißt gemocht, er hatte richtig einen Narren an dir gefressen, Nathan. Er konnte von dir doch gar nicht genug bekommen! War das vielleicht zu heftig? War es dir unheimlich, wie sehr er dich schon als Sohn vereinnahmt hat? Aber mit ihm hättest du dich doch irgendwie arrangieren können, oder? Schließlich solltest du mich heiraten, nicht ihn?«

»Nein, nein, Sophia, das hast du falsch verstanden. Es lag nicht an der Art deines Vaters. Eigentlich mochte ich Phil sogar ganz gern. Ich kam gut mit ihm aus, und selbst du schienst dich in dieser Zeit besser mit ihm zu verstehen. Na ja, zumindest seid ihr einander nicht an die Gurgel gegangen. Es war in Ordnung. Alles war in Ordnung, bis zu diesem Tag. Erinnerst du dich noch daran, wie wir am Wochenende vor unserer Trennung bei deinen Eltern zum Mittagessen eingeladen waren?«

Sophia dachte angestrengt nach und glaubte, sich vage an eine etwas steife, aber nach außen hin freundliche Sonntagsrunde in Surrey zu erinnern. Sie nickte.

»Nach dem Essen hast du dir mit deiner Mum im Wohnzimmer noch Hochzeitsmagazine angesehen, weißt du noch?«, fragte er.

Sophia schüttelte den Kopf. Sie dachte nicht gerne an diese Tage zurück. Es schmerzte zu sehr.

»Dein Dad wollte mir draußen in der Garage seinen neuen Wagen zeigen. Also bin ich mit ihm raus, habe seinen neuen

Mercedes gebührend bestaunt, an den richtigen Stellen ›Ah!‹ und ›Oh!‹ gesagt und die ganze Traum-Schwiegersohn-Nummer abgezogen.« Er lächelte sie an. »Auch mir war es ernst, Sophia. Auch ich habe mir Mühe gegeben.«

»Und was ist dann geschehen?«, fragte Sophia ungeduldig.

Wohin zum Teufel führte das alles hier? Wie hätte ihr Vater in der Lage sein sollen, ihre Beziehung zu zerstören?

»Willst du das wirklich wissen?«, fragte Nathan zurück.

»Ja!«, tobte Sophia. »Nun erzähl endlich, Nathan.«

»Dein Vater sagte, er müsse mal mit mir reden«, gab Nathan unwillig nach. »Er sagte, dass er große Stücke auf mich halten würde und dass mir gewiss eine glänzende Zukunft bevorstehe.«

Sophia nickte. Ja, das wusste sie. Aus diesem Grund war ihre Familie auch so angetan von Nathan.

»Und dann meinte er, dass ich mir das alles durch eine Hochzeit mit dir endgültig verbauen würde«, fuhr Nathan fort.

Sophia spürte, wie ihr vor Entsetzen der Mund offenstand. Selbst Nathan zuckte beim Anblick ihres Schocks mitfühlend zusammen.

»Er sagte mir, du hättest schon immer zu Verhaltensauffälligkeiten geneigt, wärst schon als Kind schwierig gewesen, hättest ständig Tobsuchtsanfälle bekommen und mit deinen Eskapaden für Ärger gesorgt. Er sagte, man könnte dich einfach nicht disziplinieren. Du wärst absolut egozentrisch, würdest danach drängen, stets im Mittelpunkt der allgemeinen Aufmerksamkeit zu stehen, und könntest mir niemals eine echte Stütze sein, da du viel zu sehr mit dir selbst beschäftigt wärst.« Nathan drückte ihre Hand ein wenig fester. »Er sagte, du hättest ihnen das Leben zur Hölle gemacht, und dass es mir nicht besser ergehen würde, wenn ich dich heirate. Er sagte, du würdest nie aufhören, über die Stränge zu schlagen, und riet mir, zu verschwinden, solange es noch möglich war. Ich sollte mir lieber ein anständiges Mädchen suchen.«

»Aber …« Sophia versuchte zu begreifen, was Nathan ihr da gerade erzählte, doch es fühlte sich an, als hätte sie einen Schlag in die Magengrube bekommen. »Aber warum sollte Dad so etwas von mir behaupten? Das ist doch gar nicht wahr. Nichts davon ist wahr. Warum sollte er mir das antun? Ich weiß, wir stehen uns nicht sonderlich nahe, aber er sagte doch, du wärst ein wirklich guter Fang. Und warum sollte er dich auffordern zu verschwinden, wenn er deine Gesellschaft doch so sehr schätzte? Ich dachte, ich hätte endlich mal etwas richtig gemacht und ihm einen Schwiegersohn geschenkt, der ihm gefiel.«

»Ich weiß«, sagte Nathan ernst. »So ähnlich hat er selbst das auch ausgedrückt. Dass er in mir fast so etwas wie den Sohn sähe, den er nie gehabt hätte, und dass er mir, gerade weil ich ihm so viel bedeute, die Wahrheit über dich erzählen müsse. Er sagte, er würde es enorm bedauern, mich nicht mehr zu sehen, täte dies jedoch alles nur zu meinem Besten. Du seist längst nicht mehr zu retten, meinte er, daher sollte ich mich selbst retten. Und dann sagte er noch, die Beaumont-Frauen hätten schon genügend Männer auf dem Gewissen, und dass ich nicht ihr nächstes Opfer werden sollte.«

»Das glaube ich dir nicht!«, rief Sophia aus, entriss ihm ihre Hand und wich vor ihm zurück, bis sie mit dem Rücken gegen die kalte Wand stieß. »So etwas würde er mir nie antun! Er ist mein Vater. Er liebt mich. Und das mit den Beaumont-Frauen ist Unfug. Das würde er nie sagen. Wann hätte meine Mutter ihm denn je etwas angetan? Er ist doch der Haustyrann! Wann hätte meine Großmutter jemals meinem Großvater etwas angetan? Sie haben sich über fünfzig Jahre lang geliebt!«

Nathan seufzte schwer. »Ich weiß, das muss dich hart treffen, Soph. Und ich habe auch keine Ahnung, was er mit dieser Bemerkung meinte. Aber so ist es gewesen. Ich schwöre es. Das sind exakt die Worte, die er benutzt hat. Die Warnungen deines Vaters haben mir damals eine Riesenangst eingejagt. Wenn schon dein eigener Vater nicht daran glaubte, dass du eine gute Ehefrau abgeben würdest, wie sollte ich dann daran glauben?«

»Wenn das wahr ist, hättest du mich verteidigen sollen! Du kanntest mich besser als er. Du hättest Vertrauen in mich haben sollen. Du hättest auf dein Herz hören sollen.«

»Aber das ist es ja gerade, Soph«, erwiderte Nathan und stand auf. »Ich muss schon meine Zweifel gehabt haben, richtig? Sonst hätte ich doch um dich gekämpft.«

»Und das bin ich nicht wert, was?«, fragte Sophia und sah aus glasigen Augen zu ihm hoch. »Tauge ich wirklich so wenig, dass mein eigener Vater meinem künftigen Ehemann von einer Heirat abrät und mein Verlobter mich sofort im Regen stehen lässt, wenn es hart auf hart kommt?«

Nathan beugte sich vor und legte die Hand auf ihren Kopf, wie ein Priester, der einem fehlgeleiteten Mitglied der Gemeinde seinen Segen erteilte. Dann wuschelte er ihr noch liebevoll durch die Haare. Die Geste machte alles nur noch schlimmer.

»Ich hatte in derselben Woche ein Jobangebot von einer Bank in Singapur erhalten, eine wirklich attraktive Stelle im Bereich Unternehmensrecht«, setzte er seine Erklärungen fort. »Das Gehalt war doppelt so hoch wie das, was ich in London verdiente. Ich hatte eigentlich mit dir darüber reden wollen, um zu klären, ob wir umziehen sollten, gemeinsam, als Ehepaar. Aber nachdem dein Vater das alles gesagt hatte, bekam ich kalte Füße. Und jetzt hatte ich natürlich einen einfachen Ausweg. Also bin ich in Panik davongestürmt. Ich hatte das Gefühl, das Richtige zu tun.«

»D-d-das Richtige für dich vielleicht«, stotterte Sophia und schob seine Hand unsanft von ihrem Kopf. »Und was ist mit mir? Du hast mich hier völlig allein in der Luft hängen lassen. Und dann besitzt du auch noch die Dreistigkeit, Jahre später wieder anzukommen und mich die halbe Nacht lang um den Verstand zu ficken, nur um mir am nächsten Morgen zu eröffnen, dass du verheiratet bist. Und als krönenden Abschluss kommst du mir dann noch mit diesem … diesem Hammer.«

»Hör mal, Soph, es tut mir leid. Was ich dir erzählt habe, muss wehtun, das verstehe ich, und inzwischen weiß ich auch, dass die letzte Nacht ein Fehler war. Ich hätte dir sagen sollen, dass ich verheiratet bin, hätte keine alte Wunden aufreißen sollen.«

Er blieb auf halbem Weg zur Tür stehen und sah noch einmal mit diesen ausdrucksstarken braunen Augen zu ihr zurück.

»Wir werden uns sicher irgendwann wieder über den Weg laufen, Sophia. So groß ist London ja nicht. Das ist also kein Abschied für immer.«

»Was?!« Wütend sprang Sophia aus dem Bett. »Willst du damit etwa sagen, wir könnten ja mal wieder eine unverbindliche Nummer schieben, wenn wir uns das nächste Mal mitten in der Nacht in irgendeinem Club begegnen?« Sie baute sich mit funkelnden Augen vor ihm auf.

»Ach komm, Soph, Sex ohne Gefühle kann es zwischen uns doch gar nicht geben, oder?«, antwortete Nathan und strich ihr beruhigend über den Arm.

Sophia holte tief Luft und versuchte, nicht die Fassung zu verlieren. Sie nahm langsam seine Hand von ihrem Arm und machte einen halben Schritt zurück. Es kostete sie viel Mühe, ihn nicht zu ohrfeigen. Aber sie würde sich nicht gehen lassen. Sie würde ihm beweisen, dass sie sich wie eine Erwachsene benehmen konnte.

»Lass mich das ein für alle Mal klarstellen: Ich werde nie im Leben eine Affäre mit dir anfangen. Ich sollte deine Ehefrau werden! Ich wünsche euch beiden nichts als Glück in eurer Ehe, Nathan. Und jetzt leb wohl.«

Sie versetzte ihm einen sanften Stoß, sodass er über die Schwelle hinausstolperte, und schlug ihm die Tür vor der Nase zu. Dann warf sie sich wieder auf ihr Bett und zog die Decke über den Kopf. Über eine Woche lang blieb sie in diesem Bett liegen.

9. Kapitel

Lower East Side, Manhattan, 2012

Dominic bestellte bei seinem Lieblingsitaliener zwei Querstraßen weiter eine Pizza und beschloss, die Wartezeit zu nutzen, um schnell noch in den Laden auf der gegenüberliegenden Straßenseite zu springen und ein paar Bier zu holen. Guido hatte für heute Feierabend gemacht, und ein neuer Nachtportier, den Dom nicht kannte, stand hinter dem Counter. Der Mann war sehr viel jünger als Guido, womöglich ein Collegestudent, der nachts arbeitete, um seine Studiengebühren zu bezahlen. Dom würde sich demnächst einmal erkundigen, ob seine Vermutung zutraf. War der Nachtportier wirklich Student, würde Dom ihm regelmäßig ein großzügiges Trinkgeld zukommen lassen. Schließlich hatte er früher selbst solche zusätzlichen Nachtschichten einlegen müssen. Auf dem Rückweg stellte er sich dem Neuen vor und bat ihn, ihm seine Post auszuhändigen.

»Sind Sie lange fort gewesen, Sir?«, fragte der Portier. Der junge Mann war höflich und zuvorkommend. »Hier liegt eine ganze Menge Post für Sie. Das meiste dürfte Werbung sein, wie es aussieht, aber es sind auch ein paar offiziell aussehende Umschläge dabei. Dieser sieht wichtig aus. Er kam als Einschreiben.« Er musterte den Brief genauer.

Gewöhnlich war Dom locker und umgänglich. In welcher Ecke des Erdballs auch immer es sein mochte, er unterhielt sich mit jedem, egal über welches Thema. Und vielleicht würde er ja morgen für ein Schwätzchen bei dem neuen Portier stehenbleiben. Heute Abend jedoch wollte er einfach nur in seine Wohnung zurück, die Tür hinter sich schließen, Bier trinken und auf seine Pizza warten. Allein.

»Ich war ein paar Wochen beruflich im Ausland«, sagte er. »Also sollte ich rasch wieder hoch und mich um die Sachen hier kümmern. Danke.«

Erst viel später an diesem Abend begann Dominic halbherzig damit, den Berg an Post zu sortieren. Tatsächlich war das meiste Müll und landete sofort auf dem Altpapierhaufen. Daneben gab es noch die üblichen Stapel mit Bankauszügen, Handygebühren, Kreditkartenabrechnungen, beruflicher Korrespondenz und Rabattgutscheinen der Supermärkte. Dom verstand überhaupt nicht, warum sie sich die Arbeit machten, ihm diese Gutscheine zuzuschicken. Calgary kaufte sowieso nur im Biomarkt, und Dom war mehr der Typ, der essen ging oder sich was holte. Wobei er durchaus kochen konnte. Seine Mom hatte großen Wert darauf gelegt, dass ihre beiden Söhne sich in der Küche genauso gut zurechtfanden wie ihre Töchter. Aber trotz all ihrer Bemühungen, ihm die Feinheiten der italienischen Küche nahezubringen, zog ihr Jüngster bis heute die Bequemlichkeit der Anstrengung vor.

Schließlich kam er zu dem offiziell wirkenden Brief, der dem Nachtportier aufgefallen war. Er hielt ihn prüfend in der Hand, als könnte es sich um eine Briefbombe handeln. Sein Magen verkrampfte sich auf die gleiche Art, wie er es damals immer getan hatte, wenn Dominic als Student den Umschlag mit seinen Examensresultaten in der Hand hielt. Wer der Absender war, wusste Dominic bereits. Auf dem Umschlag prangte unübersehbar der Stempel des Anwalts von Calgarys Familie.

Und was im Innern steckte, wusste er auch. Die Scheidungsunterlagen. Ganz offensichtlich hatte seine Frau es sich während seiner Abwesenheit nicht anders überlegt. Im Gegenteil. Kaum war er fort, hatte sie fast die gesamte Wohnung ausgeräumt, was nichts anderes bedeuten konnte, als dass sie sich bereits in höchster Eile eine neue Bleibe besorgt hatte. In den letzten drei Monaten hatte Dom im Internet ausgiebig zum Thema »Schnellscheidung in NYC« recherchiert. Calgary hatte recht gehabt. Ohne Kinder, gemeinsame Grundbesitzansprüche, Vermögensanlagen oder Bankkonten konnte eine Scheidung innerhalb weniger Wochen abgewickelt werden. Auf eine Namensänderung hatte Calgary natürlich schon bei der Hochzeit verzichtet. Es war, als hätte es diese Ehe niemals gegeben.

Ihre Eltern waren bestimmt hocherfreut, dachte Dom. Sicherlich hatte Mr. Woods dafür gesorgt, dass die Scheidungspapiere so rasch wie möglich bearbeitet wurden. Jetzt musste Dominic sie nur noch unterschreiben, und ihre Ehe wäre rückstandsfrei getilgt wie ein ärgerlicher Fleck auf einer Seidenbluse.

Dominic schleuderte den Brief ungeöffnet durch den Raum. Er war lange genug Calgarys folgsames Schoßhündchen gewesen. Jetzt würde er nicht sofort springen, nur weil sie das so wollte. Mein Gott, wie hatte er nur so blind sein können? So verdammt dumm? Wer verliebte sich schon in eine dermaßen gefühlskalte Frau und redete sich dann ein, sie wäre nur gehemmt? Er hatte geglaubt, sie vor sich selbst retten zu können, hatte sich eingebildet, sie würde irgendwann ihren Panzer verlieren, wenn er ihr nur genügend Liebe entgegenbrachte. Aus den kleinsten Anzeichen von Zuneigung, die sie ihm erwies, hatte er sich eine komplette Love Story zusammengereimt. Was war er doch nur für ein Idiot gewesen. Und das Schlimmste von allem war, dass er jetzt hier allein in seinem einsamen Ledersessel in der leergeräumten Wohnung saß und sie noch immer wie verrückt vermisste.

Dom musste sich irgendwann in den Schlaf geweint haben. Er wurde schlagartig wach, als das Handy in seiner Hosentasche vibrierte. Er schrak auf, sah sich im Dunkeln um und wusste eine Weile nicht, wo er sich befand und warum eine solche Kälte herrschte. Dann wurde ihm bewusst, dass er wieder in New York war, allein und ohne Licht in seiner Wohnung saß und die Türen zur Dachterrasse offen gelassen hatte, weshalb nun der eisige Wind über den Hudson River direkt in sein Wohnzimmer blies. Zitternd dehnte er die steifen Beine, stand auf, schaltete das Licht ein und schloss die Türen. Er wusste, er sollte seine Handynachrichten überprüfen. Weder seine Mutter noch den Programmleiter beim Fernsehsender hatte er bislang von seiner Rückkehr unterrichtet. Der einzige Mensch, dem er etwas gesagt hatte, war Dave, und das auch nur, weil er Blondie unbedingt am nächsten Tag abholen wollte. Dom war sich nicht ganz sicher, ob er sich schon wieder mit der realen Welt auseinandersetzen wollte. Widerstrebend holte er sein Handy hervor. Was er sah, ließ ihn lächeln. Es war ein Foto von Blondie mit Daves Rucksack auf dem Rücken und einer Yankees-Kappe auf dem Kopf.

`Fertig gepackt und bereit nach Hause zu kommen.`

Dominic musste laut lachen, als er die Nachricht las. Was für ein Quatschkopf Dave doch war! Da war dieser Kerl fünfunddreißig Jahre alt und verkleidete wie ein kleiner Junge nur so zum Spaß einen Hund. Okay, und um seinen besten Freund aufzuheitern, räumte Dom ein. Er hatte gute Freunde, eine

Familie, die ihn liebte, und den besten Hund auf der ganzen Welt. Na schön, dann hatte er halt keine Ehefrau mehr. Aber Dom würde schon zurechtkommen. Er und Blondie waren ja auch allein zurechtgekommen, bevor Calgary auf der Bildfläche erschienen war. Und das würden sie jetzt wieder schaffen.

Waren die fünf langen Jahre verschwendete Zeit gewesen? Fünf Jahre qualvolles Bemühen und Unsicherheit, und jetzt stand er mit leeren Händen da. Dominic war in dem Glauben aufgewachsen, dass Ehen für immer geschlossen wurden, aber für Calgary schien es eher ein Lifestyle-Trend gewesen zu sein wie Ballonröcke oder Sneakers mit hohen Absätzen. Verheiratet zu sein, war ihr eine Weile schick vorgekommen, doch inzwischen langweilte es sie, also zog sie weiter zum nächsten angesagten Trend, was auch immer der sein mochte. Für einen kurzen Moment fragte Dom sich, ob sie wohl schon einen neuen Lover hatte, aber das Bild von Calgary, nackt in den Armen eines anderen Mannes, war noch zu schmerzvoll, um länger darüber nachzudenken.

Dom zog den Schlafsack aus seinem Rucksack. Er roch nach Regenwald und war noch feucht, aber ohne Bettdecke und Laken blieb Dom nichts anderes übrig, als eine weitere Nacht darin zu verbringen. Die Jalousien waren nicht ganz geschlossen, und der Lichtschein der New Yorker Straßen hüllte das leere Schlafzimmer in ein dämmriges Halbdunkel. Dominic starrte auf die leere Matratze neben ihm. Er konnte noch immer Calgary sehen, wie sie dort lag und das weißblonde Haar ihr engelsgleiches Gesicht umrahmte wie ein Heiligenschein.

Und dann musste er daran denken, wie sie immer zusammenzuckte, wenn er sie unter der Bettdecke berührte, und sich sofort von ihm abwandte. Er spürte noch die stumme Entschiedenheit, die aus der Haltung ihrer Schultern sprach, und die stählerne Abweisung durch ihren steif durchgedrückten Rücken. Dom wischte sich eine letzte Träne aus den Augen, das Bild von Calgary verschwand, und in dieser Sekunde wurde ihm plötzlich bewusst: Damals, als er ständig auf den abgewandten Rücken seiner Frau hatte starren müssen, hatte er sich in diesem Bett einsamer gefühlt als jetzt allein. Die Erkenntnis wirkte wie eine Befreiung. Dominics aufgewühltes Hirn beruhigte sich, und wenig später schlief er tief und fest wie acht Millionen andere Menschen unter dem New Yorker Himmel. Am nächsten Morgen unterschrieb er gelassen die Scheidungspapiere.

10. Kapitel

Hackney, London, 2012

Sophia schreckte hoch und blinzelte in das grelle Tageslicht. Vor dem Erkerfenster zeichnete sich Hugos gertenschlanke Silhouette ab.

»Ganz recht, Dornröschen«, sagte er. »Zeit, aus den Federn zu kommen.«

Während sie im Bett gelegen hatte, war der Oktober in den November übergegangen. Die Bäume im Victoria Park hatten ihre Blätter verloren, und es war deutlich kälter geworden.

»Hier, ich habe dir einen Latte aus dem Deli gebracht, mit doppeltem Espresso«, sagte Hugo und drückte ihr einen Pappbecher in die Hand. »Und eins dieser portugiesischen Vanilletörtchen, die du so magst.«

»Danke«, sagte sie schlapp und nahm das Blätterteigstück entgegen.

»Nathan ist es nicht wert«, sagte er. »War er noch nie. Ich weiß, es schmerzt. Ich weiß, er hat es hinbekommen, dass es dir richtig dreckig geht, aber du hast jetzt genug Zeit damit verschwendet, dem Kerl nachzuheulen. Nun geht es darum, dass du wieder anfängst zu leben. Ach übrigens, der hier ist heute Morgen gekommen.«

Er legte noch einen weiteren Brief ihrer Großmutter auf den Nachttisch. Sophia fiel auf, dass er ihn diesmal nicht geöffnet hatte.

»Dann werde ich dich damit mal allein lassen«, sagte Hugo mit bedeutungsvollem Seitenblick auf den Brief. »Ich komme später nochmal zurück und sehe nach dir. Und nicht wieder einschlafen!«

»Das werde ich nicht«, versprach Sophia. Und sie meinte es ehrlich.

Mit jedem Schluck Kaffee fühlte sie ein wenig Kraft zurückkehren. Sie schaute aus dem Fenster und beobachtete einen Schwarm Tauben, der den Park in perfekter Formation umkreiste. Warum hatte sie sich hier vergraben? Sie wusste, dass Hugo recht hatte. Nathan war es nicht wert. Und ihr Vater ebenso wenig. Es wurde Zeit, mit den Fehlentscheidungen aufzuhören. Und es wurde Zeit, sich nicht länger von anderen Leuten sagen zu lassen, was sie alles nicht konnte. Manchmal musste man wohl erst ganz unten landen, um sich wieder aufrappeln zu können.

Sie öffnete den Brief und las das kurze Anschreiben, das ihre Großmutter den neuesten Seiten ihrer Erinnerungen beigefügt hatte.

Sophia war innerlich hin- und hergerissen. Konnte sie ihrer Großmutter wirklich vertrauen? Würde deren Loyalität nicht immer zuerst der eigenen Tochter und damit Alice gelten? Am Ende gestand Sophia sich aber doch ein, dass sie ihre Großmutter gerne besuchen würde, solange sie nur ein schmerzvolles Zusammentreffen mit ihrer Mutter dabei vermeiden konnte. Zwei Jahre lang hatte ihre Mutter Zeit gehabt, sich mit Sophia in Verbindung zu setzen und dem Willen ihres Mannes zu trotzen, aber sie hatte es nicht getan.

Doch irgendetwas hatte sich während Sophias langen Schlafs verändert. Es fühlte sich an, als wäre eine bleierne Dunkelheit von ihr abgefallen und an deren Stelle eine schwache Ahnung von Hoffnung getreten. Sie trank den Rest ihres Lattes und begann den neuesten Teil der Memoiren ihrer Großmutter zu lesen.

Beaumont House, Wiltshire, die Kriegsjahre

Beaumont House war nach dem Zweiten Weltkrieg nie wieder so wie früher. Auf unsere Gegend im ländlichen Wiltshire wurden zwar keine Bomben abgeworfen, obwohl wir die deutschen Flugzeuge auf ihrem Weg nach Bristol und Bath tief über uns hinwegfliegen sahen, womit wir in mancherlei Hinsicht also zu den Glücklichen zählten, aber dennoch veränderte sich unser Leben und unsere Umgebung für alle Zeiten.

Kurz nach Kriegsausbruch 1939 hatte Papa sich freiwillig für den Fronteinsatz gemeldet. Mama hatte ihn beschworen, es nicht zu tun. Sie meinte, er sei verrückt, ein solches Risiko einzugehen, wenn Cousin Aubrey ihm doch freundlicherweise so schnell einen Schreibtischposten im Innenministerium besorgt hatte. Aber Papa hatte darauf bestanden und gesagt, wenn die Jungs aus dem Dorf alle freiwillig an der Front kämpften, dann sei es doch das Mindeste, dass er sich ihnen anschloss. Außerdem war Cousin Aubrey noch keine zwölf Monate vor Kriegsausbruch ein begeisterter Anhänger von Adolf Hitler gewesen, wie hätte Papa da irgendein Angebot von ihm ernsthaft in Erwägung ziehen können?

Nein, Papa hatte seinen Entschluss gefasst. Er trat der Royal Air Force bei und wurde zum Oberst ernannt. Ich fand, er sah unglaublich schneidig aus mit seiner blauen Uniform und der Schirmmütze, und winkte meinem mutigen Vater stolz hinterher, als er zu seiner Offiziersausbildung abreiste. Weihnachten

1939 kam er noch einmal kurz nach Hause, aber bevor wir noch meinen zehnten Geburtstag oder den Anbruch des Jahres 1940 feiern konnten, verschwand mein geliebter Papa erneut aus meinem Leben. Über die nächsten fünf Jahre hinweg sollte ich ihn nur noch zweimal sehen.

1940 war ein grauenvolles Jahr. Die meisten unserer männlichen Angestellten zogen in den Krieg, und viele von ihnen kehrten nie zurück. Tony, der Sohn des Gärtners und mein Freund aus Kindertagen, war der Erste, der starb. Ein paar Tage später fiel auch Simon, der Kammerdiener meines Vaters. Beide waren nicht einmal fünfundzwanzig Jahre alt geworden. Ich weiß noch, wie ich um die Ecke in die Küche schielte, wo ein Dutzend unserer Hausangestellten die Köpfe um ein Telegramm auf dem Eichentisch zusammensteckten und sich die Seele aus dem Leib weinten. In diesem Moment wurde mir die brutale Wirklichkeit bewusst. Ich weinte um Tony und auch um den Kammerdiener, die beide immer nett zu mir gewesen waren. Meine größten Sorgen allerdings galten Papa.

Ebenso wie die Männer, die sich freiwillig gemeldet hatten oder eingezogen worden waren, und von denen einige bereits ihr Leben geopfert hatten, so beschlossen auch ein paar der jüngeren Frauen aus unserem Personal den Dienst bei der Marine anzutreten oder als Mitglied der Women's Land Army die kämpfenden Männer in der heimischen Landwirtschaft zu ersetzen. Mama hielt es für eine schwachsinnige Idee, dass sie die Ärmel hochkrempeln und sich die Hände schmutzig machen wollten, aber ich bewunderte diese Frauen für ihren Entschluss, die allgemeinen Kriegsanstrengungen zu unterstüzen und etwas Aufregenderes zu tun, als bei uns Töpfe zu spülen oder zu kochen. Sehr zum Verdruss meiner Mutter, schien es in ganz Wiltshire niemanden mehr zu geben, mit dem sich die Personallücken

schließen ließen. Hatten wir Anfang 1939 noch zwölf im Haus wohnende Angestellte gehabt, so waren es Ende 1940 nur noch vier.
Unsere Haushälterin Mrs. Ashton und der Butler Mr. Wise bemühten sich nach Kräften, das weitläufige und steinalte Anwesen notdürftig in Schuss zu halten, aber sie kämpften, wie so viele unserer Jungs an der Front, auf verlorenem Posten. Parkanlagen und Rosengärten begannen zu verwildern, Eimer auf den Treppenabsätzen fingen das durch das undichte Dach tropfende Wasser auf, die polierten Parkettböden wurden schmutzig und stumpf, und die Fenster klapperten im Wind. Der gesamte Westflügel war unbewohnbar. Ein Großteil des Hauses wurde einfach zugesperrt und vernagelt und widerstandslos den Spinnweben und der Feuchtigkeit überlassen. Ich fing an, mich in meinem eigenen Zuhause zu grausen.
Das Schlimmste aber war, dass meine geliebte Nanny plötzlich aufgefordert wurde, das Haus zu verlassen. Ich erhielt nicht einmal die Gelegenheit, mich von ihr zu verabschieden. Als ich an einem Wochenende von der Schule nach Hause kam, war sie einfach weg. Ich bat Mama flehentlich, mir zu sagen, warum sie hatte gehen müssen, sie aber äußerte sich zu dem Thema nur sehr wortkarg und beschränkte sich auf die Bemerkung, Nanny Miller sei »eine scheußliche Person ohne jede Charakterstärke«, bevor sie Richtung Stallungen davonstürmte und dabei noch irgendetwas von »Flittchen«, »Schlampe« und »heimtückisches Stück« vor sich hinmurmelte. Ich fragte Mrs. Ashton, die mich normalerweise sehr freundlich behandelte, wohin Nanny gegangen sei, aber sie erklärte mir in recht striktem Ton, dass es ihr nicht erlaubt sei, darüber zu sprechen. Mama war inzwischen sowieso der Ansicht, ich sei zu alt für ein Kindermädchen. Ich sollte mich von nun an einfach mehr selbst beschäftigen. Und

dann befahl sie mir, am besten völlig zu vergessen, dass es Nanny Miller überhaupt gegeben hatte, aber das hätte ich niemals fertig gebracht. Ich vermisste sie so sehr, dass ich mich wochenlang in den Schlaf weinte und schwor, sie eines Tages wiederzufinden. Mehr und mehr hasste ich es, an den Wochenenden heimzufahren in dieses immer kälter und baufälliger werdende Haus. Lieber wäre ich in der Schule geblieben, als ohne Nanny und Papa in Beaumont House zu sein.

Im Herbst 1940 wurde meine Grundschule in Gloucestershire von der Regierung für das Luftfahrtministerium requiriert, und alle Internatsschülerinnen mussten ausziehen. Kinder, deren Eltern in der Nähe wohnten, sollten von nun an zu Hause übernachten und nur noch tagsüber die Schule besuchen. Also zog ich ausgerechnet zu dem Zeitpunkt wieder ganz nach Beaumont House, als dort alles im Zerfall begriffen war. Es folgten einige sehr einsame Monate. Das Haus, das einst so voller Leben gewesen war, war nun totenstill, als hätte es kaum mehr einen Puls. Es kam sogar so weit, dass ich Mamas wilde Partys zu vermissen begann.

Mama selbst kam mit dem Kriegsausbruch ebenfalls nur schwer zurecht. Wie man sich leicht vorstellen kann, hatte sie mit Einschränkungsmaßnahmen jeglicher Art nicht viel im Sinn, und die Aufrufe, die damals überall zu hören waren (Ruhe bewahren – weitermachen; Behilf dich mit Wenigem; Achtung! Feind hört mit), waren ihrer eigenen Lebenseinstellung diametral entgegengesetzt. Nichts liebte Mama mehr, als Aufregung zu verursachen, neue Kleider zu kaufen und den neuesten Klatsch auszutauschen. Vermutlich hatte sie das Gefühl, man wolle sie mit dem Krieg persönlich schikanieren. Ihre Bekannten hatten nun keine Zeit mehr für rauschende Wochenendpartys, und abgesehen davon – wo ließ sich derzeit noch ein anständiges Stück schottisches Rinderfilet auftreiben? Oder italienisches Eis? Oder französischer Wein? Jetzt, wo alles rationiert wurde? Während der Rest der Nation sich im Krieg mit Deutschland befand, schien Mama im Krieg mit dem Krieg selbst zu sein. Ein paar Monate lang machte es den Eindruck, als würde sie sich geschlagen geben. Ihre Kaschmirpullover begannen zu verfilzen, ihre Seidenstrümpfe wiesen bisweilen Laufmaschen auf, der rote Lieblingslippenstift ging ihr aus, und sie musste stattdessen einen korallenfarbenen nehmen, und ihre nachmittäglichen Cocktails schrumpften zu schlichten Gin Tonics. Und das – Gott bewahre! – ohne Zitrone.

Aber bei all ihren Fehlern war Mama doch eine Kämpfernatur, und es dauerte nicht lange, bis sie sich den neuen, vor ihr liegenden Herausforderungen stellte. Im Jahr 1941 gelang es ihr, einen neuen Verwalter namens Foster ins Haus zu holen, der jung und kräftig war, allerdings auch ein wenig bedrohlich wirkte. Trotz seiner eins fünfundneunzig, seiner beängstigend sicheren Hand als Schütze, und obwohl er aussah, als könnte er problemlos mit bloßen Händen ein ganzes deutsches Bataillon ausschalten, war er der Einberufung irgendwie entgangen. Offiziell stellte ihn Mama ein, damit er sich um die Außenanlagen, die Gärten, das Vieh und das Wild kümmerte. Inoffiziell wussten wir alle, dass er in Beaumont House war, um für Essen auf dem Tisch zu sorgen.

Foster legte im gesamten Wald Metallfallen aus und warnte mich in schroffem Ton, lieber nicht dort herumzulaufen, »sonst …!« Tote Hasen hängte er sich um den Hals wie einen Schal, oder er knallte blutige Fasanenkadaver direkt auf den Küchentisch, was die Köchin natürlich in Rage brachte. Ich konnte Foster nicht besonders leiden, aber seinen Foxterrier Badger mochte ich sehr. Nach und nach kehrten Mamas Be-

kannte unter Fosters aufmerksamen Blicken an den Wochenenden zu Jagdpartys ins Haus zurück. Die Fuchsjagd interessierte allerdings keinen von ihnen mehr. Sie schossen jetzt auf alles, was ihnen vor die Flinte kam – Hasen, Rehe, Fasane, Kaninchen, Birkhühner. Auf diese Weise arbeiteten die vornehmen Gäste alle unwissentlich für Mama und Foster, obwohl keiner von ihnen in seinem Leben jemals auch nur einen Tag ordentlich gearbeitet hatte. Am Samstagabend dann fraßen sie wie die Schweine, soffen wie Lords (was viele von ihnen ja auch waren) und feierten, als gäbe es kein Morgen. Sonntagmittags reisten die Gäste aufgedunsen und verkatert wieder ab, ohne das, was sie geschossen hatten, überhaupt alles aufgegessen zu haben. Sämtliche Fleischreste aber verschwanden in einer riesigen Kühlkammer hinter der Gesindeküche. Daher herrschte ab diesem Zeitpunkt in Beaumont House ungeachtet der Rationierungen nie wieder Mangel an Frischfleisch.
Mamas Partys waren indes nur ein Teil des Plans. Ihre Bekannten hätten an einem Wochenende niemals so viel Wild erlegen können wie Foster in einer ganzen Woche. Schon bald glich der Kühlraum einer Leichenhalle. Ich weiß noch, wie es mich schauderte, als ich einmal einen kurzen Blick hineinwarf und Reihe um Reihe gehäuteter Rehleiber sah. Es gab auch Vögel und Hasen, aber wirklich überrascht war ich beim Anblick von Rindern und Schweinen. Auf Beaumont House hatten wir nur einen kleinen Viehbestand, der lediglich zwei Milchkühe, ein Dutzend Hühner für den Eierbedarf und ein paar Ziegen umfasste, die Papa vermutlich nur zu meiner Belustigung angeschafft hatte. Woher also stammten diese Tiere?
Ich fragte Mrs. Ashton nach der Herkunft von all dem Fleisch, woraufhin ihr Gesicht einen seltsamen Rotton annahm. Später hörte ich, wie sie Foster in der Küche anschrie.

»Warum muss die ganze Nation mit rationierten Lebensmitteln auskommen, wenn Sie zur selben Zeit auf dem Schwarzmarkt ein Vermögen machen? Sollte das noch einmal vorkommen, sehe ich mich gezwungen, Mylady zu unterrichten, die zweifellos umgehend die Polizei informieren wird!«

Ich hörte Foster in lautes Lachen ausbrechen.

»Was glauben Sie denn, wer sich den ganzen Dreh ausgedacht hat, hä?«, erwiderte er prustend. »Wenn Sie mich schon für so einen Gauner halten, dann sehen Sie sich doch mal Ihre Mylady genauer an. Die hat Ihre Berufung im Leben wirklich verfehlt, sage ich Ihnen. Eine dermaßen abgebrühte Schwindlerin und Hochstaplerin ist mir mein Lebtag noch nicht über den Weg gelaufen. Und ein richtig scharfes Luder ist sie auch, wenn sie mal in Fahrt gerät.«

»Ich glaube Ihnen kein Wort«, kreischte Mrs. Ashton mit erstickter Stimme. »Was für eine absurde Anschuldigung! Sie sind wirklich der niederträchtigste Mensch, den ich jemals das Missvergnügen hatte kennenzulernen.«

Ich fand es sehr loyal von Mrs. Ashton, so für Mama einzutreten, aber ich erinnere mich auch, selbst im zarten Alter von elf Jahren gedacht zu haben, dass Foster vermutlich die Wahrheit sagte. Ohne Geld und schöne Dinge konnte Mama einfach nicht existieren. Sie hätte alles dafür getan, ihren Lebensstil aufrechtzuerhalten. Der Krieg, den sie ausfocht, war nicht der gleiche, in dem Papa und der Rest unserer Truppen auf dem Kontinent kämpften.

Donnerstags belud Foster regelmäßig seinen grünen Bedford-Lieferwagen mit Frischfleisch und Wild, fuhr davon und trieb sich bis zum nächsten Tag wer-weiß-wo herum. Aus mir war inzwischen eine recht geschickte Spionin geworden. Aufgrund meines jungen Alters durfte ich diese Talente jedoch leider nicht

in die Dienste meines Landes stellen, sondern musste sie auf meine Mutter, ihre Freunde und die übrig gebliebenen Angestellten beschränken. Eines Freitags verfolgte ich, wie Fosters Lieferwagen die lange Zufahrt zum Haus heraufgetuckert kam, und entschied, dass ich unbedingt mehr über seine wöchentlichen Ausflüge in Erfahrung bringen musste.
Ich rannte hinaus und versteckte mich unweit seines geparkten Lieferwagens hinter einem Busch. Von dort beobachtete ich, wie er ein dickes Bündel Pfundnoten aus dem Handschuhfach nahm. Zweimal zählte er das Geld durch, behielt etwa ein Viertel für sich, knickte den restlichen Packen ordentlich in der Mitte und schob ihn in seine Jackentasche. Den dünneren Stapel Scheine schob er sich in die Unterhose. Anschließend folgte ich ihm zum Stall. Badger lief wie immer dicht neben ihm. Foster ging zur Rückseite des Gebäudes, lehnte sich an die Wand und zündete sich eine Zigarette an. Ganz offensichtlich wartete er auf jemanden. Ich kletterte auf einen Baum, von dem aus ich den Hof überschauen konnte, und wartete ebenfalls, ohne Foster auch nur für einen Moment aus den Augen zu lassen. Er war in der Tat ein attraktiver Bursche, mit breiten Schultern und muskulösen Oberschenkeln. Sein kantiges Kinn und der dunkle Teint erinnerten mich an die amerikanischen Schauspieler, die ich als Cowboys im Kino von Chippenham gesehen hatte. Aber eine Sache fehlte ihm: Foster strahlte nicht einen Funken Wärme aus. Hinter seinen Augen war alles tot. Schon bei seinem Anblick lief es mir eiskalt den Rücken hinunter. Er streifte umher wie ein nervöser, eingesperrter Tiger. Gereizt und unduldsam behielt er seine Umgebung im Auge, warf den Stummel seiner Zigarette wütend in den Pferdetrog und zündete sich sofort eine neue an.
Endlich kam meine Mutter angeritten. Der rote Lippenstift war

wieder zurück, ihre Reithosen strahlten so weiß wie eh und je, und die Reitstiefel an ihren Füßen schienen nagelneu zu sein. Woher nahm sie in diesen Zeiten der Einschränkung das Geld für solche Dinge? Mit ihrem Eintreffen verwandelte sich der böse Tiger urplötzlich in ein zahmes Miezekätzchen. Sie lächelte herausfordernd zu ihm hinab und fragte: »Und? Wie viel haben wir die Woche gemacht?«

»Einen netten Batzen«, antwortete Foster, nahm das Bündel Scheine aus seiner Jackentasche und reichte es meiner Mutter wie ein braves Kind. »In Bath habe ich noch ein Hotel als Abnehmer gewonnen. Der Küchenchef meinte, er hätte seit Wochen kein frisches Fleisch mehr bekommen können. Hat mir das Doppelte von dem gezahlt, was der Kerl in Bristol geboten hat.«

»So ein schlauer Junge«, säuselte Mama gekünstelt und stopfte die Scheine in die Brusttasche ihrer Reitjacke. »Seien Sie so lieb und geben Sie mir eine Zigarette, ja?«

Foster zündete eine Zigarette aus seinem Päckchen an und reichte sie gehorsam zu Mama hinauf. Der Mann war eigentlich ein Riese, aber da Mama auf ihrem Lieblingshengst Ebony saß, musste er den Hals verrenken, nur um in ihr hübsches Gesicht sehen zu können. Mir fiel auf, wie gebannt seine Augen an ihr hingen, während sie genüsslich ihre Zigarette rauchte, in die Ferne sah und sich von ihrer vorteilhaftesten Seite präsentierte.

»Ich muss Ebony in den Stall bringen«, erklärte Mama schließlich. »Wollen Sie mir nicht helfen, Foster? Es macht so schrecklich viel Arbeit, die Pferde zu versorgen, seit der Stallknecht und sein Gehilfe fort sind. Es ist wirklich höchst unerquicklich. Zwei starke Männerhände kämen mir da sehr gelegen.«

Höchst unerquicklich, in der Tat, ging es mir damals durch den Kopf. Vor allem, da der Pferdeknecht und sein Gehilfe zur selben Zeit auf Kreta beziehungsweise in El-Alamein für unsere

Freiheit kämpften. Außerdem hatte Mama bei der Versorgung ihrer Pferde nie fremder Hilfe bedurft. Pferde lagen Mama weit mehr am Herzen als menschliche Lebewesen.

Sie verschwanden um die Ecke des Stalls, Foster zu Fuß, Mama, die aus großer Höhe auf ihn hinabsah, und Badger, der hinterherlief. Ich musste rasch den Baum hinuntersausen, um sie nicht aus den Augen zu verlieren. Als ich um die Ecke schielte, traten Mama, Foster und Ebony gerade in eine der Boxen. Badger wartete brav draußen. Langsam und leise schlich ich an den anderen Boxen vorbei und ignorierte die Pferde, die sich schnaubend herausbeugten, um zu sehen, wo denn heute ihre Zuckerstückchen blieben, bis ich vor Ebonys Tür ankam. Ich streichelte Badger ruhig und hoffte, er würde nicht bellen und mich verraten. Aus dem Innern des Stalls konnte ich Mama in ihrem spöttischen Sing-Sang reden hören.

»Wollten Sie das etwa vor mir verbergen, Foster?«, sagte sie. »Das war aber kein sehr schlaues Versteck, was? Da musste ich es doch finden.«

Mit wild pochendem Herzen schielte ich durch die offene Stalltür. Foster stand mit dem Rücken gegen die Wand, einen halb erschreckten, halb erregten Ausdruck im Gesicht. Die Hosen baumelten ihm an den Knöcheln. Mama war von Ebony abgestiegen und stand jetzt unmittelbar vor Foster. In einer Hand hielt sie das unterschlagene Geld, das in Fosters Unterhose versteckt gewesen war, in der anderen ihre Reitgerte. Ich fragte mich, wie sie um alles in der Welt hatte wissen können, wo sie nach dem Geld suchen musste.

»Da sind wir aber ein böser, böser Junge gewesen, Foster«, verhöhnte sie ihn. »Und böse Jungs müssen bestraft werden.«

»Ja, Mylady«, murmelte Foster unterwürfig. »Es tut mir schrecklich leid, Mylady.«

»Umdrehen!«, schrie Mutter so scharf, dass ich vor Schreck zusammenfuhr.
Ich beobachtete noch, wie Mama den jungen Wildhüter einige Male mit der Gerte züchtigte. Er hatte seine Unterhosen herunterziehen müssen, und das Ganze sah äußerst schmerzhaft aus, daher konnte ich nicht begreifen, warum er sie nach jedem Schlag anflehte, ihn noch härter zu bestrafen. Nach einer Weile ertrug ich den Anblick nicht länger. Es schien so entwürdigend, als Frau einem solch hünenhaften erwachsenen Mann so etwas anzutun. Obwohl er sie natürlich bestohlen hatte, dachte ich einschränkend. Badger jedoch war ganz offensichtlich meiner Meinung, denn er folgte mir sofort, als ich mich abwandte und zum Haus zurückrannte.
Die lukrativen Machenschaften zwischen Mama und Foster hielten noch einige Monate an, ebenso wie ihre heimlichen Treffen im Stall. Bis eines Freitags die Polizei nach Beaumont House kam, um meine Mutter darüber zu informieren, dass ihr Verwalter wegen Wilderei, Diebstahl, Verkauf von illegalem Fleisch auf dem Schwarzmarkt und Flucht vor dem Militärdienst verhaftet worden war. Mama spielte die Rolle der schockierten Arbeitgeberin recht ordentlich, wie ich fand, und die Polizisten blieben nicht lange. Der Verlust von Foster schien Mama nicht sonderlich hart zu treffen, der abrupte Wegfall der Einkünfte jedoch setzte ihr schrecklich zu. Schon nach wenigen Wochen wiesen Mamas Strümpfe wieder Laufmaschen auf, und der Gin drohte ihr auszugehen. Sie musste sich schleunigst einen Plan ausdenken. Foster sahen wir im Übrigen nie wieder – was mir gewiss nicht leidtat –, aber zu meiner großen Freude blieb Badger, der Foxterrier, für die nächsten zehn Jahre mein treuer Begleiter.

Hugo klopfte leise an die Tür und steckte den Kopf in Sophias Zimmer.

»Alles okay bei dir?«, erkundigte er sich.

Sophia nickte lächelnd.

»Gibt es noch heißes Wasser?«, fragte sie Hugo. »Ich muss unbedingt duschen. Schließlich kann ich doch nicht in diesem Zustand meine Großmutter besuchen gehen, oder?«

11. Kapitel

Tokio, Japan, 2012

Aiko Watanabe wachte Schweiß gebadet auf und hatte einen Moment lang nicht die geringste Ahnung, wo sie sich befand. Zuhause in ihrem eigenen Bett war sie jedenfalls nicht, soviel wusste sie. Sie tastete nach dem Schalter der Nachttischlampe und zuckte zusammen, als das fremde Zimmer plötzlich grell erleuchtet wurde. Nach und nach klarte sich ihr verschlafener Kopf auf. Natürlich, sie hielt sich wegen einer Geschäftskonferenz in Tokio auf und war im Imperial Hotel abgestiegen, wie sie es seit dessen Neueröffnung 1968 bei jedem Besuch in der Stadt getan hatte. Früher einmal hatte sie auch im alten Imperial Hotel verkehrt. Es war schon vor Jahrzehnten abgerissen worden, um diesem neuen, Modernität verkörpernden Hochhausbau Platz zu machen, aber einst, in einem anderen Leben und in einer anderen Welt, war sie dort gewesen. Morgen würde sie vor über zweitausend der erfolgreichsten und scharfsinnigsten Nachwuchsmanager Japans eine Rede halten müssen. Ihrer Uhr zufolge war es erst kurz nach vier Uhr morgens. Sie brauchte ihren Schlaf. Was war nur los mit ihr in letzter Zeit?

Gewöhnlich litt Aiko nicht an Schlafstörungen oder innerer Unruhe. Nun ja, zumindest seit vielen Jahren nicht mehr. Ihr Geist mochte alt sein und von den vielen harten Prüfungen gezeichnet, aber schwach war er nicht. Im Gegenteil. Auch wenn das Alter ihr schmerzende Knochen und graue Haare beschert hatte, bislang wenigstens war dies einhergegangen mit Weisheit und innerem Frieden. Aiko wurde oft als Ahnherrin der modernen japanischen Geschäftswelt betrachtet. Geboren wurde sie noch in eine andere Welt, eine andere Zeit. Das Japan ihrer Kindheit war voll mystischer Geheimnisse gewesen, voller Regeln und Rituale, die es heute nicht mehr gab. Aber anders als viele ihrer Zeitgenossen, die diese gewaltigen Umwälzungen ablehnten und sich ihnen verweigerten, hatte Aiko die neue Welt und ihre Möglichkeiten mit offenen Armen begrüßt. Die Jahrzehnte vergingen, aus dem zwanzigsten wurde das einundzwanzigste Jahrhundert und aus Aiko die Vorzeigefrau der neuen Zeit. Immer wieder tauchte ihr Name in den Zeitungen unter den Top Ten der einflussreichsten Japanerinnen auf, was eigentlich albern war, da sie Japan bereits vor langer, langer Zeit verlassen hatte und inzwischen nur noch zu geschäftlichen Anlässen zurückkehrte. Aiko fühlte sich heute mehr als Amerikanerin denn als Japanerin, trotzdem war es natürlich schön, im eigenen Mutterland Bewunderung und Anerkennung zu finden.

Die Presse begegnete ihr mit wachsender Ehrfurcht und Bewunderung, je älter sie wurde. Staunend hervorgehoben wurde ihre Fähigkeit, Schritt zu halten mit den neuesten Technologien, politischen Ideen und gesellschaftlichen Trends. Aiko musste darüber immer lachen. Warum sollte ausgerechnet sie sich an Vergangenem festklammern? Die alte Welt war furchtbar grausam zu ihr gewesen. Als das alte Japan in Schutt und Asche fiel, hatte es auch Aikos Welt zerstört und all jene, die sie liebte, mit ins Verderben gerissen. Allein hatte sie anschließend in den Ruinen gestanden. Und als das neue Japan sich zu regen begann und noch unsicher ins Licht blinzelte, war sie unter den Ersten gewesen, die es willkommen hießen und aufpäppelten. Warum auch nicht, hatte die alte Welt ihr doch die Familie, die Würde und fast sogar das Leben geraubt.

Nein, Aiko hatte nie in der Vergangenheit gelebt. Das war reine Zeitverschwendung. Zurückgehen und etwas daran ändern, konnte sie ja doch nicht, nicht einmal die kleinste verdammte Kleinigkeit (wie ihr Mann gesagt hätte, würde er noch leben). Sie hatte den Kopf nie hängen lassen. Sie war stark gewesen. Die Geister, die sie einst heimgesucht hatten, waren längst in die hinterste Ecke ihres Kopfes verbannt, wo sie nicht weiter störten. Woher also kamen dann plötzlich diese plastischen, verstörenden Träume?

Bei den Träumen handelte es sich nicht wirklich um Albträume, sie ähnelten eher sonderbar zerstückelten Rückblenden. Es waren Geschichten, die sie als kleines Mädchen von ihrem Vater, ihrer Großmutter und ihrem Großvater gehört hatte. Geschichten, an die sie seit vielen Jahren nicht mehr gedacht hatte. Die Träume jedoch wirkten verblüffend realistisch. Und sie endeten alle auf dieselbe Weise: Aiko ertrank. Im Unterschied zu den meisten anderen Träumen verschwanden diese Bilder auch nicht im Licht des Tages. Sie konnte sich ohne Schwierigkeiten an jede Einzelheit erinnern. Das Problem war, sie aus dem Kopf zu bekommen und sich wieder auf ihr wahres Leben zu konzentrieren. Ihre Urgroßmutter hätte diese Träume Vorahnungen genannt. Sie wäre überzeugt gewesen, dass sie Aiko vor irgendeinem schwerwiegenden Ereignis warnten, das unmittelbar bevorstand. Allerdings war ihre Urgroßmutter Haruki auch eine sehr abergläubische Frau gewesen. Aiko war das nicht. Sie musste ihren Kopf davon befreien können. Aber als sie wieder in den Schlaf sank, entfuhr ihrem Mund ein einziges Wort.

»Mutter …«, murmelte sie. »Manami.«

»Ich habe dich gestern gesehen, Manami«, sagte Haruki von ihrem erhobenem Platz in der Ecke aus.

Ein Baby saß bei der alten Frau auf dem Schoß, gluckste fröhlich und klammerte sich mit seinen dicken Fingerchen an Harukis Leinenkleid. Früher einmal hatte das Weidenmuster auf dem Kleid in strahlendem Indigo geleuchtet, inzwischen aber war es schon lange zu einem trüben Graublau verblasst. Die enge Bindung zwischen dem makellos glatten Baby und der schrumpeligen alten Frau war offenkundig, wirkte zugleich aber irgendwie unpassend. Ein morgendlicher Sonnenstrahl brach zwischen den Wolken hervor, drang durch die Schiebetür und tauchte den kleinen Raum in die Farbe von geschmolzenem Gold. Die alte Frau sprach mit ernster Stimme, und Manami hielt erschrocken inne.

»Wobei hast du mich gesehen, Großmama?«, fragte Manami und blieb an der Tür stehen, den einen nackten Fuß noch auf dem Dielenboden, den anderen bereits draußen auf dem unbefestigten Weg.

Sie war gespannt, was sie diesmal wieder zum Missfallen ihrer Großmutter getan hatte. Manami wusste zwar, dass sie Harukis Lieblingsenkelin war, aber damit waren auch höhere Ansprüche verbunden. Zögernd wartete sie darauf, dass ihre Großmutter weitersprach. Sie konnte das Meer schon riechen, konnte auf ihren Wangen die Gischt spüren, die der Wind die Klippen heraufblies. Sie war spät dran, hatte es jedoch mit dem Aufbruch nicht eilig. Hier in diesem winzigen Holzhäuschen, das am Klippenrand klebte wie ein Schwalbennest, waren zwei der drei Menschen, die ihr im Leben am meisten bedeuteten: Ihre Großmutter Haruki und ihre kleine Tochter Aiko.

Der dritte, ihr Ehemann Yoshiro, war bereits mit dem Boot auf das Meer hinausgefahren.

Manami wandte sich wieder ihrer Großmutter zu. Harukis Gesicht war so zerknittert und faltig wie eine antike Schatzkarte, ihre Augen jedoch funkelten noch immer wie Sterne auf dem stillen Meer. Wie alt ihre Großmutter war, wusste Manami nicht. Haruki selbst behauptete, sich nicht zu erinnern (obwohl sie noch wusste, dass es im Jahr der Ratte gewesen war). Ganz sicher aber bargen diese Augen mehr Leben und Weisheit als die jedes anderen Geschöpfs, dem Manami jemals begegnet war. Ihrer Meinung nach musste Haruki schon deshalb uralt sein, weil sie so viel kannte, ohne auch nur einmal ihr winziges Dorf verlassen zu haben.

»Aiko und ich sind gestern spazieren gegangen«, sagte Haruki ernst. »Wir haben dich von der Klippe aus beobachtet. Du bist viel zu lange unter Wasser geblieben, Manami. Du bist noch sehr jung und hast noch mehr zu lernen, als du denkst.«

Manami lächelte ihre Großmutter liebevoll an. »Ich pass' schon auf, Großmutter«, versicherte sie ihr. »Ich bin deine Enkelin und die Tochter meiner Mutter. Ich habe also von den Besten gelernt. Ich tauche, seit ich acht bin. Es liegt mir im Blut. Wenn ich nicht gut tauchen kann, dann zeig mir eine Ama, die es besser kann!«

»O, tauchen kannst du gut, meine Manami-chan«, antwortete Haruki, und ihre Stimme wurde sanfter. »Du tauchst besser als jede andere meiner Enkelinnen. Du bist wie für das Meer geschaffen, unsere ureigene Meerjungfrau. Du bist besser, als deine Mutter in deinem Alter war. Vielleicht sogar besser als ich.« Ihre Augen kommentierten diesen Mangel an persönlicher Bescheidenheit sofort mit einem schelmischen Aufblitzen. »Aber du verhältst dich unvorsichtig, ungeduldig und unklug.«

»Unklug?«, wiederholt Manami entrüstet und trat wieder einen halben Schritt zurück in das Häuschen.

Manami war auf ihre Intelligenz sehr stolz. Sie wusste, dass sie clever war. Genauso wie sie wusste, dass sie schön und stark war.

»Wer von allen jungen Mädchen hat denn in dieser Saison das meiste Geld verdient, Großmutter?«, erklärte Manami. »Wer hat die meisten Abalonen gesammelt, die meisten Muscheln, das meiste Perlmutt? Wer hat in der vergangenen Saison drei Perlen gefunden? Welche junge Ama sorgt dafür, dass Nishimoto-san reich und fett bleibt? Und …«, Manami warf herausfordernd ihre langen schwarzen Haare zurück, »… welche Ama hat sich denn den hübschesten Ehemann auf der ganze Shima-Halbinsel geangelt?«

Haruki warf lachend den Kopf in den Nacken. Die kleine Aiko fiel mit freudigem Quietschen ein, als würde sie verstehen, was die Frauen sagten, und begann aufgeregt, auf dem Schoß ihrer Urgroßmutter auf und ab zu hüpfen.

»Dass du kein Talent hättest, habe ich nicht behauptet. Ich streite auch nicht ab, dass du Herrn Nishimoto jedes Jahr ein wenig reicher und, ja, auch ein wenig fetter machst. Oder dass du dir den bestaussehenden Ehemann in der Präfektur unter den Nagel gerissen hast. Ich habe Yoshiro oft genug gesagt, wenn ich nur ein wenig jünger wäre, hätte ich ihn mir selbst geschnappt!« Haruki legte lächelnd eine kurze Pause ein. »Ich habe nur gesagt, Manami-chan, dass du unvorsichtig bist, ungeduldig und unklug.«

Die alte Frau hob das pummelige Baby wie einen Pokal in die Höhe, sodass Aiko nun mit den Zehenspitzen auf den Knien ihrer Urgroßmutter tanzte.

»Ich glaube nicht, dass dir bewusst ist, was du aufs Spiel

setzt.« Sie nickte in Richtung Aiko und küsste dann das Baby zärtlich auf sein schwarzes Haar. »Du kannst dich jetzt bereits so glücklich schätzen, und dennoch willst du, meine Manami-chan, immer noch mehr. Kind, wie oft soll ich es dir noch sagen: Geduld zu haben, zahlt sich ein Leben lang aus. Bevor du auf ein Pferd steigst, lerne erst einen Ochsen reiten.«

»Ochsenreiten hängt mir zum Hals raus!«, erklärte Manami. »Abgesehen davon, warst du geduldig früher? Ich kenne deine Geschichten doch, Großmutter.«

Haruki ignorierte sie und fuhr fort. »Was bist du denn jetzt? Geboren wurdest du im Jahr des Hahns, also bist du jetzt wie alt? Nicht einmal achtzehn, Manami-chan. Und hast es doch so eilig, dein Leben zu leben. Du musstest unbedingt jung heiraten, gegen den Willen deines Vaters, hast Schande über die Familie gebracht, hast noch als halbes Kind selbst schon ein Kind bekommen, und jetzt tauchst du in Tiefen, für die du noch viel zu jung bist. Dein Herz mag ja für die Liebe schon groß genug sein, aber deine Lungen sind noch nicht so weit, dass du bis auf den Meeresboden tauchen kannst. Es wird noch Jahre brauchen, bis du eine fertig ausgebildete Ama bist. Du hast noch so viel zu lernen. Versuch nicht, so tief zu tauchen, wie deine Mutter es tut, Manami, oder auch nur deine älteren Schwestern. Warum hast du es so eilig, auf den Boden des Meeres zu kommen? Was glaubst du denn dort bloß zu finden?«

»Genau dasselbe, was du gefunden hast, als du dich über deine Mutter und deinen Vater und den alten Herrn Nishimoto hinweggesetzt hast!«, erwiderte Manami trotzig.

Ihre Großmutter runzelte die Augenbrauen, und die Falten in ihrem Gesicht vertieften sich.

»Keine Ahnung, wovon du da sprichst«, fauchte sie, aber ihre Augen verrieten sie.

Manami seufzte. Sie wusste, das Haruki log. Sie kannte die Geheimnisse ihrer Großmutter genauso gut wie ihre Großmutter die ihren. Aber Manami verstand auch, Haruki nicht weiter zu drängen, wenn ihre Augen so zornig funkelten. Sie zählte im Kopf bis zehn, wie der Vater es ihr beigebracht hatte, wenn das Blut in Wallung geriet, und schluckte herunter, was zu sagen ihr auf der Zunge gelegen hatte. Sie wollte keinen Streit mit ihrer Großmutter. Es war nie weise, einem Älteren zu widersprechen, vor allem wenn dieser so geachtet, verehrt und starrsinnig war wie Haruki. Zudem besaß Haruki ein ebenso aufbrausendes Naturell wie Manami selbst. Auch wenn Manami inzwischen fast achtzehn war, eine Ehefrau und Mutter, so wusste sie doch aus Erfahrung, dass sie damit keineswegs zu alt war, um von ihrer Großmutter eine Ohrfeige zu kassieren.

Manami liebte ihre Großmutter von Herzen, aber sie hatte nicht die Absicht, in ihre Fußstapfen zu treten. Sie wollte nicht ihr ganzes Leben lang eine Ama-Taucherin bleiben. Und sie wollte auch nicht als alte Frau noch immer hier, in diesem Dorf wohnen. Sie hatte keine Zeit, sich in aller Ruhe all die verschiedenen Atemtechniken anzueignen. Die besten Ama waren um die dreißig, vierzig Jahre alt. Auf gar keinen Fall würde Manami so lange warten. Wie alle Ama hatte Haruki als Mädchen damit begonnen, in seichten Gewässern zu tauchen, und sie hatte das Tauchen weiterbetrieben, bis sie Großmutter war. Manamis Mutter hatte es ebenso gehalten und wartete jetzt gerade unten am Strand auf ihre Töchter. Die Ama-Frauen von Ise-Shima tauchten seit eintausend Jahren.

Es war keineswegs so, dass das Tauchen Manami keine Freude bereitete. Nie fühlte sie sich freier, als wenn sie unter den Wellen verschwand. Wenn sie in das eisige Wasser abtauchte, fielen alle Sorgen von ihr ab und ihr Geist wurde so leicht und unbeschwert wie ihr Körper. Es war der einzige Ort, an dem sie ihren Frieden fand. Dort und in Yoshiros Armen. Sie hatte getaucht bis einen Tag vor Aikos Geburt, und so hielten es alle schwangeren Ama. Ein Wal wirkt ja schließlich auch im Wasser weitaus eleganter als gestrandet an Land. Aber Manami hatte keine Lust zu tauchen, nur damit jemand anderer reich wurde. Ja, für Frauen verdienten Ama viel Geld. Und während der Hauptsaison im Sommer waren sie in einem Maße von harter Hausarbeit befreit wie nur wenige andere Frauen. Aber wirklich reich wurde dabei nur ihr Boss, Herr Nishimoto.

Manami wollte Herrin über ihr eigenes Schicksal sein und über ein eigenes Vermögen. Nur über ihre Leiche würde Aiko auch aufwachsen, um eine Ama zu werden. Keine Frage, die Taucherinnen von Ise-Shima besaßen viele Freiheiten. Sie genossen die Kameradschaft untereinander, verdienten ihr eigenes Geld und waren nicht immerzu nur mit Waschen, Putzen, Kochen und dem Aufziehen der Kinder beschäftigt. Manami hatte von Ama gehört, denen ihre Freiheit so wichtig geworden war, dass sie ihre Männer mitsamt ihren Kindern verlassen hatten. Von ihrem Mann und ihrer Tochter aber wollte Manami gar nicht frei sein. Manami wünschte sich vielmehr für Aiko die Freiheit, anders zu leben und zu lieben. Während sie ihr bildhübsches Töchterchen liebevoll betrachtete, sehnte sich Manami mit all ihrer Leidenschaft nach einem besseren, einem größeren Leben, weit weg von diesem Dorf.

Nishimoto-san prahlte gerne, dass er mit Zügen und Automobilen fuhr. Er erzählte Geschichten von Geisha-Mädchen, Theateraufführungen, Fabriken und Flugzeugen. Er war schon in Kyoto gewesen, in Kobe, Osaka und sogar in Tokio. Manami hatte bislang nur die nächste Stadt gesehen, einen heruntergekommenen Hafenort voll unförmiger, strohgedeckter Häuser. Es war ein hässlicher Ort, der nach Armut und faulem Fisch stank. Manami wollte prächtige Städte erleben, wollte sich in seidene Kimonos hüllen und in Automobilen reisen. Sie wünschte sich ein eigenes Haus für sich, Yoshiro und Aiko. Sie mochte ihre Schwiegereltern zwar und achtete sie, aber sie wollte nicht ewig in deren Haus wohnen, wie immer die Traditionen es auch vorschreiben mochten. Sechs Monate im Jahr, wenn das Meer zu kalt zum Tauchen war, lebte Manami als besseres Hausmädchen bei ihrer Schwiegermutter. In den Augen ihrer Schwestern und ihrer Freundinnen hatte sie es damit noch gut getroffen, da Yoshiros Mutter, im Unterschied zu ihren Schwiegermüttern, eine sanfte, herzliche Frau war, die Manami nur selten schlug oder ungerechtfertigt ausschimpfte. Aber was wussten ihre Freundinnen und ihre Schwestern schon? Nur weil sie noch schlimmer dran waren, hieß das ja nicht, dass es nicht noch besser sein konnte. Manami besaß Träume, die so viel größer waren als deren Welt. Träume, die ihre Großmutter nie nachvollziehen könnte. Träume, die für Aiko Wirklichkeit werden konnten, wenn …

»Ich sehe das Feuer«, sagte die Großmutter nickend, als würde sie Manamis Gedanken lesen. »Du hast schon immer zu viel Feuer gehabt, Manami. Geh jetzt lieber arbeiten. Vielleicht gelingt es dem Meer, diese gefährlichen Flammen zu löschen. Aber hör auf meine Warnung, Kind. Bleib nicht zu lange unten. Geh nicht zu tief hinunter. Hier …«

Haruki erhob sich gemächlich, setzte sich Aiko auf die Hüfte und nahm etwas vom Schrank herunter, das wie ein alter Lappen aussah. Mit einem leichten Hinken schlurfte sie zu ihrer Enkelin.

»Das war meins. Es wird dir Glück bringen, Manami-san. Und Klugheit, hoffentlich.«

Manami faltete das staubige Tuch auseinander und entdeckte darin eingewickelt ein altes Tegane, jenes Werkzeug, mit dem Ama-Taucher hartnäckig festsitzende Abalonen und Muscheln von den Felsen lösten.

»Ich habe nie ein besseres Tegane gehabt als dieses«, erklärte Haruki und tätschelte Manami voller Zuneigung den Arm. »Möge es dir Reichtum bringen, mein Kind.«

»Hab Dank, Großmutter«, antwortete Manami und verbeugte sich ehrerbietig vor ihr. »Es ehrt mich, dass du mich für würdig hältst.«

»Hier«, sagte Haruki und streckte Aiko ihrer Mutter entgegen. »Gib deiner Tochter einen Abschiedskuss und mach dich an die Arbeit, bevor Nishimoto-san eintrifft. Deine Mutter wird schon nach dir suchen.«

Manami drückte dem Baby einen innigen Schmatzer auf die Lippen, versetzte der kleinen Stupsnase einen sachten Tupfer mit dem Finger und sagte: »Bis später. Passt auf euch auf!«

»Uns geschieht schon nichts«, rief Haruki ihr nach, als Manami über den Pfad die Klippe hinunter zum Strand lief. »Du bist hier diejenige, auf die man aufpassen muss.«

Die Worte der alten Frau wurden vom Wind hochgepeitscht und schienen vielfach um Manamis Ohren herum widerzuhallen, während sie den steilen Weg zum Meer hinabstieg. Und dann waren sie für immer fortgeweht.

Haruki stand in der Tür und verfolgte, wie ihre Enkelin hinter der Klippe verschwand. Sie drückte das Baby an ihr Gesicht und küsste Aikos Wangen, die so glatt waren wie Porzellan.

»Dem Glück nachzustreben ist wie den Wind zu jagen oder den Schatten einzufangen«, raunte sie in das Ohr des kleinen

Mädchens. »Versuche nicht, die Schatten einzufangen, wie deine Mutter es getan hat, Aiko.«

Das Bild begann zu verblassen, und die alte Frau, die junge Taucherin und das Baby lösten sich in nichts auf.

»Mutter!«, schrie Aiko auf und weckte sich damit selbst.

Sie war nass vor Schweiß. Das Bettlaken hatte sich fest um ihre Arme und Beine gewickelt. Sie glaubte nicht an Geister.

Aiko stieß einen tiefen Seufzer aus. Das war lächerlich. Draußen wurde es langsam hell. Es war unsinnig, jetzt noch an Schlaf denken zu wollen. Sie schaltete das Licht und den Fernseher ein und bestellte beim Zimmerservice Frühstück mit besonders starkem Kaffee. Sie sah sich den internationalen Nachrichtenkanal an, überflog ihre E-Mails und bemühte sich mit aller ihr zur Verfügung stehenden Kraft darum, fest auf dem Boden der modernen Welt verhaftet zu bleiben. Sie würde es nicht zulassen, dass die Geister der Vergangenheit sie heimsuchten. Nicht heute. Nicht irgendwann. Sie hatte die Tür zu ihnen bereits vor vielen Jahrzehnten zugeschlagen. Auf gar keinen Fall würde Aiko sie noch einmal hereinlassen.

Teil II

Taucherkrankheit

»Von Geburt an trägt der Mensch die Last
der Schwerkraft auf seinen Schultern.
Er ist an die Erde gefesselt. Dabei muss
der Mensch nur unter die Oberfläche
sinken, schon ist er frei.«

– Jacques Cousteau

12. Kapitel

Hackney, London, 2012

»Wo bleibt es denn?«, fragte Sophia und presste ihre Nase gegen die eisige Scheibe, bis ihr warmer Atem sie völlig beschlagen ließ.

Sie starrte auf die Straße hinunter. Noch immer kein Taxi. Draußen war es düster und nasskalt. Der stürmische Wind hatte die letzten Blätter von den Bäumen gerissen, und der Park lag verlassen da, ohne spielende Kinder, ohne Hunde, die ausgeführt wurden, und ohne küssende Liebespaare. Die ganze Welt schien einen leblosen Grauton angenommen zu haben.

»Ich habe es doch erst vor fünf Minuten gerufen«, erinnerte Hugo sie. »Was bist du denn so hibbelig? Deine Großmutter wird begeistert sein, dich endlich zu sehen. Denk doch nur an all die wunderbaren Stunden, die ihr in deiner Kindheit zusammen verbracht habt.«

Das stimmte. Sophia hatte die Wochenenden geliebt, die sie in dem riesigen Haus in Hampstead verbringen durfte, weit weg von ihren enttäuschten Eltern. Dort war sie sich stets beschützt und geliebt vorgekommen, und ihre Granny hatte ihr großzügig die Aufmerksamkeit geschenkt, die ihr zu Hause so selten zuteilwurde.

Großmutter ging mit ihr auf Shoppingtour und kaufte ihr bei Harrods viel zu überteuerte Klamotten, zu denen ihre Mutter nur abfällig schnaufend sagen würde: »Was will denn ein Kind mit einen Mantel aus rotem Samt?« Oder: »Pinkfarbene Wildlederstiefel kann man aber bei Regen nicht anziehen.«

Ganze Nachmittage verbrachten Granny und Sophia auf dem Highgate Cemetery, wo sie die Grabreihen entlangschlenderten. Auf dem Weg zum Friedhof ließ ihre Granny immer an einem Blumenladen in Highgate Village anhalten und kaufte zwei bezaubernde Sträuße frischer Schnittblumen. Auf ihrem Rundweg blieb Großmutter dann an jedem Grab von Freunden stehen, und legte eine Blume aus dem einen Strauß darauf. Meist handelte es sich um Schauspielerinnen und Schauspieler. Der zweite Strauß war der wichtigere. Der war für Grandpa. Er lag im Westteil des Friedhofs unter einem Eichenbaum in einem Grab mit einem schlichten weißen Grabstein. Die Inschrift lautete:

In liebender Erinnerung an
Frank Perry Junior
Schauspieler
Geboren am 5. Mai 1928 in Massachusetts
Gestorben am 30. Juli 1987 in London
Geliebter Ehemann von Matilda »Tilly« Beaumont,
Vater von Alice und Grossvater von Sophia

Darunter schloss sich ein Zitat von Oscar Wilde an: »Behalte Liebe im Herzen. Ohne sie ist das Leben bloß ein sonnenloser Garten, in dem alle Blumen verwelkt sind.«

Großmutter sagte, dies sei das Lieblingssprichwort von Grandpa gewesen. Er sei ein außergewöhnlich kluger Mann gewesen, und Sophia solle sich immer an dieses Zitat erinnern, was diese auch zu tun versprach. Dann arrangierte Granny die Blumen sorgfältig in der Vase, die auf dem Grab ihres Mannes stand, und plauderte eine Weile ganz ungezwungen mit ihm.

»Hallo, mein geliebter Frankie«, sagte sie etwa. »Ich habe heute die kleine Sophia mitgebracht. Bloß dass sie gar nicht mehr klein ist! Ich wünschte, du könntest sie sehen. Sie wächst zu einem bildhübschen Mädchen heran. Alle wollen mir erzählen, wie sehr sie mir ähnelt, aber ich weiß genau, sie wollen mir nur schmeicheln. Wenn ich sie mir so ansehe, erinnert sie mich allerdings an Alice in dem Alter. Alice war wirklich ein entzückendes Kind, meinst du nicht, Frankie? Erinnerst du dich an den Sommer 1973 in Florida, als sie diesen Wachstumsschub hatte und plötzlich so langbeinig und schlaksig aussah, dass wir sie mit einem Rehkitz verglichen? Die Haare reichten ihr bis zur Hüfte, und ihre Beine schienen ihr bis zu den Achseln zu reichen, und ständig ist sie über ihre eigenen Füße gestolpert, weil ihre Größe für sie selbst ungewohnt war. Na ja, so jedenfalls sieht Sophia heute aus, ohne die Sarasota-Bräune natürlich! Gleich werden Sophia und ich noch ein wenig im Heath spazieren gehen. Ich wünschte, du könntest mitkommen. Ich vermisse dich so sehr. Ich liebe dich, Frankie. Ich komme bald wieder.«

Sophia beobachtete ihre Großmutter ganz genau, wenn sie mit Grandpa sprach. Sie sah, wie die hellblauen Augen aufleuchteten, sobald sie in ihre Liebe versank. Es stimmte schon, wenn gesagt wurde, dass Augen niemals altern. Wenn Granny so nah bei Frank war, sah Sophia nur noch die junge Schauspielerin, die sich Hals über Kopf in den amerikanischen Filmstar verliebt hatte. Sophia versuchte, sich die beiden zusammen vorzustellen. Jung, attraktiv, reich und schillernd. Wirklich erinnern konnte sie sich an ihren Großvater nicht. Sie war erst fünf gewesen, als er überraschend und viel zu früh einen tödlichen Herzinfarkt erlitten hatte. Aber Grannys Haus war voller Bilder von ihm. Fotos von Filmsets und Premierenfeiern, Fotos mit Präsidenten, Nachwuchs-Sternchen, Musikern und Aufnahmen, die ihn zu Hause mit Großmutter und Sophias Mutter Alice als Kind zeigten. Gott, wie Sophia diese Fotos liebte!

In diesem Haus hatte sie immer das Gefühl gehabt, Frank könnte jeden Moment durch die Tür spaziert kommen. Sein Panamahut hing noch an der Garderobe in der großen Eingangshalle von Grannys Haus, seine ledernen Hausschuhe standen weiter ordentlich aufgereiht an seiner Seite des Betts, und sein Oscar hatte im Salon auf dem Marmorsims des Kamins einen Ehrenplatz direkt neben dem von Tilly. Sophia hatte sich immer gewünscht, ihn besser gekannt zu haben.

Nicht selten waren diese idyllischen Besuche bei Großmutter auf heftige Auseinandersetzungen in der Familie gefolgt. Sophia wurde dann fortgeschickt, um »über ihr Verhalten nachzudenken«, aber sie empfand das, was als Strafe gedacht war, eher als Atempause. Streit gab es damals zu Hause ständig, vor allem mit ihrem Vater. Ihre Mutter zog sich meist ins Schlafzimmer zurück, sobald Sophia zum Angriff überging, aber ihr Vater wich nie einer Konfrontation aus. Er konnte wütend werden, aber auf sehr kontrollierte Weise. Dann trat vielleicht eine erregt pochende Ader an seinem Hals hervor, doch die Stimme erhob er nie. Dass Sophia mit acht ins Internat geschickt wurde, war die unmittelbare Folge einer Monopoly-Partie, bei der Sophia am Ende das Spielbrett durchs Wohnzimmer geschleudert hatte. Die Reaktionen ihres Vaters blieben immer relativ unbeteiligt, selbst wenn seine Tochter heulend und kreischend Dinge durch den Raum schmiss.

Einmal hatte sie eine Keksdose nach ihm geworfen. Er hatte sich geduckt, und die Dose war im Erkerfenster gelandet. Es hatte Monate gedauert, bis Sophia die neue Scheibe von ihrem Taschengeld abgezahlt hatte. Bei einer anderen Gelegenheit hatte sie versucht, aus dem Sportwagen ihres Vaters auszusteigen, als der gerade mit achtzig Meilen über die M25 fuhr. Da musste sie etwa elf gewesen sein. Auf der Rückfahrt nach den einwöchigen Ferien hatte Sophia ihren Vater angefleht, sie nicht wieder nach Gloucestershire ins Internat zurückzubringen. Trotz aller Streitereien hasste sie es, von ihrer Familie getrennt zu sein. Sie wäre lieber wie alle Töchter aus ihrem Bekanntenkreis auf eine Tagesschule in der Nähe gegangen. Im Internat litt Sophia ständig an Heimweh, fühlte sich einsam, unglücklich und ausgestoßen.

»Bitte, Daddy«, hatte sie gebettelt. »Es gibt so viele gute Mädchenschulen in Surrey. Ich möchte zu Hause bei dir und Mummy bleiben. Ich streng mich auch an, versprochen. Und ich werde keinen Ärger machen. Ich werde ein ganz braves Mädchen sein. Bitte, schick mich nicht wieder fort.«

Aber ihr Vater war nur noch ungehaltener geworden, je mehr sie weinte und jammerte. Er hatte sie eine verzogene Göre genannt und gemeint, sie sei ein undankbares Geschöpf, das gar nicht zu schätzen wisse, wie viel Geld er für ihre Ausbildung ausgebe. Auch ihre Großmutter und ihre Mutter seien in Westonbirt zur Schule gegangen, erinnerte er sie, und die hätten dieses Privileg noch zu würdigen gewusst. Sie, Sophia, hingegen sei nichts weiter als ein undankbarer, egoistischer kleiner Trotzkopf.

»Was, wenn meine Eltern da sind?«, fragte Sophia zum wiederholten Male.

»Werden sie nicht«, versicherte ihr Hugo noch einmal. »Sie kommen immer dienstags und freitags. Das hat deine Großmutter doch geschrieben.«

Sophia seufzte. Das Kribbeln in ihrem Bauch wurde schlimmer.

»Irgendwie habe ich völlig den Blick dafür verloren, was wirklich zählt«, sagte sie eher zu sich selbst als zu Hugo. »Erbschaftsfragen sind unwichtig. Was meine Eltern getan haben, ist unwichtig. Sie ist meine Großmutter. Als ich klein war, ist sie immer für mich da gewesen. Und was habe ich gemacht? Sie liegt todkrank im Krankenhaus, schickt mir Briefe, schreibt mir ihre Erinnerungen, und ich ignoriere sie einfach. Ich habe mir mehr Gedanken über Nathan gemacht als über meine eigene Großmutter. Was ist bloß aus mir geworden, Hugo? Wer tut so etwas?«

»Wir alle machen Fehler«, sagte Hugo leise. »Und jetzt tust du ja auch das Richtige.«

Der altbekannte Selbsthass nagte wieder an ihr. Granny war die Einzige in der Familie gewesen, die sie nie im Stich gelassen hatte. Und Sophia kam es nun erbärmlich vor, dass sie als Dank für all diese Zuneigung und Verlässlichkeit die alte Dame nicht einmal an ihrem Sterbebett besucht hatte. Warum um alles in der Welt war sie nicht schon früher zu ihr gefahren? Das war jämmerlich und selbstsüchtig. Sie hatte sich nur mit sich selbst beschäftigt.

Und jetzt musste sie unbedingt so schnell wie möglich hin, bevor es zu spät war. Wie sollte sie es sich jemals verzeihen, wenn Granny starb, ohne zu wissen, wie sehr Sophia sie liebte? Was, wenn sie heute starb, unmittelbar vor ihrem Eintreffen, und sie nie erfahren würde, dass Sophia auf dem Weg zu ihr gewesen war?

»Ich muss alles wieder in Ordnung bringen. Ich habe wirklich viel Scheiße gebaut, was, Hugo? Einen riesigen Scherbenhaufen angerichtet.«

Hugo trat hinter sie und schlang seine langen Arme um ihre Schultern. Er küsst sie zärtlich auf den Kopf und sagte: »Nein, Liebes, das hast du nicht. Du bist unkonventionellen Wegen gefolgt, da stimme ich dir zu, aber wer will schon konventionell sein? War deine Großmutter, dieses Hollywood Sexsymbol, etwa jemals konventionell?«

Sophia musste lächeln. »Nein«, antwortete sie. »Aber konventioneller als meine Mutter geht es auch nicht«, fügte sie hinzu.

In der Tat verkörperte Alice perfekt das Klischee der Surrey-Hausfrau. Und dabei hatte sie an den etwas gewagteren Aktivitäten ihrer Spießbürgerwelt nicht einmal teilgenommen. Nie war sie zu einer dieser privaten Ann-Summers-Partys gegangen, auf denen die Erotikkette ihre Artikel präsentierte, und von Swingerpartys ganz zu schweigen.

»Doch irgendwie hat's meine Mum trotzdem besser gemacht«, fuhr Sophia fort, und ihre Niedergeschlagenheit kehrte zurück. »Sie hat meinen Dad, der sich immer um alles gekümmert hat. Das größte Problem, mit dem sie sich herumschlagen musste, war doch, welchen Braten sie am nächsten Sonntag machen sollte. Vielleicht wird die unkonventionelle Art ja völlig überschätzt.«

»Na, wenn wir im Krankenhaus sind, kannst du ja Tilly nach ihrer Meinung dazu fragen. Ich bezweifle, dass sie dir zustimmen wird. Sie hat ein faszinierendes Leben geführt. Vor dem Haus hupte ein Auto. »Ah, der Kutscher ist vorgefahren!« Hugo ergriff Sophias Hand und eilte mit ihr die Treppe hinunter.

»Sehe ich einigermaßen präsentabel aus?«, fragte Sophia, als sie ins Taxi stiegen. »Ich meine, für Großmutter? Sehe ich hübsch aus?«

Sie trug einen alten Kaschmirpullover von ihrer Mutter, dazu eine enganliegende schwarze Röhrenhose, knallrote Ballerinas und einen Vintage-Burberry-Trenchcoat.

»Du siehst fantastisch aus«, sagte Hugo. »Und sehr kultiviert. Zentimeter für Zentimeter die achtbare aristokratische Erbin.«

»Hugo, heute kannst du nicht mit hineingehen, das verstehst du doch hoffentlich, oder?«, erklärte sie zum zigsten Mal mit ernster Stimme. »Du musst in der Cafeteria auf mich warten.«

Gewöhnlich vertraute Sophia stark auf Hugos moralische Unterstützung, aber irgendetwas sagte ihr, dass dieses Wiedersehen mit ihrer Großmutter nach so vielen Jahren eine Aufgabe war, die sie alleine bewältigen musste. Es wurde höchste Zeit, auf eigenen Beinen zu stehen.

Sie sah aus dem Fenster und stellte fest, dass sie gerade einmal Dalston verlassen hatten. Der Verkehr kroch im Schneckentempo durch die regennassen Straßen. Reichlich Zeit, um Tillys letzten Brief zu lesen.

13. Kapitel

Beaumont House, Wiltshire, die Kriegsjahre
(Fortsetzung)

Anfang 1942 kehrte Papa zu einem viel zu kurzen Besuch heim. Er brachte Geschenke für mich mit. Eine goldene Skarabäus-Brosche aus Ägypten und das wunderschöne Bleistiftporträt eines jungen Mädchens, gezeichnet von einem italienischen Kriegsgefangenen, den mein Vater kennengelernt hatte. Das Mädchen war die Verlobte des Soldaten zu Hause auf Capri. Papa erzählte, der Italiener sei nicht nur ein äußerst talentierter Künstler, sondern auch ein feiner junger Mann, und dass der Krieg eine komplizierte Geschichte sei, da auch die feindliche Seite aus Menschen wie uns bestand. Papa war gesund und sah blendend aus. Er hatte bislang keine Verletzungen erlitten und sagte, er würde sich in mancherlei Hinsicht sogar wohlfühlen im Krieg, denn er empfände jetzt ein Zielbewusstsein und eine Sinnhaftigkeit, wie er sie vorher nicht gekannt habe. Die einzige echte Qual sei die lange Trennung von mir, bedauerte er. Wir ritten aus und galoppierten herrlich über das Anwesen. Aus der Ferne wirkte das Haus wie immer stattlich und prachtvoll, und Papa versprach, nach seiner Rückkehr aus dem Krieg Beaumont House wieder in Schuss zu bringen. Er sagte mir, ich solle mir keine Sorgen machen, dieser Krieg sei nur ein kurzer Aussetzer, und das Leben würde schon bald zur Normalität zurückkehren. Und dann war er wieder fort.

Im Sommer 1942 wurden Badger und ich nach St Ives zu Mamas Tante Ophelia geschickt. Tante Ophelia war eine eingefleischte Junggesellin, die sich selbst für eine Bildhauerin hielt. Sie war ungeheuer nett, aber zugleich absolut unfähig, sich um ein zwölfjähriges Mädchen zu kümmern. Nur selten stand sie vor zwölf Uhr auf, und dann verbrachte sie den Rest ihres Tages eingeschlossen in ihrem Atelier. Mir blieb nichts anderes übrig, als allein für mich zu sorgen.

Damals war ich verwöhnt und weltfremd, aber eine gute Eigenschaft besaß ich: Ich war kontaktfreudig. Mama nannte mich eine entsetzliche Quasselstrippe, aber wie immer man es auch bezeichnen mochte, ich kannte keinerlei Berührungsängste. Also sprach ich auf der High Street einfach das erstbeste Mädchen an, eine kleine Blondine mit langen geflochtenen Zöpfen und einer Menge Sommersprossen im Gesicht, und stellte mich vor.

Trotz meines vornehmen Akzents und meiner feinen Kleider gewann ich rasch das Vertrauen meiner neuen besten Freundin Patricia Trevallion, und schon bald waren wir unzertrennlich. Gemeinsam mit ihrem schüchternen, aber recht hübschen älteren Bruder Peter, und natürlich mit Badger, verbrachten wir die Tage am Strand, erforschten Höhlen, kletterten die schmalen Klippenwege hinauf, suchten nach Krabben oder machten Lagerfeuer im Wald. Es war kein sonderlich heißer Sommer, aber es war trocken und sonnig, und wir blieben nur selten im Haus. Ende Juli gab es eine kurze Hitzewelle, und in dieser Zeit schwammen wir viel im Meer. Ich erzählte Patricia und Peter alles, was ich von Mr. Fitzroy über die Perlentaucherinnen erfahren hatte, und wir übten, die Luft anzuhalten und unter den Wellen durchzutauchen. Leider gelang es keinem von uns, eine Perle zu finden.

Es war in vielerlei Hinsicht ein idyllischer Sommer. Das zum Hafen hin gelegene Häuschen von Patricias Familie war sehr klein, und sie besaßen ganz offensichtlich nicht viel Geld. Ihr Vater, ein Fischer, hatte sich zur Marine gemeldet und war auf See, weshalb ich nie das Vergnügen hatte, ihn kennenzulernen. Es waren ausgesprochen großherzige Menschen. Patricias Mutter, Mrs. Trevallion, versorgte mich zwei Monate lang täglich mit drei kompletten Mahlzeiten. Als ich hinfiel und meine Strumpfhosen zerriss, stopfte sie sie mir. Als ich mir während der Hitzewelle den Rücken in der Sonne verbrannte, schmierte sie ihn mir mit Kamillensalbe ein. Als ich eine Woche später Fieber bekam, pflegte sie mich drei Tage lang, bis meine Wangen wieder rosig waren. Ich bin mir nicht sicher, ob Tante Ophelia meine Abwesenheit überhaupt bemerkte.

Als ich nach Beaumont House zurückkehren musste, fiel mir die Trennung von den Trevallions schrecklich schwer. Mrs. Trevallion hatte mir zum Abschied eine kornblumenblaue Strickjacke mit winzigen Perlenknöpfen gestrickt. Ich hatte ihr von meinem Besuch bei Asprey und von meiner Faszination für Perlen erzählt, und es berührte mich sehr, dass sie sich daran erinnert hatte – auch wenn die Perlen auf meiner Strickjacke natürlich von Woolworth stammten und aus Plastik waren. Ich besitze diese Jacke bis zum heutigen Tag. Als es Zeit wurde zu fahren, brachten Patricia und Peter mich noch zum Zug. Patricia und ich umarmten uns endlos lange und schworen, für immer und ewig in Kontakt zu bleiben. Peter, der schon vierzehn war, küsste mich zum Abschied kurz auf den Mund und wurde dann so rot wie sein Pullover! Dieser Kuss ließ mich bis nach Chippenham Station die ganze Fahrt über lächeln. Es war mein erster Kuss.

Nach dem Krieg, als Mr. Trevallion von der Marine heimkehrte,

wanderte die Familie nach Kanada aus, und wir verloren den Kontakt. Jahre später, meine Karriere hatte bereits begonnen, machte Patricia mich über meinen Agenten ausfindig und schrieb mir in ihren Briefen, dass ihr Bruder Peter mittlerweile zwar glücklich verheiratet und Vater von vier Kindern sei, es aber bis heute nicht lassen könne, den Leuten zu erzählen, dass Tilly Beaumont, der berühmte Filmstar, seine erste große Liebe gewesen sei. Ich muss noch immer lächeln, wenn ich an die Trevallions zurückdenke und an so viele schöne Tage mitten in diesem grauenvollen Krieg. Ich frage mich, wie es Patricia und Peter wohl gehen mag. Ich glaube schon, dass sie noch am Leben sind. Wenn einer von ihnen gestorben wäre, hätte der andere sicherlich einen Weg gefunden, mich davon zu unterrichten. Ich hoffe, sie sind zufrieden in ihrem hohen Alter und verbringen ihre Tage umgeben von einer liebevollen Familie. Letztlich ist das doch, was wir uns alle wünschen.
Als ich nach Hause zurückkehrte, hatte Mama das Haus in ein Krankenhaus verwandelt. Nicht mit ihren eigenen Händen natürlich, das hatte die Armee besorgt, die das Kommando übernommen und den Ballsaal, den großen Speisesaal, die Bibliothek und den Salon in Lazarette und die Schlafzimmer in kleinere Krankenstuben für die Schwerstverletzten verwandelt hatte. Aber es war allein Mamas Idee gewesen, den Streitkräften die Räumlichkeiten zur Verfügung zu stellen. Die geschwungene Zufahrt stand jetzt zugeparkt mit Lastwagen, Militärfahrzeugen und Ambulanzen, und als ich selbst die Wagentür öffnen musste und schon überrascht darüber war, dass Mr. Wise meine Ankunft im Taxi vom Bahnhof nicht bemerkt hatte und mich nicht am Fuß der steinernen Treppe zum Haupteingang begrüßte, da trat mir statt des Butlers eine streng blickende Oberschwester in Uniform entgegen. In barschem Ton wurde ich darauf hingewie-

sen, dass ich gerade unbefugt militärisches Gelände betrete, und aufgefordert, mich umgehend auszuweisen. Ich war so erschrocken, dass ich nur stotternd erklären konnte, Lady Matilda Beaumont zu sein und hier zu wohnen, beziehungsweise hier noch vor acht Wochen gewohnt zu haben.

Grundsätzlich war ich zwar nur zu gerne bereit, die nationalen Kriegsanstrengungen mit Feuereifer zu unterstützen, und ich hegte immense Bewunderung für unsere Jungs, die an der Front kämpften, aber niemand hatte mich darauf vorbereitet, bei meiner Heimkehr einhundert schwerverletzte Soldaten in meinem Zuhause anzutreffen. Die antiken Möbel waren fortgeräumt und die Familienporträts von den Wänden abgenommen worden, und der gewohnte Duft von frischen Blumen, Kerzenwachs und Möbelpolitur hatte dem Odor nach Jod, Chlorbleiche und dem alles durchdringenden Geruch von Krankheit Platz gemacht.

Mama, die schließlich in der Eingangshalle mit einem Berg Bandagen auf dem Arm auf der weit geschwungenen Treppe erschien, trug ihre ganz eigene Version einer Schwesternuniform mit reichlich engem Rock und nach wie vor schwarzen Feinstrümpfen und eilte mit einer so stolzen, von ihrer Aufgabe erfüllten Haltung durch das Haus, wie ich sie noch nie an ihr gesehen hatte. Während ich also mit offenem Mund in der Halle stand, den Koffer neben mir, informierte sie mich in kurz angebundenem Ton darüber, dass wir in das leer stehende Gärtnerhaus gezogen seien und dass ich gar nicht erst auf den Gedanken kommen sollte, in mein altes Zimmer zu gehen, da dies inzwischen als behelfsmäßige Leichenhalle diene für all jene »armen Teufel, die die letzte Nacht nicht überlebt haben«.

»Wo ist Mr. Wise?«, erkundigte ich mich hoffnungsvoll, nachdem ich den ersten Schreck über mein leichengefülltes Kinderzimmer verdaut hatte.

»Entlassen«, erklärte Mama beiläufig. »Personal wird jetzt nicht gebraucht. Nur medizinisches Personal.«

»Und Mrs. Ashton?«, fragte ich erschüttert.

»Ach ja, Mrs. Ashton, die läuft hier noch irgendwo herum«, antwortete Mama abwesend und schob eine Haarsträhne zurück unter ihre weiße Haube. »Ich glaube, sie kümmert sich um die Küche. Schließlich müssen unsere tapferen Jungs ja auch etwas zu essen bekommen!«

Ich seufzte erleichtert. Wenn mir irgendjemand erklären konnte, was hier vorging, dann Mrs. Ashton. Ich schleppte meinen schweren Koffer mühsam über den Hof und versuchte, nicht zu den Soldaten hinüberzustarren, die im Garten rauchten. Manche von ihnen saßen in Rollstühlen, hatten grauenvoll verbrannte Gesichter oder verstümmelte Körper. Die Nebengebäude für das Personal waren mir immer winzig erschienen, bloße Spielzeughäuschen im Vergleich zu einem »richtigen« Zuhause wie Beaumont House. Es hatte mich erstaunt, wie der Chefgärtner mit seiner gesamten Familie bis zu ihrem Wegzug zu Beginn des Krieges (als der arme Tony fiel), in diesem Häuschen, das sogar noch das größte von allen war, überhaupt hatte leben können.

Aber jetzt, als ich meinen Koffer die Treppe hinauf ins blaue Zimmer schleifte, das für die nächsten Jahre meins sein würde, musste ich es unwillkürlich mit dem Häuschen der Trevallions am Meer vergleichen und stellte fest, dass es richtig hübsch war. Außerdem roch es darin nach Blumen, nach Strauchrosen um genau zu sein. Die rosafarbenen Blumen standen schön arrangiert in einer gelben Vase auf meinem Fensterbrett, zusammen mit einer Karte von Mrs. Ashton, auf der »Willkommen zu Hause, meine liebe Tilly« stand. All meine Kleidungsstücke waren bereits ordentlich gefaltet in den Kommodenschubladen ver-

staut oder hingen in einem kleinen Schrank. Meine Lieblingspuppe und Freddie der Teddy saßen auf dem Kopfkissen, wo sie geduldig auf mich warteten, und meine alte ramponierte Ausgabe von ›Alice im Wunderland‹ lag neben einer gerahmten Fotografie von Papa auf dem Nachttisch. Jemand musste sich viel Mühe gegeben haben, damit ich mich hier Zuhause fühlte, und ich wusste genau, dass es nicht Mama gewesen war. Auch wenn ich den Verlust von Nanny noch immer nicht richtig überwunden hatte, wurde mir in diesem Moment doch klar, dass mir zumindest eine Verbündete in Beaumont House geblieben war.

Es war ein schwülheißer Tag Ende August. Ich wechselte von meiner Reisekleidung rasch in ein frisches dünnes Sommerkleid, das ich im Schrank gefunden hatte, und rannte über den wild wuchernden Rasen zurück in Richtung Küchentrakt.

»Deine Mutter ist komplett verrückt geworden«, erklärte Mrs. Ashton eindeutig frustriert, während sie mit einer mächtigen Kelle in einem riesigen Topf Gemüsesuppe rührte. »Ich habe immer für sie Partei ergriffen, wenn die Leute sich beschwerten über ihre eigenwillige Art, ihre unpassenden Freunde, ihre Partys, das Trinken und … na ja, lassen wir die Einzelheiten … Aber diesmal ist sie zu weit gegangen. Drei verschiedene Internatsschulen haben angefragt, ob sie dieses Gebäude benutzen dürften, darunter auch deine. Ganz zu schweigen von der Navy, die hier Soldatinnen ihrer Wrens-Einheit unterbringen wollte. Wir hätten evakuierte Familien aufnehmen können, aber nein, deine Mutter wollte keine Kinder im Haus. Dieses ständige Gekicher und Gekreische bereite ihr Kopfschmerzen, sagte sie. Warum also keine Wrens, habe ich gefragt. Sympathische, hart arbeitende, junge Frauen. Aber nein, Frauen, die arbeiteten, seien nicht ladylike und wüssten sich nicht zu benehmen, meinte Mylady. Oder, schlug ich vor, wir könnten das Land benutzen, um *darauf Gemüse anzubauen und Vieh zu halten. Vielleicht dazu ein paar Arbeiterinnen der Land Army? Aber das wollte sie auf gar keinen Fall. Frauen, die Hosen trugen und sich ihre Fingernägel schmutzig machten. Wie grässlich!, hat sie geschrien, noch schlimmer als Wrens. Aber ich weiß genau, was sie wirklich dachte: Um Himmels willen, ein Haus voll attraktiver, junger Frauen, die ihr die allgemeine Aufmerksamkeit streitig machen könnten. Da ist es doch viel besser, das Haus mit jungen Männern zu füllen, die durch die Hölle gegangen sind und ihre Freundinnen seit Monaten nicht mehr gesehen haben. Ich persönlich kaufe ihr diese Florence-Nightingale-Nummer nicht eine Sekunde lang ab. Es geht allein darum, dass Lady Beaumont im Mittelpunkt des Scheinwerferlichts steht, und es hat absolut nichts mit allgemeinen Kriegsanstrengungen zu tun. Es tut mir leid, so über deine Mutter zu reden, Tilly, aber du bist jetzt schon ein halber Teenager und, solange dein Vater fort ist, der einzige Beaumont hier mit ein wenig gesundem Menschenverstand. Dies ist dein Haus, deine Zukunft, dein Erbe, daher halte ich es auch für notwendig, dass du weißt, was hier vor sich geht.«*

Ich war nicht im Geringsten verletzt über das, was Mrs. Ashton über meine Mutter zu sagen hatte. Ich wusste sehr genau, wie Mama war.

Mrs. Ashton diente im Beaumont House, seit sie im Alter von vierzehn als Hausmädchen angestellt worden war. Sie hatte bereits für meine Großeltern gearbeitet und kannte meinen Vater noch als kleinen Jungen. Sie war ihren Pflichten immer mit viel Herzblut nachgekommen und hatte ihr Lebensziel erreicht, als sie schließlich zur Hausverwalterin aufstieg. Es tat weh, sie jetzt so zu sehen, degradiert zur Kantinenköchin und zum Mädchen für alles, und ich fand es ungeheuer grausam von Mama, einer solch stolzen Frau so etwas anzutun. Mrs. Ashton war hier schon

viel länger als Mama, und ihre Achtung und Loyalität zum Hause Beaumont war weit ausgeprägter als die ihrer Herrin. Einen Moment lang hielt sie inne und sah mich eindringlich an.
»Hoffentlich kommt dein Vater bald nach Hause, Tilly«, sagte sie. »Ich mache mir Sorgen um dich, so mit ihr allein.«
Ich zuckte mit den Achseln und machte eine wegwerfende Handbewegung. Respekt hatte ich zwar kaum noch vor Mama, aber Angst ganz sicher auch nicht. Noch nicht.
»Ich komme schon zurecht«, versicherte ich ihr. »Außerdem habe ich ja noch Sie, die auf mich aufpasst.«
»Ich werde mich darum bemühen, aber es ist nicht richtig, dass Sie hier sind, mit all den jungen Männern.«
Mir war nicht so ganz klar, was sie meinte, aber ich vermutete, sie wollte damit sagen, die Soldaten könnten mich für hübsch halten. Um ehrlich zu sein, bereitete mir diese Vorstellung eher Vergnügen. Mein flüchtiger Kuss mit Peter schien eine neue Eitelkeit in mir geweckt zu haben. Ich wollte, dass Jungs mich bemerkten! Vielleicht unterschied ich mich am Ende gar nicht so stark von meiner Mutter.
Mrs. Ashton widmete sich wieder ihren Kochpflichten, aber ich konnte noch immer ihre sorgenvolle Miene sehen.
»Sie wird große Probleme damit haben, älter zu werden, Matilda«, warnte Mrs. Ashton. »Frauen wie deine Mutter altern nicht in Würde. Und sie mögen es nicht, von ihren eigenen Töchtern in den Schatten gestellt zu werden. Ich erlebe so etwas nicht zum ersten Mal. Du musst sehr vorsichtig sein, Liebes. Sehr vorsichtig.«
»Was ist denn aus den Möbeln und den Gemälden geworden?«, fragte ich sie, um das Thema zu wechseln. Der Gedanke, meine Mutter könnte auf mich eifersüchtig werden, war mir plötzlich äußerst unangenehm.

»Fort«, antwortete Mrs. Ashton knapp. »Das meiste verkauft, um für den Unterhalt des Anwesens aufzukommen – und um auf dem Schwarzmarkt die Seidenstrümpfe für deine Mutter zu kaufen, schätze ich. Ein paar Teile sind in den Diensthäusern, und der arme Mr. Wise hat vor seinem Rauswurf noch einige der wertvollsten Gemälde in der Scheune untergestellt, aber sonst hat deine Mutter alles weggegeben. Ah, bis auf ihren Schmuck. Den hat sie natürlich behalten. Das waren die ersten Sachen, die sie unter ihrem Bett versteckt hat, als sie ins Gärtnerhaus zog. Und all ihre Pelzmäntel und Abendkleider, obwohl nur der liebe Gott weiß, was sie mitten im Krieg damit anfangen will.«
»Was wird Papa bloß dazu sagen, wenn er nach Hause kommt?«, fragte ich, entsetzt über das Verhalten meiner Mutter. »Das sind doch seine Familienerbstücke, nicht ihre!«
»Nie in seiner gesamten Geschichte hat Beaumont House dringender eines Hausherrn bedurft!« Mrs. Ashton schwieg einen Moment lang, dann ging ein Ruck durch sie und sie griff nach einem Tablett. »Also gut, du und Badger, ihr verschwindet jetzt besser. Eine Krankenhausküche ist nicht der richtige Ort für Kinder, und für Hunde schon gar nicht!«
Auch ich sehnte die Rückkehr von Papa herbei, und diese Sehnsucht wurde immer heftiger, je mehr Wochen vergingen und je genauer ich erkannte, was tatsächlich aus meinem Zuhause geworden war. Viele der Kämpfer hatten schwere körperliche und seelische Verletzungen davongetragen. Nachts hallten in dem alten Haus die Schreie der Soldaten wider, die im Schlaf ihre schlimmsten Albträume noch einmal durchlebten. Ich hatte das Gefühl, ihre Schreie durch das offene Fenster bis ins Gärtnerhaus hören zu können. Tagsüber erfüllte das Stöhnen von Männern, die unerträgliche Schmerzen litten, die Flure. Woche für Woche verließ der Leichenwagen unser Grundstück mit Toten,

die nicht viel älter waren als ich, um den untröstlichen Familien die sterblichen Überreste ihrer Söhne zu bringen. Diese armen Jungs hatten es noch lebend nach Großbritannien geschafft, aber nicht mehr lebend bis nach Hause. Es brach mir das Herz. In der Zwischenzeit trafen täglich Lastwagen und Krankenwagen mit neuen Verwundeten direkt von der Front ein. Schon bei ihrem Eintreffen wusste ich, dass am nächsten Freitag einige von ihnen im Leichenwagen liegen würden. Für eine Zwölfjährige war dies eine brutale Lebenserfahrung.

Überall auf dem Grundstück traf man auf genesende Männer und Jungen. Einige waren freundlich und brachten mich mit ihren albernen Bemerkungen und Witzen zum Lachen. Aber die meisten waren zu schwer verwundet, um noch Freude am Leben zu empfinden. Ich überwand mich, die Augen nicht von ihren Verletzungen abzuwenden, obwohl es mir sehr schwerfiel, da sie diese Opfer doch auch zur Bewahrung meiner Sicherheit und Freiheit gebracht hatten.

Einen Mann gab es, der mich besonders faszinierte. Ich hätte nicht sagen können, wie alt oder wie groß er war, oder wie er vor seiner Verletzung wohl ausgesehen haben mochte. Er saß im Rollstuhl, da beide Beine über dem Knie amputiert worden waren. Seine Schädeldecke war bei einer Explosion zertrümmert worden. Er hatte sehr helles blondes Haar, genau wie Peter, und ich fragte mich, ob er noch wenige Wochen zuvor vielleicht auch so hübsch gewesen war wie Peter. Sein Name war Jim, und er war ständig draußen im Garten, sogar wenn es regnete. Mit mir redete er nicht. Er redete mit Badger. Mein kleiner Foxterrier sprang auf Jims Schoß und blieb stundenlang geduldig auf der karierten Decke liegen. Es war, als hätte der Hund verstanden, wie sehr dieser Mann ihn brauchte. Eines Freitags brachte der grässliche Leichenwagen auch Jim fort, und Badger sprang nicht mehr so unbeschwert herum und wurde ein wenig ruhiger. Keiner von uns entkam diesen Jahren in Beaumont House ohne bleibende Narben.

Mama unterhielt derweil zu einem am Bein verletzten Oberst eine ihrer ganz speziellen Freundschaften. Es handelte sich um einen lauten, aufgeblasenen und stumpfsinnigen Kerl namens Wilfred Scott-Thomas, der – verglichen mit Mamas bisherigem Geschmack – ausgesprochen hässlich war. Dieser Hüne von Foster hatte ja zumindest noch gut ausgesehen. Scott-Thomas war ein untersetzter, korpulenter, krötengleicher Mann mit einem fliehenden Kinn und einer mächtigen Nase, bei der überall blaurot die geplatzten Äderchen durchschimmerten. Wenn er meine Mutter anfasste, packte mich jedes Mal der Ekel. Und das nicht nur, weil sie sich Papa gegenüber untreu verhielt – dafür hatte ich viel zu oft erlebt, wie Mama von anderen Männer angefasst worden war –, sondern weil seine Hässlichkeit in so krassem Gegensatz zu ihrer Schönheit stand. Mrs. Ashton und ich begannen heimlich, den Oberst nur noch als »das Biest« zu bezeichnen.

An Weihnachten 1942 war ich schon einigermaßen daran gewöhnt, dem Biest bei uns im Gärtnerhaus zu begegnen. Er schien wieder vollkommen wiederhergestellt zu sein und zog das verletzte Bein nur noch kaum merklich nach. Was er weiterhin im Lazarett zu suchen hatte, war mir nicht klar. Im Krankenhaus selbst hielt er sich gar nicht mehr auf. Nein, er verbrachte lieber seine Zeit damit, Mama und mich mit endlosen Berichten von seinen Heldentaten in Frankreich zu langweilen. Oder er legte die Beine auf unserer Chaiselongue hoch, las Zeitung und vertilgte unsere gesamten Wochenrationen. Nachts konnte ich aus dem Schlafzimmer meiner Mutter, das auf der anderen Seite des Flurs lag, sein Grunzen und das Quietschen des Betts hören. Mir wurde bei jedem Ton schlecht. Ich verachtete ihn. Und langsam begann ich, auch meine eigene Mutter zu verachten.

In jenem Jahr war Weihnachten besonders deprimierend. Es gab kein Geld für Geschenke, und das nasskalte Wetter setzte den schwerkranken Soldaten stark zu. Drei Männer starben in Beaumont House allein am ersten Weihnachtstag. Ich brachte es nicht fertig, mich an diesem Tag zu freuen und Weihnachtslieder zu singen. Mama war ihrer Rolle als Florence Nigthingale inzwischen überdrüssig geworden und arbeitete nur noch selten auf den Krankenstationen. Ihre Krankenschwesteruniform hatte sie abgelegt und trug nun wieder wie gewohnt Reitsachen, maßgeschneiderte Tweedkostüme, Pelze und Samt. Und es machte auch nicht den Anschein, als würden sich ihre Vorräte an rotem Chanel-Lippenstift dem Ende zuneigen.

Sie und das Biest verbrachten ein intimes kleines Weihnachtsfest für zwei im Gärtnerhaus. Sie fragten mich zwar, ob ich ihnen Gesellschaft leisten wollte, aber ich spürte, dass die Einladung mehr dem Pflichtgefühl entsprungen war als dem tatsächlichen Wunsch, ein Kind an ihrer Tafel zu haben. Ich lehnte dankend ab und wollte mein Weihnachtsessen lieber mit Mrs. Ashton und den Krankenschwestern im Küchentrakt von Beaumont House einnehmen. Als ich das Gärtnerhäuschen verließ, warf ich einen Blick zurück und sah meine Mutter mit dem Biest an dem riesigen Esstisch sitzen, der in das kleine Speisezimmer gezwängt worden war. Mama hatte sich mächtig in Schale geworfen, trug ein Seidenkleid und eine Rubinhalskette, und er hatte seine beste Ausgehuniform angelegt und ein selbstgefälliges Grinsen aufgesetzt. Sie hielten sich die Hände, während sie mit ihren Weingläsern anstießen. Mama warf den Kopf in den Nacken und lachte über etwas, das er gesagt hatte,

und der Oberst beugte sich vor und küsste sie auf ihren langen schneeweißen Hals.
Vielleicht zwang dieser Verfall meiner Mutter mich damals ja, frühzeitig selbstständig zu werden und meinen eigenen Weg zu finden. Am ersten Tag des Jahres 1943 wurde ich dreizehn. Irgendwie war es Mrs. Ashton gelungen, die Zutaten für ihren köstlichen Viktoria-Biskuitkuchen aufzutreiben, und die Soldaten im Hauptsaal brachten mir ein herzliches Happy-Birthday-Ständchen. Es gab keinen Schmuck, kein neues Pony, kein glänzendes Fahrrad und auch keinen Ausflug nach London, doch zum Abgesang auf meine Kindheit schien mir das nur passend. Ich war jetzt ein Teenager und entschied, dass es Zeit war, erwachsen zu werden.
Die restlichen Kriegsjahre hindurch arbeitete ich. Wochentags ging ich in die Schule, und abends und an den Wochenenden half ich, so oft es ging, auf der Krankenstation oder in der Küche. Ich wusch Bettwäsche, schrubbte verdreckte Böden, putzte Gemüse, kochte Wasser und erledigte einfach alle Aufgaben, um die ich gebeten wurde. Während mein Herz sich gegenüber meiner Mutter immer weiter verschloss, begann es sich gegenüber den Männern und Jungen, die unter unserem Dach so litten, immer stärker zu öffnen. Ich lernte, nicht so sehr auf die verbrannten Gesichter und Narben zu achten, sondern die Menschen dahinter zu sehen und kennenzulernen. Die meisten Soldaten entstammten völlig anderen familiären Hintergründen als ich, und ich lauschte fasziniert all ihren Geschichten von Zuhause, wo immer dieses Zuhause auch liegen mochte. Sie zogen mich zwar wegen meiner gewählten Art zu sprechen auf und meinten, ich würde reden, als hätte ich »Murmeln im Mund«, aber ich glaube schon, dass sie mich mochten. In diesen Monaten hörte ich auf, eine verwöhnte, versnobte und be-

schränkte Göre zu sein, und entwickelte mich zu meinem Glück in eine weit liebenswürdigere, verständigere und vielseitiger gebildete junge Frau. Wer weiß, was aus mir geworden wäre, hätte der Krieg mich nicht vor mir selbst und meiner familiären Prägung gerettet.

Das Biest wurde schließlich doch irgendwann als geheilt entlassen, allerdings konnte er wegen der Schrapnellwunde am Bein nicht in den aktiven Dienst zurückkehren. Stattdessen gab man ihm einen Schreibtischjob in Warminster, was leider viel zu nah an Beaumont House lag. So blieb er ein Stammgast im Gärtnerhaus. Hatte Mama einmal keinen Besuch vom Biest, wurde sie mehr und mehr zur Einsiedlerin. Seit dem Tag, da die Armee eingezogen war, hatten sich ihre Bekannten hier nicht mehr sehen lassen. Mir fiel auf, dass ihr Atem schon vor dem Mittagessen nach Gin zu riechen begann. Obwohl sie schön blieb und stets elegant gekleidet war, bekamen ihre vornehmen Züge doch zunehmend etwas Maskenhaftes. Sie lachte oder lächelte nur selten, und ihre Miene zeigte auch sonst kaum Gefühle oder Regungen. Alles Leben in ihren Augen war erloschen. Sie mochte nie eine besonders gute Mutter gewesen sein, aber nun wirkte Mama kaum noch wie ein lebendiger Mensch.

14. Kapitel

St John's Wood, London, 2012

Sophia blickte aus dem Fenster auf den Regent's Park, der rechts an ihnen vorbeizog.

»Gleich sind wir da«, sagte sie leise. »Ich begreife nicht, warum ich nicht schon früher gekommen bin.«

»Na, jetzt bist du ja da«, sagte Hugo, während das Taxi auf den Parkplatz des Wellington Hospitals einbog. »Und das allein zählt. Also los!«

Sophia nahm den Brief ihrer Großmutter, auf dem die genaue Zimmernummer stand, und folgte den Schildern zur Onkologie. Es war eine dieser schicken Privatkliniken, die einem Hotel ähnlicher waren als einem Krankenhaus. Nur der Geruch nach Desinfektionsmittel, die Schuhe mit den Gummisohlen und die leisen Gespräche ließen keine Verwechslung zu. Sophia trat an den Empfangstresen und lächelte der Krankenschwester dahinter nervös zu. Sie hielt noch immer den Brief vor sich.

»Ich wollte meine Großmutter besuchen«, sagte Sophia.

Die Schwester sah auf und musterte Sophia einen Moment, dann verzog sich ihr Gesicht zu einem strahlenden Lächeln.

»Sophia!«, rief sie aus. »Sie müssen Sophia sein!«

Sophia nickte ein wenig verwirrt über die euphorische Begrüßung.

»O, entschuldigen Sie«, bat die Schwester, die etwa in

Sophias Alter sein musste, aber eine richtig erwachsene Dreißigjährige war und kein überalterter Teenager wie Sophia. Auf ihrem Namensschild stand »Linda«.

»Ihre Großmutter wird hocherfreut sein, Sie zu sehen«, fuhr Linda fort. »Sie hat ein Foto von Ihnen am Bett, und sie ist die ganze Zeit damit beschäftigt, Briefe an Sie zu schreiben.«

Linda trat hinter dem Tresen hervor und führte sie auf die Station. »Kommen Sie, kommen Sie. Manchmal macht das Morphium sie ein wenig schläfrig, aber heute ist ein guter Tag. Wir haben hier alle ein Narren an Tilly gefressen, und nichts hat sie sehnlicher erwartet als Ihren Besuch.«

Am Ende des Korridors klopfte Linda an eine Holztür, durch die der dumpfe Klang eines Fernsehers zu hören war.

»Herein!«, kam es heiter aus dem Innern.

Sophia erkannte die Stimme ihrer Großmutter sofort, und im selben Moment überkamen sie die Erinnerungen an all die Umarmungen, die gemeinsamen Ausflüge, die schicken Teepartys, die amüsanten Geschichten, die Wärme und Freude, an dieses herrliche Gefühl von Liebe, Schutz und Verständnis.

»Ich habe eine Überraschung für Sie, Tilly«, rief Linda, als sie die Tür öffnete.

Sophia strich sich die Hose glatt, pickte einen losen Fussel von ihrer Strickjacke, fuhr sich noch einmal mit den Fingern durch die Haare, holte tief Luft und betrat den Raum. Einen Moment lang starrte ihre Großmutter sie mit offenem Mund und blinzelnden Augen an, als hätte sie ein Gespenst gesehen.

»Sophia«, sagte sie endlich, und ihre Stimme bebte. »O, komm her. Lass dich anschauen. Ich kann gar nicht glauben, dass du endlich da bist.«

Gleichzeitig lächelnd und weinend winkte ihre Großmutter sie zu sich. Und als Sophia sich in Grannys Arme warf, liefen auch ihr die Tränen über die Wangen. Sie atmete den vertrauten Duft des Parfüms ein – Je Reviens von Worth, daran erinnerte Sophia sich sofort – und spürte ihr weiches silbernes Haar. Die alte Dame hielt sie nur fest und flüsterte in ihr Ohr: »Schhh, Sophia, ist ja alles gut.«

Unwillkürlich fühlte Sophia sich auf den Bahnhof Waterloo zurückversetzt. Es war 1992, und sie war zehn. Es hatte einen schrecklichen Streit mit ihren Eltern gegeben, den schlimmsten überhaupt bis zu diesem Zeitpunkt. Heute hätte sie nicht einmal mehr sagen können, was sie angestellt hatte, aber sie erinnerte sich noch genau, dass ihr Vater an jenem Tag zum ersten Mal das Wort »Taugenichts« benutzt hatte, um sie zu beschreiben. Sie war mit Schimpf und Schande zur Großmutter geschickt worden, wofür sie sogar erstmals allein mit dem Zug fahren durfte. Vor Scham und Selbstvorwürfen hatte Sophia von Virginia Water bis nach London geweint, und bei ihrer Ankunft am Bahnsteig hatte dort Granny mit weit ausgebreiteten Armen und einem breiten Lächeln auf dem Gesicht gestanden und nur darauf gewartet, sie umarmen und liebhaben zu können, ganz egal was auch immer zu Hause vorgefallen sein mochte.

»Es tut mir leid, Granny«, sagte sie unter Tränen. »Es tut mir schrecklich leid. Ich hätte schon vor ewigen Zeiten kommen sollen. Eigentlich hätte ich gar nicht erst aufhören sollen, dich zu besuchen. Ich wollte auch kommen. Aber ich habe mich so geschämt. Ich dachte, nach allem, was ich getan habe und was Mum und Dad über mich sagen, würdest du bestimmt schlecht über mich denken. Und dein enttäuschtes Gesicht zu sehen, hätte ich einfach nicht ertragen. Aber ich habe dich vermisst, Granny. Ich habe dich ja so vermisst.«

»Ist doch egal«, sagte ihre Großmutter zärtlich und strich

ihr über die Haare. »Jetzt bist du ja da, mein kleiner Engel. Und ich will dir mal etwas Wichtiges sagen. Schau mich an, Sophia.«

Sophia sah in die klaren blauen Augen ihrer Großmutter.

»Enttäuschung kann gar nicht in meinem Gesicht stehen, wenn ich dich ansehe«, erklärte sie mit unerschütterlicher Überzeugung. »Außerdem bin ich diejenige, die dich im Stich gelassen hat. Es gibt also nichts, wofür du dich entschuldigen müsstest.«

»Aber du hast mich nie im Stich gelassen«, sagte Sophia.

Ihre Großmutter seufzte schwer und schüttelte kaum merklich den Kopf. Einen Moment lang glaubte Sophia verwirrt, ihr wäre etwas entgangen, aber schon zeigte Granny wieder ihr herzliches Lächeln.

Tilly bestellte Tee. Sophia setzte sich auf die Bettkante, hielt die Hand ihrer Großmutter und strahlte über das ganze Gesicht.

»Du siehst gut aus, Granny«, sagte sie. »Hugo war der Meinung, du würdest bestimmt aussehen wie ein Geist!«

»Mir geht es erstaunlich gut«, erwiderte Granny fröhlich. »Ich habe dieses verfluchte Magengeschwür schon seit Jahren. Lange, lange Zeit wuchs es kaum, und die Medikamente hielten es unter Kontrolle, aber seit Kurzem wächst es stärker, und der Krebs hat auch auf meine Knochen übergegriffen. Tangotanzen könnte ich derzeit ganz sicher nicht, aber es geht mir besser als erwartet. Und heute, bei deinem Anblick, fühle ich mich sogar unbeschreiblich gut.«

Sophia schluckte schwer und drückte fest die Hand ihrer Großmutter. Nur ungern dachte sie an deren Gesundheitszustand. Jeder erzählte, sie läge im Sterben, dabei machte sie einen ausgesprochen lebendigen Eindruck. Alt, gebrechlich und entsetzlich dünn, das schon, aber ihre Augen funkelten wie früher, und ihr Lächeln verscheuchte noch immer jeden Trübsinn aus einem düsteren Novembertag.

»Hast du meine Briefe gelesen?«, fragte Granny, als sie sich wieder gefasst hatte.

»Ja«, sagte Sophia und war froh, dass dies der Wahrheit entsprach. »Also, um ehrlich zu sein, habe ich den letzten erst eben auf dem Weg hierhin im Taxi gelesen, aber das lag an einer langen Geschichte, die mit Nathan zu tun hat, und … egal, der ist es nicht wert. Das ist mir inzwischen klar.«

»Ich habe Nathan nie gemocht«, erklärte Granny mit ernster Miene. »Seine Augen lagen zu tief in seinem Kopf.«

»Aber Granny«, erwiderte Sophia stotternd. »Jeder mochte Nathan. Mum hätte ihn vermutlich am liebsten selbst geheiratet.«

»Das mag schon sein, aber deine Mutter hat auch nicht viel Erfahrung, was Männer betrifft«, fuhr Großmutter fort. »Die Augen sind die Fenster zur Seele, und wenn du die Augen von einem Kerl nicht sehen kannst, wirst du nie wissen, was er empfindet. Dein Großvater hatte wunderschöne Augen. Er konnte seine Gefühle überhaupt nicht verbergen. Deshalb hatte er ja auch solchen Erfolg in seinem Beruf. Wenn Grandpa auf der Kinoleinwand erschien, glaubte jede Frau im Saal, dass er wirklich in sie verliebt war.«

Grannys Augen trübten sich, und Sophia wusste, dass sie nun für einen Moment wieder weit weg war, aber es dauerte nicht lange, und Tilly zwang sich in die Realität zurück.

»Übrigens bin ich gerade mit dem nächsten Teil meiner Erinnerungen fertig geworden, Liebes.« Granny lächelte. »Würdest du es gerne lesen?«

15. Kapitel

Beaumont House, nach dem Krieg

Das Telegramm traf am 7. April 1945 ein. Nur einen Monat vor Kriegsende. Ich selbst ging an die Tür, und sobald ich den jungen Burschen in Uniform sah, war mir klar, dass es schlechte Nachrichten sein mussten. Ihm war es ebenfalls klar. Wir waren etwa im gleichen Alter. Unsere Blicke begegneten sich kurz, als er mir das Telegramm reichte und mir wortlos sagte, wie leid es ihm täte. Papa galt als vermisst. Sein Flugzeug war über dem Rheinland abgeschossen worden. Niemand wusste, was ihm zugestoßen war.

»Tja, der dürfte hin sein, der arme Kerl«, tönte das Biest und tätschelte Mama auf die Schulter. »Verfluchte Schande, ausgerechnet jetzt. Wir haben die Mistkerle im Sack, da bin ich mir sicher. Ist alles so gut wie gelaufen.«

Er reichte ihr ein großes Glas Gin. Ich habe mir niemals in meinem Leben so sehr gewünscht, einem anderen Menschen wehzutun, wie an diesem Tag. Zu meiner Schande muss ich gestehen, dass ich Oberst Wilfred Scott-Thomas am liebsten tot gesehen hätte. Warum stand er kerngesund in unserem Wohnzimmer, während Papa verschollen und vermutlich sogar tot war? Und dann war da Mama, die nicht die geringste Regung zeigte und wie eine Schaufensterpuppe in ihrem Sessel saß, ihren Gin trank und schwieg.

Ich rannte aus dem Haus, um in den Armen von Mrs. Ashton

Trost zu suchen. Sie war meine Rettungsinsel in den schrecklichen Wochen, die nun folgen sollten. Während der Rest der Nation am 8. Mai das Kriegsende feierte, befand ich mich im schlimmsten Schwebezustand, den man sich vorstellen kann. Eine Bestätigung von Papas Tod lag nicht vor. Seine Leiche war bislang nicht gefunden worden. Offiziell galt er noch immer als vermisst. Aber es hatte weder eine Kontaktaufnahme gegeben, noch war er irgendwo gesehen worden. In den chaotischen letzten Kriegstagen war schlicht nicht herauszufinden, was mit ihm geschehen war. Ich hoffte weiter, aber es war nur noch ein letzter Zipfel Hoffnung, an den ich mich klammerte. Außer mir glaubte niemand mehr daran, dass mein Vater überlebt haben könnte. Aber ich lag im Bett, schloss Freddie den Teddy in die Arme und betete, betete, betete.

Sechs Wochen waren seit dem Tag der Befreiung vergangen, da traf das zweite Telegramm ein. Papa hatte den Flugzeugabsturz schwer verletzt überlebt und war dann sofort von den Deutschen als Kriegsgefangener verhaftet worden. Doch das Schicksal hatte es gut mit ihm gemeint. Als die Streitkräfte der Alliierten weiter vorrückten, flohen die Deutschen und ließen Papa im aufgegebenen Lager zum Sterben zurück. Glücklicherweise fand ihn eine amerikanischen Armeepatrouille, zwar bewusstlos, aber noch atmend, und brachte ihn in ein US-Lazarett, wo er behandelt wurde. Wochenlang lag er im Koma, und die Amerikaner reimten sich lediglich zusammen, dass er ein Offizier der Royal Air Force sein musste. Seine Papiere waren verschwunden. Und so wusste niemand, wer dieser geheimnisvolle Flieger war, bis er Wochen nach der deutschen Kapitulation das Bewusstsein wiedererlangte und seinen Namen flüstern konnte.

Meine Begeisterung über Papas Heimkehr legte sich rasch. Der

Mann, der schließlich im Juli 1945 in Beaumont House eintraf, war nicht mein Vater. Nichts hätte mich auf das Ausmaß seiner Verletzungen vorbereiten können. Ich hatte bei den Männern in unserem Armeekrankenhaus zwar ähnliche Verbrennungen, Narben und Entstellungen gesehen, aber da ich diese Männer vor ihren Verwundungen nicht gekannt hatte, war es mir nicht so bewusst, was sie in Wahrheit alles verloren hatten. Bei Papa war das völlig anders. Ich hatte seine hübschen Gesichtszüge besser gekannt als meine eigenen. Unzählige Male hatte er mich auf seinem breiten Rücken getragen. Ich hatte mich an seine langen Beine geklammert und mich von seiner tiefen, melodischen Vorlesestimme in den Schlaf wiegen lassen. All die verschiedenen Bestandteile, die im Zusammenspiel aus meinem Vater meinen Vater machten, waren herausgebrochen und zerstört worden. Es gab noch einen Körper, einen Herzschlag, Augen, Arme und ein verbliebenes Bein, aber die Summe dieser Teile ergab nicht meinen Papa.

Stumm saß er in seinem Rollstuhl, ohne das geringste Anzeichen, dass er mich wiedererkannte, und ohne eine Silbe der Begrüßung. Monatelang verharrte er in diesem Dämmerzustand, während ich ihn mit Suppe fütterte, seine Wunden wusch, ihm Geschichten vorlas und müde Witze erzählte. Mama ignorierte ihn völlig, und das Biest setzte seine täglichen Besuche fort, als wäre der Herr des Hauses überhaupt nicht zurückgekehrt. Sie unterhielten sich sogar über Papa vor dessen Augen, so als wäre er gar nicht da.

»Diese verfluchten Deutschen«, sagte das Biest etwa. »Einem guten Mann so etwas anzutun.«

»Freddie wäre bestimmt lieber tot«, erklärte Mutter dazu. »Er wird es hassen, in diesem Zustand zu sein. Er war immer so ein sportlicher Mann. Habe ich dir jemals erzählt, was für ein her-

vorragender Tennisspieler er war, Wilf? Und in Cambridge war er natürlich auch Mitglied in der ersten Mannschaft vom Rugbyteam ... Armer Kerl.«

Es machte mich verrückt, Mama so über ihn reden zu hören, als ob er bloß jemand wäre, den sie von früher kannte, und nicht ihr Ehemann, der noch immer lebte und im selben Raum saß. Ich ging nicht länger zur Schule. Im Wohnzimmer stellte ich ein Bett für Papa auf, schlief auf dem Boden neben ihm und hatte ständig Angst, er könnte mitten in der Nacht aufhören zu atmen. Manchmal blieb das Biest über Nacht, und Papa und ich mussten die Folter ertragen, sein Grunzen und Mamas Stöhnen durch die Zimmerdecke zu hören. Jeden wachen Moment verbrachte ich damit, mich um meinen armen Vater zu kümmern, und endlich zahlte mein beharrlicher Einsatz sich aus. Eines Morgens, nachdem ich ihn mit seinem Haferbrei mit Sirup gefüttert hatte, sah Papa mich an und sagte ganz leise, aber verblüffend deutlich: »Danke, Tilly, mein Schatz.«

Das Armeekrankenhaus war mittlerweile geschlossen und Soldaten wie Pflegepersonal abgereist, dennoch konnten wir nicht nach Beaumont House zurückziehen. Wie sein Besitzer, so war auch das Gebäude durch den Krieg nahezu zerstört worden. Keiner hatte jemals die Löcher im Dach repariert, und sechs Jahre lang hatte es hineingeregnet. Wände und Decken wiesen Sprünge und Risse auf, und das Holz faulte. Geld für Reparaturen fehlte, und das Mobiliar war ebenso fort wie die Hausangestellten. Selbst Mrs. Ashton war gegangen und hatte den Lebensmittelladen im Ort übernommen. Sie sagte, sie könne es sich nicht länger leisten, umsonst für die Beaumonts zu arbeiten. Papa nahm von der finanziellen Lage, in der wir uns befanden, nichts wahr, und Mama schien sie gleichgültig zu sein. Anfang 1946 reiste sie gemeinsam mit dem Oberst ab, um diesen »gräss-

lichen Krieg zu vergessen« und Freunde auf Barbados zu besuchen. Sie wollten erst im Herbst zurückkehren. Niemand vermisste sie. Am wenigsten ich.

Sobald Mama verschwunden war, machte Papas Genesung erstaunliche Fortschritte. Er blieb zwar ein Schatten seiner selbst, aber seine Wangen bekamen wieder Farbe, und obwohl er für den Rest seines Lebens an den Rollstuhl gefesselt blieb, wurden seine Arme und Schultern doch erneut so kräftig, dass er recht geschickt über das Grundstück zu fahren vermochte. Das Wichtigste aber war, dass er wieder sprach.

»Hättest du Lust, Polly zu besuchen?«, fragte er mich eines milden Nachmittags im April.

»Nanny Miller?«, fragte ich aufgeregt zurück. »Weißt du denn, wo sie wohnt? Ich habe versucht, mit ihr Kontakt aufzunehmen, und habe mehrmals an die Adresse ihrer Eltern in Malmesbury geschrieben, aber keine Antwort erhalten. Ich hätte große Lust, sie zu besuchen. Ich habe sie schrecklich vermisst.«

Papa nickte. »Sie hat mir häufig geschrieben während des Kriegs. Sie lebt jetzt in Bristol und arbeitet als Grundschullehrerin. Ich glaube, es geht ihr gut. Und auch ihrem Sohn ...«

Seine Stimme brach ab, und ich hatte Gelegenheit, mir die Bedeutung des eben Gesagten durch den Kopf gehen zu lassen. Ich erinnerte mich noch gut an die Nacht im Claridge's und daran, wie Nanny sich morgens zurück in unser Zimmer geschlichen hatte. Ich erinnerte mich an die Armbanduhr von Asprey und das zerknitterte Kleid. Ich dachte an die grausam abrupte Art und Weise ihrer Entlassung, als Papa gerade an der Front und ich im Internat war, und ich konnte noch hören, wie Mama sie als »Flittchen«, »Schlampe« und »Schlange« bezeichnete. Inzwischen war ich alt genug, um mir auf all das einen Reim machen zu können.

»Wie alt ist ihr Sohn?«, fragte ich und sah Vater offen in die Augen.
Er wandte den Blick nicht ab. Er wirkte weder beschämt noch verlegen. Wahrscheinlich hatte der Krieg auch einigen Zwängen und Fesseln der feinen Gesellschaft ein Ende bereitet.
»Fünf«, sagte Papa. »Thomas ist jetzt fünf Jahre alt. Im September wird er sechs.«
Ich rechnete rasch nach. Das Kind konnte nicht im Claridge's gezeugt worden sein. Dafür war es zu jung. Es musste dazu gekommen sein, als Daddy an Weihnachten 1939 auf Urlaub zu Hause gewesen war. Ich fragte mich, wie lange die Affäre wohl gedauert haben mochte und ob Papa womöglich Polly noch immer liebte. Seit seiner Rückkehr aus Deutschland war dies das erste Mal, dass er vorschlug, sich außerhalb der Grenzen von Beaumont House zu bewegen. Ihn mit weiteren Fragen zu bedrängen, wagte ich allerdings nicht. Damals hatte ein Vater sich noch nicht gegenüber seiner Tochter zu rechtfertigen. Er nickte knapp.
»Dann besuchen wir sie also nächste Woche«, erklärte er. »Ohne deine Hilfe schaffe ich das aber nicht, Tilly. Nicht in diesem verdammten Apparat. Kannst du denn schon fahren?«
Ich nickte. Ich war zwar erst sechzehn, aber als das Krankenhaus bei uns untergebracht war, hatte ich nicht nur gelernt, Autos zu steuern, sondern sogar Militärlaster und Krankenwagen gefahren.
»Sind meine Wagen noch in der Garage?«, fragte er.
Ich schüttelte den Kopf.
»Die hat Mama verkauft. Aber der Bedford von Foster steht noch hier. Mit dem bin ich schon nach Chippenham und zurück gefahren, und er hat reichlich Platz, um deinen Rollstuhl zu verstauen. Außerdem steht in der Garage noch ein Kanister Sprit. Bis nach Bristol dürfte das reichen.«

Damit war das Thema beendet. Wir sprachen nie wieder offen über die Affäre meines Vaters. Es bestand kein Anlass dazu. Er wusste, dass ich verstand. Wäre meine Mutter eine ehrliche, treue Ehefrau gewesen, dann hätte mich der Ehebruch meines Vaters gewiss entsetzt. Aber wie konnte ich meinen Vater verurteilen, wenn meine Mutter direkt vor seiner Nase mit einem anderen Mann zusammenlebte?

Nanny hatte sich überhaupt nicht verändert. Als wir an der Haustür ihres kleinen Reihenhauses in Clifton erschienen, umarmte sie mich herzlich. Wenn Papas Zustand sie schockiert oder abgestoßen haben sollte, so ließ sie es sich nicht anmerken. Sie küsste ihn liebevoll auf die Wange, sagte, wie gut er aussehe, und schob ihn ins Wohnzimmer, wo bereits der Tisch mit Kuchen und Tee gedeckt war. Ihr Haar war noch immer blond und lockig, ihre blauen Augen strahlten, und ihre Taille war noch genauso schmal wie früher, obwohl sie doch inzwischen ein Kind bekommen hatte. Das Haus war geräumiger, als ich es erwartet hatte, und auf dem Kaminsims sah ich zu meiner Überraschung Hochzeitsfotos stehen. Nanny bemerkte meinen Blick und drückte meine Hand.

»Das ist mein Ehemann, Martin«, erklärte sie. »Wir haben vor zwei Jahren geheiratet. Er ist Schulleiter, und ich bin jetzt Lehrerin. Bist du nicht stolz auf mich?«

Ich nickte. Nanny Miller, oder Mrs. Williams, wie sie jetzt hieß, hatte tatsächlich viel aus ihrem Leben gemacht. Ich warf einen Seitenblick auf Papa, da ich mir Sorgen machte, wie er die Neuigkeit aufnehmen würde, dass seine Geliebte nun verheiratet war, doch er lächelte Polly nur voller Zuneigung an und schien gar nicht überrascht.

»Wusstest du, dass sie verheiratet ist?«, flüsterte ich ihm zu,

als Polly hinausging, um Thomas aus dem Kinderzimmer zu holen.

»O ja, natürlich«, antwortete Papa. »Ist es nicht wundervoll? Ein Rektor. Und darüber hinaus ein äußerst anständiger Kerl. Ich freue mich sehr für Polly. Sie hat es gut getroffen, für sich und für Thomas. Und das hat sie auch verdient.«

»Aber ...«, ich suchte nach den richtigen Worten, »ist das nicht ... du weißt schon ... irgendwie komisch?«

Mein Vater lächelte mich an.

»Du bist noch jung, Tilly«, sagte er. »Dein Kopf ist sicherlich voll von romantischen Vorstellungen über die Liebe und ein glückliches gemeinsames Leben bis in alle Ewigkeit. Und ich hoffe, dass du eines Tages genau das finden wirst. Aber das Leben ist kompliziert, und die Welt ist in letzter Zeit ein reichlich herzloser Ort gewesen. Ich danke Gott für jede Gnade, die er mir noch erweist. Ich habe dich. Ich habe in Polly eine gute Freundin. Ich habe den kleinen Thomas, den ich dann und wann besuchen kann. Das alles ist womöglich mehr, als ich verdiene. Mir genügt es jedenfalls, Tilly. Ganz ehrlich, mir ist es genug.«

Als Thomas ins Zimmer gerannt kam, konnte kein Zweifel daran bestehen, wer sein Vater war. Er war das exakte Ebenbild von Papa, steckte so voller Elan und Kraft und übersprudelnder Lebensfreude, dass ich unwillkürlich in Tränen ausbrach, weil ich daran denken musste, wie mein Vater früher einmal gewesen war. Es fühlte sich gut an zu wissen, dass ich nun nach sechzehn Jahren als Einzelkind tatsächlich einen Halbbruder hatte, auch wenn ich über ihn einstweilen nicht reden durfte.

Aber als ich im Dunkeln zurückfuhr, mit dem schlafenden Papa auf dem Beifahrersitz, spürte ich, wie sich ein melancholischer Schatten über mein Herz legte. Der Krieg hatte das Leben von uns allen durcheinandergewirbelt. Und jetzt, da er zu Ende war, hatte sich zwar eine unbehagliche und noch ungewohnte Ruhe eingestellt, aber nichts war wieder dort gelandet, wo es sein sollte. Niemand schien mehr an seinem angestammten Platz zu sein. Niemand war mit denen zusammen, die er wirklich liebte. Ich hatte einen Bruder, den ich kaum kennenlernen würde, mein Vater hatte eine Liebe, die mit einem anderen verheiratet war, und meine Mutter … tja, die hatte sich selbst das Biest auf den Hals geladen und damit in meine Augen genau das bekommen, was sie verdiente. In dieser Nacht, als ich Fosters schrottreifen alten Bedford über die mit Schlaglöchern übersäten Landstraßen steuerte, schwor ich mir, mich in Liebesdingen niemals mit Kompromissen zufriedenzugeben. Ich wollte das ganze Märchen und würde mich nicht mit weniger abfinden.

Die Welt, wie ich sie gekannt hatte, war zerfallen und zerstört. All der Wohlstand, das Geld und die Privilegien, die ich für selbstverständlich erachtet hatte, besaßen keinerlei Bedeutung mehr. Der Krieg hatte mich gelehrt, dass ich auch ohne materielle Besitztümer nicht nur überleben, sondern mich sogar weiterentwickeln konnte. Was allein zählte, war der Mensch, sein Fleisch, Blut, Herz und Verstand. Und wenn sein Fleisch blutete und sein Herz gebrochen wurde, dann konnte allein die Liebe sie wieder heilen. Ja, die Liebe war alles, was von nun an zählte. Liebe, Freiheit, Friede und Glück. Und von diesem Moment an machte ich es mir zur Lebensaufgabe, diese Dinge zu finden.

Papa und ich verbrachten viel Zeit gemeinsam vor dem Radio. Oder ich las ihm aus der Zeitung vor. Besonders interessierten mich die entsetzlichen Berichte, die ein Jahr nach den Atombombenabwürfen auf Hiroshima und Nagasaki aus Japan kamen. Während des Kriegs hatte ich in den Deutschen und

Japanern nur »den Feind« gesehen, eine Horde furchterregender, namen- und gesichtsloser Fremder. Aber nun, da ich Geschichten über »echte« Japaner las, änderte sich etwas in meiner Wahrnehmung. Ich weinte um diese Menschen. Ich versuchte, mir 200.000 Tote vorzustellen, doch es gelang mir nicht.
»Ich hasse den Krieg«, erklärte ich meinem Vater. »Ich bete dafür, dass es nie wieder Krieg geben wird. Ich bete mit jeder Faser meines Körpers, dass so etwas nie, nie wieder geschehen wird.«
Da lächelte Papa, legte mir seine vernarbte Hand aufs Knie, drückte es leicht und sagte: »Dann habe ich ja nicht umsonst gekämpft, Tilly.«

16. Kapitel

St John's Wood, London, 2012

Sophia schluckte und legte den Brief ordentlich zusammengefaltet auf den Nachttisch. »Wie erträgst du nur all diese Erinnerungen?«

Granny zuckte mit den Achseln und lächelte schwach. Plötzlich wirkte sie sehr müde, wie ein Kind, das sich mit aller Kraft bis zum Schluss seiner Gutenachtgeschichte wachgehalten hatte.

»Mein Leben war nun einmal so, Liebes. Einfach vergessen lässt sich das nicht. Außerdem war ganz sicher nicht alles schlecht daran. Ich hatte das Glück, einen wunderbaren Vater zu haben. Der Krieg war eine schwere Zeit, aber er brachte auch Gutes hervor. Zum Beispiel bin ich sehr froh darüber, dass Thomas geboren wurde. Er ist ein großartiger Mensch. Von uns Beaumonts ist ihm natürlich nie Gerechtigkeit widerfahren, aber …« Ihre Großmutter sprach immer langsamer und stockender, bis die Worte ganz versiegten. »Egal, du hast die Passage ja noch nicht zu Ende gelesen. Ein paar Seiten fehlen noch.«

»Ich weiß«, sagte Sophia. »Aber kann ich die nicht später lesen? Zu Hause? Es gibt so viel Neues zu verarbeiten. Ich meine, von Thomas habe ich überhaupt nichts gewusst …«

»Wie solltest du auch«, antwortete ihre Großmutter traurig. »Er war eins der vielen Familiengeheimnisse. Deine Eltern sehen in seiner Existenz eine Peinlichkeit, und dein Vater ist nicht einmal bereit, ihn als meinen Bruder anzuerkennen. Er hat doch tatsächlich deiner Mutter eingeredet, mein Halbbruder sei bloß ein Hochstapler und Erbschleicher. Daher wurde Thomas auch nie zum Weihnachtsessen eingeladen.«

»Aber du bist mit ihm über all diese Jahre in Kontakt geblieben?«, erkundigte sich Sophia vorsichtig.

»Wir treffen uns nicht allzu oft, aber wir haben einander regelmäßig geschrieben und dabei stets auch ganz offen alle unbequemen Wahrheiten ausgesprochen«, erwiderte Granny. »Er kennt dich genau, Sophia. Ach ja, und letzte Woche hat er mich besucht. Aus heiterem Himmel. Es war wundervoll. Ich hatte ihn seit Jahren nicht gesehen. Eine großartige Überraschung.«

»Aber du bist dir sicher, dass er dein Bruder ist?«, rutschte es Sophia heraus, obwohl sie die Antwort eigentlich schon kannte.

»Vollkommen sicher«, erklärte Granny entschieden und fast ärgerlich. »Und er ist alles andere als ein Erbschleicher. Thomas ist an meinem Geld überhaupt nicht interessiert.«

Sophia hatte sofort ein schlechtes Gewissen, weil sie überhaupt gefragt hatte. Ihre Großmutter schien jetzt sehr erschöpft zu sein. Sicherlich hatte Tilly Thomas schon viel zu oft in Schutz nehmen müssen.

»Du wirst Thomas gewiss bald kennenlernen, und dann kannst du dir ein eigenes Urteil bilden«, sagte Granny wieder in milderem Ton. »Er wird dir gefallen. Da bin ich mir sicher.«

Erschrocken wurde Sophia bewusst, dass ihre Großmutter auf ihre eigene Beerdigung anspielte. Wo sonst sollte Sophia endlich ihren lange verschollenen Großonkel kennenlernen?

»Du siehst müde aus«, sagte sie leise zu Granny. »Außerdem

werden sie mich hier auch nicht ewig dulden. Aber ich komme morgen wieder. Es gibt noch so viel, worüber wir nicht gesprochen haben, und ich habe es schon viel zu lange vor mir hergeschoben, dich zu besuchen.«

»Und natürlich dürftest du auch neugierig sein zu erfahren, worin dein Erbe bestehen wird.« Granny verstummte und beobachtete Sophia aufmerksam unter ihren schweren Lidern hervor.

Sophia spürte, wie sich ihre Stirn in zornige Falten legte und ihre Fingernägel sich in ihre Handflächen bohrten. Warum versetzte ihr diese Bemerkung einen solchen Stich? Lag es daran, dass die Wahrheit schmerzte? Ganz offensichtlich wollte Granny ihre Motive erkunden, und das konnte Sophia ihr auch gar nicht verübeln. Schließlich hatte sie sich jahrelang nicht bei ihr gemeldet und sich mit der restlichen Familie überworfen. Es war allgemein bekannt, dass sie kein Geld verdiente und auch keine Unterstützung mehr von ihrem Vater erhielt. Irgendwelche Erbschaften kämen ihr also äußerst gelegen. Dennoch war Geld nicht der Grund für ihren Besuch. Das musste sie ihrer Großmutter verständlich machen.

»Ich bin nicht wegen Geld hier«, sagte Sophia schlicht, aber mit Überzeugung.

Sie sah ihrer Großmutter einen Moment lang offen in die Augen und bemerkte, wie die alte Frau ganz leicht mit dem Kopf nickte. Sophias Fäuste lösten sich.

»Das habe ich mir gedacht.« Ihre Großmutter lächelte schwach. »Und ich habe es gehofft.«

Das Funkeln in ihren Augen erlosch, die Farbe wich ihr aus dem Gesicht und ihre Stimme wurde immer leiser. Sie hob ihren dünnen Arm und griff verblüffend kräftig nach Sophias Handgelenk.

»Du musst etwas für mich finden, Sophia«, sagte sie beinahe verzweifelt. »Ich muss das in Ordnung bringen …«

»Ich verstehe nicht«, sagte Sophia. »Was soll ich für dich finden, Granny?«

»Versprich mir nur, dass du den Rest dieses Briefes heute Abend noch liest«, sagte ihre Großmutter, tastete nach den Seiten und reichte sie ihrer Enkelin.

»Du musst dich jetzt ausruhen«, sagte Sophia leise und verstaute den Brief sorgsam in ihrer Handtasche. »Schlaf ein wenig, Granny.«

»Von Papa«, murmelte Granny mit halbgeschlossenen Augen vor sich hin. »Von Papa an mich. Und dann an die kleine Alice und jetzt an dich. Aber ich weiß nicht, wo es ist. Deine Mutter weiß es. Sie behauptet, sie weiß es nicht, aber …«

»Was weiß Mum, Granny?«, fragte Sophia, die versuchte, aus den bruchstückhaften Sätzen schlau zu werden.

»Alles …«, hauchte ihre Großmutter, bevor der Schlaf sich ihrer wie ein sanfter Strom bemächtigte.

Sophia saß noch eine Weile schweigend auf dem Bett und dachte über die zuletzt gehörten Worte nach, während sie beobachtete, wie sich die Brust ihrer schlafenden Großmutter hob und senkte. Sie war fest entschlossen zu finden, wonach auch immer Granny suchen mochte. Selbst wenn das hieß, ihrer Mutter gegenüberzutreten.

Widerstrebend verließ Sophia ihre Großmutter. Ganz egal, was auch passierte, morgen würde sie zurückkehren, um dem Familiengeheimnis auf den Grund zu gehen. Nachdem sie eine Weile durch das Labyrinth an Gängen geirrt war, fand sie endlich die Cafeteria, wo Hugo wie versprochen auf sie gewartet hatte. Ihr Eintreten entging ihm jedoch völlig. Er saß an einem intimen Zweiertischchen, beide Hände um eine

Tasse Milchkaffee gelegt, und hielt den Kopf mit dem blonden Haar kokett zur Seite geneigt. Ihm gegenüber saß ein gut aussehender dunkelhaariger Mann um die dreißig, der Hugo fasziniert zuhörte. Was für ein herrliches Paar die beiden abgaben. Sophia musste ungewollt lächeln. Da hatte Hugo es doch tatsächlich geschafft, mitten im Krankenhaus jemanden anzubaggern.

»Hallo, Jungs«, sagte sie und unterbrach damit das Tête-à-Tête so abrupt, dass beide erschrocken auffuhren. »Willst du mich nicht bekanntmachen, Hugo?«

»O, hi, Sophia, das ist Damon. Damon, das ist meine beste Freundin Sophia, die, von der ich dir erzählt habe.«

»Hi, Sophia«, sagte Damon, erhob sich halb von seinem Platz und schüttelte ihr die Hand. Er sprach mit einem ganz leichten Essex-Akzent, hatte einen festen Handschlag und machte einen recht selbstbewussten Eindruck. »Jetzt erkenne ich dich auch wieder. Genau wie Hugo es vorausgesagt hat.«

Sophias Wangen wurden heiß. Sie mochte es nicht, wenn Leute erklärten, sie würden sie wiedererkennen. Woher wiedererkennen? Von Bildern in der Boulevardpresse, auf denen sie ihren Rock bis zum Bauch hochzog? Oder von dieser geschmacklosen Dating-Show, die sie vor einer Million Jahren auf irgendeinem geschmacklosen Fernsehsender moderiert hatte? Oder aus dem Polizeibericht über ihre Vernehmung nach der Party im Haus ihrer Eltern? Es konnte nichts sein, worauf sie stolz war.

»Wie geht's Tilly?«, fragte Hugo, sodass sie ihren Blick für einen Moment von Damon nehmen musste.

»Ziemlich gut eigentlich«, antwortete Sophia wahrheitsgemäß. »Du kannst dir gar nicht vorstellen, wie schön es war, sie wiederzusehen, Hugo …«

»Möchtest du vielleicht einen Kaffee, Sophe?«, erkundigte er sich hoffnungsvoll.

Augenscheinlich wollte ihr Freund unbedingt so lange wie irgend möglich bei Damon bleiben, und Sophia konnte auch nachvollziehen, warum. Allerdings war sie völlig erschöpft von ihrem Besuch im Krankenhaus. Sie hatte nicht damit gerechnet, derart von Emotionen überwältigt zu werden. Es gab noch so viele offene Fragen, die ihr im Kopf herumschwirrten. Sie wünschte sich im Moment nichts sehnlicher, als nach Hause zu fahren, sich auf ihr Bett zu legen und den nächsten Teil von Grannys Memoiren zu lesen. Sie musste herausfinden, wovon Granny gesprochen hatte. Und sie musste das Geheimnis enträtseln, bevor es zu spät war.

»Nein, vielen Dank, mein Guter«, sagte sie zu Hugo und versuchte, den geknickten Blick zu ignorieren, mit dem er sie bedachte. »Wir müssen nach Hause. Es ist schon spät und wir werden ewig brauchen für den Rückweg.«

»Wo wohnt ihr denn?«, erkundigte sich Damon fröhlich.

»Im Osten«, antwortete Hugo vage, ganz offensichtlich, um Hoxton oder Shoreditch anzudeuten.

»Hackney«, erklärte Sophia sehr viel genauer, obwohl sie wusste, wie gemein das war.

»Hackney, ist doch ideal.« Damon trank seinen Kaffee aus und stand auf. »Dann könnt ihr mit mir fahren. Ich wohne in Wanstead, es liegt also mehr oder weniger auf meiner Strecke. Mein Wagen ist zwar vollgestopft mit Malerzeug – ich bin Maler und Dekorateur –, aber sofern es euch nichts ausmacht, neben Abdeckplanen zu sitzen, ist es allemal besser als der Bus, oder?«

»O, du bist wirklich unser rettender Engel.« Hugo drückte Damons Unterarm.

Auf der Fahrt durch die dunklen, regennassen Straßen der nördlichen Stadtbezirke erzählte Damon seinen beiden praktisch wildfremden Passagieren von seiner Arbeit, seiner Familie, der Band, in der er Bass spielte, und der Fußballmannschaft, für die er jeden Samstag auflief, und er tat dies auf eine unbeschwerte Art, ohne den geringsten Anflug von Verlegenheit oder Unsicherheit. Hugo saß so dicht neben ihm, dass ihre Knie sich berührten, und betrachtete ihn fasziniert. Sophia konnte beinahe spüren, wie magischer Feenstaub über dem Bus hinabrieselte.

Hugo war schon oft verliebt gewesen. Wenn er mal wieder seine Sachen packte, um – meist nur für kurze Zeit – zu einem alternden Kunsthändler, einem Modedesigner oder dem Kreativchef irgendeiner Werbefirma zu ziehen, dann vermisste Sophia ihn zwar, aber natürlich wünschte sie sich vor allem, dass Hugo glücklich war, selbst wenn es für sie selbst bedeutete, allein dazustehen.

Damon parkte seinen Kleinbus vor ihrem halb verfallenen Haus des Grauens, und der Motor ging mit einem leichten Zittern aus.

Sophia beugte sich an Hugo vorbei, gab Damon einen Kuss auf die Wange, dankte ihm fürs Mitnehmen und erklärte mit Nachdruck, dass sie sich freuen würde, ihn bald wiederzusehen.

Als Hugo wenig später aus dem Wagen kletterte, strahlte er wie ein Honigkuchenpferd. Damon fuhr los und warf Sophia durch das offene Fenster noch eine Kusshand zu.

»Und?«, fragte sie gespannt. »Hast du seine Nummer?«

Hugo nickte grinsend.

»Plus Abschiedskuss?«

Hugo nickte weiter.

»Und ein Date?«

»Wir gehen Dienstag zusammen essen«, antwortete Hugo. »Ist das nicht toll?«

»Aber wie war's denn bei Tilly?«, fuhr er nach kurzer Pause fort. »Wie geht es ihr? Und was ist mit dem großen Familiengeheimnis, diese Sache, über die sie mit dir sprechen wollte?«

»Ich weiß nicht genau«, sagte Sophia. »Sie möchte, dass ich etwas für sie finde. Es muss etwas mit meiner Mutter zu tun haben. Ihrer Meinung nach weiß meine Mum, wo es ist, will es aber nicht sagen. Es klang alles ein wenig sonderbar.«

»Siehst du, ich hatte recht«, stellte Hugo zufrieden fest. »Es gibt da irgendein kostbares Erbstück für dich. Einen Picasso vielleicht, was meinst du?«

Sophia schüttelte lachend den Kopf.

»Nein, mein kleiner Möchtegern-Rockefeller, das glaube ich nicht. Ich denke sogar, es hat überhaupt nichts mit Geld zu tun. Da geht es um etwas anderes. Etwas, das ich nicht durchschaue. Noch nicht.«

Aber irgendetwas hatte sich heute verändert. Zum ersten Mal seit Jahren verspürte Sophia tief in ihrem Innern Hoffnung.

17. Kapitel

Manhattan, New York, 2012

»Was meinen Sie damit, mein Film sei ›zu ernst‹?« Dominic war bemüht, sich die wachsende Verärgerung nicht anmerken zu lassen.

»Ihre Aufgabe, Dominic«, sagte die neue Leiterin Dokumentarfilm bei ISN Media, »besteht darin zu unterhalten. Und für steigende Quoten zu sorgen! Und heutzutage muss alles nun mal ›sexy‹ sein. Oder ist das entsprechende Rundschreiben Ihrer Aufmerksamkeit entgangen?«

Die junge Aufsteigerin (die auch noch Felicity hieß), grinste dämlich und neigte den Kopf ein wenig zur Seite, um anzuzeigen, dass es als »Scherz« gemeint war. Dabei wussten sie beide, dass dem nicht so war. Sie genoss nur ihre neue Machtposition.

»Mir ist schon klar, dass Dokumentationen den Zuschauer fesseln müssen«, fuhr Dominic geduldig fort. »Aber meine Filme zeigen das Leben so, wie es sich tatsächlich abspielt, und nicht Leute, die vor der Kamera eine Show abziehen, nur um ihre fünfzehn Minuten Ruhm abzubekommen. Sicher gibt es dafür einen Markt, aber das ist doch nicht das, was diese Firma hier macht, oder? Zumindest ist es das bislang nicht gewesen. Und es ist nicht das, was *ich* tue.«

»Nein …«, bestätigte Felicity. »Das ist ganz sicher nicht, was Sie tun.«

Dominics ehemaliger Programmleiter Miles war gefeuert worden, während Dom in Ecuador drehte. Genauer gesagt, war ihm dringend angeraten worden, sich in den vorzeitigen Ruhestand zu verabschieden. Dom befand sich nun in einer kniffligen Situation, da Miles derjenige gewesen war, der ihn überhaupt erst nach Ecuador geschickt hatte. Damit nicht genug. Miles hatte die letzten sieben Projekte von Dom in Auftrag gegeben. Theoretisch war Dominic freischaffend, aber in Wahrheit hatte er die letzten fünf Jahre ausschließlich für Miles gearbeitet. Und nun hatte die Chefetage ihren Programmchef plötzlich als zu unmodern empfunden, und Dom war der Gelackmeierte.

Miles war noch vom alten Schlag gewesen. Ein scharfsinniger, liberal gesinnter Naturschützer und Menschenrechtsaktivist mit Harvard-Abschluss, der interessante, informative und zukunftweisende Dokumentationen in Auftrag gab. Zu seiner Glanzzeit hatte er als hellster Kopf in seiner Branche gegolten. Aber offenbar entsprach Miles nicht mehr dem, was das moderne Fernsehen verlangte. Und nun hatte Dominic sich mit Felicity auseinanderzusetzen. Die Frau sah aus wie eine Fünfundzwanzigjährige, die nach dem College im Eiltempo die Karriereleiter hochgejagt worden war, ohne Zeit zu haben, irgendwo wirklich Erfahrung zu sammeln. Sie betrachtete Dominic, als wäre er ein Dinosaurier. Zum ersten Mal in seiner Laufbahn befiel ihn die schreckliche Ahnung, sein Film könnte aus dem Programm geworfen werfen. Eben noch war er der junge Hot Shot mit dem goldenen Händchen für die richtigen Themen gewesen. Und jetzt behandelte man ihn wie ein Fossil, das die Welt um sich herum nicht mehr begriff.

»Was hätte ich denn Ihrer Meinung im Yasuní-Dschungel noch finden sollen?«, fragte er sie ratlos. »Ich habe Verstrickungen mit der Mafia aufgedeckt und Fälle von Korruption. Das ist doch wohl ›sexy‹, oder? Und vergessen Sie nicht, dass ich von einem nackten Stammesangehörigen mit Speer gejagt wurde. Das ist gefährlich. Ist Ihnen das nicht ›unterhaltsam‹ genug?«

»Die Stelle war gut«, gestand Felicity widerwillig ein. »Aber der Rest war wirklich etwas enttäuschend. Ich meine, Sie haben mit diesen abgeschieden lebenden Eingeborenen ja nicht einmal gesprochen.«

Sie warf ihr glänzend schwarzes Haar zurück und schenkte Dominic einen gelangweilten Blick. Er wäre nicht erstaunt gewesen, wenn sie im nächsten Moment eine Kaugummiblase gemacht hätte.

»Die Taromenane sprechen kein Englisch«, erklärte Dominic langsam. »Um genau zu sein, sprechen sie mit überhaupt niemandem außerhalb ihres Stammes. Davon handelt ja gerade der Film. Sie haben keinen Kontakt mit der Außenwelt, und sie wollen auch keinen Kontakt mit der Außenwelt. Es ist ein absolut irres Phänomen. Fasziniert Sie das denn gar nicht?«

Dom sah sie erwartungsvoll an.

»Ich fürchte, wir werden das ganze Projekt verwerfen müssen, Dominic«, erklärte sie streng.

Sie rückte ihre Brille zurecht und musterte ihn wie eine desillusionierte Lehrerin, die einen faulen Schüler ermahnte.

»Was?!« Dom konnte seinen Frust nicht länger verbergen. »Also, bitte, ich habe drei Monate meines Lebens da draußen verbracht. Ich habe Dinge gefilmt, die so noch nie jemand gesehen hat. Ich habe gerade einen Monat damit zugebracht, dieses Material zu schneiden und …«

»Und diese Firma hat Tausende von Dollar in ein Projekt gesteckt, aus dem niemals etwas werden wird«, entgegnete sie.

»Ich denke, wir hätten also derzeit beide Grund, ein wenig … angefressen zu sein, nicht wahr?«

Ein wenig angefressen? Das war die Untertreibung des Jahres! Dom sah über den Kopf von Felicity hinweg aus dem Fenster und konzentrierte sich darauf, die Fassung zu bewahren. Hier einen Streit vom Zaun zu brechen, half ihm gar nichts. Er brauchte diese Frau auf seiner Seite. Nach dem Auftrag war schließlich vor dem Auftrag.

»Sehen Sie, Dominic, ich verstehe, dass Sie im Augenblick ein paar private Probleme haben …« Felicity senkte ihre Stimme zu einem ›verständnisvolleren‹ Ton.

Was zum Teufel hatte sein Privatleben mit seiner Arbeit zu tun? Und woher wusste diese schnöselige Tussi von seiner gescheiterten Ehe? Dann fiel ihm ein, dass Calgary sich in ihrem letzten Fashionblog zum Thema ›Wie Single-Frauen sich kleiden‹ ausgelassen hatte und ganz New York seitdem von seiner Scheidung wusste.

»Vielleicht brauchen Sie ja eine kleine Auszeit, und dann, wenn es Ihnen wieder besser geht, können Sie gerne kommen und mir Ihre neuen Programmideen vorstellen. Allerdings bitte mit einer völlig anderen Ausrichtung. Die Zeiten ändern sich, Dominic. Ich suche nach Geschichten, die sich stärker mit Menschen beschäftigen.«

»Die Taromenane sind Menschen«, erinnerte Dom sie.

»Ich meine *Leute*. Menschen, mit denen sich die Zuschauer hier in den Staaten identifizieren können. Ich möchte Glamour, aufregende Unterhaltung, Fashion, Spannung und einen Überraschungsmoment. Ja, es soll ›sexy‹ sein, Dominic! Dazu stehe ich ganz offen. Nehmen Sie sich also ein paar Wochen frei. Genießen Sie die Weihnachtsfeiertage. Und wenn dann die kreativen Ideen wieder zu sprudeln beginnen …«

Sie schenkte ihm ein aufgesetztes Lächeln.

»Also, wollen wir ein Treffen für das neue Jahr vereinbaren, wie wäre das? Meine Sekretärin wird sich bei Ihnen melden, sobald sie meinen Terminkalender vor sich hat. Ach, und Dominic: ein schönes Weihnachtsfest.«

»Sicher«, sagte Dominic, erhob sich und schüttelte Felicitys Hand. »Ihnen auch.«

Als sie aufstand, bemerkte er, dass sie nur etwa einen Meter fünfzig groß war. Er kam sich vor, als wäre er gerade von einer Achtklässlerin abgefertigt worden.

Dominic beschloss, nach Hause zu laufen, statt die U-Bahn zu nehmen. Schönes Weihnachtsfest? Selten so gelacht! Es war ein kalter, klarer Novembertag, und nach dem Gespräch, das er gerade geführt hatte, konnte er frische Luft gebrauchen. Seit wann eigentlich begann Weihnachten schon im November? Er lief vorbei an Geschäften, deren Schaufenster weihnachtlich geschmückt waren, an Straßenhändlern, die Mistelsträuße und geflochtene Rentiere verkauften, und bemühte sich, die Weihnachtslieder, die von überall her auf die Straße schallten, so gut es ging auszublenden. In seiner Kindheit hatte Weihnachten immer alle Probleme vergessen lassen, wie groß die Not der Familie auch gewesen sein mochte. Oder wenigstens vorübergehend vergessen lassen. Aber in diesem Jahr war von dieser Magie nichts zu spüren.

18. Kapitel

Beaumont House, Wiltshire, 1947

Als Mama und Wilfred aus der Karibik zurückkehrten, verkauften sie einige der verbliebenen Gemälde, die bis dahin das bescheidene Wohnzimmer verschönert hatten, in dem Papa schlief, und verwendeten das Geld, um das Häuschen nebenan zu beziehen. Sie ließen alle Zimmer komplett renovieren und kauften bei Heals in London neue, moderne Möbel. Ich beklagte mich bei Papa darüber, wie absurd das alles war, aber der meinte nur achselzuckend, dass er schon lange aufgehört habe, sich über Dinge wie Familienerbstücke oder Geld Gedanken zu machen, und dass es ihn nicht im Geringsten interessiere, wo und mit wem seine Frau lebte.

Meine Teenagerjahre verliefen also mehr als unkonventionell. Während mein verstümmelter Vater und ich still und bescheiden im Gärtnerhaus wohnten, ließen es sich meine Mutter und ihr Liebhaber nebenan in der aufwendig modernisierten ehemaligen Hufschmiede gut gehen. Jetzt nach Kriegsende wurden auch wieder Partys gefeiert. Aber selbst ich erkannte, wie freudlos diese Veranstaltungen waren. Meine Mutter und ihre Bekannten blieben einfach in ihren alten Gewohnheiten verhaftet, weil sie gar nicht wussten, was sie anderes hätten tun sollen, als elegante Kleider anzuziehen, edel zu speisen und zu trinken und sich dabei den neuesten Klatsch oder andere schrecklich lustige Geschichten zu erzählen. Während wir lasen, im Radio ein Hör-

spiel verfolgten oder zu schlafen versuchten, wurden wir nicht selten vom Krach der feuchtfröhlichen Dinnerpartys in Mamas Haus gestört. Derweil erhob sich im Hintergrund die verfallende Hülle von Beaumont House und erinnerte uns daran, was wir verloren hatten.

Manchmal kamen Banker oder Anwälte aus London, um mit meinem Vater über geschäftliche Dinge und das Anwesen zu sprechen. Das Empire war nach dem Krieg zerfallen. Ganze Nationen wurden gekauft, verscherbelt, geteilt und getauscht, womit sich auch viele Vermögensanlagen in Übersee, wie mein Vater sie besaß, von heute auf morgen in Luft auflösten. Es blieb nur noch wenig übrig. Was Papa von seinem Auslandsbesitz noch versilbern konnte, war ein Klacks verglichen mit dem, was er zur Rettung von Beaumont House benötigt hätte. Ich hörte, wie die Herren aus London anboten, das Anwesen zu kaufen. Doch Papa wollte die Last von Beaumont House lieber weitertragen.

»Hier wurde ich geboren, und hier werde ich auch sterben«, erklärte er mir. »Meine letzten Tage möchte ich auf Beaumont verbringen. Was danach mit alldem hier geschieht, ist mir vollkommen gleichgültig. Tu damit, was immer du möchtest, Tilly. Schließlich wird es einmal dir gehören.«

Die letzte Feier, die auf Beaumont House stattfand, war Silvester 1947 zu meinem achtzehnten Geburtstag. Um Punkt Mitternacht würde ich volljährig werden. Papa hatte Mrs. Ashton überredet, die alte Belegschaft noch einmal zusammenzutrommeln, und für diesen einen Tag, am Silvesterabend, wimmelte es auf Beaumont wieder vor Personal. Der Ballsaal wurde von Spinnweben befreit, die Kronleuchter abgestaubt. Wimpel und Luftballons hingen an den Wänden, und weiße Tischtücher lagen über sämtlichen alten Tischen, die sich irgendwo in den

Nebengebäuden, Scheunen und Ställen hatten auftreiben lassen. Mrs. Ashton setzte die Küche wieder in Betrieb, und lebhaftes Stimmengewirr erfüllte noch einmal die Gänge und Räume. Die Wände mochten Risse aufweisen, die Holzdielen knarren und die Fenster im heulenden Wind klappern, keiner von uns störte sich daran. Für diesen einen Abend herrschte nichts als Freude in unserem Zuhause und in unseren Herzen.

Nanny kam zusammen mit ihrem Ehemann Martin, außerdem Mr. Wise und die Eltern meines Jugendfreunds Tony. Am Ende erschienen so viele von unseren ehemaligen Angestellten, dass es eher der großen Wiedersehensfeier einer Familie ähnelte als einer Party zum achtzehnten Geburtstag. Mrs. Ashton war es sogar gelungen, meine alten Schulkameradinnen aus Westonbirt ausfindig zu machen, und sie hatten alle trotz des Unwetters, das draußen wütete, den Weg nach Beaumont House auf sich genommen. Irgendwie hatte es sogar meine übergeschnappte alte Tante Ophelia geschafft, aus St Ives anzureisen. Ich bedauerte nur, dass nicht auch die Trevallions da waren. Als ich mich bei Tante Ophelia nach meinen geliebten Ferienfreunden erkundigte, wusste sie nur von deren Auswanderung unmittelbar nach dem Krieg, konnte sich um alles in der Welt aber nicht daran erinnern, in welches Land sie gezogen waren, nicht einmal an den Erdteil. Mama trug ein lächerlich mondänes Abendkleid aus purpurrotem Taft, dazu eine Fuchsstola und ein Diamantdiadem, das sie unter ihrem Bett versteckt hatte. Sie machte sich schon lange vor dem Abendessen über den Sekt her und war um neun Uhr bereits sternhagelvoll. Ich schämte mich zwar, tat aber mein Bestes, nicht darauf zu achten, wie sie mit Jungen in meinem Alter flirtete und ständig über den Saum ihres langen Kleids stolperte. Wilfred verzog sich für den Rest des Abends schmollend in eine Ecke, was mir nur allzu recht war.

Papa machte in seinem besten Anzug eine bemerkenswert elegante Figur. Seine Narben würden niemals abheilen, aber sein Haar war ziemlich gut nachgewachsen, seine Wangen hatten Farbe, und auf seinem Gesicht lag ein breites Lächeln. Ein schöneres Geburtstagsgeschenk hätte ich mir nicht wünschen können. Er hatte mir ein ganz außergewöhnliches Kleid zum Geburtstag gekauft. Es war aus extrem weichem rotem Samt, hatte einen weiten, üppig geschnittenen Rock, eine schmale Wespentaille und einen herzförmigen Ausschnitt. Das Kleid gehörte zur aktuellen ›New Look‹-Kollektion von Dior, die in diesem Jahr die gesamte Modewelt im Sturm eroberte, und Papa hatte es extra aus Paris schicken lassen. Es war halt nicht mehr wie in den guten alten Vorkriegsjahren, als Papa von jedem Aufenthalt in Paris einfach Designermodelle mitbringen konnte. Um dieses Kleid in die Hände zu bekommen, hatte er Monate gebraucht. Aber er sagte mir auch, es sei schon erstaunlich, was sich mit einem Telefon und ein paar Kontakten, die aus der guten alten Zeit noch geblieben waren, doch alles zustande bringen ließ. Passende Schuhe gab es auch dazu. Glänzend schwarze Lacklederpumps mit sündhaft hohen Absätzen. Ich war im Himmel! Nachdem ich jahrelang nur triste, vielfach ausgebesserte Kleider getragen hatte, fühlte es sich jetzt beim Anziehen an, als würde ich eine neue Welt betreten. Was ich vermutlich ja auch tat. Ich war nun erwachsen und hatte meine Kindheit endgültig hinter mir gelassen. Ich lieh mir sogar Mamas roten Lippenstift aus und stellte mit großem Vergnügen fest, wie gut er mir stand. Papa meinte, ich würde ihn an Katharine Hepburn erinnern, was tatsächlich das größte und schönste Kompliment war. Ich war besessen von allem, was mit Kino, Schauspielern oder irgendwie mit Hollywood und der Filmbranche zu tun hatte. Wenn ich abends ins Bett ging, träumte ich davon, eine be-

rühmte Schauspielerin zu werden, was ich Papa gegenüber jedoch nie zugegeben hätte. Ich weiß nicht, ob er einverstanden gewesen wäre.

Ich trank Sekt und tanzte Swing, bis mir schwindlig wurde. Mrs. Ashton hatte eine wundervolle Band aus Bath gefunden, die alle modernen Songs spielte. Als es auf Mitternacht zuging, muss ich wohl schon ein wenig beschwipst gewesen sein, denn ich weiß noch, dass mir die Idee kam, ich könnte ja um zwölf Uhr Bernard küssen, den Bruder meiner Freundin Amelia. Und Bernard war kein allzu attraktiver Fang, wie ich im Nachhinein zugeben muss. Glücklicherweise mischte sich mein Vater ein, kurz bevor die Glocken meinen Geburtstag und das neue Jahr verkündeten. Er bestand darauf, dass ich mit ihm kam, da er noch eine kleine Überraschung für mich hatte. Ich folgte ihm also die große Haupttreppe hinauf bis zum Absatz auf halber Höhe, wohin zwei Männer ihn in seinem Rollstuhl trugen. Dort klopfte er mit einem Löffel an sein Glas, bis alle zu uns hinaufsahen. Die antike Standuhr auf der Empore schlug einmal, zweimal, dreimal … bis 1947 endlich vorüber war. Sobald sich die allgemeine Aufregung wieder gelegt hatte, begann Papa zu sprechen.

»An dieser Stelle möchte ich meiner geliebten Tochter Matilda anlässlich ihres achtzehnten Geburtstags noch ein letztes Zeichen meiner großen Zuneigung für sie überreichen. Wie Sie alle wissen, hat Tilly in den vergangenen zwei Jahren immense Opfer für mich gebracht. Sie hat ihre Schulausbildung und all ihre sozialen Kontakte aufgegeben, um mich zu pflegen. Wenn Sie mich so sehen, denken Sie vielleicht, ich könnte unmöglich ein glücklicher Mann sein, aber da irren Sie sich. Ich habe Tilly, das bezauberndste Geschenk von allen, und aus diesem Grund bin ich wirklich vom Glück gesegnet. Und deshalb habe ich hier

ein ganz besonderes Geschenk, von dem ich weiß, dass sie es lieben und für immer in Ehren halten wird. Es ist etwas, von dem Matilda geträumt hat, seit sie ein kleines Mädchen war. Und daher ohne viele weitere Worte, Mr. Fitzroy …?«

In meinem Kopf drehte sich alles. Fitzroy? Den Namen hatte ich seit Jahren nicht mehr gehört, obwohl er mir in liebevoller Erinnerung geblieben war. Er erschien mit einem strahlenden Lächeln über uns am Ende am Treppe, in der Hand ein Schmuckkästchen aus blauem Samt von Asprey.

»Alles Gute zum Geburtstag, sehr verehrtes junges Fräulein.« Mit einer tiefen Verbeugung überreichte er die Schachtel meinem Vater. Inzwischen schlug mir das Herz bis zum Hals.

Wie war das möglich? Ich wagte kaum, zu glauben, dass …

»Für dich, Tilly«, sagte mein Vater und gab mir die Schachtel.

Ich öffnete sie mit zitternden Händen, und als ich sah, was darin lag, schnappte ich unwillkürlich so heftig nach Luft, dass alle Anwesenden in Lachen ausbrachen und applaudierten.

»Perlen!«, rief ich. »Die schönsten Perlen, die man sich vorstellen kann!«

»Ein Choker«, erklärte Papa stolz »Ein Perlenhalsband, genau wie du es dir vor dem Krieg gewünscht hast. Erinnerst du dich, mein Schatz?«

Ob ich mich daran erinnerte? Wie könnte ich das jemals vergessen? Papa hatte ja keine Ahnung, welche Bedeutung dieser Tag für mich besaß.

»Es ist das Schönste, was ich je gesehen habe, Papa«, japste ich. »Vielen Dank. Ich werde dieses Collier stets in Ehren halten.«

Ich beugte mich hinunter, gab ihm einen Kuss und umarmte ihn.

»Sie sind aus Japan«, erzählte er mir. »Jede Einzelne von ihnen von Meerjungfrauen mit der Hand gesammelt, wie du gesagt *hast. Sechsundsechzig makellos runde, champagnerfarbene Perlen. Und diese eine …«*

Er nahm eine außergewöhnlich große, seidig schimmernde Perle von atemberaubender Schönheit zwischen die Finger, die zentral in der mittleren Reihe saß.

»Diese hier ist etwas ganz Besonderes. Ist es nicht so, Fitzroy?«

Fitzroy nickte.

»Es ist die perfekteste Perle, die ich je die Ehre hatte, verarbeiten zu dürfen«, sagte er.

»Mr. Fitzroy und seine Kollegen haben Jahre dafür gebraucht, die richtigen Perlen für dieses Collier zu finden, Matilda. Um ehrlich zu sein, hat er sie erst vor wenigen Wochen alle zusammenbekommen, stimmt's, Fitzroy? Es ist derzeit enorm schwierig, Perlen aus Japan auszuführen. Wir dachten schon, du müsstest bis zu deinem einundzwanzigsten Geburtstag warten.«

»Und sieh nur hier«, fuhr Papa nach kurzer Pause fort. »Er hat sie mit einem ganz besonderen Verschluss verbunden. Siehst du das, mein Schatz? Er ist aus Platin und mit zwölf weiteren winzigen Perlen besetzt, und auf der Innenseite sind deine Initialen eingraviert. Einschließlich der Lady.«

Er lachte ein wenig verlegen über dieses Detail, zuckte dann aber mit den Achseln.

»Klingt vielleicht etwas übertrieben oder sogar anmaßend, aber so war es nicht gemeint. Du hast dich nur über die letzten Jahre hinweg im wahrsten Sinne des Wortes als eine Lady erwiesen, mein Schatz, und das wollte ich zum Ausdruck bringen. Du bist nicht länger mein kleines Mädchen, Tilly. Du bist jetzt eine Lady, ohne jeden Zweifel. Gefällt es dir?«

Mir hatte es fast die Sprache verschlagen.

»Ich liebe es, Papa, und wenn ich es anlege, werde ich immer an dich denken.«

»Das freut mich, Tilly. Es ist das Mindeste, was ich tun kann, um dir all das zu vergelten, was du in den vergangenen zwei Jahren für mich getan hast. Komm her, beug dich mal runter, mein Schatz. Ich werde es dir einmal anlegen.«

Alle jubelten, als ich mich aufrichtete und mein herrliches Geschenk präsentierte. Die große, zentrale Perle saß genau an der richtigen Stelle auf meinem Hals, und ich wäre vor Stolz beinahe geplatzt, als alle noch einmal klatschten. Das heißt, alle bis auf meine Mutter, die noch ein letztes Glas Sekt hinunterstürzte und dann aus der großen Halle stürmte. Mrs. Ashton hatte ihren Abgang ebenfalls bemerkt und lächelte ein wenig betrübt, als unsere Blicke sich begegneten. Mir fiel wieder ein, wie sie gesagt hatte, dass Mama Schwierigkeiten mit meinem Erwachsenwerden haben würde, und ich begriff, was sie damit gemeint hatte. Aber selbst meine Mutter konnte mir diesen Abend nicht verderben. Papa hatte mir einen Kindheitstraum erfüllt, und als ich dort oben auf dem Treppenabsatz mit meinen wunderschönen Perlen um den Hals stand, fühlte ich mich glücklich wie noch nie. Ich wünschte, ich hätte diesen Moment für immer einfangen können.

In den folgenden Wochen nahm ich mein Collier bestimmt zehnmal am Tag aus der Schachtel und probierte es an. Es war wirklich wunderschön, auch wenn meine schäbigen, provinziellen Mädchenkleider seine Schönheit natürlich nicht richtig zur Geltung brachten. Ich fragte mich, ob ich jemals ein Leben führen würde, das zu meinem neuen Schmuckstück passte. Außerdem begann ich mir Gedanken darüber zu machen, wie es Papa überhaupt gelungen war, für mein Geburtstagsgeschenk zu bezahlen. Ich besaß jetzt sechsundsechzig makellose Salzwasserperlen, obwohl mein Vater es sich nicht einmal leisten konnte, das Dach auf seinem Haus erneuern zu lassen. Aber wenn ich ihn danach fragte, sagte er nur, ich solle mir keine Sorgen machen. Ihm zufolge hatte er Mr. Fitzroy schon lange vor dem Krieg von der Idee mit dem Choker erzählt und zugleich darauf bestanden, Asprey einen hohen Geldbetrag zu zahlen, um bereits Perlen ankaufen zu können. So habe er sicherstellen wollen, nur die edelsten Perlen für meine Kette zu bekommen. Und das sei auch ganz gut so gewesen, sagte er, denn ansonsten wäre das Collier nicht zu meinem Geburtstag fertig geworden. Das Geld stamme also aus einer anderen Zeit und einer anderen Welt. Mein Unbehagen blieb, aber mir war auch klar, dass er niemals einem Verkauf meines Geschenks zugestimmt hätte. Mit dem Erlös hätten wir zwar die Renovierung von Beaumont House in Angriff nehmen können, aber ein neues Dach hätte Papa niemals so glücklich gemacht wie der Moment, als er mir das Collier schenkte.

In diesem Winter erkrankte Papa an einer Grippe. Er bekam eine Lungenentzündung und starb im Schlaf am 13. Februar 1948. Drei Monate lang weinte ich jeden Tag. Mama weinte auch, aber nur weil Papa nach dem Krieg sein Testament geändert hatte. Er hatte ihr nur einen bescheidenen Geldbetrag hinterlassen, während Beaumont House mit dem gesamten Grundbesitz und den Nebengebäuden an mich ging. Nach Papas Tod gab sie sich nicht mehr viel Mühe, ihren Hass auf mich noch länger zu kaschieren. Sie versuchte, das Testament mit dem Argument anzufechten, Papa sei unzurechnungsfähig gewesen, als er die Änderungen durchführte, aber niemand nahm ihre Einwände ernst, und der Einspruch gelangte nie vor Gericht. Noch in diesem Sommer zog sie mit Wilfred nach Dorset, wo sie sich in der Nähe von Poole auf einer in Mode kommenden Landzunge namens Sandbanks einen geräumigen Bungalow am Strand kaufte. Sie nahm den Schmuck mit, der von Rechts we-

gen eigentlich mir gehörte, aber ich beschloss, ihn ihr zu lassen. Selbst alle Diamanten der Welt würden sie nicht mehr glücklich werden lassen. Von Zeit zu Zeit schrieb sie mir noch, mehr um mit ihrem herrlichen neuen Leben zu prahlen, als sich nach meinem Befinden zu erkundigen. Sie und Wilfred hätten einen solch bezaubernden neuen Freundeskreis gefunden, und ihr Auftreten würde bis nach Bournemouth und Poole gesellschaftlich für Furore sorgen. In Wahrheit hatte sie damit begonnen, sich um den Verstand zu trinken. Ich sollte meine Mutter viele Jahre nicht wiedersehen.

Papa war das Herz von Beaumont House gewesen. Nach seinem Tod war das Haus nur noch eine alte, baufällige, leere Hülle. Ich war die letzte lebende Beaumont und hätte das Haus nie allein mit Leben füllen können. Ich war achtzehn, hatte keine Geschwister, nur wenige Freunde und keine Ahnung von geschäftlichen Dingen. Die Banker und Anwälte aus London, die bereits meinen Vater besucht hatten, erklärten mir, dass ich unmöglich allein für den Unterhalt des Anwesens aufkommen könnte. Sie rieten mir, alles zu Geld zu machen, und irgendwo von vorn anzufangen, und meinten, dass ich für eine Achtzehnjährige durchaus vermögend sein würde. Also verkaufte ich Beaumont House an einen jungen Unternehmer aus Birmingham, der mit Stahl reich geworden war. Er machte einen ganz sympathischen Eindruck und zeigte sich ungeheuer begeistert über das Haus und das Grundstück. Aber ich wollte gar nicht wissen, was er mit alledem vorhatte. Der neue Besitzer würde jedenfalls erheblich mehr in die Restaurierung des Gebäudes investieren müssen, als er mir für den Erwerb zahlte. Doch ich erinnerte mich an Papa, der mir gesagt hatte, ich solle nach seinem Tod mit Beaumont House tun, was immer ich wollte, und das erleichterte mir die Entscheidung.

Ich entschied mich, nach London zu gehen, aber da ich ein unbedarftes Mädchen vom Land war und eine ruhige Umgebung mit viel Grün brauchte, kaufte ich mir eine entzückende alte Stadtvilla in Hampstead mit Blick über den Park. Und so verließ ich mit Badger auf dem Beifahrersitz in dem klapprigen Bedford-Lieferwagen Beaumont House und machte mich auf den Weg. Im Dezember 1948 fuhr ich ein letztes Mal die Zufahrt entlang und ich warf keinen Blick zurück.

Hackney, London, 2012

»Ich weiß, was es ist!«, rief Sophia aufgeregt und hämmerte an Hugos Tür.

Sie hatte recht behalten. Irgendetwas hatte sich gestern verändert. Draußen wurde es gerade erst hell, und hier stand sie schon, zwar nur mit einem übergroßen T-Shirt bekleidet, aber immerhin voller Energie, Entschlossenheit und vielleicht sogar mit den Anfängen eines Plans. Sie begann, das Leben erheblich optimistischer anzugehen. Gewiss, unbeschwerte Frühlingsgefühle waren dies noch nicht, aber wie auch? Sie hatten ja erst nasskalten November, ihre Großmutter lag im Sterben und sie selbst war eben erst von ihrem Ex-Verlobten und von ihrem eigenen Vater zutiefst verletzt worden.

Sie wollte nicht zu viel darüber nachdenken, was ihr Vater getan hatte. Es machte sie bloß kirre und lenkte sie von Wichtigerem ab. Natürlich hätte sie ihn nach Nathans Geständnis am liebsten sofort angerufen, um ihn anzubrüllen und zu fragen, wie ein Mann das Leben seiner eigenen Tochter nur so zerstören konnte. Aber sie hatte sich stattdessen lieber in ihrem Bett verkrochen. Inzwischen war der Schmerz ein wenig schwächer geworden. Keine Frage, er war noch immer da, fest verschlossen in einem zornigen Knäuel irgendwo in ihrem Innersten, aber für den Moment ließ sie ihn dort, wo er war. Es tat nicht mehr so weh wie vor einigen Wochen, aber ihrem Vater gegenübertreten wollte sie trotzdem nicht. Noch nicht. Jetzt war erst einmal Granny in ihr Leben zurückgekehrt, und mehr Familienkontakt benötigte sie im Augenblick nicht. Außerdem erübrigte sich die Frage, warum ihr Dad es getan hatte. Er glaubte nun einmal, sie sei zu nichts nütze. Und da konnte Sophia sagen, was sie wollte, von dieser Meinung würde ihn nichts abbringen, das wusste sie genau.

Irgendwie war es ihr an diesem Morgen gelungen, Nathan völlig aus ihren Gedanken zu verbannen und sich stattdessen ganz auf die Zukunft zu konzentrieren. Durch die Tür konnte sie hören, wie Hugo leise und sanft mit jemandem sprach. Er klang weniger bissig als sonst, und Sophia fragte sich, ob er mit Damon telefonierte. Sie hoffte es für ihn. Brauchbare Kerle waren dünn gesät, und Hugo wäre verrückt, sich so einen Treffer durch die Lappen gehen zu lassen. Aber das hieß noch lange nicht, dass er jetzt nicht mal auflegen und sie hineinlassen sollte – und zwar auf der Stelle.

»Hugo!«, rief sie erneut. »Lass mich rein! Ich weiß jetzt, was Granny unbedingt finden muss.«

Drinnen war ein dumpfes Auftreten zu hören, dann schwang die Tür auf. Hugo war bereits picobello angezogen und rasiert. Der Duft von teurem Aftershave lag in der Luft. Er verabschiedete sich von seinem Gesprächspartner am anderen Ende der Leitung und verabredete sich für später am Tag.

»Was?«, wollte er wissen. »Was ist es?«

»Es ist mein Erbstück«, sagte sie und reichte Hugo den Brief.

Seine Augen huschten rasch und gierig über die Seiten.

»Ein Collier aus den Vierzigern, aus orientalischen Perlen von Asprey in London. Ehemals im Besitz der Hollywood-Legende Tilly Beaumont. Was das wohl wert sein dürfte?«

Sophia zuckte mit den Achseln.

»Keine Ahnung«, gab sie zu. »Mich interessiert mehr, wie es überhaupt verschwinden konnte. Mein Urgroßvater hat es ihr zum achtzehnten Geburtstag geschenkt. Es muss ihr also unendlich viel bedeutet haben. Wie um alles in der Welt konnte sie ihren wertvollsten Besitz verlieren?«

19. Kapitel

Tokio, Japan, 2012

Aikos Rede auf dem Kongress war ein voller Erfolg gewesen. Später, als die Delegierten alle gegangen waren, hatte sie sich mit ihrem Sohn Ken und dessen Frau Suki im Imperial zum Abendessen getroffen. Ken und Suki lebten am Rand von Tokio und leiteten den japanischen Arm des Familienunternehmens. Aiko skypte häufig mit Ken, aber das war längst nicht dasselbe, wie ihn leibhaftig zu sehen, und sie hatten einen wundervollen Abend zusammen verbracht.

Müde nach einem anstrengenden Tag und dem unterbrochenen Schlaf in der vorangegangenen Nacht, war sie rasch eingeschlafen. Sie hatte sich zuvor selbst streng ermahnt: keine Geister aus der Vergangenheit mehr. Heute Nacht würde sie schlafen wie ein Baby. Und doch schreckte sie mitten in der Nacht erneut mit heftig pochendem Herzen auf. Vielleicht verlor sie ja den Verstand. Die Kontrolle über ihre eigenen Gedanken jedenfalls besaß Aiko eindeutig nicht mehr. Selbst im halbwachen Zustand lief ihr Traum wie ein Horrorfilm in ihrem Kopf weiter, und Aiko war unfähig, ihn abzuschalten.

Ise-Shima, Japan, 1927

In der Hütte der Ama, der Amagoya, bereiteten sich schon

etwa zwanzig Frauen wild durcheinanderredend auf die Arbeit vor, als Manami erschien.

»Guten Morgen, Manami-san!«, riefen ihre Freundinnen, Schwestern und Cousinen.

»Du bist zu spät«, hänselten sie. »Hast wohl zu lange gebraucht, um dein Haar zu kämmen, wie?« Manami war bekannt für ihre Eitelkeit.

»Kommt Yoshiro heute vielleicht auch zu spät?«, neckte eine andere Stimme. »Von seiner Schwester habe ich gehört, dass ihr zwei Turteltauben den ganzen Tag im Bett bleiben würdet, wenn seine Mutter euch nicht mit dem Besen aufscheuchen würde!«

Manami nahm die Sticheleien der Freundinnen gelassen hin. Manamis Familie stand als älteste und geschickteste Taucherfamilie der ganzen Region in hohem Ansehen, und obwohl sie nicht reich an Geld waren, besaßen sie doch eine beträchtliche Menge an Talent. Und die schöne, temperamentvolle, draufgängerische Manami galt als unangefochtene Ama-Prinzessin. Daher wurde ihr auch verziehen, wenn sie morgens ein paar Minuten zu spät erschien. Yoshiro sagte immer, Manami gehöre einem ganz anderen Menschentyp an als die übrigen Mädchen im Ort. Sie überragte die meisten um einen ganzen Kopf, ihre Gliedmaßen waren lang und graziös, die Haare fielen ihr auf den Rücken in einem Zopf so dick wie ein Seil, und in ihren Augen lag so viel Feuer, dass sie eher bernsteinfarben leuchteten als braun.

Ein paar Monate zuvor war ein Fremder an diesem Küstenabschnitt aufgetaucht, der merkwürdige Apparate mit sich herumgeschleppt hatte. Mit seinem Hut und dem dunklen Leinenanzug hatte er genauso fremdartig gewirkt wie die Ausländer, deren Bilder Manami auf den Seiten von Herrn Nishimotos Zeitung gesehen hatte. Und doch hatte dieser Mann, ein Herr Fanaki, behauptet, aus Tokio zu stammen! Wie sich herausstellte, handelte es sich bei seinen Geräten um fotografische Apparate, und er war hier, weil er von den Ama gehört hatte und Fotos von ihnen machen und sich mit ihnen unterhalten wollte, damit die ganze Welt von ihren außerordentlichem Talent erfährt.

Einige der Ama hatte sich geweigert, fotografiert zu werden, vor allem die älteren unter ihnen. Herrn Fanaki schien das nicht besonders zu stören. Ihm war es ohnehin wichtiger, die jungen, hübschen Mädchen zu fotografieren. Manami konnte es ihm nicht verdenken. Zudem war sie die Ama, an der Herr Fanaki das größte Interesse zeigte.

»Es ist nicht nur, weil du so schön bist, es ist auch, weil du schön und nackt bist«, hatte Yoshiro damals lachend erklärt. »In den Städten laufen die Mädchen nicht einfach nur im Lendenschurz herum, wie ihr Ama-Mädchen das tut.«

»Wenn es ihnen Vergnügen bereitet, das zu sehen, lass sie doch«, hatte Manami lachend erwidert. »Steht es mir vielleicht zu, einem Geschäftsmann in Tokio sein Vergnügen zu nehmen? Außerdem stille ich Aiko noch, und meine Brüste haben wirklich nie schöner ausgesehen. Da werden sie also ganz zu Recht bewundert.«

Manami hatte es Spaß gemacht, für die Fotos Modell zu stehen. Verlegenheit kannte sie nicht, immerhin hatte sie ihr ganzes Leben lang nackt gearbeitet. Und Manami hatte auch mit Freuden all die Fragen von Herrn Fanaki beantwortet.

»Nein«, hatte sie lachend gesagt. »Ein Junge kann keine Ama werden. Frauen besitzen eine zusätzliche Fettschicht. Wir können viel länger im Wasser bleiben als Männer und viel größere Fänge machen. In manchen Dörfern soll es auch männliche Taucher geben, wie ich gehört habe, aber hier nicht. Es ist unsinnig. Sie kommen mit dem kalten Wasser nicht zurecht. Männer sollten bei ihren Booten und Fischernetzen bleiben.«

Herr Fanaki hatte sich überrascht gezeigt, dass die Ama ihren Männern gegenüber so wenig Respekt zeigten.

»Wir respektieren sie schon«, hatte Manamis Mutter Umiko, die unbestrittene Matriarchin der Amagoya, widersprochen. »Aber sie respektieren auch uns. Wir können mit dem Sammeln von Abalonen mehr Geld verdienen als sie mit dem Fischfang.«

»Also sind Sie gar keine Drachenweiber?«, hatte Herr Fanaki weitergeforscht. »Mir wurde erzählt, Ama seien wegen ihrer Dominanz auch als Drachenweiber bekannt!«

Die ganze Amagoya war daraufhin in lautes Lachen und Kreischen ausgebrochen.

»Doch, wir sind Drachenweiber!«, hatte Umiko erklärt. »Und stolz darauf! Aber das schreckt unsere Männer nicht! Es ist ein großes Glück, eine Ama zu sein. Wir können uns selbst unseren Ehemann aussuchen. Wir verdienen Geld. Wir sorgen mit für das Auskommen unserer Familien. Für unsere Männer besitzen wir eine Menge Vorzüge, und wenn wir dann ab und zu ein wenig aufmüpfig sind und unsere eigene Meinung haben? Na, wenn schon! Sie sind ja froh, uns zu haben.«

Herr Fanaki hatte noch mehr wissen wollen: »Taucher können krank werden, wenn sie zu tief tauchen. Haben Sie nie Angst zu ertrinken?«

»Wir haben unsere eigenen Atemtechniken«, hatte Umiko mit ernster Miene geantwortet. »Gefährlich ist es nur für Anfängerinnen, wenn sie sich nicht konzentrieren oder nicht auf die Älteren hören.«

In der Amagoya herrschte plötzlich Totenstille. Alle Ama wussten, dass dies gelogen war. Frauen waren beim Tauchen gestorben. Zahlreiche Frauen im Laufe der Jahre. Einige von ihnen waren sehr erfahren und vernünftig gewesen. Sie alle wussten das. Und dann gab es noch die älteren Ama, die nur noch im flachen Wasser arbeiten konnten. Sie waren nach einem Tauchgang krank geworden und danach nie wieder die alten gewesen. Eine Frau, die etwa in Umikos Alter war, konnte nicht mehr sprechen, und eine andere war rechtsseitig gelähmt. Eine von Manamis Cousinen, die fast dreißig war, benahm sich jetzt wie ein fünfjähriges Kind. Häufig sah man Ama aus dem Meer steigen, denen Blut aus den Ohren lief, weil ihnen die Trommelfelle durch den Druck geplatzt waren. Und hatten sie nicht alle schon oft unter Kopfschmerzen gelitten? Hatten sie nicht alle schon diesen Schmerz in der Brust gespürt? Aber selbst Manami hatte solche Dinge Herrn Fanaki gegenüber wohlweislich nicht erwähnt. Solche Dinge laut auszusprechen, würde nur Unglück bringen.

Herr Fanaki hatte das Unbehagen der Ama gespürt und das Thema gewechselt. »Und wie sieht es mit Perlen aus?«, hatte er mit glänzenden Augen wissen wollen.

Bei diesen Worten hatten ein paar der Frauen bezeichnende Seitenblicke zu Manami geworfen.

»Wir sammeln Schalentiere, Seeigel und Algen«, hatte Umiko knapp erwidert. »Das meiste Geld verdienen wir allerdings mit Abalonen. Daran ist die Fischfirma interessiert. Nicht an Perlen.«

»Aber ich dachte, Ama wären Perlentaucherinnen?«, hatte Herr Fanaki mit enttäuschter Miene nachgehakt. »Perlen können ein Vermögen wert sein.«

»Ja«, hatte Umiko geduldig geantwortet. »Ganz selten mal

findet man eine Perle. Aber man muss Tonnen von Muscheln sammeln, um nur eine Einzige zu entdecken. Und dann? Dann sind sie meist zu klein oder unförmig oder haben eine schlechte Färbung. Vielleicht ein- oder zweimal im Jahr findet eine Ama eine Perle, für die sie von der Fischfirma auch etwas bekommen kann, und das ist ein echter Glücksfall. Aber wir verbringen nicht mehr den ganzen Tag damit, nach Perlen zu suchen. Was soll dieses Glücksspiel? Man verschwendet sein Leben auf eine verschwindend geringe Chance. Unsere Vorfahren sind früher wahrscheinlich noch mehr nach Perlen getaucht. Aber da gab es ja auch noch keine Fischfirma hier. Algen, Seeigel und Abalonen können wir jeden Tag sammeln. Das ist unser Job. Außerdem hat inzwischen auch jemand eine Technik entdeckt, wie Perlen hergestellt werden können. Echte Perlen gibt es nicht mehr. Sie gehören zur alten Zeit.«

»Aber echte Perlen sind wahnsinnig kostbar«, hatte Herr Fanaki beharrt. Umiko hatte einen warnenden Blick in Manamis Richtung geschickt, den Manami sehr wohl zu deuten wusste, doch das Feuer in ihrem Innern war bereits zu stark entfacht, und die Worte platzten einfach aus ihr heraus.

»Ich suche noch immer nach Perlen. Und ich finde auch welche. Drei Stück habe ich Nishimoto-san im letzten Jahr gebracht.«

Erneut erfüllte schallendes Gelächter die kleine Hütte.

»Eines Tages werde ich eine so große und so makellose Perle finden, dass ich mir davon ein Leben wie eine Kaiserin leisten kann«, hatte Manami geprahlt.

Aus Ärger über ihre jüngste Tochter hatte Umiko daraufhin die Amagoya verlassen, und die anderen Ama hatten weiter kichernd ihre hänselnden Bemerkungen gemacht. Herr Fanaki jedoch hatte sich dichter zu Manami gebeugt, damit ihm keins ihrer Worte entging.

»Schon als kleines Mädchen habe ich davon geträumt, diese Perle zu finden. Es ist die größte, schönste Perle, die je ein Mensch zu Gesicht bekommen hat. Und sie wird die Rettung sein, für mich, meinen Mann Yoshiro, meine kleine Aiko und jeden aus meiner Familie, der mich begleiten möchte. Wir werden uns ein großes Haus bauen mit einem Teich voller Koi-Karpfen. Im Garten werden wir Pfaue halten. Ich werde herrliche Seidenkimonos tragen, und Yoshiro wird fürstlich speisen. Angestellte werden wir haben, und dann werde ich all die noblen Orte besuchen, von denen ich gehört habe. Ich werde mir das Theater ansehen und die Berge und die Seen. Vielleicht werde ich ja sogar nach Tokio kommen, Herr Fanaki, und dann können Sie mir Ihre Welt zeigen, so wie ich Ihnen jetzt meine gezeigt habe.«

»Aber würden Sie nicht das Meer vermissen?«, hatte Herr Fanaki erstaunt gefragt. »Wenn Ihnen das Tauchen im Blut liegt, wie können Sie dann die Küste verlassen?«

Da hatte Manami den Kopf zurückgeworfen und gelacht. Wie konnte man nur so eine dumme Frage stellen?

»Das Meer werde ich natürlich nie verlassen«, hatte sie erwidert. »Wir werden unser Haus direkt am Strand errichten, und ich werde jeden Tag tauchen gehen. Aber ich werde es nur aus reinem Vergnügen machen. Ich werde es tun, um mich so wild und frei wie ein Delphin zu fühlen. Nicht, um Abalonen für die Fischfirma zu sammeln.«

Herr Fanaki hatte alles, was Manami sagte, in das kleine schwarze ledergebundene Heft notiert, das er ständig bei sich trug. Manami hatte fasziniert verfolgt, wie seine weichen sauberen Finger so rasch die feinen kleinen Striche auf die Seiten zauberten. Noch nie war sie einem Mann mit so makellos reinen Händen begegnet. Selbst der Arzt hatte nicht solche Hände. Die Worte, die er schrieb, konnte sie natürlich nicht lesen. Eine Schule hatte sie nie besucht.

Fünf Tage lang war Herr Fanaki im Dorf geblieben, sehr zum Verdruss von Herrn Nishimoto, weil bei all dem Modellstehen und Geschichtenerzählen in der Woche weniger Zeit für das Tauchen übrig geblieben war. (Und dies obwohl Herr Fanaki Gerüchten zufolge Herrn Nishimoto eine hübsche Summe für die Zeit der Ama bezahlt hatte und dieser das Geld nicht an die Fischfirma weitergereicht, sondern in die eigene Tasche gesteckt hatte.) Als Herr Fanaki schließlich abreiste, verbeugte er sich vor Manami und sagte: »Es war mir eine Ehre, Ihre Bekanntschaft gemacht zu haben, schöne Manami-san. Ich werde dafür beten, dass all Ihre Träume in Erfüllung gehen und dass Sie eines Tages nach Tokio kommen werden, um mich dort zu besuchen.« Er hatte ihr eine kleine Karte gereicht, auf der etwas geschrieben stand. Manami hatte keine Idee, was es hieß, aber sie hatte die Karte an diesem Abend mit nach Hause genommen und in die Schachtel für ganz besondere Dinge gelegt. Nur für den Fall, dass sie einmal nützlich sein sollte.

»Beeil dich, Manami!«, rief Umiko von der anderen Seite der Holzhütte. »Hör auf, am helllichten Tag herumzuträumen. Es gibt Arbeit zu erledigen.«

»Entschuldige, Mutter, ich habe nur an Herrn Fanaki gedacht«, sagte Manami. »Ich habe mich gefragt, ob unsere Fotos schon in Tokio in der Zeitung veröffentlicht wurden.«

»Was macht das für einen Unterschied?«, fragte Umiko. »Da wir sie sowieso nicht sehen können, spielt es nicht einmal eine Rolle, ob es sie gibt.«

»Nur weil man es nicht selbst sehen kann, heißt das doch noch lange nicht, dass etwas unwichtig ist, Mutter«, widersprach Manami. »Tokio können wir ja auch nicht sehen, aber wir wissen, dass es existiert. Und die Abalonen können wir vom Strand aus auch nicht sehen, oder?«

»Nein, das können wir nicht«, blaffte Umiko unwirsch. »Also geh jetzt endlich tauchen, bevor dir eine der anderen Mädchen die besten Fänge wegschnappt.«

Neben der aufrichtigen Kameradschaft, die in der Ama-Hütte herrschte, gab es auch eine Menge Heimlichkeiten. Keine Ama würde etwa erzählen, wenn sie eine besonders ergiebige Tauchstelle entdeckt hatte – nicht einmal gegenüber ihrer eigenen Mutter, Schwester oder besten Freundin.

Wie Manami jedoch schon als kleines Mädchen gelernt hatte, musste sie nur ganz still in einer Ecke sitzen und so tun, als wäre sie mit dem Säubern von Messern beschäftigt oder würde nur den Gesprächen ihrer Freundinnen lauschen oder vor sich hin summen. Wenn dann die älteren Frauen nach einer Weile ihre Anwesenheit vergessen hatten, rutschte ihnen schon mal die ein oder andere Information heraus. Mit sechs verfolgte sie die Tauchgewohnheiten der älteren Frauen bereits so aufmerksam wie ein Reiher, der nach Beute Ausschau hält. Nach und nach häufte die junge Ama ein enormes Wissen an und speicherte es in ihrem Hinterkopf für später ab. Als sie selbst alt genug war, um im Flachwasser zu tauchen, wusste sie bereits genau, wie die Gezeiten den Ertrag an Abalonen und Muscheln beeinflussten. Sie wusste, welche Stellen im Frühjahr mehr einbrachten und welche im Herbst. Sie begriff, wie ein Kälteeinbruch die Wassertemperatur veränderte und damit die Tiefe für das einträglichste Sammeln. Sie wusste genau, wo die Algen und Schalentiere nach einem Gewitter landeten und wie lange eine Taucherin unter Wasser bleiben musste, um den besten Fang zu machen. Und auf diese Weise wurde Manami rasch die erfolgreichste junge Ama in der Provinz Shima.

Zuerst behaupteten die älteren Frauen, dass sie nur Glück habe und die Meeresgeister ihr gewogen sein müssten. Ihre Mutter verkündete stolz, dass Manamis Talent halt angeboren sei. Haruki führte es darauf zurück, dass sie selbst ihrer jüngsten Enkelin all ihre eigene Techniken beigebracht hatte. In Wahrheit lag es schlicht daran, dass Manami ein erstaunlich helles Köpfchen hatte. Während die anderen kleinen Mädchen spielten, hatte sie die Kenntnisse der älteren Ama aufgesogen wie ein Schwamm, und nun zahlte es sich für sie aus. Überflüssig zu erwähnen, dass die älteren, erfahreneren Ama inzwischen äußerst einsilbig wurden, wenn Manami in Hörweite war. Selbst ihre eigene Mutter schien nicht mehr verraten zu wollen, wo sie zu tauchen beabsichtigte.

Aber Manami hatte auch ihre eigenen Geheimnisse. Ja, natürlich sprach sie oft mit den anderen über ihre Pläne, mit Perlen einen Haufen Geld zu verdienen und diesem Leben zu entrinnen, die ganze Wahrheit jedoch erzählte sie nicht. Während die anderen Mädchen in ihrem Alter noch nach Abalonen suchten, hatte Manami bereits eine kleine Sammlung von Perlen zusammengetragen. Die Erste hatte sie schon als Kind gefunden. Es war schieres Glück gewesen. Eine vereinzelte Muschel, die sie nur wenige Meter vom Strand entfernt in einem Felsenbecken entdeckte, hatte dieses wunderschöne Geheimnis gehütet. Sie hatte die Perle damals nicht der Fischfirma übergeben. Und auch nicht ihrer Mutter. Sie hatte sie in ihrem Lendenschurz verborgen, nach Hause gebracht und sicher in einem Seidenbeutel unter einem losen Dielenbrett versteckt. Über die Jahre hinweg hatte sie noch einige mehr gefunden. Die Kleineren hatte sie Nishimoto-san gegeben. Die Schönsten jedoch hatte sie behalten. Mittlerweile umfasste Manamis Sammlung über zwanzig Perlen. Aber sie brauchte noch mehr. Je größer die Sammlung, desto wertvoller würde sie sein. Und vor allem brauchte sie noch eine richtig, richtig große. Sie musste noch die Perle ihrer Träume finden.

Sie wusste, dass auch Haruki eine geheime Sammlung hatte. Manami hatte sie einst in dem verstaubten alten Tansu entdeckt, den keiner mehr öffnete, eingerollt im seidenen Hochzeitskimono ihrer Großmutter. Harukis Geheimnis hatte sie in ihrem Tun nur bestärkt. Im Unterschied zu Haruki würde Manami ihre Sammlung allerdings nicht versteckt aufbewahren, bis sie alt und grau war. Sie würde sich ihrer bedienen, solange sie jung war. Sie würde sich, ihrem Mann und ihrem Kind mit diesen Perlen ein besseres Leben erkaufen.

»Hast du Yoshiro heute Morgen schon gesehen?«, erkundigte sich Manami hoffnungsvoll bei Umiko, während sie aus ihrem Hemd schlüpfte.

»Ich meine nur wegen der Arbeit«, fuhr Manami fort. »Ich dachte, vielleicht wäre es an der Zeit, dass ich mit seinem Boot hinausfahre?«

Der Vorschlag kam nicht zum ersten Mal, und Umiko schüttelte nur noch entschiedener den Kopf. »Du bist noch nicht so weit, Manami. Wie oft muss ich dir das noch sagen? Vielleicht in der nächsten Saison.«

Yushi lachte über ihre jüngere Schwester und sagte in ihrer besten Haruki-Imitation: »Bevor du auf ein Pferd steigst, lerne erst einen Ochsen zu reiten, Manami-chan.«

Manami funkelte Yushi warnend an. Wie konnte ihre Schwester es wagen, sie so von oben herab zu behandeln! Jeder wusste, dass Manami die talentiertere von ihnen war. Nur weil Yushi älter war, durfte sie schon mit dem Boot ihres Mannes hinausfahren und mit Gewichten an den Hüften tauchen. So konnte Yushi bis auf den Meeresboden tauchen, Manami aber nicht. Zudem konnte Yushi den ganzen Tag mit ihrem Mann zusammen sein. Und dabei mochten die beiden sich nicht einmal. Was würden Manami und Yoshiro nur darum geben, so viel Zeit gemeinsam verbringen zu dürfen. Es war einfach nicht fair. Manami fühlte, wie der Zorn in ihrem Magen zu brodeln begann.

»Beruhige dich, Manami«, warnte ihre Mutter. »Yushi will dich doch nur aufziehen. Warum musst du immer gleich vor Wut kochen? Wann wirst du endlich erwachsen? Ein Feuerwerk mag den Nachthimmel hell erleuchten, aber nur für einen kurzen Moment, dann ist es erloschen.«

Nach einer kurzen Pause fügte sie eindringlich hinzu. »Du bist noch nicht einmal achtzehn. Und wenn du allein mit Yoshiro zusammenarbeitest, wäre das auch zu gefährlich. Ihr würdet viel zu leicht abgelenkt werden. Dafür ist Aiko doch der beste Beweis!«

Manami errötete. Ihre Mutter war stur, und es bestand keine Hoffnung, dass sie in diesem Punkt nachgeben würde. Jedenfalls nicht heute. Aber Manami hatte einen anderen Plan. Wenn sie schon nicht auf Yoshiros Boot ins offene Meer kam, dann würde sie eben dorthin schwimmen. Sie wickelte das Werkzeug aus, das ihre Großmutter ihr gegeben hatte.

»Was hast du da?«, fragte Umiko.

»Großmutters Tegane«, antwortete Manami. »Sie hat es mir geschenkt. Sie sagte, es soll mir Glück bringen. Offenbar denkt sie, dass ich es brauchen könnte.«

Manami sah, wie sich die Miene ihrer Mutter verfinsterte.

»Sie hat es dir geschenkt?«, fragte Umiko mit zitternder Stimme. »Gib es mir.« Ihr Ton war jetzt streng.

Manami schaute sie verwundert an und presste das Tegane an ihre Brust. »Nein, Mutter. Großmutter wollte, dass ich es habe. Es ist ein Geschenk. Es hat ihr gehört, und jetzt möchte sie, dass es meins ist.«

»Und bevor es deiner Großmutter gehörte, gehörte es jemand anderem«, fuhr Umiko ernst fort. »Auf diesem Tegane lastet ein Fluch. Großmutter hätte es vor Jahren schon ins Meer werfen sollen. Ich kann nicht verstehen, warum sie es dir gegeben hat.«

»Was meinst du damit, Mutter?«

Umiko schwieg eine ganze Weile. Sie hielt den Kopf in den Händen, als würde sie in seinem Inneren einen heftigen Kampf ausfechten. Endlich antwortete sie: »Du hast recht, Manami. Ein Geschenk deiner Großmutter darf ich dir nicht wegnehmen. Vielleicht weiß sie etwas, das ich nicht weiß. Mir wäre es lieber, du würdest es hier in der Amagoya lassen, aber es ist deine Entscheidung.« Umikos Schultern sackten herab, als hätte der Kampf für sie in einer Niederlage geendet.

»Du machst dir viel zu viele Sorgen«, sagte Manami, um die Stimmung aufzuheitern. »Geh ruhig. Wir sehen uns später.«

Umiko war keine Frau, die ihre Gefühle offen zeigte. Die Liebe zu ihren Kindern hatte sie in den vergangenen Jahren mehr durch saubere Kleidung und ordentlich bandagierte Knie offenbart als dadurch, sie mit Küssen zu überhäufen. Entsprechend überrascht war Manami daher, als die Mutter ihr Gesicht zärtlich in die Hände nahm und sie liebevoll auf die Stirn küsste.

Verwundert schaute Manami ihr hinterher. Manchmal war ihre Familie schon sehr abergläubisch! Überall sahen sie verborgene Geheimnisse, Bedeutungen, Glückszeichen und böse Omen. Entsetzlich anstrengend konnte das sein. Yoshiros

Familie war da vernünftiger. Ihre Wurzeln lagen in Erde und Holz, während Manamis Vorfahren von Wasser und Feuer abstammten. Manami liebte Yoshiros Unerschütterlichkeit. Durch ihn stand auch sie mit beiden Beinen fest auf dem Boden. Wobei ihre Großmutter diese Dinge natürlich etwas anders sah.

»Du bist Feuer, und Yoshiro ist Holz«, hatte Haruki an ihrem Hochzeitstag besorgt erklärt. »Pass gut auf, dass deine Flammen ihn nicht verbrennen, Manami-chan.«

20. Kapitel

St John's Wood, London, 2012

Diesmal marschierte Sophia zielstrebig durch die Krankenhausgänge, grüßte winkend die Schwestern, klopfte kurz an Grannys Tür und rauschte sofort mit einem breiten Lächeln in den Raum.

»Du bist aber früh dran, mein Liebes!«, rief ihre Großmutter erfreut. »Es geschehen noch Zeichen und Wunder.«

Sophia küsste ihre Granny lächelnd auf die Wange und gab ihr eine Schachtel Lavendelkekse, die sie unterwegs gekauft hatte.

»Gut siehst du aus«, sagte Sophia und setzte sich neben Granny aufs Bett.

»Manchmal trügt der Schein auch«. Das Lächeln ihrer Großmutter wurde ein wenig gequält. »Heute Morgen ging es mir noch erbärmlich, aber es ist schon erstaunlich, was eine Dosis Morphium und etwas Make-up bewirken können.«

Sophias Blick wanderte zu dem Foto, das in einem Silberrahmen auf dem Nachttisch stand. Sie hatte schon zahllose Aufnahmen von ihrer Großmutter in jungen Jahren betrachtet, aber jetzt, nachdem sie die Briefe gelesen hatte, wirkte das alles so viel realer. Granny sah hinreißend aus in ihrem Kleid von Dior, und da, um ihren schlanken Hals, lagen die kostbaren Perlen. Drei Reihen waren es, mit dem prächtigen Einzelstück in der Mitte, genau wie Granny es beschrieben hatte. Sophia war wie gebannt.

»Mein Collier«, sagte Granny, die bemerkt hatte, wie bewundernd Sophia die Perlen anstarrte. »Sind sie nicht herrlich?«

Sophia nahm das Foto in die Hand und betrachtete es aus der Nähe. Die Perlen waren größer, als sie erwartet hatte, und selbst auf der alten Schwarzweißaufnahme stach ihr Glanz heraus.

»Traumhaft schön. Dein Dad muss dich sehr geliebt haben.«

»Das hat er«, antwortete Tilly mit einer Gewissheit, um die Sophia sie beneidete. »Und deshalb ist das Ganze ja auch so schrecklich.«

Sie legte ihre Hand auf Sophias Unterarm und fuhr fort: »Dass sie verschwunden sind, Liebes. Es lässt mir keine Ruhe. Wie soll ich in Frieden sterben, wenn sie nicht wieder in der Familie sind? Papa schenkte sie mir, damit ich sie in Ehren halte. Außerdem sollten diese Perlen jetzt eigentlich an dich gehen.«

Sophia nickte, sagte aber nichts. Sie wollte zwar unbedingt mehr über das Collier erfahren und darüber, was genau mit ihm passiert war, zögerte aber, allzu neugierige Fragen zu stellen. Schließlich wollte sie nicht, dass ihre Großmutter dachte, sie sei nur an ihrem Erbe interessiert. Aber Granny sprach auch ohne Aufforderung weiter.

»Versprich mir, dass du mir hilfst, Liebes«, sagte sie. »Ich selbst kann von hier aus nichts tun, und du bist die Einzige, der ich vertrauen kann.«

Granny sah aus ihren blauen Augen, in denen die Tränen standen, zu ihr hoch, und obwohl kein Zweifel an ihrem aufrichtigen Wunsch nach diesen Perlen bestehen konnte, fragte Sophia sich doch, ob die berühmte Schauspielerin ihr hier nicht auch wieder irgendeine Rolle vorspielte. Aber welche Rolle? Und warum?

»Weißt du genau, dass Mum das Collier nicht irgendwo an einem sicheren Ort aufbewahrt?«, versuchte Sophia ganz logisch vorzugehen. »Oder Dad? Du kennst ihn doch. Deine Gemälde hat er doch auch alle irgendwo in sichere Verwahrung gegeben, oder?«

»Ja«, sagte Granny. »Aber die Kette hätte stets im Besitz der Familie bleiben sollen.«

»Woher willst du wissen, dass sie es nicht mehr ist?«, bohrte Sophia vorsichtig nach. »Wie gesagt, vielleicht hat Mum sie …«

»Nein!«, fiel Granny ihr ins Wort. Jetzt blitzten ihre Augen. »Du musst mir glauben, Sophia. Die Perlen sind weg. Und ich muss sie finden, bevor es zu spät ist.«

»Ich verstehe nicht ganz, Granny. Warum brauchst du mich dazu? Warum bittest du nicht Mum, danach zu suchen?«

»Das habe ich getan«, sagte ihre Großmutter mit stockender Stimme. »Aber du weißt ja, wie sie ist. Sie reagiert häufig so ausweichend und gleichgültig. Nichts scheint ihr wirklich dringend oder wichtig zu sein. Und dann muss sich natürlich dein Vater sofort wieder einmischen, und du weißt, wie sehr er mir auf die Nerven fällt.«

Sophia schluckte. Das klang alles weit komplizierter, als sie es sich vorgestellt hatte. Wie um alles in der Welt sollte sie eine verschwundene Perlenkette wiederfinden? Ihre Mutter redete nicht mit ihr, und wenn ihrer Großmutter nicht noch etwas anderes einfiel, steckte sie in einer Sackgasse, bevor die Suche überhaupt begonnen hatte.

Ihre Großmutter holte tief Luft und sprach weiter.

»Die Sache ist recht simpel, Liebes«, sagte sie in aufgesetzt munterem Ton. »Mein geliebter Vater schenkte mir dieses Collier, und es ist mein größter Wunsch, sie noch einmal zu sehen, bevor ich sterbe. Darüber hinaus wollte ich, dass du diese Kette einmal erhältst, Sophia. Eigentlich hättest du sie zu deinem achtzehnten Geburtstag bekommen sollen, genau wie ich und genau wie später deine Mutter. Die Kette gehört dir nicht weniger, als sie mir gehört. Und hättest du nicht gerne etwas so Außergewöhnliches? So Perfektes? Nicht viele Frauen haben diese Chance.«

Sophia dachte angestrengt nach. War dies nur eine raffinierter Schachzug, um Sophia dazu zu bringen, ihre Mutter anzurufen? Bestand der größte Wunsch ihrer Großmutter vor ihrem Tod womöglich weniger darin, eine verlorene Kette wiederzufinden, als ihre Tochter und ihre Enkelin versöhnt zu sehen? Sophia zweifelte keine Sekunde an der Herzensgüte ihrer Großmutter, aber konnte sie auch ihren Absichten vertrauen? Liebend gerne würde Sophia das Collier ihrer Großmutter wiederfinden, aber ihre Mutter um irgendetwas zu bitten, war ganz sicher das Letzte, was sie wollte. Andererseits würde es ihre Großmutter glücklich machen, und war das nicht letztlich alles, was jetzt zählte? Sie musste ja nicht auf glückliche Familie machen, und sie musste auch nicht mit ihrem Vater sprechen. Ein einziges Telefongespräch mit ihrer Mutter, mehr brauchte es nicht. Granny zuliebe. Abgesehen davon ließ sich tatsächlich nicht abstreiten, dass allein schon die vage Hoffnung, irgendwann einmal eine solch einzigartige Kostbarkeit zu besitzen, seltsam berauschend war.

»Wann hast du die Kette denn zum letzten Mal gesehen?«, ging sie auf Grannys Spiel ein.

»1981«, erklärte ihre Großmutter bestimmt.

»1981?«, wiederholte Sophia und konnte ihr ungläubiges Staunen kaum verbergen. »Ich soll für dich eine Perlenkette finden, die du seit über dreißig Jahren nicht mehr gesehen hast?«

»Ja«, sagte Granny mit Nachdruck.

»Ich bin davon ausgegangen, dass sie erst vor Kurzem verschwunden ist«, gestand Sophia. »Ich dachte, du wolltest, dass ich in deinen Schmuckkästen oder im Safe meiner Eltern danach suche oder so etwas. Wo soll ich denn mit der Suche nach etwas anfangen, dass verloren ging, lange bevor ich überhaupt geboren wurde? Ich habe ja schon Schwierigkeiten, in meinem Zimmer den passenden BH zum Slip zu finden.«

»Mir ist durchaus bewusst, dass deine Eltern dir nicht immer die Intelligenz zugestehen, die du von Natur aus besitzt«, stellte ihre Großmutter nüchtern fest. »Aber ich habe stets geglaubt, du würdest diese Einschätzung nicht teilen und wärst von deinen Talenten und Fähigkeiten genauso überzeugt, wie ich es bin. Ich werde ganz sicher nicht anfangen, dich wie einen Dummkopf zu behandeln, nur damit du dich weiter benehmen kannst wie ein … wie sagt dein Vater immer?«

»Taugenichts.«

»Genau, das war's. Du bist viel zu clever, um deine Zeit mit Nichtstun zu verbringen, junge Dame.«

Sophia musste unwillkürlich lächeln. Granny hatte sie immer schon für ein Genie gehalten, selbst als Sophias Schulzeugnisse etwas anderes besagten. Sollte auch dies wieder nur einer ihrer kleinen Tricks sein? Doch egal, was dahintersteckte, es funktionierte.

»Okay, ich mach's«, sagte sie. »Aber du musst mir alles erzählen, was du über die Perlen weißt.«

Die alte Frau saß eine Weile schweigend da, und Sophia konnte sehen, wie es in ihrem Innern brodelte.

»Früher hat mich das Fehlen der Kette gar nicht so aufgeregt«, sagte sie schließlich. »Ich hatte so viel tollen Schmuck und schicke Kleider. Ich war verwöhnt. Aber nun, da mir nur noch so wenig Zeit bleibt, hat all dieser Luxus seine Faszination verloren, und dies ist das Einzige, was wirklich zählt. Heute begreife ich das. Dieses Collier ist mehr als ein Schmuckstück. Es ist ein Stück Geschichte – *meine* Geschichte, *unsere* Geschichte. Es ist unersetzlich.«

Granny lehnte sich in die Kissen zurück. Sie wirkte plötzlich erschöpft, und ihre Wangen hatten alle Farbe verloren.

»Das klingt vermutlich albern. Sich nach etwas von damals zu sehnen, aus meiner Jugend, wenn man so dicht vor dem Ende steht … Aber … Dieses Collier stellt mein Verbindungsstück zu Papa dar. Und es war der Anlass, dass dein Großvater und ich überhaupt ins Gespräch kamen. Dieses Collier habe ich am Tag meiner Hochzeit getragen, zur Premiere meines ersten Films, bei der Oscarverleihung und zur Taufe deiner Mutter … Es verbindet mich mit der Vergangenheit, und es sollte mich einst, wenn ich nicht mehr bin, mit der Zukunft verbinden.«

»Ich verspreche dir, ich werde alles tun, um dir zu helfen, das Collier zu finden«, schwor Sophia. »Und ich meine wirklich alles, Granny. Ich werde sogar mit meiner Mutter sprechen, okay? Ich möchte so gern sehen, wie du deine Perlen noch einmal trägst. Und wenn wir sie finden, stoßen wir darauf mit Champagner an. Einverstanden?«

Ihre Großmutter lächelte, doch über ihrem Gesicht lag weiter ein trauriger Zug.

»Einverstanden, Champagner«, sagte sie und fuhr dann in ernstem Ton fort: »Aber uns bleibt nicht viel Zeit, Sophia. Du weißt doch, dass die Ärzte eher von Wochen sprechen als von Monaten, oder?«

Sophia nickte und kämpfte mit den Tränen. Dies war nicht der Moment, um Schwäche zu zeigen. Granny zuliebe musste sie jetzt stark sein.

»Also, wo soll ich anfangen?«, fragte sie. »Kannst du dich noch erinnern, wann und wo genau du die Perlen zuletzt gesehen hast?«

Granny wandte kurz den Blick ab und starrte aus dem Fenster, als müsste sie sorgsam abwägen, was sie darauf antwortete. Nicht zum ersten Mal beschlich Sophia das Gefühl, dass ihre Großmutter mehr über das Verschwinden der Perlen wusste, als sie preisgab. Und nun, da sie Sophia in die Geschichte hineingezogen hatte, überlegte sie, wie viel sie ihr verraten sollte.

»Ich habe das Collier an deine Mutter weitergegeben, als sie achtzehn wurde«, sagte Granny endlich. »Und du solltest es dann an deinem achtzehnten Geburtstag bekommen. Wenn es nicht verschwunden wäre …«

»Schön, aber erst einmal hat Mum es noch getragen …«, drängte Sophia ihre Granny fortzufahren.

»Nein«, sagte Granny. »Das ist ja das Merkwürdige. Nach der Feier zu ihrem achtzehnten Geburtstag habe ich sie nie wieder damit gesehen. Nicht einmal. Ich dachte, vielleicht entspricht es einfach nicht ihrem Stil. Es waren die Achtziger, und ob du es glaubst oder nicht, deine Mutter war damals eine sehr modebewusste junge Frau. Mir hat es nichts ausgemacht. Ich dachte, sie würde das Collier sicher aufbewahren und mit der Zeit schon Gefallen daran finden. Am Tag ihrer Hochzeit habe ich sie dann gefragt, ob sie die Perlen anziehen würde, aber sie sagte nein. Ohne ein Wort der Erklärung oder Entschuldigung. Einfach nur nein. Und bei deiner Taufe dann dasselbe wieder. Keine Perlen.«

»Hat dich das nicht geärgert?«

Sophia konnte sich gar nicht vorstellen, wie sich ihre ach so mustergültige Mutter weigerte, zu ihrer Hochzeit den Familienschmuck zu tragen. Dafür benahm sie sich inzwischen viel zu konformistisch.

»Es war der Tag ihrer Hochzeit. Da konnte ich doch schlecht für Ärger sorgen, oder? Ich war sowieso nicht begeistert davon, dass sie mit achtzehn geheiratet hat. Mir passte ihre Dauerwellenfrisur nicht und, um ehrlich zu sein, auch nicht ihr Bräutigam. Aber ich musste deinem Großvater versprechen, sie an ihrem besonderen Tag nicht zum Weinen zu bringen.

Sie war damals in einer äußerst sonderbaren Stimmung aus Italien zurückgekommen. Sie erklärte, nicht studieren zu wollen und stattdessen lieber zu heiraten. Es war eine völlig veränderte junge Frau, die von dieser Reise zurückkehrte. Sie hatte ganz offensichtlich eine schwere Zeit durchgemacht, während ich mich nur darauf gefreut hatte, meine quirlige, lebensfrohe Alice endlich wieder zu Hause zu haben. Ich war also traurig, dass sie die Perlen nicht trug, wollte ihr aber auch nicht die Laune verderben, da ich dachte, oder zumindest hoffte, mit ihrer Heirat würde ein neues, glücklicheres Kapitel in ihrem Leben beginnen.«

»Was für eine schwere Zeit?«, fragte Sophia neugierig. »Was hat Mum denn in Italien gemacht?«

Sie hatte geglaubt, ihre Mutter hätte in ihrem Leben nie etwas Riskanteres gewagt als ein besonders schwieriges Soufflé. Wenn ihre Mutter verreiste, dann doch bestimmt nur komplett durchorganisiert von einem exklusiven Reiseveranstalter. Und vor allem konnte sie sich nicht vorstellen, dass ihr in ihrem wohlbehüteten Leben etwas Schlimmeres zugestoßen war als ein abgebrochener Fingernagel.

»Deine Mutter ist damals mit Interrail durch Europa gefahren. Das war zu der Zeit bei den jungen Leuten groß in Mode. Frankie wollte sie nicht gehen lassen. Er sagte, sie sei noch zu jung, aber ich überzeugte ihn davon, dass es gut für sie sein würde. Sie war eine couragierte junge Frau und sprühte vor Leben, und sie wollte gemeinsam mit einer Schulfreundin fahren. Meiner Ansicht nach war das genau die Art von Abenteuer, die sie brauchte. Ich war in ihrem Alter nach London gezogen, und es hatte mich geprägt. Aber …«

»Aber …?«, fragte Sophia gespannt.

»Ich denke, es muss irgendein Mann gewesen sein«, fuhr Granny fort. »Vielleicht hat ihr in Rom jemand das Herz gebrochen, und das ist alles. So etwas Ähnliches haben wir doch alle einmal durchgemacht. Warum fragst du sie nicht selbst? Ich fühle mich ein wenig schwach. Ich bin mir sicher, deine Mutter wird dir mehr erzählen, als ich es könnte.«

»Na schön«, sagte Sophia widerwillig.

Tilly hatte ihre unschlagbare Trumpfkarte ausgespielt. Wenn eine totkranke Großmutter erklärte, müde zu sein, dann blieb einem nichts anderes übrig, als den Mund zu halten. Gott, war sie gut! Einmal Schauspielerin, immer Schauspielerin.

21. Kapitel

Ise-Shima, Japan, 1927

Manami war nun die letzte Ama in der Hütte. Die kleinen Mädchen wateten bereits durchs flache Wasser oder durch die Felsenbecken, wo sie Algen fanden oder dann und wann eine Muschel oder einen Seeigel. Die jungen Frauen wie Manami schwammen ein Stück weiter draußen im relativ niedrigen und ungefährlichen Wasser. Ihre Schwestern und ihre Mutter waren jetzt mit ihren Ehemännern auf deren Fischerbooten. Sie waren freie Taucherinnen. Freie Frauen. Und Manami konnte es nicht erwarten, zu ihnen zu gehören.

Derzeit allerdings musste sie noch ersatzweise zu einer eigenen Methode greifen. Nun ja, es war nicht wirklich eine eigene Methode, sondern vielmehr eine, die sie ihren Vorfahren abgeschaut hatte. Sie sah sich um, ob auch niemand sie beobachtete, dann sammelte sie rasch zusammen, was sie benötigte.

Mit einem verstohlenen Seitenblick zu den anderen Ama watete Manami anschließend zügig durch die Wellen um die Landspitze herum, wo sie nicht mehr gesehen werden konnte. Dort lehnte sie sich an die Felsen und band sich das Ende eines langen Seils um die nackte Hüfte. Am anderen Ende des Seils war eine provisorische Boje angebracht, die eigentlich nur aus einem kleinen Holzbottich bestand, der aber für ihre Zwecke vollauf genügte. Zuletzt befestigte sie die Gewichte, die sie sich in der Amagoya ›geborgt‹ hatte, ebenfalls an dem

Seil. Mit einem kurzen Blick zurück zum Strand begann Manami, aufs offene Meer hinauszuschwimmen.

Es war recht früh in der Saison – gerade Ende Mai – und das Wasser noch eiskalt. Die Gewichte zogen sie nach unten und erschwerten das Schwimmen, aber Manami war kräftig und wusste genau, wohin sie wollte. Etwa einen halben Kilometer vom Strand entfernt ragte ein spitzer Fels aus dem Meer, der ihr für den heutigen Tauchgang als Basis dienen sollte. Sie hatte in den vergangenen Jahren viele Stunden damit zugebracht, das Gebiet unter Wasser zu studieren. Von den alten Ama hatte sie Gerüchte über ergiebige Perlmuschelbänke aufgeschnappt, die einmal vor dieser Landspitze gelegen hatten, und obwohl die alten Frauen erklärten, die Muschelbänke seien längst geplündert worden, glaubte Manami daran nicht so ganz.

Die Ama waren mittlerweile so sehr damit beschäftigt, Schalentiere für die Teller der Reichen in Osaka zu sammeln, dass keine der Frauen sich mehr als Perlensucherin verstand. Sie achteten nicht einmal mehr darauf, wo es Perlen geben könnte. Wenn also noch ein paar von diesen Perlmuscheln übrig waren, was dann? Oder wenn sich die ganze Bank über die Jahre hinweg wieder nachgebildet hatte? Manami war erst letzte Woche hier an diesem Felsen gewesen und hätte schwören können, eine ganze Bank von Perlmuscheln versteckt in einer tiefen Felspalte gesehen zu haben, nur wenige Meter tiefer, als sie tauchen konnte. Dreimal hatte sie versucht, bis zu der Bank hinabzugelangen, aber das Meer war an diesem Tag ziemlich bewegt gewesen, die Unterströmung zu stark, und ihr hatten Gewichte gefehlt, um das Abtauchen zu erleichtern. Heute war das Meer relativ ruhig, und Manami hatte alles dabei, was sie an Ausrüstung brauchte. Heute würden die Wassergeister ihr gewogen sein. Heute würde Manami auf Perlenjagd gehen.

Am Felsen angekommen, zog sie sich auf einen flachen Stein, der eben groß genug war, um darauf zu sitzen. Normalerweise tauchten Ama mit Gewichten von einem Boot aus. Dann verband das Seil die Taucherin mit dem Fischer im Boot, und wenn sie wieder auftauchen wollte, zog sie kurz am Seil, und der Fischer holte sie samt den Gewichten und ihrem Fang wieder an die Oberfläche. Manami aber hatte keinen Fischer, der ihr helfen konnte. Ihr Plan sah vor, mit Gewichten nach unten zu tauchen und diese dort abzunehmen, sobald sie fertig war, und einfach am Meeresboden zurückzulassen. Ganz simpel. Sie würde zurück an die Oberfläche schwimmen und sich an der behelfsmäßigen Boje, an der ihr Seil hing, ausruhen. Sie überprüfte noch einmal, ob die Gewichte fest saßen und ob das Tegane sicher im Lendenschurz steckte. Dann zog sie an dem langen Seil, das sie mit der Boje verband, setzte ihre Taucherbrille auf und begann mit ihren Atemtechniken. Manami schnappte ein paar Mal kurz und scharf nach Luft, bis der Kopf ihr zu schwirren begann und die Lungen gefüllt waren. Dann tauchte sie mit einem letzten Atemzug ab und verschwand unter den Wellen.

Sie schwamm mit aller Kraft, bis die blasse Frühlingssonne viele Meter über ihr nur noch ein vager Schimmer war. Das Meer wogte hin und her und versuchte, sie vom Kurs abzubringen, aber Manami steuerte unbeirrt weiter ihr Ziel an.

Je tiefer sie kam, desto dunkler wurde das Wasser und desto stärker wurde der Druck, der auf ihrem Kopf, ihren Ohren und ihren Lungen lastete. Aber heute würde sich Manami durch nichts ablenken lassen. Endlich sah sie die schwarzen Umrisse der zerklüfteten Felsnase, die sie aus der Vorwoche kannte. Nur noch ein paar Meter, und sie würde da sein. Ihre innere Uhr sagte ihr, dass sie bereits länger als eine Minute unter

Wasser war, und der brennende Schmerz in ihrem Schädel bedeutete ihr, dass sie inzwischen tiefer getaucht war als jemals zuvor. Dennoch schwamm sie noch weiter in die Dunkelheit hinein, bis ihre ausgestreckte Hand endlich den schroffen, harten Stein erreichte.

Manami packte zu und zog sich in die schmale Spalte, die kaum breiter war als ihr nackter Körper. Die Felsen ritzten ihre Haut auf und hinterließen an ihrem linken Oberschenkel einen tiefen Schnitt. Das Salz brannte in der Wunde, aber sie bemerkte es kaum, denn vor ihr am Felsen hafteten Dutzende Exemplare der seltenen schwarzlippigen Perlaustern. Manamis Kopf fühlte sich an, als würde er gleich explodieren, aber der Adrenalinstoß, der durch ihre Adern schoss, war stärker als der Schmerz. Mit zitternden, halbgefrorenen Fingern zog sie das Tegane ihrer Großmutter heraus und zwängte es zwischen Muschel und Fels. Sie hebelte, drückte und kämpfte mit aller Kraft, bis sie ein, zwei, drei Muscheln sicher in ihren Lendenschurz verstaut hatte. Inzwischen war Manami schwindlig geworden. Sie fror so sehr, dass sie ihre Füße nicht mehr spürte und ihre Finger das Tegane nur mit Mühe halten konnten. Aber sie konnte einfach noch nicht aufgeben. Sie musste unbedingt so viele Muscheln wie möglich sammeln. Vier, fünf, sechs. Der Fang hing jetzt schwer in ihrem Lendenschurz. Sieben, acht, neun. Nur noch eine. Die große dort. Eine Einzige noch.

Manami wollte es nicht gelingen, die größte Muschel vom Felsen zu hebeln. Das Schalentier klammerte sich derart fest an den Stein, als wüsste es, dass es um sein Leben kämpfte. Der Schwindel in ihrem Kopf begann Manamis Wahrnehmung zu trüben. Sie konnte kaum noch die Hand direkt vor ihrem Gesicht sehen und fühlte sich, als hätte man ihren Brustkorb in einen Schraubstock gespannt. Sie hatte jedes Zeitgefühl verloren und wusste nicht mehr, wie lange sie bereits unter Wasser war und von einem einzigen Atemzug lebte. Aber es war zweifellos länger als jemals zuvor, und ihr war klar, dass es Zeit wurde, wieder an die Oberfläche zu kommen, und zwar rasch. Vielleicht kämpften sie ja beide bereits um ihr Leben, die Muschel und sie selbst. Mit einer letzten Kraftanstrengung gelang es Manami, auch die zehnte Muschel vom Fels zu reißen. Im selben Moment entglitt ihren Fingern allerdings das Tegane ihrer Großmutter. Manami streckte schnell den Arm aus, um das kostbare Werkzeug zu fangen, aber es war zu spät. Ihre Fingerspitzen streiften kurz über den Griff, konnten ihn jedoch nicht mehr packen. Entsetzt verfolgte Manami, wie das Tegane in der Tiefe verschwand. Da war nichts zu machen, sie konnte nur noch ihre eigene Unachtsamkeit verfluchen. Wie sollte sie ihrer Großmutter gestehen, dass sie das wertvolle Geschenk bereits am ersten Tag verloren hatte?

Manami begann in Panik zu geraten. Und ein schlimmerer Fehler konnte einem Freitaucher nicht unterlaufen. Jetzt fühlte es sich an, als würde ihr Kopf von den Schultern forttreiben, und sie konnte kaum noch ihren eigenen Körper spüren. Sie stopfte die letzte Muschel in ihren Lendenschurz und quetschte sich steif durch den Felsspalt. Das Wasser um sie herum färbte sich rot von dem Blut, das aus ihren Wunden lief. Mit bebenden Fingern versuchte Manami, die Knoten zu lösen, mit denen die Gewichte um ihre Hüfte gebunden waren, aber sie war so erschöpft und gierte so sehr nach einem Atemzug, dass sie nicht die nötige Kraft aufbrachte. Ihr fehlte das Tegane, mit dem sie das Seil hätte durchtrennen können, und ihr Austernmesser hatte sie dummerweise oben im Holzbottich gelassen, weil sie dachte, sie würde es erst nach dem Auftauchen brauchen.

Der Druck in Manamis Kopf wurde unerträglich. Sie bemerkte, dass Blut nicht nur aus den Schnitten sickerten, sondern auch aus ihren Ohren. In ihrem Kopf dröhnte ein merkwürdiges Geräusch, das immer lauter wurde, je verzweifelter ihr Herz versuchte, seine Arbeit in ihrer Brust zu verrichten. Sie musste unbedingt wieder zurück an die Oberfläche, aber die Gewichte zogen sie nur noch tiefer. Manami strampelte mit den Beinen, um auf einer Höhe mit dem Spalteingang zu bleiben, und begann hektisch, das Seil über die gezackte Felskante zu scheuern. Es schien eine Ewigkeit zu dauern, das Seil zu zerfetzen, und wenn sie die scharfe Kante mit dem Seil verfehlte, schnitt der raue Fels ihr stattdessen jedes Mal die Innenseite der Handgelenke auf. Aber Manami wusste, dass ihr keine andere Wahl blieb. Das Bild von Aikos hübschem Gesicht trat ihr vor Augen, während sie das Seil am Fels zerfetzte. Sie würde sich nicht geschlagen geben. Sie tat dies alles für ihre Tochter. Endlich riss das Seil, die Gewichte versanken in den Tiefen des Ozeans, und Manami war frei.

Mit letzter Kraft schwamm sie auf den winzigen, matten Lichtfleck zu, der sich über ihr zeigte. Wie ein Magnet zog die ferne Sonne sie zu sich an die Oberfläche. Manami spürte, wie die Wassertemperatur anstieg und wie die Farbe sich von einer pechschwarzen Suppe in das schmutzige Graugrün verwandelte, das ihr so viel vertrauter war. Das Tageslicht über dem Meer schwoll an, kam näher, und im nächsten Moment brach sie durch die Wellen, keuchend, blutend und furchtbare Schmerzen leidend, aber am Leben. Sie griff nach dem Holzbottich und warf sich erschöpft über ihre provisorische Boje. Es waren nur wenige Minuten vergangen, seit sie von hier unter die Wellen getaucht war, aber es war schreckenerregend gewesen. Sie schloss die Augen und spürte, wie Sauerstoff ihre geschundenen Lungen füllte und die Wellen über ihre aufgeschlitzte Haut schwappten. Sie war von Schnittwunden überzogen, ihre Trommelfelle waren geplatzt und der Kopf fühlte sich noch immer an, als wollte er jeden Augenblick explodieren. Wenn sie jetzt jemand sehen könnte, würde er bestimmt denken, sie hätte gerade mit einem riesigen Seeungeheuer gekämpft und verloren. Wie sollte sie das bloß ihrer Mutter erklären? Und Yoshiro? Und wie sollte sie ihrer Großmutter gestehen, was mit dem Tegane geschehen war?

Dann musste Manami an die Muscheln in ihrem Lendenschurz denken, und neue Energie durchströmte ihren Körper. Bis zum Strand zurück war es viel zu weit. Ohne Erholungspause würde sie es auf keinen Fall schaffen. Der aus dem Wasser ragende Fels, von dem sie losgetaucht war, lag jedoch nicht weit entfernt. Den Bottich weiter fest umklammernd, schwamm sie mit aller Kraft, bis ihre Finger den flachen Sockel fassen konnten, und zog sich aus dem kalten Wasser. Erst jetzt bemerkte sie, wie tief der Schnitt an ihrem Oberschenkel war. Außerdem konnte sie über ihre Beine, Handgelenke und ihren Oberkörper verteilt Hunderte von Rissen und Kratzern sehen. Was war sie doch für ein ungeschickter Schwachkopf gewesen. Hoffentlich würden keine Narben zurückbleiben.

Obwohl sie sich noch immer schwach und zittrig fühlte und Ohren, Kopf, Brustkorb und Haut weiter schmerzhaft dröhnten und pochten, machte sich Manami sofort an die Arbeit. Aufgeregt fingerte sie die Muscheln aus ihrem Lendenschurz und legte sie nebeneinander auf den flachen Fels, um sie bewundernd zu betrachten. Ein knappes Dutzend Muscheln würde Herrn Nishimoto nicht sonderlich beeindrucken, aber wenn ihre Ahnung sie nicht täuschte, dann war der Inhalt dieser Muschel mehr wert als eine Tonne Meeresfrüchte. Sie holte das Austernmesser aus dem Bottich und tat, was Ama eigentlich verboten war: Sie begann, die Muscheln aufzubrechen. Für die Fischfirma besaßen offene Schalentiere natürlich keinen Wert, aber Herr Nishimoto und sein Gewinn kümmerten Manami im Moment nicht im Geringsten.

Routiniert stach sie die scharfe Klinge zwischen die Schalen der ersten Muschel, drehte das Messer und durchtrennte den Muskel, der die Muschel geschlossen hielt. Leer.

»Kuso!«, schrie Manami über den Lärm der klatschenden Wellen hinweg. »Scheiße!«

Sie schleuderte die wertlose Muschel ins Meer, wo sich die gierigen Möwen um sie streiten konnten. Manami wiederholte die Prozedur achtmal, bis nur noch eine einzige Muschel vor ihr auf dem Fels lag. Sie begann, sich sehr sonderbar zu fühlen. Das Kribbeln war aus ihren Fingern die Arme hinaufgeklettert. Und obwohl sie schon eine Weile sicher aus dem Wasser war, fiel es ihr schwer, zu Atem zu kommen. In ihrem Kopf hämmerte es, und ihr Blick war so verschwommen, dass sie kaum die Küste ausmachen konnte. Verzweifelt riss Manami sich zusammen und setzte das Messer an der letzten Muschel an. Zweimal, dreimal rutschte sie an der Schale ab und schnitt sich in die Hand. Was war nur los mit ihr? Warum drehte sich alles um sie herum? Endlich gelang es ihr, das Messer in das Fleisch der Muschel zu stoßen. Es war die Größte von allen, die, mit der sie unter Wasser einen Kampf auf Leben und Tod ausgefochten hatte, und sie wollte auch jetzt noch ihre Geheimnisse nicht preisgeben. Manami versenkte die Klinge tief zwischen den Schalen und drehte und drehte, aber die Muschel gab nicht nach. Manami schlug sie gegen den Fels und wollte es erneut versuchen. Erst jedoch musste sie einen Moment lang den Kopf in die Hände legen, weil der Schwindel zu stark geworden war. Dann nahm sie noch einmal all ihre Kräfte zusammen, und plötzlich gaben die Schalen nach. Manami hatte gewonnen.

Mit zitternden Händen brach sie die Muschel auf. Allerdings war sie so benommen, dass es eine Weile dauerte, bis sie zu begreifen vermochte, was ihre Augen da sahen. Im fahlen Frühlingslicht schimmerte eine Perle, so groß, rund, seidig glänzend und makellos wie keine zweite auf der Welt. Schöner konnte einfach keine sein! Außer in ihrem Traum hatte Manami noch nie eine Perle von ähnlicher Größe und Schönheit gesehen. Oder träumte sie womöglich auch jetzt? Alles wirkte dunstig und verschleiert. Der blaugraue Himmel, das dunkelgrüne Meer, die kraftlose Maisonne, die Küste in der Ferne, alles verschwamm vor ihren Augen, und der Fels, auf dem sie saß, schien unter ihr hin- und herzuwogen, als hätte das Meer sich seiner bemächtigt. Nichts wirkte mehr real. Aber sie hatte es geschafft, richtig? Sie hatte ihren Traum verwirklicht. Manami puhlte die Perle aus der Muschel und verschloss sie fest in ihrer Faust. Dann warf sie ihren zerschundenen Körper ins Wasser und begann in die Richtung zu schwimmen, von der sie hoffte, dass dort ihr Zuhause lag. Während die Wellen über ihrem Kopf zusammenschlugen, dachte sie nur noch an zwei Dinge: Yoshiro und Aiko. Ihre Welt.

Haruki hielt Aiko fest an die Brust gepresst und rannte den rutschigen Klippenweg hinab. Sie verfluchte ihre steifen, alten Beine und ihr schwaches Herz. Während sie halb schlitternd den Weg hinunterlief, sandte sie ein stummes Bittgebet zu den Göttern des Meeres.

»Bitte, verschont Manami. Sie ist doch noch so jung und hat ihr ganzes Leben noch vor sich. Ihre Tochter braucht sie, und ihr Ehemann auch. Wenn ihr eine Seele braucht, nehmt meine, nicht ihre. Ich bin alt und habe ein erfülltes Leben gehabt. Ich bin bereit zu gehen. Nicht Manami. Bitte. Ich flehe euch an. Nicht meine Manami-chan.«

Haruki hatte Manami auch heute wieder von der Klippe aus beobachtet. Zuerst war sie wütend gewesen, als sie gesehen hatte, wie ihre Enkelin sich das Seil mit der Boje und den Gewichten umband. Das waren altmodische Techniken, die längst nicht mehr gelehrt wurden, und Manami wusste nicht, was dabei alles beachtet werden musste. Und dann war sie auch noch hinausgeschwommen, weit fort von der sicheren Küste. Was bildete sich dieses verrückte Mädchen bloß ein, so weit vom Strand entfernt tauchen zu wollen, ohne jemanden an ihrer Seite zu haben, der sie absicherte? Haruki hatte von der Klippe laut hinuntergeschrien.

Aber Manami konnte sie nicht hören. Und als ihre Enkelin später abgetaucht war, hatte Haruki ebenfalls den Atem angehalten. Sie hatte auf die Wellen um den einsamen Holzbottich herum gestarrt und gestarrt. Sie hatte gewartet und das Wiederauftauchen von Manami herbeizwingen wollen. Sie hatte die Möwen beobachtet, die ihre Kreise zogen und ins Wasser stießen, hatte die Brandungswellen gezählt, wie sie anschwollen und wieder abschwollen, und sie hatte gewusst, dass ihre Enkelin viel zu lange unter Wasser geblieben war.

Quälend lange hatte Haruki warten müssen und war überglücklich gewesen, als Manami endlich wieder auftauchte, aber sie hatte sofort gesehen, dass ihre Enkelin verletzt war.

Eigentlich hatte das Tegane ihrer Schwester der jungen Manami Glück bringen sollen, aber vielleicht war Haruki ein schrecklicher Irrtum unterlaufen. In ihrer älteren Schwester Chiyoe hatte dasselbe Feuer gelodert wie in Manami. Sie hatte sogar dieselben feuerfarbenen Augen gehabt. Mit siebzehn hatte sich Chiyoe in einen Mann verliebt, doch Harukis Vater hatte die Beziehung untersagt. Chiyoe und ihr Geliebter waren daraufhin mitten in der Nacht fortgelaufen und nie wieder irgendwo gesehen worden. Am Morgen hatte Haruki das weggeworfene Tegane ihrer Schwester am Strand gefunden, und auch wenn Harukis verzweifelte Mutter stets davon überzeugt gewesen war, dass ihre Tochter ertrunken sein müsse, betete Haruki bis heute für Chiyoe in der Hoffnung, sie möge irgendwo glücklich und zufrieden leben. Bis heute hatte Haruki geglaubt, Chiyoes Tegane müsse ein Glücksbringer sein. Sie selbst hatte es viele, viele Jahre lang benutzt, und was für ein glückliches Leben war ihr beschieden gewesen! Aber heute hatte sie das Tegane Manami geschenkt, und nun schwebte diese in schrecklicher Gefahr.

Manami hatte sich wieder ins Meer geworfen und versuchte jetzt, an Land zu schwimmen. Haruki konnte sie sehen, noch etwa fünfzig Meter vom Strand entfernt. Die Wellen brachen über ihrem Kopf zusammen, und sie blieb immer wieder viel zu lange unter ihnen verschwunden. Die alte Frau sprang in den Sand und begann, mit dem Baby auf dem Arm zum Wasser zu laufen. Aiko sah verwundert aus riesigen Augen zu ihr auf, weinte aber nicht.

Vom Strand aus konnte Haruki ihre Enkelin nur noch schwer ausmachen. Der Abschnitt hier war menschenleer. Die anderen Ama waren entweder auf ihren Booten oder tauchten auf der anderen Seite der Landzunge. Ohne einen Moment zu zögern, watete Haruki zielstrebig ins eiskalte Wasser hinaus. Sie hatte ihr ganzes Leben am Pazifik verbracht. Und obwohl sie seit sieben Sommern nicht mehr tauchte, flößte das Meer Haruki keine Angst ein. Ihre Beine waren nicht mehr so kräftig wie früher und die nasse Kleidung zerrte schwer an ihrem alten Körper, aber sie marschierte unbeirrt weiter. Die Wellen durchtränkten die Kleider des Babys und spritzten ihm ins Gesicht, dennoch blieb Aiko ruhig. Manami war jetzt nur noch zwanzig Meter vom Strand entfernt. Haruki rief über das Brausen der Brandung hinweg nach ihr und konnte für einen kurzen Moment Blickkontakt mit ihrer Enkelin herstellen. Verblüfft sah sie, dass Manami überhaupt keine Furcht zu haben schien. Ihre Augen strahlten vielmehr vor Erstaunen und Freude. Haruki hob das Baby höher, damit ihm nichts passierte, und streckte ihre freie Hand nach Manami aus.

»Hierher!«, rief sie. »Bitte nimm meine Hand, Manami-chan!«

Als Manami näher kam, sah Haruki das Blut auf ihrem Gesicht und ihren Armen. Was war ihr da draußen zugestoßen? Manami ähnelte nicht länger dem dickköpfigen Drachenmädchen, das am Morgen noch in ihr Haus stolziert war, den Kopf voll großer Träume und gewaltiger Pläne. Jetzt schleuderten die Wellen sie wie eine Stoffpuppe hin und her, schwappten ihr über den Kopf und drückten sie unter Wasser. Hustend und kraftlos mit den Armen um sich schlagend kam sie wieder an die Oberfläche. Endlich warf das Meer Manamis zerschundenen Körper in Harukis Arme.

Die alte Frau nahm ihre erwachsene Enkelin auf den einen und ihre kleine Urenkelin auf den anderen Arm und schleppte beide mit der Kraft eines Meeresungeheuers sicher an Land. Sie legte Manami vorsichtig auf den Strand, kniete sich neben sie und strich ihr die nassen Haare aus dem Gesicht. Ihre Augen waren jetzt geschlossen und ihr Brustkorb so regungslos, dass Haruki nicht erkennen konnte, ob sie überhaupt noch atmete.

»Manami«, sagte Haruki beschwörend. »Wach auf, Manami-chan!«

Endlich öffnete Manami ihre Augen. Das Feuer, das in ihnen brannte, obwohl sie nur halb bei Bewusstsein war, erstaunte Haruki noch genauso wie am Tag von Manamis Geburt. Schwach streckte sie der Großmutter ihre Hand entgegen und lächelte.

»Für Aiko, Großmutter«, flüsterte sie. »Bewahre es gut für sie auf, bis die Zeit reif ist. Es muss unser Geheimnis sein.«

Haruki traute ihren Augen nicht. In Manamis blutverschmierter Handfläche schillerte eine Perle, wie sie vollkommener nicht sein könnte. Sie war doppelt so groß wie die größte, die Haruki selbst jemals gefunden hatte. Ihre Schönheit verschlug ihr die Sprache. Sie nahm die Perle und hielt sie ins Licht.

»Habe ich das gut gemacht, Großmutter?«, murmelte Manami. »Bist du stolz auch mich?«

Haruki strich Manami über die Wange. »Du hast dir deinen eigenen Traum erfüllt, Manami-chan. Ich könnte nicht stolzer auf dich sein.«

»Ich habe noch mehr, Großmutter. In einem Seidenbeutel unter dem losen Dielenbrett.«

»Ich weiß«, erwiderte Haruki. »Ich habe immer gewusst, was du tust, Manami-chan.«

Manamis Blick wanderte langsam zu Aiko.

»Möge diese Perle dir reichlich Glück und Segen bringen, meine geliebte Aiko«, brachte sie kaum hörbar hervor.

Dann schlossen sich ihre Augen.

Haruki sah sich verzweifelt um, aber der Strand war noch immer menschenleer.

Manamis Haut fühlte sich eiskalt an, und ihre Lippen waren blau angelaufen.

»Manami!«, schrie Haruki. »Hörst du mich?«

Manamis blaue Lippen bewegten sich, aber ihre Augen blieben geschlossen. »Sag Yoshiro, dass ich ihn liebe«, flüsterte sie. »Ich bin jetzt müde, Großmutter. Mein Kopf tut so weh. Ich muss schlafen.«

»Manami! Nicht einschlafen! Manami! Bleib bei mir! Manami!« Aber ihre Enkelin lag nur totenstill da.

In diesem Moment begann Aiko zu weinen. Haruki drückte das kleine Mädchen an ihre Brust. Als sie die aufgeregten Schreie der Ama hörte, die um die Landspitze gerannt kamen, und das hektische Trommeln ihrer Füße auf dem Sand, da wusste Haruki bereits, dass es für Manami zu spät war. Sie schloss ihre Faust fest um die Perle.

»Deine Mutter hat uns verlassen, kleine Aiko«, flüsterte Haruki durch ihre Tränen hindurch. »Diese Perle aber ist ihr Geschenk an dich. Und eines Tages wird sie dir die Freiheit bringen.«

22. Kapitel

Hackney, London, 2012

Auf ihrem Rückweg vom Krankenhaus wollte Sophia sich eigentlich nur auf ihre Großmutter und das Collier konzentrieren, aber irgendwie kehrten ihre Gedanken immer wieder zu ihrer Mutter zurück. Manchmal hatte sie das Gefühl, die Frau, die sie geboren hatte, gar nicht richtig zu kennen. Wenn sie gefragt wurde, wie ihre Mutter so war, benutzte sie stets Begriffe wie »normal« und »auf Sicherheit bedacht«, aber war es wirklich ›normal‹ seiner eigenen Tochter ein solches Rätsel zu sein? Welche Werte waren ihr wichtig? Na gut, Ordnung und Sauberkeit waren Alice ganz sicher wichtig. Überall frühzeitig zu erscheinen, war ihr wichtig. Ruhe war ihr wichtig. Ausschließlich bei Waitrose und Marks & Spencers einzukaufen, war ihr wichtig, ebenso wie Bridgespielen und möglichst viel Navyblau zu tragen. Aber war das wirklich alles?

Sophia machte sich plötzlich Vorwürfe, nie eindringlich genug nachgefragt zu haben. Jahre hatte sie damit verbracht, den Motiven für das Verhalten ihres Vaters nachzuspüren, um herauszufinden, welche logischen Gründe es für seine Verachtung gab. Aber ihre Mum? Sie war einfach immer da gewesen und hatte Dad mit diesem leicht gequälten und verdutzten Gesichtsausdruck zur Seite gestanden. Sophia hatte in ihr stets den stummen Verbündeten gesehen. Der Aggressor war Alice nie gewesen. Nie hatte sie einen Streit angefangen. Sie behielt ihren höflichen, ruhigen Ton bei. Und wenn es zu laut wurde? Zu wütend? Zu wild? Dann zog sie sich einfach auf ihr Zimmer zurück.

Als Kind war Sophia manchmal nach einem Streit zu ihrer Mutter ins Bett gekrabbelt, sobald ihr Vater zur Abkühlung in den Golfclub davongestürmt war. Unter der Decke hatten sie beide dann eng umschlungen gelegen, ohne zu sprechen. Ihre Mutter hatte ihr über den Kopf gestreichelt, sie auf die Stirn geküsst, aber nie ein Wort gesagt, und Sophia hatte nie verstehen können warum. Irgendwann war Sophia nicht mehr zu ihrer Mutter ins Zimmer gegangen.

Jetzt versuchte sie, sich ihre Mutter als Teenager vorzustellen, der kreuz und quer durch Europa reist, aber es wollte ihr nicht gelingen. Wild und abenteuerlustig sei Alice in ihrer Jugend gewesen, hatte Granny behauptet, aber da blickte eine alte Dame sicherlich bloß durch eine rosarote Brille auf ihre Tochter zurück. Sophia kramte angestrengt nach der frühesten Erinnerung, die sie an ihre Mutter besaß.

Eine Autofahrt spät nachts. Nur Sophia und Alice. Sophia konnte sich nicht mehr daran erinnern, wohin sie fuhren oder aus welchem Anlass. Vielleicht hatte sie es nie gewusst. Aber der Wagen war gelb. Und Sophia trug ihren Schlafanzug. Und ihre Mutter schien glücklich zu sein. Sie trug die Haare offen. Sophia fühlte sich sicher, und sie hörten immer und immer wieder dasselbe Lied, und Mum sang mit, die ganze Nacht hindurch, während Sophia immer wieder einnickte und wieder aufwachte. Und sie fuhren immer weiter, endlose Kilometer lang, und dann, am Morgen … waren sie wieder zu Hause. Und alles ging seinen normalen Gang.

Zu gern hätte Sophia sich an das Lied erinnert, das ihre Mutter in dieser Nacht gesungen hatte. Den ganzen Weg bis nach Hackney versuchte sie es sich wieder in Erinnerung zu rufen.

»Willst du wissen, was ich herausgefunden habe?«, fragte Hugo, sobald sie durch die Tür kam.

Er saß im Schneidersitz auf ihrem Bett und balancierte seinen Laptop auf den Knien.

»Drei Nachrichten habe ich auf deiner Mailbox hinterlassen und fünf SMS geschickt«, erklärte er aufgeregt. »Ich habe Nachforschungen über solche Colliers angestellt, und es ist echt der Wahnsinn. Die teuerste Perlenkette, die jemals verkauft wurde, hat mehr als zwanzig Millionen Dollar eingebracht! Und selbst für die einfachen bekommst du noch etwa eine halbe Million, solange sie alt sind und echt und so.«

Hugo schaute Sophia wie ein kleines Kind an Weihnachten mit großen, strahlenden Augen an.

»Drei Dinge, Hugo«, sagte Sophia, die ihrem besten Freund gegenüber nicht die Geduld verlieren wollte. »Erstens, das Collier ist verschwunden. Meine Großmutter hat es seit Sommer 1981 nicht mehr gesehen. Zweitens, selbst wenn sie es hätte, glaube ich nicht, dass es so wertvoll ist wie die, die du im Internet gefunden hast. Und drittens, habe ich nicht die geringste Ahnung, wie ich nach all dieser Zeit überhaupt nach den Perlen suchen soll.«

Sie spürte, wie ihre Wangen vor Scham, Hugo so zu belügen, zu glühen begannen, und hoffte, er würde ihr Erröten nicht bemerken. Sophia hatte Angst, ihm zu beichten, was ihre Großmutter über Alice als die Schlüsselfigur gesagt hatte. Sie wusste nicht einmal, ob sie ihm überhaupt erzählen sollte, dass die Kette an ihre Mutter weitergegeben worden war. Hugo würde sie sofort bedrängen, zum Haus ihrer Eltern zu fahren, um ihre Mutter auszufragen, und dazu war sie einfach noch nicht bereit. Kein Geld der Welt könnte ihr derzeit die Kraft verleihen, ihrem Vater gegenüberzutreten. Nicht nach all dem, was sie von Nathan erfahren hatte. Und ob sie es im Moment ertragen könnte, mit ihrer Mutter zu sprechen, wusste sie auch nicht.

»Wir reden hier über einen Choker aus sechsundsechzig perfekten, champagnerfarbenen japanischen Perlen, von Hand gesammelt aus den Gewässern vor der Halbinsel Ise-Shima«, sagte Hugo. »Und deine Großmutter zählt zu den berühmtesten Hollywoodstars ihrer Zeit. Ich bin mir ziemlich sicher, dass dieses Collier ein scheiß Vermögen wert ist. Außerdem wurde es ihr von ihrem Vater zum achtzehnten Geburtstag geschenkt. Ich habe jeden ihrer Briefe genau studiert. Es wimmelt darin nur so von ›geliebter Papa‹ und ›mein wunderbarer Vater‹. Nie im Leben würde sie das kostbarste Geschenk, das sie jemals erhalten hat, einfach verlieren. Es ergibt keinen Sinn.«

Sophia seufzte. Manchmal war Hugo gar nicht so dumm, wie seine strohblonden Haare vielleicht vermuten ließen. Das von ihrer Mutter und dem Collier würde sie ihm schon bald erzählen müssen, schließlich brauchte sie seine Hilfe, um das verfluchte Ding nach all den Jahren wiederzufinden. Aber wie sollte ihr das gelingen, ohne ihre Eltern treffen zu müssen? Sie musterte Hugo aufmerksam, der mit konzentrierter Miene auf den Bildschirm seines Laptops starrte.

»Und du denkst wirklich, es ist so viel wert?«, fragte sie ihn.

Hugo nickte. »Wichtig ist nicht nur die Qualität des Schmucks, sondern auch, wem er gehört hat. Christie's hat im letzten Jahr die Perlenkette von Elizabeth Taylor für über elf Millionen Dollar verkauft, Sophe.«

Sophia schnaufte vernehmlich.

»Aber ich glaube nicht, dass ich die Kette jetzt verkaufen

könnte, Hugo. Wenn wir sie wiederfinden, möchte Granny, dass ich sie behalte, damit ich an sie und ihren Dad und diesen ganzen Beaumont-Dynastie-Quatsch denke, wenn ich sie trage. Das habe ich versprochen.«

»Und zu welcher Gelegenheit willst du deine Perlen tragen, Sophia?«, schoss Hugo zurück. »Wenn du dich bei der Wohlfahrt für deine Gratissuppe anstellst? Jetzt mal ehrlich, was nutzt dir ein Collier, das eine Million Pfund wert ist, wenn du dir nicht einmal eine Dose Ravioli leisten kannst?«

»Das ist alles reine Zeitverschwendung«, sagte Sophia und ließ sich aufs Bett fallen. »Wir werden es sowieso niemals finden. Alles nur Hirngespinste. Es ist wie die Suche nach der Stecknadel im Heuhaufen. Also bleibt mir nur übrig, so zu tun, als würde ich nach den Perlen suchen, um Granny noch ein paar Wochen lang eine Freude zu bereiten, bevor …«

Sophia schluckte schwer.

»… bevor sie stirbt. Und dann können wir das alberne Collier wieder vergessen und uns um unser Leben kümmern.«

23. Kapitel

Tokio, Japan, 2012

Aiko trank einen Schluck Kaffee und starrte aus dem Hotelfenster. Tokio vibrierte förmlich vor Begeisterung für Geld, Erfolg, Technologie und Macht.

An diesem Morgen jedoch wollte es Aiko trotz aller Anstrengung nicht gelingen, ihre Aufmerksamkeit auf den spektakulären Ausblick und ihre heutige Terminplanung zu richten. Immer wieder bahnten sich Bilder aus der Vergangenheit ungebeten einen Weg in ihre Gedanken. Anfänglich hatten diese Bilder sie nur in ihren Träumen heimgesucht, inzwischen jedoch drängten sie sich auch tagsüber in ihr Leben. Je länger Aiko aus ihrem Zimmer die Stadt betrachtete, desto weniger sah sie, was wirklich da draußen war. Stattdessen schienen die Bilder der Vergangenheit sich vor diese Aussicht zu schieben und sie zu überlagern. Aiko konnte plötzlich das chaotische, in Trümmern liegende Tokio des Jahres 1946 sehen, das irgendwie noch hinter der Fassade aus glänzenden, neuen Hochhäusern weiterexistiert haben musste. Sie schüttelte den Kopf und befahl den Geistern, sie in Ruhe zu lassen. Sie wollte hier bleiben, mit beiden Beinen fest in der sicheren Gegenwart. Aber eine Kraft, die stärker war als Aiko, zwang ihre Gedanken wieder zurück.

Tokio, Japan, 1946

»Glück liegt auch in dem, was übrig bleibt«, redete Aiko sich ein, während der klapprige Karren gemächlich auf Tokio zuschaukelte. Sie war geschwächt vom Mangel an Schlaf und Essen und wiederholte das Sprichwort wieder und wieder in ihrem Kopf, um die Hoffnung nicht ganz zu verlieren. Wenn in dem, was übrig blieb, tatsächlich auch das Glück lag, wie ihre Urgroßmutter stets behauptet hatte, dann würde Aiko es bestimmt bald finden, denn derzeit ernährte sie sich tatsächlich von Abfällen.

Japan war ebenso zertrümmert und gebrochen wie ihr Lebensmut. Ein Jahr war seit Kriegsende vergangen. Ein Jahr, seit die Atombomben auf Hiroshima und Nagasaki gefallen waren. Drei Millionen Japaner hatten im Krieg ihr Leben verloren, ein Drittel aller Häuser war zerstört. Es gab keine Arbeit, es gab keine Industrie, die Straßen waren unpassierbar und das Eisenbahnnetz zerbombt. Was war noch übrig? Ganz sicher nicht Aikos winziges Dorf. Die jungen Männer waren alle in den Krieg gezogen, und keiner von ihnen heimgekehrt. Die verbliebenen Frauen, Kinder und Alten waren zum Großteil verhungert oder an Krankheiten gestorben. Verlassene Häuser zerfielen wie die Kadaver toter Vögel. Der Strand war übersät mit dem zurückgelassenen Hausrat aus den leeren, zerfallenen Hütten. Die Ama tauchten nicht länger. Es gab keine Fischer mehr, die mit ihren Booten hinausgefahren wären. Als der Krieg zu Ende war, schnürte jeder, der überlebt hatte, seine kümmerlichen paar Habseligkeiten zusammen und ging. Aiko war eine von ihnen.

Über ihre eigenen Leiden und Beschwernisse machte sie sich nicht viele Gedanken. Das war nichts im Vergleich zu dem, was andere erlitten. Der kleine Junge, der neben ihr in dem verdreckten, ekelhaften Karren lag, wurde von Minute zu Minute kränker. Aiko hatte Zweifel, ob er bis Tokio durchhalten würde. Sie wusste weder seinen Namen, noch sein Alter, noch woher er stammte. Auf Reisen wie dieser unterhielt man sich nicht miteinander. Alle hatten ihre eigenen, persönlichen Gründe, die sie nach Tokio trieben.

Aiko schätzte den Jungen auf fünf oder sechs. Geredet hatte sie mit ihm nicht, aber nachdem sie ihn beim Gerangel um einen Platz auf dem Karren hochgehoben und dem Vater gereicht hatte, war er auf der Fahrt immer dichter an sie herangerutscht. Aiko war unwillkürlich aufgefallen, dass er allein mit seinem Vater reiste. Wie so viele Kinder in Japan, schien er seine Mutter verloren zu haben. Und Aiko verstand nur allzu gut, was dies hieß. Obwohl sie erst knapp zwanzig war und an eigene Kinder noch gar nicht dachte, ließ Aiko es zu, dass der Kleine sich an sie schmiegte. Mittlerweile hatte er sogar den Kopf an ihre Schulter gelehnt. Sein Gemurmel über die Schmerzen und seinen leeren Magen wurde lauter und lauter.

»Bringt diesen Jungen zum Schweigen, oder ich schmeiß ihn raus!«, schrie der Bauer, der den Karren lenkte.

Zwanzig Yen hatte der Fahrer von jedem Passagier verlangt. Früher einmal hätte Aiko ihn für ein herzloses Untier gehalten, aber seit dem Krieg begriff sie besser, wie sehr Leid und Entbehrungen ganz normale Leute verändern konnten. Sie alle versuchten nur, unter diesen schrecklichen Umständen zu überleben, und der Selbsterhaltungstrieb ließ die Menschen rücksichtslos werden. So etwas wie Gemeinschaft schien es nicht mehr zu geben. Oder Familie. Aiko presste die Augen zu, um alle Gedanken an ihr altes Dorf aus ihrem Kopf zu verbannen. Es tat viel zu weh, an ihren Vater Yoshiro zu denken, oder an ihre Großeltern und ihre geliebte Urgroßmutter Haruki.

Sie alle waren mittlerweile tot. Ihr Vater war im Krieg gefallen, zumindest nahm Aiko das an. Er war gemeinsam mit all den anderen Männern im Dorf 1942 eingezogen worden, und keiner hatte seitdem mehr etwas von ihm gesehen oder gehört. Da die Familie mit Yoshiro ihren einzigen Versorger verloren hatte, waren die anderen in der Folge an Krankheiten und Unterernährung gestorben. Einer nach dem anderen waren sie umgefallen wie die Fliegen, bis Aiko plötzlich allein dagestanden hatte. Und obwohl sie schon vor Monaten das Meer hinter sich gelassen hatte, steckte ihr dessen frischer Geruch noch immer in der Nase. Sie vermisste das Meer fast so sehr, wie sie ihre Familie vermisste.

»Schhh!«, besänftigte sie den Jungen leise und flüsterte ihm zu, dass alles gut werden würde. Sie erzählte ihm wundervolle Lügen, wie sie ein Junge in seinem Alter zu hören verdiente. Die Wahrheit war nichts für ein solch unschuldiges Kind. Um ihn zu beruhigen, flüsterte sie ihm eine Geschichte ins Ohr, die Haruki ihr jedes Mal erzählt hatte, wenn Aiko sie gefragt hatte, warum ihre Mutter so früh hatte sterben müssen.

Haruki hatte immer gesagt, dass Manami ein wertvolles Geschenk für Aiko hinterlassen habe und dass sie ihr Leben geopfert habe, damit ihre Tochter später einmal frei und unabhängig wie ein mächtiger Bergadler ihre Kreise ziehen könne. Aiko verstand zwar nie so richtig, was die alte Frau mit diesen Worten sagen wollte, aber sie klangen herrlich in ihren Ohren. Viel romantischer jedenfalls als die Erklärung, die ihr Vater ihr anbot. Ihm zufolge hatten ihre Mutter und die anderen Ama ein schweres Leben geführt und unter dem ständigen Druck der profitgierigen Fischfirma arbeiten müssen. Eines Tages sei sie einfach zu tief getaucht und zu lange unter Wasser geblieben, und dann habe das Meer sie krank werden lassen, und sie sei gestorben. Allerdings hatte ihr Vater nie viel Lust gehabt, über Manami zu sprechen. Seiner Meinung nach war der Beruf der Ama der schlimmste und gefährlichste auf der Welt, und er verbot der kleinen Aiko, jemals zu tauchen. Dennoch gingen Aiko und Haruki, wenn ihr Vater zum Fischen ausgefahren war, manchmal an den Strand, wo ihre Urgroßmutter sie im seichten Wasser zu tauchen lehrte. Aiko brauchte das Meer, wie sie die Luft zum Atmen brauchte. Ihrem Vater jedoch verriet sie dieses Geheimnis nie. Sie verstand, was das Meer ihm genommen hatte. Jeder erzählte, dass ihm an dem Tag, als Manami starb, das Herz zerrissen sei und er seitdem nur noch wie ein Geist lebte.

Ihre Urgroßmutter sah die Dinge indes ganz anders. Sie erklärte Manamis Tod anhand der Sage von Tamatori-hime, der Meeresprinzessin. An so manchem stürmischen Abend hatte diese Geschichte Aiko sanft in den Schlaf geleitet. Jetzt hoffte sie, dass sie bei dem kleinen Jungen auf dem Karren ebenfalls wirken würde.

»Dies ist die Sage von Prinzessin Tamatori«, erzählte sie ihm. »Vor langer, langer Zeit gab es einen bedeutenden Mann mit Namen Fujiwara no Kamatari. Er hatte seine schönste Tochter dem Kaiser von China zur Frau gegeben. Als Fujiwara starb, war diese Tochter schrecklich traurig, und so ließ der Kaiser, um ihren toten Vater zu ehren und seine zu Tode betrübte Gemahlin zu beruhigen, drei unbezahlbar wertvolle Schätze nach Japan bringen. Unterwegs jedoch wurde einer dieser Schätze, eine Perle, so schön wie keine zweite auf der Welt, während eines furchtbaren Unwetters von einem bösen Drachenkönig gestohlen.«

Aiko sah, dass sich die Augen des Jungen geöffnet hatten und er sie aufmerksam betrachtete. Sie lächelte und fuhr in ihrer Erzählung fort.

»Kamataris Sohn nun kam auf seiner Suche nach der einzigartigen Perle in ein fernes Land, wo er einer Perlentaucherin namens Ama begegnete, in die er sich verliebte. Die beiden heirateten, und sie gebar ihm einen Sohn. Ama liebte ihren Mann und ihren kleinen Sohn aus tiefstem Herzen, und so schwor sie, bei der Suche nach der gestohlenen Perle zu helfen. Es gelang ihr, den Drachen und seine Kreaturen mithilfe von lieblicher Musik einzuschläfern, und dann, als alle schliefen, stahl sie die Perle zurück. Aber sie war noch nicht weit gekommen, als die schrecklichen Seeungeheuer aus dem Schlaf erwachten und sie zu verfolgen begannen. Ama wollte die Perle so unbedingt für ihren Mann und ihren Sohn zurückgewinnen, dass sie sich die Brust aufschnitt und die Perle in der Wunde versteckte. Jetzt blutete die arme Ama natürlich ganz furchtbar, aber das Blut trübte auch das Wasser, und so konnte sie dem bösen Drachen entkommen und die Perle nach Hause zu ihrem Gemahl bringen. Zwar starb Ama später an den Verletzungen, aber für das Opfer, das sie ihrem Mann und ihrem kleinen Sohn brachte, wird sie bis zum heutigen Tage verehrt.«

»Danke für deine Geschichte«, flüsterte der Junge ruhig. »Ich glaube, meine Mutter war genau wie Ama.«

»Dann darfst du dich sehr glücklich schätzen«, flüsterte Aiko zurück. »Und soll ich dir mal ein Geheimnis verraten?«

Der Junge nickte schläfrig.

»Auch meine Mutter war wie Ama. Wie du siehst, haben wir also etwas gemeinsam. Wir sind von der gleichen Art.«

Der kleine Junge legte seine kalte Hand in Aikos und drückte sie kraftlos. Kurz darauf sank er mit einem leichten Lächeln auf den Lippen in den Schlaf.

»Ich danke Ihnen«, sagte der Vater des Jungen von der gegenüberliegenden Seite des Karrens und verbeugte sich. »So freundlich ist schon sehr lange niemand mehr zu uns gewesen. Sie sind ein Engel.«

Es waren die ersten Worte, die er auf der Fahrt sprach. Aiko bemerkte, dass seine inzwischen völlig zerschlissene Kleidung früher einmal sehr edel gewesen sein musste, und er sprach die Vokale so klar und sauber aus, wie es die Gebildeten taten. Sie fragte sich, wie ein Mann von dieser Herkunft wohl hier auf dem Karren gelandet sein mochte.

»Sie ist bestimmt kein Engel, Sie dummer Kerl«, keifte eine Frau neben ihm. »Ihr Männer seid doch alle gleich. Sie ist hübsch, mehr nicht. Sie hat ein engelsgleiches Gesicht, das ja, aber deshalb ist ihr Herz ganz sicher nicht reiner als meins – oder seins!«

Sie deutete auf den Rücken des Bauers. Der Vater des kleinen Jungen ignorierte die Frau und hielt den Blick auf Aiko gerichtet.

Als der Karren schließlich die Außenbezirke der Großstadt erreichte, befahl der Bauer den Reisenden, schleunigst abzusteigen. Es war mitten in der Nacht, und nirgends war ein Anzeichen von Häusern zu sehen. Trotz all des Schreiens und Zeterns um ihn herum wachte der Junge nicht auf. Aiko reichte dem Vater den schlafenden Körper.

»Vielen Dank«, sagte dieser und schloss seinen Sohn liebevoll in die Arme. »Mögen die Götter Ihnen stets gewogen sein.«

Aiko wünschte dem Mann alles Gute und verfolgte, wie er mit dem kranken kleinen Jungen auf den Armen in der Nacht verschwand. Sie hatte keine Ahnung, ob der Junge jemals wieder aufwachen würde. Sie nahm den Schmerz darüber und fügte ihn dem unerträglichen Berg an Leid hinzu, der sich in ihrem Innern bereits angesammelt hatte und der ihr junges Herz zu erdrücken schien.

24. Kapitel

St John's Wood, London, 2012

Granny lief zur Höchstform auf, als sie feststellte, dass sie an diesem Nachmittag nicht nur einen, sondern gleich zwei Besucher hatte. Sie veranstaltete ein riesiges Theater um Hugo, erklärte, er sei der hübscheste Mann, dem sie nach dem Tod von Sophias Großvater begegnet sei, und wie vortrefflich er sich entwickelt habe. Und wie üblich genoss Hugo die Aufmerksamkeit in vollen Zügen.

Jetzt saßen Sophia und Hugo wie zwei brave Kinder zu Grannys Füßen, denn sie hatte darauf bestanden, aus ihren Memoiren vorzulesen. Völlig versunken in die eigenen Erinnerungen, las Granny mit verzücktem Lächeln und leicht singender Stimme, vergaß aber auch nicht, immer wieder zu kontrollieren, ob das Publikum ihrem Vortrag auch gebannt folgte.

London, 1950er Jahre

»Mit meinem Umzug nach London begann keineswegs sofort der große Spaß. Ich war schrecklich jung und naiv und kannte niemanden in der Hauptstadt. Zu Anfang verbrachte ich meine Zeit meist damit, in Hampstead Heath mit Badger spazieren zu gehen und mich darüber zu beklagen, dass ich keine Freunde in

London hatte. Der arme treue Badger starb an Altersschwäche während meines ersten Jahres in London. Er war das erste Haustier, das bei mir in Hampstead im Garten unter dem Eichenbaum begraben wurde. Ich war entsetzlich einsam damals. Modebegeistert, wie ich war, gab ich bei Selfridges, Harrods und Liberty ein Vermögen für die neuesten Stücke aus, hatte aber gar keine Gelegenheit, sie zu tragen, und konnte daher auch niemanden damit beeindrucken. Wie ich zu meiner Schande gestehen muss, tat ich es meiner Mutter nach und putzte mich mit Abendkleid, Stöckelschuhen, Schmuck und komplettem Make-up heraus, nur um anschließend allein in meinem Salon herumzusitzen. Ein wirkliches Trauerspiel für ein Mädchen, das gerade neunzehn geworden war.

Zum Glück war es mit der Einsamkeit bald vorbei. Ich hatte mich immer schon für das Theater interessiert, und jetzt, so allein zu Hause, verschlang ich die Theaterkritiken im Evening Standard und die Berichte über Hollywoodstars in London Life oder The Lady. Wenn ich mich mit meinen neuen Kleidern (an denen immer noch die Schildchen hingen) in Schale warf, tat ich so, als wäre ich bei der Oscarverleihung. Anfang 1950 brachte ich endlich den Mut auf, mich einer lokalen Laientheatergruppe in Highgate anzuschließen, wo ich rasch die Bekanntschaft von zwei jungen Frauen namens Madeleine und Louisa machte beziehungsweise Maddie und Lulu, wie sie es lieber hörten. (An Tante Maddie erinnerst du dich bestimmt noch, oder? Sie lebt inzwischen in Marylebone und ist noch immer ziemlich umtriebig.) Maddie und Lulu konnten weit besser schauspielern als ich. Außerdem waren sie beide ein wenig älter und in London geboren und aufgewachsen. Ich fand sie wahnsinnig kultiviert, modebewusst und weltgewandt, und alles, was sie taten, wollte ich auch tun!

Maddie und Lulu fingen an, mich gemeinsam mit all ihren Freunden nach Soho zu schleppen. Tagsüber saßen wir mit dunklen Sonnenbrillen in den Cafés der Wardour Street, tranken schwarzen Kaffee und diskutierten über Lyrik. Abends dann liefen wir durch dunkle Gassen und stiegen über enge Treppen zu irgendwelchen obskuren Nachtclubs oder Jazz Bars hinab. Endlich hatte ich den Anschluss an das pulsierende Großstadtleben gefunden. Für ein unbedarftes Mädchen vom Lande war dieser neue Lebensstil ebenso suchterregend wie die französischen Zigaretten, die ich zu rauchen begann.

Während dieser frühen Londoner Jahre öffnete und weitete sich mein Denken wie die Blüte einer Frühlingsblume, und ich verlor neben meiner Unschuld auch alles, was an Vorurteilen und Snobismus aus meiner Kindheit noch überlebt hatte. Ich lernte Maler kennen, die so arm waren wie eine Kirchenmaus, und opiumsüchtige Dichter. Ich freundete mich mit schwarzen Jazzmusikern aus Alabama an und erkor ein älteres Schwulenpärchen, das über einem Sexshop in der Dean Street wohnte, zu meinen liebsten ›Adoptivpaten‹.

Was mir an meinem neuen Leben jedoch den meisten Spaß bereitete, waren die Begegnungen mit den Schauspielern, die nach ihren Auftritten im West End noch auf einen Drink im Colony Room Club, im Club Eleven, im Cy Laurie Jazz Club oder im Harmony Inn vorbeischauten. Ich war ein Spätentwickler in Liebesdingen und hatte meinen ersten Kuss nach dem von St Ives erst mit zwanzig. Aber ich holte das Versäumte rasch nach und ging in dieser Zeit mit einer Reihe von Schauspielern, Schriftstellern und Musikern aus. Damals fand ich mit erstaunlicher Selbstverständlichkeit in die Rolle der Femme fatale.

Den Männern schien ich halt zu gefallen, und einige von ihnen gefielen mir auch. Ich hatte nur immer Schwierigkeiten, mich zu entscheiden, also brachte mich die Qual der Wahl dazu, mich nie fest zu binden, und obwohl ich meine damaligen Freunde alle sehr mochte, verliebte ich mich nie. Bis ich Frankie kennenlernte.

Als er im Februar 1951 den Jazzclub betrat, entdeckte ich ihn sofort. Ich erstarrte mit erhobenem Glas und brachte mitten im Satz keinen Ton mehr heraus.

›Was ist?‹, fragte Maddie und wandte sich, meinem gebannten Blick folgend, um.

›Aha‹, sagte sie grinsend. ›Frank Perry Junior. So ein Bild von einem Kerl hast du wohl auch noch nicht gesehen, was?‹

Unfähig zu sprechen, schüttelte ich nur den Kopf.

›Er ist Amerikaner und all sowas!‹, fügte Lulu aufgeregt hinzu.

›Er ist Schauspieler‹, ergänzte Maddie.

›Und absolut nicht meine Liga‹, brachte ich schließlich heraus. ›Er sieht aus, als würde er nicht einmal derselben Spezies angehören wie der Rest von uns.‹

Schüchternheit war mir bis dahin fremd gewesen. Normalerweise ging ich sofort auf jemanden zu, der mir gefiel, und begann ein ungezwungenes Gespräch. Frank Perry Juniors Erscheinung jedoch blendete mich derart, dass ich es nicht wagte, ihn anzusprechen. Stattdessen verbrachte ich die nächste Stunde damit, mich in seiner Nähe herumzudrücken, mein langes Haar mal so herum, mal anders herum zu werfen, Rauchkringel in sein Gesicht zu pusten und übertrieben laut unglaublich intelligente Dinge zu meinen Freundinnen zu sagen, in der Hoffnung, er würde sie hören. Ich ließ sogar mein Täschchen neben ihm zu Boden fallen, damit er es aufheben konnte – was er nicht tat. Am Ende waren es meine Perlen, die ihn Kontakt suchen ließen. Ich trug das Collier zu einem engen schwarzen Cocktailkleid. Er unterhielt sich gerade mit einem anderen

Mann an der Bar, als er mich plötzlich zu bemerken schien. Er hielt inne und neigte den Kopf zur Seite.

›Hey, Kleine‹, rief er mir zu. ›Komm doch mal her.‹

Mir gefiel sein Kommandoton überhaupt nicht, und hätte er nicht so wahnsinnig gut ausgesehen, hätte ich ihm direkt eine Abfuhr erteilt. In diesem Fall aber schluckte ich, atmete tief ein und ging zu ihm hinüber.

›Sind die echt?‹, fragte er und nahm die Perlen prüfend zwischen die Finger.

Ich konnte nicht sprechen, daher nickte ich nur dämlich.

›Bist du so 'ne Art Adlige oder reiche Erbin oder so etwas?‹, wollte er in diesem so sexy wirkenden amerikanischen Tonfall wissen.

Ich stammelte: ›So in der Art, ja, bin ich wohl.‹

›Und wie heißt du, mein kleiner Augenstern?‹, fragte er.

›Matilda‹, gelang es mir zu antworten. ›Lady Matilda Beaumont.‹

Im selben Augenblick bedauerte ich es, so pompös geklungen zu haben, und fügte hinzu: ›Aber im Grunde einfach Tilly. Alle nennen mich Tilly.‹

›Lady Matilda‹, wiederholte er grinsend, ohne meinem Nachtrag Beachtung zu schenken. ›Wahnsinn! Du bist also ein echtes Blaublut, ja? Kennst du den König?‹

Ich schüttelte ernst den Kopf. Bis ich merkte, dass er sich nur lustig machte und hochrot anlief.

›Du bist ein süßes Ding‹, erklärte er. ›Irgendwie gefällst du mir, Lady Matilda. Tanz mit mir.‹

An diesem Punkt kam ich wieder ein wenig zu Sinnen und entschied, dass mir seine kommandierende Art gar nicht gefiel, ganz egal wie umwerfend er auch aussehen mochte. Außerdem sagte mir irgendwas, dass Frankie viel zu sehr daran gewöhnt war, nur mit den Fingern schnippen zu müssen, damit alle Mädchen taten, was er wollte. Und ich hatte kein Interesse daran, nur eines dieser zahllosen Mädchen zu sein. Möglicherweise hatte ich ja von meiner Mutter doch etwas gelernt – wie man mit Männer umging.

›Genau das werde ich nicht tun‹, erwiderte ich klipp und klar. ›Ich lass mir doch nicht sagen, was ich zu tun habe, nicht von Ihnen und auch von niemand anderem. Wenn ich tanze, dann weil ein Gentleman mich freundlich darum bittet und ich die Güte habe, es ihm zu gestatten. Entschuldigen Sie mich.‹

Mit diesen Worten wandte ich mich ab. Ich war noch keine fünf Schritte gegangen, da warf Frankie sich quasi mir zu Füßen.

›Lady Matilda, bitte erweisen Sie mir die Ehre, mit mir zu tanzen‹, sagte er. ›Sie sind das bezauberndste Mädchen, dem ich jemals begegnet bin, und ich weiß nicht, wie ich weiterleben soll, wenn Sie jetzt so einfach aus meinem Leben verschwinden.‹

Natürlich übertrieb er schrecklich und zog vor den anderen eine Schau ab, aber als ich sah, wie er gespannt zu mir aufblickte und auf eine Antwort wartete, da wusste ich, dass ich mit Vergnügen ein Leben lang in dieses Gesicht schauen könnte. Und ich wusste, dass er dasselbe empfand.

›Nun gut, wenn Sie so darauf bestehen‹, erwiderte ich schließlich. ›Da Sie freundlich darum bitten, werde ich Ihnen wohl einen Tanz gewähren können.‹

Und damit war es geschehen. Am Ende der Woche gingen wir zusammen aus, am Ende des Monats waren wir ein Paar und am Ende des Sommers verließ ich London in einem Flieger nach L.A., gemeinsam mit der Liebe meines Lebens. Ich hatte rasch erkannt, dass die überlebensgroße Figur, die Frankie in der Öffentlichkeit abgab, zum Großteil Fassade war. Schließlich musste er sein Playboy-Image aufrechterhalten, und er war auch darin nun mal ein ausgezeichneter Schauspieler. Aber hinter all dem draufgängerischen Gehabe verbarg sich ein liebenswürdiger, rücksichtsvoller, großherziger Mensch. Eine Woche bevor wir London verließen, heirateten wir im Standesamt von Westminster. Aber dieser Flug war keineswegs als Hochzeitsreise gedacht. Los Angeles sollte vielmehr unser neues Zuhause werden. Frankie stand kurz vor den Dreharbeiten zu seinem ersten abendfüllenden Spielfilm. Seine Rolle war nicht groß, aber ein Anfang. Er hat mich nie Tilly genannt. Für Frankie blieb ich bis zu seinem Tod entweder ›Lady Matilda‹ oder ›mein Augenstern‹.

Wir bezogen eine Eigentumswohnung in Malibu. Es war herrlich. Jeden Tag schien die Sonne. Frankie schlug vor, ich sollte doch Schauspielunterricht nehmen, jetzt, wo ich in L.A. sei. Mit meinem Aussehen und ein paar Unterrichtsstunden würde ich bestimmt ein Star werden, meinte er. Ich hielt seine Einschätzung damals für reichlich subjektiv, aber wie gewöhnlich sollte Frankie am Ende recht behalten. Kaum hatte ich mich an einer Schauspielschule in Beverly Hills angemeldet, um mein neues Handwerk zu erlernen, da rief Frankie mich eines Morgens vom Set aus an.

›Meine Filmpartnerin ist schwanger‹, erklärte er aufgeregt. ›Sie hat den Dreh geschmissen. Heute casten sie neu für die Rolle meiner großen Liebe. Du musst unbedingt kommen, Augenstern. Bewirb dich. Ich habe denen schon gesagt, dass mein Mädchen ebenfalls Schauspielerin ist, und vom Regisseur aus wäre es okay. Komm am besten jetzt gleich zum Set.‹

Ich bekam die Rolle nicht. Ich war erst seit ein paar Tagen in den USA, und meine ersten Versuche, den Akzent nachzuahmen, endeten grauenhaft. Aber ich wurde gebeten, für ein ande-

res Filmprojekt vorzusprechen, einen Kriegsfilm, der im besetzten Europa spielte, und diesmal bewarb ich mich für die Rolle eines britischen Mädchens, das hinter die feindlichen Linien gerät. Vermutlich hatte Liz Taylor in dieser Woche gerade etwas Besseres zu tun, denn aus irgendeinem Grund erhielt ich die Rolle. Und sie fiel auch genau in mein Fach, denn wenn einer die vom Papa verwöhnte Tochter aus vornehmem Haus spielen konnte, dann ich! Der Film hatte sogar ein größeres Budget als der, an dem Frankie arbeitete, und während er in seinem Streifen nur eine Nebenrolle hatte, schien ich durch Zufall die Hauptrolle ergattert zu haben. Und das Schönste daran war, dass Frankie deshalb kein bisschen neidisch oder verbittert war. Er war einfach nur sehr, sehr stolz auf mich.

Karrieretechnisch dürfte die Tatsache, dass wir ein Paar waren, uns beiden letztlich sogar geholfen haben. 1952 drehten wir unseren ersten gemeinsamen Film, und die Kritiker feierten begeistert diese ›authentische innige Nähe auf der Leinwand‹. Tja, und damit war der Durchbruch geschafft.«

Sophias Großmutter machte eine Pause und sah auf. In ihren Augen leuchtete noch die Begeisterung über das Erlebte.

»Wollt ihr noch mehr hören?«, fragte sie. »Möchtest du etwas über Alice hören?«

Sophia dachte einen Moment nach. Wollte sie etwas über ihre Mutter hören? Ihr kamen all die unbeantworteten Fragen in den Sinn, die sie in letzter Zeit beschäftigt hatten, und sie nickte.

Ihre Großmutter räusperte sich, schlug die nächste Seite auf und fuhr in ihren Erinnerungen fort:

Cannes, Frankreich, 1963

»Ausgerechnet auf einer Party am letzten Abend der Filmfestspiele in Cannes, auf einer direkt vor der Croisette liegenden Yacht, wurde mir plötzlich klar, dass ich schwanger war. Ich konnte gar nicht begreifen, warum mir vom Champagner und vom Schaukeln des Boots schlecht wurde, wenn ich doch an beides durchaus gewöhnt war. Ich zündete mir eine Zigarette nach der anderen an, nur um sie halb geraucht an Frankie weiterzureichen, weil mein Mund sich so trocken anfühlte und ich vom Rauch husten musste.

Noch am Morgen hatte ich vor Wut geschäumt, weil mein Kleid zu eng saß. Ich hatte mich bäuchlings auf den Teppich im Hotelzimmer legen müssen, damit der gute Frankie mir den Fuß in den Rücken stemmen und den Reißverschluss schließen konnte. Dabei hatte ich im Vorfeld des Filmfestivals kaum etwas gegessen, da ich wusste, dass ich nach dem Erfolg meines letzten Filmes ständig fotografiert werden würde. Zudem hatte ich in der Woche unter einem Magenvirus gelitten und konnte gar nicht nachvollziehen, warum ich zugenommen haben sollte. Einen Monat zuvor hatte mir das Kleid – eine atemberaubende Kreation von Givenchy aus weißer Seide – bei der persönlichen Anprobe noch perfekt gepasst. Es ergab einfach keinen Sinn!

Um die Sache noch schlimmer zu machen, erschien in diesem Augenblick auch noch Audrey Hepburn auf der Party, in exakt dem gleichen Kleid in Schwarz, und sah darin viel besser und viel, viel schlanker aus als ich. Für eine Frau gibt es nichts Schrecklicheres, als auf eine Party zu kommen, auf der eine andere Frau das gleiche Kleid trägt, und dann auch noch feststellen zu müssen, dass es dieser sogar viel besser steht!

Ich war damals bereits dreiunddreißig, und Frankie und ich hatten unseren Traum von eigenen Kindern schon lange begraben. Nach einer Reihe niederschmetternder Fehlgeburten zu Beginn unserer Ehe hatten die Ärzte mir erklärt, dass ich nicht wieder schwanger werden könnte. Also konzentrierten wir uns in den folgenden zehn Jahren völlig auf unsere Karrieren, unsere Ehe und unsere gesellschaftlichen Aktivitäten. Wir hatten eine Menge Freunde, verlebten herrliche Urlaube und besaßen Häuser in London, Hollywood und am Comer See.

Wir waren glücklich. Wir liebten einander aufrichtig, und die Leidenschaft versiegte nie. Wir lebten hoch oben in den Hollywood Hills in einem traumhaft schönen Haus, dessen großer Pool auf einer Klippe mit Blick zum Meer lag. Unsere begehbaren Kleiderschränke hingen voller Designerstücke, und in unseren Terminkalendern reihte sich ein aufregendes Engagement an das nächste. Wir beide gewannen in diesen Jahren Preise für unsere Arbeit. Dennoch war unser Leben, bis zu diesem Abend in Cannes, nicht wirklich komplett.

Ich stand auf dem Damenklo, und mir war speiübel, als ich mich zur Seite drehte und plötzlich meinen Bauch im Profil sah. Mein enges Cocktailkleid ließ keinen Zweifel daran, dass dort eine Ausbeulung war. Auf einmal machte alles Sinn. Die Übelkeit, die Müdigkeit, der Brechreiz. Da die Ärzte mir versichert hatten, dass ich nicht wieder schwanger werden konnte, wusste ich sofort: Dieses Kind war ein Wunder. Ich weiß nicht wieso, aber in dem Augenblick, als mir bewusst wurde, dass ich ein Kind erwartete, war ich fest davon überzeugt, dieses Baby würde überleben. Ohne es bemerkt zu haben, war ich mittlerweile bereits im vierten Monat. Und noch im selben Jahr, Ende Oktober, kam deine Mutter auf die Welt.

Ich zwängte mich durch die Feiernden zu Frankie zurück, legte ihm meinen Arm um die Schulter und flüsterte in sein Ohr: »Jetzt wirst du doch noch Papa.« Und mein geliebter Ehemann, normalerweise die elegante Gelassenheit in Person, ließ sein Glas fallen und spritzte die arme Brigitte Bardot mit Champagner voll. Mein Mann war sonst wirklich durch nichts aus der Fassung zu bringen, aber dieses eine Mal habe ich ihn gehörig ins Schleudern gebracht.

Heutzutage ist es natürlich völlig normal, mit dreiunddreißig sein erstes Kind zu bekommen, aber in den Sechzigern galt man da schon als steinalt! Rückblickend war es für mich ein Segen, erst so spät im Leben Mutter geworden zu sein. Es bedeutete, dass ich mich ganz auf die Bedürfnisse deiner Mutter einstellen konnte, als sie auf der Welt war, ohne dass meine eigenen Bedürfnisse dazwischenkamen. Ich habe nämlich auch meine egoistischen Zeiten gehabt, in denen ich durchaus dekadent und genusssüchtig sein konnte. Niemand kann behaupten, dass ich mich in meinem Leben nicht ausgiebig amüsiert hätte!

Damals in Cannes feierte ich gerade den dreizehnten Kassenschlager meiner Filmkarriere. Ich ahnte nicht, dass es für mehr als zwanzig Jahre auch mein letzter sein sollte. Aber mit der Geburt deiner Mutter änderte sich alles schlagartig. Vielleicht lag es daran, dass dieser lang ersehnte Wunsch so vollkommen unerwartet doch noch in Erfüllung gegangen war, oder daran, dass ich schon älter war, jedenfalls ertrug ich es nicht, auch nur einen Moment von ihr getrennt zu sein. Wir gaben ihr den Namen Alice, nach dem Lieblingsbuch meiner Kindheit. Ich hörte auf zu arbeiten und zog nach London zurück, damit sie so ›normal‹ wie möglich aufwachsen konnte. Natürlich hätten wir uns bequem eine Nanny leisten können, aber nach meinen eigenen Erfahrungen wollte ich unbedingt, dass Alice von ihren

eigenen Eltern und nicht von Angestellten großgezogen wurde. Meine Filmkarriere aufzugeben, begriff ich dabei nicht als Opfer. Ich sah es vielmehr als Geschenk an, die ganze Zeit mit meiner Tochter verbringen zu dürfen.
Der gute Frankie war ebenfalls vollkommen vernarrt in die Kleine. Sie war sein Sonnenschein, und er hasste es, wenn er zu einem Dreh musste. Manchmal flog er über das Wochenende von den Staaten zurück, nur um einen Tag mit seiner geliebten Alice zu verbringen. Bei Interviews dürfte er Reporter wie Filmvermarkter gleichermaßen in den Wahnsinn getrieben haben, weil er viel lieber über seine wunderbare Tochter redete als über seinen neuen Film! Jeden Tag rief er zu Hause an, ganz egal, wo auf der Welt er sich aufhielt oder wie unangenehm die Zeitverschiebung auch sein mochte. Ich selbst habe es nicht ein einziges Mal bereut, meine Karriere ruhen zu lassen. Ich wusste, wie glücklich ich war, die Tage mit meiner Tochter verbringen zu dürfen, und Frankie hätte mit mir jederzeit, ohne eine Sekunde zu zögern, die Rollen getauscht. Aber ich muss gestehen, so sehr ich meinen geliebten Frankie auch vermisste, es gefiel mir schon, Alice ganz für mich allein zu haben. Sie war so süß, aufgeweckt und fröhlich. Ich liebte sie so sehr, dass ich glaubte, das Herz müsste mir platzen. Und trotz all der herrlichen Dinge, die ich in meinen ersten dreiunddreißig Jahren gesehen und erlebt hatte, war Alice' Kindheit doch die mit Abstand glücklichste Zeit meines Lebens.«

Granny sah auf und lächelte Sophia und Hugo zu.

»Hätten sich diese Tage doch nur konservieren lassen«, sagte sie. »Ich wünschte, ich könnte jetzt eine Flasche öffnen und ein wenig von dieser Freude hier in diesem Krankenzimmer versprühen.«

»Zu schade, dass du nicht ein wenig auf Mum sprühen kannst, um sie daran zu erinnern, welch wunderbare Kindheit sie verlebt hat«, murmelte Sophia und trat ans Fenster.

»Alice hat ihre Gründe, warum sie ist, wie sie ist«, erwiderte ihre Großmutter nachdenklich. »Aber es stimmt, ich habe auch manchmal den Eindruck, dass sie vergessen hat, wie es war. Sobald sie deinen Vater heiratete, schien sie damit abgeschlossen zu haben, sich als eine Beaumont zu fühlen. Deshalb hat es mich auch nicht sonderlich überrascht, dass sie die Perlen nie getragen hat.«

Sophia sah zu ihrer Großmutter hinüber, die mit den Aufzeichnungen in der Hand allmählich in den Schlaf zu sinken begann, und Sophia hätte schwören können, ein leichtes Lächeln auf ihren Lippen erkennen zu können.

»Ich verstehe es nicht«, sagte sie, als sie und Hugo das Krankenhaus verließen. »Granny hat ihrer Tochter alles gegeben. Warum also ist Mum ihr gegenüber heute so kühl? Ich habe noch nie erlebt, dass sie sich umarmt hätten. Mum begrüßt Granny mit ein paar angedeuteten Wangenküssen, die sie in weitem Sicherheitsabstand in die Luft abgibt. Und das ist wohlgemerkt die herzlichste Geste, die meine Mum sich leistet. Ich verstehe es nicht.«

»Du hast recht. Es ist schon merkwürdig, dass sie so geworden ist, wie sie ist. Eigentlich sieht sie noch klasse aus – wie alle Beaumont-Frauen –, aber sie versteckt es hinter dieser schrecklichen Frisur und all den unförmigen Schlabberkitteln, die sie trägt. Und so ist sie schon rumgelaufen, als wir klein waren, erinnerst du dich? Dabei war sie damals noch richtig jung, viel jünger als wir heute. Wie alt war sie, als sie dich bekommen hat?«

»Neunzehn«, antwortete Sophia, die sich darüber noch nie

viel Gedanken gemacht hatte. »Herrgott, sie war noch blutjung. Dad ist allerdings ein ganzes Stück älter als sie.«

»Vielleicht bietet sie ihm ja deshalb nie die Stirn«, überlegte Hugo. »Genau betrachtet, schikaniert er sie doch genauso herum, wie er dich herumschikaniert. Aber warum hat sie sich überhaupt jemals mit deinem Dad eingelassen? Ich meine, nimm es mir nicht übel, aber eine Augenweide ist er ja nicht gerade.«

»Da bin ich überfragt.«

»Genau«, sagte Hugo. »Sie war eine geborene Lady Alice Beaumont Perry, die adlige Tochter von zwei Hollywoodgrößen. Und sie entscheidet sich dazu, das schlichte Hausmütterchen Alice Brown zu werden. Ihren Titel hat sie doch abgelegt, hast du gesagt, stimmt's?«

Sophia nickte. »Zusammen mit Beaumont und Perry. Sie hat den Titel und beide Namen wegfallen lassen.«

»Schon komisch«, grübelte Hugo weiter vor sich hin. »Eigentlich sollte es ihr an Selbstwertgefühl nicht mangeln. Sie sollte eine schillernde, charismatische Schönheit sein, mit einem leichten Hang zu dieser legendären britischen Exzentrik. Stattdessen ist deine Mutter so stocksteif und verklemmt, dagegen wirkt jedes Teekränzchen wie ein Treff rebellischer Freigeister.«

»Als sie geheiratet haben, war Mum noch wahnsinnig jung. Und gestern hat Granny mir einzureden versucht, dass sie eine richtig lebenslustige Person war, bevor sie Dad kennenlernte. Ganz abgenommen habe ich ihr das aber nicht … Meiner Ansicht nach schwang darin auch das Wunschdenken einer Mutter mit, die mit einem stinklangweiligen Kind geschlagen ist. Wie auch immer, eins steht jedenfalls fest, Hugo: Ich für meinen Teil werde nie heiraten und auch nie Kinder bekommen.

Ich meine, Granny hat ja noch etwas getaugt als Elternteil, aber mein Dad? Meine Mum? Meine Urgroßmutter? Nein! Meine Familie hat einfach kein Talent zum Elternsein. Uns fehlen die Gene dafür. Wahrscheinlich liegt es daran, dass wir jahrhundertelang unsere Kinder immer sofort an Nannys weitergereicht haben und die Fürsorge-Gene dann irgendwann abstarben. Genau, vermutlich starben die Fürsorge-Gene bei uns zeitgleich mit den Arbeitseifer-Genen aus. Da brauchst du gar nicht so zu grinsen, Hugo, denn in deiner Familie war es nicht anders. Deshalb sind wir auch beide unfähig, uns anständige Jobs zu suchen und unser Leben auf die Reihe zu kriegen.«

Eine Weile gingen sie schweigend weiter in Richtung U-Bahn-Station, dann sagte Hugo leise, aber entschieden: »Du wirst dich demnächst mit deiner Mutter treffen müssen, Sophia.«

Sophia ignorierte geflissentlich seine Bemerkung und starrte lieber auf ihre Füße, die über das schmutzige, nasse Pflaster klackerten.

»Da kannst du weghören, so lange du willst, an der Tatsache ändert es nichts. Du hast deiner sterbenskranken Großmutter versprochen, das verschwundene Collier wiederzufinden, und um das zu tun, wirst du dich mit deiner Mutter auseinandersetzen müssen – und womöglich sogar mit deinem Vater.«

Sophia spürte, wie sich ihr Magen verkrampfte. Natürlich hatte er recht. Aber wie um alles in der Welt sollte sie ausgerechnet jetzt ihren Eltern gegenübertreten? Der Gedanke war schon unangenehm genug gewesen, bevor sie erfahren hatte, was ihr Vater zu Nathan gesagt hatte. Jetzt fühlte sich dieser Berg nur noch unbezwingbarer an.

Keiner von ihnen sprach ein Wort, während die Central Line in Richtung Osten sauste.

Als die beiden an der Haltestelle Mile End wieder nach

oben stiegen, hatte sich der Nieselregen in einen soliden Wolkenbruch verwandelt. Sophia und Hugo klappten die Mantelkragen hoch, zogen die Köpfe ein und rannten durch den Park. Sie hatten schon fast ihre Straße erreicht, als ein schwarzer Labrador aus den Büschen stürzte und mit etwas spielte, das wie ein totes Tier aussah.

»Lass los, Duke!«, schrie ein Mann, dessen Gesicht unter der Kapuze seines Anoraks nicht auszumachen war. »Was zum Teufel hast du da schon wieder gefunden? Lass los, Duke! Bei Fuß!«

Widerwillig ließ der Hund das tote Tier los und trabte zu seinem Besitzer zurück. Sophia blieb stehen und starrte auf den zurückgebliebenen Kadaver auf dem Weg.

»Ist das nicht …?« Sophia presste in dem düsteren Licht angestrengt die Augen zusammen. »Ist das nicht mein Kunstpelzmantel?«

Hugo hob nicht einmal den Blick.

»Sei nicht albern, Sophe«, sagte er. »Du hast den Mantel in deinem Zimmer gelassen. Du hast noch gesagt, es sei für ihn zu nass draußen.«

Sobald sie in ihre Straße bogen, wurde ihnen klar, dass etwas ganz Übles passiert sein musste.

»O nein«, sagte Sophia. »Ich glaube, sie haben uns rausgeschmissen.«

Der Vorgarten des Hauses sah aus, als hätte hier jemand illegal seinen gesamten Jahresmüll entsorgt. Dutzende schwarzer Müllsäcke lagen in einem chaotischen Haufen auf dem Rasen. Einige waren aufgeplatzt, und Kleidung und Bücher hatten sich über den matschigen Boden verteilt. Ben und Amelia saßen völlig durchnässt nebeneinander auf einem der Säcke und teilten sich stumm eine Selbstgedrehte.

»Was ist denn hier los?«, fragte Sophia aufgebracht. »Wir sind doch nur ein paar Stunden weg gewesen. Warum liegen all unsere Sachen hier draußen?«

»Mein Vater hat das Haus verkauft«, erklärte Ben und schüttelte ungläubig den Kopf. »Er hat vor Jahren schon mal was in dieser Richtung erwähnt, aber ich dachte nicht, dass er es ernst meinte. Und dann sind irgendwann, so vor ein, zwei Monaten, mal ein paar Leute mit so 'nem Schlipstypen vorbeigekommen und haben irgendwas von einer Besichtigung gefaselt, aber ...«

»Hat er dich denn überhaupt nicht informiert, Ben?« Sophia versuchte so freundlich wie möglich zu sein, und fuhr sich mit den Finger durch die nassen Haare. »Ein Haus wird doch nicht über Nacht verkauft. Er hätte uns doch wenigstens Zeit lassen können, etwas Neues zu finden.«

»Er hat ein paar Mal geschrieben«, antwortete Amelia niedergeschlagen. »Aber Ben hat die Briefe nicht geöffnet.«

Sophia musste an den Berg an Post im Hausflur denken und nickte. Im Briefeöffnen war keiner von ihnen besonders gut.

»Und vor ein paar Stunden ist dann ein Mann vorbeigekommen und hat gesagt, das Haus würde jetzt ihm gehören, und wir hätten eine Stunde Zeit zu verschwinden«, fuhr Amelia fort, der nun die Tränen kamen. »Und dann hat Ben die Briefe geöffnet.«

»Er ist doch mein Vater«, sagte Ben in weinerlichem Ton. »Er hätte mich doch anrufen können. Die Briefe kamen von einem Anwalt. Die wollte ich nicht öffnen. Ich dachte, es wäre irgendein Ärger.«

»Es ist irgendein Ärger«, zischte Hugo. »Wir sitzen auf der Straße.«

»Immer mit der Ruhe, Hugo. Das sind ja nur Sachen. Uns selbst geht's gut. Wir regeln das schon.«

»Und wie?«, fragte Hugo mit hoher, sich überschlagender Stimme.

»Wo geht ihr denn hin?«, wandte sich Sophia an Ben und Amelia.

»Ein Kumpel von uns kennt ein besetztes Haus in Camberwell«, sagte Ben.

Er warf seine Kippe in eine Pfütze und stand auf.

»Nur für den Übergang. Bis sich was Besseres findet.«

Ben und Amelia packten sich jeweils drei Säcke unter die Arme.

»Sorry, Leute«, sagte Ben. »Ihr könnt euch ja mal melden. Hoffe, ihr findet was.«

Sophia sah zu, wie sich das Pärchen mit ihren Habseligkeiten die Straße hinabschleppte. Amelia ließ einen der Säcke fallen, und Ben hob ihn für sie auf. Sophia war schon jetzt klar, dass die beiden nichts Besseres finden würden.

Sie atmete tief durch und dachte angestrengt nach. Sie war verärgert, aber relativ ruhig. Und anders als nach der Sache mit Nathan ließ diese Situation sie nicht verzweifeln. Sophia würde schon eine Lösung finden. Da war sie sicher. Sie setzte sich auf den nächstbesten Müllsack und klopfte auf den Platz neben ihr.

»Setz dich«, forderte sie Hugo auf, der noch immer zitternd am Tor stand. »Hier.«

Sie reichte ihm eine Zigarette.

»Jetzt beruhigen wir uns erst mal, denken nach, und dann lassen wir diese Bruchbude so weit wie möglich hinter uns.« Sie klopfte ihm liebevoll aufs Knie. »Wir müssen doch irgendjemanden kennen, der uns helfen kann.«

Hugos finstere Miene verwandelte sich unerwartet in ein Lächeln.

»Wen meinst du?«, fragte er mit breitem Grinsen. »Etwa einen Mann mit Lieferwagen?«

»Damon!«, sagten sie synchron.

Damon war ein Geschenk des Himmels. Er kam den ganzen Weg von einem Job in Southend nach Hackney gefahren, um Sophia und Hugo mit all ihrem Hab und Gut abzuholen. Bis zu seinem Eintreffen hatten Sophia und Hugo es auch geschafft, die herumfliegenden Schuhe, Wäsche und den sonstigen Krimskrams wieder in den aufgeplatzten Müllsäcken zu verstauen.

»Sieh dir nur diese Muckis an, irre, nicht?«, raunte Hugo Sophia zu, als Damon aus dem Lieferwagen stieg. »Hast du schon mal solche Bizeps gesehen? Jetzt müsste er nur noch ein Haus in Chelsea haben statt eins in Essex.«

»Er ist toll«, flüsterte Sophia zurück. »Und ein absoluter Schatz. Schau dir doch nur an, welche Umstände er sich unseretwegen macht. Vielleicht solltest du endlich mal aufhören, alte Knacker zu daten und dich von ihnen aushalten zu lassen, und es zur Abwechslung mal mit jemandem versuchen, der dir tatsächlich gefällt. Was spielt es denn für eine Rolle, ob er dir teure Sachen kaufen kann? Materielle Dinge allein machen nicht glücklich.«

»Vielleicht. Aber ich kenne ihn doch kaum, Sophe. Ganz ehrlich, gestern Mittag haben wir uns zum Brunch ein Eiweißomelette und einen grünen Smoothie geteilt, mehr ist bislang nicht passiert. Womöglich ist es ja auch zu schön, um wahr zu sein.«

»Und fertig!«, erklärte Damon fröhlich, während er den letzten Sack in den Laderaum stopfte und die Tür zuschlug. »Ich kann es gar nicht fassen, dass ihr beide auf der Straße steht. Ich dachte, ihr habt mächtig Kohle!«

»Bist du jetzt enttäuscht von uns?«, erkundigte sich Hugo unsicher.

»Nee«, antwortete Damon geradeheraus. »Ich finde eher, damit sind wir uns ein wenig ähnlicher geworden.«

Sophia kletterte zu Damon und Hugo auf die Sitzbank. Es hatte etwas Beruhigendes, so eng beieinander in einem Kleinbus mit beschlagenen Fenstern zu sitzen. In Wahrheit war Sophia sogar froh darüber, das Haus in Hackney endlich zu verlassen. Es hatte am Ende mehr einem Gefängnis geähnelt als einem Zuhause.

»Also gut, ihr zwei Hübschen«, flötete Damon. »Wo soll's denn nun hingehen?«

Hugo und Sophia sahen einander an. Hugos Miene nahm einen verzweifelten Zug an.

»Ich weiß es nicht«, seufzte er.

Sophia spielte mit der Visitenkarte in ihrer Tasche und fragte sich, ob sie es tun sollte oder nicht. Gewiss würde ihre Großmutter ihnen helfen wollen, aber war das nicht eine zu große Bitte an eine sterbenskranke Frau? Musste sie sich nicht ausgenutzt fühlen? Und was würden Sophias Eltern dazu sagen, dass sie sich weiter auf diese Weise durchschnorrte? Eigentlich hatte Sophia es satt, ständig auf Almosen angewiesen zu sein. In diesem Moment hätte sie alles dafür gegeben, irgendwo eine eigene winzig kleine Wohnung zu haben, für deren Kosten sie mit ihrer eigenen Hände Arbeit aufkam. Die Vorstellung trat ihr ohne jede Ankündigung vor Augen. Meinte sie das wirklich? Wollte sie wirklich einen normalen Job, sich die Seele aus dem Leib ackern, nur um jeden Monat die Miete zahlen zu können? Ach. Du. Meine. Güte. Ja, genau das. Sophia wollte ihre Würde zurück, und ihr war schlagartig klar geworden, dass dies nur gelingen konnte, wenn sie wieder lernte, auf eigenen Beinen zu stehen. Möglichst rasch! Jetzt gerade jedoch standen sie und Hugo völlig mittellos da, und sie musste ein letztes Mal um Hilfe bitten.

»Gebt mir zwei Minuten«, sagte Sophia zu den Jungs und trat in den Regen hinaus, um im Wellington Hospital anzurufen.

»Nach Hampstead, bitte, Damon«, sagte Sophia strahlend, als sie ein paar Minuten später wieder in den Lieferwagen kletterte. »Christchurch Hill.«

»Wow!«, sagte Damon und programmierte sein Navi. »Das nenn ich nobel. Ihr habt also doch mächtig Kohle?«

»Nein«, erklärte Sophia. »Wir haben bloß Glück, das ist alles. Granny meint, die Ersatzschlüssel lägen noch immer an derselben Stelle wie früher. Bleibt nur zu hoffen, dass mir wieder einfällt, wo das war.«

»In einem Einmachglas in den Büschen links neben der Eingangstür«, half Hugo ihr aus.

25. Kapitel

Tokio, Japan, 2012

»Sind Sie sicher, dass es hier ist?«, fragte Aiko, die der Anblick der mit Bäumen gesäumten Vorortstraße ein wenig verwirrte.

»Ganz sicher«, versicherte der Fahrer ihr.

Aiko dankte dem Mann und bat ihn, sie an derselben Stelle in einer Stunde wieder abzuholen.

Sie versuchte sich zu orientieren. Nichts von alledem war damals hier gewesen. Heute war dies eindeutig ein sehr wohlhabendes Viertel. Aus irgendeinem Grund hatte sie verwaiste Flächen und höchstens ein paar klapprige Holzhäuser erwartet. Natürlich war das albern gewesen. Schließlich waren sie nur eine halbe Autostunde vom Stadtzentrum entfernt.

Aiko sah den Hügel hinab und auf die Stadt hinunter, die sich vor ihr ausbreitete. Kilometerweit reihte sich ein Hochhaus an das andere, und im Osten glitzerte das Meer in der Bucht von Tokio. Ja, das war die Stelle. Das Aussehen der Stadt hatte sich verändert und in ihren Ausmaßen war sie nicht wiederzuerkennen, aber der Abstand zum Meer war derselbe.

Sie bemerkte einen schmalen Weg, der rechts von der Straße abbog, und ohne weiter darüber nachzudenken, begann sie ihm zu folgen. Schon bald geriet die Straße hinter ihr außer Sicht, der Pfad verengte sich, und Aiko hatte das Gefühl, sich in einem Labyrinth verlaufen zu haben. Ihr wurde schwindlig, sie fühlte sich benommen, die Geister riefen nach ihr, kreischten in ihrem Kopf, weigerten sich, noch länger zu schweigen nach all den Jahren in der Verbannung. Aiko blieb an einer Wurzel hängen, geriet ins Stolpern und brach durch das Grün in eine kleine Lichtung. Vor ihr standen die Reste einer zerfallenen Scheune. Das Dach war schon lange fort, und eine Magnolie wuchs durch das, was einst der Heuboden gewesen war. Wahrscheinlich hätte sie überhaupt nicht erkannt, dass es sich um eine ehemalige Scheune handelte, wäre sie nicht früher schon einmal hier gewesen. Aiko wurden die Knie schwach. Sie musste an der Magnolie Halt suchen. Die Geister ließen sich nicht länger ignorieren. Sie waren hier.

Tokio, Japan, 1946

Aiko verbrachte die Nacht in einer Scheune. Sie war noch nie in Tokio gewesen, hatte keine Ahnung, welche Richtung sie einschlagen musste, und mitten der Nacht war es viel zu dunkel, um irgendetwas oder irgendjemanden erkennen zu können. Außerdem besaß sie keine Schuhe, und ihre Fußsohlen hingen nach dem wochenlangen Marsch über zerbombte Straßen in Fetzen. Nein, das Beste würde sein, die Nacht über irgendwo unterzukriechen und ihre Reise am nächsten Morgen fortzusetzen. Sie war inzwischen viel zu weit gekommen, um jetzt noch unnötige Risiken einzugehen. Also wartete Aiko, bis alle Mitfahrer vom Karren verschwunden waren, und schlich sich dann in diese verlassene Scheune, abseits der gefährlichen Hauptstraße.

Aiko hatte wie immer Schwierigkeiten, Schlaf zu finden. Die Muskeln schmerzten, in ihren Haaren krabbelten Läuse, ihr Magen knurrte vor Hunger, und Insektenstiche und Ausschlag ließen ihre Haut jucken. Weit schlimmer als die körperlichen Beschwerden aber waren die Bilder, die ihren Kopf füllten, sobald sie die Augen schloss. Die ausgemergelten Leiber ihrer Großeltern. Das Haus ihrer Urgroßmutter, das nach deren Tod zerfiel und ins Meer stürzte. Der Gesichtsausdruck ihres Vaters, als er von der Seite seines einzigen Kindes fortgezerrt wurde, um gegen einen Feind zu kämpfen, den er noch nie in seinem Leben gesehen hatte. Das leere Dorf, das Aiko hinter sich gelassen hatte.

Es kostete sie all ihre innere Kraft, diese Bilder auszublenden und sich stattdessen auf den morgigen Tag und die Zukunft zu konzentrieren. Aiko legte die Hand auf die Brust, um zu ertasten, ob ihr roter Seidenbeutel noch sicher verschnürt war. Er war es. Im beruhigenden Bewusstsein, dass ihr einziger wertvoller Besitz auf dieser Welt noch da war, ließ Aiko sich in den Schlaf fallen.

Sie erwachte beim ersten Tageslicht und lief vorsichtig den schmalen Pfad zurück, bis sie auf die Straße stieß, die sie hergebracht hatte. Dort bot sich ihr einen grauenvoller Anblick. Sie stand oben auf einem Hügel und sah vor sich eine gerade, aber nahezu völlig zerstörte Straße. Gestern Nacht hatte sie sich noch gewundert, warum der hartherzige Bauer sie alle so weit vor der eigentlichen Stadt vom Karren gescheucht hatte, aber nun verstand sie. Die Verbindungsstraße von Nagoya nach Tokio hörte hier ganz einfach auf.

Aiko hatte von den Brandbomben gehört, die auf Tokio gefallen waren, aber nichts hätte sie auf den Anblick einer derart zerstörten Stadt vorbereiten können. Es besaß keinerlei Ähnlichkeit mehr mit dem Tokio, dessen Fotos sie als Kind in den Zeitungen gesehen hatte. Die Stadt, die so berühmt gewesen war für ihre Gebäude aus Holz und Papier, bestand nur noch aus verkohlten Balken und Asche. Vor ihr erstreckten sich Straße um Straße, Viertel um Viertel an verbrannten Häusern, Tempeln, Fabriken und Schulen. Alles verschmolz zu einer riesigen graubraunen Masse aus Trümmern. Ganz in der Ferne konnte sie unter einem düsteren Wolkenschleier schwach das Meer ausmachen, aber es ähnelte nicht im Geringsten dem grünen Ozean zu Hause in Ise-Shima. Vor allem aber konnte sie es nicht riechen. Sie war sich sicher gewesen, in Tokio das Meer wieder riechen zu können, aber in der Luft lag hier nur der widerliche Gestank nach verkohltem Holz, Verwesung und Tod.

Mit schwerem Herzen und blutenden Füßen begann Aiko den langen Marsch in die Stadt. Wie sie gingen auch andere mit gesenktem Kopf und gebeugten Schultern in diese Richtung. Alte und Gebrechliche schlurften in qualvoller Langsamkeit. Frauen trugen ihre erschöpften Kinder. Einige Männer hatte große Koffer oder einzelne Möbelstücke geschultert, manche sogar Käfige mit Hühnern, eben alles, was sie hatten retten können, vermutete Aiko. Halbtote Ziegen und Kühe wurden an Seilen weitergezogen, gefolgt von abgemagerten Hunden, die pflichtbewusst am Ende der Gruppe darauf achteten, dass die kleine Familienherde zusammenblieb. Das Merkwürdige aber war, dass für jeden, der wie Aiko der Stadt zustrebte, ein anderer ihnen entgegenkam, um diesem Ort zu entfliehen. Was dem einen eine Zufluchtsstätte, ist dem andern ein Gefängnis, dachte sie. Am Straßenrand lagen immer wieder Leichen, aber Aiko beachtete sie nicht weiter. Sie hatte schon so viele Leichen in ihrem kurzen Leben gesehen, dass sie keine morbide Faszination mehr auf sie ausübten. Der Tod war einfach nur der Tod. Eine Gewissheit wie die aufgehende Sonne. Aikos einzige Aufgabe bestand darin, dem Tod so lange wie möglich ein Schnippchen zu schlagen. Trotz all der Schicksalsschläge, die sie bereits erlitten hatte, war bei ihr kein Wille stärker ausgeprägt, als der zu leben. Er brannte wie ein Feuer in ihr und trieb sie vorwärts. Sie hatte keine Ahnung, wofür sie lebte. Sie hatte weder Freunde noch Angehörige und wusste nicht einmal, wohin genau sie unterwegs war. Ihr Ziel war eher eine abstrakte Vorstellung von Glück und Zufriedenheit als ein konkreter Ort. Aiko wusste nur, dass sie nicht aufgeben würde, bis sie dort angekommen war. Während sie weiter und weiter auf die niedergebrannte Stadt zuging, murmelte sie ohne Unterlass den gleichen Satz: »Siebenmal gefallen, achtmal aufgestanden. Siebenmal gefallen, achtmal aufgestanden.«

Aiko war noch immer gut anderthalb Kilometer vom Stadtrand entfernt, da hörte sie hinter sich ein lautes, tiefes, rumpelndes Geräusch. Sie drehte sich vorsichtig um und sah einen amerikanischen Panzer auf sich zukommen. Ein anderes Fahrzeug hätte über die zerbombte Straße auch gar nicht fahren können. Aller Mut verließ sie. Sie hatte schreckliche Angst vor amerikanischen Soldaten. Nicht nur wegen der Geschehnisse im Krieg, sondern auch wegen der Art, wie sie aussahen und auftraten. Sie waren ihr entsetzlich fremd und unterschieden sich völlig von den Männern, die sie von Zuhause kannte.

Die GIs, denen sie bislang begegnet war, behandelten japanische Mädchen wie ein billiges Stück Fleisch. Aiko hatte die Bars und Häuser selbst gesehen, in denen amerikanische Soldaten junge Mädchen aus der Gegend manchmal für nur fünf Yen kauften. Sie schienen der Meinung zu sein, dass alle japanischen Mädchen für Geld zu haben waren. Das Mädchen hier aber nicht! Aiko senkte den Kopf, verließ die Straße und entfernte sich möglichst weit, um den Panzer vorbeizulassen. Das Rumpeln kam näher und näher, aber Aiko wagte es nicht sich umzudrehen. Sie wollte sich einreden, dass er vorbeifahren würde, aber irgendwie wusste sie schon, was geschehen würde.

Der Panzer hielt direkt neben ihr an. Zwei Soldaten saßen Kaugummi kauend auf dem Turm und musterten sie grinsend. Ein dritter steckte seinen blonden Kopf aus der Luke.

›Wie eine Ratte, die aus ihrem Loch hervorlugt‹, dachte Aiko im Stillen.

»Hey, hübsches Kind«, johlte einer der GIs. »Bist ja ein echtes Zuckerpüppchen, was?«

Aiko war bereits genügend amerikanischen Soldaten begegnet, um zu verstehen, was sie sagten. Dennoch gab sie lieber vor, sie nicht zu hören, und versuchte schnell weiterzugehen. Zwei der Soldaten sprangen vom Panzer und liefen ihr hinterher. Der Blonde, der im Rattenloch steckte, schüttelte nur den Kopf und blieb, wo er war.

»Lasst sie in Ruhe«, rief er seinen Freunden nach. »Wir haben keine Zeit für so etwas. Wir müssen zurück ins Camp.«

Vielleicht war der am Ende ja doch nicht so rattenhaft. Die anderen beiden ignorierten ihn jedoch und liefen hinter Aiko her.

»Hey, Schätzchen, warum so schüchtern?«, sagte einer von ihnen, ein plumper, affiger Kerl, eigentlich noch ein Junge, mit rötlich orangem Haar und Sommersprossen auf der Haut. Er packte Aikos Arm und drehte sie zu sich. »Wir versuchen doch nur, nett zu sein.«

»Bitte lassen Sie mich in Ruhe«, sagte Aiko und versuchte dabei, nicht ängstlich zu klingen. Es war einer der wenigen Sätze, die sie auf Englisch kannte. Ihren Blick hielt sie fest auf den Boden gerichtet.

»Na, na, das ist jetzt aber gar nicht nett, Missy«, sagte sein

Freund, ein etwas größerer, dünner Junge mit einem schmalen Oberlippenbärtchen, das er sich vermutlich hatte stehen lassen, um älter zu wirken. »So redet man doch nicht mit Leuten, die extra hergekommen sind, um euch Schlitzaugen die Ärsche zu retten. Ohne uns und unseren General MacArthur, die euch helfen, diesen verlotterten Laden hier mal so richtig auszumisten, wärt ihr Japse doch schon längst alle mausetot.«

Aiko schluckte schwer. Der erste Soldat hielt noch immer ihren Arm fest. Sie hoffte nur, ihr roter Beutel war sicher verschnürt. Sie wusste zwar nicht, was als Nächstes mit ihr geschehen würde, aber was immer es auch war, sie durfte keinesfalls ihren kostbaren Besitz verlieren. Er war alles, was sie hatte.

Sie spürte den heißen Atem des GIs auf ihrer Wange. Er stand viel zu dicht bei ihr. Aiko raste das Herz in der Brust.

»Is' ja ne richtige Schönheit unter all dem Dreck, unsere Kleine hier«, erklärte der Dünne.

»Ganz deiner Meinung, Harry«, sagte der Sommersprossige. »Aber wie sie stinkt! Ich wette, die hat sich seit Jahren nicht mehr gewaschen. Sieht aus, als müssten wir dir mal das zivilisierte Leben ein wenig näherbringen, Schätzchen.«

Er betrachtete sie gierig. Ihr schauderte, als sie spürte, wie sein Blick über ihren Körper wanderte.

»Schön lange Beine und hübsch große Titten hast du, was, Kleine?«, meinte der mit den Sommersprossen und lachte. Der Griff um ihren Arm wurde fester.

»Und ihre Augen schimmern irgendwie rötlich«, fügte der Dünne, der Harry hieß, hinzu. »Sehen aus, als würden sie brennen. Hey, ich glaube, die Kleine ist heiß auf dich, Duane!«

Aiko würde nicht zulassen, dass die beiden sie weinen sahen. Am liebsten hätte sie sich gewehrt, hätte dahin getreten, wo es weh tat, ihm in sein hässliches Gesicht gespuckt und wäre dann um ihr Leben und ihre Freiheit gerannt, aber Aiko war nicht blöd. Sie waren zu zweit, mit dem auf dem Panzer sogar zu dritt, und diesen Kampf konnte sie nicht gewinnen. Sie gestattete sich aufzuschauen und sah, dass der dritte Soldat inzwischen aus dem Panzer gestiegen war und auf sie zukam. Irgendetwas an seinem Auftreten beruhigte Aiko ein wenig. Er war im selben Alter wie die anderen, allenfalls ein oder zwei Jahre älter als Aiko selbst, aber er schien mehr Autorität zu besitzen. Er war unglaublich groß, hatte sehr blonde Haare, hellblaue Augen und war braun gebrannt von der Sonne. Ihm fehlte der lüsterne Gesichtsausdruck, den die anderen beiden hatten. Er blickte Aiko mit einer Mischung aus Scham und Mitgefühl an und wandte sich dann wütend an den Rothaarigen.

»Führ dich nicht auf wie ein Arsch, Duane«, bellte er den Soldaten an, der Aiko am Arm festhielt. »Lass das arme Mädchen los. Dir würde es doch auch nicht gefallen, wenn irgendein japanischer Soldat deine kleine Schwester so anfassen würde, oder?«

Er schlug hart gegen Duanes Arm.

»Autsch«, beschwerte der sich, ließ Aiko los und rieb sich nun seinen eigenen Arm. »Das hat weh getan!«

Aiko wollte nur fort. Sie murmelte ein Dankeschön zu dem blonden GI und begann so schnell davonzulaufen, wie die blutenden Füße sie trugen, nur weg von der Straße und den schrecklichen GIs. Als sie sich umdrehte, sah sie, wie der Blonde und der Soldat namens Duane einander anschrien und sich gegenseitig schubsten. Vielleicht waren die Amerikaner ja doch nicht alle schlecht. Sie versteckte sich hinter einem Baum und verfolgte gebannt und entsetzt, wie der große blonde, blauäugige Amerikaner seinem Kameraden einen Schlag mitten in das hässliche Gesicht verpasste, sich abwandte und in aller Seelenruhe zum Panzer zurückging. Harry kratzte sich kurz unschlüssig den Kopf und folgte dann seinem Sergeant. Schließlich kam Duane leise vor sich hin fluchend wieder auf die Beine, hielt sich die blutende Nase und kehrte ebenfalls zu ihrem Fahrzeug zurück. Der Panzer verschwand, und Aikos rasend hämmerndes Herz begann sich zu beruhigen. Wie dumm von ihr, eine solche Situation überhaupt entstehen zu lassen. Sie würde niemals wieder darauf angewiesen sein, dass ein Mann sie rettete. Aiko würde sich selbst retten.

26. Kapitel

Hampstead, London, 2012

»Stimmt was nicht?«, fragte Hugo und ließ sich neben Sophia nieder, die im Schlafzimmer ihrer Großmutter in Hampstead auf dem Boden saß. Um sie herum standen schwarze Müllsäcke. »Ich dachte, du packst aus, machst es dir gemütlich und nimmst ein schönes, ausgiebiges Bad. Damon hat eben den Boiler für uns in Gang gebracht. Wenn man ihn so mit einem schweren Schraubenschlüssel hantieren sieht, macht einen das ganz kribbelig. Wie auch immer, die Heizung läuft jedenfalls, und das Wasser sollte jeden Moment warm sein.«

Sophia rang damit, nicht in Tränen auszubrechen, und brachte keinen Ton heraus.

»Hey«, sagte Hugo leise. »Ich dachte, es würde dir besser gehen, seit du deine Großmutter wieder besuchst. Und jetzt sind wir hier, weit weg von unserem üblen Loch, in ihrem wunderschönen Haus. Wir haben einen Teppich unter den Füßen und eine saubere Küche. Ich dachte, die Veränderung würde dich eher etwas optimistischer stimmen, was die Zukunft betrifft.«

»Ich hatte mich auch besser gefühlt«, gab Sophia zu. »Bis vor zehn Minuten ging es mir noch super.«

»Und dann?«

»Weißt du noch, wie Granny erzählt hat, sie hätte das Collier meiner Mutter gegeben? Und dass ich meine Mutter fragen müsste, wenn ich dem Geheimnis auf den Grund kommen wollte?«

Hugo nickte.

»Tja, und da musste ich an deine Worte denken, dass ich mich mit meiner Mutter in Verbindung setzten muss. Also habe ich ihr eine SMS geschickt und sie nach den Perlen gefragt.«

»Gut gemacht!«, sagte Hugo. »Ich bin ja so stolz auf dich …«

»Nein«, fiel Sophia ihm ins Wort. »Es war eine bescheuerte Aktion. Ich wusste doch, dass ich den Stein nicht ins Rollen hätte bringen sollen. Ich habe es dir gesagt.«

»Warum?«

»Weil sie mir gerade diese E-Mail als Antwort geschickt hat.« Sophia wischte sich mit dem Ärmel die Tränen fort und reichte Hugo ihr Handy.

Sophia, las Hugo laut vor, es tut mir leid, aber ich habe nicht die geringste Ahnung, wovon du sprichst. Von einem solchen Collier habe ich nie gehört. Wärst du etwas früher auf die Idee gekommen, deine Großmutter zu besuchen, hättest du ihren Verfall mit eigenen Augen erlebt. Dein Vater und ich sind beide der Meinung, dass sie nicht länger bei klarem Verstand ist und zum Fantasieren neigt, jetzt da ihre Erinnerungskraft so rapide nachlässt. Vermutlich hat es eine solche Perlenkette nie gegeben.
Es hat uns allerdings nicht sonderlich überrascht, dass du auf eine derart fantastische Geschichte anspringst. Schließlich hast du dich, wie dein Vater sagen würde, immer erst dann für

diese Familie interessiert, wenn dein Kontostand es erforderlich machte. Wir wissen zwar nicht, wie du deinen zweifelhaften Lebenswandel finanzierst, nachdem wir dir den Geldhahn zugedreht haben, aber du kannst sicher sein, dass alle Vorstellungen, du könntest eine kostbare Perlenkette erben, nichts als blanker Unsinn sind. Wir wären dir jedenfalls dankbar, wenn du deine Großmutter nicht weiter besuchen würdest. Sie ist eine sehr kranke, alte Frau, die in ihren letzten Wochen nichts weniger gebrauchen kann, als von dir in Aufregung versetzt zu werden. Dein Vater ist der Ansicht, es wäre für alle Beteiligten das Beste, wenn du dich von Granny und dem Rest der Familie fernhieltest, bis du dein Leben wieder auf die Reihe gebracht hast. Wie in der Vergangenheit schon wiederholt klargestellt, haben wir genug von deinem pubertären, gewissenlosen und oft auch gesetzwidrigen Verhalten und ertragen die damit verbundene nervliche Belastung und Schande nicht länger. Solltest du eines Tages zu dem Entschluss kommen, in die anständige Gesellschaft zurückkehren zu wollen, dann lassen sich die zerstörten Brücken vielleicht langsam wieder aufbauen. Bis dahin würden wir es vorziehen, keinen weiteren Kontakt mit dir zu haben. Mum.

Sophia zuckte zusammen, als sie die Worte laut ausgesprochen hörte. Ihre eigene Mutter war es, die das sagte. Ja, Sophia besaß ihre Schwächen, und sie hatte Fehler gemacht, aber war sie wirklich überflüssig wie ein Kropf, dass sie so etwas von ihrer eigenen Mutter verdient hatte?

»Was für eine Hexe!«, erboste sich Hugo. »Schlag dreimal die Hacken deiner Zauberschuhe zusammen, Sophe, und wünsch dir, *niemals* nach Hause zurückzukommen.«

Typisch Hugo, sie auch in einem solchen Augenblick zum Lachen bringen zu können.

»Also gut, natürlich klingt die E-Mail erst mal brutal, aber wenn man sie genauer liest, findet sich eigentlich nichts darin, was sie dir nicht früher schon gesagt hätten«, sagte Hugo weiter. »Nur der Teil von deiner angeblich senilen Großmutter, der ist neu. Und das wirklich fiese Zeug stammt alles von deinem Vater. Da steht dann ›dein Vater ist der Ansicht‹ oder ›wie dein Vater sagen würde‹. Du weißt doch genau, dass deine Mutter keine eigene Meinung hat. Sie hat einfach nur all die Gemeinheiten aufgeschrieben, die dein Vater ihr diktiert hat.«

»Könnte sein«, erwiderte Sophia unsicher. »Aber sie glaubt, mich würde an dem Collier nur das Geld interessieren, das es mir einbringen könnte!«

Hugo strich sich nachdenklich über die Wange. »Sei mir nicht böse, aber war das nicht auch der Hauptgrund, weshalb du zu deiner Granny gegangen bist? Und gerade haben wir hier ihr Haus in Beschlag genommen, also …«

»Gar nichts haben wir in Beschlag genommen!« Sophia boxte ihn freundschaftlich auf den Arm. »Granny sagt, wir können so lange bleiben, wie es uns gefällt. Sie meint, es sei ihr sowieso lieber, wenn jemand nach dem Haus sieht. Sie fürchtet, es könnten sonst Einbrecher kommen. Wir würden ihr einen Gefallen damit tun, hat sie gesagt.«

»Und du hast ihr das abgekauft?«

»Ja, das habe ich«, gab Sophia scharf zurück. »Abgesehen davon, bin ich Granny keineswegs allein wegen meines Erbes besuchen gegangen. Das weißt du genau. Diese Briefe haben mich wirklich berührt. Wenn überhaupt, dann hat das Collier mir nur einen Vorwand gegeben, meine Meinung zu ändern, was einen Besuch bei ihr betrifft, ohne dumm dazustehen.«

»Mh-hmm«, brummte Hugo ironisch. »Und wenn du dir das nur lange genug einredest, fängst du irgendwann an, es selbst zu glauben, wie? An dem Besitz einer Perlenkette, die ein Vermögen wert ist, hast du also überhaupt kein Interesse?«

»Natürlich wäre es fantastisch, etwas so Wertvolles zu erben, aber es wäre auch fantastisch, Granny noch einmal richtig glücklich zu machen, bevor sie stirbt. Außerdem weißt du doch, dass ich das Collier inzwischen gar nicht mehr verkaufen könnte. Es geht darum, etwas ganz Besonderes für sie zu tun als Gegenleistung für all die Dinge, die sie für mich getan hat. Aus diesem Grund will ich diese Kette finden. Wollte ich diese Kette finden. Sofern es sie überhaupt gibt …«

»O, geben wird es sie ganz sicher«, erklärte Hugo mit Nachdruck. »Darauf verwette ich meine komplette Sammlung original Sechziger-Jahre-Seidenkrawatten. Warum sollte deine Granny lügen? Warum sollte sie sich all diese komplizierten Geschichten dazu ausdenken? Außerdem haben wir die Aufnahme selbst gesehen, auf der sie die Perlen an ihrem achtzehnten Geburtstag trägt, erinnerst du dich?«

»Das hätte auch ein Choker ihrer Mutter sein können, oder bloß billige Kunstperlen«, entgegnete Sophia. »Granny hatte immer schon genauso viel Modeschmuck wie echtes Zeug. Als ich klein war, habe ich alles anprobiert und nie genau gewusst, was echt war und was nicht.«

»Du meinst also, deine Großmutter lügt?« Hugo verschränkte die Arme und musterte sie aufmerksam.

Sophia dachte lange nach, bevor sie antwortete. Konnte es wirklich sein, dass Tilly log? Hatten ihre Eltern recht? War ihre

Großmutter senil? Und dann fiel ihr wieder ein, wie Tillys Augen gefunkelt hatten, als sie von dem Tag in London mit ihrem Vater erzählt hatte, von Asprey und dem Krieg, und davon, wie sie an ihrem achtzehnten Geburtstag vor Freude geweint hatte, als ihr Dad ihr das kostbare Geschenk überreichte. In diesem Moment wusste Sophia, dass Tilly die Wahrheit sagte.

»Nein, Hugo. Ich bin mir zwar nicht sicher, ob sie uns alles erzählt hat, aber über die Perlen hat Granny ganz bestimmt nicht gelogen.«

»Natürlich hat sie das nicht«, erklärte Hugo mit einer wegwerfenden Handbewegung, so als habe dieser Punkt nie in Zweifel stehen können. »Deine Eltern wollen bloß verhindern, dass dir irgendein Teil des Familienvermögens in die Finger fällt und du es auf den Kopf hauen kannst. Wahrscheinlich hat dein Dad das Collier in einem Safe irgendwo auf dem Dachboden verstaut und wartet nur darauf, es zu Christie's zu bringen, sobald Tilly stirbt. Was wir jetzt brauchen, sind Beweise.«

»Beweise?«, fragte Sophia und wischte sich die Tränen ab.

»Ja, eindeutige Beweise für die Existenz des Colliers.«

»Klar doch«, sagte Sophia, deren Stimmung sich deutlich hob. »Ja, genau das brauchen wir. Die Frage ist, ob Granny noch Fotoalben von früher hat.«

»Alle alten Leute haben Fotoalben von früher«, dozierte Hugo. »Das ist ein Naturgesetz. Genauso wie alle Schwulen anfangen, aus dem Zauberer von Oz zu zitieren, wenn sie ihre beste Freundin aufheitern müssen.«

»Ich glaube, sie bewahrt sie in der Kommode im Blauen Salon auf«, erinnerte sich Sophia, stand auf und zog an Hugos Hand. »Na los, wir gehen nachsehen.«

Eine Stunde später hatten sie ihre Beweise.

»Was für eine miese kleine Lügnerin.« Hugo nahm ein Foto von Alice und wedelte damit triumphierend in der Luft.

Er drehte das Foto um und las die Rückseite.

»Alice, Spanische Treppe, Rom, Juli 1981. Mit dem Collier um den Hals.«

Er nahm ein anderes Foto.

»Alice, Wohltätigkeitsball, Venedig, Mai 1981. Mit dem Collier um den Hals.«

Er nahm das letzte Foto hoch.

»Alice, Piccolo Bar, Capri, Juni 1981«, verkündete er. »Und wieder das verfluchte Collier um den Hals. Ich meine, welcher junge Mensch reist denn mit Interrail in der Weltgeschichte herum und schleppt so eine wahnsinnig kostbare Perlenkette in seinem Rucksack mit?«

»Sie ist halt reichlich verwöhnt aufgewachsen, meine Mum.« Sophia war sich durchaus bewusst, dass sie gerade eine Frau zu entschuldigen suchte, die sie angelogen und abgewiesen hatte, und die es zugelassen hatte, dass ihr Mann ihre eigene Tochter ständig demütigte. Und dennoch, es musste einen Grund für ihr Verhalten geben, oder etwa nicht? Sophia versuchte, sich in die Lage ihrer Mutter zu versetzen.

»Mums Eltern waren weltberühmte Filmstars. Sie war ein Einzelkind. Granny hatte so viele Fehlgeburten, bevor sie sie bekam, also dürften die beiden Alice ganz schön verwöhnt haben. Granny drehte erst wieder einen Film, als meine Mutter ins Internat kam, und wie sie selbst zugibt, war Mum es, die ins Internat wollte. Granny hätte es lieber gesehen, wenn sie zu Hause geblieben wäre, aber Mum glaubte, dort zu ersticken, und wollte mehr Zeit mit Gleichaltrigen verbringen. Es muss schwer für sie gewesen sein, ein Gefühl für das normale Leben zu entwickeln. Ich meine, sie ging damals schon auf Partys mit Jack Nicholson, Sean Connery und Liza Minelli, und wurde im nächsten Moment mit einem Mantel über dem Kopf im Auto verstaut, weil meine Großeltern panische Angst davor hatten, die Paparazzi könnten ihr nachstellen. Es muss schon reichlich schräg gewesen sein. Einen ausgeprägten Bezug zur Realität dürfte sie jedenfalls nicht gehabt haben.«

»Und wir dachten immer, wir wären die armen kleinen Bonzenkinder«, sagte Hugo sarkastisch. »Ach, die bedauernswerte kleine Alice, musste sie doch mit James Bond vorliebnehmen.«

»Vermutlich war es einfach Irrsinn von ihr, diese Kette mit auf eine Rucksacktour zu nehmen. Meinst du, sie hat das Collier in Italien verloren und hat nie den Mut aufgebracht, es zuzugeben?«

Hugo nickte. »Ich wette, genauso ist es gewesen.«

»Und jetzt leugnet sie, irgendetwas davon zu wissen, und nennt mich dann noch gewissenlos!«

Sophia ließ die neuen Tatsachen eine Weile auf sich wirken. Sie nahm das Foto aus Capri, betrachtete das junge Mädchen auf dem Bild und versuchte, dessen Gedanken zu erraten. Die junge Frau hatte starke Ähnlichkeit mit Sophia in diesem Alter. Sie lachte mit weit aufgerissenem Mund, knallroter Lippenstift leuchtete von ihren vollen Lippen, und ihre Brüste quollen aus einem schwarzen Korsett-Top. Um ihre schmale Taille war ein breiter Lackledergürtel geschlungen. Die langen sonnengebräunten Beine wurden kaum von einem flatternden roten Miniröckchen bedeckt, und ihre Arme lagen um die Schultern von zwei gut aussehenden jungen Männern, die sie beide bewundernd anstarrten. Alice dagegen sah geradewegs in die Kamera. Die Lust am Leben, an Unfug, Abenteuern und daran, endlich einmal über die Stränge zu schlagen, sprühte ihr förmlich aus den Augen. Sie machte einen sympathischen Eindruck und sah aus wie jemand, den Sophia gerne als Freundin gehabt hätte.

»Was zum Teufel ist bloß mit dir geschehen?«, fragte sie das Mädchen auf dem Foto. »Was hast du bloß angestellt? Wie bist du zu meiner Mum geworden? Und was hast du verdammt nochmal mit diesem Collier gemacht?«

Sophia sammelte die Fotos zusammen, schlüpfte in ihre Stiefel und packte ihren Mantel.

»Wo willst du denn jetzt noch hin?«, fragte Hugo. »Es ist schon spät, fast elf.«

»Der letzte Zug nach Virginia Water fährt um Viertel vor zwölf aus der Waterloo Station«, erklärte sie ihm. »Ich kann so nicht schlafen. Ich muss noch heute Abend mit meiner Mutter reden.«

»Bist du sicher?«, fragte er beunruhigt. »Sie werden schon im Bett liegen. Und was ist mit deinem Vater? Er wird an die Decke gehen!«

»Mir egal, was sie denken.« Sophia griff nach ihrer Handtasche. »Hier geht es nicht um *sie*. Hier geht es um Granny.«

27. Kapitel

Tokio, Japan, 2012

Als Aiko wieder zu sich kam, blickte sie in die besorgte Miene einer jungen Frau in grüner Kleidung.

»Bitte versuchen Sie nicht, sich aufzusetzen«, wies die Frau sie an. »Sie befinden sich im Krankenhaus, Frau Watanabe. Man hat Sie bewusstlos aufgefunden. Wir müssen ein paar Tests durchführen. Wir sind gerade auf dem Weg zum Aufwachraum. Entspannen Sie sich. Sie werden hier bestens versorgt.«

Natürlich. Sie war im Krankenhaus gelandet. Die Geister hatten sich als zu übermächtig erwiesen. Ihr ganzes Leben lang hatte sie sich gegen sie gewehrt, aber jetzt hatten sie gewonnen. Aiko legte sich wieder zurück. Sie hatte aufgehört, sich zu wehren. Allerdings entspannte sie sich nicht, wie es die Ärztin empfohlen hatte, sondern fügte sich vielmehr in ihr Schicksal.

Tokio, Japan, 1946

»Ich suche nach dieser Adresse«, erklärte Aiko einer älteren Frau auf dem riesigen Freiluftmarkt im Zentrum Tokios.

Sie hielt die verblasste Visitenkarte fest in der Hand und zeigte sie der alten Frau. Aber die Frau schüttelte nur den Kopf.

»Sie wissen nicht, wo sie liegt?«, fragte Aiko. »Diese Adresse?«

»O, wo sie lag, weiß ich schon«, nickte die Frau bekümmert. »Aber diese Gegend, diese Straße, dieses Haus, das alles gibt es nicht mehr. Dort ist jetzt nur noch Asche. Tut mir leid.«

Aiko versuchte, sich ihre Enttäuschung nicht anmerken zu lassen. Es war von vorneherein ein verrückter Plan gewesen. Einen Mann zu suchen, dem ihre Mutter vor zwanzig Jahren einmal begegnet war, und dann vor seiner Tür aufzutauchen und ihn um Hilfe zu bitten. Sie hatte schon mit der Möglichkeit gerechnet, dass Herr Fanaki umgezogen oder gestorben sein könnte oder dass er sich nicht mehr an ihre Mutter erinnerte, aber damit hatte sie nicht gerechnet. Wie sollte sie ihn jetzt finden? Als Achtjährige hatte Aiko die Karte von Herrn Fanaki in Manamis Schachtel mit besonderen Schätzen entdeckt. Sie hatte ihren Vater danach gefragt, von wem die Karte stammte, und er hatte ihr erzählt, ein berühmter Fotograf sei einmal aus Tokio gekommen, um Aufnahmen von Manami zu machen, weil sie so unglaublich schön gewesen war. Vater zufolge waren diese Fotos in Zeitschriften auf der ganzen Welt erschienen, und Herr Fanaki war, als er irgendwie von Manamis Tod erfahren hatte, extra noch einmal aus dem fernen Tokio angereist, um ihr die letzte Ehre zu erweisen.

»Sehe ich meiner Mutter ähnlich?«, hatte Aiko von ihrem Vater wissen wollen.

Yoshiro hatte sie lange Zeit angesehen, und dann hatte er mit Tränen in den Augen gesagt: »Du ähnelst deiner Mutter so sehr, Aiko-chan, dass es manchmal scheint, als wäre ein Geist im Haus.«

Aiko hatte gehofft, die Ähnlichkeit mit ihrer Mutter würde Herrn Fanakis Erinnerung auf die Sprünge helfen, aber dafür musste sie ihn erst einmal finden. Er war der einzige Mensch, den sie in Tokio kannte – und dabei war sie ihm nie begegnet.

Aiko rannte der alten Frau nach, die gerade mit einem Markthändler über den Teepreis feilschte.

»Was ist denn noch, Mädchen?«, fragte die Frau unwirsch.

»Wohin sind diese Menschen denn gegangen?«, fragte sie und wedelte dabei mit der Karte. »Die aus dieser Straße.«

Die Frau zog die Stirn in Falten und sah Aiko an, als hätte sie den Verstand verloren. »Sie sind tot«, sagte sie barsch. »Sie sind alle im Feuer umgekommen. Es hat keinen Zweck, einen der Bewohner noch finden zu wollen.«

»Aber wo soll ich jetzt bloß hin?«, fragte Aiko.

Die alte Frau nickte über den vor Menschen wimmelnden Markt zu einem Haus an der Ecke. Dort draußen an den Tischen saßen junge Frauen, die zu stark geschminkt waren und zu viel nackte Haut zeigten, auf dem Schoß von amerikanischen GIs.

»Es gibt Adressen für Mädchen wie dich«, sagte sie.

Aiko schüttelte entschieden den Kopf.

»Ich verstehe ja, dass jeder sich irgendwie durchschlagen muss«, antwortete Aiko. »Aber das ist kein Leben für mich. Lieber würde ich hungern.«

Die alte Frau nickte und lächelte. »Gutes Kind«, sagte sie. »Du wirkst arm, aber du hast Feuer in dir. Ich wünsche dir viel Glück, meine Kleine.«

Aiko verbeugte sich vor der Dame und ließ sie in Ruhe ihren Tee kaufen.

In dieser Nacht schlief Aiko in einem Hauseingang. Sie rollte sich zu einer winzigen Kugel zusammen und hielt ihren roten Beutel fest umklammert. Auch die folgende Nacht schlief sie dort, und die nächste. Sie ernährte sich von weggeworfenen Essensresten, die sie hinter den Restaurants fand, oder von Gemüse, das abends nach Marktschluss auf dem

Boden zurückblieb. Sie war nicht die Einzige, die auf diese Weise lebte. Es gab Hunderte von ihnen, Männer, Frauen und Kinder, die sich auf der Suche nach Essbarem und Unterschlupf herumtrieben. Einige kauerten sich nachts in Bombenkratern zusammen, andere schliefen dicht an dicht in unbenutzten U-Bahn-Tunneln. Aiko jedoch blieb lieber allein. Allein und unsichtbar. Und vielleicht war es genau diese Einsamkeit, die sie rettete. Durch die Enge, in der die anderen lebten, verbreitete sich die Tuberkulose in den Armenvierteln mit der gleichen rasenden Geschwindigkeit wie die Brände, denen die Stadt zuvor zum Opfer gefallen war. Der Anblick von Leichen machte Aiko schon lange nichts mehr aus, aber mit jedem Karren, auf dem all die Unglücklichen lagen, die es nicht durch die Nacht geschafft hatten, wuchs Aikos Entschlossenheit. Sie würde nicht sterben. Nicht hier. Nicht so.

Gewalt und Verbrechen waren allgegenwärtig. Der Markt wurde von der Kanto-Ozu-Bande beherrscht, doch Aiko benahm sich so unauffällig wie möglich und ging den Gangstern konsequent aus dem Weg. Sie vermied jeden Streit um Essen. Sie wusste, es war weiser, hungrig davonzugehen, als zu bleiben und erstochen zu werden. Sie wurde dünner und schwächer. Die Nächte wurden kälter. Manchmal gab die Frau vom Teestand ihr eine Tasse Chai, aber mehr konnte auch sie nicht entbehren.

Tagsüber saß Aiko mit der Decke über dem Kopf auf ihrem Platz im Hauseingang und rief den Leuten zu, ob sie Herrn Fanaki, den bekannten Fotografen, kennen würden. Die meisten Angesprochenen sahen durch sie hindurch, als würde sie überhaupt nicht mehr existieren. Eines Tages jedoch antwortete jemand. Er war etwa so alt, wie ihr Vater mittlerweile wäre. Aiko hatte schon häufiger gesehen, wie er mit den Händlern auf dem Markt handelte und herumalberte. Manchmal erschien er in einem Wagen voll US-amerikanischer Offiziere. Sie hatte gesehen, wie er ihnen Mitglieder der Kanto-Ozu-Bande vorstellte. Offenbar kannte er jeden hier. Er trug teure westliche Anzüge und machte einen gut genährten Eindruck, was in Tokio einem Wunder gleichkam.

Er trat zu ihr, beugte sich hinab, legte die Hand unter ihr Kinn und hob ihren Kopf. Aiko vermied seinen Blick.

»Wer dein Herr Fanaki ist, weiß ich nicht«, sagte der Geschäftsmann, »aber ich weiß, dass du nicht mehr lange überleben wirst, wenn du nicht etwas isst und wärmere Sachen anziehst. Es ist jetzt Winter. Ein junges Mädchen wie du sollte bei dieser Kälte nicht auf der Straße leben.«

»Ich habe kein Geld für Essen oder Kleidung oder einen Platz zum Schlafen.« Aiko blickte endlich auf und sah dem Mann ängstlich in die Augen.

»Warum bettelst du nicht?«, fragte er, neigte den Kopf zur Seite und musterte sie aufmerksam.

»Ich würde niemals betteln«, antwortete Aiko stolz und riss ihr Kinn aus seinem Griff.

»Oder wirst eine Geisha?«, forschte er weiter.

Sie wussten beide, dass er nicht Geisha in der traditionellen Bedeutung des Wortes meinte. Die GIs kannten das japanische Wort für Prostituierte – baishunfu – nicht und benutzten stattdessen immer nur Geisha. In ihrer Unwissenheit begriffen sie den Unterschied nicht, weshalb das Wort im Nachkriegstokio umgangssprachlich nur noch für Hure stand. Inzwischen schien die Hälfte aller jungen Frauen in den Elendsvierteln als »Geisha« zu arbeiten. Aber nicht Aiko.

»Dann schlafe ich lieber bei den Ratten«, gab Aiko in zornigem Ton zurück. Sie war kein Spielzeug, mit dem dieser reiche Mann sich nach Belieben vergnügen konnte.

»Ich besitze eine Bar …«, fing er an zu erzählen.

»Ich habe doch gesagt, da sterbe ich lieber!«, fauchte Aiko und zog sich tiefer in den Hauseingang zurück.

»Es ist ein nettes, anständiges Lokal. Prostituierte beschäftige ich nicht. Aber ich brauche schöne Mädchen für die Arbeit dort. Eine Menge bedeutender Gäste verkehren bei mir, vor allem Amerikaner. Ihnen verdanke ich meinen Reichtum. Du hättest nichts anderes zu tun, als dich mit meinen Gästen freundlich zu unterhalten, und sie mit deinem Charme und deiner Anmut zu verzaubern. Sonst nichts, das verspreche ich. Ich versuche nicht, deine Lage auszunutzen. Und ich biete dir auch kein Almosen, nicht dass dein Stolz dir jetzt wieder in die Quere kommt! Du besitzt nur eine höchst außergewöhnliche Schönheit, und mir gefällt das Feuer in deinen Augen. Du hast Temperament! Meine Gäste werden begeistert von dir sein. Ich bitte dich, mir zu vertrauen. Im Gegenzug biete ich dir Arbeit, ein Dach über dem Kopf und drei Schalen heißen Reis pro Tag.«

»Warum sollte ich Ihnen vertrauen?«

Der Mann warf einen Blick über den verwahrlosten Marktplatz.

»Viel anderes bleibt dir nicht übrig, denke ich«, erwiderte er und streckte Aiko die Hand entgegen.

Sie zögerte und blickte tief in die Augen des Mannes. Sie blitzen hellwach und vielleicht ein wenig verschmitzt, aber es lag nicht Böses darin. Aiko beschloss zu vertrauen, wenn auch weniger dem Mann als ihren eigenen Instinkten. Hier in ihrem Hauseingang hocken zu bleiben, brachte sie auch nicht weiter. Vielleicht wurde es Zeit, sich das Leben ein wenig leichter zu machen. Sie atmete tief ein und ergriff die angebotene Hand.

»Mein Name ist Oshiro«, sagte der Mann, während er ihr auf die wackligen Beine half.

»Danke, Herr Oshiro«, antwortete sie. »Mein Name ist Aiko. Aiko Watanabe.«

»Du hast ganz offensichtlich eine lange und anstrengende Reise hinter dir. Meine Frau Nana ist ein sehr freundlicher Mensch. Sie wird sich um dich kümmern, bis du kräftig genug bist, mit der Arbeit zu beginnen und zu den anderen Mädchen ins Wohnheim zu ziehen.«

Aiko erkannte rasch, dass sie ihrem Instinkt zu recht vertraut hatte. Den Oshiros waren eigene Kinder versagt geblieben, und Nana besaß so viel überschüssige Liebe und Zuneigung, dass sie vor lauter Fürsorge fast platzte. Sie war eine hübsche Frau Anfang vierzig, ein wenig mollig, aber von gepflegtem Äußeren. Aiko mochte sie sehr. Drei Wochen unter Nanas Fittichen, und Aiko lief ohne zu hinken, die Farbe war in ihre Wangen zurückgekehrt, ihre Haare waren läusefrei und der Ausschlag, den sie am ganzen Körper gehabt hatte, war nahezu verschwunden. Vor allem aber wusste Aiko wieder, was es hieß, einen vollen Magen zu haben. Herrn Oshiro gehörte nicht nur eine Bar, sondern auch zwei Restaurants und ein Lebensmittelladen. Ihr schönes zweistöckiges Haus war nagelneu. Aiko war noch nie in ihren Leben in einem Haus mit Treppe gewesen. Alle Häuser, die sie kannte, hatten aus nur einem Raum bestanden und waren aus Holz und Papier gebaut worden.

Irgendwie war Herr Oshiro in der Lage gewesen, sich in einer wohlhabenden Gegend im Westen Tokios, die den Bombenangriffen entgangen war, ein neues Heim zu bauen. Das Haus verfügte über mehrere separate Räume und hatte sogar elektrisches Licht. Für Aiko war das Gebäude ein Palast. Zum ersten Mal seit Jahren hatte sie das Gefühl, in Sicherheit zu sein. »Glück liegt auch in dem, was übrig bleibt«, rief sie sich in Erinnerung.

Als es Zeit wurde, mit der Arbeit in Herrn Oshiros Bar zu beginnen, bat Nana ihren Mann inständig, Aiko weiter in ihrem Haus wohnen zu lassen, statt mit den anderen Mädchen in den Zimmern über der Bar. Aiko stand reglos auf der Treppe und belauschte das Gespräch unten.

»Sie kann mir im Haus zur Hand gehen«, sagte Nana gerade zu ihrem Mann. »Ich habe weder eine Tochter noch eine Schwiegertochter, die mir bei meinen Aufgaben hilft. Sie würde uns sehr von Nutzen sein.«

Und dann senkte Nana ihre Stimme.

»Außerdem wäre es doch eine Schande, wenn sie in die falschen Kreise geriete, oder? Du weißt doch noch, was aus Junko geworden ist. Wie ich höre, arbeitet sie jetzt im International Palace, wo sie amerikanische Soldaten bedient. Wir müssen Aiko beschützen, ehrenwerter Gatte. Sie wurde uns aus einem bestimmten Grund geschickt. Es ist unsere Pflicht, sie vor Schaden zu bewahren.«

Aiko wusste nicht, wer Junko war, aber sie hatte vom International Palace gehört. Angeblich war es das größte Bordell der Welt. Hunderte von amerikanischen Soldaten besuchten es täglich, um sich mit japanischen Mädchen zu vergnügen. Wie Aiko gehört hatte, war dort alles straff durchorganisiert. So zogen die jungen GIs ihre Schuhe beim Eintreffen aus und erhielten sie, nachdem sie bei den Mädchen gewesen waren, wieder frisch geputzt und poliert zurück. Manche Mädchen schliefen mit Soldaten für ein Päckchen Zigaretten, hatte man Aiko erzählt. Und Zigaretten hatten die Amerikaner wirklich bergeweise! Aiko hatte gesehen, wie sie ganze Stangen Old Golds an die Gangster auf dem Ozu-Markt verkauften, außerdem Schnaps, Schokolade und sogar Kondome. Eine Menge junger Soldaten verdiente auf dem Tokioer Schwarzmarkt ein Vermögen. Und in Läden wie dem International Palace verprassten sie dann auch wieder ein Vermögen. Aiko war entschlossen, nie wie diese arme Junko dort zu enden. Herr Oshiro würde das bestimmt nicht zulassen. Sie hatte schon bemerkt, wie gut Nana ihren Ehemann um den kleinen Finger zu wickeln verstand. Es war schön, einen Mann zu sehen, der seine Frau so liebte.

Nana hatte Aiko kurz nach ihrer Ankunft ein paar hübsche Baumwollgewänder, Wollsocken und ein Paar Schuhe gegeben. Vor ihrem ersten Arbeitstag überreichte Herr Oshiro ihr dann noch zwei vornehme Kimonos. Einer in einem hellen Meeresblau, der andere in einem feurigen Orangeton.

»Wasser und Feuer«, sagte er. »Weil du eine Mischung von beidem bist, Aiko-chan.«

Die Mädchen, die in Bars in den ärmeren Vierteln Tokios arbeiteten, waren meist dazu übergegangen, sich nach westlicher Art zu kleiden und zu schminken. Sie kauten Kaugummi und fluchten auf Englisch. Doch Herr Oshiro hätte ein solches Verhalten in seinem Lokal niemals geduldet. Wenn die Bedienungen traditionell gekleidet waren, zog dies seiner Meinung nach anspruchsvollere Kundschaft an. An Aikos erstem Abend half Nana ihr in den blauen Kimono, steckte ihr das Haar mit einem Kamm aus Elfenbein hoch, schminkte ihr das Gesicht weiß, legte ihr Rouge auf die Wangen, trug schwarzen Kajal auf und pinselte ihr die Lippen rot.

»So«, sagte sie. »Jetzt bist du eine Frau.«

Aiko starrte die elegante Frau im Spiegel ungläubig an. Wenn ihr Vater sie jetzt doch nur sehen könnte. Sobald Nana sie allein ließ, zog Aiko den kleinen roten Beutel unter dem

Kopfkissen hervor und befestigte ihn unter dem blauen Kimono. Sie hatte zwar ihr Leben vertrauensvoll in Nanas und Herrn Oshiros Hände gelegt, dennoch würde sie niemals ohne ihren Schatz aus dem Haus gehen.

Die Bar lag im wohlhabenden Ginza-Bezirk und nannte sich The Peace Palace.

»Den Amis gefällt der Name«, sagte Herr Oshiro lächelnd zu Aiko, als er sie hineinführte. »Sie denken, mein Lokal sei ihnen ganz besonders freundlich gesinnt und ich würde die Besatzung begrüßen, weil ich das Wort Peace eingesetzt habe.«

»Begrüßen Sie es denn, dass die Amerikaner da sind?«, fragte Aiko unsicher, da sie nicht wusste, ob eine Nachfrage zu diesem Thema sich schickte. »Ich meine, mögen Sie die Amerikaner?«

Herr Oshiro reagierte mit einem gelassenen Achselzucken. »Es sind auch nur Menschen. Manche mag ich, andere nicht. Aber selbst wenn ich sie nicht mag, gefällt mir doch der Anblick ihrer Dollar, daher sind wir hier im Peace Palace nett zu allen Amerikanern, Aiko. Denk immer daran und du wirst großen Erfolg haben.«

Herr Oshiro stellte Aiko seinen anderen Hostessen vor. Es waren durchweg gut aussehende, wortgewandte, anständige Mädchen. Aikos Anspannung löste sich sofort. Herr Oshiro hatte Wort gehalten. Sein Lokal unterschied sich vollkommen von den »Geisha«-Häusern in den Elendsvierteln. Mit seinem blank polierten Parkettboden, den roten Samtvorhängen und den chromglänzenden Barhockern war es geradezu opulent eingerichtet. Hinter der langen Theke reihten sich auf mehreren Glasregalen Flaschen mit Spirituosen in allen nur denkbaren Farben aneinander. Die leitende Hostess war eine atemberaubend schöne Frau von etwa dreißig Jahren, die bereits vor dem Krieg in Kyoto als richtige Geisha gearbeitet hatte. Sie hatte pechschwarzes Haar und Augen, so dunkel wie der Nachthimmel. Ihr Name war Kira, und Aiko war vom ersten Moment an von ihr fasziniert. Kira brachte Aiko bei, die einzelnen Spirituosen voneinander zu unterscheiden. Sie zeigte ihr, wie Sake korrekt serviert wurde und wie die Amerikaner ihre Drinks am liebsten mochten.

Und dann fragte Kira: »Weißt du denn, wie du dafür sorgst, dass die Männer sich in dich verlieben, Aiko?«

Aiko errötete. Sie hatte noch nie einen Mann geküsst. Was wusste sie schon von der Liebe? In Aikos Leben hatte es bislang keine Zeit für romantische Anwandlungen gegeben. Sie war viel zu beschäftigt damit gewesen, zu überleben.

»Nein«, gestand sie. »Ich kenne nicht viele Männer. Nur Herrn Oshiro.«

Kira lachte. »Ach, Schätzchen, bei deiner Schönheit werden sie dir zu Füßen liegen. Ich werde dir ein paar Tricks beibringen, und sie werden alle verrückt nach dir sein!«

»Aber warum sollte ich das wollen?«, fragte Aiko verwundert. Sie wollte gar nicht, dass ein Haufen Männer verrückt nach ihr war. Ein Netter, wenn die Zeit dafür reif war, würde ihr schon genügen. Und bis dahin würde noch viel Zeit vergehen. Aiko hatte viel zu viel zu tun, um sich dabei von Liebesdingen ablenken zu lassen.

»Ganz einfach: Je mehr sie dich lieben, desto üppiger fallen ihre Trinkgelder aus. Oder auch ihre Geschenke. Schau nur.« Kira zog den Kimono ein Stück von den Schultern und zeigte ihr eine zierliche Goldkette mit einem Diamantanhänger. »Die hier hat einer der Gäste mir letzte Woche geschenkt. Ist sie nicht hübsch?«

»Ja«, antwortete Aiko. »Sehr schön.«

Jetzt war ihr wieder ein wenig mulmig zumute. All die Bemerkungen über Geschenke und Tricks, wie man dafür sorgte, dass die Männer sich in einen verliebten, klangen etwas verrucht. Kira blieb Aikos besorgte Miene nicht verborgen. Sie lächelte.

»Ich weiß, was du jetzt denkst«, sagte sie leise. »Aber du kannst ganz unbesorgt sein. Wir machen hier nichts weiter, als den Männern das Gefühl zu geben, außergewöhnlich, interessant und attraktiv zu sein. Anfassen lassen wir uns von ihnen nicht. Und wir küssen sie auch nicht. Und wir treffen uns auch nicht außerhalb der Bar mit ihnen. So lauten die Regeln von Herrn Oshiro. Wir sind hübsche Kunstgeschöpfe, an deren Anblick sie sich erfreuen dürfen, während sie hier sind. Sie dürfen uns zwar Geschenke kaufen, aber besitzen werden sie uns deshalb trotzdem nie. Verstanden?«

Aiko nickte erleichtert. Diese Regeln waren ihr nur zu recht.

Es dauerte nicht lange, bis Aiko sich im Peace Palace eingelebt hatte. Schon nach zwei Wochen erklärte Herr Oshiro, sie sei ein »Naturtalent«, und kaufte ihr einen dritten Kimono – diesmal einen smaragdgrünen. In Wahrheit fand Aiko ihren neuen Job nicht sonderlich schwierig. Es kam ihr eigentlich gar nicht wie Arbeit vor. Ganz sicher war sie nicht mit der Art von Arbeit zu vergleichen, die die Frauen zu Hause in Ise-Shima leisteten. Sie musste weder schuften noch schwitzen. Die Gäste waren meist hochrangige amerikanische Offiziere. Die japanischen Kunden waren alle unglaublich reich und verstanden sich gut mit ihren Besatzern. Herr Oshiro hatte auch recht mit dem, was er über die Amerikaner gesagt hatte: Einige waren ungehobelt, ein paar lüstern, aber die große Mehrheit war freundlich, höflich und anständig. Im Peace Palace wurde Musik gemacht, gelacht, harmlos geflirtet und manchmal auch ein wenig getanzt und gesungen. Aiko fühlte sich dort so gut aufgehoben wie seit Jahren nicht mehr.

Der Peace Palace war allerdings mehr als nur eine Bar. Schon bald bemerkte Aiko, dass das Lokal nicht nur zur Unterhaltung der amerikanischen Offiziere diente. Sie hörte, wie die Männer in der Bar »Geschäfte« besprachen, aber sie mischte sich nie ein oder kam den Runden zu nahe. Herr Oshiro und seine einflussreichen Freunde sollten ruhig denken, dass all das sie nicht weiter interessierte. Aber Aiko behielt Augen und Ohren offen, während sie Sake ausschenkte und Singapore Slings servierte. Sie speicherte jedes Detail in ihrem Kopf, weil sie wusste, dass sich diese Informationen eines Tages als sehr nützlich erweisen könnten. Wissen war Macht. Und Macht bedeutete Freiheit. Und waren Haruki und Manami nicht gerade dafür gestorben? Für Aikos Freiheit?

Ihr entging nichts. Sie sah die Dollar und Yen, die unter den Tischen den Besitzer wechselten. Sie wusste, dass der Alkohol, der in der Bar ausgeschenkt wurde, größtenteils direkt aus den Vorräten der US-Armee stammte und dass Herr Oshiro, verborgen hinter einem Gemälde in seinem Büro, einen großen Safe besaß. Es war ein offenes Geheimnis, dass die Amerikaner ein Jahr zuvor tonnenweise japanische Goldbarren aus der Bucht von Tokio gefischt hatten. Aber wie einige davon im Safe ihres Chefs gelandet waren, blieb höchst mysteriös. Aiko wusste auch, dass Herr Oshiro in der obersten Schublade seines Schreibtischs eine Pistole aufbewahrte, und eine zweite in einem Schrank bei ihm zu Hause. Herr Oshiro und seine Gäste indes ahnten nicht, dass Aiko überhaupt etwas von den wahren Geschäften im Peace Palace bemerkte hatte. Sie lächelte nett, verneigte sich respektvoll, servierte Getränke, flirtete, lachte und spielte ihre Rolle.

Haruki hatte immer gesagt, Aiko müsse aus dem Meer stammen, weil sie wie ein kleiner Schwamm noch die kleinste Nebensächlichkeit aufsog, die sie sah oder hörte. Aiko brauchte nicht lange, bis sie es verstand, die Männer um den Finger zu wickeln, und nach wenigen Wochen bereits waren ihre Trinkgelder und Geschenke größer als die von Kira. Sie wusste einen guten Martini zu mixen oder einen zehn Jahre alten Scotch anzupreisen, und es dauerte nicht lange, bis sie sich fließend auf Englisch unterhalten konnte und einem Amerikaner genauso schlagfertig antwortete wie einem Japaner. Sie alle schienen ihren Humor zu mögen.

Zu Hause bei Nana arbeitete sie wesentlich härter als in der Bar. Nana selbst führte zwar gar kein strenges Regiment und verlangte auch nicht sonderlich viel von Aiko. Doch Aiko war den Oshiros ungeheuer dankbar dafür, dass die beiden sie aufgenommen hatten, und bestand darauf, mehr zu tun, als von ihr erwartet wurde.

»Die Götter müssen dich zu uns geschickt haben«, sagte Nana, wenn Aiko das Abendessen zubereitete oder den Boden wischte, ohne dazu aufgefordert worden zu sein. »Ich wünschte, du könntest für immer bei uns bleiben, Aiko-chan. Niemand wird für mich je einer eigenen Tochter so nahe kommen wie du.«

»Ich gehe doch gar nicht weg«, antwortete Aiko dann mit einem liebevollen Lächeln. »Warum sollte ich?«

»Eines Tages wirst du fortgehen, mein Kind. Ein Mann wird dich mir wegnehmen. Schon bald. Denk an meine Worte.«

Aber Aiko wusste es besser. Sie würde die Oshiros eines Tages verlassen, das stimmte. Doch sie würde ihre eigenen Gründe dafür haben, und sie selbst würde den Zeitpunkt bestimmen. Kein Mann würde Aiko auf dem ihr vorgezeichneten Weg in die Quere kommen.

28. Kapitel

Virginia Water, Surrey, 2012

»Mum!« Sophia hämmerte gegen die schwere Eichentür des roten Backsteinhauses, das einst ihr Zuhause gewesen war. »Mum!«

Sie hatte bereits zweimal geklingelt und gesehen, wie im Schlafzimmer ihrer Eltern das Licht anging, der Vorhang zur Seite gezogen wurde und wieder zurückfiel. Die Sicherheitsstrahler in der Einfahrt waren angesprungen, sobald ihre Stiefel den Kiesbelag betreten hatten. Vermutlich fand im Schlafzimmer gerade eine Krisensitzung statt: Was tun mit dem Problemkind?

»Komm schon, Mum!«, rief sie und hämmerte weiter. »Wenn's sein muss, mach ich das so lange, bis die gesamte Nachbarschaft davon aufwacht.«

Das wirkte. Dieser Trick hatte noch immer funktioniert, wenn Sophia unerwünscht auf dem Grundstück erschien und ihre Mutter die Haustür nicht öffnen wollte. Sie musste nur damit drohen, sie vor all den ach so anständigen Leuten in Virginia Water zu blamieren.

»Hi, Mum«, sagte sie, als Alice schließlich im Morgenmantel die Eingangstür öffnete.

Das Gesicht ihrer Mutter war bleich und abgespannt. Mit zitternden Händen presste sie den Morgenmantel fester an ihre Brust.

›Man könnte meinen, ich wäre von den Toten zurückgekehrt

und nicht bloß aus London‹, dachte Sophia, als sie die große Eingangshalle durchquerte. Sie ging geradewegs in die Küche, setzte sich auf einen der Barhocker an der zentralen Kochinsel, zog die Fotos heraus und breitete sie auf dem Granit der Arbeitsplatte aus.

»Hast du jetzt völlig den Verstand verloren, Sophia?«, zischte ihre Mutter in einem albernen Flüsterton. »Es ist nach Mitternacht!«

Wieso flüsterte sie? Sie wussten beide sehr gut, dass Philip oben hellwach war und nur auf den geeigneten Moment wartete, um hier hereinzuplatzen und das Kommando in der Schlacht Alice und Philip Brown gegen Sophia Beaumont Brown zu übernehmen.

»Was willst du?«, verlangte ihre Mutter zu wissen. »Wie wir unmissverständlich zum Ausdruck gebracht haben, bist du in diesem Haus erst wieder willkommen, wenn du unter Beweis gestellt hast, dass du dich zu benehmen weißt.«

»Benehmen?«, fragte Sophia. Welche Druckmittel blieben Alice und Philip denn noch? Sie hatten Sophia bereits verstoßen, ihr jede Unterstützung gestrichen und ihr erklärt, was für eine nichtsnutzige Tochter sie war. Der eigene Vater hatte ihrem Verlobten sogar geraten, sie nicht zu heiraten. Was glaubten sie, ihr jetzt noch antun zu können?

»Du hast gelogen, Mum«. Das Adrenalin pulsierte durch Sophias Adern. »Die E-Mail heute. Sie hat mir das Herz gebrochen. Denkst du eigentlich auch einmal daran, Mum? Kommt es dir jemals in den Sinn, dass du mich damit verletzen könntest?«

Sie sah, wie ihre Mutter zusammenzuckte. Was war das für ein Ausdruck gewesen, der gerade über ihr Gesicht gehuscht war?

»Aber du bist eine Lügnerin, habe ich recht, Mum? Du hast

es so hingestellt, als wollte ich Grannys Perlenkette nur in die Finger bekommen, um sie zu Geld zu machen. Aber in Wahrheit bist du es, die hier versucht, jemanden reinzulegen.«

»Ich habe nicht die geringste Ahnung, wovon du sprichst, Sophia. Welche Perlenkette? Ich habe dir überhaupt keine E-Mail geschickt! Und ich werde nicht zulassen, dass du in meinen eigenen vier Wänden in diesem Ton mit mir sprichst. Außerdem lasse ich mir auch nicht einreden, ich müsste mich schuldig fühlen, weil so etwas aus dir geworden ist. Wir haben uns nach Kräften bemüht. Wir haben dich auf die besten Schulen geschickt, dir Ballettunterricht bezahlt, Reitstunden, Klavier. Du hattest alle Freiheiten, konntest dich an allem versuchen. Was auch immer es kosten mochte, wir haben es dir ermöglicht.« Ihre Mum war jetzt wieder mitten in der Standpauke, die Sophia sich schon tausendmal hatte anhören müssen.

»Aber Liebe habt ihr mir nicht gegeben, Mum«, erwiderte sie. »Und die hätte euch nichts gekostet.«

»Wir haben dich geliebt«, flüsterte ihre Mutter.

»Nein, habt ihr nicht. Vielleicht hast du mich ja auf deine ganz eigene Art geliebt, als ich noch klein war. Aber Vater nie. Nein, versuche es erst gar nicht abzustreiten! Und aus irgendeinem Grund war deine Liebe für mich nie stark genug, um auch einmal für mich Partei zu ergreifen, wenn Dad gemein zu mir war. Du hast mich einfach aufgegeben.«

»Du hast uns immer so viele Schwierigkeiten bereitet«, erklärte ihre Mutter in weinerlichem Ton.

»Nein, das stimmt nicht«, sagte Sophia. »Ich war nur ein kleines Mädchen, das sich nach Aufmerksamkeit sehnte, weil ich ständig das Gefühl hatte, im Weg zu sein, in familiären Belangen überflüssig zu sein.«

»Wir sind doch nicht die Einzigen, die dich schwierig finden, Sophia. Was war denn mit Nathan? Er hat dich geliebt, aber auch er kam mit deinem Verhalten nicht zurecht.«

»Nathan hat mich verlassen, weil Dad ihm dringend dazu geraten hat«, sagte Sophia, die sich nach Kräften bemühte, ruhig zu bleiben und nicht die Beherrschung zu verlieren. »Hast du das gewusst, Mum? Oder ist das eins dieser kleinen Geheimnisse, die du so gerne unter den Teppich kehrst?«

»Was meinst du damit?«, fragte sie. »Welche Geheimnisse?«

Sophia hob das erste Foto hoch.

»Alice, Spanische Treppe, Rom, Juli 1981. Und es sieht ganz so aus, als würdest du Grannys Perlenkette tragen. Dieselbe Kette, von der du heute noch behauptet hast, du würdest sie überhaupt nicht kennen. Und hier, siehst du, da trägst du sie wieder, in Rimini, und auf Capri. Hast du dich damals in Italien gut amüsiert, Mum? Warst du vielleicht besoffen und hast das kostbare Collier deiner Mutter verloren?«

Sophia verfolgte, wie sich das Gesicht ihrer Mutter von weiß in puterrot verwandelte. Sie sah, wie eine wilde Bestie von dieser sanften, gesetzten Frau Besitz ergriff und einen brüllenden Schrei ausstieß, der Sophia zurückschrecken ließ.

»Wie kannst du es wagen!«, schrie Alice und machte einen schnellen Schritt auf Sophia zu. »Sprich nie, NIEMALS wieder in meiner Gegenwart davon!«

Bevor sich Sophia versah, hatte ihre Mutter sie an den Schultern gepackt und schüttelte sie wütend.

»Du weißt doch gar nicht, was du da redest!«, kreischte sie. »Überhaupt nichts weißt du von mir!«

»Mum, hör auf, bitte. Du tust mir weh. Was soll das?«

Sophia kannte ihre Mutter nur als Mensch, der keiner Fliege etwas zuleide tun konnte. Zum ersten Mal in ihrem Leben war sie erleichtert, als ihr Dad ins Zimmer trat.

»Was zum Teufel ist denn hier los?«, verlangte er zu wissen und zog Alice von Sophia fort. »Um Himmels willen! Wie hast du deine Mutter denn nur so in Rage bringen können, Sophia?«

Er schloss ihre weinende Mutter in die Arme und funkelte Sophia böse an.

»Sie hat sich einfach auf mich gestürzt«, sagte Sophia, sammelte die Fotos ein und steckte sie zurück in ihre Tasche. »Und dann erzählt ihr mir, ich sei verrückt! Sieh dir bloß deine Frau an, Dad. Sie ist völlig durchgeknallt! Welche Mutter greift denn ihre eigene Tochter an?«

Sie wollte raus hier, wollte weglaufen, wie sie es schon als zehnjähriges Mädchen getan hatte. Doch dieses Mal würde sie sich nicht dafür schämen. Jetzt war sie eine erwachsene Frau, und die Dinge lagen anders. Ja, früher hatte sie ihren Eltern Schmerzen bereitet, aber nicht dieses Mal. Dieses Mal wusste sie genau, dass nicht sie es war, die etwas falsch gemacht hatte.

»Was hast du zu ihr gesagt?«, fragte ihr Vater und kniff die Augen zusammen.

Er versuchte nicht einmal, den Hass in seiner Stimme zu verbergen.

»Ich habe ihr nur gesagt, dass sie sehr wohl Grannys Kette besessen hat, als sie mit Interrail durch Italien gereist ist. Mehr nicht. Ich habe sie darauf hingewiesen, dass ihre Behauptung, die Kette würde es gar nicht geben, ein Lüge ist, und dass sie es heute, gut dreißig Jahre später, wenigstens zugeben könnte, wenn sie mit ein paar jungen Italienern einen drauf gemacht und die Perlen dabei verloren hat. Dieses Collier war Grannys kostbarster Besitz, und sie hat es verloren.«

»Ich habe es nicht verloren!«, schrie ihre Mutter.

Entsetzt beobachtete Sophia, wie ihr Dad seine Frau davon abhalten musste, sich erneut auf sie zu stürzen.

»ICH HABE DIESE KETTE NICHT VERLOREN!«, brüllte sie immer und immer wieder.

»Du spinnst doch«, erklärte Sophia ruhig. »Offenbar hast du einen Nervenzusammenbruch oder so was. Und du«, wandte sie sich an ihren Vater, »du hast sie vermutlich so weit getrieben. Und wisst ihr was?«

Sie machte sich auf den Weg zur Haustür.

»Dieses Mal bin ich es, die mit *euch* nichts mehr zu tun haben will.«

Sie öffnete die Tür und rannte hinaus, bevor ihr Dad etwas antworten konnte. Aber als sie die lange Einfahrt hinunterlief, war es gar nicht ihr Dad, der ihr hinterherbrüllte. Es war ihre Mum, die unter Tränen rief: »Sophia! Es tut mir leid. Bitte, Sophia, geh nicht! Es ist nicht so, wie du denkst. Ich weiß wirklich nicht, wo die Kette jetzt ist. Das ist die Wahrheit. Du musst mir glauben. Sophia!«

Doch für Entschuldigungen oder Erklärungen war es jetzt zu spät. Irgendwo in Sophias Innerem hatte sich ein Schalter umgelegt. Ihrer Meinung nach gab es nichts, was ihre Eltern jetzt noch sagen oder tun konnten, um die Dinge wieder in Ordnung zu bringen. Sophia schlief ein paar Stunden unruhig im Wartesaal des Bahnhofs von Virginia Water und nahm am Morgen den ersten Zug zurück nach Waterloo. Dieses Mal weinte sie nicht, als der Zug sich Richtung London in Bewegung setzte.

29. Kapitel

Virginia Water, Surrey, 2012

Alice Brown stand in ihrem Morgenmantel am Küchenfenster und beobachtete, wie es über der Gartenhecke langsam heller wurde. Die Sonne ging auf, und ihr wurde jäh bewusst, dass sie den Garten mit seinem makellos gepflegten Rasen, den Philip mit seinem geliebten Rasentraktor stets in einem akkuraten Streifenmuster schnitt, abgrundtief hasste. Sie kippte den Whiskey, den sie sich selbst eingeschenkt hatte – den dritten seit Sophias Weggang –, und genoss es, wie er beim Schlucken im Hals brannte und ihren Magen trotz der morgendlichen Kühle wärmte. Alice trank nur selten, und Schnaps schon gar nicht. Aber Alice wollte nicht mehr Alice sein. Sie hatte das Gefühl, aus einem langen Schlaf zu erwachen, und betrachtete ihr eigenes Zuhause, als würde sie es plötzlich durch andere Augen sehen.

Sie hasste die niedliche Laube mit der Taubenhausattrappe und den übertrieben verzierten Teich mit der Sammlung von Koi-Karpfen, um die Philip so ein Theater machte. Und wo sie schon dabei war: Sie hasste auch ihre hochnäsigen Nachbarn zu beiden Seiten, obwohl sie die seit Jahren als ihre Freunde bezeichnete und oft mit ihnen Bridge spielte. Gott, wie hasste sie dieses Haus mit seiner prunkvollen Fassade und seiner überordentlichen, geschmacklosen Einrichtung. Sie hasste die Kleider in ihrem Kleiderschrank und das Blümchenservice in ihrem Küchenbüffet. Sie hasste ihren Ehemann Philip, der oben unüberhörbar schnarchte. Aber in erster Linie und weit mehr als alles andere hasste Alice Brown sich selbst. Sie hasste sich für die falschen Entscheidungen, die sie getroffen hatte, und für die Schwächen, die sie dort hingebracht hatten, wo sie heute war. Sie hasste, was sie Sophia angetan hatte, und sie hasste, was sie der jungen Frau auf dem Foto angetan hatte, das Sophia bei ihrem stürmischen Abgang aus der Hand gefallen war.

Alice hielt das Foto noch immer in der Hand. Inzwischen war es ein wenig zerknittert und feucht von den Tränen. Genau wie ihr eigenes Gesicht. Sie betrachtete das stark geschminkte Mädchen in seinem Minirock, mit ihren vor Aufregung funkelnden Augen und dem vor schierer Lebensfreude weit aufgerissenen Mund.

»Verzeih«, sagte sie zu dem Mädchen. »Es tut mir leid, dass ich dich verleugnet habe, Alice. Ich wollte dich nicht loswerden. Ich dachte, ich würde dich beschützen. Mich beschützen. Wer auch immer das sein mag. Ich weiß es selbst nicht mehr genau.«

Capri, Italien, 1981

Lady Alice Beaumont-Perry war achtzehn Jahre alt und fuhr seit drei Monaten mit ihrer besten Freundin Claudia per Interrail kreuz und quer durch Italien. Und, Gott bewahre, sie amüsierten sich großartig! Schließlich hatte es lange genug gedauert, bis sie endlich ihre Freiheit erlangt hatte. Aber nun war es soweit, und Alice genoss es in vollen Zügen.

»Abenteuerlustig«, »lebhaft«, »unerschrocken« – mit solchen Worten war Alice im Abschlussbuch ihres Schuljahrgangs vor wenigen Monaten beschrieben worden. Und genauso hatte sie sich selbst auch immer gefühlt. Aber erst jetzt konnte sie diese Eigenschaften nach Herzenslust ausleben. Sie hatte mitten in der Nacht mit einer Gruppe durchgeknallter deutscher Studenten splitternackt in einem See nördlich von Verona gebadet. Sie hatte auf einem überfüllten Stockbett in einer Mailänder Herberge den ersten Joint ihres Lebens geraucht. Auf der Fahrt von Florenz nach San Marino waren sie und ihre Freunde aus dem Zug geworfen worden, weil sie so betrunken gewesen waren, dass sie ihre Tickets nicht hatten finden können. In Rimini war sie an einem Gummiseil von einer Brücke gesprungen, und letzte Woche in Neapel war Claudia und ihr das Geld ausgegangen, und sie hatten in einem äußerst zwielichtigen Nachtclub arbeiten müssen, bis die nächsten Überweisungen ihrer Eltern eintrafen. Kein Zweifel, Alice hatte sich noch nie so gut amüsiert.

In diesem Sommer war sie endlich der Fürsorge ihres so liebevollen, aber auch übervorsichtigen Vaters entkommen. Als Tochter zweier Hollywoodstars hatte sie ein wahnsinnig privilegiertes, aber auch sehr umsorgtes und einengendes Leben geführt. Ständig hatten Sicherheitsleute jeden ihrer Schritte überwacht, was für einen Teenager wirklich kein Spaß war. Der Wechsel auf das Schweizer Internat hatte ihr immerhin einen kleinen Vorgeschmack auf die Freiheit gegeben, allerdings nur, wenn es ihr und den anderen Mädchen gelungen war, sich aus der Schule zu schleichen, um sich hinter dem Rücken der Lehrer mit den Jungs aus dem Ort zu treffen.

Aber jetzt, jetzt war sie endlich in Italien. Ihre Mutter hatte sich mit ihren Reiseplänen arrangiert und ihren Segen dazu gegeben, während ihr Dad erheblich beunruhigter reagiert hatte. In seinen Augen war sie noch immer ein Baby! Ihre Mum hatte ihn schließlich überreden können, sie gehen zu lassen, indem sie ihm erklärte, dass jedes Mädchen ein großes Abenteuer bräuchte, wenn sie erwachsen wurde. Hatten sie beide sich nicht auch nur deshalb kennengelernt, weil Tilly den Mut aufgebracht hatte, allein nach London zu fliehen? Nach ihrer Rückkehr wollte Alice in Oxford Kunstgeschichte studieren. Aber bis dahin hatte sie noch ein Jahr Zeit, um sich zu amüsieren.

Wo immer sie bislang gewesen waren – in Mailand, Florenz, Rimini, Pescara, Foggia, Tarent, Messina, Palermo und Neapel –, hatten Alice und Claudia einen Riesenspaß gehabt. Jetzt saß sie hier auf Capri in einem traumhaften kleinen Café mit Blick auf das türkisfarbene Meer und trank einen Espresso. Sie war braun gebrannt und fühlte sich super sexy. Es gefiel ihr, wie die italienischen Jungs und Männer ihre Kurven bewunderten. Hier fühlte sie sich wie eine Frau! Und war zudem nicht ständig die Tochter von Tilly Beaumont. Hier konnte Alice sich endlich als Alice fühlen, und das tat gut. Keiner hier wusste, wer sie war. Sie war frei. Sie genoss den bittersüßen Kaffee und den herrlichen Ausblick. Das Leben hätte nicht schöner sein können.

»Hi«, unterbrach Claudia ihre Gedanken.

Wie immer zog sie Javier wie ein leicht verschrecktes Hündchen hinter sich her. Sie hatte den jungen Franzosen vor ein paar Wochen in Rimini aufgegabelt und seitdem kaum einmal aus den Fingern gelassen. Der arme Kerl machte einen erschöpften Eindruck.

»Hi, Claud, Javier«, sagte Alice fröhlich. »Wie sehen denn die Pläne für heute aus?«

»Javier kennt jemandem, der eine Yacht hat!«, berichtete

Claudia aufgeregt. »Wir könnten heute alle ein wenig rausfahren, und vielleicht sogar auch morgen, bloß …«

Claudia brach mitten im Satz ab, und Alice bemerkte, dass ihr Freund sie auf merkwürdige, ein wenig nervöse Weise ansah.

»Was ist, Claud?«, fragte sie.

Was konnte es hier schon Schlimmes geben? Hier im Paradies?

»Ach, eigentlich nichts Besonderes«, sagte sie. »Es ist bloß … äh … na ja, ich würde gerne eine kleine Planänderung vorschlagen.«

»Was meinst du mit Planänderung?«, fragte Alice verwundert.

»Ja, also die Yacht …« Es war schon sehr ungewöhnlich, wenn Claudia einmal die Worte fehlten.

»Mein Freund, der mit der Yacht, will übers Wochenende damit nach Monaco«, half Javier ihr aus.

»Klingt klasse«, sagte Alice gut gelaunt und fragte sich, ob sie womöglich nach Monaco eingeladen würden.

Eigentlich hatten sie zwar vorgehabt, nächste Woche von Neapel aus mit dem Zug nach Rom zu fahren, wo sie die restliche Ferienzeit über arbeiten wollten, aber wenn es die Gelegenheit für einen Abstecher nach Monte Carlo gab, ließ sich Rom problemlos um ein oder zwei Wochen verschieben.

»Er hat uns gefragt, ob wir mitkommen wollen«, sagte Javier und sah Alice dabei erwartungsvoll an.

Claudia rührte derweil auffallend konzentriert in ihrem Kaffee.

»Und mit uns meinst du genau …?« Alice wurde plötzlich ein wenig mulmig.

Claudia nahm allen Mut zusammen. »Javier und mich«, erklärte sie. »Es tut mir ja so leid, dir das anzutun, Alice, aber Javier und ich, wir sind einfach füreinander geschaffen. Das verstehst du doch, oder? Du hast doch selbst eine romantische Ader. Stimmt's?«

Alice nickte und rang sich ein Lächeln ab. Sie besaß eine romantische Ader und sie verstand. Irgendwie. Claudia und sie hatten England als verschworene Zweiergemeinschaft verlassen. Sie wollten gemeinsam durch Italien reisen, sich nach Kräften amüsieren und anschließend zu Beginn der Wintersaison in einem der Skigebiete in den italienischen Alpen auf einer Skihütte Arbeit suchen, um dann im nächsten Frühjahr nach England zurückzukehren. Aber Claudia hatte sich verliebt. Und Liebe übertrumpfte alles, richtig? Wie hätte sich Alice dem in den Weg stellen können? Wenn Claudia jetzt mit Javier zu ihrem eigenen Abenteuer weiterziehen wollte, dann sollte sie es halt tun. Selbst wenn das hieß, dass Alice allein nach Rom fahren musste.

»Kein Problem«, sagte sie so unbeschwert, wie sie konnte. »Ich würde doch nie einem jungen Glück im Weg stehen!«

Die Erleichterung in Claudias Gesicht war unverkennbar.

»Ich wusste, du würdest es verstehen. Eine bessere Freundin als dich hat es noch nie irgendwo auf der Welt gegeben. Aber da wäre noch etwas.«

»Ja?«, fragte Alice.

»Bitte sag deinen Eltern nicht, dass wir nicht mehr gemeinsam unterwegs sind. Sie würden es vielleicht meinen Alten sagen, und wenn die herausbekommen, dass ich mit Javier durchgebrannt bin, stecke ich in mächtigen Schwierigkeiten. Die würden es nämlich nicht verstehen. Du weißt ja, wie die Alten so sind. Von Liebe verstehen die gar nichts.«

»Versprochen«, sagte Alice. Und sie meinte es ernst.

Claudia und sie hielten sich schon seit Jahren gegenseitig den Rücken frei. Unter gar keinen Umständen würde sie ihre Freundin ausgerechnet jetzt im Stich lassen. Außerdem würde ihr Vater ebenfalls ausrasten, wenn er wüsste, dass Alice nun allein in Italien unterwegs war.

»Und du kommst doch in Rom auch allein zurecht, was, Al?«, erkundigte sich Claudia hoffnungsvoll.

Es klang weniger wie eine Frage als wie eine Anweisung. Was blieb ihr jetzt noch anderes übrig? Alice schluckte den Kloß in ihrem Hals herunter, zwang sich zu lächeln und nickte mit gespielter Entschlossenheit. Zum ersten Mal seit drei Monaten spürte sie Heimweh, und einen Moment lang fürchtete sie, gleich weinen zu müssen. Sie freute sich für Claudia, freute sich aufrichtig, aber sie hatte auch ein wenig Angst. Rom so ganz allein. Aber es würde bestimmt gutgehen. Was konnte in der romantischsten Stadt der Welt schon groß schieflaufen?

Virginia Water, Surrey, 2012

»Was tust du da, Alice?«, fragte Philip von der Küchentür aus.

Er sprach leise und ruhig, aber Alice hörte den warnenden Unterton heraus, den sie so gut kannte. Schweigend starrte sie weiter auf das Foto und nippte an ihrem Whiskey.

»Du weißt doch, dass du nichts trinken darfst, Liebling«, mahnte er sie, trat zu ihr und nahm ihr das Glas aus der zitternden Hand. »Nicht bei deinen angeschlagenen Nerven. Es verträgt sich nicht mit deinen Tabletten.«

Er lächelte sie an, aber sein Mund war schmal und angespannt, und in seinen Augen lag keinerlei Wärme. Ihr war das egal. Was auch immer er von ihr halten mochte, sie selbst hielt von sich noch viel weniger.

»Ich weiß, dass Sophias Auftritt heute Nacht dich aufgewühlt hat, Alice«, fuhr er in bedächtig belehrendem Ton fort. »Doch du darfst auf ihr Verhalten gar nicht erst eingehen. Es war enttäuschend, dass du vor ihren Augen so die Fassung verloren hast. Du weißt, wie sehr sie große Szenen liebt. Wir haben doch darüber gesprochen. Lässt du dich mitreißen, dreht sie nur noch weiter auf. Deshalb sind wir ja zu der Entscheidung gekommen, unsere Familie vor ihr zu schützen. Du musst lernen, dich zu lösen. Sophia hatte unzählige Gelegenheiten, uns vom Gegenteil zu überzeugen, aber sie ist einfach nicht in der Lage, sich verantwortungsvoll zu benehmen. Sie übt einen destabilisierenden Einfluss aus. Wir beide haben einander. Wir haben ein schönes Haus und unsere Freunde. Wir brauchen Sophia nicht. Sie hat das Anrecht auf unsere Liebe verloren.«

»Die Liebe der Eltern sollte an keine Bedingungen geknüpft sein«, sagte Alice, die noch immer mit dem zerknitterten Foto in der Hand spielte.

»Bedingungslose Liebe gibt es gar nicht«, fauchte er, und als er merkte, dass er seine wahren Empfindungen zu offen gezeigt hatte, fügte er hinzu: »Liebe will verdient sein. Umsonst ist sie nicht.«

Er war verzweifelt um eine souveräne Haltung bemüht, doch sein Mund stieß die Worte jetzt gepresst und abgehackt aus. Alice war anderer Ansicht. Aber sie hatte über die Jahre gelernt, dass es keinen Sinn machte, Philip zu widersprechen.

»Was hast du da, Alice?« Sein Blick wanderte zu der Fotografie.

Sie hielt ihm die Aufnahme vor das Gesicht und beobachtete

mit einem gewissen Vergnügen, wie sein bleicher Teint rosa anlief. Für einen Streit fehlte ihr die Kraft, aber wenn sie ihm eins auswischen konnte, bereitete ihr das jedes Mal einen Höllenspaß. Mittlerweile waren dies die spannendsten und erregendsten Momente in ihrem Leben geworden. Vielleicht war sie Sophia ja doch ähnlicher, als Philip es wahrhaben wollte. Auch in Alice gab es diesen leichten Hang zum Dramatischen.

»Das bin ich«, brach sie endlich ihr Schweigen. »Während meiner vergeudeten Jugendzeit. Sehe ich nicht gut aus?«

»Du siehst aus wie eine Schlampe!«, blaffte Philip.

Seine barschen Worte ließen Alice zusammenfahren. So viel ungeschönte Ehrlichkeit war sie von ihm nicht gewohnt. Andererseits hatte sie ja auch gerade ein Thema zur Sprache gebracht, das seit Jahrzehnten niemand mehr angerührt hatte. Ein überaus heikles Thema: Alice vor Philip. Er hatte sich nie mit der Tatsache abfinden können, dass es für sie auch ein Leben vor *ihm*, vor *ihnen beiden* gegeben hatte. Im Gegenteil zu seiner Studentenzeit oder seinen Kindheitserinnerungen war Alices Vergangenheit aus ihrer Familiengeschichte wegretuschiert worden.

»Aus genau diesem Grund solltest du nicht trinken«, fauchte er und entriss ihr die Aufnahme. »Es bringt dich aus dem Gleichgewicht, Alice. Es macht dich unkontrollierbar.«

Alice verfolgte, wie sich seine Gesichtsfarbe von rosa in Rot verwandelte, und ein ängstlicher Schauer lief ihr den Rücken hinauf. Hatte sie ihn diesmal doch zu sehr gereizt? Wenn er sie schlug, hätte sie einen Grund, ihn zu verlassen. Aber Philip würde nie seine Frau schlagen. Er bevorzugte weit subtilere Methoden.

Aufmerksam beobachtete sie, wie er seine Augen für einen Moment schloss, um sich zu beruhigen. Seine Lippen bewegten sich leicht, aber es drang kein Laut zwischen ihnen hervor, und es war unmöglich zu erkennen, was er zu sich selbst murmelte. Alice fragte sich, welches Mantra er wohl benutzte, um den eigenen Körper und Geist so entschlossen unter Kontrolle zu halten. Nur wenige Augenblicke später wich die Farbe nach und nach aus seinem Gesicht, dann trat Philip in aller Ruhe zur Küchenschublade, zog eine Schere heraus und zerschnitt das Foto der jungen Alice in hundert winzige Stücke, die wie Konfetti zu Boden rieselten.

»Kehr den Dreck auf und schmeiß ihn in den Müll«, sagte er im Hinausgehen zu ihr. »Und zum Frühstück nehme ich heute Morgen pochierte Eier auf Toast.«

30. Kapitel

Tokio, Japan, 2012

»Gute Neuigkeiten, Frau Watanabe«, sagte der Arzt lächelnd. »Wir haben ein paar Tests durchgeführt und an Ihrem Herz keine Auffälligkeiten feststellen können. Ihr Blutdruck war bei Ihrem Eintreffen ein wenig erhöht, aber er ist inzwischen wieder ganz normal. Mir ist klar, dass Sie eine viel beschäftigte und bedeutende Geschäftsfrau sind, Frau Watanabe, aber Sie sind nicht mehr die Jüngste. Ich denke, Sie sollten diesen Zwischenfall als ein Warnsignal verstehen, alles ein wenig ruhiger anzugehen. Sie haben Ihr ganzes Leben lang hart gearbeitet und sollten jetzt im hohen Alter Ihre Zeit genießen. Ihr Sohn ist übrigens der gleichen Meinung. Ich habe draußen mit ihm gesprochen.«

Aiko lächelte und dankte dem Arzt durch zusammengebissene Zähne. Wie kam dieser junge Kerl dazu, ihr zu sagen, sie würde zu hart arbeiten? Mit geschäftlichen Dingen hatte das gar nichts zu tun. Sie war von der machtvollen Vergangenheit überwältigt worden. Aiko kannte also die Ursache, hatte aber keinesfalls die Absicht, auch nur den Versuch zu unternehmen, sie dem jungen Arzt – oder auch Ken – zu erklären.

»Hey, Mom, wie fühlst du dich?«, fragte Ken.

Ihr Sohn lebte inzwischen seit über dreißig Jahren in Tokio, war mit einer Japanerin verheiratet, und auch seine Kinder waren hier geboren, aber er hatte noch immer nicht seinen amerikanischen Akzent verloren, und Englisch blieb seine Muttersprache. Er küsste Aiko auf die Wange, und sie spürte, wie sie sich entspannte.

»Mir geht es gut, wirklich gut. Wann werden sie mich entlassen? Mein Rückflug nach New York geht morgen.«

»Morgen früh, wenn du dich richtig ausgeschlafen hast«, sagte Ken. »Aber fliegen kannst du morgen noch nicht. Du musst zu Suki und mir kommen und ein paar Tage bleiben. Wir freuen uns schon, einen Grund zu haben, dich noch ein wenig bei uns zu behalten.«

»Nein, mein Liebling«, erklärte sie entschlossen. »Ich muss zurück. Es war wie immer wunderbar, dich wiederzusehen. Du weißt, wie sehr ich dich vermisse. Du bist doch noch immer mein kleiner Junge!«

»Ich bin dreiundfünfzig!«, erinnerte Ken sie lachend.

»Ach, für mich wirst du immer drei bleiben, mein Kenny-chan. Aber ich möchte nach Hause. Manchmal wird mir Tokio einfach zu viel.«

»Aber klar doch.« Ken grinste. »Tokio wird dir zu viel, hm? Zu viel für eine Frau, die sich mit sechsundsiebzig noch entschließt, ausgerechnet nach New York umzuziehen.«

»Ich hatte genug von Kalifornien«, erklärte sie ihm zum wiederholten Mal. »Veränderung hält mich jung.«

»O, dass du nicht wie andere Mütter bist, habe ich schon bemerkt.« Ken lachte. »Ich wünschte, ich hätte nur halb so viel Energie wie du. Aber du hast mir noch immer nicht gesagt, was um alles in der Welt du da draußen getan hast? Auf diesem verwilderten Feld.«

»Ich habe einen Ort besucht, an dem ich kurz nach dem Krieg gewesen bin«, erzählte sie ihm wahrheitsgemäß. »Ich habe versucht, ein paar Geister der Vergangenheit zu vertreiben.«

»Hat es funktioniert?«, erkundigte er sich leise. Die blauen Augen in diesem Gesicht, das so sehr ihrem eigenen ähnelte, verblüfften sie noch immer.

»Noch nicht.«

Dann verstummte sie und schloss ihre Augen.

»Du musst müde sein, Mom«, sagte Ken, der spürte, dass sie nicht weiter darüber reden wollte. »Ruh dich ein wenig aus. Ich komme dich morgen früh abholen.«

»Und bringst mich zum Flughafen?«, fragte Aiko und öffnete ein Auge einen Spalt breit, um seine Reaktion zu beobachten.

Er lächelte liebevoll und gab ihr noch einen Kuss.

»Wenn das dein Wunsch ist. Wie könnte ich es wagen, der großen Aiko Watanabe zu widersprechen?«

Nachdem Ken gegangen war, versuchte Aiko mit allen Mitteln zu verhindern, dass sie einschlief. Die Geister hatten sie jetzt fest im Griff, und jedes Mal, wenn sie die Augen schloss, waren sie da und drängten danach, ihre Geschichten zu erzählen und gehört zu werden. Sie widersetzte sich ihnen, solange es ging. Sie schaltete den Fernseher an, blätterte in Zeitschriften und tat alles, um das Unvermeidliche hinauszuschieben. Am Ende aber verließen sie die Kräfte. Ihre Augenlider wurden schwerer und schwerer, und sie sank in einen unruhigen Schlaf.

Tokio, Japan, 1946

Aiko arbeitete seit sechs Monaten in der Bar, als er hereinkam. Sie erkannte ihn sofort. Es war der blonde Soldat, der sie vor all den Monaten gerettet hatte. Er trug eine andere Uniform und befand sich in Begleitung einiger hochrangiger Offiziere, die zu den Stammgästen im Peace Palace zählten. Nicht nur an seinem Aufzug, sondern vor allem an der Art, wie die anderen Offiziere ihm auf die Schulter klopften und gratulierten, erkannte Aiko, dass er befördert worden sein musste, und ertappte sich dabei, wie sie ihn anstarrte. Normalerweise fand sie westliche Männer nicht besonders attraktiv, aber dieser hier faszinierte sie irgendwie. Mit seinen blonden Haaren, den ebenmäßigen Zügen, der muskulösen Statur, diesen hellblauen Augen und den unglaublich langen, dichten Wimpern war er der mit Abstand bestaussehendste Amerikaner, der jemals die Schwelle des Peace Palace überquert hatte. Außerdem hatte er sie gerettet, wie könnte sie das jemals vergessen? Aiko spürte ein aufgeregtes Kribbeln im Bauch. So etwas Albernes! Was war bloß los mit ihr? Für solch einen Unfug war wirklich kein Platz in ihrem Leben.

»Aiko! Aiko!«, rief der Generalmajor, ein lustiger, älterer Amerikaner, der fast jeden Abend in die Bar kam. »Aiko, du musst unseren Freund hier kennenlernen. Captain Bo Anderson. Wir feiern gerade. Er wurde schon zum dritten Mal in nur sechs Monaten befördert. Dabei ist er kaum aus den Windeln raus!«

Bo errötete ein wenig bei diesen Worten. Er richtete seinen Blick auf Aiko und lächelte freundlich, aber in seinen Augen lag keine Spur von Wiedererkennen. Aiko errötete ebenfalls, wenn auch aus ganz anderen Gründen.

»Freut mich sehr, dich kennenzulernen, Aiko«, sagte Bo. »Bring uns doch bitte eine Flasche Champagner zum Anstoßen. Geht natürlich auf mich, Jungs!«

Aiko verbeugte sich und sagte: »Ja, Sir. Sofort, Sir.« Dennoch verletzte es sie ein wenig, dass er sie nicht erkannt hatte. Sicher, es war unsinnig, das wusste sie auch. Wie vielen ausgehungerten, obdachlosen japanischen Mädchen musste Bo bereits begegnet sein? Warum also sollte er ausgerechnet sie wiedererkennen? Zudem sah sie jetzt, so hübsch gekleidet und geschminkt, gewiss völlig anders aus. Sie erkannte sich im Spiegel ja selbst kaum wieder, wie sollte man da von einem vollkommen Fremden erwarten, dass er wusste, wer sie war? Aiko trat hinter die Theke, holte den Champagner aus dem Kühlschrank und vier Gläser vom Regal. Als sie sich daran machte, die Flasche zu öffnen (das Korkenknallen ließ sie noch immer zusammenschrecken), bemerkte sie, dass jemand sie von der Theke aus beobachtete.

»Sind wir uns schon begegnet?«, fragte er.

Aiko sah zu Bo hoch und lächelte. Sie nickte kurz. Also war sie ihm doch in Erinnerung geblieben.

»Wir sind uns schon einmal begegnet, aber wo verrate ich nicht, wenn Sie nicht selbst darauf kommen.« Männer mochten es, wenn Mädchen sie ein wenig herausforderten, so viel hatte sie schon gelernt.

»Ach, komm, gib mir wenigstens einen Tipp«, erwiderte er mit breitem Grinsen. »Das ist nicht fair.«

»Nein, ist es nicht. Es ist wirklich nicht fair, dass Sie nicht mehr wissen, wo Sie mir begegnet sind. Das ist ja schon eine Beleidigung.«

Bo schenkte ihr ein fragendes Lächeln.

»Nicht beleidigt sein. Es fällt mir bestimmt wieder ein. Du wirst schon sehen.« Er machte eine nachdenkliche Miene und kratzte sich am Hinterkopf. »Gewöhnlich habe ich ein gutes Gedächtnis für Menschen und Orte. Ich werde ganz bestimmt gleich darauf kommen. Bis dahin, duz mich doch und nenn mich Bo. Hast du mich bei unserer letzten Begegnung auch schon Bo genannt?«

Aiko schüttelte den Kopf und musste über die Vorstellung lachen. Offenbar glaubte er, sie irgendwo in Herrn Oshiros Kreisen getroffen zu haben, etwa bei einer der Partys hier im reichen Teil Tokios, wo die Leute vor dem Elend und der Not um sie herum die Augen verschlossen und sich einfach weiter amüsierten. Eine Verbindung zwischen der prächtig herausgeputzten Hostess und dem verwahrlosten Mädchen auf der Straße von Nagoya nach Tokio kam ihm nicht in den Sinn.

»Bo? Was für ein merkwürdiger Name«, sagte sie, um das Gespräch irgendwie in Gang zu halten. »Ihr Amerikaner habt viele merkwürdige Namen, aber einem Bo bin ich bislang noch nicht begegnet.«

»Der Name ist schwedisch«, antwortete er. »Meine Eltern kommen aus Stockholm, aber ich bin in Kalifornien aufgewachsen.«

»Ah, Kalifornien«, erwiderte Aiko beeindruckt. »Von Kalifornien habe ich schon gehört. Sonne, Filmstars und Meer.«

»Stimmt genau«, sagte Bo lächelnd. »Und ich vermisse es.«

»Ja, ich vermisse meine Heimat auch«, sagte Aiko wehmütig.

»Woher kommst du denn?« Einen Moment lang trafen sich ihre Blicke, und sofort setzte das Kribbeln im Bauch wieder ein.

»Aus einem winzigen Fischerdorf auf der Shima-Halbinsel. Es ist wunderschön dort.«

»Wirst du eines Tages dorthin zurückkehren?«, fragte er.

Aiko hielt für einen Moment inne, die Sektflasche in der einen Hand, das Glas in der anderen. Sie hatte noch nie wirklich darüber nachgedacht, ob sie zurückkehren würde. Ihr Zuhause, wie sie es kannte, existierte nicht mehr, wohin also sollte sie zurückgehen?

»Ich glaube nicht.« Sie vertrieb die Bilder aus ihrem Kopf

und zwang sich zu einem Lächeln. »Nichts ist mehr so, wie es war. Manchmal ist es besser, die Vergangenheit vergangen sein zu lassen, denke ich. Von nun an werde ich mich allein darauf konzentrieren, aus jedem neuen Tag das Beste zu machen.«

Bo nickte, als hätte sie etwas überaus Weises gesagt.

»Es bringt nichts, sich über Dinge den Kopf zu zerbrechen, die nicht mehr zu ändern sind«, stimmte er zu. »Jetzt geht es darum, die Zukunft zu gestalten, Brücken zu bauen und eine bessere Welt zu schaffen, damit unsere Kinder nie durchmachen müssen, was wir durchmachen mussten. Und wenn das bedeutet, nicht zurückzugehen, dann ist das eben so.«

»Heißt das, du wirst auch nie zurückgehen?«, fragte sie.

Bo grinste. »Da hast du mich erwischt, Aiko«, sagte er. »Bei mir klingt das wohl ein wenig heuchlerisch. Ich meine, ich liebe Japan. Es ist faszinierend und wunderschön. Aber ich kann es zugegebenermaßen kaum erwarten, wieder nach Hause zu kommen. Ich habe vor, die Welt von meinem kleinen Fleckchen Heimat aus zu verändern. Es gibt eine ganze Menge zu sehen auf der Welt, das stimmt schon, aber Kalifornien liebe ich einfach am meisten.«

Aiko spürte bei diesen Worten einen kurzen Stich im Herz. Sie mochte Bo, aber das Leben hatte sie gelehrt, wie vergänglich alles war. Es machte keinen Sinn, sich an etwas oder jemanden zu binden. Sie strahlte den Captain mit ihrem gewinnenden Lächeln an und reichte ihm ein Glas Champagner.

»Auf Kalifornien. Mögen Sie recht bald wieder nach Hause zurückkehren können, Bo.«

Als Bo ein paar Tage später das nächste Mal in die Bar kam, wirkte er sehr selbstzufrieden. Er ging geradewegs zu Aiko und sagte: »Ich habe dir doch gesagt, mir wird wieder einfallen, wo wir uns begegnet sind.«

»Das glaube ich dir nicht«, sagte Aiko erstaunt. »Du verwechselst mich bestimmt.«

»Du siehst jetzt ganz anders aus«, fuhr er fort und suchte ihren Blick. »In deinem vornehmen Kimono und mit all dem Make-up. Aber du bist es gewesen, richtig? Damals auf der Straße nach Nagoya. Zwei meiner Leute haben sich wie Idioten benommen. Einem von ihnen musste ich sogar eine reinhauen.«

Aiko schaute zu Boden. Er hatte sich also tatsächlich an sie erinnert, aber statt sich darüber zu freuen, war es ihr plötzlich unangenehm. Sie wollte nicht, dass Bo wusste, wie sie noch vor wenigen Monaten barfuß, obdachlos und bettelarm herumgezogen war. Wäre sie doch bloß nicht so dämlich gewesen, ihn wegen ihrer früheren Begegnung zu sticheln.

»Deine Augen waren es«, sagte er, ohne ihre Scham zu bemerken. »Vergessen hatte ich dich nicht. Ich habe nur nicht damit gerechnet, dich jemals wiederzusehen, schon gar nicht an einem Ort wie diesem. Wie sollte jemand eine Begegnung mit dir vergessen können, Aiko? Du bist das Mädchen mit den Bernsteinaugen. Du warst schrecklich mager und schwach damals, aber deine Augen leuchteten voller Leben.«

Aiko versuchte ihre Verlegenheit hinter einem Achselzucken zu verbergen.

»Wie bist du denn hier gelandet?«, wollte er wissen.

»Ich bin Herrn Oshiro begegnet, und er hat mir Arbeit gegeben«, antwortete Aiko aufrichtig. Ihn mit der Langfassung zu belästigten, war überflüssig. Was sollte es ihn kümmern?

»Und wie bist du dorthin gekommen?«, fragte Bo weiter. »Ich meine, damals auf diese Straße. Wurdest du vertrieben?«

»Alle meine Angehörigen sind während des Kriegs gestorben«, erklärte sie in möglichst knappen Worten. »Es war niemand mehr übrig, und so gab es keinen Grund für mich zu bleiben. Also beschloss ich, nach Tokio zu gehen, um hier ein besseres Leben zu finden. Ich habe sehr lange gebraucht für die Strecke. Aber jetzt bin ich hier, und dank Herrn Oshiro habe ich ein gutes Auskommen.«

Bo nickte, als hätte er verstanden. Aber natürlich konnte ein Junge wie er, der unter der Sonne Kaliforniens inmitten von Autos, Radios und hauseigenen Swimmingpools aufgewachsen war, niemals die Welt von Aiko verstehen.

»Bis ich dir begegnet bin, dachte ich, alle Amerikaner wären furchtbar«, gestand sie und hoffte, damit nicht zu direkt zu sein. »Du warst der netteste Mensch, den ich seit Langem getroffen hatte.«

»Und ich hielt dich für die schönste Frau, die ich jemals gesehen habe.«

Es war eine abgedroschene Phrase, aber es klang, als meinte Bo es ehrlich. Jetzt war es an ihm, rot zu werden.

Er sah sie einen Moment lang an, biss sich auf die Lippe und stieß einen tiefen Seufzer aus.

»Und jetzt sehen wir uns hier in dieser Bar wieder. Das muss Schicksal sein, oder?«

›Selbst der Stein, über den man stolpert, ist Teil des Schicksals‹, ging Aiko ein weiteres von Harukis Sprichwörtern durch den Kopf. Aber sie sprach es nicht aus, da sie nicht sicher war, ob Bo es verstehen würde. Stattdessen reichte sie ihm ein kaltes Bier und sagte ihm, wie gut er in seiner Uniform aussah – ganz wie Kira es ihr beigebracht hatte.

Von da an kam Bo regelmäßig vorbei, und jedes Mal setzte er sich an die Theke und unterhielt sich mit Aiko, während sie arbeitete. Er behandelte alle höflich und respektvoll, doch er schenkte Kira und den anderen Mädchen keine große Beachtung, und wenn er ging, zogen die anderen Aiko mit ihrem hübschen Captain auf, der so eindeutig verknallt in sie war. Aber es war nicht Bos gutes Aussehen, das Aiko am besten an ihm gefiel, sondern sein Enthusiasmus und sein Optimismus. Selbst in einer Welt, in der das reinste Chaos herrschte, blickte er voller Hoffnung in die Zukunft. Sein Elan war ansteckend. Sie lachten viel zusammen.

Schon bald hatte Aiko das Gefühl, alles über Captain Bo Anderson zu wissen. Er stammte aus San Francisco, hatte aber vor seinem Eintritt in die Armee in Los Angeles studiert. Sein Vater war Universitätsprofessor und seine Mutter Hausfrau. Er hatte zwei jüngere Schwestern, Freya und Kirsten. Er war vierundzwanzig Jahre alt – älter, als Aiko geschätzt hatte –, aber nicht so viel älter, dass er bevormundend oder einschüchternd gewirkt hätte. Er hatte Ingenieurwissenschaft an der UCLA studiert und war Fachmann in irgendeiner neuen Sache, die sich Computerprogrammierung nannte. Aus diesem Grund wurde er auch ständig befördert. Er war einer der Vorreiter auf diesem Gebiet, und die US-Armee konnte ihn nur allzu gut brauchen. Bo sagte immer, er würde Aiko ja gerne erzählen, was genau er in der Armee so tat, aber dann müsste er sie anschließend erschießen, und das könnte er dem Menschen, der ihm in Tokio am nächsten stand, doch unmöglich antun, oder?

Sie teilten die Liebe zum Meer, und Bo war fasziniert von Aikos Geschichten über ihre Mutter und die anderen Ama-Taucherinnen von Ise-Shima. Er sagte, früher sei er selbst manchmal zum Tiefseetauchen hinausgefahren, und ob es nicht lustig wäre, eines Tages, wenn all dies vorbei war, einmal zusammen tauchen zu gehen. So wie er das sagte, klang es wie eine realistische Möglichkeit, aber Aiko wusste, dass Optimismus und Hoffnung ihre Grenzen hatten. Es war ein verrückter Traum, ein reines Fantasiegebilde, dass die Freundschaft zwischen Bo und ihr über seine Stationierungszeit hinaus bestehen könnte. Bald würde er nach Kalifornien heimkehren, und Aiko würde hier allein zurückbleiben. Bisweilen überlegte sie, ob sie es wagen konnte, ihm ihr Geheimnis anzuvertrauen. Vielleicht konnte er ihr helfen? Aber wann immer Aiko den Mund öffnete, um es anzusprechen, ließ irgendetwas sie abbrechen. Nein. Lieber an Plan A festhalten, in dem Herr Oshiro derjenige war, der ihr helfen sollte. Demnächst, sobald sie sich ganz sicher war, würde sie sich an ihn wenden.

Bo kaufte nie Geschenke für Aiko oder gab ihr üppige Trinkgelder wie einige der anderen Männer. Kira rümpfte darüber die Nase und erklärte, wenn er sie schon allein in Beschlag nahm, sollte er für dieses Privileg auch entsprechend bezahlen. Doch Aiko sagte, Freunde würden sich untereinander nichts schulden, und die Vorstellung, von Bo Geschenke anzunehmen, sei ihr unangenehm. Kira warf den Kopf in den Nacken und lachte sie schallend aus.

»Manchmal bist du wirklich naiv, Aiko!«, wieherte sie. »Glaubst du etwa, er möchte dein Freund sein?«

»Er ist mein Freund«, betonte Aiko.

Aber das ließ Kira nur noch heftiger lachen. Die Mädchen waren alle schon in der Bar, um sich hübsch zu machen und die ersten Gäste des Tages zu begrüßen. Kira war gerade dabei, sich vor dem großen Spiegel hinter der Theke zu schminken. Aiko probierte eine neue Frisur aus. In letzter Zeit war sie etwas eitler geworden, was ihr Aussehen betraf. Sie wollte nicht hinter den anderen attraktiven Hostessen zurückstehen, und außerdem wollte sie sich für Bo hübsch machen.

»Aiko«, sagte Kira ernst und fixierte sie im Spiegel. »Hör auf mich. Männer wollen keine hübschen Mädchen zum Freund haben. Bo ist charmant und klug, aber er unterscheidet sich nicht von anderen Männern. Er ist nur geschickter. Er nimmt sich Zeit, geht ganz langsam vor, weil er denkt, sobald er dein Vertrauen gewonnen hat, wirst du ihm schon geben, was er will. Aber am Ende wird er nach Amerika zurückkehren und dich mit gebrochenem Herzen hier zurücklassen. Wahrscheinlich hat er zu Hause eine Freundin. Oder sogar eine Frau! Aiko, ich glaube, du hast dich ein wenig in den Captain verliebt. Sei vorsichtig, oder du wirst großes Leid erfahren.«

»Ich bin nicht in Bo verliebt!«, widersprach Aiko. »Und ich bin auch nicht so naiv, wie du denkst, Kira. Ich werde mich weder in Bo noch in irgendeinen anderen Mann verlieben. Ich habe weit wichtigere Dinge, um die ich mich kümmern muss, als alberne Techtelmechtel.«

Kira lachte immer noch.

»Ja, ja, wie du meinst, Aiko-chan. Aber hör auf jemanden, der älter und weiser ist als du. Als Nächstes wird er versuchen, dich allein zu treffen, irgendwo außerhalb der Bar. Und dann wird er sein Glück versuchen.«

Aiko erschrak. Sie hatte Kira nichts davon erzählt, dass Bo sie bereits an den Strand eingeladen hatte. In Kiras Augen würde das nur seine tatsächlichen Absichten beweisen. Aber, nein, nicht Bo. Er war nicht so … Oder doch? Hatte sie die Situation falsch eingeschätzt? War sie wirklich so blöd?

»Lass dir von ihm nicht dein Leben zerstören«, setzte Kira ihre Belehrungen fort. »Wenn ein Amerikaner dich erst berührt hat, wird kein anständiger japanischer Mann dich mehr haben wollen. Und in nicht allzu ferner Zukunft wirst du doch einen Ehemann brauchen, oder? Für mich ist es zu spät. Ich bin jetzt fast vierzig.«

»Du bist vierzig?«, fragte Aiko verwundert. Sie hatte Kira zehn Jahre jünger geschätzt.

»Ja, Kindchen, ich bin eine alte Frau! Mir bleibt als letzte Hoffnung nur noch, einen reichen Mann zu finden, der mir ein bequemes Leben ermöglicht. Aber du bist noch jung. Du bist schön. Nicht mehr lange, und du wird einen guten Ehemann finden, der dich versorgt und dir hübsche Sachen kauft.«

»Ich brauche keinen Mann, der mich versorgt«, erwiderte Aiko. »Ich kann für mich selbst sorgen. Außerdem bin ich, wie schon gesagt, an Liebesdingen nicht interessiert.«

»Mit Liebe hat die Ehe nicht viel zu tun«, entgegnete Kira und nickte zur anderen Seite der Bar, wo Herr Oshiro über den Büchern saß. »Glaub mir. Die Ehe ist kaum mehr als ein geschäftliches Arrangement. Oder meinst du wirklich, Herr Oshiro und Nana wären nach all den Jahren noch ineinander verliebt?«

»Herr Oshiro liebt Nana sehr«, sagte Aiko, die Kiras Unterstellungen plötzlich ärgerten. »Ich wohne in ihrem Haus. Die beiden sind sehr glücklich.«

»Und warum kommt er dann jede Nacht, sobald die Bar geschlossen ist, auf mein Zimmer?«, fragte Kira und hob ihre schmalen Augenbrauen. »Es ist, wie ich es dir gesagt habe, Aiko. Männer interessieren sich nicht dafür, bloß Freunde zu sein. Und selbst die Anständigen wie dein Captain und mein Herr Oshiro sind keine Heiligen. So ist die Welt nun mal. Je früher du das begreifst, desto besser.«

Aiko atmete tief durch. Sie hatte keinen Grund, an Kiras Worten zu zweifeln, doch sie verursachten ihr Übelkeit. Die Art, wie Kira ihn ›ihren‹ Herrn Oshiro genannt hatte; das Wissen um seine nächtlichen Besuche; die Erkenntnis, dass die Menschen nicht die waren, die sie vorgaben zu sein. Es fühlte sich an, als wäre die Welt auf einmal dunkler geworden. Wie sollte sie Nana jetzt in die Augen sehen? Konnte sie Herrn Oshiro noch ihr Geheimnis anvertrauen? Und woher sollte sie wissen, ob Bos Freundschaft wirklich ernst gemeint war? Das neue Leben, das sie sich hier erarbeitet hatte, dieser sichere Ort, an dem die Dinge Sinn machten und die Menschen freundlich waren … das alles war eine Illusion.

Aiko betrachtete ihre Freundin im Spiegel. Selbst Kiras hübsches Gesicht sah plötzlich anders aus. Älter. Härter. Auf einmal bemerkte Aiko die dunklen Schatten unter ihren Augen und die verkniffenen Fältchen an den Augenwinkeln und über ihrer Oberlippe. Sie sah die Traurigkeit und den Schmerz hinter dem aufgemalten Lächeln.

»Überall nur Dreck«, fauchte Aiko. »Ich hasse diesen Laden!«

Es war schon lange her, seit der Tiger in ihr das letzte Mal so laut gefaucht hatte. Aber Kiras Arbeit hatte ein Leben lang darin bestanden, mit Menschen umzugehen, und sie wusste Tiger ebenso gut zu besänftigten wie Soldaten oder Geschäftsleute.

»Schhhh«, sagte sie leise zu Aiko, nahm ihr den Kamm aus den zitternden Händen und begann, ihr das Haar zu kämmen. »Reg dich nicht auf, Kleines. Und lass Herrn Oshiro bloß nicht solche Dinge aus deinem Mund hören. Er hat dir geholfen, vergiss das nicht. Er mag kein Unschuldslamm sein, aber er lässt die Seinen nicht im Stich. Verdirb es dir nicht mit ihm. Aber natürlich hast du recht. Der Laden hier ist genauso verkommen wie die Bordelle in Funabashi. Wenigstens geben sie im International Palace gar nicht erst vor, etwas anderes zu sein. Doch der Peace Palace ist nichts als Fassade. Eine Uniform oder ein Geschäftsanzug machen noch längst keinen guten oder vertrauenswürdigen Menschen. Dies ist ein Ort, an dem die Freiheit gegen Dollar und Yen eingetauscht wird. Das musst du zu deinem Vorteil nutzen, Aiko. Und dann musst du rechtzeitig, bevor es deine Seele frisst, von hier verschwinden und dir etwas Besseres suchen. Versprichst du mir, dass du das tun wirst?«

Aiko nickte folgsam. Sie glaubte verstanden zu haben, was Kira ihr gerade gesagt hatte, aber ganz sicher war sie nicht. Ganz sicher wusste sie nur, dass es ihr schon sehr, sehr lange nicht mehr so schwer ums Herz gewesen war. Einmal mehr wurde ihr bewusst, dass sie auf sich allein gestellt war. Aber zumindest hatte sie noch ihre Lebensversicherung. Und jetzt war ihr, dank Kira, auch klar geworden, wie sie die nutzen musste. Von nun an würde Aiko sich ganz auf sich selbst konzentrieren. Keine kindischen Tagträume mehr über Captain Bo Anderson.

Teil III

Auftauchen

»Eine Frau ist wie ein Teebeutel – man merkt erst, wie stark sie ist, wenn sie in heißes Wasser gerät.«

– Eleanor Roosevelt

31. Kapitel

Hampstead, London, 2012

»Was zum …?« Mit ungläubigen Blicken sah Sophia sich um. »Hugo. Was soll das? Hier sieht's ja aus wie 'ne Einsatzzentrale in einem billigen Polizeistreifen.«

Hugo winkte fröhlich über einen seiner Laptops hinweg. »Hab deine SMS bekommen. Tut mir leid, dass deine Eltern sich so ekelhaft benommen haben. Aber lass uns doch lieber mit den wirklich wichtigen Dingen weitermachen, okay? Willkommen in der Operationszentrale. Gefällt dir die Brille? Sie dürfte deinem Großvater gehört haben. Ich habe sie in der Schreibtischschublade gefunden und dachte, sie lässt mich intelligenter aussehen.«

Hugo hatte sich im Arbeitszimmer ihres Großvaters breit gemacht. Die Einrichtung bestand jetzt aus zwei Computern, zwei Handys, einem kabellosen Drucker, mehreren Ordnern mit ausgedruckten DIN-A4-Seiten, Fotos, die mit Haftkitt an den Wänden befestigt waren, einem Whiteboard, einer Batterie halbvoller Kaffeebecher und einem iPod-Docking-System in der Ecke, aus dem *Labyrinth* tönte. Sophia schlug in einem Anflug von leichter Panik die Hände zusammen.

Eines der Telefone begann zu klingeln.

»Sorry, da muss ich ran«, sagte Hugo. »Beaumont Productions, guten Tag, Sie sprechen mit Hugo, wie kann ich Ihnen helfen?«, flötete er freundlich. »Ah, hallo Cleo, schön, dass Sie sich doch noch melden. Ja … genau … das stimmt. Wirklich? Wow! Das ist ja toll … Und das steht bereits fest? Diesen Sonntag? Mmm hmm … yep … yep … supie. Herzlichen Dank, Cleo. Man hört sich.«

»Hugo, würdest du mir bitte sagen, was hier los ist?«, forderte Sophia ihn auf.

Hugo griff nach einem Boardmarker, stand auf und begann etwas auf die Tafel zu kritzeln.

»Das war jemand von der *You*, der Magazinbeilage der *Mail on Sunday*«, hob er in einem hochkonzentrierten Geschäftston an, den Sophia so noch nie von ihm gehört hatte. »Sie bringen einen Beitrag am Wochenende. Das *Style* hat auch zugesagt, womit wir die *Sunday Times* abgedeckt hätten. Außerdem habe ich die *Grazia*, die *Heat*, die *OK!* und die *Hello!* Und – ach ja, fast hätte ich es vergessen –, den *Guardian Weekend* am Samstag. Und dann warte ich noch auf einen Rückruf von *This Morning*. Dafür müsstest du zwar früh raus, aber das dürfte es wert sein. Du kannst dir ja gar nicht vorstellen, was die Pressemitteilung für Wellen geschlagen hat. Es war der Wahnsinn heute hier. Der absolute Wahnsinn!«

Sophia war genervt. »Wovon redest du eigentlich die ganze Zeit? Welche Pressemitteilung?«

Hugo grinste sie an.

»Das Projekt ›Rettet Tillys Perlen‹«, verkündete er. »Es läuft auf vollen Touren. Alle sind ganz wild auf die Geschichte. Sterbende Hollywoodschauspielerin sucht mit Hilfe ihrer bezaubernden, aber zutiefst betrübten Enkelin verzweifelt nach Familienschmuckstück. Ich habe auch schon auf Facebook und Twitter entsprechende Kampagnen ins Leben gerufen. Sophe, ich wette, nächste Woche um diese Zeit halten wir die Perlen in unseren Händen.«

Er schlug mit der Faust so fest auf den Tisch, dass Kaffee über seine Papiere schwappte. Sophia stand reglos da und ließ das Gehörte auf sich wirken. Hugo, der chronisch allergisch auf jede Art von anstrengender Arbeit reagierte, hatte also ganz allein eine landesweite Pressekampagne auf die Beine gestellt, um das Perlencollier wiederzufinden. Sie wusste nicht, ob sie lachen oder weinen sollte.

»Du hast das alles hier …« Sophia sah sich verblüfft im Raum um, betrachtete die Fotos, auf denen Granny das Collier trug, die Zeitleiste mit den chronologisch geordneten Daten und Orten. »Du hast das für mich getan?«

Hugo nickte grinsend. »Die Idee ist mir mitten in der Nacht gekommen. Ich habe Damon angerufen und ihn gefragt, was er davon hält, und er war ganz meiner Meinung. Er kommt übrigens später noch vorbei. Ich hoffe, du hast nichts dagegen … Egal, ich schweife ab, deine Granny ist jedenfalls ein Nationalheiligtum, dein Großvater war ein Megastar, du bist ein bisschen sowas wie ein ›It-Girl‹ …«

»Ich war vielleicht mal kurzzeitig ein bisschen sowas wie ein ›It-Girl‹. Inzwischen bin ich ein Niemand.«

»Du wärst überrascht, wie stark der Name Beaumont noch immer zieht«, entgegnete Hugo. »Zum Glück warst du mit sechzehn so eine Angeberin, dass du den Namen Beaumont wieder deinem Titel beigefügt hast. Deine Großmutter und du, ihr werdet in den nächsten Tagen auf jeden Fall reichlich Publicity haben.«

»Du bist einfach toll«, sagte Sophia. »Ich dachte eigentlich, bei dir könnte mich nichts mehr überraschen, aber das hier ist echt irre.«

Sophia hatte Hugo noch nie in ihrem Leben so zufrieden mit sich gesehen.

Am Nachmittag fuhren sie ins Krankenhaus und trafen Tilly in erstaunlich guter Verfassung an. Doch als Sophia ihr von den nächtlichen Ereignissen und der Reaktion ihrer Eltern auf die Suche nach der Perlenkette berichtete, wich die wenige Farbe wieder aus Grannys Gesicht.

»Irgendetwas stimmt da nicht«, sagte sie und bohrte mit ihrem knochigen Zeigefinger in die Matratze, um ihren Worten Nachdruck zu verleihen. »Ich bin fest davon überzeugt, dass sowohl deine Mutter als auch dein Vater sehr genau wissen, was mit diesem Collier geschehen ist. Ist deine Mutter dir irgendwie merkwürdig vorgekommen, mein Liebes? Ich mache mir Sorgen um sie. Fast scheint es, als würde sie vor unseren Augen langsam verschwinden.«

»Gestern Nacht ist Mum so kraftvoll aufgetreten, wie ich es noch nie erlebt habe«, erzählte Sophia ihrer Großmutter. »Es war unheimlich, das muss ich zugeben, aber als sie mich anschrie und mich packte, schien sie sich sogar noch zurückzuhalten.«

»Nein, Sophia, nein, nein!«, sagte Tilly sichtlich schockiert. »Das kann nicht stimmen. Gewiss übertreibst du jetzt. Jede Form von Gewalttätigkeit ist Alice vollkommen fremd. Du musst mir die Wahrheit sagen.«

Sophia verließ der Schwung. Natürlich würde ihre Großmutter am Ende stets für ihre eigene Tochter Partei ergreifen. Es war albern von ihr gewesen, in solch brutaler Offenheit über Alice zu sprechen. Jetzt glaubte Granny nur, dass sie log.

»Es ist wahr«, sagte sie leise. »Aber ich erwarte nicht, dass du es mir abnimmst.«

Ihre Großmutter betrachtete Sophia unbehaglich lange. Dann sagte sie schließlich: »Ich glaube dir, Sophia. Aber wenn sie so reagiert, muss es schon sehr schlimm um Alice bestellt sein. Sie war nie ein gewalttätiges Kind ...«

»Mutter ist neunundvierzig«, erinnerte Sophia ihre Großmutter ein wenig gereizt. »Ein Kind ist sie schon lange nicht mehr. Und die Menschen ändern sich.«

»Oder *werden* geändert«, sagte ihre Granny nachdenklich. »Von den Umständen oder dem Schicksal, das sie ereilt. Die Erfahrungen, die wir machen, und die Menschen, denen wir begegnen, können uns für immer verändern, Sophia.«

Sophia musste an Nathan denken und daran, wie sie bereits während ihrer kurzen Verlobungszeit begonnen hatte, die Rolle der perfekten Hausfrau anzunehmen. Sie fragte sich, ob sie heute noch die perfekte Hausfrau spielen würde, wenn ihr Vater nicht alles zerstört hätte. Aber all das Grübeln über *hätte* und *wäre* brachte nichts. Es gab dieses *Wenn* nicht. Sie vertrieb Nathan aus ihren Gedanken und konzentrierte sich wieder auf ihre Großmutter. Die alte Frau war grau vor Sorge und Krankheit. So sollte sie nicht ihre letzten Tage verbringen müssen. Sophia hätte den Ausbruch ihrer Mutter besser nicht erwähnt. Von nun an würde sie vorsichtiger abwägen, was sie Granny erzählte und was nicht.

»Gib deiner Mutter noch eine Chance«, sagte Tilly. Es klang mehr wie ein Befehl als ein Ratschlag. »Sprich mit ihr. Du kannst zu ihr durchdringen. Wenn es jemand kann, dann du. Ansonsten ist all das … pure Zeitverschwendung. Und ich habe versagt.«

»Was soll das heißen, Granny?«, fragte Sophia verwirrt. »Versagt?«

Ihre Großmutter starrte einen Moment lang aus dem Fenster.

»Ignorier mich einfach«, sagte sie schließlich. »Das sind die Medikamente. Ich rede wirr.«

»Nun, lass uns Mum und Dad mal für eine Weile vergessen«, sagte Sophia betont fröhlich. »Was immer sie auch über die Perlen wissen oder nicht wissen mögen, in ihrem Besitz befinden sie sich jedenfalls nicht, da bin ich mir ziemlich sicher. Mum liebt dich. Mit mir mag sie nichts mehr zu tun haben wollen, aber du bist ihr sehr wichtig. Warum sollte sie die Kette also vor dir verbergen? Außerdem war es das Letzte, was sie gestern Nacht noch gesagt hat: Sie weiß nicht, wo sie ist. Und so häufig sie auch gelogen hat, in diesem Augenblick hat sie die Wahrheit gesagt. Da bin ich mir sicher.«

Sie hielt kurz inne. »Und jetzt hat Hugo sich einen tollen Plan überlegt«, fuhr sie deutlich begeisterter fort. »Er hat eine Kampagne gestartet, die uns bei der Suche helfen soll. Er hat einen Haufen Zeitungen und Zeitschriften dazu gebracht, die Story zu bringen, und er hofft sogar, mich im Frühstücksfernsehen damit unterbringen zu können. Wäre das nicht genial? Je mehr Menschen davon erfahren, dass wir nach dem Collier suchen, desto eher wird sich jemand mit nützlichen Informationen melden.«

»Ach du Scheiße!« Hugo zupfte Sophia hektisch am Arm.

Sophia wandte sich in die Richtung, in die Hugo starrte. Durch die zum Gang hinausführende Scheibe sah sie Alice und Philip.

Den beiden hatte sie heute am allerwenigsten begegnen wollen.

»Guten Tag, Matilda«, sagte Philip beim Eintreten zu Granny.

Dann wandte er sich an seine Tochter.

»Und welch Überraschung, ausgerechnet dich hier anzutreffen, Sophia«, sagte er mit unüberhörbarem Naserümpfen. »Du hast es dir hier offensichtlich ja schon richtig gemütlich gemacht.«

»Hallo, Dad«, sagte sie und spürte, wie mit seinem Erscheinen alle Freude aus dem Raum gesaugt wurde. Sie wandte sich an ihre Mutter. »Hallo, Mum. Und? Hast du dich ein wenig beruhigt oder soll ich vorsichtshalber schon mal den Sicherheitsdienst rufen?«

Granny warf Sophia einen warnenden Blick zu, der bedeutete: ›Lass sie in Ruhe, fahr meine arme kleine Alice nicht so an‹. Alice stand nur schweigend da und zuckte nicht mit der Wimper, als hätte sie die Worte ihrer Tochter überhaupt nicht gehört. Wo war die kreischende Furie, die Sophia in der Nacht zuvor angefallen hatte?

»Was ist das hier?«, fragte Philip mit Blick auf Hugo. »Ein Treffen der Anonymen Erbschleicher?«

»Wenn du keinen freundlicheren Ton anschlägst, Philip ...«, warnte Tilly. »Was macht ihr zwei überhaupt hier? Ihr kommt doch sonst immer Dienstags und Freitags um zwei. Nach euren Besuchen kann ich die Uhr stellen.«

»Wir machen uns Sorgen um dich, Mutter«, sagte er.

»Dürfte ich dich daran erinnern, Philip, dass ich nicht deine Mutter bin«, schnaubte Granny. »Unterlasse es also bitte, dich in mein Leben einzumischen. Oder in das, was davon noch übrig ist. Ich habe Sophia eingeladen, mich zu besuchen. Und Hugo ebenfalls. Außerdem sind die beiden Tag und Nacht damit beschäftigt, das kostbare Perlencollier wiederzubeschaffen, das Alice auf solch mysteriöse Weise ›verlegt‹ hat.«

»Keiner von uns hatte doch eine Ahnung, welchen Wert diese Kette tatsächlich besaß«, erklärte Philip mit einer wegwerfenden Handbewegung. »Und woher soll irgendeiner von uns wissen, wann genau sie verschwunden ist? Das ist doch alles viel zu lange her. Wen kümmert das noch?«

»Dieses Collier war ein Geschenk meines Vaters. Mich kümmert das! Und Alice hat genau gewusst – weiß noch –, wie viel es mir bedeutet. Habe ich recht, Alice?«

Sophia beobachtete ihre Mutter aufmerksam. Irgendetwas stimmte eindeutig nicht mit ihr. Sie konnte niemandem offen in die Augen sehen. Nur ihrem Mann warf sie ab und zu einen fragenden Blick zu, in dem sie um …, ja, worum bat sie? Rückversicherung? Erlaubnis? Es war, als hätte er das Drehbuch für diese Vorstellung geschrieben und sie könnte sich nun nicht mehr richtig an ihren Text erinnern. Alice reagierte gar nicht auf Grannys Frage zu dem Collier.

»Tja, wir werden der Sache ja schon bald auf den Grund kommen«, sagte Tilly. »Sophia und Hugo haben eine Pressekampagne gestartet, um es zu finden.«

»Um Gottes willen«, rief Philip wütend aus. »Dieser ganze Schwachsinn ist doch reines Theater und dient allein dazu, dass Sophia mal wieder ihr Bild in der Zeitung sieht. Ich dachte, wir hätten die Tage überwunden, in denen kein Wochenende verging, ohne dass unsere Tochter uns in irgendeiner Sonntagsgazette blamiert. Aber nein, jetzt dürfen wir uns wieder darauf freuen, wie sie für fette Schlagzeilen und großformatige Fotos sorgt! Sie haben dich reingelegt, Matilda. Du kannst weder Sophia noch ihrem dämlichen kleinen Freund hier trauen. Sie sind geldgierig. Das ist alles.«

»Sophia ist mir in letzter Zeit eine große Stütze gewesen, Philip«, erklärte Granny mit fester Stimme. »Und Hugo ebenfalls. Sie passen sogar auf mein Haus auf. Ich habe vollstes Vertrauen in die beiden.«

»Du hast sie in dein Haus gelassen, Matilda?« Philip hob die Augen zum Himmel.

»Lieber Gott, schenke mir Kraft!«, murmelte er verächtlich und wandte sich dann an seine Tochter. »Vermutlich glaubst du, so auch noch das Haus erben zu können, stimmt's, junge Dame?«

»Nein«, antwortete Sophia ehrlich. »Wir wohnen nur für ein paar Wochen dort. Und wir achten gut auf das Haus. Das tun wir wirklich, Granny.«

Sie hatte längst aufgegeben, die Meinung ihres Vaters beeinflussen zu wollen, aber was ihre Großmutter von ihr dachte, war ihr enorm wichtig. Sie hoffte nur, Granny würde nicht allzu entsetzt sein, wenn sie sah, was Hugo aus Großvaters Arbeitszimmer gemacht hatte.

»Daran zweifle ich nicht, mein Liebes«, sagte Tilly. »Du weißt, dass ich euch vertraue. Außerdem lohnt es sich sowieso nicht, darüber zu streiten, weil keiner von euch mein Haus erben wird.«

»Was?« Alice hob den Kopf und öffnete zum ersten Mal, seit sie den Raum betreten hatte, den Mund. »Ich werde doch bestimmt das Haus bekommen, oder Mummy?«

»Aber uns Erbschleicher nennen«, brummte Hugo vor sich hin.

»Nein, mein Liebling«, antwortete Granny vergnügt. »Mein Halbbruder Tom wird das Haus erben.«

Ein unbehagliches Schweigen setzte ein. Alice und Philip sahen einander verwirrt an, Hugo starrte zu Sophia hinüber, und Granny trank in aller Ruhe einen Schluck Wasser, als hätte sie nur eine belanglose Bemerkung über das Wetter gemacht, während Sophia den Blick von einem Verwandten zum anderen wandern ließ und sich fragte, wie sie nur in so einer kaputten Familie hatte landen können. Endlich brach Philip das Schweigen.

»Bei allem gebotenen Respekt, Matilda, aber jetzt hast du eindeutig den Verstand verloren«, sagte er mit vor Zorn bebender Stimme.

»Nein«, erwiderte Tilly. »Ich habe lange und eingehend darüber nachgedacht, und wie dir mein Anwalt bestätigen wird, habe ich diese Klausel bereits vor vielen Jahren in mein Testament aufgenommen. Mach dir also lieber keine Hoffnungen, dass du es anfechten könntest, Philip.«

»Aber du weißt doch nicht einmal mit Sicherheit, dass Tom dein Bruder ist«, sagte Alice, die plötzlich ihre Sprache wiederfand. »Es hat niemals einen Nachweis dafür gegeben. Das alles basiert doch bloß auf Gerüchten und den Aussagen irgendeiner Nanny, die ein Baby von Großvater bekommen haben will.«

Sophia verfolgte mit Interesse, wie lebhaft und besorgt ihre Mutter auf einmal geworden war.

»Selbstverständlich ist er mein Bruder«, konterte Tilly spöttisch. »Papa hat es mir selbst vor seinem Tod so gut wie gesagt. Nanny hätte über so etwas nie gelogen. Und dann ist Tom seinem Vater wie aus dem Gesicht geschnitten.«

»Einen DNA-Test hat es allerdings nie gegeben«, warf Philip ein.

Granny hob ihre schmale Augenbraue.

»Ach wirklich, Philip?«, sagte sie leise, aber hart. »Bist du dir ganz sicher, dass wir wieder mit diesem Thema anfangen sollten?«

Offenbar gab es auch Familienstreitigkeiten, die ihren Ursprung lange vor Sophias Zeit hatten. Es war eine Erleichterung zu wissen, dass sie nicht für sämtliche Konflikte bei den Beaumonts verantwortlich war.

»Ich brauche keinen DNA-Test, um zu beweisen, dass Tom mein Bruder ist. Dafür muss ich ihn nur anschauen. In all diesen Jahren hat er mich nie auch nur um die kleinste Gefälligkeit gebeten. Ich hätte ihm gerne schon früher ausgeholfen, aber er ist viel zu stolz, um mehr als meine Freundschaft anzunehmen. Aber wenn ich tot bin, kann er sich nicht mehr sträuben. Er hat sein ganzes Leben hart gearbeitet und mit dem Gehalt eines Lehrers seine wundervolle Familie versorgt. Er ist ein guter Mensch. Papa wäre sehr stolz auf ihn gewesen. Das Haus in Hampstead habe ich von dem Erlös aus Papas Anwesen gekauft. Der arme Tom hat nie auch nur einen Penny von Beaumont House geerbt, dabei ist er ein Beaumont, genau wie ich. Es ist nur gerecht, ihm endlich einen Teil dessen zu geben, was ihm zusteht.«

»Wenn Großvater einen Teil seines Besitzes an Tom hätte vererben wollen, hätte er ihm dann nicht einfach Geld hinterlassen?«, wandte Alice ein.

»Das ging nicht«, antwortete Granny bestimmt. »Meine Mutter war eine verbitterte Frau, und sie hätte einen gewaltigen Aufstand gemacht. Sie hätte seinen letzten Willen angefochten. Immerhin hat sie ja sogar versucht, mir das Erbe streitig zu machen, was wäre da erst bei einem unehelichen Kind gewesen! Für Nanny und ihren Ehemann hätte das einen schrecklichen Skandal bedeutet, und das hätte Papa ihnen niemals angetan. Nein, so ist es schon ganz richtig. Nach all den Jahren werde ich Tom für das entschädigen, was eigentlich ihm zugestanden hätte.«

»Und weiß er etwas davon?«, fragte Philip, dem der Schreck anzusehen war. »Weiß er, dass er eine Immobilie im Wert von fünf Millionen Pfund erben wird?«

»Nein, davon ahnt er nichts«, sagte Granny. »Und von euch wird ihm auch keiner etwas davon erzählen. Er ist ein stolzer Mensch und er würde versuchen, mir auszureden, ihm das Haus zu hinterlassen.«

Sophia konnte sehen, wie ihr Vater eine Art inneren Dialog führte. Die Arterien an seiner Schläfe pulsierten wütend.

Schließlich riss ihm der Geduldsfaden. Es war das erste Mal, dass Sophia erlebte, wie ihr Vater die Fassung verlor und laut wurde.

»Herrgott, was für eine Idiotie!«, schrie er. »Du bist verrückt, Matilda. Ihr alle seid verrückt! Du, Sophia. Und du bist die Verrückteste von allen!«

Er zeigte anklagend auf Alice, und Sophia hätte schwören können, einen Anflug von einem Lächeln um die Mundwinkel ihrer Mutter spielen zu sehen. Was zum Teufel ging hier vor?

»Philip!«, sagte Alice und stand plötzlich so kerzengerade, dass sie fünf Zentimeter gewachsen zu sein schien. »Mit mir kannst du reden, wie du willst, aber unterstehe dich, so mit meiner Mutter zu sprechen. Mein Gott, sie liegt im Sterben!«

Sophia verfolgte fassungslos, wie sich vor ihren Augen alle Bande lösten, die diese Familie zusammenhielten.

»Und du bist noch schlimmer als sie!«, schrie er seine Frau an. »Schau dir doch nur an, wie du dich gestern Nacht aufgeführt hast. Ich musste dich von deiner eigenen Tochter fortzerren! Sophia die Schuld an allem zu geben, fällt natürlich leicht. Aber sieh dir doch mal ihren Stammbaum an! Kann es da verwundern, dass sie so geworden ist? Ihr seid doch alle durchgeknallt. Man hätte euch nie erlauben dürfen, Kinder in die Welt zu setzen.«

»Jetzt halt endlich den Mund, Philip«, sagte Granny. »Dein Geschrei verursacht mir Kopfschmerzen. Du bist doch bloß ein entsetzlicher Langeweiler, das ist die ganze Wahrheit.«

»Die Wahrheit?«, schrie Sophias Vater mit brechender Stimme. »Die ganze Wahrheit!? Du besitzt die Dreistigkeit, mir etwas von Wahrheit erzählen zu wollen? Was versteht diese Familie denn von Wahrheit? Nichts als Affären, uneheliche Kinder, verunstaltete Väter und alkoholsüchtige Mütter. Das ist der Stoff für Albträume. Alles habe ich für diese Familie geopfert, und was ist der Dank dafür? Nicht einmal vererben willst du mir etwas, du alte Hexe! Entlohnst du mich so, dass ich Alice aufgenommen habe?«

»Und was ist mit den Opfern, die Alice gebracht hat?«, fragte Granny. »Sie hat mit neunzehn ihre Freiheit aufgegeben. Ihre Seele hat sie an dich verscherbelt. Und du hast sie mit Freuden eingesackt. Einen wie dich hätte sie doch überhaupt nicht beachtet, wenn sie …«

»Mummy!«, schrie Alice plötzlich. »Nicht! Stopp!«

»Würde mir einer von euch bitte mal erklären, worum es hier überhaupt geht?«, meldete sich Sophia vollkommen verwirrt.

»Frag deine Mutter!«, schrie ihr Vater und stürmte hinaus.

»Mum?«, bat Sophia verzweifelt.

Ihr Mutter sah aus wie ein Kaninchen, das im Scheinwerferlicht eines Autos erstarrt war. Sophia konnte zusehen, wie sie wieder auf Normalgröße zurückschrumpfte.

Alice wandte sich an ihre Mutter und sagte fast flehentlich: »Mummy? Warum musstest du das alles jetzt wieder hochbringen?«

»Wenn ich nicht einmal am Ende meines Lebens ehrlich sein kann, wann kann ich es dann überhaupt, Alice?«, gab Granny in sanftem Ton zurück. »Du weißt, was du zu tun hast, mein Liebling. Die Wahrheit, das ist das eigentliche Vermächtnis, weit mehr als Perlen, Häuser oder sonst etwas.«

»Bitte sprich nicht so, Mummy, ich ertrage das nicht«, erwiderte Alice und brach in Tränen aus. »Gott, ich kann das nicht. Nicht jetzt. Ich muss an die frische Luft.«

Sophia betrachtete ihre verzweifelte Mutter mit einer Mischung aus Wut und Sorge. Warum konnte sie sich nicht selbst erklären?

»Alice, wir gehen!«, dröhnte die Stimme ihre Vaters vom Gang.

»Bleib«, sagte Sophia unvermittelt und überraschte sich mit dieser Bitte selbst am meisten. »Bleib bei uns, Mum. Lauf ihm nicht wieder hinterher. Denk daran, was er eben gesagt hat. Warum lässt du dir das nur gefallen? Bitte bleib, Mum.« Ihre Stimme wurde noch eindringlicher: »Bleib bei mir.«

Unschlüssig blieb ihre Mutter in der Tür stehen. Sie schien innerlich zerrissen. Als sie einen kleinen Schritt zurück ins Krankenzimmer machte, dachte Sophia einen Moment lang, sie hätte gewonnen. Dann aber hielt Alice erneut inne und blickte zurück in den Gang, wo Philip auf sie wartete. Sophia konnte sehen, wie das Leben wieder aus ihrem Körper wich.

»Es tut mir leid, Sophia«, sagte sie schließlich und verließ den Raum, um ihrem Mann zu folgen.

Sophia ließ den Kopf sinken. Natürlich hatte ihre Mutter sich für den Ehemann und nicht für die Tochter entschieden. Wie sie es immer getan hatte.

»Wow«, sagte Hugo, als würden ihm ansonsten die Worte fehlen. »Was war das?«

»Ja, Granny«, sagte Sophia. »Was war das? Könntest du mir bitte erklären, was das Ganze zu bedeuten hat?«

»Ich fürchte«, sagte Tilly mit gequälter Miene, »dieses eine Mal muss ich deinem Vater zustimmen. Da musst du deine Mutter fragen.«

»Aber die redet ja nicht. Sie redet nie. Sie ist ja nicht einmal jetzt bei mir geblieben.«

»Du musst ihr Zeit lassen, Sophia«, sagte Granny. »Sie weiß, wie wichtig diese Sache ist. Viele, viele Jahre ist sie vor etwas davongelaufen. Wir alle haben das getan. Aber sie weiß es. Sie weiß genau wie ich, dass sie nicht länger davonlaufen kann …

Hab Geduld, mein Liebes. Und jetzt muss ich mich ausruhen. Das ist alles furchtbar anstrengend für mich gewesen.«

»Okay, Granny«, sagte Sophia, der klar war, dass die Gesundheit ihrer Großmutter Vorrang hatte vor weiteren Nachfragen. »Aber morgen komme ich dich wieder besuchen.«

»Ich bitte darum«, sagte Granny. »Ach, und Sophia?«

Sophia drehte sich an der Tür noch einmal um.

»Du weißt, dass deine Mutter dich liebt, nicht wahr?«

Sophia runzelte die Stirn und schüttelte den Kopf. »Woher soll ich das wissen? Sie zeigt es ja nie. Eben erst hat sie mal wieder zu Dad gehalten, nicht zu mir. Wie immer.«

»Hinter all dieser Fassade bist du für sie stets das Wichtigste gewesen«, erklärte Granny erschöpft. »Das wird dir noch klar werden, mein Liebes. Ich verspreche dir, mit der Zeit wirst du es erkennen.«

32. Kapitel

Tokio, Japan, 2012

Aiko saß in der VIP-Lounge des Flughafens und versuchte, sich auf die Wirtschaftsberichte der New York Times zu konzentrieren, aber ihr Verstand wollte ihr einfach nicht gehorchen. Selbstmitleid war ihr immer fremd gewesen. Nein, Aiko hatte gekämpft, und sie hatte gewonnen. Zumindest hatte sie dies immer geglaubt. Vielleicht hatte sie die Geister der Vergangenheit aber auch nur beiseitegeschoben, und jetzt waren sie wieder erwacht.

Sie sah ihre E-Mails durch, beantwortete ein paar und beauftragte ihre Sekretärin daheim in New York per Mail damit, sich um den Rest zu kümmern. Sie twitterte über die Konferenz und antwortete auf die Facebook-Nachrichten der Geschäftsmänner und -frauen, die sich für ihren Vortrag bedankt hatten. Und sie beruhigte Ken, der sich Sorgen um ihre Gesundheit machte. »Ja, Ken. Mir geht es gut«, schrieb sie ihm, obwohl es ganz gewiss nicht der Wahrheit entsprach.

Der Abflugtafel konnte sie entnehmen, dass sich ihr Flug nach JFK verspätete. Aiko hatte es eilig zurückzukommen, wo sie vor den Geistern aus Japan vermutlich Ruhe haben würde. Sie faltete ihren Mantel ordentlich zu einem behelfsmäßigen Kissen zusammen und legte ihn gegen die Rückenlehne ihres Sessels. Normalerweise würde Aiko nicht in der Öffentlichkeit schlafen. Es war kein würdevolles Benehmen. Jetzt aber wollte sie nur, dass die nächste Stunde möglichst rasch verging. Daher legte Aiko ihren Kopf auf den Kaschmirmantel, schloss die Augen und strich zur Beruhigung über den Ring aus Gold und Jade, den sie an ihrer linken Hand trug. Das tat sie immer, wenn sie inneren Frieden suchte. Zum zweiten Mal in ihrem Leben musste sie Tokio entfliehen.

Tokio, Japan, 1947

Aiko plauderte weiterhin mit Bo, wann immer er in die Bar kam. Sie flirtete wie gewohnt mit ihm und lachte nach wie vor über alle seine witzigen Bemerkungen, aber sie blieb auf Distanz, und sobald er persönlichere Fragen stellte, wich sie diesen aus, wodurch die Gespräche häufig recht einseitig verliefen. Meist gelang es ihr, sorgfältig zu trennen zwischen dem, was sie fühlte, und dem, was sie sagte, aber eine Sache gab es, die musste sie doch unbedingt wissen.

»Hast du eigentlich eine Freundin zu Hause in Kalifornien?«, fragte sie ihn eines Abends in möglichst beiläufigem Ton.

Bo seufzte schwer und starrte auf die Theke.

»Ich werde dich nicht anlügen, Aiko«, sagte er. »Es gibt da ein Mädchen zu Hause. Wir gehen schon seit meinem ersten Jahr an der UCLA miteinander, und nun ist es so …«

Aikos Herz gefror. Während er weitersprach und seine Worte auf sie einströmten, packte sie all ihre Empfindungen für den Captain und verschloss sie in der hintersten Kammer ihrer Seele. Also hatte Kira doch recht gehabt.

»… dass sie vermutlich erwartet, wir würden uns nach meiner Heimkehr verloben. Aber meine Gefühle haben sich inzwischen geändert. Als ich wegging, war ich noch ein Kind.

Damals wusste ich noch gar nicht, was ich wirklich wollte. Vielleicht bin ich mir da noch immer nicht sicher, aber ich weiß, dass es mehr ist, als sie mir geben kann. Sie ist ein nettes Mädchen, aber sie ist nicht die Richtige für mich. Aiko, du weißt, du bedeutest mir viel. Die Begegnung mit dir hat mich tief erschüttert. Ganz sicher bringt sie mich nicht so zum Lachen, wie du das kannst.«

»Aber ich bin nicht deine Freundin«, erinnerte ihn Aiko mit starrem Lächeln. »Und ich werde dafür bezahlt, dich zum Lachen zu bringen. Vergleich mich also nicht mit ihr. Das ist unfair ihr gegenüber. Denn sie ist echt, und ich bin nur ein Fantasiewesen. Alles hier in diesem Lokal ist reine Fantasie, Bo. Verwechsle es nicht mit der echten Welt.«

Bo schaute auf. Sein Entsetzen über Aikos Worte war unübersehbar. Sie waren stets so ehrlich und offen miteinander umgegangen, daher verletzte und verwirrte Aikos kühle Reaktion ihn nur noch mehr. Doch Aiko durfte es nicht an sich heranlassen. Sie wandte ihm den Rücken zu und ging zum anderen Ende der Theke, um eine Gruppe japanischer Geschäftsleute zu unterhalten. Als sie zurücksah, bemerkte sie, dass Bo gegangen war, ohne auch nur sein Bier auszutrinken. Mehrere Wochen lang kehrte er nicht in die Bar zurück.

In Bos Abwesenheit konzentrierte Aiko ihre Aufmerksamkeit auf die Geschäfte von Herrn Oshiro. Während sie ihre Drinks mixte, behielt sie genau im Auge, was im Peace Palace so vor sich ging. Sie hatte schon lange begriffen, dass die zahllosen Schwarzmarktstände und die billigen Bordelle, die in den Armenvierteln der Stadt wie Pilze aus dem Boden schossen, letztlich von bequemen Plüschsesseln aus kontrolliert wurden, die in üppig eingerichteten Läden wie diesem hier standen.

Auch einige der amerikanischen Offiziere waren in Schwarzmarktgeschäfte verwickelt, aber Aiko schloss aus dem selbstgerechten Auftreten und ständig zur Schau getragenen Überlegenheitsgefühl dieser Leute, dass sie selbst nicht der Meinung waren, etwas Ungesetzliches oder moralisch Verwerfliches zu tun. Das hier waren Männer, die in ihrem eigenen Heimatland niemals Gesetze brechen würden, aber offensichtlich ihr Verhalten hier damit rechtfertigten, dass Japan eine andere Welt war, in der andere Regeln galten.

Herr Oshiro führte das ganze Unternehmen mit offenen Armen, einem freundlichen Lächeln und einer ansteckenden *joie de vivre*. Diesen Begriff hatte Bo Aiko beigebracht, und sie benutzte ihn seitdem andauernd. Es waren die einzigen französischen Worte, die sie kannte.

Aiko war sich nicht so ganz sicher, welche Position Herr Oshiro tatsächlich innehatte. War er nur ein Vermittler oder war er der Big Boss? Aber wer genau Herr Oshiro war, konnte Aiko egal sein. Sie arbeitete in seinem Lokal und wohnte in seinem Haus. Er behandelte sie freundlich, und sie wusste, dass sie ihm bis zu einem gewissen Grad vertrauen konnte. Mehr musste sie nicht wissen. Im Gegenteil: Mehr zu wissen, hätte gefährlich sein können.

Schließlich hielt Aiko den richtigen Zeitpunkt für gekommen, in Aktion zu treten. Sie wartete, bis es in der Bar ruhig wurde und Kira damit beschäftigt war, sich um den Generalmajor und dessen Kumpane zu kümmern. Dann klopfte sie mit bangem Herzen an die Tür von Herrn Oshiros Büro. Diesen Schritt hatte sie seit so vielen Jahren geplant. Sie versuchte, damit den Auftrag ihrer Urgroßmutter zu erfüllen, noch mehr jedoch den Wunsch ihrer sterbenden Mutter. Es war kein Zufall gewesen, dass Herr Oshiro sie aus jenem Hauseingang mitgenommen und hierhergebracht hatte. Das war Schicksal gewesen – Glück, das auch in dem lag, was übrig geblieben war, hätte Haruki dazu gesagt.

»Aiko«, sagte Herr Oshiro fröhlich bei ihrem Eintreten. »Was kann ich für dich tun? Gibt es ein Problem?«

Aiko schüttelte den Kopf.

»Nein, kein Problem. Ich möchte Sie nur in einer gewissen Angelegenheit um Ihre Hilfe bitten.«

»Ah«, sagte Herr Oshiro und legte den Stift ab, den er in der Hand gehalten hatte. »Setz dich, Aiko, setz dich. Ich denke, ich weiß, worum es geht. Captain Anderson, habe ich recht?«

Aiko wollte schon den Kopf schütteln, aber Herr Oshiro war jetzt in Schwung.

»Es ist mir schon aufgefallen, dass wir ihn hier schon eine Weile nicht mehr gesehen haben«, fuhr er fort. »Wie ich weiß, hat er sich ein wenig in dich verliebt, Aiko, und offenbar hat er dich auch schon darum gebeten, ihn außerhalb der Bar zu treffen.«

Woher wusste er davon?, fragte sich Aiko. Sie hatte niemandem etwas gesagt, nicht einmal Kira.

»Ich habe ihm erklärt, dass es gegen die Regeln verstößt«, sagte Aiko, die Herrn Oshiro jetzt unbedingt auf ihrer Seite wissen musste. »Ich habe mich nie außerhalb der Bar mit ihm getroffen.«

»O, das weiß ich, meine liebe Aiko. Du bist ein braves Mädchen. Für Nana und mich bist du wie eine Tochter. Ich weiß, du würdest mich nie enttäuschen. Andererseits ist er ein netter Kerl, und ich kann verstehen, wenn diese Sache dich ein wenig mitgenommen hat. Diese Amerikaner kommen hierher und glauben, sie würden sich in hübsche Mädchen wie dich verlieben, aber wenn sie dann nach Hause zurückkehren, gerät

Tokio bei ihnen rasch in Vergessenheit. Beim ersten Mal ist es noch schwer, damit zurechtzukommen.«

»Ist er nach Hause zurückgekehrt?« Aiko verlor für einen Moment aus dem Blick, weshalb sie zu Herrn Oshiro gekommen war. Die Vorstellung, Bo könnte abgereist sein, ohne sich zu verabschieden, trieb ihr die Tränen in die Augen.

»Noch nicht«, antwortete Herr Oshiro. »Aber demnächst, wie ich gehört habe.«

Aiko nickte und versuchte, erst einmal nicht weiter darüber nachzudenken. Jetzt gab es andere Dinge, die sie klären musste.

»Ich wollte Sie nicht wegen Captain Anderson sprechen«, sagte sie offen. »Ich besitze etwas von Wert. Eine Familiensammlung, die ich geerbt habe. Es ist alles, was ich auf dieser Welt besitze, und ich möchte es gerne verkaufen. Ich dachte, vielleicht könnten Sie mir dabei helfen.«

Mit zitternden Händen legte sie den roten Seidenbeutel auf den Schreibtisch von Herrn Oshiro und verbeugte sich respektvoll vor ihm.

»Sieh an«, sagte Herr Oshiro und konnte seine Neugier kaum verbergen. »Du hast also Geheimnisse, Aiko? Du hast etwas vor uns versteckt gehalten?«

Aiko nickte. »Ich musste erst sicher sein, dass Sie die richtigen Leute kennen, um mir weiterhelfen zu können. Aber das bin ich inzwischen.«

Herr Oshiro kniff die Augen ein wenig zusammen und musterte Aiko aufmerksam, bevor er den Beutel öffnete. Langsam nahm er eine Perle nach der anderen heraus. Mit jeder vollkommenen Perle weiteten sich seine Augen ein Stück mehr. Die vielen Perlen begannen auf der Schreibtischplatte herumzurollen, und er musste sie mit den Händen zusammenhalten, damit sie nicht entwischten und auf den Boden kullerten.

»Wie viele sind es?«, fragte er beeindruckt.

»Sechsundsechzig.«

Als am Ende die größte, vollkommenste Perle zum Vorschein kam, stieß Herr Oshiro einen leisen bewundernden Pfiff aus. Er nahm Aikos schönstes Exemplar vorsichtig auf und legte es in seine Handfläche. Minutenlang betrachtete er die außergewöhnliche Perle, hielt sie ins Licht und drehte sie im Schein seiner Schreibtischlampe hin und her, bis er schließlich wieder zu Aiko sah.

»Das ist etwas ganz Besonderes«, sagte er. »Ist dir eigentlich klar, was du hier hast?«

Aiko nickte. Sie wusste nur zu genau, wie selten und wertvoll dieser Fund war.

»Das ist die vollkommene Perle«, sagte sie. »Ich habe Ihnen ja erzählt, dass meine Mutter eine Ama war. Sie hat viele dieser Perlen selbst gefunden, und das Einsammeln dieser Perle hier hat sie mit dem Leben bezahlt. Meine Urgroßmutter hat sie zusammen mit den anderen für mich aufgehoben, bis ich alt genug war, ihren Wert zu begreifen. Das ist ihr Vermächtnis, Herr Oshiro, mein Erbe. Der letzte Wunsch meiner Mutter war, dass diese Perlen, und insbesondere diese eine Perle, mir eines Tages ein anderes Leben ermöglichen würden. Ich habe bislang niemanden gekannt, der mir bei einer so wichtigen Angelegenheit weiterhelfen konnte, aber ich denke, Sie könnten mir helfen.«

Herr Oshiro nickte, ohne den Blick von den Perlen zu heben. Aiko war klar, dass sie jetzt bei klarem Verstand bleiben musste. Ihr Chef mochte sie, aber an Geld war er weit stärker interessiert als an Menschen. Was immer er ihr anbieten würde, die Perlen war zweifellos mindestens das Doppelte wert.

»Dies ist eine höchst kostbare Perle, Aiko«, erklärte er. »Ich könnte in der Lage sein, dir dafür eine beachtliche Summe Geld einzutreiben, aber …«

Er sah ihr in die Augen.

»Auch du bist für mich ein höchst wertvolles Gut. Immer wieder höre ich von den Gästen, dass du ihre Lieblingshostess bist. Wenn ich dir nun dieses Geld besorge, wirst du den Peace Palace verlassen. Und was ist mit Nana? Meiner Frau würde es das Herz brechen, wenn du beschließen würdest, bei uns auszuziehen. Sie braucht dich, Aiko – und nicht nur zum Saubermachen. Womöglich ist es in diesem besonderen Fall gar nicht gut für mich, dir zu helfen.«

Schweigend legte er alle sechsundsechzig Perlen behutsam in den Beutel zurück und streckte ihn Aiko entgegen.

Doch Aiko blieb unbewegt und weigerte sich, den Beutel zurückzunehmen. Sie hatte mit dieser Reaktion zwar nicht gerechnet, aber sie war nicht auf den Kopf gefallen und hatte lange genug beobachtet, wie die Männer in der Bar ihre Geschäfte betrieben, um zu verstehen, dass immer eine Möglichkeit bestand, zu einer Übereinkunft zu kommen. Es mussten nur für beide Seiten die Bedingungen stimmen.

»Und was, wenn ich verspreche zu bleiben?«, schlug sie vor. »Für eine festgesetzte Zeitspanne? Vielleicht könnten Sie das Geld ja in der Zwischenzeit für mich anlegen, und wir hätten beide etwas davon, dass ich länger bleibe.«

Die Augen von Herrn Oshiro leuchteten auf. Er nickte Aiko zu, und auf seinem Gesicht lag so etwas wie … väterlicher Stolz?

»Du bist ein sehr cleveres Mädchen, Aiko. Das ist eine ausgezeichnete Idee. Ich werde also die Perlen für dich verkaufen. Ich kenne da genau den richtigen Mann. Wenn der sieht, was du ihm anbietest, wird er vor Freude in die Luft springen. Und dann werde ich dein Geld bei einem Banker, den ich kenne und dem ich vertraue, anlegen für … Was sollen wir sagen? Zehn Jahre?«

Aiko schüttelte den Kopf. »Zwei Jahre«, erwiderte sie entschlossen.

Herr Oshiro lachte, als wäre ihr Vorschlag vollkommen absurd. »Sieben.«

Aiko nahm den Beutel von seinem Schreibtisch. »Ich kann meine Freiheit nicht für sieben Jahre verkaufen, Herr Oshiro. Ich stehe für immer in Ihrer Schuld und ich entschuldige mich in aller Form, sollte ich Sie beleidigt haben, aber meine Mutter starb beim Einsammeln einer dieser Perlen. Ihr letzter Wunsch war es, dass diese Perlen mir die Freiheit ermöglichen, dass sie mir Chancen eröffnen, die sie nie gehabt hat. Sie ist nicht dafür gestorben, dass ich ihretwegen eingesperrt bleibe.«

Herr Oshiro nickte nachdenklich.

»Also gut, Aiko. Fünf Jahre. Du bleibst weitere fünf Jahre bei Nana und mir, und ich verkaufe die Perlen für dich.«

Aiko hielt den Beutel weiter fest.

»Einverstanden«, sagte sie. »Aber ich begleite Sie, wenn Sie über den Verkauf verhandeln.«

Herr Oshiro warf den Kopf in den Nacken und lachte, als hätte sie gerade den besten Witz erzählt, den er je gehört hatte. »Sei nicht albern, Aiko«, sagte er. »Du bist doch nur ein Mädchen. Du kannst zu einem solchen Geschäftstreffen nicht mitkommen. Oder vertraust du mir etwa nicht?«

Aiko schüttelte den Kopf. »Ich habe größte Hochachtung vor Ihnen, aber ich traue keinem Mann, wenn es um Geld geht – oder um schöne Frauen.«

Sie wusste, dass sie hier einen kühnen Schritt wagte, aber

war dieser Schritt womöglich auch furchtbar dumm? Ihre Worte schienen Herrn Oshiro jedenfalls gehörig schockiert zu haben. Und ein wenig verärgert. Aber jetzt war es zu spät. Hier ging es um ihre Zukunft, und Aiko musste mit allen Mitteln kämpfen, die ihr zur Verfügung standen. Ließ sie Herrn Oshiro den Verkauf allein abwickeln, würde er sie gewiss um einen Großteil ihres Gelds betrügen. Kira hatte ihr wertvolle Informationen anvertraut, und jetzt blieb ihr nichts anderes übrig, als sie einzusetzen.

»Was meinst du damit?«, wollte er wissen, »dass man Männern nicht trauen kann?«

»Ach, nichts«, antwortete Aiko in ihrem freundlichsten Ton. »Aber Kira und ich, wir stehen uns nun einmal sehr nahe, und Sie wissen ja, wie Mädchen so sind. Sie reden gern. Ich für meinen Teil lerne zur Zeit sehr viel und erfahre, wie es so ist auf der Welt. Aber Nana …? Ob Nana dafür Verständnis hätte, das weiß ich nicht. Letztlich ist sie doch gutgläubiger, als ich es bin. Und ganz sicher weit treuherziger als Kira …«

Herr Oshiros Gesicht war rot angelaufen, sein Mund verkniffen und schmal wie ein Strich.

»Ich glaube, ich habe dich unterschätzt, Aiko«, sagte er. »Wärst du ein Mann, würdest du in diesem Moment vielleicht sogar Eindruck auf mich machen, aber du bist bloß ein Mädchen, und da mag Nana sich anstellen, wie sie will, du bist nicht meine Tochter. So mit mir zu reden, ist höchst respektlos von dir. Um ehrlich zu sein, weiß ich im Augenblick nicht genau, ob deine Dreistigkeit mir imponieren oder mich wütend machen sollte.«

»Meine Hochachtung für Sie bleibt ungebrochen, Herr Oshiro«, sagte Aiko. »Aber dann sind wir uns ja jetzt einig. Ich werde Sie zum Verkauf der Perlen begleiten, dann werden Sie mein Geld für fünf Jahre anlegen, und danach bin ich frei und kann mit meinem Vermögen machen, was ich will.«

»Für meinen Zeitaufwand steht mir eine Provision zu«, erinnerte Herr Oshiro sie nüchtern.

»Selbstverständlich«, sagte sie. »Fünf Prozent erscheinen mir fair.«

»Zwanzig«, erwiderte er.

»Zehn«, sagte Aiko fest. »Ansonsten nehme ich meine Perlen, gehe zur Tür hinaus, und Sie und Nana sehen mich nie wieder.«

Herr Oshiro schüttelte den Kopf, aber diesmal vor Lachen. »Du bist eine Naturgewalt, Aiko. Dass du etwas Besonderes bist, habe ich schon bei unserer ersten Begegnung auf dem Ozu-Markt selbst unter all diesem Schmutz sehen können! Aber wie besonders du bist, habe ich nicht geahnt. Du bist so außergewöhnlich wie die Perle in deiner Hand. Kein Wunder, dass Captain Anderson so am Boden zerstört ist. Einem Mädchen wie dir zu begegnen und es jetzt wieder zu verlieren, das muss ihm das Herz brechen.«

»Bo liebt mich nicht«, antwortete Aiko, die spürte, wie Herr Oshiro erneut die Oberhand zu gewinnen begann. Sie hatte ihn bei dieser Abmachung zu einigen Konzessionen gezwungen, und was noch schlimmer war, sie hatte dabei auch seine Beziehung zu Kira erwähnt. Jetzt war es an ihm, sie daran zu erinnern, wer hier der Boss war.

»Und ob er das tut«, erwiderte Herr Oshiro fröhlich. »Er hat mir selbst viele, viele Male gesagt, dass er immerzu an dich denkt und die Vorstellung nicht erträgt, ohne dich in die Vereinigten Staaten zurückzukehren. Aber das ist nun natürlich ausgeschlossen. Für die nächsten fünf Jahre bist du an mich gebunden. Und bis dahin wird er seine alberne kleine Schwärmerei für dieses japanische Mädchen längst vergessen haben. Der Leben ist manchmal schon sehr seltsam. Letztlich ist alles nur Schicksal.«

Er lächelte sie freundlich an, aber er wusste genau, was er gerade getan hatte. Er hatte ihr exakt das erzählt, was sie eigentlich hatte hören wollen, nämlich dass Bo sie liebte, aber er hatte den Traum sofort wieder vor ihren Augen platzen lassen. Aiko hatte ihre Seele dem Teufel verkauft, zumindest für die nächsten fünf Jahre.

»Ich werde ein Treffen mit einem Geschäftsfreund von mir arrangieren, der im Edelsteinhandel aktiv ist«, fuhr Herr Oshiro fort. »Sein Name ist Herr Sato. Er wird uns einen guten Preis für die Perlen deiner Mutter geben. Und jetzt geh zurück in die Bar, Aiko. Ich bezahle dich nicht für Plaudereien im Büro. Ich bezahle dich dafür, die Gentlemen im Lokal bei Laune zu halten.«

Am nächsten Tag saß Aiko stumm in der Ecke des Büros, während Herr Oshiro und Herr Sato einen Preis für die vollkommene Perle ihrer Mutter und anschließend für die restlichen fünfundsechzig kleineren Perlen aushandelten. Aiko hatte für diese Chance ihr Herz verkauft, aber als sie dem Feilschen der beiden Männer zusah, wusste sie, dass sie die richtige Entscheidung getroffen hatte. Herr Oshiro war ein geschickter Verhandlungsführer, und die Perlen waren wertvoller, als Aiko es jemals für möglich gehalten hätte. Herr Sato erklärte sich einverstanden, fünfzigtausend Dollar für die Sammlung zu bezahlen. Das entsprach über vier Millionen Yen und reichte, um einen Palast zu bauen, der einer Kaiserin würdig gewesen wäre. Jetzt war Frühjahr 1947. Anfang 1952 würde Aiko eine vermögende Frau sein. Bis dahin jedoch blieb sie weiter die Leibeigene von Herrn Oshiro.

Bevor Herr Sato ging, bat Aiko darum, die große Perle ein letztes Mal in die Hand nehmen zu dürfen. Er gestattete es ihr. Aiko legte sie in ihre Handfläche und spürte die Liebe ihrer Mutter, denn sie wusste, auch Manamis Finger hatten sie zu Lebzeiten noch berührt. Sie küsste die glatte, seidig glänzende Perle und versuchte nicht daran zu denken, durch wessen Hände sie nun gehen würde. Wo würde sie irgendwann landen? Zweifellos um den Hals irgendeiner sehr reichen Frau. Aber für niemanden würde diese Perle jemals einen größeren Wert besitzen als für Aiko. Sie reichte die Perle an Herrn Sato zurück und hatte dabei das Gefühl, sich ein für alle Mal von ihrer Mutter zu verabschieden.

Verabschieden musste sich Aiko anschließend noch häufiger. Ein paar Tage später erschien Bo endlich wieder im Peace Palace. Aber er war nur gekommen, um ihr Lebewohl zu sagen. Er hatte soeben seinen Abmarschbefehl erhalten. In zwei Stunden würde er Tokio für immer verlassen. Er führte Aiko nach draußen in den kleinen Hof hinter der Bar. Es war ein strahlender Apriltag. Die pinkfarbenen Rosen, die Kira gepflanzt hatte, standen in voller Blüte und dufteten herrlich, Vögel zwitscherten in den Bäumen des winzigen Gartens, und hier von ihrem Sitzplatz im Schatten der tiefhängenden Weide aus hätte man denken können, die verheerenden Brandbomben wären nie auf Tokio gefallen. Bo hatte Aiko einen wunderschönen Ring aus Gold und Jade gekauft.

»Ich glaube nicht, dass du wirklich gemeint hast, was du neulich zu mir sagtest.« Seine blauen Augen beschworen sie, ihm diesmal die Wahrheit zu sagen. »Ich weiß, dass du genauso empfindest wie ich, Aiko. Ich sehe es in deinen Augen. Ich liebe dich und du liebst mich. Das ist keine Fantasie. Das ist tatsächlich so. Wir können es wahr werden lassen, Liebes. Was habe ich immer zu dir gesagt? Alles ist möglich! Die Zukunft gehört uns. Komm schon, Aiko. Sag ja! Ich möchte, dass du mit mir nach Amerika kommst. Der ganze Papierkram wird ein paar Monate brauchen, aber es ist machbar. Ich habe mich bereits bei den zuständigen Stellen erkundigt. Sie werden dir ein Visum besorgen, und dann kommst du nach Kalifornien, und wir heiraten. Bitte, Aiko. Sag ja!«

Aiko hatte das Gefühl, als würde der strahlend blaue Himmel mit aller Gewalt auf ihre Schultern hinabstürzen. Warum sagte er das jetzt? Hätte sie doch nur auf diese Worte gewartet, dann würden die Perlen immer noch ihr gehören und sie hätte sie mit nach Amerika nehmen und dort verkaufen können. Statt Herrn Oshiro hätte sie Bo – den guten, aufrichtigen, vertrauenswürdigen Bo – gebeten, ihr zu helfen. Wäre sie doch nur mutig genug gewesen zu warten, sie hätte doppelt gewonnen. Sie hätte den Mann bekommen, den sie liebte, und zugleich das Vermächtnis ihrer Mutter einlösen können.

Doch so viel Geduld hatte Aiko nicht aufgebracht, sondern lieber ihr Geschäft mit dem Teufel abgeschlossen. Sie würde Bo niemals verständlich machen können, was sie da getan hatte. Wie sollte ein Junge, der in Wohlstand aufgewachsen war, nachvollziehen können, dass sie ihre Freiheit für 50.000 Dollar verkauft hatte? Wer Geld für selbstverständlich hält, schätzte es nicht besonders. Er würde sie auf eine Stufe stellen mit den Prostituierten und den Dieben in den Elendsvierteln. Und Herr Oshiro hatte recht, sie konnte Bo unmöglich darum bitten, fünf Jahre auf sie zu warten. Sie wusste nur zu gut, dass in fünf Jahren die ganze Welt eine andere sein konnte. Tränen rannen ihr die Wangen hinab, und es brach ihr das Herz, als sie den Ring über den Tisch zu Bo zurückschob.

»Ja, ich liebe dich«, gestand sie, da sie das ewige Lügen satt hatte. »Aber ich kann nicht mit nach Amerika kommen und ich kann auch nicht deine Frau werden. Du hast etwas Besseres verdient als mich, Bo. Ich bin beschädigt und zerbrochen. Ich bin genauso kaputt wie diese heruntergekommene Stadt. Du musst mich vergessen, Bo. Geh zurück zu deiner süßen kleinen Amerikanerin. Sie wird dich glücklicher machen, als ich es jemals könnte.«

»Nein«, widersprach er, zugleich trotzig und verzweifelt. »Das werde ich nicht tun, Aiko. Ich brauche dich. Ich liebe dich. Ich werde es nicht zulassen, dich zu verlieren. Du bist nichts von alledem. Du bist der reinste, aufrichtigste Mensch, der mir je begegnet ist.«

Er legte seine Hand auf ihren Hinterkopf und drehte ihr Gesicht zu ihm. Sie konnte seinen heißen, lieblichen Atem auf ihrer Haut spüren, und als seine weichen Lippen sich schließlich auf ihre legten, fürchtete sie schon, vor Verlangen die Besinnung zu verlieren. Tausende winzige Feuerwerksraketen explodierten in ihrem Herzen. Einen Moment lang ließ sie sich in seine himmlische Umarmung sinken und genoss, wie sich seine starken Arme um sie schlossen und sein warmer Körper sich an ihren schmiegte. Es war reine Glückseligkeit. Seine Liebe umfing sie so vollkommen, dass sie sich für Sekundenbruchteile wieder sicher und stark fühlte. Dann nahm Aiko all ihre Kraft zusammen und stieß ihn von sich.

»Ich kann deinen Ring nicht annehmen, Bo. Und wir können uns auch nicht wiedersehen. Es tut mir leid.«

Aiko stand auf. Sie musste ihren Blick abwenden. Die Bestürzung und die Qual in seinen hübschen Zügen zu sehen, schmerzte zu sehr. Von allen Menschen auf der Welt war er der Letzte, dem sie wehtun wollte, aber ihr blieb keine andere Wahl. Er wollte nach ihr greifen, aber sie hatte bereits das Tor aufgerissen, das zu dem Gässchen hinter der Bar führte, und stürzte davon, weg von Bo und zurück zum Peace Palace, der für die nächsten fünf Jahre ihr Gefängnis sein würde. Er versuchte, ihr zu folgen.

»Aiko! Aiko! Warte! Es geht doch. Wir bekommen das hin. Bitte, Aiko. Vertrau mir. Ich liebe dich doch ...!«

Das Herz brannte ihr im Leib, und fast hätte sie angehalten und sich zu seiner Stimme umgedreht. Aber sie konnte nicht mit Bo gehen. Jetzt nicht mehr. Sie hatte ihr Schicksal besiegelt. Bo kannte sich in den Hintergassen und Nebenstraßen Tokios längst nicht so gut aus wie Aiko, und als sie endlich wagte, über ihre Schulter zurückzusehen, war er verschwunden. Aiko rannte weiter bis zum Hafen, wo sie weinend auf eine Bank sank, die weit über die Bucht von Tokio hinausblickte. Gewöhnlich beruhigte der Anblick des Meeres sie. Es erinnerte sie an zu Hause. Doch heute erinnerte es sie nur daran, dass Bo schon bald für immer unerreichbar auf der anderen Seite dieses gigantischen Ozeans sein würde. Ihre Urgroßmutter hatte sie stets ermahnt, Geduld zu haben. In dieser Beziehung sei Aiko genau wie ihre Mutter, hatte Haruki immer gesagt, sie beide wollten unbedingt alles und am besten schon gestern! Aber welchen Sinn machte es, auf etwas zu warten, das nie geschehen würde?

»Die Geduld nicht zu verlieren, auch wenn es unmöglich scheint, das ist wahre Geduld«, murmelte sie vor sich hin.

Das hatte Haruki nach Manamis Tod immer zu ihrem Vater gesagt, und diese Worte hatte auch der Tenno nach der Kapitulation der Japaner an sein Volk gerichtet. Sie flüsterte sich das Sprichwort immer wieder und wieder zu, bis sie nicht mehr wusste, ob es das Weiseste oder Dümmste war, was sie je gehört hatte.

Sie blieb dort am Hafen sitzen, bis die Sonne über dem graugrünen Meer unterging. Gewiss würde sie Ärger mit Herrn Oshiro bekommen, weil sie einfach abgehauen war, aber das kümmerte sie nicht.

Als sie in die Bar zurückkehrte, verlor jedoch niemand ein Wort über ihre unentschuldigte Abwesenheit. Herr Oshiro nickte nur höflich in ihre Richtung, um ihre Rückkehr zu würdigen. Und von ihrem Platz hinter dem Tresen schenkte ihr Kira ein freundliches Lächeln. Wie kam es bloß, dass hier stets jeder genau über ihre Angelegenheiten Bescheid wusste?

»Er ist fort, aber er hat das für dich dagelassen«, flüsterte Kira und drückte Aiko den Ring in die Hand. »Ich an deiner Stelle würde ihn behalten. Ich habe dir doch gesagt, es wird langsam Zeit, dass er dir etwas schenkt. Das ist das Mindeste!«

»Hat er noch etwas gesagt?«, fragte Aiko und versuchte, sich ihre Verzweiflung nicht anmerken zu lassen.

»Ich soll dir ausrichten, dass er nicht aufgeben wird«, erwiderte Kira und verdrehte die Augen. »Er hat gesagt, dass er dich liebt. Aber das sagen sie alle, Aiko. Vergiss ihn.«

Aiko jedoch vergaß Captain Bo Anderson nicht. Sie trug den Jadering von diesem Moment an bis zum heutigen Tag, und immer wenn sie ihn betrachtete, wusste sie, wie aufrichtig sie geliebt und geschätzt worden war. Einstweilen allerdings … einstweilen fing Aiko wieder damit an, Drinks einzuschenken und mit Männern in Anzügen oder Uniformen zu flirten. Sie lächelte viel. Manchmal tanzte sie auch und sang. Jeder sagte, sie sei das bezauberndste Mädchen, das ihnen je begegnet sei. Aber keiner von ihnen ahnte, welchen Preis Aiko dafür bezahlt hatte, ihre Tage im Peace Palace zu verbringen, und keiner schenkte dem finsteren Zug hinter ihrem geschminkten Lächeln Beachtung.

33. Kapitel

Virginia Water, Surrey, 2012

Auf dem Rückweg vom Supermarkt blieb Alice am Postkasten stehen. Der Brief zitterte in ihrer Hand. Sie hob den Umschlag in Richtung Klappe und zog ihn rasch wieder zurück. Was tat sie hier? Dieser Brief besaß die Macht, alles zu verändern. Aber war nicht Veränderung genau das, was sie sich wünschte? Nicht nur für sich, sondern auch für andere, vor allem für Sophia. Sie hob den Brief erneut vor den breiten Schlitz.

»Ein wenig früh für Weihnachtskarten, meinst du nicht, Alice?«, rief jemand hinter ihr gut gelaunt.

Alice schreckte zusammen. Hinter ihr stand Margot, ihre Freundin und Nachbarin seit dreißig Jahren. Margot wusste nicht das Geringste von der wahren Alice Brown.

»Ja, ja, eigentlich hast du recht«, antwortete Alice in möglichst beherrschtem Ton. »Da bin ich wohl etwas vorschnell gewesen.«

Sie schob den Brief in ihre Handtasche zurück, verabschiedete sich freundlich von Margot und eilte nach Hause. Heute Abend sollte es Steaks geben.

Hampstead, London, 2012

Sophia wollte sich ganz auf das Auffinden der Kette konzentrieren und verdrängte das merkwürdige Verhalten ihrer Mutter, so gut sie konnte. Sie versuchte auch nicht, mit ihr Verbindung aufzunehmen, obwohl sie es gern getan hätte, und keiner von ihren Eltern meldete sich bei ihr. Ihre Großmutter hatte gesagt, sie müsse ihre Mutter um Antworten bitten, aber sie hatte auch gesagt, sie solle Geduld haben. Jetzt war nicht der richtige Moment dafür. Sophia musste all ihre Kräfte darauf richten, Granny zu helfen. Und außerdem, warum sollte ausgerechnet sie den Kontakt suchen, wenn ihre Mutter ihr etwas zu sagen hatte?

Also mied Sophia dienstags und freitags das Krankenhaus, da sie wusste, dass Mum und Dad dann zu Besuch sein würden, und versuchte nicht länger über die Sache nachzudenken. Für den Moment zumindest. Natürlich hatte sie gewisse Theorien. Hatte ihr Vater nicht gesagt, ihre Mum sei »labil« gewesen, als sie heirateten? Das klang wie eine altmodische Umschreibung für irgendeine psychische Erkrankung. Würde das nicht auch die Distanziertheit ihrer Mutter erklären? Und ihre Art, immer nur das zu tun, was ihr Mann von ihr erwartete? Vielleicht hatte Hugo ja recht, und Dad stellte ihre Mum mit Medikamenten ruhig. In der Familie wäre sie jedenfalls nicht die erste »labile« Person. Wie jeder wusste, hatte Sophias Urgroßmutter die letzten zwanzig Jahre ihres Lebens in einer Nervenklinik verbracht. Sophia erinnerte sich noch, sie als kleines Mädchen zusammen mit Granny in Bournemouth besucht zu haben.

Granny hatte ihr erzählt, dass ihre Mutter früher eine sehr schöne Frau gewesen sei, ihr Aussehen im Laufe der Jahre durch übermäßigen Alkohol- und Zigarettenkonsum sowie krankhafte Eifersucht (vom Sonnenbaden an den Stränden von Sandbanks gar nicht zu reden) jedoch selbst zerstört habe. Für Sophia schien die alte Frau damals direkt einem Gruselkabinett entsprungen zu sein. Sie konnte den Blick einfach nicht von ihr abwenden, auch wenn sie ihr Angst einflößte. Selbst mit über neunzig bestand Urgroßmutter noch darauf, ihr lichter werdendes Haar pechschwarz zu färben. Sie legte eine dicke Schicht Foundation auf und benutzte einen knallroten Lippenstift, der bis in die tiefen Falten an ihren Mundwinkeln zu bluten schien. Die Brauen hatte sie sich komplett gezupft und als schräge Linie mit einem braunen Stift nachgezogen. Und sie kleidete sich, als würde sie gleich eine exklusive Soiree oder sonst eine vornehme Veranstaltung besuchen. Für sie war die Zeit 1929 stehen geblieben. Sie war weiter jung und bezaubernd schön, kinderlos und frei, und die Welt sowie ein Dutzend attraktive Verehrer lagen ihr zu Füßen. In Wahrheit roch ihr Atem nach Gin, selbst um zehn Uhr morgens, und jeden in ihrer Umgebung behandelte sie herablassend und abscheulich, ob es das Personal in der Klinik war oder die Familienangehörigen, die sie immer seltener besuchen kamen.

Als sie schließlich mit dreiundneunzig starb, bestand Sophia darauf, zu ihrer Beerdigung zu gehen. Es war ein reichlich trauriger Anblick, dass nach all den Jahren, in denen sie Partys für ihre vielen »Freunde« gegeben hatte, niemand kam, um von Lady Beaumont Abschied zu nehmen, einmal abgesehen von Tilly, Alice und Sophia, die aber mehr aus Pflichtgefühl denn aus Liebe erschienen waren. Sophia hatte lange Zeit vermutet, ihre Urgroßmutter wäre eine Art Vampir. Wie sonst ließe sich erklären, dass sie täglich vierzig Zigaretten rauchte und einen Liter Gin trank und dennoch mit über neunzig noch lebte?

Selbst als der Sarg ins Familiengrab hinabgesenkt wurde, hielt Sophia den Atem an, da sie fast damit rechnete, Lady Charlotte würde gleich mit einem Cocktailglas in der knochigen Hand aus der Kiste springen. Aber irgendwann finden eben auch die furchteinflößendsten Gespenster ihre letzte Ruhe.

Auf dem Kaminsims ihrer Großmutter stand ein Foto von Sophias Urgroßeltern. Die Schwarzweißaufnahme zeigte einen unverschämt gut aussehenden Lord Frederick in Jagdkleidung, aber noch mehr hatte Sophia immer schon der Anblick seiner Frau, Lady Charlotte, fasziniert. Sie war groß und in ihren weißen Jodhpurs und schwarzen Reitstiefeln von atemberaubender Schönheit. Auf dem Bild war sie noch sehr jung, wahrscheinlich gerade einmal einundzwanzig. Ihre Lebenslust und ihre Sinnlichkeit waren fast mit Händen greifbar. Ihre Augen leuchteten, und ihr kräftiger, athletischer Körper schien vor Erregung zu beben. In ihrem Blick brannte ein Verlangen nach … Ja, wonach? Wann immer Sophia das Foto sah, stellte sie sich diese Frage. Die junge Frau auf dem Bild schien so voller Lebensfreude, nicht voller Bitterkeit. Was hatte aus dieser wunderschönen, lebenslustigen jungen Frau die scheußliche alte Hexe werden lassen, deren Beerdigung Sophia als Kind miterlebt hatte? Auf sie machte es den Eindruck, als baumelten reichlich viele ruinierte Leben von den morschen Ästen des Beaumontschen Stammbaums. Und während sie noch ihre längst verstorbene Urgroßmutter anstarrte, schwor sie sich, diese Ahnenreihe nicht zu verlängern. Sie würde nicht die gleichen Fehler begehen, die andere Beaumont-Frauen begangen hatten.

Also stürzte sich Sophia auf etwas Positives, die Jagd nach Grannys Perlen. Zum ersten Mal in ihrem Leben spürte sie, wie aufregend es sein konnte, auf ein bestimmtes Ziel hinzuarbeiten. Jeden Morgen stand sie früh auf und marschierte nach unten ins Arbeitszimmer, um die eingegangenen E-Mails und Textnachrichten durchzusehen. Sie trat im Fernsehen auf und gab unzählige Interviews für Zeitungen und Zeitschriften. Sie sprach mit TV-Sendern und Produktionsfirmen über die Rechte an den Filmen ihrer Großmutter und freute sich, als Sky damit begann, nachmittags Wiederholungen ihrer bekanntesten Filme zu zeigen. Sie rauchte viel, allerdings stets im Garten, um das Haus nicht zu verräuchern, aber sie war so sehr mit anderen Dingen beschäftigt, dass sie fast nur noch Tee trank. Sie ging nicht aus, außer um Granny zu besuchen oder noch mehr Interviews zu geben, und von illegalen Drogen hatte sie seit Wochen die Finger gelassen. Abends fiel sie erschöpft ins Bett und schlief wie ein Murmeltier. Seit ihrem Umzug nach Hampstead waren die Schlafstörungen, die sie so lange gequält hatten, mit einem Schlag verschwunden. Sie begann sich so gut zu fühlen wie seit Jahren nicht mehr, und das sah man ihr auch an. Mehr noch, sie fühlte sich jetzt selbstsicherer und tatsächlich in der Lage, etwas zustande zu bringen. Endlich hatte Sophia Beaumont Brown ein Ziel im Leben. Es fühlte sich gut an. Und wenn es ihr jetzt noch gelänge, rechtzeitig zu Weihnachten diese Perlen aufzutreiben, dann wäre das Leben einfach herrlich!

Im Umgang mit der Presse hatte Sophia Erfahrung. Mit ihren Auftritten als wildes Mädchen hatte sie über die Jahre hinweg für so manche Meldung gesorgt. Damals hatte sie es ziemlich cool gefunden, dabei fotografiert zu werden, wie sie sturzbetrunken am Arm dubioser Männer aus einem Club stolperte. Inzwischen war ihr das nur noch peinlich. Sie hatte damit ihre Eltern blamiert (die sie allerdings nicht weiter kümmerten), Nathan vor den Kopf gestoßen (der sie eigentlich auch nicht mehr sonderlich interessierte) und ihren Freundinnen familiären Ärger eingebrockt, nur weil sie mit ihr gesehen worden waren. Aber was das Schlimmste war: Sie hatte sich selbst damit zu einem hohlen Wesen, einer leeren Hülle gemacht. Die alte Sophia war nicht lebendiger gewesen als eine Cartoonfigur. Existiert hatte sie nur zur Befriedigung der Klatschsucht anderer. Hinter der Fassade des Party-Girls hatte sich ein depressives, ständig besoffenes und drogenabhängiges Wrack verborgen, sonst nichts. Aber jetzt ... Jetzt war Sophia sie selbst. Sie fühlte sich lebendig und echt. Sie hatte das Gefühl, als ob sie vom höchsten Gebäude aus losfliegen oder in die tiefsten Tiefen des Meeres abtauchen könnte, und vielleicht, ganz vielleicht, würde sie dabei ja auch eine Perle finden.

Wenn die Zeitungen jetzt über sie schrieben, spielten sie zwar weiter auf ihre Fehltritte in der Vergangenheit an, aber eher als Bezugspunkt dafür, wie weit Sophia es mittlerweile gebracht hatte.

Der große Durchbruch bei der Suche nach den Perlen gelang Anfang Dezember, als die E-Mail einer gewissen Chrissy Travis-Jones einging. Sophia überflog die Nachricht und wäre vor Aufregung fast vom Stuhl gekippt, als sie erkannte, dass sie hier den ersten wirklich konkreten Hinweis vor sich hatte.

»O mein Gott, ich glaube, das ist es!«, rief Sophia durch den Raum zu Hugo. »Diesmal ist es ein richtiger Treffer. Hör dir das an!«

Sophia las den Anfang der E-Mail vor.

```
Liebe Sophia,
meine Mutter, die in Großbritannien lebt, hat
mir ein paar Links zu Zeitungsartikeln ge-
schickt, in denen über die Suche nach den Perlen
Ihrer Großmutter berichtet wurde. Sie hat das
```

Collier sofort wiedererkannt und wollte gerne helfen. Inzwischen bin ich überzeugt, die Perlenkette Ihrer Familie in den Achtziger Jahren besessen zu haben. Zuerst dachte ich, meine Mutter würde sich irren. Die Ähnlichkeit war groß, aber ihre Kette hatte sechsundsechzig Perlen, während meine nur aus fünfundsechzig Perlen bestand. Ich bin mir sicher, weil ich einst eine ganze Woche damit verbrachte, sie eigenhändig neu aufzuziehen. Es war dann aber der Verschluss, an den ich mich genau erinnerte. Er war sehr ausgefallen, und die Initialen LMB waren darin eingraviert. Ich habe mich immer gefragt, wofür LMB ursprünglich gestanden haben mochte …

»Sie schreibt noch mehr«, sagte Sophia. »Aber den Rest kannst du ja gleich lesen. Sieh dir erst einmal diese Fotos an.«

Das Herz hämmerte ihr in der Brust, als sie Hugo die drei Aufnahmen des Colliers zeigte, die Chrissy angefügt hatte. Die erste zeigte eine Schachtel, die einen Haufen Perlen enthielt, sowie den auffälligen Verschluss, der sie alle einst zusammengehalten hatte.

»Keine Bange, schau dir die nächste an. Siehst du, da trägt sie die Kette. Sie ist wieder repariert. In ihrer Mail beschreibt sie, dass die Kette beim Kauf kaputt gewesen war und sie sie später selbst repariert hat. Und als sie es sich Jahre später leisten konnte, hat sie das Collier von einem Fachmann neu auffädeln lassen. Bei dieser Gelegenheit erfuhr sie auch, wie wertvoll die Perlen tatsächlich waren.«

Das dritte Foto zeigte die vollständig restaurierte Kette in einer mit schwarzem Samt ausgelegten Schachtel.

»Und, hat sie sie noch?«, fragte Hugo mit erwartungsvoll leuchtenden Augen.

Sophia schüttelte den Kopf. Es war zu ärgerlich, aber zumindest hatten sie eine erste Spur. ›Dass gleich die erste Person die Perlen noch immer in ihrem Besitz hat, wäre wohl auch zu viel erwartet gewesen‹, dachte Sophia. So einfach liefen die Dinge nie.

»Sie hat das Collier 1991 verkauft«, erzählte sie Hugo. »Aber wenigstens wissen wir nun, wo die Perlen sich vor zwanzig Jahren befanden.«

»Wo?«

»In New York. Sie hat sie in London gekauft, aber in New York verkauft.«

»Und was machen wir jetzt?«, fragte Hugo und kaute an seinen Nägeln.

»Wir tragen die Story auf die andere Seite des Atlantiks«, erklärte Sophia entschlossen.

»Ausgezeichnete Idee, Boss!«, sagte Hugo salutierend. »New York City, aufgepasst! Die Briten rücken an, und wir kennen nur ein Ziel!«

St John's Wood, London, 2012

Granny wirkte müde. Sie roch auch anders. Es war ein seltsamer, unangenehm süßer Geruch, der Sophia Angst machte.

Bei ihrer Ankunft im Krankenhaus hatte sie zuerst mit dem behandelnden Arzt gesprochen, und die Nachrichten klangen nicht gut. Der Krebs hatte sich schnell ausgebreitet. Mittlerweile waren Schatten auf den Lungen zu sehen, und Granny aß kaum noch. Bald würden sie entscheiden müssen, ob sie künstlich ernährt werden sollte. Sophia musste an die vielen blauen Flecken und Schwellungen an den Armen ihrer Großmutter denken, wo bereits Nadeln und Katheter eingeführt worden waren, um den lebenserhaltenden Medikamentencocktail in ihren Körper zu pumpen. Granny hatte schon jetzt gesagt, sie fühle sich wie ein Nadelkissen. Sophia bezweifelte, dass sie einer künstlichen Ernährung zustimmen würde. An die nächsten Wochen wollte Sophia lieber erst gar nicht denken. Immerhin würde sie Granny heute Nachmittag gute Nachrichten bringen.

»Ich habe etwas, das ich dir vorlesen möchte«, sagte sie ihrer Großmutter nach dem Begrüßungskuss. »Etwas, das dir ein Lächeln auf das Gesicht zaubern wird. Endlich kommen wir weiter. Hör nur …«

Sophia zog die ausgedruckte E-Mail von Chrissy heraus, in der sie erklärte, wie sie in den Besitz der Perlen gekommen war und wie sie diese später wieder verkauft hatte, und begann zu lesen.

Camden Town, London, 1982

Ich war einundzwanzig, als ich die Perlen in einem Second-Hand-Laden an der Chalk Farm Road direkt gegenüber von Camden Market entdeckte. Sie lagen in einer Wühlkiste mit zerbrochenen Einzelstücken, die ich alle für bloßen Modeschmuck hielt. Solche Sachen gefielen mir damals - hübsche, aber wertlose Schmuckstücke, und etwas anderes hätte ich mir auch gar nicht leisten können. Ich war damals verrückt nach dem Zeug und

habe Stunden damit verbracht, Ramschläden und Flohmarktstände danach abzusuchen.
Ich war frisch von der Uni, wo ich einen Abschluss in Wirtschaftswissenschaften gemacht hatte, versuchte es jetzt aber zum Entsetzen meiner Eltern mit einer Karriere als Sängerin. Zusammen mit drei Jungs war ich in einer Band, mit der wir in den schäbigsten Pubs und Clubs von Camden und Kentish Town auftraten. Wir lebten in einem versifften besetzten Haus am Camden Square und finanzierten uns, indem wir nebenher in den Kneipen, in denen wir auftraten, auch hinter dem Tresen arbeiteten. Ich hielt mich damals für schrecklich cool und lief in Lederminiröcken, Netzstrümpfen und Doc Martens herum. Mein Haar trug ich zurückgekämmt, von ein paar alten Bändern und Haarspray zusammengehalten, und ich legte so viel schwarzes Augen Make-up auf, dass mein Vater mich nur noch Pandabär nannte. Er sagt das heute noch zu mir, obwohl meine Tage als Rock-Lady längst hinter mir liegen.
Als ich mir die Sachen aus dieser Wühlkiste damals zu Hause genauer ansah, fiel mir auf, dass die Perlen weder aus Glas noch aus Plastik bestanden. Ich war hin und weg vor Begeisterung, weil ich nur ein Pfund für den ganzen Karton bezahlt hatte, und jetzt annahm, dafür Zuchtperlen bekommen zu haben, die ein Vielfaches wert waren! Jahrelang ging ich davon aus, eine Kette aus besonders schönen Zuchtperlen zu besitzen. Und ich liebte sie!

Auf dem Boden der Schachtel fand ich einen eleganten Verschluss, der zu den Perlen gehören musste. Er war mit weiteren winzigen Perlen besetzt, und eingraviert waren die Buchstaben LMB. Unsere Band damals nannte sich The Lonely Magpies, daher hielt ich es für einen Wink des Schicksals. LMB - the Lonely Magpies Band. Zuerst war mir nicht ganz klar, wie all die Perlen und der Verschluss zusammengehörten, aber dann habe ich es mir zusammengereimt, und die Kette wurde mein Glücksbringer, den ich von da an zu jedem Auftritt anzog.

Vor unserem ersten Plattenvertrag und lange vor meinem Umzug nach New York habe ich viel Zeit damit verbracht, mir meine Outfits selbst zu schneidern oder zu ändern. Eine ganze Woche habe ich damit zugebracht, jede einzelne Perle liebevoll wieder aufzuziehen. Zu meiner Schande muss ich gestehen, dass ich nur billige Nylonschnur dafür benutzte und die Knoten auch höchst unprofessionell geschlungen waren.

Aus diesem Grund weiß ich übrigens auch ganz sicher, dass meine Kette nur aus fünfundsechzig Perlen bestand. Ich schätze, die sechsundsechzigste muss verloren gegangen sein, als die Kette riss. Perlen sind ziemlich hart, aber keineswegs unzerstörbar. Ich habe zum Beispiel immer darauf geachtet, sie nicht mit Haarspray zu besprühen, und wenn ich sie nicht trug, bewahrte ich sie stets in einem Samtbeutel auf. Vermutlich wird es diese eine Perle irgendwo auch noch

geben. Was für eine traurige Vorstellung, dass es irgendwo auf der Welt eine einzelne vollkommen geformte Perle gibt, die eigentlich in diese Kette gehört. Ich weiß noch genau, wie sorgfältig ich die Kette einpackte, als ich in die Staaten umzog.
Glücklicherweise lernte ich dort genau in dem Moment, als meine Karriere ins Stocken geriet, meinen späteren Ehemann Leroy kennen und verliebte mich in ihn. Er trat auf meinem ersten und einzigen Musikvideo als Tänzer auf, und er war und ist bis heute der großartigste Mann, der mir je begegnet ist! Von dem letzten Geld, das ich noch hatte, kauften wir uns ein heruntergekommenes Haus in Queens. Leroy verdiente gerade genug, um uns über Wasser zu halten, aber als dann die beiden Jungs kamen - Zwillinge! -, wurde es immer schwieriger. Wir wohnten in einem maroden, zugigen Haus, für dessen Renovierung uns das Geld fehlte.
Gott sei Dank erkannte Leroy, wie niedergeschlagen ich damals war, und sorgte dafür, dass sich das änderte. Er übernahm ein paar Tanzjobs für entsetzlich kitschige Werbespots und erklärte, die Gage sei für unsere Hochzeit bestimmt. Er wusste, wie sehr es meine Stimmung heben würde, wenn ich ein solches Ziel vor Augen hatte. Außerdem waren wir schrecklich verliebt ineinander und wollten unbedingt heiraten. Damals hat er mir vorgeschlagen, ich sollte mir die Perlenkette richtig herrichten lassen, damit ich meinen

Glücksbringer am Tag unserer Hochzeit tragen könnte. Ich hatte das Collier seit Jahren nicht mehr aus seinem Beutel genommen.
Also brachte ich die Perlen zu einem der exklusiveren Juweliere in Midtown Manhattan. Ich reichte sie ihm und entschuldigte mich fast dafür, weil ich mir mit meinen billigen Zuchtperlen in einem so vornehmen Geschäft ein wenig peinlich vorkam. Nie werde ich den Ausdruck im Gesicht des Mannes vergessen, als er den Beutel öffnete, die Kette auf den Tresen kippte und sie sich genauer ansah.
›Die sind echt‹, sagte er mir nach ein paar Minuten qualvoller Stille. ›Und alt scheinen sie auch zu sein. Ich bin kein Experte für Perlen, und um sicher zu sein, müssten wir einen Kollegen von mir hinzuziehen, aber ich denke, Ihr Collier ist erheblich wertvoller, als Sie dachten, Madam.‹
Ich weiß nicht, ob Sie wirklich wissen wollen, wie hoch die Summe exakt war, die ich beim Verkauf der Kette Ihrer Großmutter erzielen konnte, für Leroy und mich jedenfalls bedeutete es eine enorme Chance. Wenn der Juwelier allerdings gewusst hätte, dass die Kette einst im Besitz von Tilly Beaumont gewesen war, hätte ich sicherlich fünfmal so viel bekommen! Nicht dass ich mich beklagen würde. Ich habe ein Pfund für einen Karton voll Ramsch bezahlt und am Ende so viel Geld dafür bekommen, dass es unser Leben komplett veränderte.

Ich trug das bezaubernde Collier zu meiner Hochzeit, und wenn ich heute die Fotos vom schönsten Tag meines Lebens betrachte, erinnere ich mich noch immer daran, wie sich die Perlen an meinem Hals anfühlten. Von den billigen Spelunken in Camden Town nach New York und schließlich bis vor diesen Kirchenaltar in Leroys alter Gemeinde in Queens - die Perlen hatten mir tatsächlich stets Glück gebracht!

Es kostete mich enorme Überwindung, sie zu verkaufen, aber um ehrlich zu sein, haben diese Perlen es mir ermöglicht, meine Selbstachtung zurückzugewinnen. Sie bedeuteten für mich Freiheit, Glück, Erfolg und Erfüllung. Von dem Geld, das der Verkauf der Perlen uns einbrachte, kauften wir ein leerstehendes Lagerhaus off Broadway. Zwei Jahre später eröffneten Leroy und ich dort das Broadway Performing Arts Center, eine Schule für talentierte Kinder aus unterprivilegierten Familien. Vielleicht haben Sie davon ja schon einmal gehört. Inzwischen sind einige bekannte Stars daraus hervorgegangen - Rapper, Broadwaystars, Filmschauspieler und sogar ein Ballettstar. Das Geld für die Perlenkette veränderte also nicht nur mein Leben, sondern auch das von Hunderten von Kindern. Ich hoffe, die Entscheidung findet die Zustimmung Ihrer Großmutter.

Sophia sah von den Blättern auf.

»Und?«, fragte sie. »Findet sie deine Zustimmung, Granny?«

Die Augen der alten Frau füllten sich mit Tränen, und obwohl sie sehr schwach war, brachte sie ein Lächeln zustande.

»O, sehr sogar. Performing Arts, in dieser Branche habe ich doch auch mein Leben verbracht! Und New York ist einer meiner Lieblingsorte auf dieser Welt. Ich bin froh, dass meine Perlen damals in so guten Händen waren. Ich wünschte nur, ich wüsste, was mit ihnen nach dem Verkauf passiert ist. Hat sie vielleicht eine Idee?«

»Sie hat mir den Namen des Juweliers genannt, dem sie die Kette damals verkauft hat«, berichtete Sophia ihrer Großmutter. »Hugo wollte heute Nachmittag dort anrufen. Eigentlich müssten sie noch Aufzeichnungen darüber haben, wem sie das Collier verkauft haben, und dann werden wir mit ein wenig Glück bald wissen, wo die Perlen sind.«

34. Kapitel

Upper East Side, New York, 2012

Aiko trank grünen Tee und beobachtete von ihrem Penthouse-Fenster das Kommen und Gehen im Central Park. Es war inzwischen Dezember, und das Weihnachtsfieber hatte New York mit der üblichen Leidenschaft erfasst. Aiko mochte New York im Frühling, wenn die Luft herrlich klar war und der Park in voller Blüte stand, und selbst der Hochsommer in der Stadt machte ihr nichts aus, auch wenn sich alle über die drückende Hitze beschwerten. Im Herbst verfolgte sie hingerissen, wie sich das Grün vor ihrem Fenster in ein rauschendes Meer aus roten, rostbraunen und goldenen Blättern verwandelte. Aber am meisten liebte sie New York noch immer zu Weihnachten. Keine andere Stadt erstrahlte in der Adventszeit in festlicherem Licht.

Vielleicht genoss sie Weihnachten auch nur so sehr, weil es nicht ihr eigener Feiertag war. Natürlich hatte sie mit den Jahren vieles übernommen – die Weihnachtsstrümpfe der Kinder, die aufwendig verpackten Geschenke, die bunten Lichter und den riesigen Baum, dessen Äste sich unter dem Gewicht des feinsten Bloomingdale-Christbaumschmucks bogen. Dennoch hatte Weihnachten für Aiko immer etwas Fremdes und Exotisches behalten, und sie bestaunte es fasziniert mit einer Distanz, die ein gebürtiger New Yorker nie würde nachvollziehen können.

Tokio, Japan, 1952

Ein bekanntes japanisches Sprichwort lautet: Harre drei Jahre geduldig aus, selbst wenn du auf einem Stein sitzt. Mit der Zeit hatte Aiko gelernt, was dies bedeutete, auch wenn sie bereits seit mehr als vier Jahren auf ihrem einsamen, harten Stein ausharrte, und nicht nur drei. Sie arbeitete noch immer für Herrn Oshiro im Peace Palace, wo sie nach wie vor die beliebteste Hostess war. Sie wohnte auch noch immer in seinem Haus.

Er hatte sich ihr gegenüber freundlich benommen und ihr wahrscheinlich das Leben gerettet, aber aufrichtige Zuneigung hegte keiner für den jeweils anderen. Sie waren sich bloß gegenseitig von Nutzen. Aiko nahm das keineswegs persönlich. Alle Beziehungen von Herrn Oshiro funktionierten auf diese Weise. Sie hatte gelernt, dass das ständige Lächeln auf seinem Gesicht nichts zu bedeuten hatte. Bei Nana lagen die Dinge anders. Sie liebte Aiko von ganzem Herzen, und Aiko musste all ihre Willenskraft zusammennehmen, diese Liebe nicht zu erwidern. Aber den Luxus zu lieben konnte sich Aiko einfach nicht leisten.

Die Briefe aus Kalifornien trafen mit der Verlässlichkeit eines Uhrwerks Monat für Monat im Peace Palace ein. Aiko antwortete nie, aber sie behütete diese Briefe ebenso sorgfältig wie zuvor die Perlen ihrer Mutter. Bos Worte hellten jedes Mal ihre Stimmung auf. Er mochte 5.478 Meilen entfernt sein (was er häufig in seinen Briefen erwähnte und ihr sogar auf einer gezeichneten Weltkarte veranschaulicht hatte), aber irgendwie beruhigte es Aiko zu wissen, dass es jemanden gab, der auf ihrer Seite war, selbst wenn derjenige in einem fernen Land lebte.

Bo hatte inzwischen die Armee verlassen und befasste sich mit Kommunikationstechnik. Er war nach San Francisco zurückgegangen, wo er an der Stanford University im Bereich Forschung und Entwicklung arbeitete. Er schilderte Aiko ausführlich, welche fantastischen Fortschritte sie in der Übertragungstechnologie machten, und dass jetzt, nachdem der Krieg endlich vorbei war, alle möglichen wundervollen Geräte erfunden würden.

Seine ehemalige Freundin hatte ihre Beziehung nach seiner Rückkehr aus Japan wiederaufleben lassen wollen. Auch von seinen Eltern war er gedrängt worden, sie zu heiraten, aber Bo hatte Wort gehalten und seine Jugendliebe nicht geheiratet. Von anderen Frauen erwähnte er in seinen Briefen nichts. Nie vergaß er jedoch zu betonen, dass er davon überzeugt sei, sie würde eines Tages ihre Meinung ändern und zu ihm kommen, um mit ihm zusammenzuleben. Seine Freunde erklärten ihn zwar jedes Mal für verrückt, wenn er von seiner großen Liebe in Japan erzählte, schrieb er, aber er würde es ihnen schon zeigen. Aiko würde es ihnen schon zeigen. Eines Tages …

Er wollte wissen, wie es ihr in Tokio erging. Hoffentlich war sie noch in der Bar, denn wie sollte sie sonst an die Briefe kommen? Hoffentlich war sie nicht einsam, aber zugleich betete er zu Gott, sie möge sich nicht in einen anderen Mann verliebt haben. Er fragte sich, ob sie wohl seinen Ring trug.

1951 wurde der Friedensvertrag unterzeichnet, der das Ende der US-amerikanischen Besatzung besiegelte und Japan seine Freiheit zurückgab. Neues Leben regte sich in Aikos Heimatland, wie bei einem Kirschbaum im Frühling, nur Aiko hockte fest auf ihrem Stein. Sie bediente in der Bar, wischte die Böden für Nana und tat das, was Herr Oshiro von ihr verlangte. Im April 1952, als die Kirschbäume blühten, zogen die letzten amerikanischen Truppen endgültig aus Tokio ab. Jetzt saßen zwar keine US-Offiziere mehr auf den Barhockern, aber dank der neuen Tokioer Oberschicht blieb der Peace Palace gut besucht, und Aiko malte sich weiter ein Lächeln aufs Gesicht und wartete. Und dann, eines Morgens im Juni 1952, klopfte Aiko an die Tür von Herr Oshiros Büro.

»Ich habe dich bereits erwartet«, sagte er und lächelte sein undurchschaubares Lächeln.

Er trat an seinen Safe, der noch immer hinter dem Gemälde versteckt war, und entnahm ihm mehrere Bündel Banknoten.

»Alles in Dollar. Wie du verlangt hast.«

Aiko zählte das Geld.

»Vertraust du mir nicht, Aiko-chan?«, fragte Herr Oshiro noch immer lächelnd. »Nach all den Jahren?«

»Ich vertraue niemandem außer mir selbst«, antwortete sie.

Das war eine Lüge. Sie vertraute Bo. Aber das würde sie Herrn Oshiro niemals verraten.

»Es stimmt alles.« Aiko verstaute das Geld sorgsam in ihrer neuen Handtasche.

»Und … Wirst du uns jetzt verlassen?«, fragte Herr Oshiro.

Aiko nickte.

»Hast du dich von Nana verabschiedet?«

Aiko schüttelte den Kopf.

»Ich habe ihr einen Brief geschrieben, der alles erklärt«, sagte sie und legte ihn auf seinen Schreibtisch. »Könnten Sie ihn ihr bitte geben?«

Herr Oshiro nickte. Das Lächeln auf seinem Gesicht wurde schwächer.

»Wir werden dich vermissen, Aiko«, sagte er, und einen Moment lang hätte sie ihm fast geglaubt.

Ohne einen Blick zurückzuwerfen, verließ sie den Peace

Palace. Im exklusivsten Einkaufsviertel Tokios kaufte sie sich ein teures Kleid im westlichen Stil zusammen mit einem schicken Lederkoffer und ein Paar Schuhen. Am selben Abend noch flog Aiko in einer Linienmaschine der Pan Am von Tokio nach San Francisco. Versteckt im Boden des Koffers war ihr Anteil vom Verkauf der Perlen plus die zusätzlichen Gewinne aus der Anlage über fünf Jahre, alles in allem 73.000 Dollar. Nach ihrer Landung in Kalifornien nahm sie sich ein Taxi zu der Adresse, die als Absender auf dem letzten Brief stand. Als Bo die Tür öffnete, machte er zwar einen hocherfreuten und überglücklichen Eindruck, wirkte jedoch überhaupt nicht überrascht.

»Ich wusste, dass du irgendwann kommen würdest, aber du hast dir wirklich Zeit gelassen!« Das war alles, was er sagte, bevor er seine Arme um Aiko schlang und sie küsste.

Diesmal stieß Aiko ihn nicht von sich. Nie wieder stieß sie ihn von sich. Viele Jahre lang hatte er fest an sie geglaubt und sie nie enttäuscht. Und er hatte auf sie gewartet. Jeder von ihnen hatte geduldig auf seinem Stein ausgeharrt. Jetzt war es genug. Aiko hatte Angst, war aber bereit, das Risiko einzugehen. Vielleicht würden sie es ja gemeinsam schaffen. Für die Nachwuchs-Ama galt es jetzt, zu schwimmen oder unterzugehen.

Aiko starrte auf die Kutschen am Central Park herab, bis ihr Blick verschwamm. An ihrem ersten Weihnachten in den Vereinigten Staaten hatte Bo mit ihr eine solche Fahrt gemacht. Sie waren für ein verlängertes Wochenende von Kalifornien nach New York geflogen, und er hatte ihr in einem Geschäft an der Madison Avenue einen Mantel kaufen müssen, weil sie so gefroren hatte.

Plötzlich spürte Aiko, wie ihr die Tränen in die Augen stiegen. Zum ersten Mal seit der Zeit unmittelbar nach Bos Tod hatte sie das Gefühl, die Last dieses Verlusts nicht länger tragen zu können. Wenn sie daran zurückdachte, was sie alles hatten durchstehen müssen, um überhaupt zusammenzukommen, verschlug ihr das noch heute den Atem. Was für ein Glück sie gehabt hatte, ihm zu begegnen. Tausend Jahre mit diesem Mann wären noch zu wenig gewesen.

35. Kapitel

Hampstead, London, 2012

»Schlechte Nachrichten, fürchte ich«, sagte Hugo ein wenig niedergeschlagen, als Sophia vom Krankenhaus zurückkehrte. »Der Juwelier in Manhattan hat in seinen Büchern nachgesehen, wer die Kette gekauft hat. Es war ein gewisser Jack Berman. Er hat im September 1991 fast eine Million Dollar dafür bezahlt.«

»Und?«, fragte Sophia. »Klingt doch gut. Warum die Trauermiene? Hast du ihn schon aufgespürt?«

»Mehr oder weniger. Das Problem ist, Sophia, dieser Jack Berman ist im World Trade Center umgekommen. Er hatte am Morgen des elften September ein Arbeitsfrühstück im westlichen Turm der Twin Towers.«

»Wie schrecklich!«, sagte Sophia entsetzt.

»Genau«, nickte Hugo. »Der arme Kerl war unverheiratet und kinderlos, die Eltern beide tot. Wer also hat die Kette nach seinem Tod geerbt?«

»Vielleicht hatte er sie gar nicht mehr, als er starb«, grübelte Sophia. »Er muss sie doch für jemanden gekauft haben. Ich meine, für irgendeine Frau. Ein Junggeselle gibt doch nicht eine Million Dollar aus, um ein Perlencollier für sich selbst zu kaufen! Er muss 1991 eine Freundin oder eine Geliebte gehabt haben … Wie können wir da Genaueres herausfinden?«

»Er hat einen jüngeren Bruder«, sagte Hugo. »Das ist der

einzige Hinweis, den ich finden konnte. Sein Name ist Joshua Berman, und auch der ist ein wahnsinnig reicher Geschäftsmann. Er lebt in Manhattan, ihm gehört irgend so ein großes Multimedia-Verlagshaus, das Berge von Hochglanz-Modezeitschriften herausgibt, Fashion-Websites betreibt, Ratgeber für Einrichtungsfragen verlegt, solche Sachen halt.«

»Hast du versucht, ihn anzurufen?«

Hugo nickte. »Kein Durchkommen. Seine Sekretärin ist ein echter Rottweiler. Sie wird mir nie und nimmer die Gelegenheit geben, den Oberboss nach seinem toten Bruder zu befragen. Mir ist es allerdings gelungen, seine E-Mail-Adresse zu recherchieren, also habe ich ihm ein paar Zeilen geschrieben und hoffe nun, dass er sie liest, bevor der Rottweiler sie entdeckt. Ob er sich dann aber meldet, ist eine andere Frage.«

Upper East Side, New York, 2012

»Ich habe heute eine merkwürdige Anfrage bekommen, Darling«, sagte Josh Berman, goss sich einen Scotch on the Rocks ein und schlenderte ins Schlafzimmer, wo seine Freundin sich zum Abendessen umzog.

»Ach wirklich?«, antwortete sie und rollte einen hauchdünnen schwarzen Nylonstrumpf über ein perfekt geformtes und gebräuntes Bein.

»Irgendein Engländer möchte wissen, was aus Jacks Perlen geworden ist nach seinem Tod«, sagte Josh. »Stell dir mal vor! Jetzt. Nach all den Jahren!«

Seine blonde Freundin schreckte zusammen und erhob sich abrupt. Bis auf einen winzigen schwarzen Slip und den einen Nylonstrumpf war sie nackt.

»Warum interessiert er sich denn für die Perlen?«, fragte sie nervös. »Du hast ihm doch nichts erzählt, oder?«

»Nein!«, blaffte Josh entrüstet. »Natürlich nicht. Ich habe nicht vor, ihm zu antworten, und meine Sekretärin angewiesen, ihn abzuwimmeln, sollte er sich noch einmal melden. Diese Perlen sind allein meine Sache – und deine! Aber du hast jetzt wichtigere Dinge, um die du dich kümmern musst, als so eine dämliche Kette.«

Josh Berman legte die Hände um ihre nackte Taille und strich sanft über die weiche Haut ihres Bauchs. Sie betrachteten ihr Spiegelbild und blickten hingerissen auf die rasch wachsende Wölbung. Gemeinsam hatten sie neues Leben geschaffen, und da spielte es keine Rolle, ob sie das Leben Dritter dafür zerstört haben mochten.

»Langsam sieht man es«, erklärte die Blondine stolz.

»Und es steht dir wunderbar, Prinzessin«, erklärte Josh, kniete nieder und küsste sie zärtlich auf den rundlichen Bauch.

»Lange werden wir es nicht mehr geheim halten können«, sagte sie und drückte seinen Kopf sanft zu ihrem Slip hinab.

Er sah unter seinen schwarzen Haaren zu ihr hinauf und blickte tief in ihre strahlend blauen Augen.

»Bald ist es so weit«, sagte er. »Bald wird jeder die Wahrheit wissen. Dass du ganz allein mir gehörst.«

Die junge Frau lächelte zufrieden ihr Spiegelbild in dem bodentiefen Spiegel an. Verzückt betrachtete sie ihren schwangeren Bauch, während ihr Liebhaber den Slip hinunterzog und sie liebevoll zu küssen begann. Viel besser konnte das Leben gar nicht mehr werden. So lange hatte sie auf dieses Ziel hingearbeitet, und jetzt würde sich Calgary Wood von nichts und niemandem mehr davon abbringen lassen.

36. Kapitel

Hampstead, London, 2012

»Dieser Berman hat offenbar keine Lust, sich mit uns in Verbindung zu setzen, wie?«, fragte Hugo, der mit hängenden Schultern vor seinem Laptop saß. »Die Story war da drüben doch inzwischen auch in allen Zeitungen. Sie haben auf CNN und in *Entertainment Today* darüber berichtet. Ich habe Hunderte von E-Mails und Tweets von Tilly-Fans bekommen, in denen sie uns Glück wünschen und Bilder von deiner Großmutter schicken, auf denen sie noch selbst das Collier trägt. Aber ich habe keine einzige neue Information bekommen. Wir werden diese Perlen wohl nie finden. Zumindest nicht rechtzeitig … Jedenfalls nicht ohne Bermans Hilfe.«

»Granny geht es nicht gut«, erwiderte Sophia traurig. »Sie isst kaum noch etwas und weigert sich, künstlich ernährt zu werden. Ich habe sie nicht einmal dazu bringen können, eine Violet-Cream von Fortnum's zu probieren, und das waren immer ihre Lieblingspralinen! Uns bleiben noch zwei Wochen bis Weihnachten, Hugo. Ich wollte ihr das Collier spätestens an Weihnachten geben können, aber wenn sie weiter so abbaut, weiß ich nicht einmal, ob sie Weihnachten noch erlebt … O Gott, Hugo, was mache ich nur ohne sie?«

Hugo ging zu ihr und nahm sie in die Arme. Inzwischen kam er sich nicht mehr wie der nervende kleine Bruder vor, eher wie der vernünftige ältere. Er klang jetzt auch nicht mehr wie das Bonusmaterial irgendeiner Reality-Show, sondern Tag für Tag reifer und erwachsener. Den Großteil seiner Zeit arbeitete er gemeinsam mit Sophia an der Wiederbeschaffung der Perlen, ansonsten zog er sich nach Wanstead in sein Liebesnest mit Damon zurück. Sophia freute sich sehr für ihn. Irgendwie hatte Granny sowohl Sophia als auch Hugo dabei geholfen, zu sich selbst zu finden. Es war nur schade, dass ausgerechnet ihr Lebensende einen Neustart von Hugos und Sophias Leben bewirkt hatte.

»Also gut. Noch ein letzter Blick in die E-Mails vor dem Schlafengehen?«, fragte Hugo mit neuem Schwung. »Geschlagen geben werden wir uns nicht. Nehmen wir uns ein Vorbild an Grannys unbeugsamem Willen während der Kriegsjahre und halten wir die Räder am Laufen.«

Sophia musste trotz allem lachen. Es war fast Mitternacht, und sie waren beide ausgelaugt, aber Granny hatte es verdient, dass sie sich noch etwas mehr anstrengten. Besonders jetzt, da nur noch so wenig Zeit blieb. Die beiden Freunde arbeiteten schweigend weiter, bis Sophia die Augen zufielen und ihr Kopf vor dem Bildschirm nach vorn kippte.

»Ich muss ins Bett.« Sie erhob sich schwankend und dehnte die schmerzenden Arme. »Ich bin fix und fertig.«

»Warte mal!«, rief Hugo aufgeregt. »Ich habe hier eine E-Mail von einer Frau aus Australien. Sie sammelt alte Zeitschriften und meint, sie hätte ein Bild des Colliers in einer Ausgabe der *Vogue* von 1992 entdeckt. Angeblich trägt dieses ehemalige Supermodel Valerie die Kette bei irgendeiner Promihochzeit. Wahrscheinlich wieder nur eine Sackgasse, aber lass uns doch für alle Fälle mal einen Blick auf die Fotos im Anhang werfen, ja?«

Sophia sah über Hugos Schulter, um sich die Bilder anzusehen, die aus Australien geschickt worden waren. Die eingescannten Zeitschriftenseiten hatten keine sonderlich gute Qualität, und die Fotos darauf waren ziemlich klein, aber …

»Sieht tatsächlich aus wie Grannys Collier«, murmelte Sophia und kniff die müden Augen zusammen, um besser sehen zu können.

Hugo vergrößerte die Ausschnitte und zoomte auf die Perlenkette.

»Bingo. Schau dir das hier an. Man kann den Verschluss erkennen. Es *ist* das Collier. Ganz bestimmt.«

»Verdammt, Hugo, ich glaube, du hast recht.«, sagte Sophia, die plötzlich wieder munter wurde. »Und sie ist Engländerin, richtig? Diese Valerie? Ich bin mir ziemlich sicher, sie wohnt sogar in London. Ist sie nicht mittlerweile eine von diesen yogaaffinen, ultragesund lebenden Weltverbesserern?«

Hugo googelte ›Valerie‹ und ›Supermodel‹.

»Heilige Scheiße!«, schrie er auf. »Sie wohnt in Notting Hill. Und sie ist immer noch bei derselben Modelagentur unter Vertrag. Wir können sie morgen früh direkt anrufen. Und sie ist tatsächlich eine mitfühlende Seele, die Gute. Sie wird uns bestimmt helfen wollen. Also gut, schlafen wir 'ne Runde, und morgen werden wir das Geheimnis lösen. Das spüre ich einfach!«

37. Kapitel

Hampstead, London, 2012

»Mir ist heute Nacht ein schrecklicher Gedanke gekommen«, sagte Sophia und kletterte auf Hugos Bett.

»Was zum …? Sophia, mir ist ja klar, dass die Sache eilig ist und du weitermachen willst, aber es ist noch nicht einmal Morgen.«

»Ich weiß, aber ich kann nicht schlafen. Im Ernst, Hugo. Unser Plan hat einen riesigen Haken, an den wir überhaupt noch nicht gedacht haben«, sagte sie und legte den Kopf an seine Schulter. Sie konnte ihr Herz wummern hören.

»Selbst wenn diese Valerie die Kette hat, gehört sie ja noch lange nicht uns«, sagte Sophia betont ruhig. »Das versuche ich dir die ganze Zeit zu erklären, Hugo. In all den Zeitungsartikeln haben Experten sich dazu geäußert, wie viel das Collier wohl heute wert ist. Manche sagen ein paar Millionen Pfund, einer meinte sogar fünfzehn Millionen. Das mag ja alles reine Spekulation sein, aber das Verrückte daran ist, dass wir inzwischen Opfer unseres eigenen Erfolgs geworden sind. Je mehr Aufmerksamkeit wir in der Presse kriegen, desto wertvoller wird das Collier. Die Sache hat ihre eigene Dynamik bekommen. Granny ist sicherlich nicht arm, und für fünfhunderttausend oder sogar eine Million würde sie die Perlen auch bestimmt zurückkaufen. Aber wir haben hier für einen Riesenhype gesorgt. Es ist wie bei den Perlen von Elizabeth Taylor, von denen du erzählt hast. Die Tatsache, dass Richard Burton sie ihr geschenkt hat und jeder die Story der beiden kennt, hat den Wert der Kette gesteigert, und plötzlich erzielte sie einen weit höheren Preis, als die gleiche Kette von irgendeiner Unbekannten erzielt hätte. Die Menschen zahlen dafür, von der großen Vergangenheit, dem Glamour und der Romantik ein kleines Stück abzubekommen. Ich bin heute mitten in der Nacht aufgewacht, und da ist mir bewusst geworden, dass wir es uns gar nicht mehr leisten können, Grannys Collier zurückzukaufen, selbst wenn wir es wiederfinden.«

Hugo zog die Stirn in Falten. »Daran hatte ich nicht gedacht. Aber sind die Menschen wirklich so habgierig? Bei der ganzen Sache geht es doch darum, deiner Großmutter ihre Perlen zurückzugeben, bevor sie stirbt. Würde jemand tatsächlich aus reiner Geldgier einer alten Dame ihren letzten Wunsch verwehren? Zumindest würden sie ihr das Collier doch leihen, oder?«

»Vielleicht schon«, grübelte Sophia. »Vielleicht aber auch nicht. Die moralischen Aspekte mal außen vorgelassen, kann der Besitzer der Kette rein rechtlich damit natürlich tun und lassen, was er will. Sie gehört ihm, nicht uns. Ich begreife gar nicht, warum mir das nicht schon früher eingefallen ist. Ich war so fixiert darauf, die Perlen zu finden, dass ich die Realität aus den Augen verloren habe. Ich glaube nicht, dass wir diese Perlen jemals zurückbekommen werden. Wir werden scheitern.«

Sophia schluckte schwer. Plötzlich fühlte sie sich müde und leer.

»Die Menschen sind habgierig und egoistisch, Hugo«, sagte sie leise. »Wir selbst sind habgierig und egoistisch gewesen, weißt du noch? Womöglich geschieht es mir recht, so zu scheitern.«

»Wenn es uns jetzt gelingt, dass Collier zu finden, werden wir es ganz gewiss nicht mehr so einfach hergeben«, sagte Hugo und strich ihr ermutigend über den Kopf. »Also, reiß dich zusammen, und dann machen wir uns wieder an die Arbeit. Für deine Granny.«

Sophia hörte seine Worte, aber sie drangen nicht zu ihr durch.

»Ich bin ihre Enkelin, und selbst ich habe zu Beginn nur das Geld gesehen. Warum sollte ein Außenstehender helfen wollen? Vielleicht hat sich der Besitzer ja genau deshalb nicht gemeldet, trotz all der Berichterstattung in der Öffentlichkeit. Wer möchte sich schon von etwas trennen, das so wertvoll ist? Nach Grannys Tod wird der Preis sogar noch steigen. Keiner wird sich melden, Hugo. Da bin ich mir sicher. Es ist alles reine Zeitverschwendung, und ich habe Granny völlig ohne Grund Hoffnungen gemacht.«

»Schlaf noch ein bisschen, und wenn du aufwachst, mache ich dir meine berühmten Eier mit Speck, und alles wird wieder ein weniger besser aussehen. Um Punkt neun rufen wir bei der Modelagentur an. Überleg mal, diese Valerie ist doch ständig für wohltätige Zwecke unterwegs, und am Hungertuch nagt sie auch nicht. Wenn sie das Collier hat, wird sie es bestimmt für einen Preis verkaufen, den deine Großmutter sich leisten kann. Oder wir können ihr die Summe in Raten abstottern oder so.«

»Und wenn sie das Collier gar nicht hat?«, fragte Sophia verunsichert.

»Dann funktioniert es halt irgendwie anders«, versicherte Hugo ihr. »Nur nicht die Hoffnung aufgeben, Sophe. Nicht jetzt.«

Sophia ließ ihren Kopf schwer auf Hugos Brust sinken. Ihre Augenlider schlossen sich von selbst. Im Einschlafen versuchte sie noch, nach dem letzten Zipfel Hoffnung zu greifen, aber ihre Fingerspitzen berührten ihn nur und rutschten ab, bevor sie sich festklammern konnten. Hugo hatte recht, aber sie würden ein Wunder benötigen. Und wie sollte Sophia jetzt noch an Wunder glauben?

Upper East Side, New York, 2012

Aiko fand keinen Schlaf. Seit sie wieder zu Hause in ihrem eigenen Bett war, hatten sich ihre Schlafstörungen nur noch verschlimmert. Immerhin hatte sie das Glück, für derartige Beschwerden genau in der richtigen Stadt zu leben. Auch um ein Uhr morgens war es in New York City kein Problem, ein Coffee House zu finden, das Nachtschwärmer, Schichtarbeiter und chronische Nichtschläfer gleichermaßen mit Caffè Latte versorgte. Aiko setzte sich an die Theke, wo sie auf dem chromglänzenden Barhocker nicht ganz elegant das Gleichgewicht zu halten versuchte, trank ihren viel zu heißen Kaffee und starrte stumpfsinnig auf den Fernsehbildschirm über dem Kopf des Baristas.

Sie interessierte sich nicht im Geringsten für die Berichte über Rapper und Models, aber ein Bild von Tilly Beaumont weckte ihre Aufmerksamkeit. An ihrem allerersten gemeinsamen Abend in San Francisco war Bo mit Aiko in einen Film mit Tilly Beaumont gegangen. Aiko verdrängte die Erinnerung daran und sah wieder auf den großen Bildschirm, der jetzt eine Serie verschiedener Fotos von der Schauspielerin zeigte, auf der sie stets dasselbe Perlencollier trug. Mit jedem Foto, das erschien, zitterte Aikos Hand heftiger. Der Kaffee schwappte über den Tassenrand, und die Geister in ihrem Kopf begannen zu schreien und gegen ihre Kerkermauern zu hämmern. Als eine letzte Nahaufnahme sich ganz auf die große zentrale Perle in dem Collier konzentrierte, glitt Aiko die Tasse aus der Hand und zerbrach klirrend auf dem Boden.

»Sorry, tut mir leid«, murmelte sie hektisch, warf dem Barista einen Zwanzigdollarschein auf die Theke und rannte zur Tür hinaus.

»Hey, Lady, Ihr Wechselgeld!«, rief der Barista ihr hinterher, aber Aiko ignorierte ihn.

Alles, was sie jetzt noch hören konnte, waren die Geister, die sich an die Oberfläche gekämpft hatten, nach Luft schnappten und schrien, um Beachtung zu finden. Nun endlich begriff Aiko auch, warum die Geister zurückgekehrt waren.

38. Kapitel

Notting Hill, London, 2012

»Wenn ich die Perlen heute noch hätte, würde ich augenblicklich ins Krankenhaus fahren und sie Ihrer Großmutter zurückgeben«, erklärte die elegante, gut vierzigjährige Frau, die sich auf dem weißen Sofa räkelte.

Alles in Valeries Haus war weiß. Die Wände, die Böden, die Möbel, ihre seidene Palazzo-Hose, ihr Baumwolltop, ihre Kaschmirstola, die Siamkatze, die auf ihrem Schoß schnurrte, ja selbst der minimalistische Weihnachtsbaum in der Ecke war weiß, ebenso wie seine geschmackvolle Dekoration.

»Ich kann gar nicht fassen, wie mir das Ganze entgehen konnte«, fuhr sie fort und rollte dabei dramatisch ihre großen katzenartigen grünen Augen. »Noch dazu, wo ich doch so hilfreich für Sie hätte sein können. Schließlich fällt mir eine zentrale – eine überaus zentrale! – Rolle in der ganzen Geschichte zu. Hat meine Agentin Ihnen eigentlich erzählt, warum ich nichts davon wusste? Ich war in Thailand. Ich kümmere mich dort um ein Hilfsprojekt für Elefanten. Und das ist nur eines von Hunderten Projekten, die ich weltweit unterstütze. Ich fürchte, ich habe eine Weile überhaupt nicht mitbekommen, was so los ist in der Welt. Ich meine, ich schalte dann mein Handy ab, lasse meinen Laptop zu Hause und tauche ganz in die jeweilige Kultur ein. Das sollten Sie auch mal probieren. Wissen Sie was, ich werde Ihnen das Material zu all meinen

Projekten mal zuschicken, und wenn Sie sich irgendwo engagieren möchten, dann melden Sie sich einfach. Nichts reinigt die eigene Aura besser als ein wenig Wohltätigkeitsarbeit in Asien oder Afrika.«

Sophia nickte höflich. Valerie sprach langsam und leise und vermittelte dabei den Eindruck vollkommener Selbstlosigkeit, dennoch gab sie ihrem Gegenüber nicht den Hauch einer Chance, zu Wort zu kommen oder das von ihr vorgegebene Thema zu wechseln.

»Ich bin ja eine große Bewunderin Ihrer Großmutter«, fuhr sie fort und warf ihr langes glänzendes Haar über die Schulter nach hinten. »Zu Beginn meiner Modelkarriere habe ich all die klassischen englischen Schauspielerinnen studiert – Ihre Großmutter, Julie Christie, Audrey Hepburn, Elizabeth Taylor –, und ich habe mich bemüht, ihnen bei meinen Aufnahmen nachzueifern. Diese souveräne Haltung! Diese Eleganz! Wenn ich doch nur gewusst hätte, dass mein Collier einst Tilly Beaumont gehört hatte, ich glaube nicht, dass ich mich jemals davon getrennt hätte. Aber ich habe so viele kostbare Dinge besessen, als ich noch jung und hübsch war …«

Sie hielt inne, präsentierte Sophia ihr zweifelsohne wunderschönes Gesicht zur besseren Bewunderung kurz im Profil und sah ihren Gast dann erwartungsvoll an.

»Aber Sie sind doch noch immer bezaubernd schön, Valerie«, erklärte Sophia folgsam.

»Ach, zu liebenswürdig von Ihnen«, erwiderte sie in gespielter Überraschung. »Nun ja, die Zeit ist eine grausame Gebieterin. Ist Ihre Großmutter sehr krank?«

Sophia atmete tief durch und nickte.

»Es sieht nicht gut aus«, antwortete sie aufrichtig. »Der behandelnde Arzt befürchtet, dass sie es nicht einmal mehr bis Weihnachten schafft.«

Sophia kämpfte verzweifelt gegen die Tränen. Sie trank einen Schluck von dem Kamille-Lakritz-Tee, den Valerie ihr in einer weißen Porzellantasse serviert hatte. Er schmeckte widerlich.

»Ich weiß, wie furchtbar hart es ist, wenn ein geliebter Mensch stirbt, aber es ist Ihnen doch gewiss klar, dass dies längst nicht das Ende bedeutet«, sagte Valerie. »Ich kenne da eine wundervolle Dame in South Kensington, die eine erstaunliche Gabe besitzt, was Verstorbene betrifft. Ich werde Ihnen ihre Nummer geben. Aber vermutlich wollten Sie etwas über das Collier erfahren, richtig? Natürlich verbirgt sich dahinter eine Liebesgeschichte … Wäre eine andere Art von Geschichte es überhaupt wert, erzählt zu werden?«

Hampstead, London, 2012

»Sie klingt zum Piepen!«, schrie Hugo lachend, als Sophia Valerie imitierte. »Findest du nicht, Damon?«

»Sie klingt wie eine absolute Nervensäge«, sagte Damon.

»Und wie lautet die Story?«, fragte Hugo gespannt. »Von Valerie und den Perlen?«

»Sie war in den 90ern die Geliebte von Jack Berman«, erklärte Sophia. »Er gab sie ihr 1991, nur ein paar Wochen, nachdem er sie gekauft hatte, also dürften sie wohl von Anfang an als Geschenk für sie gedacht gewesen sein.«

»Weihe uns in alle schmutzigen Details der Beziehung zwischen dem Model und dem Playboy ein …«, bat Hugo inständig.

Damon nickte zustimmend.

»Also gut, Jungs. Dann macht es euch mal bequem …«

Das Waldorf-Astoria, New York, 1991

»Es war einmal ein sehr schönes, aber leicht durchgeknalltes Mädchen, dem es gelang, in London als Model unter Vertrag genommen zu werden. Ihr Name war Valerie Bull – aber ihre Agentur entschied klugerweise, dass sie einfach unter dem Namen Valerie bekannt werden sollte. Und das wurde sie dann auch. Sie hatte schwarzes Haar und grüne Augen, und sie war groß, dünn und schön wie ein Vollblut-Fohlen.

Im September 1991 – damals war sie neunzehn – nahm sie an ihrer ersten New York Fashion Week teil und wurde der neue Liebling der Modewelt. Auf einer Party im Waldorf-Astoria warf dann einer von Manhattans begehrtesten Junggesellen ein Auge auf sie. Sein Name war Jack Berman: charmant, gutaussehend und Abermillionen Dollar schwer. Wenige Wochen später schenkte er ihr zu Weihnachten ein edles Perlencollier.

Durch die 90er stolperten sie mehr oder weniger als Paar. Sie erschienen gemeinsam auf Prominentenhochzeiten, Oscarverleihungen, in Cannes, beim Grand Prix in Monaco und beim Glastonbury Festival, aber außer im Zimmer ihres Fünf-Sterne-Hotels hatten sie nie Zeit für sich allein. Valerie pendelte permanent zwischen New York, London, Paris und Mailand. Schon bald trank sie morgens zum Frühstück ihr Crystal Light allein, spritzte sich mittags mit anderen Models zum Lunch Heroin und zog sich zum Abendessen mit alternden Rockstars Koks durch die Nase. Sie lernte schnell. Nur zwischen die Zehen spritzen, dann sieht man die Einstichstellen nicht, du bleibst dünn und als Model im Geschäft. Jahrelang bildeten Rucola und Beluga-Kaviar die einzigen kalorienhaltigen Energiespender dieser traurigen Liebesbeziehung.

Valerie liebte ihren forschen Amerikaner noch immer, aber der bevorzugte einen cleanen Lebensstil, weshalb sie ihre schlechten Angewohnheiten vor ihm verheimlichen musste. Und als er sie schließlich dabei erwischte, wie sie sich im Badezimmer seiner Penthousewohnung in der Upper East Side einen Schuss setzte, warf er sie nicht hinaus, sondern bezahlte ihr die Behandlung in einer schicken Entzugsklinik in Arizona, während er selbst dem *New Yorker* in einem offenherzigen Interview das Zusammenleben mit einem Partner schilderte, der an einer suchtaffinen Persönlichkeitsstörung litt (wobei es ihm gelang, dabei gleich mehrmals seine neuesten geschäftlichen Unternehmungen zu erwähnen).

In Arizona konnte Valerie abstrakte Aquarellbilder malen, im großen Freiluftpool baden oder gemeinsam mit den anderen Prominenten, die sie dort kennenlernte, an Gruppentherapiesitzungen teilnehmen. Bei ihrem Abschied aus der Klinik drei Monate später war Valerie clean und hatte, wie sie allen Hochglanzmagazinen in ihren Exklusivinterviews (selbstverständlich mit garantiertem Coverbild) versicherte, ein leidenschaftliches Interesse für Yoga, Homöopathie und transzendentale Meditation entwickelt.

Die neue, noch strahlendere und bezauberndere Valerie war vollkommen verzückt, als Jack an Weihnachten 1997 endlich um ihre Hand anhielt, und begann sofort mit den Planungen für die teuerste Hochzeit, die die Welt je gesehen hatte. Ihr Kleid ließ sie sich heimlich von ihrem guten Freund Karl Lagerfeld entwerfen. In der *Hello!* erschien eine zwölfseitige Homestory des Paars. Sie buchte das noch gar nicht eröffnete

Boutique-Hotel Babington House für den kommenden Sommer und machte sich an die Aufgabe, eine Sitzordnung für fünfhundert ihrer besten Freunde zu erstellen.

Aber wie es schien, war der attraktive Milliardär von den neuen Seiten seiner Valerie gar nicht so begeistert. Er mochte keinen grünen Tee und stand eher auf hitzigen als auf tantrischen Sex. Nur drei Wochen vor dem großen Tag erwischte Valerie ihn mit einem blutjungen ukrainischen Model im Bett. Sie war am Boden zerstört (wie sie Oprah in ihrer Sendung tränenreich gestand), verfiel aber nicht wieder in ihre alten Laster. Nein, sie schwor den Männern vielmehr für alle Zeit ab und widmete ihr Leben von nun an ganz dem Vollbringen guter Taten.

Das Perlencollier packte sie ein und schickte es ihrem ehemaligen Verlobten zurück. Zum Zeitpunkt seines Todes im World Trade Center liebte Jack Valerie im Grunde seines Herzens noch immer (glaubt sie), und hätte die Perlen, die ihn an ihre gemeinsame Beziehung erinnerten, sicherlich behalten und gewiss nicht einem der superjungen Models geschenkt, die nach ihr kamen (glaubt sie). Wirklich wissen tut sie das aber nicht, da sie nach ihrer Trennung 1998 kein Wort mehr miteinander wechselten.

Heute ist Valerie alleinstehend und opfert ihr ganzes Leben dem Tierschutz, weiß allerdings noch nicht genau, was sie mit ihrem nächsten Leben anfangen wird. Ende der Geschichte.«

Die beiden Jungs bogen sich vor Lachen.

»War sie wirklich so schlimm?«, wollte Hugo wissen.

»Und ob!«, antwortete Sophia.

»Wie sieht's denn nun mit dem Collier aus? Konnte Valerie da überhaupt weiterhelfen?«

Sophia zuckte mit den Achseln. »Keine Ahnung. Sie quatscht

so viel Unsinn, da fällt es schwer herauszufiltern, was stimmt und was nicht. Aber sie denkt, dass Jack Berman nach ihrer Trennung keine längere Beziehung mehr hatte.«

»Da hat sie recht«, sagte Hugo. »Also dürfte er das Collier entweder verkauft haben, oder er hat es als Vermögensanlage behalten.«

»Und in diesem Fall müsste es sein Bruder Joshua geerbt haben«, fügte Sophia hinzu.

»Der leider ein unhöflicher Mistkerl ist und weder auf meine Anrufe noch auf meine E-Mails reagiert!«, beendete Hugo verärgert den Satz.

Die Zeit lief ihnen davon, und die Anspannung wuchs. Viel von dem, was mit der Kette geschehen war, hatten sie aufklären können, aber brachte sie das irgendwie weiter? Sophia hatte schreckliche Angst, das alles könnte zu wenig gewesen sein und zu spät.

39. Kapitel

Lower East Side, Manhattan, 2012

Dominic legte auf dem Heimweg von einem weiteren erfolglosen Gespräch bei seinem TV-Sender einen Zwischenstopp bei seinem Lieblingsdiner ein. Keiner schien seine Ecuador-Geschichte haben zu wollen. Was war bloß los mit den Leuten? Vor gerade einmal drei Monaten hatte er New York verlassen, und jetzt machte es plötzlich den Eindruck, als hätte sich das gesamte Business komplett geändert. Noch hatte er keine Lust, das Projekt komplett einzustampfen, aber womöglich würde ihm nichts anderes übrig bleiben. Vielleicht sollte er sich besser eine neue Story suchen. Er würde sich ein paar Tage Auszeit nehmen und nach dem Jahreswechsel neu durchstarten. Bis dahin könnte er sich beispielsweise darum kümmern, eine neue Wohnung zu finden oder zumindest ein paar Möbel für die, in der er noch lebte. Vielleicht würden ja ein Sofa und ein Plasmafernseher seine Laune aufbessern.

Er bestellte etwas zu essen und ein Bier und nahm sich einen Stapel Zeitungen und Zeitschriften zum Durchblättern. Seit seiner Rückkehr vor sechs Wochen war er so sehr damit beschäftigt gewesen, seine Dokumentation fertigzustellen und sie jemandem – irgendjemandem – zu verkaufen, dass er kaum Zeit gefunden hatte, sich zu informieren, was sonst noch so in der Welt passierte. Tja, aber nun würde ihm ja offenbar reichlich Zeit dazu bleiben. In den vergangenen fünf Monaten war es ihm gelungen, seine Ehe und seinen Job in den Sand zu setzen. Eine echte Meisterleistung, Dom!

Während er seinen Hackbraten Gabel für Gabel verschlang, blätterte er geistesabwesend in den aufwendig gestalteten Magazinbeilagen der Zeitungen und versuchte dabei die Weihnachtsmusik zu ignorieren, die im Hintergrund lief. Bei dem Foto eines besonders hübschen Mädchens hielt er kurz inne. Erst gestern noch hatte Dave ihn wegen seines mangelnden Interesses am anderen Geschlecht aufgezogen. Sein bester Freund hatte ihn überreden wollen, es doch mal mit Internet-Dating zu probieren, aber Dom hatte keine Lust, sich am Computer durch Frauenkarteien zu klicken. Und genauso wenig Lust hatte er, die Tochter der Friseurin seiner Mutter oder die Schwester ihres Pilateslehrers kennenzulernen.

Herrgott, einen Dollar für jeden Versuch seiner Mutter, ihn zu verkuppeln, und er hätte es nicht mehr nötig, Dokumentarfilme zu drehen. Er müsste nie wieder arbeiten gehen. Nein, Dominic McGuire hatte die Nase voll von Frauen. Das kam davon, wenn man eine Ehe und eine Scheidung mit einer Frau wie Calgary erlebt hatte. Ihm blieben seine Freunde, sein Hund und zumindest bis vor Kurzem noch sein Beruf. Dennoch floss natürlich noch Blut in seinen Adern, und es war nichts Schlimmes daran, sich das Bild eines hübschen Mädchens in einem Magazin anzusehen.

Er überflog die Bildunterschrift. ›Sophia Beaumont Brown, 30, die Enkelin der britischen Schauspielerin Tilly Beaumont, sucht nach dem verschwundenen Perlencollier der Familie, dessen Wert auf etwa acht Millionen Dollar geschätzt wird.‹

»Das glaub' ich dir gerne, Süße«, brummte er vor sich hin. »Wenn meine Großmutter etwas so Wertvolles verloren hätte, würde ich auch danach suchen.«

Die junge Frau auf dem Foto hatte verblüffende Ähnlichkeit mit ihrer Großmutter. Als Kind hatte er mit seiner Mom eine Menge alter Filme gesehen, und für alles Britische hegte Dom schon immer eine kleine Schwäche. Solche Filme wurden ja heute gar nicht mehr gedreht. Und solchen Frauen begegnete man heute auch nicht mehr. Zumindest nicht in Manhattan. In London sah die Sache offenbar anders aus, dachte er, während er das Bild von Sophia Beaumont Brown betrachtete. Sie besaß die gleiche klassische Schönheit wie ihre Großmutter – hohe Wangenknochen, Schlafzimmerblick, Kurven an all den richtigen Stellen und endlos lange Beine –, aber sie war dunkler. Sie sah ein wenig gefährlich aus.

Dom las den Artikel durch, während er seinen Teller leerte und sein kaltes Bier trank. Sein Blick wanderte zu den Detailaufnahmen. Er erstarrte. Tilly Beaumont trug Calgarys Perlen! Er hätte dieses Collier überall erkannt. Calgary trug diese Perlen zu jeder besonderen Gelegenheit. Auch zu ihrer Hochzeit. Dutzende Male hatte Dominic diesen Verschluss an ihrem Hals zugemacht. Sie hatte sich immer darüber amüsiert, dass die Initialen LMB bestimmt für Lady Macbeth stünden! Auf seine Frage, woher sie das Collier habe, hatte sie erklärt, es bei einem Shooting bekommen zu haben, und dass es zwar hübsch aussehe, in Wahrheit aber nur gut gemachter Modeschmuck sei. So eine Lügnerin!

Mit dem Magazin in der Hand lief Dom zu seiner Wohnung zurück. Er rief Guido im Vorbeilaufen nur ein rasches Hallo zu und stürmte zwei Stufen auf einmal nehmend die Treppe hinauf. Oben wurde er wie immer freudig von Blondie begrüßt.

Er beugte sich hinab und wuschelte ihr liebevoll durch das lange Fell. Sie wedelte so heftig mit dem Schwanz, dass sie einen der Buchtürme, die noch immer auf dem Boden standen, umwarf.

»Komm, Mädchen«, sagte er zu Blondie und nahm die Leine. »Wir gehen ein wenig spazieren.«

Dominic und Blondie bahnten sich einen Weg durch die Weihnachtseinkäufer auf der Allen Street und bogen dann links Richtung Manhattan Bridge ab. Von der Bowery bis nach Brooklyn Heights waren es keine zwei Meilen. Dom hatte nie verstanden, warum nicht mehr Leute in New York zu Fuß gingen. Für Besuche im Fitnessstudio fand er inzwischen nur noch selten Zeit, aber er ging fast alle Strecken zu Fuß, und so blieb er ziemlich gut in Form. Als er mit Blondie die Cranberry Street erreichte, war es bereits dunkel. Die Häuser erstrahlten unter der Weihnachtsbeleuchtung. Zum ersten Mal fühlte Dominic, wie ihm die festliche Stimmung in diesem Jahr ein wenig zu Herzen ging. Die Hündin wusste bereits, wo sie hin wollten, und zerrte ihren Besitzer die letzten fünfzig Meter hinter sich her, bevor sie die Stufen zu Daves Brownstone-Häuschen hochsprang.

»Dein zweites Zuhause, was, Blondie?«, sagte Dom außer Atem und klingelte. »Manchmal glaube ich fast, du würdest lieber bei Dave, Ellen und den Kids wohnen als bei mir.«

Sie wedelte freudig mit dem Schwanz.

»Ihr Frauen kennt keine Loyalität«, hänselte er amüsiert.

»Onkel Dom! Onkel Dom!«, schrie Evie, Dave und Ellens Älteste, als sie die Tür öffnete, und warf sich in Doms Arme. »Mom! Dad! Es ist Onkel Dom, und er hat Blondie dabei!« Evie war als Elfe verkleidet.

Alle drei Kinder hatten Daves rotbraunen Lockenschopf, seinen durchgeknallten Sinn für Humor und die unerschöpfliche Energie ihrer Mutter geerbt. Niemand in diesem Haus war jemals still. Evie küsste Dom auf die Wange und schlang dann ihre Arme um Blondie. Zwei Sekunden später stürzten sich Sonny und Carly, die beiden jüngeren Geschwister, auf Dom, und als dann auch noch Dave und Ellen auftauchten, verwandelte sich die Diele endgültig in ein Tollhaus aus Umarmungen, Küssen, High Fives, Schreien, Kreischen und dem aufgeregten Bellen eines überglücklichen Hundes. Es dauerte ein paar Minuten, bis einer den anderen wieder verstehen konnte. Schließlich brachte Ellen die Kinder zusammen mit Blondie hoch ins Kinderzimmer, und der Lärmpegel sank ein wenig.

Dom grinste. Er liebte diese Familie von ganzem Herzen. Das war einer der Punkte gewesen, die mit Calgary immer so schwierig gewesen waren. Sie mochte Dave und Ellen nicht besonders. Sie nannte Dave »plump, ungehobelt und frech« und verzweifelte an Ellen, die »eigentlich durchaus attraktiv« sei, »wenn sie bloß nicht immer einen so mitgenommenen, ungepflegten und schlampig gekleideten Eindruck machen würde«. Vor allem jedoch missbilligte sie, dass die beiden so leben konnten, umgeben von Kinderspielzeug, die Wände mit Fingerabdrücken verschmiert, während im Hintergrund permanent irgendwelche Cartoons aus dem Fernseher plärrten. Sie erklärte, sie bekäme in diesem Haus Kopfschmerzen, und weigerte sich, Dave und Ellen zu besuchen. Doch das Heim seiner Freunde entsprach genau dem, wonach Dominic sich so sehr sehnte. Es war warmherzig, einladend und voller Liebe. Was machte es da, wenn die Katze den Sofabezug zerkratzt hatte? Was machte es, wenn der Klopapierhalter im Badezimmer ständig leer war? Was machte es, wenn an der Küchenwand Müslispritzer klebten?

»Und, was verschafft uns die Ehre deines Überraschungsbesuchs, mein Freund?«, fragte Dave und reichte Dom ein Bier aus dem Kühlschrank. »Du hast Glück, dass wir zu Hause sind. Wir hätten ja auch in der Oper sein können, oder bei einer schicken Dinnerparty uptown oder im Theater …«

»Ich schätze, dafür kennt Dom uns ein wenig zu gut, Schatz«, warf Ellen lachend ein.

»Seht euch das mal an.« Dom zog die Zeitschrift aus seinem Rucksack.

Er wischte ein paar Brotkrümel fort und legte den Artikel über Tilly Beaumont auf den Küchentisch.

»Ach du Scheiße!«, rief Ellen aus, die nur selten fluchte. »Unglaublich!«

»Ich weiß«, stimmte Dom ihr zu.

»Was denn?«, fragte Dave und kratzte sich am Kopf. »Ich komm grad nicht mit. Schön, das ist eine ganz schön heiße Braut, da gebe ich dir recht. Aber heiße Bräute findest du in jedem Magazin. Was ist so Besonderes an der Perlenkette von irgendeiner alten Frau?«

»Die gehört Calgary«, antworteten Ellen und Dominic synchron.

»Verstehe ich nicht«, sagte Dave kopfschüttelnd.

»Ich auch nicht«, bemerkte Ellen nachdenklich. »Sie arbeitet schließlich in der Modebranche. Da muss sie die Geschichte doch irgendwo gelesen haben. Warum meldet sich Calgary also nicht?«

»Genau diese Frage habe ich mir auch gestellt«, erklärte Dom.

»Also, jetzt mal langsam«, sagte Dave. »Calgary gehört ein extrem wertvolles Perlencollier, von dem jetzt bekannt wird, dass es in den Achtzigern im Besitz irgendeines Hollywoodstars war. Und nun sucht deren Familie nach der Kette, und Calgary macht auf stummen Fisch, richtig?«

»Ich ruf sie einfach an.« Dom griff nach seinem Handy.

»Nein«, sagte Ellen ruhig. »Lass mich das machen, Dom. Ihr beide habt doch seit der Trennung nicht mehr miteinander gesprochen, oder?«

Er schüttelte den Kopf.

»Womöglich lässt sie dich einfach abblitzen«, sagte Ellen. »Ich werde ihr eine Mail schicken. Bei mir wird sie nicht so unhöflich sein, überhaupt nicht zu antworten.«

»Okay, vielleicht hast du recht«, gab Dom zu. »Ich werde mich in der Zwischenzeit mit dieser Sophia in Verbindung setzen und ihr die gute Nachricht überbringen.«

Dave nahm das Magazin in die Hand und nickte vielsagend.

»Gute Idee«, sagte er. »Und wenn du schon dabei bist, frag sie doch gleich mal, ob sie Single ist.«

40. Kapitel

Hampstead, London, 2012

Es waren keine zwei Wochen mehr bis Weihnachten. Grannys Zustand verschlechterte sich rapide. Hugo und Sophia standen noch immer früh morgens auf und eilten zu ihren Computern, um zu sehen, welche neuen Meldungen eingegangen waren, aber sie taten es mit immer weniger Zuversicht. Je länger die Suche dauerte, desto unwahrscheinlicher wurde es, dass ihre Träume sich jemals verwirklichen würden. Aber Sophia konnte jetzt unmöglich aufgeben, und so setzten die beiden sich für einen weiteren Tag vor ihre Laptops.

»Hugo, das ist es!«, sagte Sophia mit einer Stimme, die so sehr zitterte, dass sie sie selbst nicht wiedererkannte. »Ich weiß, wo Grannys Perlen sind. In New York!«

»Bist du sicher?«, fragte Hugo

»Absolut. Sie gehören einer Frau namens Calgary Woods.«

»Woher weißt du das?«, wollte er wissen und sprang so schnell vom Stuhl, das der umkippte.

»Weil ich gerade eine Mail von ihrem Ex-Mann bekommen habe. Er hat Fotos angehängt, die zeigen, wie sie das Collier am Tag ihrer Hochzeit trägt. Er schreibt, er hat einen Artikel über Granny gelesen und sofort gewusst, dass es sich um die Perlen seiner Ex-Frau handeln muss. Er würde sie überall erkennen. Ich sehe keinen Grund, warum er diese E-Mail schicken sollte, wenn er sich nicht wirklich sicher wäre.«

Sophia sah von ihrem Bildschirm auf und rief: »Hugo, ich glaube, wir haben es tatsächlich geschafft!«

Sie sprang auf und warf sich in die Arme ihres besten Freundes. Endlich war der Moment gekommen. Zum ersten Mal in ihrem Leben war Sophia etwas Bedeutendes gelungen.

»Und was nun?«, fragte Hugo.

»Ich muss nach New York«, sagte Sophia aufgeregt. »Aber wie zum Teufel soll ich das anstellen? Wir sind beide pleite.«

Upper East Side, Manhattan, 2012

»Dominic ist mir auf der Spur, Josh«, sagte Calgary. »Ich habe gerade eine E-Mail von einer seiner Bekannten bekommen. Ellen? Ich habe dir von ihnen erzählt, Ellen und Dave. Sie wohnen in Brooklyn …«

Sie sprach das Wort ›Brooklyn‹ mit einem angeekelten Unterton aus, da sie wusste, wie viel Josh sich darauf einbildete, im *richtigen* Viertel zu wohnen, aber insgeheim hatte Calgary Ellen und Dave immer um ihr Leben beneidet. Natürlich hatte sie wenig mit ihnen gemein, doch in Wahrheit hatte Calgary ihre Gesellschaft nur so strikt gemieden, weil es ihr unerträglich gewesen war, ständig ihre aufrichtige Liebe füreinander vor Augen zu haben. Die beiden besaßen das, was sie und Dom sich immer bloß vorgespielt hatten. Calgary ließ die Hand auf ihren rundlichen Bauch sinken. Es war das, was sie nun mit Josh hatte. Oder etwa nicht? Josh drehte ihr den Rücken zu und legte gerade seine Manschettenknöpfe an. So konnte er den Ausdruck des Zweifels nicht bemerken, der plötzlich über ihr Gesicht huschte.

»Ja, ja, und die dämliche Valerie musste natürlich auch alles ausplaudern«, sagte er verärgert. »Und prompt hat dieser Hugo aus England mir noch mehr Nachrichten geschickt und sich nach den Perlen erkundigt. Herrgott, diese scheiß Perlen gehören dir, Calgary! Es ist schließlich nicht so, dass wir sie gestohlen hätten. Mein Bruder hat sie mir hinterlassen. Und ich habe sie dir gegeben. Was ist daran verboten? Warum sollten wir uns jetzt unter Druck setzen lassen, sie zurückzugeben, nur weil irgendeine alte Schachtel gerade den Löffel abgibt? Ist doch nicht unsere Schuld, dass sie ihr irgendwann abhandengekommen sind.«

Calgary seufzte und strich über ihren anwachsenden Bauch. Er liebte sie doch, oder? Er hatte ihr das Collier geschenkt. Er hatte Wort gehalten, und jetzt würde alles perfekt werden. Richtig?

»Ellen zufolge hat Dominic sich bereits mit der Enkelin in England in Verbindung gesetzt«, sagte sie. »Es kann also nicht mehr lange dauern, bis sie bei uns auftauchen. Oder bis Dom bei uns auftaucht. Aber so kann ich Dominic doch nicht gegenübertreten. Wie soll ich ihm das hier denn erklären?«

Ihre Schwangerschaft würde Dominic den Rest geben. Calgary hätte ihn nie heiraten sollen, das begriff sie inzwischen auch, und sie war erleichtert, dass nun endlich Schluss war mit all den Lügen, aber es war nie ihre Absicht gewesen, Dom zu verletzen. Er war kein schlechter Kerl. Und sie wusste, dass er sie geliebt hatte. Wie würde er jetzt auf die Nachricht reagieren, dass sie bereits mit dem Kind eines anderen schwanger war?

»Irgendwann wird er es erfahren müssen, Honey«, sagte Josh, legte seine Arme um ihre Schultern und küsste ihren Nacken. »Es ist kein Verbrechen, ein Baby zu bekommen. Wir haben uns schon viel zu lange versteckt. Dann kommt der Scheiß halt jetzt raus, was soll's?«

»Ich will aber meine Perlen nicht hergeben«, sagte sie mit der Stimme eines kleines Mädchens, das gewohnt war, seinen Willen durchzusetzen. »Du weißt, wie viel sie mir bedeuten, Darling. Ich wette, sie bedeuten mir sogar mehr, als sie Tilly Beaumont bedeuten.«

»Ich werde nicht zulassen, dass dir jemand das Collier wegnimmt, Prinzessin«, sagte Josh und küsste sie zärtlich auf den Kopf. »Versprochen.«

Sie liebte es, wenn er sie so nannte, aber was sie wirklich wollte, war, endlich die Königin an seiner Seite zu werden.

»Was machen wir, wenn sie herkommen?«, fragte sie ihn und wickelte sich nervös eine Haarsträhne um den Finger.

»Wir sagen ihnen, sie können die verfluchten Perlen haben, aber zu einem so astronomischen Preis, dass sie gar nicht daran zu denken brauchen, jemals die nötige Kohle dafür zusammenkratzen zu können.«

Natürlich würde Josh niemals zulassen, dass ihr jemand das Collier wegnahm. Er liebte sie doch.

»Ach ja, hast du das hier schon gelesen?«, fragte er und griff nach der *New York Times*. »Aiko Watanabe wurde gestern bewusstlos im Central Park gefunden. Noch weiß man nicht, ob sie überfallen wurde oder was passiert ist, aber du musst auf jeden Fall gut aufpassen da draußen, Prinzessin. Vor allem in deinem jetzigen Zustand. Ich möchte, dass du von nun an zu Hause bist, bevor es dunkel wird. Ich bin Mrs. Watanabe ein paar Mal begegnet, und sie ist eine respekteinflößende alte Dame. Wenn ihr so etwas hier in der Gegend zustoßen kann, dann kann es jeden treffen.«

»Aiko Watanabe?«, fragte Calgary. »Ihr gehört Pearl, richtig?«

»Genau«, bestätigte Josh. »Kein Wunder, dass sie eine der reichsten Frauen im Land ist. Und es scheint ihr auch schon wieder besser zu gehen. Trotzdem, wenn so etwas direkt vor der eigenen Haustür passiert, muss man dem Beachtung schenken.«

Hampstead, London, 2012

Sophia hatte gehofft, auf einem langen Spaziergang durch Hampstead Heath eine Lösung zu finden, aber so sehr sie sich auch anstrengte, sie hatte keine Ahnung, wie sie innerhalb der nächsten vierundzwanzig Stunden über zweitausend Pfund zusammenbringen sollte. Last-Minute-Flüge nach New York waren so kurz vor Weihnachten verflucht teuer. Grannys Arzt hatte keinen Zweifel daran gelassen, dass es jeden Moment zu Ende gehen konnte. Wenn sie nicht innerhalb der nächsten Tage nach New York kam und die Perlen fand, würde es zu spät sein. Ihre Großmutter konnte sie unmöglich um Geld bitten, sie war viel zu schwach, um sich mit solchen Dingen zu beschäftigen. Ihre Eltern konnte sie natürlich auch nicht bitten. Hugo hatte versucht, mit seinen zu sprechen, aber die waren gerade auf dem Weg nach Barbados, wo sie die Weihnachtstage verbringen wollten, und er hatte sie nicht erreicht. Sophia hatte ihre gesamten Habseligkeiten durchforscht, um etwas zu finden, das sich kurzfristig zu Geld machen ließe, aber da war nichts, was sich wirklich eignen würde. In Grannys Haus gab es eine Menge Antiquitäten und Wertgegenstände, aber davon würde Sophia ganz sicher nichts verkaufen. Sie hatte kein Anrecht auf Dinge, die nicht rechtmäßig ihr gehörten, das war eine Sache, die sie in den vergangenen zwei Monaten gelernt hatte. Welche Richtung auch immer Sophia einschlug, überall schien sie gegen eine Wand zu rennen.

Sie kehrte in die Villa zurück, warf die Stiefel in die Ecke und trottete niedergeschlagen ins Wohnzimmer. Dort saßen Hugo und Damon nebeneinander und begrüßten sie beide mit dem gleichen breiten Grinsen.

»Was ist?«, fragte Sophia ein wenig nervös. »Warum macht ihr beide so einen selbstzufriedenen Eindruck?«

Mit einem Nicken wies Hugo auf den Couchtisch vor ihnen. Er saß auf seinen Händen, als müsste er sich selbst zwingen, still zu sitzen. Auf dem Tisch lagen Sophias Pass und einige Seiten ausgedrucktes Papier.

»Was ist das?« Sie griff nach den Seiten.

»Deine Flugdaten und dein Boarding Pass«, platzte Hugo heraus, der seine Aufregung nicht länger verbergen konnte. »Du fliegst heute Abend.«

»Verstehe ich nicht«, brachte sie nur zustande. »Wie? Wer hat das denn bezahlt?«

»Damon!«, schrie Hugo mit schriller Stimme, zog seine Hände hervor und schlang die Arme um die Taille seines Freundes. »Ist er nicht einfach der Beste?«

»Damon?« Sophia wandte ihren Blick dem zweiten jungen Mann auf dem Sofa ihrer Großmutter zu. »Damon, das ist doch viel zu viel.«

Damon lächelte verlegen und zuckte mit den Schultern. »Ich verdiene gerade ziemlich gut«, erklärte er. »Und dann muss ich ja auch nicht für Frau und Kinder aufkommen. Ich habe also etwas Geld, Sophia. Keine Millionen, aber es reicht. Als Hugo mir sagte, du müsstest ganz schnell nach New York, war mir klar, dass ich in diesem Fall helfen kann. Und ich helfe gerne.«

»Vielen Dank, Damon«, sagte Sophia, die um ihre Fassung rang. »Ich werde es dir zurückzahlen, sobald ich kann. Das verspreche ich.«

41. Kapitel

Bowery, Manhattan, 2012

»Hi«, sagte der große, etwas abgewetzt wirkende Typ in dem Diner. »Ich bin Dominic McGuire. Und Sie müssen Sophia sein.«

Sophia spürte, wie sie errötete. Er hatte haselnussbraune Augen mit süßen Lachfältchen, irrsinnig lange, dichte Wimpern und Oberarme, die Damon schmächtig wirken ließen, aber … Sophia rief sich selbst zur Ordnung. ›Reiß dich zusammen, Mädchen. Du bist hier, um Grannys Perlenkette zurückzubekommen, nicht um New Yorker Männer abzuchecken.‹

»Alles okay?«, erkundigte sich Dominic McGuire. »Sie wirken ein wenig abwesend.«

Sophia errötete nur noch stärker und versuchte, ihre Stimme wiederzufinden.

»Entschuldigen Sie«, brachte sie heraus. »Mir ist ein wenig schwindlig. Das muss am Jetlag liegen …«

Verdammte Scheiße, sie wurde schon wieder rot. Was war bloß los mit ihr?

»Das ist bestimmt die Erschöpfung«, sagte Dominic freundlich. »Bleiben Sie sitzen. Möchten Sie einen Kaffee und vielleicht auch etwas essen? Ich meine, haben Sie Hunger?«

Jetzt war es an Dominic zu erröten. Sophia spürte ein sonderbares Knistern, das zwischen ihnen in der Luft lag. So etwas hatte sie noch nie erlebt. Fühlte es sich so an, wenn zwischen zwei Menschen die Chemie stimmte? Oder war das bloß der Jetlag?

»Der Hackbraten hört sich gut an, finde ich«, erwiderte sie viel zu schnell und zu laut. »Keine Sorge. Ich habe einen mächtigen Appetit und bin eine fleischfressende Pflanze.«

»Das glaube ich gerne«, murmelte Dominic lächelnd.

Ihre Blicke trafen sich. Dachte er etwa das Gleiche, was sie jetzt dachte? Hatte die Bemerkung über den »mächtigen Appetit« auch bei ihm Bilder von heißhungrigen Küssen hervorgerufen, von Winterpullovern, die über Köpfe gestreift wurden, und …

»Sie sind sehr schön«, sagte er.

Einen Moment lang sahen sie einander an und schwiegen betreten. Schließlich löste Dominic den Bann. »Sie müssen mich für einen absoluten Volltrottel halten, Sophia. Entschuldigen Sie bitte. Daran ist bloß mein Freund Dave schuld. Seit ich ihm den Artikel über Sie gezeigt habe, liegt er mir ständig mit Ihnen in den Ohren, und jetzt sitzen Sie hier tatsächlich leibhaftig in New York. Also gut, da wir dieses peinliche Geständnis nun hinter uns haben, noch einmal von vorn: herzlich willkommen in New York, Sophia Beaumont Brown. Dürfte ich Sie zu einer Portion unseres berühmten Hackbratens einladen?«

Sophia lächelte, dann wuchs ihr Lächeln zu einem Lachen, das im Übrigen äußerst ansteckend zu sein schien, denn schon bald lachte Dominic ebenfalls, ohne dass einer der beiden hätte sagen können, was eigentlich so lustig war. Das Eis jedenfalls war damit endgültig gebrochen, und wenig später unterhielten sie sich angeregt über ihre dampfend heißen Teller hinweg.

»Calgary hatte das Collier also bereits, als Sie sie kennenlernten?«, fragte Sophia, um endlich zum Grund ihrer Reise zu kommen.

»Genau«, sagte Dominic. »Mir hat sie erzählt, es wäre nicht echt und sie hätte es bei irgendeinem Shooting oder so bekommen. Für mich bestand kein Grund, daran zu zweifeln.«

»Unseren Nachforschungen zufolge muss das Collier einem Mann namens Joshua Berman gehört haben«, erklärte Sophia. »Calgary muss es irgendwie von ihm bekommen haben. Macht das Sinn? Kennen Sie ihn?«

Dominic ließ die Gabel auf halbem Weg zum Mund sinken und starrte Sophia an.

»Josh Berman?«, sagte er. »Warum zum Teufel sollte Josh Berman Calgary ein Collier schenken, das Millionen von Dollar wert ist?«

»Sie kennen ihn also?«, fragte Sophia aufgeregt. Fügten sich jetzt endlich die letzten Puzzlestückchen zusammen?

»Josh Berman ist Calgarys Chef«, sagte Dominic. »Ihm gehört das ganze Unternehmen. Sie ist Creative Director für seine Modezeitschriften, aber … Es ergibt keinen Sinn. Calgary hat dieses Perlencollier schon seit Jahren. Sie hatte es schon, als wir uns kennenlernten. Damals war sie noch ganz unten auf der Karriereleiter. Warum sollte ein Chef seiner einfachen Redaktionsassistentin ein solch wertvolles Geschenk machen?«

Sophia zuckte zusammen. Die Frage hing wie eine dunkle Wolke in der Luft. Dann konnte sie auf Dominics Gesicht sehen, wie ihm allmählich die Wahrheit bewusst wurde. Sie spürte den Schmerz, der ihn erfasste. Schließlich sprach er aus, was ihnen beiden durch den Kopf ging.

»Sie hatte ein Verhältnis mit ihrem Chef, stimmt's?« Er schüttelte fassungslos den Kopf. »Das erklärt auch, warum sie so schnell aufgestiegen ist. Eben noch musste sie Kleider weghängen oder fettarme Soja-Latte für die Moderedakteurinnen holen, und im nächsten Moment schon leitete sie den ganzen Scheißladen. Aber zu dieser Zeit war sie mit mir zusammen ...«

»Wahrscheinlich war die Affäre da schon vorbei«, sagte Sophia, die sich furchtbar fühlte, weil sie diese Bombe hatte platzen lassen. »Vielleicht war es auch nur eine gute Freundschaft? So eine Art Mentorenverhältnis?«

Dominic lachte, aber diesmal lag keine Freude in seinem Lachen.

»Nein, ich glaube, die Affäre ist überhaupt nie beendet worden«, sagte er. »Ich glaube, ich bin der größte Idiot, den die Welt je gesehen hat. Josh Berman ist verheiratet. Sorry. *War* verheiratet. Er ließ sich diesen Sommer scheiden – genau zu dem Zeitpunkt, als Calgary mich verlassen hat. Seltsamer Zufall, wie? Wir haben ein paar gemeinsame Wochenenden in Bermans Haus auf Long Island verbracht. Seine arme Frau und ich haben Calgary und Josh dann immer in Ruhe gelassen. Wir dachten, sie hätten Geschäftliches zu besprechen. Nein, wenn Calgary und Josh ein Verhältnis hatten, dann lief es die ganze Zeit. Sie war doch ständig beruflich mit ihm unterwegs. Er nahm sie mit zu allen Fashion Weeks in London, Paris und Mailand.«

Dominic verfiel in Schweigen und trank einen Schluck Bier. Er wirkte nachdenklich, aber nicht mehr so zornig wie zuvor.

»Wenn sie jetzt bei ihm ist«, sagte er schließlich, »und darauf würde ich meinen Kopf verwetten, dann weiß ich genau, wo das Collier ihrer Großmutter sich gerade befindet, Sophia. Ich weiß nämlich, wo Berman wohnt. Wir können hingehen, Sturm klingeln und verlangen, dass sie herausrücken, was ihnen nicht gehört.«

»So einfach ist es leider nicht«, sagte Sophia. »Formal betrachtet und rein juristisch ist das Collier Eigentum von Joshua Berman. Sein Bruder dürfte es ihm vor Jahren vererbt haben. Wenn ich es zurückhaben will, müsste er also bereit sein, es zu verkaufen, und ich müsste das nötige Geld auftreiben können. Und das ist der große Haken an der Sache, denn, offen gesagt, habe ich gar kein Geld.«

Sophia errötete erneut, aber diesmal aus Scham. Vermutlich hatte Dominic sie für steinreich gehalten, immerhin war sie die Urenkelin eines Lords und die Enkelin einer Hollywoodberühmtheit, und nun hatte sie zugeben müssen, keinen Penny zu besitzen. Sie suchte in seinem Gesicht nach einer Reaktion, doch er wirkte weder geschockt noch schien er sie deshalb zu verurteilen. Er sah nur nachdenklich aus.

»Wie viel wird das Collier denn kosten?«, fragte er.

Sophia zuckte mit den Achseln. »Nach all der Publicity? Und jetzt, da er weiß, dass es meiner Großmutter gehört hat? Ihm ist ja klar, wie verzweifelt ich danach suche. Damit dürfte es kosten, was immer Joshua Berman dafür verlangt.«

»Er ist ein habgieriger Kerl«, warnte Dominic. »Und skrupellos. Ihn wird es nicht sonderlich kümmern, was Ihre Großmutter in dieser Sache für eine Rolle spielt. Berman ist allein daran interessiert, noch reicher zu werden. Ihm macht es Spaß, kleinere Firmen zu schlucken, der Konkurrenz die besten Mitarbeiter abzuwerben und Dinge zu kaufen, die sich sonst niemand leisten kann. Ach ja, und offensichtlich gefällt es ihm auch, anderen Männern die Frauen auszuspannen!«

»Das wissen Sie doch gar nicht mit Sicherheit«, sagte Sophia besänftigend.

»Und ob ich das weiß! Und es macht mich wütend, weil ich jetzt sehe, wie Calgary und Josh mich jahrelang verarscht haben. Aber kommen Sie jetzt bitte nicht auf den Gedanken, dass ich noch etwas für sie empfinden würde …«

»Sollen wir mit Calgary und Berman nicht lieber bis morgen warten?«, fragte sie ihn. »Mir steckt der lange Flug noch in den Knochen.«

Dominic nickte lächelnd.

»Möchten Sie vielleicht noch ein wenig herumlaufen oder so? Ich könnte Ihnen ein paar Sehenswürdigkeiten zeigen.«

»Ich sollte jetzt wirklich lieber in mein Hotel zurückkehren …«, sagte Sophia, die sehr wohl wusste, dass sie es nicht bis in ihr Hotel in Midtown schaffen würde.

»Es liegt ganz bei Ihnen, Sophia. Ich kann Ihnen ein Taxi besorgen, aber …« Er strich ihr eine lose Haarsträhne von der Wange. Es war das erste Mal, dass sie einander berührten, und es prickelte auf Sophias Haut zurück. »Ich würde mich auch freuen, wenn Sie noch auf einen Sprung zu mir hochkommen würden. Nur um noch ein wenig zu plaudern.«

»Okay«, brachte sie heraus. »Nur um zu plaudern.«

Es war eine lächerliche Farce. Kaum waren sie draußen in der Kälte, da griff Dominic bereits nach Sophias Hand. Ihr Herz begann zu rasen, und sie bekam weiche Knie, als sie spürte, wie die Wärme seiner Hand in ihre eisigen Finger drang. Sie hatte schon früher nahezu fremde Männer berührt, im dunklen, trunkenen Dunst der Clubs, aber so hatte es sich noch nie angefühlt. Heute war ihr die Erinnerung daran unangenehm, aber sie hatte es Männern, deren Namen sie nicht einmal kannte, erlaubt, sie zu streicheln und zu küssen. Das Anrüchige solcher Begegnungen, die kalte, emotionslose und animalische Art, mit der sie sich einem Mann hingeben konnte, den sie nicht einmal kannte, geschweige denn mochte oder liebte, hatten sie damals gleichermaßen erregt wie abgestoßen. Aber das war eine andere Zeit gewesen und eine andere Sophia.

Unter einer Straßenlaterne an der Ecke blieb Dom stehen, schloss seine kräftigen Hände um ihr Gesicht und küsste sie. Je länger seine Lippen die ihren berührten, desto mehr schwanden Sophia die Sinne. Noch nie hatte sie ein so mächtiges körperliches Verlangen nach einem anderen Menschen empfunden. Es war nicht rein sexuell, wie es bei Nathan immer der Fall gewesen war. Es ging weit darüber hinaus. Dom öffnete seinen Mantel und umfing Sophia damit, sodass sie das Glühen seiner Haut durch den Pullover spüren konnte. Am liebsten wäre sie ganz in ihm versunken. Als sie schließlich nach Luft schnappten, war Sophia so schwindlig, dass sie fast umgefallen wäre. Dom ergriff ihre Hand und lachte schallend.

»Wow«, sagte er. »So einen ersten Kuss habe ich noch nie erlebt!«

»Ich auch nicht«, gab Sophia errötend zu und bemühte sich, wieder sicher auf ihren zwei Beinen zu stehen.

Das restliche Stück zu seiner Wohnung brachten sie im Laufschritt hinter sich, bevor sie an einem Mann hinter der Rezeption vorbeieilten, der Dominic freundlich zuzwinkerte. Im Fahrstuhl küssten sie sich erneut, und erst als die Türen sich öffneten und sie sich noch immer in der Eingangshalle befanden, aus der sie der Pförtner grinsend ansah, bemerkte Dom, dass er vergessen hatte, den Knopf zu seinem Stockwerk zu drücken.

Und dann hielt er wieder ihr Gesicht in den Händen und küsste sie langsam und zärtlich. Verführerisch neckte sie seine Zunge, ihre Beine gaben nach und … *Kling!*

»Sollen wir aussteigen oder einfach die ganze Nacht im Fahrstuhl hoch- und runterfahren?«, fragte Dom und löste sich zögernd.

Er suchte verwirrt nach dem richtigen Schlüssel und schloss auf.

»Es ist, äh, ein wenig, wie soll ich sagen, spärlich eingerichtet«, gestand er. »Calgary hat mehr oder weniger alles mitgenommen.«

Aber bevor Sophia noch eine Bemerkung über die leere Wohnung machen konnte, traf sie ein mächtiger Kugelblitz aus hellblondem Fell, der sich mit Höchstgeschwindigkeit auf sie gestürzt hatte.

»Blondie!«, rief Dom. »Blondie! Aus!«

Doch es war zu spät. Sophia lag bereits platt auf dem Rücken.

»Das tut mir schrecklich leid, Sophia«, rief Dom und versuchte verzweifelt, Blondie an ihrem Halsband zurückzuziehen.

Als es Dom endlich gelang, die von Hundefell verdeckte Sophia aus Blondies stürmischer Begrüßung zu befreien, setzte die sich nur auf und konnte nicht aufhören zu lachen.

»Ich glaube, so herzlich bin ich noch nie empfangen worden«, sagte sie schließlich noch immer lachend und fuhr sich durch die zerzausten Haare.

»Au weia«, sagte Dominic und half Sophia auf die Beine. »Aber sie mag dich, das zumindest wäre somit zweifelsfrei geklärt. Komm, ich hole dir etwas zu trinken, und dann kannst du dich erst mal von dem Überfall erholen.«

Die nächsten Stunden verbrachten sie aneinandergeschmiegt auf Dominics Matratzenlager, schauten Fernsehen auf seinem Laptop und tranken Jack Daniels mit Cola aus kaputten Kaffeebechern, da Calgary natürlich auch alle Gläser mitgenommen hatte. Zwischendurch stellten sie immer wieder ihre Becher aus der Hand und küssten sich wie Teenager. Als Dominic schließlich zum ersten Mal seine Hand unter ihr T-Shirt schob und ihre Haut berührte, musste Sophia unwillkürlich nach Luft schnappen.

»Ist das okay?«, fragte Dominic unsicher.

»Das ist mehr als okay«, versicherte sie ihm. »Das ist himmlisch. Bitte hör nicht auf.«

Sanft und vorsichtig strich er über ihre Haut und berührte ihren Körper, als wäre er etwas höchst Kostbares und Seltenes. Später, als der erste Heißhunger gesättigt war, lag Sophia in Dominics Armen und saugte genüsslich den feinen Moschusduft seiner Haut ein.

Irgendwann sprang Blondie auf die Matratze.

»Nein«, sagte Sophia, als Dom sie hinunterjagen wollte. »Schon in Ordnung. Mir macht es nichts aus, wenn sie im Bett schläft.«

Dominic betrachtete sie lächelnd, drückte sie noch fester an sich. »Ich glaube, Sophia Beaumont Brown, ich habe gerade die Frau meiner Träume gefunden.«

Als Sophia morgens aufwachte, war sie allein. Sonnenschein drang durch die Stoffjalousien und tauchte das Schlafzimmer in weißes Licht. Es war sonderbar still in der Wohnung. Nirgends ein Zeichen von Dominic und Blondie. Sophia spürte eine vertraute Panik in sich aufsteigen. Sie war müde, erschöpft vom Jetlag, verwirrt und Tausende Meilen weit weg von Zuhause. Sie hatte eben mit einem Mann geschlafen, den sie kaum kannte, und jetzt hockte sie hier wieder allein, in einem fremden Bett, in einer fremden Stadt.

Sie suchte ihre Sachen zusammen, die überall auf dem Boden verstreut lagen, und schlängelte sich in ihre Jeans und ihren Pulli. Mittlerweile war ihr klar geworden, wie dämlich, naiv, verantwortungslos und nuttig sie sich benommen hatte! Steig nie gleich am ersten Abend mit einem Mann in die Kiste!

Sie kannte die Regel. Sie war dreißig Jahre alt. Würde sie es denn nie begreifen?

Sie öffnete die Wohnungstür, um zu verschwinden.

»Wo willst du denn hin?«, fragte Dominic verwundert.

Er stand mit zwei Bechern frischem Kaffee und einer Tüte Bagels vor der Tür. Neben ihm wedelte Blondie begeistert mit dem Schwanz.

»Aber egal, wo du hin willst, ich werde dich nämlich nicht gehen lassen. Und jetzt zurück ins Bett, damit ich dir Frühstück bringen kann … Blondie. Blondie! Wehe du frisst die Bagels, du gieriger Köter!«

42. Kapitel

Mount Sinai Hospital, New York, 2012

Aiko zählte nicht zu den Menschen, die sich einfach so etwas verbieten ließen.

»Mrs. Watanabe, bei allem Respekt, aber es wäre völlig verfrüht, sich jetzt bereits selbst aus dem Krankenhaus zu entlassen«, wiederholte der Arzt erschöpft und bereits zum fünften Mal. »Sie haben eine Unterkühlung davongetragen und eine schwere Gehirnerschütterung. Außerdem mussten sie erst vor zwei Wochen in Japan ins Krankenhaus eingeliefert werden. Es sind noch weitere Tests erforderlich, um auszuschließen, dass es für die Stürze und die Ohnmachtsanfälle, die sie erlitten haben, keine schwerwiegenderen Ursachen gibt. Man hat Sie bei minus fünf Grad im Central Park gefunden. Sie können sich glücklich schätzen, überhaupt noch am Leben zu sein.«

Aiko schätzte sich in der Tat glücklich, noch am Leben zu sein. Aber auf gar keinen Fall würde sie noch mehr Zeit in diesem Krankenhaus vergeuden. Sie war gestern Morgen hier in einem Einzelzimmer aufgewacht und hatte sich wie neugeboren gefühlt. Die Geister waren verschwunden. Sie hatten ihre Aufgabe erfüllt. Letztlich waren sie ihr überhaupt nicht feindlich gesinnt gewesen, sondern hatten nur versucht, ihr den Weg zurück zu ihren Vorfahren zu zeigen, zurück zum Meer, zurück zu ihrer Mutter und zurück zu dem, was eigentlich ihr gehörte.

»Vielen Dank, aber ich muss jetzt wirklich gehen«, erklärte sie dem jungen Arzt höflich, aber bestimmt. »Ich werde meinen Hausarzt aufsuchen und alle Tests machen lassen, die er für nötig halten sollte, aber jetzt habe ich wichtige Geschäfte zu erledigen. Sie können mir ruhig glauben, ich fühle mich so gut wie seit Jahren nicht mehr.«

Aiko hatte die letzten beiden Tage damit verbracht, möglichst viel über Sophia Beaumont Brown und deren Suche nach den Perlen ihrer Großmutter herauszufinden. Inzwischen wusste sie, dass die junge Frau sich in New York aufhielt und dort mit einem Mann namens Dominic McGuire verabredet war. Angeblich befand sich das Collier derzeit im Besitz von Mr. McGuires Ex-Frau, einer gewissen Calgary Woods. Aiko fühlte ihr Herz aufgeregt schlagen. Die gesamte Situation lag ihr jetzt kristallklar vor Augen, so als würde sie das Ganze aus großer Ferne betrachten. Sie wusste, was zu tun war, aber es blieb ihr nicht viel Zeit.

Virginia Waters, Surrey, 2012

Alice lag mit offenen Augen in ihrem Bett. Draußen im Garten rief eine Eule, und neben ihr schnarchte ihr Mann. Sie rutschte noch weiter von ihm weg und zog sich die Decke über den Kopf, um nichts mehr zu hören. Aber es nutzte nichts. Allein schon seine Nähe bedrückte sie, selbst wenn zwischen seinem Körper und ihrem nun eine große Lücke klaffte. Sie spürte seinen Atem in ihrem Nacken und die erstickende Hitze, die von seiner Haut ausging.

Mittlerweile hasste sie Philip. Die Ereignisse der vergangenen Wochen hatten ein Feuer in ihrem Herzen entfacht, das von Tag zu Tag heftiger loderte. Es zwang sie nachzudenken, sich zu erinnern, etwas zu empfinden. Es machte ihr bewusst, was für ein Feigling sie gewesen war. Sie hatte das Gefühl, aus einem Albtraum zu erwachen. Alice hatte mehr als ihr halbes Leben verschwendet, und sie würde nicht einen einzigen Tag mehr verschwenden.

Seit einer Weile schon hatte sie die Tabletten, die er ihr gab, nicht mehr geschluckt. Sie steckte sich die Kapseln wie ein braves Mädchen in den Mund und trank einen Schluck Wasser, doch dabei versteckte sie die Betablocker und Antidepressiva, die er ihr seit Jahren verabreichte, sicher unter der Zunge und spülte sie anschließend in der Toilette oder im Waschbecken fort. Es hatte Wochen gedauert, ihren Körper von den Wirkstoffen zu befreien. Eine Weile hatte sie sich müde und schlapp gefühlt, ihr war übel gewesen. Die Haut hatte so schrecklich gejuckt, dass sie sich die Arme blutig kratzte. Ihre künstlich gedämpften Emotionen waren mit einer solchen Macht zurückgekehrt, dass sie zu Anfang Schwierigkeiten hatte, ihre gewaltigen Stimmungsschwankungen unter Kontrolle zu halten. Ihr Temperament, das so lange untätig hatte schlummern müssen, erwachte mit drängender Leidenschaft. Gott, wie sie sich dafür verachtete, ihre Tochter so attackiert zu haben. Als wäre nicht Sophia diejenige gewesen, die am stärksten unter der ganzen Sache gelitten hatte. Tagelang hatte Alice sich mit Schuldgefühlen herumgeplagt. Aber ihr war auch klargeworden, dass sie um Sophias und um ihrer selbst willen aus diesem Haus verschwinden musste. Alice war ein Phönix, der sich aus der Asche erhob.

Sie drehte sich zu Philip um, betrachtete sein Gesicht und fragte sich, wer dieser Mensch wirklich war. Kannte sie ihn überhaupt? Er kannte sie nicht, so viel war sicher. Hätte er geahnt, welche Gedanken ihr durch den Kopf gegangen waren in all den Nächten, in denen er an ihrer Seite geschlafen hatte, es hätte ihn in den Wahnsinn getrieben. Er glaubte, sie gehörte ihm. Schließlich hat er sie jeden Tag ihrer Ehe herumkommandiert. Doch sie gehörte ihm nicht länger. Im Grunde hatte sie ihm nie gehört, erkannte sie jetzt. Sie hatte ihn weit mehr benutzt als er sie, aber nun brauchte sie ihn nicht länger. Es wurde Zeit, der Sache ein Ende zu bereiten. In Wahrheit hatte sie für den Mann, den sie geheiratet hatte, nie mehr empfunden als ein vages Gefühl der Dankbarkeit und ein dominierendes Gefühl der Verpflichtung. Sie stand in seiner Schuld, und er hatte sie das nie vergessen lassen. Er hatte noch den letzten Tropfen Leben aus ihr herausgequetscht, und sie hatte ihm mehr als vergolten, was immer sie ihm schuldig war. Alice fühlte sich nicht länger an ihn gebunden. Sie schuldete ihm nichts mehr.

Philip war Alice' Veränderung nicht entgangen, und es brachte ihn in Rage. Und es gab nichts, was Philip mehr hasste, als in Rage zu geraten. Im Grunde hasste er überhaupt jede Art von Gefühlswallung. Wenn er in diesen Zustand geriet, wurde das Zusammenleben mit ihm sogar noch unerträglicher, und Alice hatte einen Großteil ihrer Tage damit verbracht, ihm aus dem Weg zu gehen, indem sie ständig Ausreden ersann, in den Supermarkt zu fahren, in die Bibliothek, zum karitativen Frauenverein, Hauptsache irgendwohin, wo er garantiert nicht war. Aber Philip hatte es immer schon gehasst, wenn seine Frau ohne ihn irgendwo hinging, und brachte es auch fertig, ihre Autoschüssel zu verstecken, um sie davon abzuhalten. Vergangene Woche hatte sie ihre Mutter alleine im Krankenhaus besuchen wollen und drei Stunden das Haus auf den Kopf stellen müssen, bevor sie ihre Schlüssel gefunden hatte. Als Philip sie beim Hinausgehen erwischte, hatte sie ihn so gut wie möglich besänftigt – es machte keinen Sinn, ihn noch mehr zu reizen und damit ihre eigene Situation nur weiter zu erschweren –, und schließlich waren sie wie üblich gemeinsam ins Krankenhaus gefahren. Es ging jetzt nur noch darum zu entscheiden, wie sie es tun würde. Was getan werden musste, wusste sie.

Philip hatte ihr »schwieriges« Benehmen auf den todkranken Zustand ihrer Mutter zurückgeführt, und Alice hatte ihn nur zu gerne in diesem Glauben gelassen. Und natürlich ging ihr die schwindende Gesundheit ihrer Mutter tatsächlich keine Minute am Tag aus dem Sinn. Die Vorstellung von einer Welt ohne ihre Mutter machte ihr Angst. Tilly hatte stets so überlebensgroß gewirkt. Im Schatten eines Hollywoodsuperstars aufzuwachsen, war gewiss nicht immer leicht gewesen, und manchmal hatte Alice sich über den Ruhm, die Schönheit, das Charisma und das künstlerische Talent ihrer Mutter geärgert, weil es sie im Vergleich langweilig und unscheinbar wirken ließ, aber sie hatte ihre Mutter stets geliebt.

Eines war sicher: Wenn dieser grauenvolle Moment eintrat und Tilly Beaumont aus dem Leben schied, würde Alice in sich zusammenfallen. Es gab doch noch so viele Dinge, die gesagt werden mussten. So viele Dinge, die getan werden mussten. Und es blieb für alles nur noch so wenig Zeit.

Zu Anfang hatte Alice es ihrer Mutter sehr übel genommen, dass sie die Vergangenheit wieder hervorgekramt hatte. Sie hatte genau gewusst, was ihre Mutter da tat, wie sie Sophia anlockte, Andeutungen machte und sie zu dieser sinnlosen Jagd nach den verschwundenen Perlen animierte. Ja, ihre Mutter hatte dieses Collier geliebt, aber Alice war von Anfang an klar gewesen, dass Tilly es vor allem darauf abgesehen hatte, Sophia die Wahrheit erfahren zu lassen. Darin lag der Zweck dieser ganzen Geschichte. Aber war das fair? Die arme Sophia konnte nicht einmal ahnen, was da auf sie zukam. Bei dem Gedanken daran, was in den nächsten Tagen alles geschehen würde, wurde Alice schwindlig vor Aufregung. Ihre Mutter hatte den Samen gesät. Dieser Samen war gewachsen und hatte nun ein Eigenleben entwickelt. Niemand konnte ihn mehr aufhalten. Nicht Sophia. Nicht Alice. Und ganz sicher nicht Tilly.

Philip grunzte laut im Schlaf, drehte sich um und zog die Bettdecke mit sich. Morgen würde sie es ihm sagen. Nur ein paar Stunden noch. Alice wusste, wie wahre Liebe sich anfühlte. Sie erinnerte sich jedes Mal daran, wenn sie von Italien träumte. Der Gedanke beruhigte ihren rasenden Puls und ließ sie lächeln. Viel zu viele Jahre hatte sie schon verloren. Sie nahm ihr iPhone vom Nachttisch und rief ihre Fotos auf. Sie hatte das Bild im Internet gefunden. Da war er. Älter, mit tiefen Lachfalten um seine wunderschönen Augen, vielleicht auch ein wenig fülliger als damals. Die einst schwarzen Haare waren inzwischen grau meliert, aber er sah noch genauso gut aus wie früher. Alice hatte so viele Nächte damit verbracht, sein Bild anzustarren. Selbst wenn sie die Augen schloss, stand sein Gesicht noch klar und deutlich vor ihr. Nach monatelanger Suche im Internet hatte sie ihn vor sechs Wochen schließlich gefunden. Sie fragte sich, ob er wohl noch jemals an sie dachte. Erinnerte er sich überhaupt an sie? Wie würde sie damit umgehen, wenn er sich nicht einmal an sie erinnern konnte? Würde er nach so vielen Jahren ihr Versöhnungsangebot akzeptieren? Sie lächelte seinem Bild ein letztes Mal zu. Seine Augen besaßen noch immer diesen freundlichen Ausdruck. Morgen würde Alice den Mut aufbringen, ihren Brief abzuschicken. Sie schaltete das Handy aus, erbeutete die Bettdecke von Philip zurück und fand endlich Schlaf.

43. Kapitel

Upper East Side, New York, 2012

Zwei Tage benötigten Sophia und Dominic, um sich einen Schlachtplan zu überlegen.

»Wir machen es Sonntagmorgen«, hatte Dominic ihr erklärt. »Dann ist er bestimmt da. Wir versuchen es bei ihm zu Hause, nicht in seinem Büro. So ist das Überraschungsmoment größer. Bei ihm und bei meiner liebreizenden Ex-Frau …«

Sophia war nur kurz im Hotel gewesen, um ihren Koffer zu holen, ansonsten hatte sie sich seit ihrer Ankunft in New York kaum aus Dominics Armen gelöst. Pizza, Spaghetti, Bier, Wein und Schnaps hatten sie miteinander geteilt, dazu endlose Küsse ausgetauscht und sich ihre tiefsten, dunkelsten Geheimnisse verraten. Sie hatte ihm alles über ihre Vergangenheit als wildes Partygirl, über die Beziehung zu ihren Eltern und über Nathan erzählt. Einfach alles! Und nach jedem Geständnis hatte er sie nur noch fester in die Arme geschlossen. Noch nie war Sophia einem Mann begegnet, bei dem sie sich so geborgen gefühlt hatte, mit dem sie sich auf Anhieb so mühelos verstand.

Allerdings hatte sie auch nicht vergessen, weshalb sie nach New York gekommen war und wie sehr die Zeit drängte. Heute Morgen erst hatte Hugo ihr in einer SMS mitgeteilt, dass Granny kaum noch ansprechbar war. Er hatte ihr geraten, sofort nach Hause zurückzukehren. Aber sie waren den Perlen einfach zu verlockend nahe.

Und so standen sie nun an der Ecke Madison und East 57th Street vor dem Haus, in dem Josh Berman wohnte. Ihren Koffer hatte Sophia bereits mitgenommen. Nach dem Treffen würde sie direkt zum Flughafen aufbrechen müssen, um ihren Rückflug nach London noch zu bekommen. Es war sieben Uhr morgens, am Sonntag vor Weihnachten, und die »Stadt, die niemals schläft« wirkte ausgesprochen dösig. Außer ein oder zwei übereifrigen Joggern oder Hundebesitzern war das Viertel der Reichen und Schönen wie ausgestorben.

»Also gut«, sagte Dominic. »Nur um sicher zu sein, dass ich das richtig verstanden habe, bevor wie reingehen: Wir werden an ihre Vernunft appellieren und sie bitten, uns die Perlen für ein paar Wochen zu leihen, richtig?«

Sophia nickte.

»Um die Perlen zurückzukaufen, fehlt mir das Geld«, erklärte sie zum unzähligsten Male. »Mir fällt kein anderer Weg ein, als um etwas freundliches Entgegenkommen zu bitten.«

»Von Calgary und Joshua?« Dominic räumte dem Plan noch immer wenig Chancen ein. »Dazu werden wir schon ein Wunder brauchen. Aber wir haben Weihnachten, da kann schließlich alles passieren.«

Sophia hatte Dom alles ungeschönt geschildert, und er kannte ihre finanzielle Situation inzwischen ganz genau.

»Und ich dachte, ich hätte mir eine reiche Braut geangelt«, neckte er sie.

»Eine Million oder so könnte ich wahrscheinlich relativ schnell von Granny besorgen, sollte sich Calgary damit zufriedengeben«, antwortete Sophia ernst. »Zumindest hat Granny vor meiner Abreise mal so etwas erwähnt. Sie war nicht so richtig hellwach, aber sie hat eindeutig gesagt, dass ein Großteil ihres Geldes zwar in Immobilien und Aktien angelegt sei, doch wenn ich die Perlen für eine Million zurückkaufen könnte, dann wäre das okay. Ich meine, vorausgesetzt sie ist überhaupt noch …«

Dominic drückte ermutigend ihre Hand. »Eine Million Pfund sind trotzdem nur 1,6 Millionen Dollar, schöne Lady. Das würde unter Umständen genügen, ein einsichtiges menschliches Wesen, das ein Herz besitzt, zum Einlenken zu bewegen. Aber Calgary? Da habe ich so meine Zweifel. Na ja, wir werden unser Glück versuchen. Bereit?«

»Kann losgehen«, bestätigte Sophia und nickte.

Dominic klingelte in der Penthouse-Suite.

»Ja?«, dröhnte eine Männerstimme abweisend aus dem Lautsprecher.

»Hier ist Dominic McGuire. Ich denke, wir haben da etwas Geschäftliches zu besprechen.«

»Kommt rauf«, bellte die Stimme. »Wir haben euch schon erwartet.«

Dominic nickte mit einem schiefen Grinsen.

»War ja klar«, flüsterte er, als sie den Fahrstuhl des opulenten Altbaus betraten. »Leute wie Berman sind uns anderen immer einen Schritt voraus. Wer zum Teufel läuft schon an einem Sonntag um sieben Uhr morgens fertig angezogen herum und erwartet Besuch?«

Sophia atmete tief durch, als die Kabinentür sich auf der Penthouse-Ebene öffnete. Dom strich ihr beruhigend über den Rücken und klingelte an der Wohnungstür. Joshua Berman öffnete. Er war einer dieser groß gewachsenen dunkelhaarigen Vierzigjährigen mit distinguiert wirkenden Gesichtszügen, den man sich gut als Zuschauer bei einem Polomatch oder an den Pisten von Aspen vorstellen konnte. Sein sonnengebräuntes Gesicht verzog sich wie von selbst zu einem spöttischen Grinsen. Beiläufig reichte er ihnen die Hand. Sophia fand, dass Calgary Woods einen schlechten Tausch gemacht hatte. Der Mann war nicht annähernd so attraktiv wie Dominic – es sei denn, man bemaß die Attraktivität eines Mannes an der Größe seines Bankkontos.

Sophia fiel auf, dass Joshua kein Problem damit hatte, Dominic direkt in die Augen zu sehen. Er trat auf wie ein Mann, der es für sein gottgewolltes Anrecht hielt, sich einfach zu nehmen, was er wollte – was auch mit einschloss, die Perlenkette einer anderen Familie zu behalten oder einem anderen Mann die Frau auszuspannen –, und den dabei nicht die geringsten Gewissensbisse plagten. Seine braunen Slipper quietschten auf dem polierten Parkett, als er seine Gäste ins Wohnzimmer führte. Die Wohnung war geschmackvoll und teuer eingerichtet. Jedes Kissen, jedes Bild und jeder Teppich waren sorgfältig aufeinander abgestimmt. Es ähnelte mehr einem Boutique-Hotel als einem Zuhause.

Und da war sie, die Ex-Frau. Calgary Woods hatte sich auf dem Klavierhocker eines schwarzen Stutzflügels niedergelassen, der vor einem Panoramafenster mit weitem Blick über den Central Park stand. Sie war eine von diesen großen, gertenschlanken Naturblondinen, die anderen Frauen Albträume verursachten. Gekleidet war sie ganz in Schwarz, und um noch zusätzlich Salz in die Wunde zu streuen, trug sie einen Choker aus perfekten, seidig schimmernden Perlen um den Hals. Zum ersten Mal sah Sophia mit eigenen Augen das Collier, das ihr Erbstück hätte sein sollen. Sie vermochte kaum den Blick davon zu lösen. Es war wirklich eine atemberaubend schöne Kette.

Calgary machte sich nicht die Mühe aufzustehen, als sie den Raum betraten. Sophia warf einen Seitenblick auf Dominic, um zu sehen, wie er die erste Wiederbegegnung mit seiner Ex nach ihrer Trennung aufnahm. Aber Dominics Miene verriet nichts als eiserne Entschlossenheit, und als er kurz zu Calgary sah, zeigte er keinerlei Regung.

»Dominic«, sagte Calgary kühl.

»Calgary«, erwiderte Dominic ruhig.

»Und Sie müssen Sophia sein.« Calgary heuchelte Freundlichkeit. »Über Sie habe ich in letzter Zeit ja so einiges gelesen. Sie sehen Ihrer Großmutter wirklich sehr ähnlich. Ganz frappierend.«

Die eisige Blondine spielte mit den Fingern an ihren Perlen. Sie steckte ihr Revier ab.

»Hallo, Calgary«, sagte Sophia und trat dichter an Dominic heran. »Freut mich, Sie kennenzulernen.«

In einer herausfordernden Geste schlang Dominic den Arm um ihre Taille. Sophia verfolgte, wie Calgary sich das Ganze ansah, die Tatsachen verarbeitete und mit einem ironischen Lächeln langsam zu nicken begann.

»Wie ich sehe, hat Dominic Sie in New York bereits unter seine Fittiche genommen, Sophia«, sagte sie. »Wie reizend.«

Joshua trat hinter Calgary und legte seine Arme um ihre Schultern, sodass die beiden Paare sich jetzt direkt gegenüberstanden. Zwei gegen zwei – zumindest war es ein fairer Kampf.

»Sie wissen vermutlich, warum wir gekommen sind«, sagte Sophia mit unsicherer Stimme.

»Aber sicher doch.« Calgary warf lässig ihr seidenweiches Platinhaar zurück. »Sie wollen mich dazu überreden, mein Collier zu verkaufen.«

Sophia schluckte. Calgarys Collier? Streng genommen mochte das der Wahrheit entsprechen, aber es traf Sophia doch wie ein Messerstich, dass dieser durchgestylte Eisblock inzwischen mehr Anrecht auf die Perlen hatte als Tilly Beaumont.

»Meine Großmutter ist schwer krank«, startete Sophia ihren Versuch, Calgarys Herz anzusprechen. Sofern sie eins besaß …

»Das ist uns schon klar«, schoss Joshua sofort zurück. »Wir alle haben die Artikel gelesen. Aber jetzt ist der falsche Zeitpunkt, um auf die Tränendrüse zu drücken. Schließlich sind wir alle viel beschäftigte Leute. Also sparen wir uns den ganzen Schwachsinn und kommen wir direkt zur Sache. Wir haben das Collier von einem unabhängigen Experten schätzen lassen und wären, obwohl Calgary sehr daran hängt, unter den gegebenen Umständen bereit, uns davon zu trennen. Für einen Preis von …«

Sophias Anspannung wuchs. Jetzt wurde es ernst …

»… zwanzig Millionen Dollar. Schlagen Sie ein oder lassen Sie's bleiben. So lautet unser einziges und letztes Angebot. Es ist nicht verhandelbar.«

Sophia starrte ihn mit offenem Mund an. Zwanzig Millionen Dollar? Das war absurd!

»Versuch nicht, Sophia über den Tisch zu ziehen«, sagte Dominic entschlossen. »Wir wissen alle, dass die Perlen wertvoll sind, aber so viel sind sie ganz sicher nicht wert. Du versuchst doch nur, ihre Zwangslage auszunutzen, Berman.«

»Ich fürchte, da liegst du falsch«, erwiderte Joshua. »Mir liegt bereits ein Angebot von einem meiner Geschäftsfreunde vor, einem arabischen Prinzen, der die gesamten zwanzig Millionen zu zahlen bereit ist. Ich wäre doch blöd, wenn ich etwas, das sowohl Calgary als auch mir so sehr am Herzen liegt, für nur einen Cent weniger verkaufen würde.«

»Es sind die Perlen meiner sterbenden Großmutter«, sagte

Sophia und sah ihn beinahe flehend an. »Es ist ihr letzter Wille, sie noch einmal zu sehen.«

»Bei allem Respekt, Miss Beaumont Brown, aber es sind auch die Perlen meines toten Bruders«, gab Joshua zurück. »Wenn Sie also anfangen wollen, eine Runde Tote-Verwandte-Quartett zu spielen, dann bin ich näher dran. Auch hier gewinne ich!«

»Josh«, schaltete Dominic sich ein. »Lassen wir doch die Spielchen. Es gibt überhaupt keinen arabischen Prinzen. Versuch uns nicht an der Nase herumzuführen, wie du es mit dem Rest von Manhattan machst. Der einzige Mensch, der einen überteuerten Preis für das Collier von Tilly Beaumont hinblättern würde, ist Sophia. Sie hat 1,6 Millionen Dollar. Nun zeig doch mal ein wenig Mitgefühl, Mann. Dafür kannst du Calgary ein Dutzend neue Ketten kaufen. Was können euch diese Perlen denn schon groß bedeuten?«

»Ganz sicher erheblich mehr, als du auch nur erahnen kannst, Dominic«, erklärte Calgary ruhig.

Und mit diesen Worten erhob sie sich von dem Hocker. Langsam richtete sich ihr Körper auf. An ihrer linken Hand funkelte der riesige Diamant eines Verlobungsrings, aber das war es nicht, was Sophia den Atem verschlug, vielmehr war es der Anblick des kleinen, perfekt geformten Babybauchs, der sich unter Calgarys engem, schwarzen Seidenjerseykleid abzeichnete. Dominic hatte ihr erzählt, dass Calgary keine Kinder haben wollte. Es sei sogar einer der Hauptgründe für ihre Trennung gewesen, hatte er gesagt. Und jetzt stand Calgary nur ein paar Monate später vor ihnen und war eindeutig schwanger.

Diesmal gelang es Dominic nicht, seine Reaktion zu verbergen. Wie hypnotisiert starrte er den Bauch seiner Ex-Frau an, während ihm vor Schock und Verwirrung der Mund offenstand.

»Du bist ja schwanger«, stellte er das Unübersehbare fest. »Aber ich dachte, du hasst Kinder?«

»Das Leben geht weiter, Dominic«, sagte Calgary, und ihre Augen strahlten vor Freude darüber, dass ihr Geheimnis endlich gelüftet war. »Finde dich damit ab.«

Sie schenkte Sophia ein mitfühlendes Lächeln, so als wollte sie sagen: ›Tut mir echt leid, dass dein Freund einfach nicht von mir loskommt.‹ Aber dieser Gedanke wäre Sophia auch ohne Calgarys Hilfe gekommen. Als sie sah, wie erschüttert er war, hatte sie ihren Blick abwenden müssen. Schon mit seiner (fraglos bildschönen) Ex-Frau zusammen im selben Raum zu sein, war unangenehm genug, da hatte ihr seine Reaktion auf ihre überraschende Schwangerschaft gerade noch gefehlt.

Ein unheimliches Schweigen setzte ein. Das Ticken der Kaminuhr und der Pulsschlag in ihren Ohren waren alles, was Sophia noch hörte. Dann endlich brach Dominic den Bann. Er schloss den Mund, schüttelte den Kopf, wie um eine lästige Erinnerung loszuwerden, löste den Blick von Calgarys Bauch und brach plötzlich, während er noch immer leicht den Kopf schüttelte, in schallendes Gelächter aus. Sophia betrachtete ihn irritiert. Was war so lustig? Aber dann sah er sie mit hochgezogenen Augenbrauen und spöttischem Grinsen an, und sie verstand. Dominic hielt Calgary für einen absoluten Albtraum. Er war nicht eifersüchtig. Er fühlte sich befreit. Gelacht hatte er aus reiner Erleichterung darüber, nichts mehr mit ihr zu tun zu haben. Es dauerte nicht lange, und Dominic hatte sich wieder gefangen.

»Gratuliere, Calgary«, sagte er nur. »Dir auch Joshua. Das ist bestimmt sehr aufregend für euch.«

»Bist du nicht sauer, Dominic?«, fragte Calgary hörbar enttäuscht über seine mangelnde Betroffenheit.

»Nein«, antwortete Dom ruhig und offen.

»Hasst du mich denn gar nicht?«, flehte sie ihn beinahe um eine heftigere Reaktion an.

»Herrgott, Calgary!«, mischte sich Josh an diesem Punkt ein und nahm den Arm von ihrer Taille.

»Warum sollte ich?«, bemerkte Dom nüchtern. »Ist doch alles nicht mein Problem.«

Calgarys Mund formte ein akkurates ›O‹, blieb jedoch stumm. Sophia musste daran denken, was Granny ihr früher einmal gesagt hatte: Nicht Hass ist das Gegenteil von Liebe, sondern Gleichgültigkeit. Kaum war ihr dies klar geworden, da vollführte ihr Herz einen Freudensprung. Dominic strahlte jetzt eine entspannte Gelassenheit aus. Aufmunternd lächelte er Sophia zu. Sie war ganz offensichtlich soeben Zeugin jenes Moments geworden, in dem Dominic McGuire begriffen hatte, dass er keinen Verlust erlitten hatte, sondern noch einmal glücklich davongekommen war. Eine Welle der Erleichterung durchströmte Sophia. Vor allem aber freute sie sich für Dom. Auch Calgary war die Veränderung nicht entgangen. Sophia sah, wie ihre Botox-Stirn sich zu einem Anflug von Runzeln zusammenzog und die Winkel ihres Rosenknospenmunds ungewollt nach unten sackten. Einen Kontrollfreak wie Calgary musste die Erkenntnis, dass sie keinen Einfluss mehr auf ihren Ex ausübte, natürlich hart treffen.

»Zurück zum Geschäft«, fuhr Dom in sachlichem Ton fort. »Wir bieten 1,6 Millionen Dollar für das Collier. Das Geld hast du morgen Nachmittag auf deinem Konto, aber Sophia braucht die Perlen sofort. Sie fliegt in wenigen Stunden zurück, und ihre Großmutter hat offenbar nicht mehr lange zu leben. Haben wir einen Deal?«

Joshua Berman lachte.

»McGuire, mein Freund, nie und nimmer werden wir diese Kette auch nur für einen scheiß Dollar weniger als 20 Millionen verkaufen. Ich denke, ihr solltet jetzt besser gehen. In ihrem Zustand benötigt Calgary viel Ruhe.«

Diesmal zeigte Dominic bei der Erwähnung ihrer Schwangerschaft nicht die kleinste Regung. Sein Blick wurde härter.

»Dann leiht Sophia die Perlen doch wenigstens«, versuchte er es weiter. »Nur für zwei Wochen. Ich fliege selbst rüber und bringe sie wieder zurück. Das gibt mir auch einen Vorwand, Sophia zu besuchen.«

Er schenkte ihr ein zärtliches Lächeln und wandte sich wieder an Berman: »Erfüllt der armen alten Lady doch kurz vor dem Tod wenigstens noch ihren letzten Wunsch. Ihr verliert doch nichts dabei!«

»Und dann sehen wir das Collier wahrscheinlich nie wieder«, erwiderte Calgary spitz. Plötzlich war alle aufgesetzte Höflichkeit verflogen, und sie wirkte nur noch gereizt. Dominics Gleichgültigkeit hatte ihr das hübsche Spiel gründlich vermiest.

»Ich kenne diese Frau doch gar nicht.« Calgarys Finger schnellte in Richtung Sophia. »Ich weiß bloß, dass sie eine reichlich bewegte Vergangenheit hat und dass ihre Eltern nichts mehr mit ihr zu tun haben wollen.«

›Na, wunderbar‹, dachte Sophia. Also hatte Calgary im Internet die britische Klatschpresse studiert. Sophia unternahm einen letzten verzweifelten Anlauf: »Wenn Sie so gut über mich Bescheid wissen, dann wissen Sie ja auch, dass ich keine zwanzig Millionen Dollar habe, Calgary. Könnte ich dann nicht wenigstens das Collier ausleihen? Meine Großmutter möchte es vor ihrem Tod nur noch einmal in den Händen halten. Sie muss ja gar nicht erfahren, dass es nur geliehen ist …«

»Unter gewissen Umständen könnten wir bereit sein, es Ihnen zu leihen«, lenkte Josh unvermittelt ein.

Sophias Puls beschleunigte sich. Ja, so könnte es funktionieren. Sie würde ihnen irgendeine Kaution anbieten.

»Ich würde sagen«, fuhr der Verleger fort, »für eine zweiwöchige Ausleihe wäre bei einem solch kostbaren Schmuckstück eine Gebühr von zweieinhalb Millionen angemessen. Was meinen Sie?«

Sophia sah die letzte Hoffnung zerrinnen und ließ die Schulter hängen.

»Sie wissen doch genau, dass wir so viel Geld nicht haben, nicht zum Rückkauf und schon gar nicht, um das Collier nur für vierzehn Tage zu leihen«, sagte sie zu Josh, ohne in ihrer Stimme den Abscheu vor seiner Geldgier noch länger zu verbergen.

Sie wandte sich an Calgary und versuchte in letzter Verzweiflung, an deren weibliches Mitgefühl zu appellieren.

»Ich flehe Sie an, Calgary, von Frau zu Frau, bitte lassen Sie mich die Perlen meiner Familie zurückkaufen. Oder leihen Sie sie mir wenigstens für ein paar Tausend.«

Eine Weile erwiderte Calgary unverwandt Sophias Blick. Ihre eisblauen Augen waren undurchdringlich. Dann schüttelte sie den hübschen Kopf mit dem seidenweichen blonden Haar.

»Ach komm, Calgary, sei nicht so herzlos«, sagte Dominic, aber es klang ohne rechte Überzeugung. Schließlich wusste er besser als jeder andere, wie tief Calgary ihr Herz vergrub.

»Kein Deal«, erklärte sie lächelnd. »Wie es scheint, ist unser kleines Geschäftstreffen damit beendet, Sophia. Hat mich trotzdem sehr gefreut, Sie kennenzulernen. Kommen Sie gut nach England zurück.«

»Aber …?« Sophia konnte es nicht fassen. Irgendein Kompromiss, irgendeine Lösung musste doch möglich sein.

»Sie haben gehört, was meine Verlobte gesagt hat«, dröhnte Joshua. »Wir kommen hier zu keiner Übereinkunft. Tut mir leid, wenn Sie die lange Reise vergeblich unternommen haben. Ich wünsche Ihnen jedenfalls fröhliche Weihnachten, Miss Beaumont Brown. Und dir natürlich auch, Dominic.«

»Für dich immer noch Lady Beaumont Brown«, sagte Dominic.

Joshua brachte sie zur Tür. Während Dominic gar nicht schnell genug verschwinden konnte, fühlten Sophias Beine sich an, als wären sie aus Blei. Mit jedem Schritt, den sie sich weiter von den Perlen ihrer Großmutter entfernte, stieg der Schmerz in ihrem Innern. Sie hatte versagt. Wieder einmal.

Sie hatte die Perlen schon fast in Händen gehabt, und doch waren sie ihr entwischt. Wie sollte sie ihrer Großmutter jetzt gegenübertreten, ohne das Collier? Eine Weile war sie mit aller Macht gegen die Strömung angeschwommen, doch nun verließen sie die Kräfte; sie versank, und niemand konnte sie retten. Sie fühlte sich so leer und betäubt, dass sie nicht einmal mehr weinen konnte. Es war vorbei. Und dann fühlte sie Dominics Arm, der sich um ihre Schulter legte und sie unter seinen warmen Wollmantel zog.

»Es wird schon, Süße«, flüsterte er in ihr Ohr. »Deine Großmutter versteht das. Gewiss freut es sie am meisten, wenn sie sieht, welche Mühe du dir ihretwegen gegeben hast. Sie wird sehr stolz auf dich sein, Sophia.«

Jetzt schossen ihr doch die Tränen in die Augen. Dicke Tränen, in schneller Folge. Sie würde nach Hause fahren und Granny die schlechte Nachricht überbringen müssen. Sie würde sich innerhalb der nächsten Wochen, vielleicht sogar der nächsten Tage, endgültig von ihrer geliebten Großmutter verabschieden müssen. Und sie würde sich in wenigen Minuten von diesem wundervollen Mann trennen müssen, in dessen Armen sie sich so geborgen fühlte. Ja, sie wusste nicht einmal, ob sie ihn jemals wiedersehen würde. War es nur eine Art Urlaubsflirt für ihn gewesen? Sie traute sich nicht, ihn danach zu fragen.

Schließlich erreichten sie wieder die imposante alte Eingangshalle, wobei Dom Sophia fast tragen musste. Er holte ihren Koffer beim Empfang ab und rollte ihn durch die mächtige Eingangstür. Als sie nebeneinander auf dem Bürgersteig standen, wussten sie nicht, was sie sagen sollten.

»Tja, das war's dann wohl«, sagte Sophia und kämpfte erneut mit den Tränen.

»Sophia, du weißt, für mich ist das nicht bloß irgendeine belanglose Affäre gewesen«, sagte Dominic zu ihr. »Du hast mir den Glauben an das Glück zurückgebracht. Wenn irgendeine Möglichkeit besteht, dich wiederzusehen, dann würde ich das gerne tun. Das weißt du doch, oder? Es wäre mein größter Wunsch.«

»Aber wie?«, fragte sie beinahe flehentlich. »Du wohnst hier. Ich lebe in London. Das ist hoffnungslos.«

»Keine Ahnung wie, aber hoffnungslos ist es nicht«, sagte er und drückte sie an sich. »Wozu gibt es Flugzeuge …«, fügte er hinzu und versuchte, es fröhlich klingen zu lassen, aber der Ton seiner Stimme verriet ihn.

»Damon wird mir wohl kaum alle paar Wochen den Flug bezahlen, um dich besuchen zu kommen, fürchte ich«, sagte sie und zwang sich, ihn durch die Tränen hindurch anzulächeln. »Er ist nett, aber *so* nett nun auch wieder nicht!«

»Dann lass uns einfach in Verbindung bleiben und sehen, wie es weitergeht, ja?«, schlug er vor.

Plötzlich klangen seine Worte irgendwie hohl. »Lass uns in Verbindung bleiben.« Ein Bekenntnis unsterblicher Liebe war das nicht. Aber sie kannten sich ja auch erst seit drei Tagen. Wie konnte sie da mehr erwarten?

»Ich muss jetzt gehen«, sagte sie.

Sie wollte sich gerade umdrehen, da packte sie Dominic und riss sie wieder an sich. Er küsste sie mit einer solchen Leidenschaft und Entschlossenheit, dass ihr ganz schwindlig wurde. Als er sich schließlich von ihr löste, beschwor er sie eindringlich: »Das ist es nicht gewesen, Sophia. Versprochen! Okay?«

»Okay«, hauchte sie nur. »Bye, Dom.«

Sie hob die Hand, und ein gelbes Taxi hielt direkt neben ihr am Bordstein. Ohne sich noch einmal umzusehen, stieg sie ein. Sie brachte es einfach nicht fertig. Das Taxi fuhr los. Sie biss sich auf die Unterlippe und wartete, bis sie außer Sichtweite waren, bevor sie ihre gespielte Selbstbeherrschung aufgab.

Sophia kramte nach ihrem Handy. Sie musste Dominics Stimme noch ein letztes Mal hören. Aber als sie die Anruftaste drückte, wurde das Display dunkel – ausgerechnet heute hatte sie vergessen, den Akku aufzuladen. Jetzt hatte sie keine Möglichkeit mehr, sich mit ihm in Verbindung zu setzen, bis sie wieder in London war und das blöde Ding aufladen konnte. Verzweifelt vergrub Sophia ihr Gesicht in den Händen, während das Taxi durch New York raste.

44. Kapitel

Upper East Side, New York, 2012

»Ich kann Dominic sehen«, sagte Calgary, die ihre Stirn gegen die kalte Scheibe drückte. »Diese englische Tussi ist gerade abgehauen. Einen allzu glücklichen Eindruck macht er nicht.«

»Hör auf, dauernd deinen Ex zu beobachten«, sagte Joshua und klang leicht verärgert. »Wieso interessierst du dich überhaupt so brennend dafür, was diese Null treibt?«

»Meinst du, er ist so betroffen darüber, dass ich schwanger bin?«, fragte sie.

»Besonders niedergeschlagen hat er nicht gewirkt«, gab Josh unwillig zurück. »Ich meine, er ist bestimmt ganz schön angefressen, weil du ihn belogen hast. Immerhin hast du ihm jahrelang erzählt, du willst keine Kinder haben. Aber ich glaube nicht, dass ihm das so schrecklich zugesetzt hat. Dass die hübsche Engländerin gerade in ein Taxi gestiegen ist und ihn verlassen hat, wird ihm mehr zugesetzt haben.«

»Wirklich?« Calgary wandte den Blick ihrem Verlobten zu. »Glaubst du, er mag sie richtig? Glaubst du, er ist schon über die Trennung hinweg? Oder ist sie nur eine Art Seelentrösterin?«

»Schätzchen, du hast ihn vor sechs Monaten verlassen. Und eure Ehe lief beschissen. Ich bin sicher, am Anfang war er stinksauer, aber inzwischen ist er offensichtlich darüber hinweg. Und ja, ich glaube, er mag sie wirklich. Und warum auch nicht? Sie scheint nett zu sein, und sie sieht umwerfend aus.«

Calgary zog einen Schmollmund und sah mit finsterer Miene von Joshua zu Dominic unten auf der Straße und wieder zurück zu Joshua.

»Besser als ich?«, fragte sie.

»Nein, Honey, natürlich nicht«, seufzte Joshua ein wenig genervt. »Keine sieht so gut aus wie du.«

»Mir ist es fast ein wenig unangenehm«, sagte Calgary nachdenklich und strich erneut über ihren gewölbten Bauch. »Ich meine, wir haben einfach alles, richtig? Wir bekommen ein Baby, wir haben einander und wir haben die Perlen.«

»Wir sind eben Gewinner im Spiel des Lebens, Baby«, erwiderte Josh trocken. »So läuft's nun mal.«

»Aber Dom hat gar nichts«, sagte sie. »Schau ihn dir nur mal an. Wahrscheinlich ist er völlig am Boden zerstört. Warum sonst sollte er immer noch da unten rumlungern? Ach, er telefoniert, das ist der Grund ...«

»Vermutlich ruft er Sophia an, um sie zu überreden zurückzukommen«, bemerkte Joshua. »Ich an seiner Stelle würde es tun.«

»Jetzt scheint er sich über irgendwas zu freuen. Er lächelt. Was passiert da bloß?«

»Vielleicht hat sich die Kleine ja überreden lassen«, sagte Josh, den das Gespräch jetzt hörbar langweilte.

»O, er geht weg«, fuhr Calgary beinahe enttäuscht fort. »Er hat sich gerade ein Taxi genommen.«

»Jetzt lass den armen Kerl doch mal in Ruhe«, stöhnte Josh.

»Ja, du hast recht«, sagte sie und wandte sich vom Fenster ab. »Dabei ist er kein schlechter Mensch, oder? Ich meine, verdient hat er das alles nicht unbedingt.«

»Mag sein. Er war halt bloß zur falschen Zeit am falschen Ort. Du brauchtest gerade einen Freund, und sein Hund hat sich im Central Park die falsche Bank ausgesucht. Das war's.«

»Möglicherweise schulde ich ihm ja etwas«, grübelte Calgary.

»Was ist los, Honey?«, stichelte Josh. »Quält dich etwa das Gewissen? Ich wusste gar nicht, dass du eins hast! Was bitte solltest du ihm schulden? Eine Entschuldigung? Eine Erklärung?«

Calgary zuckte mit den Achseln und betastete das Collier.

»Keine Ahnung. Es ist mir nur irgendwie unangenehm, wie sich das alles entwickelt hat, das ist alles.«

Manhattan, New York, 2001

Calgary war einundzwanzig, als sie mit einem Haufen ehrgeiziger Träume im Kopf aus dem Norden des Bundesstaats nach Manhattan zog. Ihre erste Anstellung als Praktikantin bei einer Lifestyle-Illustrierten war genau das, was sie sich gewünscht hatte. Sie musste zwar mehr oder weniger rund um die Uhr arbeiten und erhielt dafür überhaupt kein Geld, weshalb sie Schwierigkeiten hatte, sich gemeinsam mit einer Freundin die Miniwohnung im Meatpacking District zu leisten (obwohl die kaum größer war als der begehbare Kleiderschrank, den sie in ihrem Elternhaus hatte), und doch war Calgary nie in ihrem Leben glücklicher gewesen. Ihre Eltern hatten ihr angeboten, während des Praktikums in dem Apartment an der Upper East Side zu wohnen, das ihr Vater nur benutzte, wenn er geschäftlich in der Stadt zu tun hatte, was inzwischen immer seltener vorkam, da er kurz davor stand, sich zur Ruhe zu setzen. Sie sagten, sie könne dort mietfrei wohnen, aber Calgary war entschlossen, auf eigenen Beinen zu stehen. Keiner sollte ihr vorschreiben, wann sie abends nach Hause zu kommen hatte.

Rasch bewies sie, wie talentiert und einsatzfreudig sie in ihrem Beruf war, und wurde zur Redaktionsassistentin im Ressort Mode befördert. Das Gehalt war winzig, und sie hatte ganz sicher nicht viel zu sagen, aber es war ein erster Schritt in die richtige Richtung. Ihr Leben wurde nun zunehmend aufregender und glamouröser, und sie begann, genau die Art von reichen, schönen und bedeutenden Menschen zu treffen, mit denen sie bekannt werden wollte, um diese Beziehungen dann für ihren weiteren Karriereweg nutzen zu können. Besonders ein Mann faszinierte sie. Er war zwölf Jahre älter als sie und ungeheuer attraktiv. Er trug maßgeschneiderte Anzüge, italienische Schuhe und bekam auch ohne Reservierung stets die besten Tische in den besten Restaurants der Stadt. Joshua Berman verkörperte alles, was Calgary Woods sich erträumte. Und um die Sache perfekt zu machen, war er auch noch ihr Boss, denn ihm gehörte der ganze gigantische Laden.

Calgary sah gut aus – in der High School hatte sie die Wahl zur »Aussichtsreichsten Kandidatin, um Brad Pitt zu heiraten« gewonnen –, und es war ihr nie schwergefallen, bewundernde Blicke auf sich zu ziehen. So musste sie auch nicht allzu lange ihre blonden Haare nach hinten werfen, um Joshuas Aufmerksamkeit zu erregen. Er war von der jungen angehenden Moderedakteurin fast ebenso hingerissen wie von sich selbst, und schon bald fing er an, mittags mit ihr zu »Geschäftsessen« zu gehen oder sie sogar zu Terminen außerhalb von New York mitzunehmen. Die Kolleginnen in der Redaktion machten keinen Hehl daraus, wie sehr sie Calgarys besonderen Draht zu ihrem Boss missbilligten, aber sie scherte sich einen Dreck darum, was die anderen dachten. Freundschaften zu Frauen brauchte sie nicht. Sie verfolgte ihre eigenen Ziele, und dabei würde ihr niemand in die Quere kommen. Nur einen Haken hatte die Sache: Joshua war verheiratet und hatte zwei kleine Kinder. Dass der treusorgende Gatte auf sie stand, war nicht zu übersehen. Er flirtete wie ein Teenager, und seine SMS-Nachrichten wurden immer anzüglicher, aber weiter war er bislang noch nicht gegangen. Calgary jedoch blieb geduldig. Sie liebte Herausforderungen, und bisher hatte sie am Ende noch immer bekommen, was sie wollte.

Am Morgen des 11. September 2001 um 8 Uhr 46 raste ein Flugzeug in den Nordturm des World Trade Center. Siebzehn Minuten später traf ein zweites Flugzeug den südlichen Turm, in dem Joshuas älterer Bruder Jack eine geschäftliche Besprechung hatte. Seine Leiche wurde niemals gefunden. Josh war entsetzlich bestürzt über den Tod seines geliebten Bruders, und wer bot ihm nur zu gern eine Schulter, an der er sich ausweinen konnte? Mit vollem Einsatz stürzte sich Calgary in die Rolle der Seelentrösterin. Einen trauernden Mann ins Bett zu bekommen und ihn glauben zu machen, sie allein sei sein rettender Engel in einer ansonsten teuflischen Welt, fiel ihr nicht schwer. Von diesem Moment an war das Band zwischen ihnen unzertrennlich. Eines Tages würden sie zusammen sein, bis dahin jedoch brauchten die Liebenden einen Übergangsplan.

Joshua versprach, sich für Calgary von seiner Frau zu trennen, erklärte jedoch, dies erst tun zu können, wenn die Kinder älter waren. Seine Frau hatte einen Ehevertrag unterzeichnet, dem zufolge sie keinen Cent bekommen würde, wenn er noch zehn Jahre mit ihr zusammenblieb. Verließ er sie dagegen früher, stand ihr das Haus zu, die Autos, die Ferienhäuser und die Hälfte der Firma. Calgary war ein vernünftiges Mädchen und begriff, dass dieser Preis die zehn Jahre Wartezeit wert war. Sie sah darin eine Investition in die Zukunft. Zum Beweis dafür, dass er es ernst meinte, und als Symbol seines Versprechens schenkte er Calgary das Perlencollier, das sein Bruder ihm in seinem Testament vermacht hatte. Calgary trug diesen Choker zu jeder Gelegenheit. Sie trug ihn zu Jeans, sie trug ihn zu Cocktailkleidern, sie trug ihn zusammen mit Turnschuhen, wenn sie in den Park ging. Und immer, wenn sie dieses Collier betrachtete oder die sanften makellosen Perlen berührte, erinnerte es sie daran, was eines Tages ihr gehören würde. Nichts und niemand würde Calgary diese Perlen jemals wieder wegnehmen.

Sie besaß eine eiserne Entschlossenheit, und in diesem Fall bedeutete es, sich zu gedulden. Solange sie am Ende jedoch Erfolg haben würde, war es Calgary egal, wie lange sie dafür warten musste. Die wenigen Freundinnen, die sie hatte, erklärten sie zwar für verrückt, weil sie auf Joshua warten wollte, aber sie wusste, dass alle Außenstehenden sich irrten. Während der folgenden Jahre blieb sie Single, zeigte Verehrern die kalte Schulter und lehnte alle Einladungen zu Dates ab. Sie bekam einen Ruf als »Eisjungfrau«, der ihr gar nicht schlecht gefiel, aber es gab einfach keinen Mann, der es mit ihrem Josh aufnehmen könnte, und es würde auch nie einen geben. Als Geliebte blieb Calgary viel Zeit, sich um ihre Karriere zu kümmern, und mit siebenundzwanzig hatte sie es zur bekanntesten Modejournalistin New Yorks gebracht. Die Tatsache, dass sie mit dem Boss ins Bett stieg, machte die Sache natürlich leichter, aber niemand konnte behaupten, sie würde nichts von ihrem Job verstehen.

Manhattan ist allerdings auch verblüffend klein, und irgendwann begannen in gewissen Medienkreisen immer wildere Gerüchte zu kursieren, dass Calgary Woods und Joshua Berman mehr als ›nur gute Freunde‹ waren. Joshuas Frau hatte angefangen, unangenehme Fragen zu stellen, und mehrmals hatte Josh sie dabei erwischt, wie sie in seinen Manteltaschen oder seinem privaten Terminkalender herumstöberte. Da er nicht dumm war und keine leichtfertigen Risiken einging, wusste er, dass er diesen Gerüchten rasch ein Ende bereiten musste. Josh erklärte Calgary, dass sie etwas unternehmen mussten, um ihre Beziehung dauerhaft zu schützen. Calgary sollte sich einen Mann anlachen und ihn – möglichst rasch – heiraten.

An diesem Punkt kam der arme Dominic McGuire ins Spiel. Calgary fand Dom ganz in Ordnung. Er sah auf seine Holzfällerart halbwegs passabel aus, und er hatte was im Kopf. Seine beruflichen Erfolge waren cool, und er wurde von Freunden und Kollegen allgemein geschätzt. An ihrem Arm machte er eine leidlich gute Figur, und er war so unkompliziert, dass sie seine Gegenwart eine Weile würde ertragen können. Wenige Wochen, nachdem sie sich kennengelernt hatten, wusste Calgary, dass Dominic die perfekte Fassade abgeben würde. Außerdem betete er sie an, und je mieser sie ihn behandelte, desto stärker bemühte er sich, sie glücklich zu machen. Manchmal verachtete sie ihn wegen seines jämmerlichen Verhaltens, zu anderen Zeiten, wenn sie etwa Josh zu sehr vermisste, fand sie es durchaus angenehm, in Dominics starken Armen Trost zu finden. Sex jedoch blieb immer ein Problem. Sie und Josh hatten darüber gesprochen, und genau wie er bei seiner Frau, so musste auch Calgary von Zeit zu Zeit Doms Drängen nachgeben, um die Tarnung nicht auffliegen zu lassen. Doch sie zuckte jedes Mal zusammen, wenn er sie berührte. Ihr Körper gehörte ihm nicht, und ihn ihm geben zu müssen, selbst nur vorübergehend, widerte sie an.

Zu ihrer Hochzeit trug Calgary aus lauter Trotz Joshuas Perlencollier. Ja, sie heiratete einen anderen Mann, aber in ihrem Herzen und mit jeder Faser ihrer Existenz gehörte sie Josh. Es waren keine Freudentränen, die sie an diesem Tag vor dem Altar vergoss. Doch wie sich herausstellte, war eine Ehe mit Dom keine große Belastung. Er war beruflich viel unterwegs, genau wie sie, nur dass bei ihren Geschäftsreisen auch Josh dabei war. Ein paar Jahre wurschtelten sie sich so durch, und abgesehen von seinem lästigen Köter und seinen nervigen Verwandten und Freunden war das Leben durchaus erträglich. Auf gar keinen Fall jedoch wollte Calgary Kinder mit Dominic, und wann immer er das leidige Thema zur Sprache brachte, musste sie ihn mit Schweigen strafen oder einen Streit vom Zaun brechen.

Endlich kam der Zeitpunkt, an dem Josh seine Frau verlassen konnte. Als er ihr sagte, dass sie sich trennen würden, lagen die Scheidungspapiere bereits fix und fertig ausgearbeitet in der Schublade. Und für Calgary wurde es auch höchste Zeit, denn Dominic pochte immer beharrlicher auf das Thema Familiengründung und trieb sie damit in den Wahnsinn. Es folgte der Abend, an dem sie ihm endlich sagen konnte, dass Schluss war, und ihren elenden Ehering abstreifen durfte. Als sie anschließend frei und ungebunden aus dem Restaurant marschierte, hatte sie das Gefühl, ihr Leben noch einmal neu zu beginnen. Sie nahm sich ein Taxi und eilte in Joshuas Arme, die sie seitdem kaum mehr verließ. Im nächsten Monat würden sie heiraten und im Sommer dann Eltern werden. Sollte es ein Mädchen sein, so würden sie es Patience nennen.

Dominic schwirrte der Kopf. Angestrengt bemühte er sich, das eben Gehörte zu begreifen. Er beugte sich nach vorn, beobachtete von der Taxirückbank aus die Straße und drängte stumm den Fahrer, die kurze Strecke so schnell wie möglich zu bewältigen. Eigentlich lag die Adresse nur ein paar Querstraßen von Joshs Wohnung entfernt, aber es schien ewig zu dauern. Dom spielte kurz mit dem Gedanken, Sophia anzurufen und ihr zu sagen, sie solle umdrehen und sofort zurückkommen, weil sich alles geändert habe, aber, nein, das durfte er nicht. Er musste jetzt einen kühlen Kopf bewahren. Immer vernünftig bleiben. Die Frau hatte authentisch geklungen. Sie hatte sich angehört, als wäre sie tatsächlich die, für die sie sich ausgab. Aber das hier war New York, eine Stadt voller Ganoven, Spinner und Abzocker. Noch hatte er keinerlei Beweis dafür, dass irgendetwas an ihrer Geschichte stimmte. Daher bestand einstweilen auch kein Anlass, Sophia unnötige Hoffnungen zu machen. Endlich hielt das Taxi an der Ecke Fifth Avenue und East 91st Street vor einem exklusiven Wohnblock direkt am Park.

Er erkannte Aiko Watanabe sofort, als sie die Tür öffnete, und die nervöse Anspannung in seinem Magen verwandelte sich in wohlige Wärme. Vielleicht war das Wunder, auf das sie gewartet hatten, tatsächlich eingetreten. Für eine Frau in ihrem Alter wirkte Mrs. Watanabe erstaunlich jugendlich, selbstsicher und attraktiv. Sie war unverkennbar einmal eine große Schönheit gewesen. Als sie ihn anlächelte und mit einem freundlichen Hallo begrüßte, sah Dominic das Feuer, das kurz in ihren bernsteinfarbenen Augen aufflammte. Ach was, sie war noch immer eine Schönheit, entschied er, schüttelte ihre Hand und ließ sich von ihr in die Wohnung bitten.

Er akzeptierte den Grünen Tee, den sie ihm anbot, obwohl er das Zeug hasste (es erinnerte ihn an Calgarys Entschlackungstrips), und lauschte gebannt der Geschichte, die Aiko ihm über ihre Familie erzählte. Die Perlen, die ihre Mutter und Urgroßmutter vom Grund des Meeres gefischt hatten, waren später zu dem Geschenk verarbeitet worden, das Tilly Beaumont von ihrem Vater zum achtzehnten Geburtstag erhalten hatte. Über die Verbindung zu der Schauspielerin wusste Aiko aber erst seit wenigen Tagen Bescheid. Nach ihrem Verkauf der Perlen war ihr lediglich zu Ohren gekommen, ein amerikanischer Marinesoldat habe sie aus Japan herausgeschmuggelt und in Singapur an einen britischen Schmuckhändler mit zwielichtigem Ruf veräußert, der sie schließlich nach London gebracht und dort an einen ordentlichen Juwelier weiterverkauft habe.

Der Erlös aus dem Verkauf der Perlen hatte es Aiko damals ermöglicht, in die Vereinigten Staaten zu gehen und dort ihre große Liebe aus den ersten Nachkriegstagen zu heiraten. Dank Bos technischer Fachkenntnisse, Aikos ausgeprägten Geschäftssinns und des Startkapitals aus dem Perlenverkauf hatten die beiden dann ein weltweit operierendes Computerunternehmen aufgebaut. Der Rest war auch all jenen bekannt, die nicht täglich das *Wall Street Journal* lasen.

Aber Aiko hatte nie vergessen, woher sie stammte. Wie sie Dom erklärte, hätten die Geister ihrer Vorfahren ihr in letzter Zeit keine Ruhe gelassen, und als sie dann im Fernsehen das Bild von Tillys Perlencollier gesehen habe, sei ihr klar geworden, was sie zu tun hatte.

Sie habe mit einem gewissen Hugo in London E-Mails ausgetauscht, um Sophias Handynummer zu bekommen, doch sei jedes Mal nur die Mailbox der jungen Frau angesprungen.

Daraufhin habe sie es bei Dominic versucht, dessen Kontaktdaten ihr Hugo zum Glück ebenfalls gemailt hatte. Ihr Timing war geradezu ideal. Wenn sie sich beeilten, würde es ihnen vielleicht noch gelingen, das ganze Geschäft über die Bühne zu bringen, bevor Sophia abflog.

»Und Sie sind sich da ganz sicher, Mrs. Watanabe?«, fragte Dom ein wenig besorgt. »Es ist eine Menge Geld.«

»Absolut sicher«, sagte Aiko fröhlich, als müsste sie bloß ein paar Dollar von ihrem Konto abheben. Eine Zehndollarrechnung im Supermarkt hätte ihr nicht weniger Kopfzerbrechen bereiten können. »Ich muss meine Perlen zurückholen. Mir ist diese Pflicht nicht bewusst gewesen, aber jetzt ist sie es. Auf diese Weise ist alles, wie es sein soll.«

Aiko drückte eine Taste auf ihrem Laptop, lehnte sich zurück und schenkte Dominic ein aufrichtiges Lächeln.

»Erledigt«, sagte sie fast beiläufig. »Und jetzt müssen Sie los und das Collier holen, bevor es zu spät ist. Mit der Rückgabe der Perlen an mich können Sie sich ruhig Zeit lassen. Behalten Sie das Collier, solange Sie es benötigen. Ich habe sechzig Jahre darauf gewartet, die Perlen wiederzusehen. Ein paar Wochen mehr machen da auch nichts mehr aus. Zumindest mir nicht.«

Sie zuckte mit den Achseln und lächelte.

»Benötigen Sie denn gar keine Sicherheit von mir, irgendeinen Vertrag, der besagt, dass ich Ihre Perlen vorübergehend in Verwahrung habe?«, erkundigte sich Dominic noch immer ein wenig verunsichert. Dieses Collier war zwanzig Millionen Dollar wert. Wie konnte Mrs. Watanabe ihm, einem praktisch Fremden, vertrauen, dass er sich nicht damit aus dem Staub machen würde? Es ergab keinen Sinn.

»Dominic«, sagte die betagte Dame, beugte sich vor und tätschelte sein Knie. »Ich verlasse mich seit achtzig Jahren auf mein Bauchgefühl und bin gut damit gefahren. Und mein Bauchgefühl sagt mir, dass ich Ihnen und Ihrer Lady Beaumont Brown vertrauen kann.«

»Sie ist nicht meine Lady Beaumont Brown«, erklärte Dom verlegen.

»Ach, aber das hätten Sie doch gerne.« Aiko grinste schelmisch, was sie ungeheuer jung wirken ließ. »Jedes Mal, wenn Sie ihren Namen erwähnen, leuchten Ihre Augen. Also, gehen Sie, holen Sie sich die Perlen und dann holen Sie sich Ihr Mädchen!«

Upper East Side, New York, 2012

»Gibt es wirklich einen arabischen Prinzen, der mein Collier kaufen will?«, fragte Calgary.

Josh versuchte sich zu entspannen. Er las die Sonntagszeitung, trank einen Espresso und hatte sein »Bitte nicht stören«-Gesicht aufgesetzt. Aber Calgary konnte nicht stillsitzen. Sie fühlte sich besorgt, verunsichert und ruhelos.

»Natürlich gibt es den Araber«, antwortete Josh ungehalten. »Allerdings hat er bloß fünfzehn geboten.«

»O«, sagte Calgary überrascht. »Ich hielt es für einen Bluff.«

»Hm-hm«, brummte Josh und faltete die Zeitung aus Protest gegen die Störung betont geräuschvoll zusammen.

Calgary schlenderte vom Sofa zum Fenster.

»Aber wir verkaufen sie doch nicht, oder? Ich meine, du hast mal gesagt, ich würde mich auf keinen Fall von meinen Perlen trennen müssen.«

Josh zuckte mit den Achseln. »Wenn er sein Angebot aufstockt, sollten wir es vielleicht tun. Sobald die Alte stirbt, werden die Perlen noch wertvoller. Eigentlich brauchen wir sie ja nicht mehr, oder? Und ich habe dir schon so viele schöne Sachen gekauft, Calgary.«

»Ich weiß, aber ich wollte sie doch so gern an unserem Hochzeitstag tragen«, sagte Calgary.

Sie hörte selbst, wie verzweifelt sie klang, und wusste sofort, dass Josh dies für Jammern halten würde. Und Gejammer konnte er nicht ausstehen.

»Du hast sie schon einmal zu einer Hochzeit getragen, Honey, und jetzt sieh dir an, was aus dieser Ehe geworden ist. Vielleicht wäre dieses Collier ja ein schlechtes Omen. Ich denke, wir sollten warten, bis Tilly Beaumont stirbt, und dann richtig absahnen.«

»Ich mag aber nicht …«, sagte Calgary, die sich plötzlich fürchtete, ohne zu wissen wovor.

Sie lehnte den Kopf an die Scheibe und sah auf die Straße unter ihr. In diesem Moment hielt ein Taxi unten vor dem Haus, und eine vertraute Gestalt stieg aus.

»Da ist Dominic wieder!«, rief sie.

»Herrgott, musst du deshalb gleich so ein Geschrei machen?«, blaffte Josh, schleuderte die Zeitung auf den Couchtisch und stand auf. »Was zum Teufel will der Kerl denn jetzt noch? Nein heißt nein, kapiert der das nicht?«

Als es klingelte, wartete Josh bereits.

»Was willst du, McGuire? Ich habe dir doch gesagt, wir sind fertig. Es wird keinen Deal geben.«

Calgary war enttäuscht. Aus irgendeinem Grund, den sie selbst nicht genau benennen konnte, wünschte sie sich, dass Dominic noch einmal in ihre Wohnung hochkäme.

»O«, hörte sie Josh sagen. »In Ordnung. Das ändert die Sache natürlich. Komm rauf, Dominic.«

»Was?«, fragte Calgary aufgeregt. »Warum lässt du ihn rein?«

»Männergeschäfte, Prinzessin«, erwiderte er herablassend. »Du scheinst mir heute ein wenig unberechenbar. Am besten überlässt du das Ganze Dominic und mir. Warte solange im Schlafzimmer. Ruhe dich ein wenig aus.«

»Ich möchte aber nicht …«, begann Calgary.

»Warte im Schlafzimmer, habe ich gesagt!«, brüllte Josh.

Calgary schreckte zusammen. Josh schrie sie nur sehr selten an, aber wenn, dann war Widerspruch unklug, das wusste sie. Sie bezwang also ihren Stolz und ging in Richtung Schlafzimmer.

»Und, Calgary«, fügte Josh hinzu, als würde es ihm gerade erst einfallen. »Nimm das Collier ab und lege es dort auf den Tisch. Du brauchst es nicht mehr.«

Mit zitternden Fingern öffnete sie den Verschluss ihrer geliebten Kette. Tränen liefen ihr die Wange hinab, als sie die erlesenen Perlen auf die glänzenden Glasplatte des Couchtischs legte.

»Du hast gesagt, sie seien unverkäuflich«, erinnerte sie ihn leise.

»Alles hat seinen Preis, Baby«, korrigierte sie Josh. »Für zwanzig Millionen Dollar würde ich mehr oder weniger alles verkaufen. Mittlerweile dürftest du mich doch gut genug kennen, um das zu wissen.«

Calgary ging mit unsicheren Schritten auf die Tür zu. Zwanzig Millionen Dollar? Wie war es Dominic bloß gelungen, an einem verschlafenen Sonntagmorgen in Manhattan so viel Geld aufzutreiben? Und was meinte Josh damit, er würde für diese Summe »mehr oder weniger alles« verkaufen? Unwillkürlich fragte sie sich, welches Preisschild wohl an ihr klebte. Wie wertvoll war sie tatsächlich für Josh? Sie legte sich auf ihr extrabreites Doppelbett und zog die seidene Bettwäsche über ihren Körper. Ihre Hände strichen über ihren gewölbten Bauch, und sie schloss die Augen. In diesem Moment spürte sie den ersten Tritt. Dann noch einen und einen weiteren. Mit einem Mal wurde sie von einem Frieden erfüllt, wie sie ihn noch nie empfunden hatte. Alle Unruhe und alle Furcht waren verflogen. Plötzlich ergab alles einen Sinn.

45. Kapitel

John F. Kennedy International Airport,
New York State, 2012

Dominic sprang aus dem Taxi, rannte in die Abflughalle und ließ den Blick über die Menge schweifen in der Hoffnung, Sophia irgendwo zu entdecken. Sie hatte die Upper East Side fast zwei Stunden vor ihm verlassen, aber bis zu ihrem Abflug war noch eine Weile Zeit. Er hoffte nur, sie hatte sich nicht beeilt. Vielleicht hatte sie ja erst noch einen Kaffee getrunken oder so. Hauptsache, sie war nicht direkt zum Gate gegangen.

Der Flughafen quoll über vor Menschen, die zu Weihnachten verreisten oder nach Hause flogen. Dom beschäftigte jedoch gerade etwas viel Wichtigeres als die Feiertage. Er warf einen Blick auf die Abfluganzeige. Wohin flog sie? London natürlich, aber welcher Flughafen? In seiner Aufregung fiel ihm nicht mehr ein, was sie gesagt hatte. In fünf Minuten ging ein Flug nach Heathrow, aber das war zu früh. Es musste der spätere nach Gatwick sein. Gate fünfzehn.

Er rempelte sich durch die Massen an Flugreisenden, stolperte über Koffer und kleine Kinder, rief jedem, den er anstieß, ein eiliges »Tschuldigung! Tschuldigung!« zu, bog falsch ab, drehte um und rannte in die entgegengesetzte Richtung.

»Tut mir leid, Sir«, erklärte der hünenhafte Security Guard am Abfertigungsschalter. »Wenn Sie kein gültiges Ticket besitzen, muss ich Sie bitten, wieder zurückzugehen.«

Es war zu spät. Sophias Flug ging zwar erst in einer Stunde, aber sie war bereits auf der anderen Seite der Sicherheitskontrolle, und damit konnte er sie nicht mehr erreichen. Er versuchte es noch einmal auf ihrem Handy, aber dort sprang sofort die Mailbox an. Unzählige Male hatte er nach seinem Besuch bei Aiko schon versucht, sie anzurufen. Warum nur hatte sie ihr Handy schon so früh ausgeschaltet? Es war zum Verrücktwerden!

»Hi, hier ist der Anschluss von Sophia. Ich kann im Moment nicht ans Telefon gehen, aber wenn Sie eine Nachricht hinterlassen, rufe ich so bald wie möglich zurück«, flötete ihre Stimme erneut.

»Sophia, bitte, ruf zurück«, flehte er in den Hörer. »Ich bin im Flughafen und habe ein Geschenk für dich!«

Er stand eine halbe Stunde vor dem Service- und Informationsschalter an, nur um die Auskunft zu erhalten, dass man seine Freundin nicht ausrufen würde, es sei denn, sie wäre minderjährig und verloren gegangen oder würde eine Bedrohung der Sicherheit darstellen.

»Denk nach, Dominic«, ermahnte er sich streng, während er ratlos in der Halle hin und her lief. »Denk nach.«

Aber so er sich auch bemühte, es blieb stets nur diese eine Antwort übrig. Er reihte sich in die lange Schlange an den Verkaufsschaltern ein und verfolgte ungeduldig, wie sie Stückchen um Stückchen nach vorne kroch. Wieder und wieder versuchte er, Sophia telefonisch zu erreichen, aber die Zeiger an der Wanduhr verrieten ihm, dass ihr Flug inzwischen längst in der Luft war. Dann rief er Dave an und bat ihn, Blondie in der Wohnung abzuholen und wieder mit nach Brooklyn zu nehmen. Endlich kam er an die Reihe.

»Ich brauche einen Platz in der nächsten Maschine nach London«, erklärte er der jungen Frau hinter dem Counter.

Sie sah ihn an, als hätte er den Verstand verloren.

»Wir haben den 23. Dezember, Sir«, erinnerte sie ihn. Als ob er das nicht wüsste, schließlich hatte er gerade zwei Stunden angestanden, um ein Ticket zu kaufen.

»Die ersten freien Plätze nach London gibt es erst wieder … Lassen Sie mich sehen … Am 8. Januar.« Sie schenkte ihm ein mechanisches Lächeln.

»8. Januar!«, schrie er beinahe zurück. »Das kann nicht sein. Und wenn ich umsteige? Ganz egal wo! Es muss ja kein Direktflug sein. Geben Sie mir, was immer Sie haben. Strecke spielt keine Rolle, solange ich nur zu Weihnachten da bin.«

Der Gesichtsausdruck der Frau wurde milder. Zum ersten Mal lächelte sie ihn ehrlich an.

»Sie müssen wohl sehr dringend zu jemandem, wie?«, fragte sie.

»Ja! Ich muss unbedingt rechtzeitig zu Weihnachten bei meiner Freundin sein. Ich habe ein ungeheuer wichtiges Geschenk für sie.«

»Na, dann wollen wir mal sehen, was wir für Sie tun können, Sir«, sagte die Frau hinter dem Tresen und machte sich an die Arbeit. »Lassen Sie uns doch mal sehen, ob wir Sie über Paris … Nein … Oder München … Nein … Oder Madrid … Nein … Oder …«

Sie studierte noch ein paar Minuten lang ihren Bildschirm. Dom verfolgte ihre Bemühungen voller Hoffnung, aber schließlich sagte sie: »Es tut mir außerordentlich leid, Sir, aber es gibt auch keine Umsteigeflüge nach London. Es ist halt Weih…«

»Ich weiß, ich weiß, es ist Weihnachten«, erwiderte er ungeduldig. »Ich hab's kapiert! Gibt es denn irgendwelche Flüge, egal zu welcher Uhrzeit innerhalb der nächsten vierundzwanzig

Stunden, die mich irgendwo in die Nähe von London bringen? Irgendwo in Großbritannien reicht mir schon.«

»Okay, lassen Sie mich nachsehen, Sir …«, sagte die Frau und wandte sich wieder ihrem Bildschirm zu.

»Ich habe hier eine Stornierung für den letzten Flieger nach Glasgow, der heute Nacht geht«, verkündete sie fröhlich.

»Glasgow?«, wiederholte Dominic und rief sich die Landkarte von Großbritannien in Erinnerung. »Das liegt in Schottland, richtig?«

»Stimmt genau, Sir«, antwortete sie.

»Und wie weit ist es von da nach London?«, fragte er.

»Gut sechshundert Kilometer.«

Dominic dachte einen Moment nach. Sechshundert Kilometer war jetzt nicht so weit, oder?

»Und Anschlussflüge von Glasgow nach London?«, versuchte er es noch einmal.

»Nein, Sir, von dort aus müssten sie es irgendwie anders nach London schaffen.«

»Aber so weit ist es ja auch wieder nicht«, fügte sie fröhlich hinzu. »Was sind denn schon sechshundert Kilometer, wenn Sie bereits den ganzen Atlantik überquert haben? Und wenn Sie das Geschenk unbedingt rechtzeitig zu Ihrer Freundin …«

Entweder sie war eine geschickte Verkäuferin oder eine hoffnungslose Romantikerin. Doch diese Frage kümmerte Dominic in diesem Augenblick herzlich wenig. Die Entscheidung stand fest.

»In Ordnung«, sagte er. »Ich nehme diesen Flug nach Glasgow. Wie viel macht das?«

Er warf seine Kreditkarte auf den Counter.

»Das wären dann 6.328 Dollar, einfache Strecke«, antwortete sie. »Es ist halt Weihnachten, Sir.«

Gatwick Airport, West Sussex, 2012

Sophia stürmte durch den Zoll und bahnte sich einen Weg zum nächsten öffentlichen Telefon. Dort warf sie so viele Münzen ein, wie sie in ihrer Tasche finden konnte, und wählte. Sie war einen ganzen Tag ohne Kontakt zur restlichen Welt gewesen und musste dringend mit Hugo sprechen.

»Hugo, mein Handy ist seit gestern Mittag leer, deshalb kann ich meine Nachrichten nicht abrufen. Was? Ich kann dich nicht richtig verstehen, die Leitung ist so schlecht. New York war ein Reinfall. Es könnte allerdings sein, dass ich mich in Dominic McGuire verliebt habe. Aber seine Ex will die Perlen sowieso nicht hergeben, und jetzt erzählst du mir auch noch, Granny hätte das Bewusstsein verloren und mein Vater würde Ärger machen. Was ist denn los, Hugo? Erzähl doch, was passiert ist.«

»Versuche ich ja«, sagte Hugo. »Aber dafür müsstest du mich zwischendurch zu Wort kommen lassen. Also, dein Vater hat mich heute Nacht völlig fertig angerufen, hat geschrien und getobt und verlangt, mit dir zu reden.«

»Was? Mein Vater hat dich angerufen? Aber er hasst dich doch fast so sehr wie mich!«

Sie hörte, wie Hugo am anderen Ende der Leitung tief Luft holte.

»Er sagt, deine Mutter hat ihn verlassen … Und dass du die Schuld dafür trägst.«

»So ein Quatsch!«, schrie Sophia, ohne richtig zu begreifen, was Hugo ihr da erzählte. »Mum würde niemals den Mut aufbringen, Dad den Laufpass zu geben. Die beiden würden sich niemals trennen. Was sollen denn die Nachbarn sagen?! Wahrscheinlich gab's bloß einen albernen Streit, und Dad versucht jetzt, mir dafür die Schuld in die Schuhe zu schieben. Aber warum ruft er dann dich an? Das verstehe ich nicht.«

»Ich weiß nicht genau«, sagte Hugo. »Er klang total merkwürdig. Und sehr, sehr betrunken.«

Sophias hatte das Gefühl, als würde ihr gleich der Schädel platzen. Sie war nicht einmal fähig, auch nur die Möglichkeit in Betracht zu ziehen, ihre Eltern könnten sich getrennt haben. Aber es gab wichtigere Dinge zu besprechen. Sie hatte jetzt keine Zeit, sich über ihre Eltern Gedanken zu machen.

»Und Granny?«, fragte sie mit zitternder Stimme. »Wie schlimm sieht es aus, Hugo?«

»Keine Ahnung, aber noch hält sie sich tapfer. Ich habe eben mit dem Krankenhaus gesprochen. Die Nacht hat sie offenbar gut überstanden. Hör mal, spring in ein Taxi und komm so schnell wie möglich nach Hause. Bitte. Es gibt da etwas, das ich dir zeigen muss.«

»Was denn?«, fragte Sophia, die plötzlich sehr nervös wurde.

Hugos Stimme hatte so einen merkwürdigen Ton. Sie klang gequält, fast verängstigt.

»Am Telefon kann ich's dir ja wohl schlecht zeigen«, sagte er betont ruhig. »Komm einfach her, Sophia, okay?«

»Okay«, flüsterte sie. »Bin schon unterwegs.«

Sie hängte den Hörer auf, und eine Woge der Erschöpfung erfasste sie. Sie fühlte sich, als stünde sie an einem stürmischen Strand, während riesige Wellen auf sie einstürzten und ihr langsam die Kräfte schwanden, sich noch weiter auf den Beinen zu halten. Spätestens bei der nächsten schlechten Nachricht würde sie untergehen. Hunderte von Menschen hasteten in der Ankunftshalle an ihr vorbei, doch sie blieb wie angewurzelt an ihrem Fleck stehen. Lächelnd schlängelten die Leute Gepäck, Weihnachtsgeschenke und aufgeregte Kinder in ihren besten Kleidern durch die Menge. Paare küssten sich, erwachsene Kinder umarmten ihre Eltern, kleine Kinder warfen sich ihren Großeltern in die Arme. Eine Ewigkeit stand sie so da und betrachtete das um sie herum pulsierende Leben. Granny lag bewusstlos in einem Krankenhausbett, ihre Mutter war allein, ihr Vater Gott weiß wo und Dominic Tausende Meilen entfernt. Keiner in Sophias Leben schien dort zu sein, wo er hingehörte. Ihre letzten Kräfte mobilisierend, begann sie, den Koffer langsam Richtung Taxihalteplatz zu schieben.

Als sie schließlich beim Haus ihrer Großmutter eintraf, stand Hugo bereits wartend am Fenster. Er lief hinaus, um sie zu begrüßen, und drückte sie so fest, dass sie kaum noch Luft bekam.

»Was ist los, Hugo?«, fragte sie und überließ ihm den Koffer. »Den Blick kenne ich doch. Du hast etwas angestellt, was du nicht hättest tun dürfen, habe ich recht?«

»Ich habe ein bisschen rumgeschnüffelt«, gab er zu.

Er führte sie ins Arbeitszimmer ihres Großvaters und reichte ihr einen kleinen vergilbten Zeitungsausschnitt.

»Das habe ich im Schreibtisch deines Großvater gefunden«, erklärte Hugo kleinlaut. »Ich war einfach neugierig, tut mir leid. Ich dachte nur, ich sollte mal nachsehen, was da sonst noch …«

»Was ist das?«, fragte sie und nahm den Zeitungsausschnitt.

»Nur eine kurze Meldung. Und dann gibt es noch eine. Einen Widerruf wenige Tage später.«

»Ich verstehe nicht«, sagte Sophia.

»Lies«, drängte Hugo sie.

»Berühmte Erbin auf geheimen Abwegen. Lady Alice Beaumont Perry, Tochter des Schauspielerehepaars

Tilly Beaumont und Frank Perry Junior, ist als vermisst gemeldet worden. Ersten Erkenntnissen zufolge ist das Mädchen in Italien mit einem jungen Italiener durchgebrannt… Eltern sind außer sich vor Sorge… Italienische Polizei konzentriert ihre Suche auf Rom und angrenzende Gebiete… Wer sachdienliche Informationen…«

Sophia sah von dem Artikel auf.

»Wie bitte?«, sagte sie und lächelte zum ersten Mal an diesem Tag. »Das ist verrückt. Mein Mutter ist in Italien mit einem Mann durchgebrannt und hat es bis in die überregionale Presse gebracht?«

»Anscheinend«, sagte Hugo achselzuckend. »Ich bin im Internet alles zu ihr durchgegangen, aber das hier ist die einzige Erwähnung dazu. Dieser eine Zeitungsausschnitt und dann der Widerruf.«

»Zu schade«, erwiderte Sophia nachdenklich. »Mir hat die Vorstellung irgendwie gefallen, meine Mutter könnte etwas so Verwegenes getan haben. Das würde nämlich bedeuten, sie könnte auch mit dieser ganzen Heuchelei aufhören und mir nicht länger Vorhaltungen wegen meines ›fragwürdigen Lebensstils‹ machen. Aber dann hat es sich wohl um eine Falschmeldung gehandelt.«

Hugo schüttelte den Kopf. »Das glaube ich nicht. Warum hätte dein Großvater den Ausschnitt dann aufgehoben? Außerdem ist das nicht alles. Es gibt ein Schreiben der italienischen Polizei drei Monate nach dieser Meldung. Der Brief ist auf Italienisch, aber ich kann mir den Inhalt ungefähr zusammenreimen. Die Rede ist von einem erfolgreichen Polizeieinsatz, und dass Alice sich hoffentlich gut von ihrem Martyrium erholt habe und der Täter dingfest gemacht werden konnte.«

»Der Täter?«, sagte Sophia verwundert. »In der Zeitungsmeldung klang es eher so, als wäre sie aus freien Stücken mit irgendeinem Typen durchgebrannt. Ach du Scheiße, das würde ja bedeuten, meine Mutter hätte irgend so einen armen jungen Italiener bei der Polizei angeschwärzt, bloß weil er ein Techtelmechtel mit ihr hatte! Und dann läuft sie herum, als könnte sie kein Wässerchen trüben …«

»Das ist doch alles völliger Unsinn. Ich habe nicht die geringste Ahnung, was meine Mutter vor über dreißig Jahren getrieben hat. Und um ehrlich zu sein, kümmert es mich derzeit auch herzlich wenig. Ich möchte jetzt nichts weiter als ein wenig schlafen, in Ruhe baden und dann Granny besuchen.«

»Ähm …« Hugo trat verlegen von einem Bein auf das andere. »Da wäre nur noch eine Sache.«

»Was?«, schoss sie zurück. »Was ist denn so wichtig, dass es nicht ein paar Stunden warten kann?«

»Sophia, ich glaube, dein Dad ist gar nicht dein Dad. So. Jetzt habe ich es gesagt. Damon meint, das Beste ist, es einfach geradeheraus zu sagen.«

Sophia war so fassungslos, dass sie erst eine Weile um Worte rang.

»Wovon zum Teufel redest du da, Hugo? Natürlich ist mein Vater mein Vater. Ich meine, er mag ein scheiß Vater sein, aber er ist eindeutig meiner.«

Hugo schüttelte den Kopf. »Du bist im Mai 1982 geboren«, erklärte er ihr, als ob sie das nicht wüsste.

»Ja«, erwiderte sie ungeduldig. »Das ist mir bekannt, Hugo.«

»Und deine Eltern haben erst im Dezember 1981 geheiratet«, fuhr er fort.

»Ich weiß«, sagte sie. »Mum war schon mit mir schwanger, als sie vor den Altar trat. Ich glaube, das ist einer der Gründe, warum Dad mich immer als Mängelexemplar betrachtet hat. Als ob ich etwas dafür könnte!«

»Aber Sophe«, sagte Hugo. »Du musst im August 1981 gezeugt worden sein. Und im August 1981 war deine Mutter noch in Italien. Sieh dir nur den Brief der italienischen Polizei an. Sie wurde erst Anfang September aufgegriffen.«

»Das ist Unfug«, antwortete Sophia. Diesmal hatte Hugo es mit seiner Besessenheit für die Beaumontsche Familie zu weit getrieben. Vor allem lag er vollkommen daneben.

»Ich kam zwei Monate zu früh auf die Welt«, erklärte sie nüchtern, ohne allerdings die leichte Verärgerung in ihrer Stimme verbergen zu können. Sie brauchte jetzt wirklich nicht noch mehr Chaos, konnte er das nicht begreifen? »Bei meiner Geburt war lange unklar, ob ich es überhaupt schaffen würde. Meine Eltern haben es mir selbst erzählt. Vermutlich hat das dazu beigetragen, dass Mum und ich uns nie so richtig nahe gekommen sind. Aber einen Skandal gibt es nicht.«

»Nein, du warst keine Frühgeburt«, entgegnete Hugo kopfschüttelnd und reichte ihr ein weiteres Dokument.

»Worauf willst du hinaus?«, sagte sie beinahe flehentlich. »Was ist das?«

»Deine Geburtsurkunde«, antwortete er. »Danach bist du in der 39. Woche per Kaiserschnitt zur Welt gekommen und hast stolze 3750 Gramm gewogen.«

Sophia starrte die Papiere in ihrer Hand verständnislos an. Wie hatte Hugo das nur alles herausfinden können, während sie ihr gesamtes Leben lang nicht die geringste Ahnung gehabt hatte?

»Aber wenn du recht hast mit Italien …«, murmelte Sophia.

»Dann war alles nur eine große Lüge«, sagte Hugo mit finsterer Miene und nickte.

Sophia war wie betäubt. Einen Moment lang empfand sie gar nichts. Wie sollte sie darüber trauern, dass Philip nicht ihr biologischer Vater war? Er war ein schrecklicher Vater gewesen. Doch der Schock blieb lähmend in seiner Wucht. Sie konnte kaum atmen. Wenn sie darüber nachdachte, wie viele Jahre sie versucht hatte, ihm zu gefallen, wie verzweifelt sie um das kleinste bisschen Liebe von dem Mann gerungen hatte, den sie Dad nannte … Es war zu viel, um es zu begreifen. Sie dachte an das kleine Mädchen im Ballettkleid, das vor ihrem desinteressierten Vater immer wildere Pirouetten drehte. Wie hatte er ihr das nur antun können? Wie hatte ihre Mutter sich so zurückhalten und teilnahmslos zusehen können, wenn sie die Wahrheit kannte? Natürlich würde es auch vieles erklären. Die Kälte, die er ihr gegenüber empfand. Den Mangel an Liebe. Aber zugleich rief es so viele neue Fragen auf. Sophia wusste nicht einmal, wer genau sie war. Sie kam sich vor wie ein Spiegel, der in tausend Stücke zerschlagen worden war.

Nach langem Schweigen sagte sie: »Wenn Philip nicht mein Vater ist, wer ist es dann? Ich muss sofort zu meiner Mutter.«

»Ich weiß«, sagte Hugo mitfühlend. »Ich dachte mir schon, dass du das willst. Damon wartet draußen mit seinem Van. Er wird uns nach Virginia Water bringen.«

Sophia hielt kurz inne. »Aber was ist mit Granny? Sollte ich nicht zuerst zu ihr? Nicht, dass ich zu spät komme.«

»Deine Granny würde sich vermutlich wünschen, dass du mit deiner Mutter sprichst, meinst du nicht auch?«, sagte Hugo.

Sophia nickte mechanisch. Wahrscheinlich war es von Anfang an Grannys eigentliche Absicht gewesen, dass sie die

Wahrheit herausfand. Ihr Kopf schmerzte. Sie musste fürchterlich aussehen. Seit zwei Tagen trug sie dieselben Leggings, denselben zerknitterten Pullover. Das gestern aufgelegte Make-up war längst nicht mehr da, die Frisur wirr, und ihre Augen rot und blutunterlaufen vor Übermüdung. Sie hatte das dringende Bedürfnis, an einer starken Schulter Halt zu suchen. Hugos Umarmungen waren immer nett gemeint, aber nicht das, was sie jetzt brauchte.

»Hat Damon ein Handyladegerät im Auto?«, erkundigte Sophia sich hoffnungsvoll.

Dom würde sich mittlerweile gemeldet haben. Sie konnte ihn zwar leider nicht einfach herbeamen, aber zumindest würde sie seine Stimme hören. Sie konnte mit ihm reden. Das würde helfen. Die Aussicht heiterte sie ein klein wenig auf.

»Ja, hat er«, sagte Hugo und brachte sie zur Haustür. »Mein Damon ist in jeder Hinsicht bestens ausgestattet!«

»So genau wollte ich das gar nicht wissen«, erwiderte Sophia und versetzte ihm einen spielerischen Tritt in den Hintern.

Als sie in den Kleinbus kletterten, beugte sich Damon vom Fahrersitz herüber und schloss Sophia fest in die Arme (auch schön, aber längst nicht mit Dom zu vergleichen). Offenbar wusste er über alles Bescheid, fand aber nicht die richtigen Worte. Sophia konnte es ihm nicht verdenken. Was sollte man auch zu jemandem sagen, der gerade herausgefunden hatte, dass der Vater nicht der Vater war und das eigene Leben komplett auf einer Lüge basierte?

»Sie braucht keine endlosen Streicheleinheiten, Liebster«, rügte Hugo und kletterte über Sophia hinweg, um sich neben seinen Freund zu setzen. »Was sie vor allem braucht, ist dein Ladegerät. Die Ärmste ist seit vierundzwanzig Stunden ohne Handy und dementsprechend schwer traumatisiert. Außerdem hat sie im Big Apple eine leidenschaftliche Affäre angefangen und muss nun dringend ihre Nachrichten abhören.«

»Verstanden, kommt sofort«, sagte Damon, nahm das Ladegerät aus dem Handschuhfach und steckte es in den Zigarettenanzünder.

»Komm schon, komm schon …« Sophia schüttelte das Telefon. »Warum dauert das immer so lang, bis die wieder angehen, wenn bloß mal der Akku leer ist?«

Die erste Nachricht stammte von Hugo, der sie um sofortigen Rückruf bat. Aber die nächste war von ihm. Sophias Herz machte einen Sprung, als die tiefe Stimme mit dem lässigen New Yorker Akzent an ihr Ohr drang.

»Hey, Sophia, Baby, ich bin's, Dom«, sagte er. »Ich bin am Flughafen! Wo steckst du? Die lassen mich nicht durch die Sicherheitskontrolle, um dich zu suchen, aber ich habe ein Geschenk für dich. Bitte ruf sofort zurück, wenn du diese Nachricht hörst. Bitte, Sophia. Ich muss dich unbedingt noch sehen, bevor du fliegst. Es ist wichtig!«

Es dauerte eine Ewigkeit, bis ihr Handy endlich die Verbindung hergestellt hatte. Gespannt hielt sie den Atem an, aber es klingelte nicht. Als sich stattdessen die Mailbox meldete, ließ sie enttäuscht das Telefon sinken.

Glasgow Airport, Schottland, 2012

»Nach London, bitte«, verkündete Dominic voller Elan, als er in den Fond des Taxis sprang.

Der Taxifahrer drehte sich um und sah ihn an, als hätte er gerade darum gebeten, auf den Mond gefahren zu werden.

»London?«, wiederholte der Mann im breitesten schottischen

Akzent ungläubig. »Machen Sie Witze? Haben Sie überhaupt eine Ahnung, wie weit es von Glasgow nach London ist?«

»Gut sechshundert Kilometer«, erwiderte Dominic bestens gelaunt.

Nichts konnte ihm jetzt mehr seine gute Stimmung rauben. Er befand sich auf britischem Boden. Er hatte es fast geschafft. Und er musste ein überaus kostbares Geschenk pünktlich zu Weihnachten abliefern. Er kam sich vor wie einer der drei Weisen aus dem Morgenland.

»*Ich* fahre Sie jedenfalls nicht nach London«, erklärte der Taxifahrer und schüttelte entschlossen den Kopf. »Herrgott, wir haben Heiligabend! Das dauert acht Stunden hin und acht zurück. Vor morgen früh wäre ich nicht wieder zu Hause. Meine Alte würde mich umbringen. Sie müsste all die Geschenke für die Blagen allein einpacken und die ganzen Weihnachtsstrümpfe füllen und so.«

»Was auch immer es kosten mag«, sagte Dominic. »Ich zahle Ihnen das Doppelte, einverstanden?«

Der Fahrer schwieg einen Moment. Dominic konnte sehen, wie er das Für und Wider abwog, wie er die Vorwürfe, die er sich von seiner Frau anhören müsste, mit dem Verdienst verglich, den die Tour einbringen dürfte. Inständig hoffte Dominic, er würde zustimmen. Ein Taxi war seine einzige verbliebene Chance. Der letzte Zug vor Weihnachten Richtung London hatte den Bahnhof bereits verlassen, der Nachtbus würde viel zu lange brauchen, und keine der Mietwagenfirmen am Flughafen hatte noch Wagen gehabt. Es war halt Weihnachten, wie ihm ständig jedermann so überaus hilfreich erklären musste.

»Also schön, mein Freund«, sagte der Fahrer schließlich. »Abgemacht. Diese ganze scheiß Geschenkeverpackerei kann ich sowieso nicht ab. Aber Sie müssen sich damit abfinden, dass ich rauche. Acht Stunden ohne Kippe, das halte ich nicht durch.«

»Passt doch wunderbar«, erwiderte Dominic glücklich. »Ich leiste Ihnen Gesellschaft.«

46. Kapitel

Virginia Water, Surrey, 2012

Alice sah den Kleinbus vor dem Haus halten und wusste, dass nun endgültig der Moment gekommen war, Sophia die Wahrheit zu sagen. Sie atmete tief durch und versuchte sich zu sammeln. Sie durfte sich jetzt nicht vom Zustand ihrer Mutter überwältigen lassen. Eins nach dem anderen. Nur so würde sie in der Lage sein, die nächsten Tage zu bestehen. Zuerst musste sie sich auf ihre Tochter konzentrieren, dann würde sie sich um ihre Mutter kümmern können.

Philip war fort. Sie hatte ihm endlich gesagt, dass sie sich scheiden lassen würde, und die Reaktion war schlimmer ausgefallen, als sie es erwartet hatte. Er war zum Haus gekommen und hatte gegen die Tür gehämmert, sobald er feststellen musste, dass sein Schlüssel nicht mehr in das neue Schloss passte, das sie in seiner Abwesenheit hatte einbauen lassen. Gerechnet hatte sie mit Schock, Wut und im schlimmsten Fall Gewalttätigkeiten. Eine Ohrfeige hätte sie ihm dabei durchaus verziehen. Womöglich hätte sie die sogar verdient. Jedenfalls wäre sie damit zurechtgekommen. Also hatte sie voller Angst die Tür einen Spalt breit geöffnet und einen Wutausbruch erwartet, doch stattdessen gab es Tränen. Der große Haustyrann, der sie drei Jahrzehnte lang wie eine Gefangene behandelt hatte, war vor ihren Augen schluchzend auf der Eingangsstufe zusammengebrochen. Und dann hatte er auch noch um eine zweite Chance gebettelt, hatte versprochen sich zu ändern, ja, er hatte sogar geschworen, es noch einmal mit Sophia zu versuchen. Aber dafür war es längst zu spät. Alice hatte nicht geahnt, dass er sie noch immer – auf seine ganz eigene Art – liebte, und war von seiner Reaktion kalt erwischt worden. Jahrelang hatte sie diesen Augenblick in ihrem Kopf durchgespielt, aber mit Tränen hatte sie nie gerechnet. Sie hatte sich gefragt, ob sie noch etwas für den Mann empfand, mit dem sie ihr gesamtes Erwachsenenleben verbracht hatte, aber da war nichts als hohle Gleichgültigkeit. Sie wollte nur noch, dass er verschwand. Und so hatte sie die Tür wieder geschlossen und ihn weinend auf der Eingangsstufe zurückgelassen.

Die vergangenen Tage waren für alle extrem anstrengend gewesen, aber sicher würde auch Philip irgendwann begreifen, dass es so am besten war. Zu Beginn ihrer Beziehung hatte er versucht, sie zu retten, und in den Anfangstagen waren sie fast so etwas wie Freunde geworden. Doch Verbitterung und Lügen hatten ihr einvernehmliches Verhältnis immer weiter beschädigt und verdorben. Sie gab keineswegs Philip die alleinige Schuld dafür, wie sich alles entwickelt hatte. Es war gewiss nicht leicht gewesen, das Kind eines anderen großzuziehen, besonders da er wusste, wer dieser andere Mann war und wie viel er Alice bedeutet hatte. Gegen ihn war Philip chancenlos. Was ließ sich gegen einen unsichtbaren Kontrahenten schon ausrichten? Nein, er hätte sie niemals glücklich machen können. Und jetzt waren sie endlich beide frei und konnten wieder zu leben beginnen. Mit der Zeit würde auch Philip das begreifen. Unter all dem Leid, das die vergangenen Wochen mit sich gebracht hatten, konnte Alice sogar bereits ganz schwach spüren, wie sich neues Leben regte. Aber zuerst gab es da eine Geschichte, die erzählt werden musste. Hoffentlich würde

Sophia verstehen, dass es eine Liebesgeschichte war. Eine Geschichte, die von der Liebe eines Mädchens zu einem Jungen handelte und von der Liebe einer Mutter zu ihrer Tochter.

Rom, Italien, 1981

»Rom ist die romantischste Stadt der Welt!«, schrieb Alice auf die Postkarte an ihre Mutter.

Sie saß in einem Café an der Piazza di Pietra, genoß die letzten Reste ihres Cappuccinos und überlegte, wie viel von der Wahrheit sie ihren Eltern mitteilen sollte. Die Tatsache, dass Claudia schon vor einer ganzen Weile nach Monaco verduftet war, hatte sie bislang natürlich verschwiegen. Bei ihren wöchentlichen Anrufen oder bei den Ansichtskarten, die sie gelegentlich schrieb, blendete sie mit größter Sorgfalt alles aus, was ihre Eltern irgendwie verschrecken könnte. Neben Claudias Abreise betraf dies etwa auch die Tatsache, dass sie in dem Club, in dem sie arbeitete, kaum mehr als Unterwäsche trug. Bislang hatte das Spiel ganz wunderbar funktioniert. Ihre Mutter und ihr Vater schienen beruhigt, wie gut ihre Tochter das Jahr in Italien meisterte, und hatten irgendwie den Eindruck bekommen, der wilde, laute Vergnügungsschuppen, in dem sie arbeitete, sei eher so etwas wie ein seriöser Herrenclub gehobener Kategorie.

»Ich habe gerade eine Münze in den Trevi-Brunnen geworfen«, fuhr sie wahrheitsgemäß fort. »Das bedeutet, ich werde eines Tages nach Rom zurückkehren!«

Klang das zu sehr danach, als würde sie bald abreisen? Auf gar keinen Fall durften ihre Eltern erfahren, dass sie ihren Job gerade gekündigt und ihren letzten Lohn für ein Zugticket nach Genua ausgegeben hatte. Ihre Eltern gingen davon aus, Alice würde den ganzen Sommer über in Rom bleiben, aber … na ja, so war das Leben eben, manchmal kam halt etwas dazwischen. Aber das würden die beiden nicht verstehen.

»Ich habe einen netten jungen Mann kennengelernt …«, begann sie und hielt dann inne. Während sie auf ihrem Stift herumkaute, überdachte sie die Lage noch einmal.

Alice war so verliebt in ihren neuen Freund, dass sie am liebsten der ganzen Welt von ihm erzählt hätte – allen voran ihrer Mutter, der Luca bestimmt auch gefallen würde. Aber würde das ihre Eltern nicht eher beunruhigen? Würden sie Verdacht schöpfen, wenn keine Ansichtskarten mehr aus Rom eintrafen? Nein, entschied Alice. Alles kein Problem. Sie war schließlich kein Baby mehr, gegen einen Freund dürften ihre Eltern keine großen Einwände haben, und wie sollten sie jemals herausfinden, dass Luca und sie nicht mehr waren, wo sie eigentlich sein sollten?

»Sein Name ist Luca. Er ist ein begnadeter Koch und arbeitet in dem berühmten Restaurant, das gleich neben dem Nachtclub liegt, in dem ich arbeite. Er ist intelligent, höflich, ein wenig schüchtern, aber witzig, und er ist mit Abstand der großartigste Mann, dem ich jemals begegnet bin. Du wärst auch total begeistert, Mummy! Und, keine Bange, Daddy, dir würde er auch gefallen. Er macht sündhaft leckere Rigatoni con la Pajata, und ich weiß doch, wie sehr du Kalbfleisch magst!

Ich hoffe, euch beiden geht es gut. Alles Liebe! Alice (die im Wunderland ist).«

So. Fertig. Sie würde die Karte am Bahnhof einwerfen. Alice fuhr mit dem Finger unter den Perlenchocker und spürte, wie die Schweißtropfen ihr das Schlüsselbein bis zu den Brüsten hinabliefen. Mann, war das heiß heute! Hoffentlich würde es in Portofino am Meer ein wenig kühler sein. Sie wusste, dass ihre Eltern ihr das Collier nicht zum achtzehnten Geburtstag geschenkt hatten, damit sie es in Rom zum Shoppen und Sightseeing anzog. Und ihre Mutter hätte auch gewiss kein Verständnis dafür, dass sie echte Perlen mit abgeschnittenen Jeans und einem neonpinken ärmellosen Top kombinierte. Aber es war nun einmal unmöglich, die Kette in der Herberge zu lassen, wo sich jede Menge windiger Typen herumtrieben, daher war sie dazu übergegangen, das Collier ständig zu tragen. Inzwischen zeichneten sich dessen Umrisse sogar an ihrem Hals ab, da die Sonne sie dort nicht bräunte.

Ihr Rucksack stand fertig gepackt neben ihr. In einer halben Stunde würde Lucas letzte Schicht zu Ende sein, und dann würden sie gehen. Sobald sie Rom erst einmal hinter sich gelassen hatten, konnten sie tun und lassen, was sie wollten. Luca hatte lachend gesagt, sie seien eine moderne Variante von Romeo und Julia, da auch sie sich dem Willen ihrer Eltern widersetzen müssten. Aber tief in seinem Herzen fand er die Situation bestimmt nicht lustig, das war ihr klar. Sie waren zwar erst seit einem Monat zusammen, aber Alice zweifelte keine Sekunde daran, dass er sie liebte. Warum sonst würde er sich über die eigene Familie hinwegsetzen? Seinen Job aufgeben? Aus seiner Geburts- und Heimatstadt flüchten? Es war diese still köchelnde Leidenschaft, die sie am meisten an ihm faszinierte.

Außerdem musste sie ihn unbedingt von Anita wegbringen, dem Mädchen, mit dem seine Eltern ihn verheiraten wollten. Dabei war Luca gar nicht an ihr interessiert. Er hatte Alice versichert, ihr nie irgendwelche Hoffnungen gemacht zu haben. Seine Mutter hingegen schon, und das genügte. Luca sagte, er sei zuvor noch nie verliebt gewesen, und ihm sei überhaupt erst klar geworden, was Liebe ist, als er Alice begegnet war. Da seine Eltern ihn aber konstant bedrängten und Anita die Tochter seines Chefs war, lastete ein enormer Druck auf ihm. Und Anita schien auch nicht zu den Menschen zu zählen, die ein Nein als Antwort akzeptierten. Sie hatte Alice bereits einen Drink ins Gesicht geschüttet, und vor ein paar Tagen hätte ihr Bruder Alice und Luca um ein Haar mit seiner Vespa über den Haufen gefahren. Lucas Eltern redeten nicht mehr mit ihrem Sohn, und Alice durfte sich in ihrem Haus nicht blicken lassen. Daher war Luca zu dem Schluss gekommen, dass sie nur auf diese Weise zusammenbleiben konnten, und Alice hätte sich nichts Romantischeres ausmalen können, als gemeinsam mit ihm durchzubrennen und ins große Unbekannte zu starten.

Liebend gerne hätte Alice ihrer Mutter einfach alles über Luca berichtet. Sie wollte ihr von seinen Wimpern erzählen, die so unglaublich lang waren, dass sie beim Küssen ihre Wangen kitzelten. Oder dass sie, wenn er sprach, immer auf diese wunderschönen vollen Lippen starren musste und sich danach sehnte, von ihnen geküsst zu werden. Gerne hätte sie ihre Mutter gefragt, wie es gewesen war, als sie Daddy zum ersten Mal gesehen hatte. Und ob das alles nun hieß, dass Luca »der Richtige« für sie war. Alice seufzte schwer. Aber dann bog Luca auf den Platz und kam, einen Mundwinkel zu diesem unwiderstehlichen Lächeln hochgezogen, auf sie zu, und ihr Herz floss über vor Glück. In diesem Moment wäre sie ihm bis ans Ende der Welt gefolgt.

Gegen Abend erreichte ihr Zug Genua. Ebenso erschöpft wie aufgeregt nahm Alice Lucas Hand und ließ sich von ihm durch die Menschenmenge zum Busbahnhof führen. Trotz seiner schmalen, schlaksigen Gestalt trug er ohne sichtbare Anstrengung seinen und ihren Rucksack.

»Jetzt ist es nicht mehr weit nach Portofino«, erklärte er. »Ich war mal als Kind in den Ferien dort. Es ist wirklich schön. Wir werden da bestimmt sehr glücklich sein.«

Eng umschlungen saßen sie auf dem schmutzigen Bürgersteig und warteten drei Stunden lang auf den Bus, während sie endlose Küsse und lebenslange Schwüre austauschten. Als sie dann endlich in Portofino eintrafen, war es so spät, dass sie beschlossen, am Busbahnhof zu schlafen. Am Morgen fanden sie ein zentral gelegenes billiges Hotel und begannen, sich ein neues gemeinsames Leben aufzubauen. Dank seiner Kochkünste hatte Luca schon bald eine Anstellung in einem Restaurant am Hafen gefunden. Und Alice' hübsches Gesicht und ihre Figur brachten ihr rasch einen Job als Kellnerin in einer Cocktailbar ein, die vor allem von wohlhabenden Yachtbesitzern besucht wurde.

Sobald sie beide ihren ersten Monatslohn bekommen hatten, zahlten sie davon die Kaution für eine winzige Einzimmerwohnung, von der aus man sogar, wenn man sich nur weit genug aus dem Fenster lehnte und den Hals verrenkte, das Meer sehen konnte. Viel blieb ihnen nach Abzug der Miete nicht übrig, aber Luca versorgte sie mit Resten aus dem Restaurant, und Alice kassierte stets genug Trinkgeld, um immer eine Flasche Wein im Haus zu haben. Verglichen mit ihrer in verschwenderischem Luxus verbrachten Kindheit, bedeutete dieser neue Lebensstil eine gewaltige Umstellung, aber Alice war noch nie in ihrem Leben so glücklich gewesen.

In der ersten Zeit rief sie noch einmal wöchentlich zu Hause an, aber nach einer Weile wurde es ermüdend, die Lügengeschichte immer weiterzuspinnen, und sie begann, Ausreden zu finden, um nicht anrufen zu müssen. Eine Woche verstrich, dann noch eine und noch eine, bis zu viel Zeit vergangen war, um ihr Schweigen nachträglich irgendwie erklären zu können. Alice verdrängte alle Gedanken an Zuhause, redete sich ein, ihre Eltern würden sich schon keine Sorgen machen, und konzentrierte sich ganz auf das Hier und Jetzt. Nichts war wirklich von Bedeutung, nur sie und Luca und ihre leidenschaftliche, grenzenlose Liebe.

Eines Abends ging Luca noch spät mit ihr an den Strand und breitete dort unter dem Mondschein ihre Picknickdecke aus. Der Strand war bereits menschenleer, unzählige Sterne funkelten am schwarzen, klaren Himmel, und die Wellen schwappten leise ans Ufer. Luca entzündete ein paar Kerzen, öffnete eine Flasche Prosecco und deckte die Tafel mit Bruschetta alla Romana, Fiori di Zucca Fritti, Spaghetti all'Amatriciana und Crostata di Ricotta. Er reichte ihr einen Plastikbecher mit Prosecco.

»Willst du mich heiraten, Alice?«, fragte Luca, und seine riesigen braunen Augen sahen sie im Mondlicht bittend an. »Ich habe zwar kein Geld, ich habe nicht einmal einen Ring, aber ich habe dieses Herz und meine Zukunft, und beides gehört dir bis ans Ende unserer Tage. Bitte, Alice, willst du mich heiraten?«

»Natürlich will ich, Luca!«, rief sie, warf die Arme um seinen Hals, wobei Prosecco über die ganze Decke spritzte, und küsste diese süchtig machenden Lippen, so fest sie konnte.

Zum Picknicken kamen sie an diesem Abend nicht. Ein Großteil des Essen wurde umgestoßen und landete im Sand, wo die Möwen es sich später schmecken lassen würden. Luca und Alice zerrten einander die Kleider vom Leib und hatten weit größeren Heißhunger aufeinander als auf Pasta oder Meeresfrüchte. Nichts und niemand würde sie jetzt noch auseinanderreißen können, davon waren sie fest überzeugt, und in ihrem Himmel aus junger Lust und Liebe vergaßen sie alles um sich herum. Luca legte die Hand in Alices Nacken und zog ihr Gesicht zu sich heran. Seine Finger gruben sich in ihr dichtes, langes Haar, und sie stöhnte sehnsüchtig auf, als seine Zunge in ihren Mund glitt und … schnapp!

»Scheiße!«, schrie sie und stieß ihn abrupt von sich.

In panischem Entsetzen schnellten ihre Hände an ihren Hals.

»Was ist denn, Alice?«, fragte Luca und setzte sich verwirrt auf.

»Meine Perlen! Meine Kette ist gerade gerissen. Scheiße! Scheiße, Luca! Sie sind in überall hingeflogen. Wir müssen sie unbedingt alle wiederfinden. Sie sind irre kostbar! Meine Mutter bringt mich um!«

Lucas gebräuntes Gesicht wurde aschfahl.

»Es tut mir schrecklich leid, Alice«, sagte er und begann sofort, auf allen vieren im Sand herumzukrabbeln. »Was bin ich dämlich. Ich werde jede einzelne Perle finden, das verspreche ich dir. Wie viele sind es denn? Wie viele Perlen, Alice?«

»Sechsundsechzig«, sagte sie, strich vorsichtig mit den Fingern durch den Sand und brachte etwa ein halbes Dutzend zum Vorschein. »Acht habe ich schon. Und du?«

»Zwölf«, sagte er, zögerte kurz und nahm dann behutsam etwas aus ihrem Ausschnitt. »Dreizehn. Wenigstens haben wir da schon mal die große!«

Alice lächelte und fing unvermittelt an zu lachen.

»Es ist nicht so wichtig, ob wir sie alle wiederfinden«, sagte sie. »Wir werden heiraten – das ist alles, was zählt!«

»Nein, es ist schon wichtig«, erwiderte Luca ernst. »Und ich werde sie alle für dich finden, Alice. Ich habe es dir versprochen. Ich werden dir alle sechsundsechzig Perlen zurückgeben.«

Sie blieben noch mehrere Stunden am Strand und suchten im Sand, bis sie mehr als vierzig Perlen wiedergefunden hatten. Dann war Alice mit ihren Kräften am Ende. Ihre Augenlider wurden schwer und der Kopf schmerzte. Luca trug sie zurück zu ihrer kleinen Wohnung und brachte sie ins Bett. Sie war so müde, dass sie gar nicht bemerkte, wie er wieder fortging. Am nächsten Morgen wurde Alice vom strahlenden Sonnenlicht geweckt, das ihr ins Gesicht schien. Sie drehte sich auf die Seite, wo normalerweise Lucas nackter Körper lag, und fragte sich schon, warum sie nicht wie sonst ineinander verschlungen waren, aber die andere Hälfte des Betts war leer, genau wie der Rest der Wohnung. Nirgends eine Spur von ihrem Verlobten. Zwei Stunden stand sie am Fenster, sah hinaus und wartete. Sie wusste nur zu gut, wo er war und was er tat. Als er schließlich mit einem Schuhkarton in der Hand auftauchte und sie auf diese unvergleichliche Art anlächelte, strahlte die Sonne für Alice plötzlich noch heller. Er war ihr ein und alles. Ohne Luca gab es keinen Sonnenschein, kein Tageslicht, kein Leben.

»Ich habe fünfundsechzig«, verkündete er stolz. »Nur eine fehlt noch.«

»Das ist egal«, sagte Alice zu ihm und meinte es auch so.

Würde ihre Mutter das Fehlen einer einzigen, kleinen Perle überhaupt bemerken?

»Nein«, erwiderte Luca fest. »Ich werde jeden Tag an diesen Strand gehen, bis ich auch die letzte Perle gefunden habe.«

»Mir ist es nicht wichtig«, sagte Alice ehrlich. »Ich habe dich. Mehr brauche ich nicht.«

Die Polizia di stato erschien mitten in der Nacht. Die Beamten brachen die Tür auf und fanden das junge Liebespaar nackt und zu Tode erschrocken im Bett. Ungeachtet aller verzweifelten Beteuerungen von Alice, dass sie Luca liebe, dass sie verlobt seien und er nichts Unrechtmäßiges getan habe, legte die Polizei ihm Handschellen an und zerrte ihn zur Tür hinaus. Sie versuchte noch, ihm zu folgen, aber eine kräftige Polizistin hinderte sie daran. Alice wehrte sich und kämpfte, schrie und kreischte, streckte die Arme nach ihrem Verlobten aus, aber vergebens. Sie ließen sie nicht zu ihm.

Während sie ihn mit Gewalt aus der Wohnung zerrten, rief Luca immer wieder: »Ich liebe dich, Alice! Ich halte mein Versprechen!«

»Keine Sorge, Luca, mein Vater wird das schon klären!«, schrie sie ihm hinterher. »Ich halte auch meine Versprechen. Das muss ein Missverständnis sein. Ein albernes Missverständnis. Wir sehen uns bald wieder. Ich liebe dich!«

Aber sie sahen einander nie wieder. Die Polizia war sehr freundlich zu ihr, aber es machte sie nur noch wütender, wenn sie wie ein Opfer behandelt wurde. Immer wieder versicherte sie ihnen, dass sie kein Opfer und Luca kein Verbrecher sei und dass sie aus freiem Willen mit nach Portofino gekommen sei. Auf der langen Fahrt nach Süden erfuhr sie, dass ihre Eltern die amtlichen Stellen in Rom kontaktiert und sie als vermisst gemeldet hatten. Die Behörde hatte über einen Monat gebraucht, um sie ausfindig zu machen.

In Rom warteten bereits die Eltern auf Alice. Sie hatten sich schreckliche Sorgen gemacht und schon befürchtet, ihre Tochter könnte entführt worden sein. Ganz egal, wie oft Alice ihnen auch versicherte, dass sie aus freien Stücken mit Luca gegangen war, sie beharrten darauf, ihre Tochter nach Hause zu bringen. Alles würde besser werden, wenn sie erst einmal daheim in London wäre. Aber nichts wurde besser. Alice weigerte sich zu essen. Sie konnte nicht schlafen. Sie flehte ihren Vater an, der italienischen Polizei zu erklären, dass Luca vollkommen unschuldig war.

»Wie können sie ihn unter Anklage stellen, wenn er nichts weiter verbrochen hat, als sich zu verlieben?«, wollte sie wissen. »Und das habe ich genauso! Wenn er also schuldig ist, bin ich es auch.«

»Alice, du bist halt kein normales Kind«, erinnerte ihr Vater sie. »Wegen unserer Bekanntheit …«, er deutete auf ihre Mutter und sich, »… bestehen für dich leider gewisse Risiken. Du kannst nicht einfach nach Italien gehen, dort verschwinden und dann von uns erwarten, dass wir nicht die Polizei einschalten. Dir könnte doch alles Mögliche zugestoßen sein.«

»Mir ist aber nur zugestoßen, dass ich mich verliebt habe. Ich war glücklich, Daddy! Warum musstet ihr mir das alles kaputtmachen?«

»Alice, mein Schatz«, sagte ihre Mutter liebevoll und strich ihr über den Kopf. »Luca steckt nicht in Schwierigkeiten. Er wurde nicht verhaftet und auch nicht unter Anklage gestellt. Er sollte nur keine Probleme bereiten, bis wir dich nach Hause bringen konnten.«

»Aber ich war dort zu Hause«, schluchzte Alice. »Begreift ihr das denn nicht? Diese Wohnung mit Luca war mein Zuhause. Was habt ihr getan? Warum musstet ihr mir das antun?«

»Du bist erst achtzehn, Alice«, sagte ihr Vater in ernstem Ton. »Du hattest eine Urlaubsaffäre, die aus dem Ruder gelaufen ist. Jetzt musst du damit abschließen und wieder dein Leben leben. Du wirst demnächst auf die Universität gehen, neue Freunde kennenlernen, neue Erfahrungen sammeln. Dein ganzes Leben liegt noch vor dir.«

»Nein«, sagte Alice, und ihre Augen verengten sich. »Ohne Luca habe ich nichts, worauf ich mich freuen könnte. Und ihr werdet uns nicht auseinanderbringen. Ihr werdet schon sehen …«

Bestimmt hundert Mal rief sie in dem Restaurant in Portofino an, erhielt aber jedes Mal nur die Auskunft, er sei fort. Also versuchte sie es in dem Restaurant in Rom, in dem er zuvor gearbeitet hatte. Es gehörte Anitas Vater, der mit Lucas Familie eng befreundet war. Er würde wissen, ob Luca nach Rom zurückgekehrt war. Er würde wissen, wo er sich aufhielt. Zumindest konnte er Luca eine Nachricht zukommen lassen, damit er wusste, dass sie ihn noch immer liebte, dass sie zurückkehren wollte, dass es noch nicht das Ende sein musste. Aber sobald sie etwas sagen wollte, legte die Person am anderen Ende auf. Sie hatte keine andere Telefonnummer, unter der sie Luca erreichen konnte, da seine Eltern kein Telefon besaßen, und so versuchte sie es immer und immer wieder. Eines Tages legte die Person am anderen Ende der Leitung nicht auf. Sie hörte sich geduldig an, was Alice zu sagen hatte, und erklärte dann im arrogantesten Italienisch: »Alice, hier ist Anita. Luca und ich haben vergangenen Samstag geheiratet. Du hast verloren. Ich habe gewonnen. Schönes Leben noch. Ciao.«

An diesem Tag starb ein Teil von Alice – ihr Herz, wie sie vermutete. Zu dieser Zeit wusste sie bereits, dass sie schwanger war. Achtzehn, unverheiratet und schwanger. Nicht unbedingt das, was Eltern sich von ihrem einzigen Kind wünschten. Ihr Vater war im ersten Moment völlig außer sich. Mehr als einmal hörte sie das Wort »Adoption« fallen, wenn sie auf der Treppe saß und ihre Eltern belauschte, die unten mit gedämpften

Stimmen besprachen, wie mit dem »Problem« am besten umzugehen sei.

»Ich werde mein Baby nicht fortgeben – Lucas Baby!«, schrie sie dann vom Treppenabsatz aus, bevor sie zurück in ihr Zimmer stürmte und sich dort einschloss.

»Er hat eine andere geheiratet«, erinnerte ihre Mutter sie durch die geschlossene Tür. »Du musst dein Leben weiterleben. Du bist doch noch so jung …«

»Ihm blieb ja nichts anderes übrig, als Anita zu heiraten!«, schrie sie zurück und verteidigte Luca auch jetzt noch. »Ihr wart es doch, die ihn mir weggenommen habt. Er hat sich über den Willen seiner Familie hinweggesetzt, um mit mir zusammen zu sein. Als er nach Rom zurückkehrte, hatte er gar keine andere Wahl!«

Ihre Eltern konnten Alice nicht dazu überreden, das Baby zur Adoption freizugeben. Es war ihre Mutter, der schließlich irgendwann als mögliche Lösung des »Problems« Philip einfiel. Philip Brown war der Sohn des Steuerberaters von Tilly und Frank und liebte Alice schon seit ihrem vierzehnten Lebensjahr. Alice hatte jedoch nie Interesse an ihm gezeigt. Für ihren Geschmack war er viel zu langweilig und zu bieder. Jetzt aber passte er perfekt. Er war vernarrt in sie, er wirkte halbwegs sympathisch, er war älter, er hatte bereits seinen Uniabschluss in der Tasche, und er besaß in der Londoner Kanzlei seines Vaters gute berufliche Aussichten. Er würde Alice und ihrem Baby ein neues Leben ermöglichen. Alice aber kümmerte ihr Leben nicht länger. Sie war achtzehn Jahre alt, schwanger, von ihrer großen Liebe getrennt und aller Hoffnung beraubt. Die beste Zeit in ihrem Leben lag bereits hinter ihr, so viel war sicher, und der Rest musste nur noch irgendwie ertragen werden.

Alice liebte Sophia zwar von dem Moment an, als sie auf die

Welt kam, aber die Mutterrolle fiel dem Teenager nicht leicht. Als Sophia ihre Mutter zum ersten Mal mit Lucas großen braunen Augen ansah, glaubte Alice, das Herz müsste ihr gleich vor Liebe, Sehnsucht und Schmerz zerreißen. Schon während ihrer Schwangerschaft hatte Alice an Depressionen gelitten, nach der Geburt jedoch verschlechterte sich ihr Zustand noch einmal erheblich. Sie wohnte jetzt in einem Haus, in dem sie sich nie wohl fühlen würde, gemeinsam mit einem Mann, dessen Art ihr völlig fremd war, und einem Baby, das sie nicht zu besänftigen vermochte, so sehr sie sich auch bemühte. Philip hatte im Golfclub einen guten Bekannten, der Arzt war. Als Sophia gerade einmal vier Wochen alt war, bekam Alice bereits starke Medikamente. Dreißig Jahre lang schluckte sie täglich ihre Tabletten.

Sophia war ein paar Monate alt, als ihr das geliebte pinkfarbene Häschen hinter das Kopfteil von Alice' Bett rutschte. Apathisch krabbelte Alice unter das Bettgestell, wo sie neben dem pinkfarbenen Häschen einen verstaubten Schuhkarton mit fünfundsechzig kostbaren japanischen Perlen entdeckte. Stundenlang saß Alice auf dem Boden, ließ die Perlen durch die Finger gleiten und dachte daran, wie beharrlich Luca im Sand gesucht hatte, um auch wirklich alle wiederzufinden. Tränen liefen ihr die Wangen hinab, während sie die Perlen immer und immer wieder zählte. Der Boden der Schachtel war noch von einer dünnen Schicht feinen Portofinosands bedeckt. Sie musste an Lucas Versprechen denken, auch noch die letzte Perle zu finden, und ihr wurde bewusst, wie hoffnungslos dies alles gewesen war, wie flüchtig und vergänglich ihr winziger Glücksmoment im ewigen Grau dieses beschissenen Lebens gewesen war. Das Baby schrie, weil es Hunger hatte, aber Alice konnte sich nicht von der Stelle bewegen. Sie war wie gelähmt von ihren Erinnerungen. Sie ertrug das alles nicht länger.

Am nächsten Tag fuhr sie nach London. Das tat sie häufig, wenn ihr nichts Besseres einfiel und Philip im Büro war. Das Baby schlief nirgends so gut wie im Auto, und auch Alice überkam hier eine gewisse Ruhe. Außerdem konnte sie so das in den Straßen pulsierende Leben beobachten, konnte all die interessanten Leute sehen, die immer so beschäftigt zu sein schienen. Das alles erinnerte sie daran, dass die restliche Welt sich noch immer drehte, auch wenn ihr eigenes Leben dauerhaft stillgelegt worden war. Wenn sie die Mädchen in ihrem Alter beobachtete, die arbeiteten, sich unterhielten, lachten, tranken, rauchten, flirteten und auf absurd hohen Absätzen herumstaksten, dann empfand sie gleichermaßen Erleichterung und Neid.

An jenem Tag fuhr sie nach Camden Town, einfach nur weil sie lange nicht mehr dort gewesen war. Sie stellte den Wagen an der Chalk Farm Road im Parkverbot ab, schaltete die Warnblinkanlage an und ließ das schlafende Baby in seinem Sitz. Was sie zu tun hatte, würde nicht lange dauern. Das junge Mädchen mit den Tattoos, das im Second-Hand-Laden hinter dem Tresen saß, schaute nicht einmal von ihrer Zeitschrift auf, als Alice den Schuhkarton auf den Counter stellte. Sie hatte keine Ahnung, wie wertvoll der Inhalt der Schachtel war. Aber Alice wusste es. Sie wusste es, und dennoch sah sie keine andere Möglichkeit, als sie einfach wegzugeben. Ihr fehlte die Kraft, die Perlen noch länger in ihrer Nähe zu ertragen. Alice würde in so viele winzige Teile zerspringen, dass niemand sie jemals wieder zusammensetzen könnte, wenn sie die Perlen auch nur noch ein einziges Mal betrachtete. Seelenruhig ging sie zu ihrem Wagen zurück, steckte dem schreienden Baby den Schnuller in den Mund und kehrte nach Surrey zurück, um die Bratwürste und den Yorkshire-Pudding-Teig für das Toad in the

Hole rechtzeitig vorzubereiten, das ihr Mann zum Abendessen bekommen sollte.

Virginia Water, Surrey, 2012

Sophias Knie waren so weich, die Beine wollten ihr kaum gehorchen. Es war lächerlich. Seit ihrer Geburt hatte sie in diesem Haus gelebt. Hier war sie aufgewachsen, die Frau, die in der offenen Eingangstür stand, war ihre Mutter, und dennoch fühlte sich alles so fremd, so falsch und nicht mehr zu ihrer Welt gehörig an. Dieses Haus war keine sichere Zuflucht, diese Frau war niemand, den sie wirklich kannte. Der hässliche rote Backsteinklotz verschwamm vor ihren Augen, und einen Moment lang glaubte sie, gleich ohnmächtig zu werden. Dann fiel ihr wieder ein, weshalb sie hier war. Der Jetlag mochte ihr die Kraft rauben, die Trauer und der Schmerz sie innerlich zerreißen, aber sie durfte jetzt nicht schwach werden. Das hier war ihre Chance herauszufinden, wer sie wirklich war.

So gefasst wie möglich, ging sie an ihrer Mutter vorbei und sagte: »Erledigen wir das nicht besser drinnen?«

Sophia setzte sich im Wohnzimmer auf das blaue Samtsofa und wartete. Sie konnte Hugo sehen, der sich an der Haustür herumdrückte, kurz hineinsah und dann wieder verschwand. Derselbe Goldengel, der jede Weihnachtsbaumspitze geschmückt hatte, solange Sophia zurückdenken konnte, krönte auch in diesem Jahr den mächtigen Baum, der den Raum dominierte. Ihre Mutter war ihr gefolgt und stand nun vor ihr. Das Gesicht, das auf Sophia hinabschaute, war so vertraut, und doch … doch schien es irgendwie verändert. Es schien, als wäre ein Licht in Alice wieder eingeschaltet worden. Mit einem Mal, wie bei einem plötzlichen Wiedererkennen, wurde Sophia bewusst, dass ihre Mutter diesen toten Blick verloren hatte. Und jetzt fiel ihr auch wieder ein, welchen Song ihre Mutter in dieser Nacht im Auto ständig gesungen hatte – »Free Fallin'« von Tom Petty.

»Es tut mir so leid, Sophia«, sagte ihre Mutter.

Sie kniete sich neben sie und wollte ihr über den Kopf streichen. Sophia zuckte zurück.

»Es tut mir so leid«, wiederholte Alice.

»Was tut dir leid?«, fragte Sophia, in der die Wut wieder zu brodeln begann. »Dass du mich mein ganzes Leben lang belogen hast? Dass du mich gezwungen hast, einen Mann Dad zu nennen, dem du erlaubt hast, mich wie ein Stück Dreck zu behandeln ...«

»Schhhh«, sagte ihre Mutter mit ruhiger, fester Stimme. »Ich habe einige schlimme Fehler begangen, mein Liebling, aber das ist jetzt vorbei. Ich kann nicht ändern, was geschehen ist, aber von nun an werde ich es anders machen.«

»Dafür ist es zu spät, Mum«, fauchte Sophia und wollte schon aufstehen, wollte fort von hier.

Doch ihre Mutter streckte die Hand aus und strich ihr erneut über den Kopf, und dieses Mal entzog Sophia sich ihr nicht.

In Wahrheit fühlte es sich seltsam gut an, von ihrer Mutter endlich wieder berührt zu werden. Ihr fiel wieder ein, wie es gewesen war, wenn sie, bevor man sie ins Internat fortgeschickt hatte, an manchen Tagen krank zu Hause gelegen hatte. Wie sie und ihre Mutter es sich auf dem Sofa gemütlich gemacht und stundenlang gemeinsam australische Soaps angeschaut hatten, mittags Heinz-Tomatensuppe gegessen und Limonade ohne Kohlensäure getrunken hatten. Sie erinnerte sich, wie sehr sie diese Tage geliebt hatte, nur sie beide allein. Und wie sehr sie den Augenblick gehasst hatte, in dem ihr Vater den Schlüssel in die Haustür steckte und der Zauber mit einem Schlag verflog.

»Es gibt so viel, was ich dir erklären muss«, begann ihre Mutter.

Sophia schüttelte den schmerzenden Kopf.

»Nicht jetzt«, sagte sie, mehr um ihrer selbst willen als ihrer Mutter zuliebe. »Du musst jetzt nicht gleich alles erklären, Mum. Jetzt müssen wir vor allen Dingen zu Granny.«

»Danke, mein Liebling. Du hast recht. Es würde viel zu lange dauern, alles zu erklären, aber mir ist klar, dass dir Antworten auf deine Fragen zustehen. Gibt es irgendetwas, das du jetzt sofort wissen möchtest?«

Sophia dachte nach. Hunderte von Fragen schwirrten ihr im Kopf herum, aber nur drei bekam sie zu fassen.

»Hast du ihn geliebt?«, fragte sie und zwang sich, in die tränenfeuchten blauen Augen ihrer Mutter zu sehen. »Meinen richtigen Vater?«

Die Züge ihrer Mutter entspannten sich, und ein wehmütiger Ausdruck huschte über ihr Gesicht. Sophia kannte die Antwort, noch bevor Alice den Mund öffnete.

»O Gott, und wie ich ihn geliebt habe. Er ist der einzige Mann, den ich jemals wahrhaft geliebt habe. Luca …«

»Luca?«, wiederholte Sophia, die den Namen ihres Vaters zum ersten Mal hörte, mehr zu sich selbst.

»Luca«, sagte ihre Mutter und lächelte wie ein liebeskranker Teenager.

Bei Sophia regte sich erstes Mitgefühl für ihre Mutter.

»Was ist geschehen?«, stellte sie ihre zweite Frage. »Wie kam es, dass du am Ende Dad geheiratet hast, obwohl du mit mir schwanger warst?«

»Ich war damals achtzehn und bin ihm in Italien begegnet. Wir waren unendlich ineinander verliebt, Sophia, das musst du wissen. Wir sind gemeinsam nach Portofino durchgebrannt. Ein paar Wochen war alles traumhaft schön.

Wir waren glücklich. Wir wollten heiraten. Es erschien uns alles so romantisch damals. Aber wir waren jung und naiv und erkannten nicht, in welcher Fantasiewelt wir lebten. Als ich nicht mehr zu erreichen war, haben deine Großeltern sich natürlich Sorgen gemacht. Die Behörden wurden eingeschaltet, und bevor wir noch wussten, wie uns geschah, wurde Lucca von der Polizei wie ein hundsgemeiner Verbrecher abgeführt und mich haben sie rasch zurück nach Hause verfrachtet.«

Ihre Mutter nahm einen Lippenstift aus der Tasche, blinzelte ein paar Tränen fort und trug fast trotzig rote Farbe auf.

»Und was geschah dann?«, fragte Sophia, der ebenfalls Tränen in die Augen stiegen bei der Vorstellung, dass ihre Mutter und ihr richtiger Vater, die sich doch so liebten, auseinandergerissen worden waren.

»Dann hörte ich, dass er eine andere geheiratet hatte«, flüsterte seine Mutter.

»So ein Mistkerl!«, sagte Sophia und setzte sich auf. »Also ist auch mein richtiger Vater ein Mistkerl. Na prima!«

Ihre Mutter hatte noch immer diesen trotzigen Blick in den Augen und schüttelte nur immer wieder den Kopf.

»Ich denke, es blieb ihm einfach keine andere Wahl. Es war eine andere Zeit. Eine andere Welt. Wir waren zu jung. Wir durften nicht frei wählen, wie und mit wem wir leben wollten. Aus diesem Grund habe ich ja auch deinen Dad geheiratet … Ich meine Philip. Es schien damals einfach das Vernünftigste. Ich war fest entschlossen, dich zu behalten, aber eine alleinerziehende Mutter zu sein, überstieg meine Kräfte, und ganz sicher hätte ich es nicht zugelassen, dass dich jemand mir wegnahm. Ich war selbst noch ein halbes Kind, und nach der Trennung von Luca ging es mir hundeelend. Und deine Großeltern hielten es offenbar für die beste Lösung. Also tat ich, was von mir verlangt wurde. Ich weiß auch nicht, warum. Ich war am Boden zerstört, mein Herz gebrochen …«

Die Geschichte hinterließ einen bitteren Nachgeschmack in Sophias Mund. Dass ausgerechnet die heiß geliebten Großeltern ihre Mutter gezwungen hatten, sich von ihrer großen Liebe zu trennen und stattdessen Philip zu heiraten, war ein hässlicher Gedanke. Warum sollten sie so etwas getan haben? Sophia fiel es schwer, sich vorzustellen, wie diese warmherzigen, liebevollen Menschen eine derart kühle, pragmatische Entscheidung für ihre kaum erwachsene Tochter trafen. Und für ihre ungeborene Enkelin.

Sophia versuchte, sich in die Rolle ihrer Mutter zu versetzen. Achtzehn und schwanger. Sie selbst hatte mit achtzehn nicht einmal die Verantwortung für einen Goldfisch zu tragen gehabt, geschweige denn für ein eigenes Baby. Sie konnte ein wenig nachvollziehen, warum ihre Mutter die Ratschläge ihrer Eltern befolgt hatte. Aber warum Philip?

»Warum Philip?«, fragte Sophia »Warum hast du ihn geheiratet? Warum keinen anderen?«

»Meine Eltern kannten seine Eltern. Er hing ständig bei uns rum. Er mochte mich. Es war die einfachste Lösung. Granny und Grandpa hielten es anscheinend für das Beste.«

Sophia fiel es schwer zu verarbeiten, was sie gerade erfahren hatte. »Und das hielt keiner für eine bescheuerte Idee?«, fragte sie wütend.

»Doch, Claudia«, antwortete ihre Mutter und nickte beim Gedanken daran. »Als Claudia von Monaco nach Hause kam und herausfand, was ich vorhatte, beschwor sie mich, dich allein großzuziehen. Sie sagte, die Welt habe sich geändert und dass ich das schaffen würde. Ihrer Meinung nach war ich dabei, all meine Träume fortzuwerfen, und sie wollte auch nicht zusehen, wie ich mir mein Leben ruinierte. Sie ist dann auch nicht zu meine Hochzeit gekommen, und wir haben uns nie wiedergesehen. Wie ich hörte, ist sie nach Frankreich zurückgegangen.«

»Und du hast sie so einfach ignoriert?«, bohrte Sophia nach. »Deine beste Freundin?«

»Nein, ich habe bloß auf meine Eltern gehört«, sagte Alice. »Ich habe ihnen vertraut. Und ich hatte Angst.«

»Also hat Granny dich gezwungen, Philip zu heiraten?«

»Nicht direkt gezwungen. Aber sie hat mir eindringlich dazu geraten. Und da die Dinge, die ich nach meinem eigenen Willen getan hatte, nur Leid und Unglück hervorgebracht hatten, sah ich meine letzte Chance darin, wenigstens für dich da sein zu können. Ich wusste genau, wenn ich Philip heiratete, würden meine Eltern mir erlauben, dich zu behalten. Und nun komm, mein Schatz, wir müssen los.«

Sophia hätte beinahe laut gelacht.

»Nur darum ging es also bei dieser ganzen Sache«, erkannte sie plötzlich und blieb abrupt stehen. »Es war gar nicht das Perlencollier. Es ging allein um ihr Schuldgefühl. Sie hat mich nicht losgeschickt, um die Perlen zu finden. Sie hat mich losgeschickt, um die Wahrheit herauszufinden. Weil sie nicht in Ruhe sterben konnte, ohne den Murks, den sie angerichtet hatte, vorher noch ein wenig zu bereinigen. Und ich hielt Granny für diejenige, der ich am meisten vertrauen konnte …«

»Sie hat einen Fehler begangen, Sophia«, sagte ihre Mutter

leise. »Aber haben wir nicht alle unsere Fehler gemacht? Und sie hat alles, was sie an Kraft noch aufbringen konnte, dazu verwandt, den Fehler wiedergutzumachen, bevor es zu spät ist. Granny ist keine Heilige, mein Schatz. Aber sie liebt dich sehr und sie hat am Ende das Richtige für uns getan. Denkst du nicht auch?«

»Ich weiß nicht, was ich noch denken soll«, erwiderte Sophia und hielt sich den schmerzenden Kopf. »All die Jahre diese Lügen. Und Grandpa? Was hat er denn von der ganzen Sache gehalten? Haben ihn auch Schuldgefühle geplagt?«

Sie sah, wie ihre Mutter hart schluckte.

»Er hielt es wohl auch für das Beste«, sagte sie nachdenklich. »Zumindest damals. Später dagegen hat es schrecklich an ihm genagt. Wir haben nie darüber gesprochen, aber die Selbstvorwürfe standen ihm ins Gesicht geschrieben. Er war ein von Natur aus fröhlicher Mensch und ein brillanter Schauspieler, aber das war etwas, was er nicht verbergen konnte. Jedes Mal, wenn er dich angesehen hat, konnte ich es in seinem Gesicht lesen. Den Schmerz, die Reue, das Bedauern, den Zorn! Er hat dich immer rasch in Sicherheit gebracht, weit weg von Philip. Er ging mit dir im Park Enten füttern, und bei deiner Rückkehr warst du überall voller Grasflecke, weil ihr euch den Parliament Hill runtergekugelt habt, und du warst ganz klebrig von dem Erdbeereis, das es in der italienischen Eisdiele in Highgate gab.«

»Daran kann ich mich gar nicht erinnern …«, sagte Sophia traurig.

»Er war nach dieser schrecklichen Geschichte nie wieder derselbe. Er hatte das Gefühl, uns im Stich gelassen zu haben. Davon bin ich überzeugt. Und obwohl Granny und er sich auch weiter aufrichtig liebten, waren die beiden doch nicht mehr so … Ich weiß nicht, wie ich es nennen soll? … Übermütig? Unbeschwert? Ausgelassen? Ich weiß es nicht genau. Vermutlich war ihr gemeinsames Leben zuvor einfach so perfekt gewesen, und dann trübten sie es selbst durch diesen furchtbaren Fehler, unter dem ausgerechnet die beiden Menschen zu leiden hatten, die ihnen am meisten bedeuteten: du und ich. Der Herzinfarkt, an dem Dad starb, kam völlig überraschend. Er war fit. Vollkommen fit. Noch am Wochenende vor seinem Tod ist er mit dir den Parliament Hill runtergerollt! Manchmal glaube ich, er ist an seinem Schmerz gestorben. Aber darüber denke ich nur ungern nach. Das Ganze ist einfach zu schlimm.«

Sophia nickte. Wahrscheinlich hatten ihre Großeltern für ihren Fehler mehr als genug gebüßt.

»Es hätte ihn bestimmt gefreut, dass die Wahrheit jetzt ans Licht kommt«, fuhr ihre Mutter traurig fort. »Und genau das dürfte deine Großmutter auch bedacht haben, als sie beschloss, dich nach den Perlen suchen zu lassen. Sie wusste, dass ihr geliebter Frankie damit einverstanden gewesen wäre. Sie dürfte es getan haben, um ihnen beiden die Schuldgefühle ein wenig zu lindern. Damit sie beruhigt sterben kann. Damit sie beide endlich ihren Frieden finden.«

»Kannst du ihnen denn vergeben?«, fragte Sophia. »Granny und Grandpa?«

»Das kann ich«, erklärte ihre Mutter bestimmt. »Das habe ich.«

»Dann sollte ich das wohl auch.«

Sie saßen eine Weile schweigend nebeneinander. Dann fiel Sophia noch eine letzte Frage ein, die sie unbedingt stellen musste.

»Hat er mich denn gewollt? Luca?«

Die Mutter umfasste Sophias Gesicht zärtlich mit den Händen und sah ihr offen in die Augen.

»Er hat doch gar nichts von dir gewusst, mein Schatz«, sagte sie sanft. »Hätte er es gewusst, wäre er zu Fuß von Rom nach London gelaufen, da bin ich mir absolut sicher. Hätte er es gewusst, hätte er dich niemals gehen lassen.«

»Aber dich ließ er gehen«, erinnerte Sophia sie.

»Wir ließen einander gehen«, antwortete ihre Mutter bekümmert. »Wir waren nicht alt genug, um für das zu kämpfen, von dem wir wussten, dass es das Richtige war.«

Draußen in der Diele begann das Telefon zu klingeln und zerriss mit seinem schrillen Läuten die Stille im Wohnzimmer. Dann hörte das Klingeln auf und fing sofort wieder von Neuem an. Kurz daruf hörten sie, wie Hugo abhob.

Starr vor Angst sahen Sophia und Alice sich in die Augen. Sie wussten beide, was dieser Anruf zu bedeuten hatte, und keiner von ihnen wollte, dass es so sein würde. Vielleicht wenn sie einfach noch einen Moment länger so losgelöst von der Zeit dasitzen und sich nicht bewegen würden, vielleicht wäre dann nichts von alledem wirklich. Hugos Stimme durchbrach die Stille.

»Wir müssen sofort ins Krankenhaus.« Hugo klang angespannt und nervös.

Sophia stand auf. Ihr war klar, diesmal würde es kein Davonlaufen vor der Wahrheit geben.

47. Kapitel

St John's Wood, London, 2012

Alice und Sophia fuhren in Alice' Wagen nach Nord-London, Hugo und Damon folgten im Kleinbus. Fast schon wie eine Beerdigungsprozession, dachte Sophia, während sie im Nieselregen über den nördlichen Stadtring krochen. Der Himmel war wolkenverhangen und von einem unheilvollen dunklen Grau, aber für Schnee war es nicht kalt genug. Es würde also in diesem Jahr keine weißen Weihnachten geben. Weder Sophia noch ihrer Mutter fiel etwas ein, was sie hätten sagen können. Es schien unmöglich, jetzt schon die Entwicklungen der letzten Stunden in Worte zu fassen. Ein Blick in den Rückspiegel verriet Sophia, dass auch Hugo und Damon mit steinernen Mienen schweigend im Wagen saßen. Sophia hasste Stille. Sie gab ihr zu viel Zeit, sich mit sich selbst zu beschäftigen. Ihr Bild von ihrer Großmutter hatte gerade einen kräftigen Riss bekommen, sodass sie beinahe nicht mehr dieselbe war. Sophia liebte ihre Granny deshalb zwar keinen Deut weniger, aber sie war nicht länger vollkommen. Sie besaß Fehler, genau wie alle anderen. Wie jeder gewöhnliche Sterbliche. Und sie hatte nicht mehr lange zu leben.

»Ich wünschte, ich könnte ihr die Perlen geben«, sagte sie laut vor sich hin, nur um die unbehagliche Stille zu durchbrechen, und bedauerte ihre Worte sofort.

Tilly war ihre Großmutter, aber sie war Alice' Mutter, und

für sie musste es noch schmerzhafter sein als für Sophia. Wie sie inzwischen beide wussten, war Alice schuld daran, dass sich die Perlen nicht länger im Familienbesitz befanden. Wochenlang war Sophia wegen der Perlen stinkwütend auf ihre Mutter gewesen, aber jetzt tat es ihr plötzlich leid, sie zur Sprache gebracht zu haben. Alice musste ihre Gründe dafür gehabt haben, sich von dem Collier zu trennen. Es gab also keinen Grund, weiter Salz in die Wunde zu streuen. Sophia sah, wie ihre Mutter das Lenkrad fester packte und ihre blasse Gesichtsfarbe noch fahler wurde.

»Ich hätte sie nie weggeben dürfen«, erklärte Alice, den Blick starr auf die Straße gerichtet. »Das war abscheulich, so etwas zu tun. Mein Großvater hatte sie einst Mummy geschenkt, und Mummy schenkte sie mir, und ich habe sie einfach so fortgegeben.«

»An einen Second-Hand-Laden in Camden?«, fragte Sophia, für die sich endlich die letzten Puzzlesteine zusammenfügten.

Ihre Mum nickte.

»Warum?«, fragte Sophia. »Welcher vernünftige Mensch verschenkt denn ein unersetzlich kostbares Familienerbstück an einen Second-Hand-Laden?«

Ihre Mutter stieß ein freudloses Lachen aus.

»Genau«, sagte sie. »Kein *vernünftiger* Mensch würde so etwas tun. Aber ich war damals nicht bei klarem Verstand, Sophia. Du warst noch ein Baby. Ich selbst war noch schrecklich jung und mit einem mir letztlich völlig fremden Menschen verheiratet, und ich sehnte mich verzweifelt nach Luca. Ich fühlte mich so einsam und unglücklich. Ich litt an Depressionen. Für mich bedeuteten diese Perlen: Luca und ich. Und du. Die Familie, die ich nie haben würde. Wahrscheinlich dachte ich, wenn ich damit meine Erinnerungen fortgebe, würde auch der Schmerz verschwinden. Ich habe auch all meine Fotos von ihm verbrannt, weißt du. Ungefähr zur gleichen Zeit. Aber was in meinem Kopf eingebrannt war, konnte ich nicht zerstören. Und jedes Mal, wenn du mich mit diesen riesigen braunen Augen angesehen hast ...«

»Bin ich ihm ähnlich?«, fragte Sophia.

Ihr Mutter warf ihr einen kurzen Blick zu und lächelte traurig.

»Für mich warst du immer halb Luca und halb Granny. Von mir jedenfalls scheinst du gar nichts geerbt zu haben.«

Sophia betrachtete ihre Mutter aufmerksam, als nähme sie sie zum ersten Mal als echtes, lebendes, liebendes, atmendes, empfindsames und mit Fehlern behaftetes menschliches Wesen wahr. So dramatisch unterschieden sie sich nicht voneinander.

»Ach, ich weiß nicht«, erwiderte Sophia und versetzte ihrer Mutter einen spielerischen Klaps aufs Bein. »Als Teenager mit der großen Liebe an die italienische Riviera durchbrennen und von der Polizei wieder eingefangen werden? Klingt doch eigentlich auch ganz nach mir, oder nicht?«

Ihre Mutter lächelte schwach. »Schätze schon«, gab sie zu. »Vielleicht fällt der Apfel ja doch nicht weit vom Stamm.«

»Mum?«

»Ja, mein Schatz?«

»Ich erinnere mich an eine Nacht, als ich klein war«, begann Sophia. »Wir waren im Auto. In diesem gelben Mini, den du mal hattest. Du warst sehr glücklich und hast ständig ganz laut ›Free Fallin‹ gesungen, und ich dachte, wir fahren irgendwohin, aber morgens bin ich dann wieder in meinem Bett aufgewacht ...«

Ihre Mutter nickte und lächelte leicht, als sie daran zurückdachte.

»Wohin wollten wir da?«, fragte Sophia.

»So genau weiß ich das auch nicht«, antwortete Alice. »Ich bin in Richtung Dover gefahren. Ich glaube, ich wollte mit dir einfach bis nach Rom durchfahren.«

Sophia nickte. Sie hatte gehofft, dass ihre Mutter das sagen würde.

»Warum hast du es nicht getan?«, fragte sie.

»Irgendwo in der Nähe von Canterbury habe ich an einer Tankstelle gehalten, und dort habe ich dann bemerkt, dass ich unsere Pässe nicht dabei hatte. Ich meine, nachmittags waren sie noch da gewesen. Sie hatten in meiner Handtasche gelegen. Ich weiß es genau! Aber Philip muss mich aufmerksam beobachtet haben. Danach hat er sie dann immer in seiner Schreibtischschublade eingeschlossen.«

»Und das mit der Pille?«, bohrte Sophia mutig weiter. »Ich habe sie damals in deiner Tasche entdeckt.«

Sichtlich erschrocken sah Alice zu ihrer Tochter hinüber.

»Das hast du gewusst?«, erwiderte sie. »Ach du meine Güte, Sophia. Und du hast deinem Vater nichts davon gesagt? Ich meine Philip. Du hast es für dich behalten? Sogar als Teenager, wo du mich so sehr gehasst hast?«

»Gehasst habe ich dich nie«, korrigierte Sophia. »Aber ich habe es versucht. Gott, wie habe ich versucht, dich zu hassen. Aber letztlich hätte ich dich immer vor ihm in Schutz genommen. Mir war schon klar, was das für Pillen waren. Offenbar wolltest du kein weiteres Kind. Ich wusste nur nicht, warum. Ich dachte, vielleicht willst du ja nicht riskieren, noch so eine Nervensäge wie mich zu bekommen. Aber jetzt ist mir die Sache klar. Du hast bloß nicht gewollt, mit ihm zusammen ein Kind zu haben.«

»Irgendwie ist Philip auch ein Opfer in der ganzen Geschichte gewesen«, sagte ihre Mutter.

»Was immer er bekommt, er hat es verdient«, murmelte Sophia.

Ihre Mutter widersprach nicht. Endlich bogen sie auf den Krankenhausparkplatz.

Die beiden Frauen sahen sich kurz an und warfen sich dann einander in die Arme. Eine gefühlte Ewigkeit hielten sie sich eng umschlungen, ohne ein Wort zu sagen. Überrascht stellte Sophia fest, dass sie sich seit vielen Jahren nicht mehr so sicher gefühlt hatte wie jetzt in den Armen ihrer Mutter. Trotz all der Entfremdung, der Meinungsverschiedenheiten, der Verbitterung und Tränen blieb ihre Mutter eben ihre Mutter. Sie blieb diejenige, deren Küsse auch in den schmerzhaftesten Lebenskrisen Linderung verschafften.

»Bereit?«, fragte Alice, als sie sich schließlich aus der Umarmung lösten.

»Bereit«, sagte Sophia nickend, obwohl sie sich ganz und gar nicht so fühlte.

»Ist sie denn seitdem überhaupt nicht mehr zu Bewusstsein gekommen?«, fragte Sophia, als sie schweren Herzens den menschenleeren Flur zu Grannys Zimmer hinuntergingen. Hugo und Damon warteten in der Cafeteria.

»Nein, mein Schatz. Direkt nachdem du nach New York abgereist bist, ist sie ins Koma gefallen. Sie hat seit Tagen weder gegessen noch getrunken. Womöglich ist es so am besten. Nicht für uns, aber für sie. Sie hatte zuletzt schreckliche Schmerzen, weißt du.«

»Hätte ich mich doch nur von ihr verabschieden können«, sagte Sophia mit erstickter Stimme.

»Aus diesem Grund sind wir ja jetzt hier«, antwortete Alice und drückte ihr die Hand. »Sie weiß, wie gern du sie hast, Sophia. Du bist immer ihr Liebling gewesen.«

»Ich weiß. Obwohl ich nie verstanden habe, warum. Ich war doch so ein furchtbarer Quälgeist!«

»Eine bezaubernde Dummheit«, sagte Alice leise. »So hat sie dich bei deiner Geburt genannt. Ich werde nie vergessen, wie sie es gesagt hat. Sie nahm dich auf der Entbindungsstation aus dem Bettchen, küsste dich auf die Wange und sagte: ›Was für eine bezaubernde Dummheit.‹«

Und nun begriff Sophia auch, warum ihre Großmutter sie immer mit solcher Inbrunst geliebt hatte. Auf diese Weise hatte sie das Unrecht, das sie ihrer eigenen Tochter angetan hatte, ein Stück weit wiedergutmachen wollen. Ihr Fehler ließ sich nicht rückgängig machen, aber sie konnte die »bezaubernde Dummheit« mit all ihrer Liebe überschütten. Sie hatte versucht, Sophia zu beschützen, weil sie darin versagt hatte, Alice vor Unheil zu bewahren. In diesem Moment vergab auch Sophia ihrer Großmutter. Sie vergab ihr, weil sie jetzt verstand.

Die Tür zu Grannys Zimmer war geschlossen. Sophia zögerte und ließ ihre Mutter vorgehen. Es war feige, das wusste sie, aber ihr graute vor dem Anblick ihrer bewusstlosen Großmutter, die sich nur noch mit letzter Kraft ans Leben klammerte. Am liebsten hätte sie auf dem Absatz kehrtgemacht, wäre den Flur hinuntergerannt und aus dem Krankenhaus hinaus in die grauen Straßen Londons gestürmt, wo der ahnungslose Rest der Welt sich auf Weihnachten freute.

»Na komm, mein Schatz«, sagte ihre Mutter, nahm ihre Hand und zog sie durch die Tür. »Wir müssen jetzt stark sein.«

Sophia holte tief Luft und trat in den schwach beleuchteten Raum. Es dauerte ein paar Sekunden, bis sich ihre Augen auf das Dämmerlicht eingestellt hatten. Granny hing nicht mehr an Unmengen von Geräten und Infusionsbeuteln. Die Behandlung war eingestellt worden. Nur der Herzmonitor piepte noch langsam, aber beruhigend, neben ihrem Bett. Wenigstens kamen sie nicht zu spät. Sophia und Alice gingen vorsichtig auf das Bett zu und blieben plötzlich erschrocken stehen. Alice packte Sophia am Arm und gab einen unterdrückten Schrei von sich. Sie sah aus, als hätte sie ein Gespenst gesehen.

Sophia starrte mit offenem Mund ihre Großmutter an. Die alte Dame bestand nur noch aus Haut und Knochen. Ihre Augen waren geschlossen und ihre Wangen hatten einen entsetzlich fahlen Grauton angenommen. Die Bettdecke war bis zu ihrer knochigen Brust hochgezogen. Darunter sah das weiße Nachthemd mit dem Spitzensaum heraus, in das ihr abgemagerter Körper gehüllt war. Und über dem Spitzensaum, um Tillys schlanken Hals, leuchtete im Halbdunkel ein Chocker aus vollkommenen, seidig schimmernden Perlen.

»Das Collier«, sagte Sophia ungläubig. »Das ist das Collier! Was …«

»Der gutaussehende junge Mann hat es mir gebracht«, erklärte eine schwache Stimme, die kaum mehr als ein Hauchen war.

»Mum!«

»Granny!«, schrien Alice und Sophia gleichzeitig.

»Sie haben gesagt, du liegst im Koma«, sagte Alice, fiel neben dem Bett ihrer Mutter auf die Knie und nahm deren Hand. »Sie haben gesagt, du bist nicht mehr ansprechbar.«

»Was wissen die schon?«, flüsterte Tilly und öffnete die Augen.

Sophia spürte, wie ein eigentümlicher Friede sich über den Raum senkte. Es war nur noch sehr wenig Zeit, so viel war klar. Aber sie war bei Bewusstsein, sie redete – wenn auch schwach –, und sie trug die Perlen. Irgendetwas Wunderbares musste geschehen sein. Aus dem Augenwinkel heraus nahm

Sophia eine Bewegung in dem Fenster wahr, das zum Gang hinausführte. Sie wandte neugierig den Kopf und sah einen breit lächelnden Dominic McGuire, der seine Stirn an die Scheibe gelegt hatte. Sophia bekam vor Schreck den Mund nicht mehr zu.

»Hi«, formten seine Lippen lautlos hinter dem Glas.

»Hi«, gab Sophia verwirrt zurück. Wie? Warum? Was zum …? Dom war hier. Und er hatte die Perlen mitgebracht.

Sie lächelte ihn strahlend an, fuhr sich mit den Fingern durch ihr wirres Haar und erkannte dann, wie albern die Geste war. Dieser Mann hatte es irgendwie geschafft, das Collier ihrer Großmutter zu besorgen, und war anschließend quer über den Atlantik geflogen, nur um es ihr zu bringen. Wie zerzaust Sophia gerade aussah, würde Dominic ganz bestimmt nicht interessieren. Er erwiderte ihr Lächeln und formte die Worte: »Kümmere dich um deine Großmutter. Ich warte hier.«

Sophia kniete sich neben ihre Mutter an das Bett. Ihre Großmutter versuchte angestrengt, etwas zu sagen.

»Verzeih, wegen L…«, flüsterte sie.

»L?«, fragte Sophia und strich ihr zärtlich über die pergamentartige Wange. »Schhhh, Granny. Du musst nicht sprechen.«

Tilly kniff ihre hellblauen Augen zusammen und nahm alle Konzentration zusammen.

»Luca«, brachte sie schließlich heraus.

Jedes Wort war für sie offenbar ein schrecklicher Kampf, und es schmerzte Sophia zu sehen, wie verzweifelt sie um jeden kleinen Satz rang.

»Es tut mir so leid«, hauchte sie. »Für Luca. Alice und Sophia. Ihr Lieben. Ich habe ihn euch beiden genommen. Verzeiht. Es tut mir so leid.« Sie schloss erneut die Augen, so als hätten diese Worte sie die letzte Kraft gekostet.

»Daddy und du, ihr habt getan, was ihr damals für das Beste hieltet«, sagte Alice und küsste die Hand ihrer Mutter. »Das verstehe ich, Mummy. Ich bin euch nicht böse. Das war ich nie. Ich hatte das ganze Durcheinander verursacht, und es war alles schrecklich kompliziert. Aber sieh nur, wie viel du wieder in Ordnung gebracht hast! Du hast gewusst, was du tust, und es hat funktioniert. Du hast mich und Sophia wieder zusammengebracht, ich habe mich von Philip getrennt, und Sophia hat das Collier gefunden. Sie hat deine Perlen wiedergefunden, Mummy.«

Sophia starrte auf die Perlen, die am Hals ihrer Großmutter leuchteten, und sie konnte es noch immer nicht fassen, das sie wirklich hier waren.

»Papa«, flüsterte Granny schwach. »Papa gab mir die Kette. Meine Perlen. Sie fühlen sich himmlisch an, ihr Lieben. Himmlisch …«

Upper East Side, New York, 2012

»Die Schauspielerin Lady Matilda Beaumont, ihren Fans schlicht als Tilly Beaumont bekannt, verstarb am 25. Dezember 2012 in London friedlich im Schlaf, nur eine Woche vor ihrem 83. Geburtstag. Ihre Tochter Alice und ihre Enkelin Sophia waren an ihrer Seite. Als sie starb, trug sie die mittlerweile berühmten Beaumont-Perlen. Das Collier war ihr einst von ihrem Vater, dem Marquess von Beaumont, zum achtzehnten Geburtstag geschenkt worden. Sophia Beaumont Browns Suche nach den Perlen hatte unlängst weltweit für

Schlagzeilen gesorgt. Dem Vernehmen nach wurde das Schmuckstück (geschätzter Wert $ 20 Millionen) kürzlich veräußert und der Familie von seinem neuen Eigentümer für die letzten Stunden der Schauspielerin überlassen. Um wen es sich dabei genau handelt, ist weiterhin unbekannt. Beigesetzt wird Lady Matilda auf dem Highgate Cemetery in London an der Seite ihres verstorbenen Ehemanns, des Schauspielers Frank Perry Junior.«

Aiko las den Nachruf mit einer Mischung aus Interesse und Trauer. Sie bedauerte, Tilly Beaumont nie begegnet zu sein. Es kam ihr vor, als hätte ihre Leben mehr als ein Perlencollier verbunden. Auf verschiedenen Seiten des Erdballs, über Ozeane und Jahrzehnte hinweg, waren ihre Leben irgendwie miteinander verwoben gewesen, ohne dass es einer von ihnen gewusst hätte. Andererseits würde Aiko jetzt, nach Tillys Tod, das Vermächtnis ihrer Mutter zurückerhalten. Schon bald würden ihre Finger die Perlen spüren, die sie sechzig Jahre zuvor für ihre Freiheit eingetauscht hatte. Sie hoffte, dass Tilly mit diesem Ausgang einverstanden gewesen wäre.

New York machte heute einen ruhigen, friedlichen Eindruck. Es schien, als würde die feine Schneeschicht den Lärm der Straßen ersticken oder zumindest dämpfen. Aiko seufzte glücklich. Sie war jetzt 87 Jahre alt, und ihre Knochen begannen zu knirschen, aber in ihrem Innern war sie noch dasselbe Mädchen, das vor all diesen Jahren barfuß in Tokio angekommen war.

Morgen früh würde sie zurück nach Japan fliegen. Am ersten Tag des neuen Jahres sollte sie das gerade fertiggestellte

Pearl International Communications and Conference Center eröffnen, einen weiteren, neuen Zweig des Familienunternehmens. Das nächste Jahr, die nächste Aufgabe. Und genau so wollte Aiko leben. Natürlich gab es Pearl Computer mittlerweile überall, und so war es seit den 80ern, als Bo und Aiko die ersten Modelle auf den Markt gebracht hatten. Aber dieses Projekt hier war etwas Neues, und solche Veränderungen hielten Aiko jung. Diesmal freute sie sich darauf, nach Tokio zurückzukehren. Sie würde mit Kenny und seiner Familie Silvester feiern. Die Geister würden sie in Japan nicht länger behelligen. Aiko hatte jetzt auch keine Angst mehr vor ihnen. Sie hatten ihr schließlich nur helfen und sie zu den Perlen zurückführen wollen.

Ein langes und erfülltes Leben lag hinter ihr. Sie hatte vier Kinder, dreizehn Enkel und sogar zwei Urenkel. Ihr geliebter Bo war vor fünfzehn Jahren gestorben, und kein Tag verging, an dem sie ihn nicht vermisst hätte. Dennoch war sie glücklich. Sie war gesund, lebte umgeben von einer liebenden Familie, und sie hatte die Firma, die sie beschäftigt hielt. Pearl hatte Aiko zu einer außerordentlich wohlhabenden und einflussreichen Frau gemacht. Wie der Name schon sagte, konnten aus winzigen Anfängen großartige Dinge entstehen.

Die meisten ihrer Kinder und Enkel arbeiteten für Pearl, entweder im Silicon Valley oder in Tokio.

Aber neben all den beruflichen Überfliegern in der Familie, den leitenden Managern, Anwälten, Marketinggurus und Technikspezialisten, gab es eine Enkelin, auf die Aiko besonders stolz war. Ihre jüngste Enkelin Manami war keine gute Schülerin gewesen. Sie war schon immer zu wild und zu eigensinnig gewesen, um sich anzupassen, und lieber an den Strand gegangen als in die Beverly Hills High School.

Manami trug keine Businesskleidung, und ihr Name schaffte es nie in eine Reichenliste. Sie wohnte gemeinsam mit ihrem Freund, einem Surfer, in einer Einzimmerwohnung und kellnerte in Strandcafés, um ihren Traum zu leben. Vor sechs Monaten war Aiko auf die Bahamas geflogen, um mitzuerleben, wie Manami an den Weltmeisterschaften im Freitauchen teilgenommen hatte. Manami war eine Ama durch und durch. Und sie würde die Enkelin sein, die eines Tages das Perlencollier erbte. Es würde ihr die finanzielle Unabhängigkeit geben, nach Herzenslust zu tauchen. Aiko lächelte vor sich hin. Sie spürte, wie eine Hand ihr flüchtig über die Wange strich. Es jagte ihr keinen Schreck ein, vielmehr fühlte sie sich bestärkt und geliebt. Sie wusste, ihre Mutter war stolz auf sie.

Epilog

Lower East Side, New York, 2013

Sophia zuckte zusammen, als der Schlüssel sich in der Eingangstür drehte. Sie hatte völlig vertieft in den Briefen ihrer Großmutter gelesen und wusste nicht einmal, wie spät es war. Würden sie jetzt ihretwegen zu spät kommen?

»Hey, Liebes!«, rief Dom fröhlich. »Kann's losgehen?«

Sophia spürte, wie sich auf ihrem Gesicht unwillkürlich ein Lächeln ausbreitete. Das geschah eigentlich immer, wenn Dominic in ihre Welt zurückkehrte. Es war zwar nur ein paar Stunden fortgewesen, aber die Zeit spielte keine Rolle. Sophia vermisste ihn jedes Mal wie verrückt.

»Gleich!«, rief sie zurück. Sie faltete die letzten Seiten zusammen, spannte den roten Gummiring wieder ordentlich über das Briefbündel und legte es sorgfältig in den Koffer zu den anderen persönlichen Wertgegenständen und wichtigen Dokumenten. »Ich packe nur noch die letzten Sachen ein. Gleich fertig.«

Dom betrat mit zwei Coffee-to-go-Bechern in der Hand den Raum und lächelte sie auf diese unverschämt sexy Art an. Er beugte sich herab und küsste Sophia euphorisch auf den Mund. Seine Lippen ruhten gerade lange genug auf ihren, um für dieses vertraute Schmetterlingsflattern im Bauch zu sorgen. Gott, wie sie ihn liebte!

»Die letzten beiden Lattes aus Gerrys Diner, die wir für eine Weile genießen dürften«, sagte er und reichte ihr einen der Becher.

»Wir reisen nach Italien, Liebster«, erinnerte sie ihn grinsend. »Der Kaffee dort dürfte vermutlich mindestens so gut sein wie bei Gerry!«

»Ja, ja, schon klar«, erwiderte er amüsiert. »Aber wir brauchen doch etwas, um auf unseren Erfolg anzustoßen, und ich dachte, für Sekt ist es noch ein wenig zu früh. Das können wir ja dann im Flugzeug nachholen.«

»Erfolg?«, fragte sie zurück und ließ sich von Dominic an der Hand hochziehen. »Welchen Erfolg?«

Er hob seinen Kaffeebecher hoch in die Luft und forderte sie auf, es ihm nachzutun.

»Auf das Team McBeaumont!«, verkündete er und stieß mit ihr an. »Und auf unseren ersten Auftrag.«

»O mein Gott, ehrlich?«, rief Sophia aufgeregt. »Hast du etwas von deinem Fernsehsender gehört?«

Dominic nickte und zog sie zu sich. Er küsste sie erneut und sagte: »Vor einer knappen Stunde hat Felicity angerufen. Ihr gefällt die Idee einer Dokumentation über deine Großmutter und ihre Suche nach den Perlen. Aus lauter Angst, wir könnten das Projekt auch der Konkurrenz anbieten, hat sie mir gleich den Vertrag zugemailt.«

»Dominic McGuire, du bist ein Genie«, erklärte Sophia mit breitem Grinsen.

Sie würde Dominic bei der Herstellung des Films helfen. Sie würde der ganzen Welt zeigen, was für eine tolle Frau ihre Großmutter gewesen war. Und zum ersten Mal in ihrem Erwachsenenleben würde sie einer ordentlichen, bezahlten Arbeit nachgehen. Tja, und dann war da noch das Beste: Sie würde das alles gemeinsam mit dem Mann tun, den sie liebte. Verrückt, wie die Dinge auf einmal gelangen.

»Felicity findet unseren Ansatz perfekt«, erzählte Dominic weiter. »Ihr gefällt jede der aufgeführten Ideen, jedes kleinste Detail, aber besonders heiß ist sie auf eine Szene.« Er zwinkerte ihr zu.

»Welche?«, fragte Sophia.

»Bilder von dir mit deinem Dad«, sagte er und drückte sie an sich. »Also dann, meine bezaubernde Lady, jetzt heißt es, austrinken, deinen wertvollen Koffer sicher verstauen und unseren Flieger erwischen.«

Sophia schmiegte sich eng an Dominics breite Brust, und er küsste sie zärtlich auf den Kopf. Sie schloss die Augen und atmete seinen berauschend männlichen Duft ein. Sophia liebte und wurde geliebt. Sie wusste, woher sie kam, und sie wusste, wohin sie ging. Morgen würde sie ihre Mum wiedersehen. Vor allem aber würde sie ihren Dad treffen.

Portofino, Italien

»Luca, Schatz«, sagte Alice. »Komm zurück ins Bett. Bis zur Ankunft sind es noch mindestens sechs Stunden. Sie sind ja eben erst in New York losgeflogen. Komm.«

Sie klopfte neben sich auf die Matratze des schmiedeeisernen Betts.

Er drehte sich um und lächelte sie an. Alice erfasste ein leichter Schwindel, wie es immer geschah, wenn sie in Lucas braune Augen sah. Wie hatte sie ihn nur vor all den Jahren ziehen lassen können? Wenn sie daran dachte, dass sie dreißig Jahre vergeudet hatten, brachte es sie fast um den Verstand.

Sie wusste, dass es Luca nicht anders ging. Sie waren zwar übereingekommen, nicht über Vergangenes zu grübeln, sich vielmehr auf das Hier und Jetzt zu konzentrieren und das Leben und die Liebe in vollen Zügen zu genießen, aber manchmal fiel es doch schwer, nicht zu denken: Was wäre gewesen …? Vor allem, da der Junge, in den sie sich damals verliebt hatte, noch heute ohne jeden Zweifel der Mann war, den sie liebte.

Luca hatte sich in all der Zeit nicht verändert. Beruflich war er sehr erfolgreich gewesen und betrieb mittlerweile Restaurants in Rom, Genua und Portofino selbst. Wie sich herausgestellt hatte, war er nicht nach Rom zurückgekehrt, nachdem Alice Italien verlassen hatte. Zumindest viele Jahre lang nicht. Und er hatte auch nicht Anita geheiratet. Es war eine Lüge gewesen, ein grausamer Trick, den ein junges Mädchen einem anderen aus Eifersucht und Rache gespielt hatte. Sicherlich hatte Anita nicht geahnt, welche schrecklichen Folgen ihre Lüge haben würde. Was, wenn sie ehrlich gewesen wäre? Was, wenn Alice gewusst hätte, dass Luca auf sie wartete? Aber nein, Luca hatte recht. Es war reine Zeitverschwendung über Dinge nachzudenken, die sich doch nicht mehr ändern ließen.

In Wahrheit hatte Luca sich am Ende in Portofino niedergelassen, weil er hier die glücklichsten Tage seines Lebens verbracht hatte, und er hatte auch nie geheiratet. Im Unterschied zu Alice, die sich auf eine herzlose Vernunftehe eingelassen hatte, war Luca lieber allein geblieben, als sich mit weniger zu begnügen.

»Wir waren schließlich noch immer verlobt«, bemerkte er nur halb im Scherz. »Also habe ich darauf gewartet, dass meine Braut zurückkehrt. Es hat ganz schön lange gedauert, aber dann ist sie gekommen. Endlich!«

Er hatte nie die Hoffnung aufgegeben, dass sie eines Tages

zurückkommen würde. Als dann schließlich ihr Brief eintraf – eigentlich war es eher eine kurze Nachricht mit ihrer E-Mail-Adresse und Handynummer gewesen, für den Fall, dass er sich überhaupt noch an sie erinnerte und mit ihr in Kontakt treten wollte –, da habe er vor Freude weinen müssen, hatte er ihr erzählt. Und anschließend habe er zur Feier des Tages eine Flasche Chianti geöffnet und all seine Freunde angerufen, um ihnen die wunderbare Neuigkeit zu berichten. Und am Ende habe er noch drei volle Tage gebraucht, um sich eine passende Antwort zu überlegen.

»Da warte ich dreißig Jahre auf diesen Moment und weiß dann drei Tage lang nicht, was ich sagen soll«, erzählte er lachend. »Was bin ich bloß für ein dummer alter Narr. Als ob wir uns leisten könnten, auch nur eine weitere kostbare Minute zu verlieren, geschweige denn drei ganze Tage!«

Er hatte jahrelang nach ihr gesucht. Auch im Internet hatte er nach ihr geforscht. Aber er war dabei immer von Lady Alice Beaumont Perry ausgegangen. Er hatte nicht gewusst, dass sie inzwischen Alice Brown hieß. Erst viele Jahre später war er auf die Verbindung gestoßen. Eine Zeitung hatte über Alices Tochter, Lady Sophia Beaumont, berichtet, und über eine wilde Party, die sie im Haus ihrer Eltern veranstaltet hatte. Neben Fotos von der bildhübschen, aber missratenen Sophia war auch eins von Alice Brown gemeinsam mit ihrem Eheman Philip abgedruckt. In Lucas Augen hatte sie noch ebenso atemberaubend ausgesehen wie mit achtzehn, doch das Ehepaar auf dem Bild war ihm wie der Inbegriff an gutbürgerlicher britischer Ehrbarkeit erschienen. Dem Artikel zufolge waren sie bereits seit fast dreißig Jahren verheiratet. Sie besaßen eine Tochter und ein Leben in einem anderen Land, einer anderen Welt. Luca war sofort klar gewesen, dass er kein Recht hatte, in das Leben dieser Frau einzubrechen, und so hatte er schweren Herzens beschlossen, Alice Brown in Ruhe zu lassen. Nie wieder hatte er im Internet nach ihr gesucht, obwohl weiter kein Tag verging, an dem er nicht an Alice Beaumont hatte denken müssen.

Aber jetzt gab es Alice Brown nicht mehr. Sobald die Scheidung rechtsgültig gewesen war, hatte sie ihren alten Namen Beaumont Perry wieder angenommen (auch wenn sie sich nach wie vor nicht als Lady sehen konnte). Zu Anfang hatten Alice und Luca nur E-Mails ausgetauscht. Dann folgte ein äußerst nervenaufreibender Skype-Termin. Und schon bald hatten sie zwei-, drei-, viermal am Tag miteinander gesprochen.

Aber erst, als Alice Luca sechs Monate nach ihrem ersten Brief am Flughafen von Genua persönlich traf, erzählte sie ihm von Sophia. Wie eröffnet man einem kinderlosen Single, der stets davon geträumt hatte, Vater zu sein, dass er eine über dreißig Jahre alte Tochter hatte? Alice hatte schreckliche Angst davor gehabt, es ihm zu sagen. Nicht, weil sie fürchtete, er würde Sophia zurückweisen. Sie zweifelte nicht daran, dass er seine Tochter mit offenen Armen empfangen würde. Aber sie hatte Angst, er könnte ihr, Alice, verübeln, dass sie ihm sein einziges Kind vorenthalten hatte.

Glücklicherweise sah Luca die Dinge nicht so. In Wahrheit hatte er sogar, wie er zugeben musste, drei Jahre zuvor bei dem Zeitungsartikel über Alices Tochter für einen winzig kurzen Moment überlegt, eigentlich sogar gehofft, sie könnte doch auch von ihm sein. Aber Sophia hatte, wie es nun mal ihre Art war, der Presse gegenüber korrekte Angaben über ihr Alter gern vermieden, und prompt hatte der Reporter sie versehentlich zwei Jahre jünger gemacht. Luca war deshalb wie alle anderen davon ausgegangen, dass Sophia die Tochter von Philip sein musste, und war sich für seine lächerlichen Hirngespinste wie ein alberner alter Trottel vorgekommen. Und jetzt? Jetzt fand er, dass Alice ihm das schönste Geschenk seines Lebens gemacht hatte. Ein wenig spät vielleicht, aber dennoch das wundervollste Geschenk, das eine Frau einem Mann überhaupt machen konnte. Luca sah allein, was sie ihm gab, nicht was sie ihm genommen hatte. Alice war bewusst, wie glücklich sie sich schätzen durfte, einen solchen Mann gefunden zu haben. Noch dazu zweimal. Und dieses Mal würde sie ihn unter gar keinen Umständen wieder aus den Fingern lassen.

»Komm«, sagte sie erneut zu ihm. »Komm wieder ins Bett, Luca.«

»Ich habe da etwas, das ich dir zeigen muss«, sagte er plötzlich. »Eigentlich wollte ich damit warten, bis … Ach, keine Ahnung. Nach der Ankunft von Sophia und Dominic vielleicht, aber …«

»Luca, was stammelst du denn so herum?«, fragte Alice amüsiert.

Luca sank auf alle viere und begann unter dem hohen, antiken Bett herumzutasten.

»Was machst du da?«, wollte sie wissen.

Endlich kam er wieder unter dem Bett hervor. Seine graumelierten Haare hingen ihm tief über dem hübschen Gesicht, als er lächelnd zu ihr aufsah.

»Hier.« Er hielt eine kleine rote Schachtel hoch und kletterte endlich zu ihr aufs Bett. »Ich kann einfach keine Minute länger warten.«

»Worauf denn?«, fragte sie ungeduldig.

»Alice« sagte Luca und wischte sich die Haare aus dem Gesicht. »Ich habe dich das schon einmal gefragt und hätte mir ein zweites Mal auch gerne erspart, aber: Willst du mich heiraten?«

Er reichte ihr die kleine rote Schachtel.

»Erst öffnen«, forderte er sie auf. »Und dann antworten.«

Alice hämmerte das Herz in der Brust. Nichts hatte sich in all den Jahren verändert, sie hatten bloß kostbare Zeit verloren.

Mit zitternden Fingern öffnete Alice die Schachtel. Was sie darin auf weißem Samt gebettet sah, verschlug ihr den Atem. Auf einem geschmackvollen Ring saß eine einzige, makellos schöne Perle. Ein einzigartiger, perfekter Verlobungsring.

»Die Perle, die noch gefehlt hat«, flüsterte sie tonlos und starrte Luca ungläubig an. »Du hast sie gefunden.«

»Zu guter Letzt«, sagte er. »Wie ich es versprochen hatte. Ich habe jede einzelne Perle wiedergefunden. Aber als ich die fand, warst du schon fort.«

Alice betrachtete den Ring lange und bewunderte seine Schönheit. Womit nur hatte sie diese zweite Chance auf Glück verdient? Es war unfassbar. Es war der Himmel …

»Alice«, unterbrach Luca ihre Grübeleien.

»Ja?« Sie lächelte den geliebten Mann an.

»Du hast meine Frage nicht beantwortet«, erinnerte er sie grinsend.

»Ja, natürlich ja!« Sie beugte sich vor, um ihren Verlobten zu küssen. »Ich habe vor dreißig Jahren Ja gesagt, und ich sage auch heute Ja.«

Es hatte Jahrzehnte gedauert, aber jetzt war es endlich so weit. Heute würde Alice ihrem Luca Sophia vorstellen. Ihre gemeinsame »bezaubernde Dummheit«.